# 한국 고전 자기서사 연구

### – 선인들의 자기 돌봄과 돌아봄 –

안득용(安得鎔)

고려대학교 국어국문학과를 졸업하고, 같은 학교에서 석사 · 박사 학위를 받
았다. 고려대학교, 상명대학교, 연세대학교, 성균관대학교 동아시아학술원,
고려대학교 민족문화연구원 등에서 고전문학과 한문학을 가르치며 공부하고
있다.
논문으로 「16세기 후반~17세기 전반 비지문(碑誌文)의 전범(典範)과 서술
양상에 대한 고찰」, 「조선후기(朝鮮後期) 산문(散文)에 나타난 공감(共感)과
소통(疏通)」, 「조선중기(朝鮮中期) 문화의 패턴과 그 표현 양상」, 저서로 『16
세기 후반~17세기 전반 산문 연구 : 공(公)에서 사(私)로의 전환』, 『한국고
전문학작품론 4 : 한시와 한문산문』(공저), 『한국고전문학작품론 5 : 한문고
전』(공저), 번역서로 『국역 근재집』(공역), 『국역 제정집』(공역) 등이 있다.

한국 고전 자기서사 연구
- 선인들의 자기 돌봄과 돌아봄 -

초판 1쇄 발행 | 2019년 9월 16일

지은이 | 안득용
펴낸이 | 지현구
펴낸곳 | 태학사
등    록 | 제406-2006-00008호
주    소 | 경기도 파주시 광인사길 223
전    화 | (031) 955-7580
전    송 | (031) 955-0910
전자우편 | thaehaksa@naver.com
홈페이지 | www.thaehaksa.com

값은 뒤표지에 있습니다.

ISBN 979-11-6395-122-3 94810
      978-89-7626-500-5 (세트)

이 도서의 국립중앙도서관 출판예정도서목록(CIP)은 서지정보유통지원시스템
홈페이지(http://seoji.nl.go.kr)와 국가자료종합목록 구축시스템(http://kolis-net.nl.go.kr)에서
이용하실 수 있습니다. (CIP제어번호 : CIP2019034853)

태학총서 52

선인들의 자기 돌봄과 돌아봄

# 한국 고전 자기서사 연구

안득용 지음

태학사

# 1.

말이 알을 낳고 개구리에게 꼬리가 있으며 거북이 등에 세 치의 털이 자랐다는 말을 들었다면 믿겠는가? 그렇지 않은 경우는 억(億)으로 조(兆)로 세더라도 충분하지 못하겠지만, 그러한 경우가 있다면 하나나 둘만 세어도 넉넉할 것이다. 세상의 일은 대체로 이와 같다. 여기에 어떠한 나라가 있다. 국론은 사흘도 못 가지만 2백 년 동안 존속된 것이 중국과 같고, 인심은 법도를 무시하는데도 오륜(五倫)의 교화가 중국과 같다. 재화를 운용하는 데서 화폐를 배제하였으나 입고 먹으며 죽지 않는 것이 중국과 같고, 나라를 지키는 데서 군대 다스리는 일을 빼버렸는데도 변방을 잃지 않은 것이 중국과 같다.

유몽인의 글이다. 번역을 오랫동안 고민했지만 오역을 했다. 번역이 수록된 논문을 첫 저서의 일부로 다시 수록했으니, 오역이 한 번만 노출된 것도 아니다. 처음 번역할 때의 고심만을 믿고 꼼꼼하게 다시 살피지 않았던 부주의로 번역이 수록된 논문과 책을 볼 때마다 등줄기에서 식은 땀이 날 지경이다. 과거의 나와 냉정하게 마주하지 못한 탓이다. 지금 번역도 완벽하다고 장담은 못하겠지만 이전보다는 보기가 한결 편하다. 그런데 나를 반성하지 않고 타성에 맡기는 삶의 위험은 오역에 비할 바가 아니다. 내 느낌과 생각과 행동을 매일 되짚어 살펴야 하는 이유다.

자서전은 초상화가 아니다. 우리의 자전(自傳)도 마찬가지다. 다만 '자전'이라 명명된 글만 보아서는 스냅사진처럼 삶의 한순간만을 포착했다고 오해하기 십상이다. 그 범위를 넓혀 자기서사 전체를 보아야 과거의 자기를 마주하는 한국적 태도를 조감할 수 있다. 그래야만 참회를 통해 변모된 나를 그려나가는 태도가 아우구스티누스만의 전유물이 아니며, 나의 모든 것을, 그것이 악행이라도 모조리 쓰려는 자세가 루소만의 소유는 아니라는 사실을 깨닫게 된다. 이것이 자전에서 자기서사로 범위를 넓혀 살펴본 배경이다.

이 책에서 말하는 자기서사는 '저자가 자신의 삶 전체 혹은 특정 시기를 대상으로 자아의 사유와 감정 및 삶의 지향을 서술하거나 자신의 변모 양상과 변화의 계기가 되는 외부 환경 및 사건을 서술한 서사'를 의미한다. 요즘의 자서전·회고록·수상록·수기·수필을 비롯해서 편지나 일기 모두를 포괄한다. 이뿐만 아니다. 의아하게도 한문 산문 대부분을 수필의 범주 아래에 두는 지금의 관행으로 보면, 공적인 몇몇 작품을 제외한 한문 산문은 거의 자기서사인 셈이다. 다루어야 할 분야가 너무 광범위하다. 그래서 연구의 대상을 현대의 자서전에 가까운 범위로 제한했다. 그것이 자서·자전·자탁전·자찬비지·자찬행장·자찬연보·서간체 자기서사·필기체 자기서사이다. 특별히 더 깊이 살펴야 하는 경우가 아니라면 시선을 이 장르들에만 주었다.

자기서사를 서술한 가장 큰 이유는 자신이 이 세상에 살았다는 존재의 증명에 있다. "합연(溘然)"이라는 표현처럼 속절없이 스러져 내가 살았던 몇 십 년의 흔적조차 남기지 못하는 일만큼 안타까운 것이 있을까? 그 외에 자신이 살았던 시대와 사건을 증언하고, 해명이든 합리화든 자신의 삶과 세상을 제대로 알리고 싶은 욕구도 붓을 들게 만들었다. 아울러 자신이 고유한 한 명의 인간이라는 자각과 자기를 객관적이면서 정확하게 알리고 싶은 욕구도 한몫을 했다.

다만 어떤 이유로 자기서사를 서술했던 자신의 삶을 돌보고 돌아보려는 태도가 그 속에 내재해있다. 지금까지의 삶을 토대로 미래를 계획하거나 자신의 삶을 되짚어 존재의 흔적을 남기려면 두 가지 태도가 필연적으로 전제되기 때문이다. 따라서 자기서사를 남긴 선인들의 자세를 통해 우리를 비추어볼 수 있다. 결국 자기서사 연구는 그들의 삶으로 나와 우리를 일깨우려는 시도이다.

## 2.

선인들이 자기를 돌보고 돌아본 양상을 체계적으로 살피기 위해 이 책을 크게 두 부분으로 나누었다. 그중 1부에서는 자기서사의 역사적 전개와 자아의 유형, 창작의 동기와 효용을 논의했고, 2부에서는 자기서사 제 장르의 내포와 외연을 규명하고 그 특징적 면모를 고찰하는 데 중점을 두었다. 1장에서 5장까지가 1부에 해당하고 6장부터 9장까지가 2부인데, 그 내용은 다음처럼 요약할 수 있다.

1장 '조선 중기 자기서사의 흐름'에서는 16세기 후반~17세기 전반 '단편 형식의 자기서사'와 '연대기 형식의 자기서사'를 주로 다루었다. 문(文)의 성향이 강하고, 단일 형상의 자아가 부각되는 전자의 계열 속에서 신흠(申欽)·장유(張維)·허균(許筠)이 불우(不遇)와 지리(支離)로 스스로를 평가하고 자조하면서도 자신의 정체성을 확립하고자 고투하는 모습을 살펴보게 될 것이다. 후자는 다시 사대부와 승려 두 계열로 나누어 이식(李植)의 자기서사 삼부작과 휴정(休靜)의 「상완산노부윤서(上完山盧府尹書)」를 각각의 중심으로 삼아 논의를 진행하였다. 이식은 자신의 역사를 건조하지만 꼼꼼하게 기록하려 했고, 휴정의 편지에는 성(聖)으로 향해 가는 구도(求道)의 과정에서 겪는 좌절−반성−극복의 드라마가 담겨 있다.

2장 '조선 후기 자기서사의 흐름'은 취향과 개성, 성찰과 반성, 쇄사(瑣事)와 정욕 등의 사적(私的) 측면을 중심으로 구성했다. 취향과 개성의 표현이 돋보이는 자기서사에서는 자신의 존재 증명을 위해 고유한 진면모를 피력하려는 의지를 살필 수 있었다. 단순한 존재 증명 외에 자신의 삶을 돌아보며 곤지(困知)와 곤학(困學)을 실천한 이들에게서 주로 발견되는 자세가 성찰과 반성인 반면, 추상적인 성찰과 반성에 구체성을 더하려던 인물들은 자신의 생활공간인 현실에서 일상적인 소재를 취하거나 내밀한 속내를 이야기 했다. 이처럼 일부 차이는 있지만 대부분의 자기서사에 내면과 일상이 보이고, 자아와 세계를 구체적으로 인식하며 글로 표현하려고 했다는 의의를 찾을 수 있다.

3장 '자아의 유형에 따른 자기서사의 분류와 그 양상' 중에서 자아의 유형에 따른 분류는 시론(試論)이다. 기존의 논의에 기대어 전근대 자기서사의 차이를 계열화해서 의미를 길어 올리기 위해 선택한 시도이다. 그 과정에서 자아의 시선, 저자와 주인공의 관계, 자아의 단일성 여부를 기준으로 기술적(記述的) 자아와 성찰적(省察的) 자아, 실재적(實在的) 자아와 허구적(虛構的) 자아, 단일 형상의 자아와 이중 형상의 자아 등을 각각 추출할 수 있었다. 이들 자아는 서로 겹쳤다 나뉘기도 하고 상·하위 장르로 상승과 하강을 거듭하면서 다시 다양하게 결합하고 분기할 것이다. 물론 그 어떤 경우라도 존재 증명의 욕구와 이보다 앞선 자신에 대한 자각이 모든 과정을 추동했다는 점은 분명한 사실이다.

4장 '자기서사의 창작 동기와 이기원(李箕元)의 『홍애자편(洪厓自編)』'에서는 다소 생소할 수 있는 이기원의 자찬연보(自撰年譜)를 논의의 중심에 두었다. 「홍애자편서(洪厓自編敍)」로 보았을 때, 그 역시 여느 자기서사의 작가들처럼 존재 증명과 자기인식을 위해 글을 남겼고 자신의 삶을 정당화했으며 제 삶과 그 주변을 증언했다. 아울러 『홍애자편』은 현재 자신의 삶이 형성된 원인을 고구했다는 측면에서 성찰적(省察的)이고, 삶과 자기를 상세하게 서술했다는 점에서 그 서사는 구체적이다. 이뿐만 아니라 일상과 주변에 초점을 맞춘 서사를 통해 기호와 취향은 물론, 당시의 사회적 환경 역시 엿볼 수 있다. 이 점이 그와 그의 자기서사가 지닌 매력이며 선택의 이유이다.

5장 '자기서사의 효용과 심노숭(沈魯崇)의 병(病) 관련 자기서사'에서는 현대의 자서전에 준하는 작품뿐만 아니라 'autobiographical writing'이라고 부를 수 있는 글까지도 아울러서 '병'이라는 주제 아래 두고 고찰했다. 구체에서 보편으로 진행되는 그의 관찰과 글쓰기에서 자신을 돌보는 모범적인 양상과 자기의 심신(心身)을 방기하지 않고 스스로 통제함으로써 삶의 주체가 되려고 한 태도를 볼 수 있었다. 그리고 그는 자신의 과거와 내면을 성찰하고 참회함으로써 이전과 달라진 자신의 모습을 서술했으며, 구체적인 글쓰기를 통해 모호한 사유를 명징하게 표현함으로써 자신의 정체성을 구성하고 개성적인 자아를 표출했다. 이러한 모습에서 만나게 되는 자기 돌봄과 돌아봄의 가치는 작지 않을 것이다.

6장 '자탁전(自托傳)의 계열과 그 계보'에서는 시간성의 개입 여부를 기준으로 자탁전을 나누고 각 계열에서 보이는 자기인식과 자기형상의 계보를 추적했다. 정태진술 위주의 「백운거사전(白雲居士傳)」 계열과 시간의 축이 개입되어 과정진술이 강화된 「예산은자전(猊山隱者傳)」 계열은 각자 뚜렷한 특징이 있었다. 전자는 자신이 지향하는 삶의 이상(理想)을 말하고 왜곡에 맞서 자기를 해명하며 자신이 좋아하는 기호를 표출하려는 경향이 강하다. 이에 반해 후자는 삶의 변곡점 주변을 반성적으로 성찰하면서, 인생의 과정과 그에 따른 변모 양상을 서술하려는 경향이 두드러진다. 다만 성찰을 통해 단편적인 삶의 인상을 기억과 체험으로 전환시켜 정체성을 구축하고 미래의 비전(vision)을 제시하려던 태도는 두 계열 모두가 지닌 의미이다.

7장 '자찬연보(自撰年譜)의 공(公)과 사(私)'는 자찬연보의 내포와 외연을 밝히고, 그에서 보이는 공과 사의 양상과 의미를 고찰한 연구이다. 공적인 성격의 자찬연보는 역사서를 서술하듯이 자신의 일생을 사실에 근거해서 공정하게 서술하고, 그 이력에 있어 반드시 해명해야 할 사건을 세밀하게 서술하려는 태도를 보인다. 따라서 이들은 정사(正史)의 빈 곳을 메운다거나 한 가지 사건을 복수의 시각으로 보게 해준다. 심노숭(沈魯崇)의 『자저기년(自著紀年)』처럼 개인에 초점을 맞춰 자신의 지난날을 반성하고 사유와 감정을 진솔하게 표현하며 일상의 사소한 모습까지도 기록한 자찬연보가 사적인 경향을 대표한다. 그의 반성과 표현이 저자 자신은 물론 독자들에게도 성찰의 계기를 제공하며 개인과 일상의 중요성을 일깨워준다.

8장 '필기체(筆記體) 자기서사(自己敍事)의 자기형상과 자기변명'에서는 필기와 자기서사의 접점과 그 범주를 규명하고, 그 초기작인 이식(李植)의 「서후잡록(敍後雜錄)」에 보이는 경계인으로서의 형상과 변명의 양상을 살펴보았다. 다양한 이야기를 포괄하여 자유롭게 서술할 수 있다는 점이 필기로 자기서사를 서술한 주요 원인인데 이식은 이 장점을 충분히 활용했다. 다만 이식의 자기변명을 다른 기록과 비교해보면, 기억의 착오나 과장과 축소의 과정을 거치며 일정하게 왜곡된 사례가 있어서 그 사실성을 꼼꼼히 살펴보아야 했다. 따라서 그가 필기체 자기서사 장르를 개척했다는 점은 의미가 있지만, 자신의 삶을 냉정하게 돌아보는 자기반성에 있어서는 일정한 한계를 보이는 것도 사실이다.

9장 '서간체(書簡體) 자기서사(自己敍事)의 반성과 성찰'은 편지로 쓴 자기서사의 여러 양상을 종합적으로 고찰함으로써 선인들이 자신의 정체성을 고민하고 삶을 돌보았던 모습에서 의미를 찾는 데 초점을 두었다. 대상으로 다룬 주요 작품 중 김시습(金時習)의 「상유양양진정서(上柳襄陽陳情書)」는 서간체 자기서사의 전형, 유몽인(柳夢寅)의 「여유점사승영운서(與楡岾寺僧靈運書)」는 변명, 고려시대 승려 천책(天頙)의 「답운대아감민호서(答芸臺亞監閔昊書)」는 독백으로써 서간체 자기서사의 폭을 넓혔다. 뿐만 아니라 이들의 작품은 모두 성찰과 반성을 통해 자아의 정체성을 수립하고 자신의 삶을 돌보는 데 주력했고, 출현 시기 역시 여타 자기서사에 선행한다는 가치가 있다.

이처럼 자기서사를 일별해보았지만 남은 과제도 없지 않다. 실재적 자아가 주도하는 자기서사를 통해 거대한 역사와 개인의 역사가 만나는 지점을 조금 더 면밀하게 살펴야 한다. 그것이 단순한 기록에 그칠지라도 한 시대를 증언하는 데 의미가 없지 않기 때문이다. 아울러 한글로 쓴 자기서사 역시 소중하다. 차근차근 연구를 진행해 나갈 것이다.

3.

7년간 써왔던 9편의 논문을 수정하고 보완해서 책으로 엮었다. 각 장의 순서대로 그 바탕이 된 논문을 밝히면 다음과 같다. 1장 '「16세기 후반~17세기 전반 自傳的 敍事의 창작 경향과 그 의미」(『한국한문학연구』 51)', 2장 '「조선후기 자서전의 특징적 局面과 그 의미」(『한국한문학연구』 56)', 3장 '「자아의 유형에 따른 전근대 자서전의 분류와 그 형성 배경」(『고전과 해석』 17)', 4장 '「洪崖 李箕元의 自撰年譜 『洪崖自編』 연구」(『민족문화연구』 74)', 5장 '「자기 자신을 돌보기, 돌아보기로서 病의 기록─沈魯崇의 病에 관련된 敍事를 중심으로─」(『한문학논집』 45)', 6장 '「自托傳의 각 계열에서 보이는 자기인식의 형상과 그 의미」(『한국한문학연구』 71)', 7장 「「자서전 코드로 읽어 본 自撰 年譜-沈魯崇의 『自著紀年』을 중심으로-」(『우리어문 연구』 52)', 8장 「「필기체(筆記體) 자기서사(自己敍事)의 자기형상(自己形象)과 자기변명(自己辨明)-이식(李植)의 「서후잡록(敍後雜錄)」을 중심으로-」(『민족문학사연구』 64)', 9장 「書簡體 自己敍事의 주요 양상과 自己形象」(『우리문학연구』 62)'이다.

이미 출간된 논문을 정독하는 경험은 오역을 마주할 때보다 부끄러움에 대해 더 많이 생각하는 계기가 되었다. 대견한 시각을 가끔이나마 찾지 못했다면 책 엮기를 그만두었을지도 모른다. 그 과정에서 지도교수이신 정우봉 선생님의 관심은 큰 힘이 되었다. 고려대학교 국어국문학과와 한문학과 선생님들의 배려가 아니었다면 연구를 계속하는 일은 생각 못했을 것이다. 함께 자료를 읽으며 엇나가는 상상에 제동을 걸어 준 동료와 초고의 첫 독자를 자처하며 세심히 읽어준 동학의 배려가 없었다면 선인들의 글을 읽으면서 나를 마주하는 일이 몇 배는 힘들었으리라. 이 모든 분들과 가족들에게 감사드리며, 시작했던 글로 서문을 마무리하겠다.

비록 그렇지만 저들은 즐거이 호의호식하는 반면 이들은 애달프게 아침저녁으로 구걸하면서도, 저들도 백성이며 이들 역시 백성이라고 말한다. 저들은 세상의 큰 나라로서 금성(金城)과 탕지(湯池)로 사방을 견고히 지키는 반면 이들은 바닷가 모퉁이의 작은 나라로서 사방의 울타리가 무너졌는데도, 저들도 국가이며 이들 역시 국가라고 말한다. 그렇다면 뿔과 발굽이 있으니 양은 소를 부러워할 필요가 없고, 송곳니와 발톱이 있으니 살쾡이는 호랑이를 부러워할 필요가 없으며, 비늘과 지느러미가 있으니 미꾸라지는 용을 부러워할 필요가 없고, 깃털과 부리가 있으니 메추라기는 붕새를 부러워할 필요가 없겠구나.

12

어쩐지 우리의 학문은 자꾸 '이들'의 자리에 놓이려 한다. 양·살쾡이·미꾸라지·메추라기의 위치에 안주하려는 것만 같다. 전락을 피하기 위해 우리는 냉정하게 자신을 마주보며 학문을 돌보고 돌아보아야 한다. 그 반성에 이 책이 조금이라도 쓰이기를 바란다.

# 차 례

제1부

# 한국 고전 자기서사의 흐름과 배경

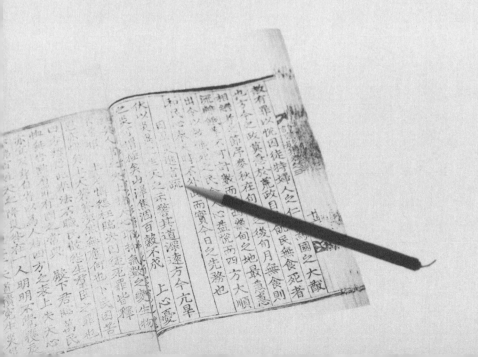

# 제1장

# 조선 중기 자기서사의 흐름

## 1. 조선 중기 자기서사의 배경

체험에 한계가 있을 수밖에 없는 인간이 삶의 다양한 모습과 궤적을 살피는 데 자서전만 한 장르는 없다. 자서전은 삶의 각 계기마다 개인이 가졌던 사유와 감정을 보여주고, 그 서사 역시 거대한 역사서술이 갖기 힘든, 사안마다의 세밀함을 보여주기 때문이다. 18세기 후반 이후 낭만주의의 도래와 함께 서양의 자서전 창작이 활발해지고, 20세기 중반부터 그 연구의 성과가 축적된 원인 역시 자서전이 가진 이와 같은 장르적 특징 때문이다.[1]

이에 반해 동양의 자전(自傳)은 서양과는 다른 성격으로 창작·연구되었다. 예컨대 가와이 코오조오(川合康三)가 "자기 자신의 변화를 되돌아본다는, 지난날의 자기와는 다른 자신이 지난날의 자기를 본다고 하는 자기 성찰을 찾아볼 수가 없다."[2] 라고 한 발언에서 차이를 짐작할 수 있다.

---

1 서양 자서전 연구의 경향과 그 특성에 대해서는 다음의 논고를 참고하였다. 류은희(2002), 323~347면; 최경도(2008), 129~145면; 이가야(2008), 283~311면.

이 주장이 실상에 가까운지를 판단하기 전에 서구의 자서전과 동양의 자전은 그 결이 다르다는 점을 인정해야 할 것이다. 사실 몇몇의 글들을 제외하면 동양의 자전에는 특정 시기나 사안, 객관적 사실의 기록에 초점을 맞추어 자신이 겪은 일을 기사처럼 사실에 근거하여 공정하게 서술하려는 거사직서(據事直書)의 태도를 보이는 글들이 적지 않은 것이 사실이다.

다만 가와이 코오조오의 견해와 다른 시각도 존재한다. 예컨대 스스로 지은 전(傳)과 비지(碑誌) 등에만 범위를 국한시키지 않고 남성뿐만 아니라 여성의 작품까지 포함한 유·불·도(儒·佛·道) 모두의 일기(日記), 자찬연보(自撰年譜), 곤학기(困學記), 곤지기(困知記), 자책문(自責文), 여행기(旅行記), 잠·명·송·찬(箴·銘·頌·贊) 등을 포괄하여 조금 더 넓은 시야에서 중국의 자서전적 작품(autobiographical writings)을 고찰한 우 페이이(Wu, Pei-yi)의 연구가 그것이다. 일정한 제약이 존재하기는 하나 내적 성찰과 변화의 과정을 서술한 글이 중국의 자전에서도 적지 않게 보인다는 사실을 그는 적시하였다.[3] 이와 같은 결과를 통해 자기 삶의 이력을 스스로 서술한 글을 포괄적 시각으로 살펴보면, 문화적 환경의 차이로 결이 다르기는 하지만 자신의 변화와 그에 대한 성찰을 동반한 글이 동서양 모두에 존재했다는 사실을 짐작하게 된다.

그런데 서양의 자서전 연구는 물론, 중국의 자전을 고찰한 앞선 두 연구의 포괄적 범위에 비해 우리의 자전 연구는 특정 시기와 장르에 국한되었던 것이 사실이다.[4] 따라서 대상의 범위는 물론, 창작자의 계층까

---

2 가와이 코오조오(2002), 35면.

3 Wu, Pei-yi(1990).

4 대표적 논의만 들어보자면 다음과 같다. ① 우선 해설을 포함한 자료집의 성격으로는 다음의 논의가 있다. 심경호(2009); 심경호(2010). ② 다음으로 탁전을 포함한 고려시대 자기서사에 대한 본

지도 확장시켜 종횡으로 우리의 자전을 살펴보아야 할 이유는 충분하다. 이번 장은 그 첫걸음을 떼려는 시도이다.

이에 우선 그 시작을 조선 중기(16세기 후반~17세기 전반)로 잡으려고 한다. 무엇보다 고려시대나 조선 전기는 물론, 조선 후기와 비교해보더라도 이 시기에 자서전적 작품의 창작이 급속도로 확산되었고, 그 모습 역시 다양하다는 점이 가장 큰 이유이다. 그 주요한 원인은 대체로 당대 문인지식인들이 처했던 불안정한 환경이 자신의 지난 삶을 성찰하고 반성하게 했으며 자신의 심정을 토로하게 만들었고 타인에 의해 어그러질지도 모르는 사실을 보고하게 했다는 점에 있다.

그리고 그간의 연구에서 주목했던 자전 장르는 물론, 주목하지 않았던 자서전의 성격을 띠는 잠·명·송·찬, 연보를 비롯해서 연대기 형식을 띤 비지 및 여타 산문 등을 대상으로 하여 자기를 대상으로 기술한 서사체(敍事體)를 포괄적으로 아우르고자 한다. 대상의 범위를 좁게 잡을 경우 적지 않은 오해를 글에 투영하기 십상이기 때문이다. 다만 위와 같은 대상 규정은 일반적으로 '자전' 혹은 '자서전'이라 정의된 장르보다 넓은 범위를 포괄하기 때문에 그 성격을 고려해서 '자기서사(自己敍事)'라는 술어를 사용할 것이다. 그 의미는 '저자가 자신의 삶 전체 혹은 특정 시기를 대상으로 자아의 사유와 감정 및 삶의 지향을 서술하거나, 자신의

___

격적 논의로는 다음이 대표적이다. 조수학(1987); 이은식(1997). ③ 다음으로 자찬비지(自撰碑誌)에 대한 논의로는 다음을 참고하였다. 정민(2001), 301~325면; 안대회(2003), 237~256면. ④ 다음으로 화상자찬(畵像自贊)에 대한 논의로는 다음과 같은 논의가 있다. 임준철(2009), 259~300면; 임준철(2012), 237~276면. ⑤ 마지막으로 계층적 측면에 있어서 여성과 승려의 자기서사를 다룬 논의로는 다음을 참고하였다. ⑤-1 이 중 여성의 경우는 다음과 같다. 김경남(1992); 박혜숙·최경희·박희병(2002a), 323~349면; 박혜숙·최경희·박희병(2002b), 306~328면; 박혜숙·최경희·박희병(2003), 233~274면. ⑤-2 승려의 경우는 다음과 같다. 김승호(2003), 121~146면; 김승호(2008), 7~35면.

변모 양상과 변화의 계기가 되는 외부 환경 및 사건을 서술한 서사체'로 정리할 수 있다.[5]

동아시아의 자기서사는 전통적 의미에서의 문(文)과 사(史) 각각의 경향이 두드러진 글로 대별된다. 전자는 자아를 타자화시켜 서술하고 자아를 여타 사물에 우의적으로 기탁하거나 개인적 회한 및 외부 사회와의 불화를 정감적 언사로 토로하는 글쓰기이다. 연대기적으로 구성되지 않고 특정 시기나 핵심 사안만을 대상으로 서술하는 경우가 대부분이며, 개인적 삶의 지향과 해당 시기 자아의 심리 상태와 변화 양상을 살펴보기에 용이하다는 특징을 지닌다. 이 부류의 성격을 가장 잘 드러낼 수 있는 작품은 도연명(陶淵明)의 「오류선생전(五柳先生傳)」과 같은 단형(短形)에 문식(文飾)이 가미된 서사이다. 본서에서는 이 계열에 대해 특정 시기나 핵심 사안만을 다루면서 상대적으로 짧고 문학성을 띠고 있다는 점에 착안해서 '단편 형식의 자기서사'[6]라고 이름 붙이고자 한다.

---

5 필립 르죈(Philippe Lejune)은 서양 자서전의 필요충분조건으로 '저자=화자=주인공'이라는 조건을 역설했다. 그 외에도 그는 자서전의 조건으로 산문으로 되어 있을 것, 한 개인의 삶과 인성의 역사를 다룰 것, 화자의 발화가 과거 회상형으로 쓰였을 것 등의 조건 역시 제시했다. 다만 이것을 문학적 환경이 전혀 다른 동양의 유사 산문군에 그대로 적용하는 것은 적지 않은 문제를 발생시킨다. 이러한 문제점을 자각하고 "한 사람의 일생 가운데 일정한 기간을 단위로 삼아 자기가 겪은 일들을 서술해서 자신의 삶의 궤적을 고백하고 자신의 인성 형성의 과정을 성찰하는 시와 산문"이라고 동양의 자서전 정의한 심경호의 정의는 음미할 만하다. 본서에서 자서전이라는 용어를 사용하지 않고 좀 더 포괄적인 용어인 '자기서사'라는 술어를 사용한 것 역시 바로 이와 같은 의식에 기인한다. 다만 위 정의와 유사한 함의를 지닌 대상을 다루면서 '자기서사'라는 술어를 사용한 이유는 '자서전'이라고 했을 때 야기될 오해와 혼란을 피하고, 좀 더 포괄적인 층위에서 개인의 변모 양상과 그 외부 환경의 기록에서부터 내면적 성찰까지를 조명하고자 했기 때문이다. 필립 르죈(1998), 17~19면; 심경호(2010), 5면 참조.

6 '단편 형식'이라고 명명한 이유는 해당되는 글의 물리적 분량이 적어서이기도 하지만, 단편 소설이라고 하였을 때 '단편'이 지니는 의미, 즉 장편소설처럼 여러 인물을 등장시켜 장기간에 걸친 발달 과정을 다루며 상세한 사회적 환경을 전개시키지 않고, 소수 인물의 압축적이고 간소화된 이야기를 다룬다는 측면까지도 고려한 용어임을 밝혀둔다. ● 이에 대해서는 M. H. Abrams(1997), 349~352면 참조.

이에 반해 후자는 삶의 긴 여정을 대상으로 다루면서 각 시기마다 개인에게 발생한 주요 사건과 일화를 연대기로 기록하는 글쓰기이다. 그래서 전자보다 장편이며 사건과 일화의 기록이 상당히 자세하다. 또한 거대한 역사와 개인적 역사의 접점에 설 수 있는 기록으로서, 역사적 사건 속 자아의 모습을 그려내고 있기 때문에 역사를 다양한 시각으로 재음미하게 한다는 가치가 있다. 이 부류는 사마천(司馬遷)의 「태사공자서(太史公自序)」나 삶의 연대기적 기록인 자찬비지가 대표적이다. 연대기적 서술을 통해 의역사적(擬歷史的) 서술을 보여주고 있기 때문에 이 계열에 대해서는 '연대기 형식의 자기서사'라고 이름 붙이고자 한다.

요컨대 이번 장에서는 조선 중기에 창작된 다양한 자기서사를 종합하여 단편과 연대기 형식으로 대별한 이후, 각각의 경향이 지닌 특징적 면모를 밝히고 그 창작 배경과 의미를 밝혀보고자 한다. 그리고 개별 작품을 고찰할 때는 자기서사의 이해에 핵심적 요소인 창작 시기, 자아를 인식하는 태도, 창작 동기, 글쓰기의 특징적 면모 등에 초점을 맞추어 고찰하겠다.

## 2. 단편 형식의 자기서사

조선 중기에는 조선 전기에 비해 자신의 삶에 대해 회고하는 자기서사가 상당히 증가하였다. 현존하는 문집의 수량 증가와 산문 창작 의식의 제고라는 현상을 논외로 하더라도 저명한 문인지식인들에게서 집중적으로 자기서사가 창작되었다는 사실은 작지 않은 의미를 시사한다. 특히 이들이 자기서사를 주로 창작한 시기가 개인의 인생에 있어 시련기이거나 만년(晚年)이라는 사실을 통해 자기서사의 창작이 제고된 배경을 짐작해볼 수 있다. 예컨대 시련기에 창작한 경우 당시의 불우한 상황 속에서 자신의 정체성을 찾고자 하거나 자신이 현재의 상황에 처하게 된 원인을 성찰하려는 의도가 크다. 그리고 만년에 창작한 경우 역시 삶에 대한 성찰은 물론, 남들에 의해 각색되고 편집될 수 있는 자신의 평생을 뜻대로 기록하고자 한 의도가 선명하게 드러난다. 이로써 보자면 자각된 주체의 내면적 심리를 시가 아닌 산문으로도 표현할 수 있다는 인식의 변화, 시련과 반성의 계기로서 작용하는 불우(不遇)와 지기(知己)의 부재, 그것을 배태한 사회 환경의 불안정성 등을 이 시기 자기서사 창작 제고의 주요한 원인으로 꼽을 수 있다.

지금부터 조선 중기 단편 형식의 자기서사를 중심으로 논의를 진행하면서 창작 배경과 양상 및 그 의미를 찾아보고자 한다. 우선 양과 질의 측면 모두에서 일정한 성취를 이룬 신흠(申欽, 1566~1628)으로부터 논의를 시작하려고 한다.

현옹(玄翁)은 어떤 사람인가? 문장으로 세상에 이름이 났지만 현옹은 문장을 일삼지 않았고, 벼슬로 조정에서 현달하였지만 현옹은 벼슬을 마음에 두지 않았으며, 죄로 인해 외지로 쫓겨났지만 현옹은 죄로 인해 흔들리지 않았다. 좋아하는 것도 경영하는 것도 없고 가난을 부유함과 같이 보고 풍부하여도 검약하게 처세하였다. 남들과 교유할 때 다른 사람들이 친소(親疎)를 둘 수 없었고 외물(外物)과 접할 때 외물이 구속할 수 없었다.

젊어서는 학업에 뜻을 두어 구류(九流)에 정통했지만 그 근원을 거칠게 섭렵하였을 뿐 그 본원까지 궁구하지는 않았다. 늙어서는 『역(易)』을 좋아하여 소씨(邵氏)의 대지만물(大地萬物)의 수(數)를 깨우쳤지만 이 역시 대략만을 깨우쳤을 뿐이다. 책에 있어서는 보지 않은 것이 없었지만 서적 외에는 하루 종일 초연하여 속물(俗物)이 감히 범접하지 못하였다.

한 시대의 빼어난 무리들과 모두 교유하여 현옹을 아는 사람은 많았지만 어떤 사람은 그의 문장만을 알고 어떤 사람은 그의 행사(行事)만을 알 뿐이었다. 백사옹(白沙翁)이 현옹과 이웃에 살았는데 현옹의 지취(志趣)를 알 수 있었고 현옹 역시 백사를 알았다. 백사가 직언 때문에 죄를 얻어 북청(北靑)에 폄적되어 죽자 현옹은 친구를 잃은 탄식을 하며 인간 세상에 뜻을 두지 않았다.

적소(謫所)에서 자찬(自贊)하여 말하였다. "현옹이라 생각하면, 이빨이 빠지고 머리가 벗겨졌으며 얼굴이 수척하고 몸이 말랐으니 예전의 현옹이 아니다. 현옹이 아니라고 생각하면, 진흙에도 더럽혀지지 않고 곤궁하나 더욱 형통하니 예전의 현옹이다. 예전의 현옹이 아니라고 한 것이 옳은가? 예전의 현옹이라고 한 것이 그른가? 내가 또한 나를 잊었다고 해도 예전의 나를 잃지 않았으니 내가 예전의 현옹이 아니라고 해도 어찌 예전의 현옹이 아니겠는가? 천지는 하나의 손가락이며 만물은 한 마리의 말이다. 사대(四大)가 비록 합하여졌다고 해도 어떤 것이 진짜이며 어떤 것이 가짜인가? 아, 그대 현옹은 하늘에는 능하나 인간에게는 능하지 못한가? 하늘인가, 사람인가? 나는 천지의 변화(大化)에 귀의하리." 이것은 대체로 그 실제를 기록한 것이다.[7]

선조(宣祖)가 교지를 전한 칠대신(七大臣) 중 한 명이었던 신흠은 이 일로 인해 1613년 방귀전리(放歸田里)되었다가 1617년 춘천에 부처(付處)되

---

**7** 申欽, 『象村稿』(『韓國文集叢刊』 72, 民族文化推進會, 1991) 권21, 「玄翁自敍」, 14면, "玄翁者, 何許人也? 以文名於世, 而翁不以文爲事, 以宦顯於朝, 而翁不以宦爲心, 以罪竄於外, 而翁不以罪爲撓. 無所嗜好, 無所經營, 視貧猶富, 處豐如約. 與人交, 人不得以親疏, 接于物, 物不得以拘絆. 少志于學, 旁通九流, 粗涉其源, 未竟其歸. 晚好羲易, 有會於邵氏大地萬物之數, 而亦通厓略而已. 書無所不觀, 書籍之外, 脩然終日, 俗物不敢干也. 交遊盡一時勝流, 知翁者多, 而或知其文, 或知其行事. 有白沙翁者, 與翁比隣, 能知翁趣造, 翁亦知白沙. 白沙以直言得罪, 貶卒于北荒, 翁有絶絃之嘆, 無意於人世矣. 在謫中嘗自贊曰, '以爲玄翁也, 則齒缺髮禿, 面瘦體削, 非昔之玄翁. 以爲非玄翁也, 則泥而不滓, 困而愈亨, 是昔之玄翁. 其非者是耶, 其是者非耶? 吾且忘吾, 而不失其故, 吾所謂非昔之玄翁, 豈非是昔之玄翁? 天地一指, 萬物一馬, 四大雖合, 孰眞孰假? 噫爾玄翁, 能於天而不能於人者耶? 天邪人邪? 吾將歸之大化.' 蓋識其實也." ◉ 이하 특별한 언급이 없는 한 사대부 작가의 원문 인용은 한국문집총간을 저본으로 삼기 때문에 반복해서 서술하지 않는다.

고, 1621년 김포로 돌아와 인조반정이 일어난 1623년까지 그곳에서 지낸다. 글의 말미에 그가 김포의 상두산(上頭山) 아래에 살고 있다는 사실을 명시하고 있기 때문에[8] 1621년에서 1623년 인조반정 직전 사이에 지어진 글임을 알 수 있다. 즉 「현옹자서(玄翁自敍)」는 승승장구하던 신흠이 자신에게 닥친 거대한 시련 속에서 삶을 회고하고 스스로를 되돌아 본 자기 서사이다.

신흠은 이 글에서 끊임없이 자신의 정체성을 고민한다. 외부의 일반적 시각과 다른 자신만의 고유함을 밝히고자 하는 첫 단락은 물론, 외적 모습은 지난날과 판이하게 달라졌지만 고유한 자신의 정체성만은 한결같이 유지하고 있다는 자찬(自贊)에서 그 고투가 선명하게 드러난다.[9]

부연하면 첫 단락에서 문장과 벼슬은 세상 사람들이 긍정적 가치로 삼는 항목이지만 그에 마음을 두지 않았다는 태도를 밝히고 있으며, 폄적은 보통 시련으로 인식하는 경우가 대부분이지만 그 때문에 흔들리지 않았다고 서술함으로써 일반적 시각과는 다른 자신만의 고유한 가치를 추구하고 있다는 점을 밝힌다. 아울러 둘째 단락에서 보이는 학문의 태도는 일로매진하여 그것의 본질까지 낱낱이 추구함으로써 자신의 학문을 기초하려고 하지 않고 대체적 모습만을 탐구하면 그뿐이라는 것이므

---

8  申欽, 『象村稿』 권21, 「玄翁自敍」, 14면, "所著有求正錄·和陶詩及雜文雜詩若干編, 乃翁餘食也. 世未有知翁者, 安望後世之有朝暮遇乎? 翁別業在金村象頭山下, 一號象村居士云, 世稱玄翁, 仍以玄翁行."

9  자찬은 물론 그의 「穿井記」에서도 외부적 상황에 간여하지 않는 우물의 모습을 빗대어 자신의 처지를 비유적으로 토로하고 있다. 따라서 「천정기」 역시 본격적 자전의 모습을 띠고 있지는 않으나 자신을 빗댄 자기서사의 모습을 띠고 있다고 할 수 있다. 申欽, 『象村稿』 권22, 「穿井記」, 23면, "余笑而對曰, '有改邑, 無改井, 井何求焉? 汲以來者其望深, 汲以往者其欲充, 井何與焉? 盈而出之則不以汲而喪其盈, 虛而受之則不以不汲而恒於虛, 汲與不汲, 井固無事於其間也. 之井也不處於通衢大術之中, 而處於嶔岩竇墼之間, 不顯於列肆齊民之用, 而顯於畸人虆客之所, 其體與用, 信有似於余之履也. 用與舍, 未嘗不與井同, 而又未始不繫於天也, 則余亦無事於其間也.'"

로, 이 역시 기존 학자들이 학문을 대하는 태도와 현격하게 차이가 난다. 신흠은 이 발언을 통해 특정 학문에 얽매이지 않고 다양한 학문을 섭렵하려는 태도와 악착같이 한 가지에 집착하지 않으려 한 자신의 지향 등을 보여주고 있다.[10] 결국 두 번째 단락 역시 일반적 태도와는 다른 자신의 학문적 태도를 통해 신흠의 고유한 정체성을 보여주고 있다.

그렇다면 그가 견지한 그의 고유함이란 무엇인가? 그것이 무엇이기에 교유한 무리들 중 유일하게 이항복(李恒福, 1556~1618)만이 알았던 것인가? 답은 위 예문의 마지막 단락에 종합적으로 서술되어 있다. 결국 그것은 더럽혀지지 않는 내적 가치를 지니고 곤궁함 속에서도 조용하고 편안함을 견지할 수 있는 모습이다. 또한 그것이 비록 인간 세계에 있어서는 불화(不和)의 빌미가 될 수는 있어도 하늘의 시각에서 보자면 제대로 사는 방법이기에 곧 대화(大化)에 귀의하는 태도로 자신을 이끌게 된다.

다만 마지막 단락에 보이는 찬(贊)의 원 출전인, 1617년에 창작한 「현옹자찬(玄翁自贊)」의 서문 말미에는 "이로 인해 자찬하였지만, 사실은 자조한 것이다."[11]라고 언급하며 이것이 바로 자기를 조소한 기록임을 분명히 밝히고 있다. 결국 자신의 정체성이라고 밝힌 사안들이 바로 스스로를 옥죄고 터무니없이 늙게 한 원인이라는 점을 신흠 역시 인식하고 있었던 것이다. 다시 말하자면 자신의 고유한 가치를 지키는 방향으로 이 글은 결론이 나고 있지만, 결론에 이르는 과정이 그리 순탄치만은 않았으며 오히려 그러한 선택으로 인해 좀 더 평안하게 살 수 있었던 기회를

---

10 학문적 태도에 있어 이와 같은 서술은 이미 陶淵明 「五柳先生傳」의 "好讀書, 不求甚解"나 우리나라의 경우 崔瀣(1287~1340) 「猊山隱者傳」의 "及就學, 不滯於一隅, 纔得旨歸, 便無卒業, 其汎而不究也."와 같은 발언에서도 살펴볼 수 있는 바이다. 이들의 언급 역시 맥락에 따라 다소간의 의미 차이가 있지만 대체로 특정한 데 얽매이지 않고 다양하게 학문을 탐구하려고 하였다는 태도를 보여준다는 점에 있어서는 유사하다.

11 申欽, 『象村稿』 권30, 「玄翁自贊」, 145면, "因以自贊, 實自嘲也."

놓치게 된 것에 스스로 조소를 보낸 것이다. 물론 이와 같은 내적 갈등은, 이것과 저것 사이에서 단번에 결정하지 못하고 연속된 선택적 의문을 스스로에게 던져보는 데서 선명하게 드러난다.

그런데 위의 '자조'가 향하는 칼끝은 '자신'뿐만 아니라 '세상' 역시 겨누고 있다. 세상의 때 묻은 가치 체계에 적당히 타협하지 않아서 순탄치 않은 삶을 살고 있는 자신과 대비해 세상은 진흙과 같이 더러운 공간이며 살기에 곤궁한 공간이라는 점을 그 스스로도 밝혀놓았다는 사실을 통해 보자면 자조는 오히려 세상에 대한 조소(嘲笑)의 의미를 강하게 띠고 있는 것이다. 그렇다면 「현옹자서」는 외부의 상황에 꺾이지 않았다는 '자부'와 그에서 발생된 '좌절', '좌절'로 인한 당대 자신의 처지에 대한 '자조'와 그를 둘러싸고 있는 세상에 대한 '조소', 즉 '자부-좌절'과 '자조-조소' 사이에서 부동(浮動)하다가 마침내 대화(大化)로 귀착한 자신의 상황을 기술한 자기서사이다.

이처럼 단편 형식의 자기서사에는 삶의 시련기나 만년에 스스로의 삶을 되짚어 보면서 자신의 정체성과 삶의 지향을 피력하는 글들이 적지 않고, 서술의 과정 속에 삶의 지향을 공고하게 추구하겠다는 의지를 피력한 글들이 많다. 이제 소개할 장유(張維, 1587~1638)의 「지리자자찬(支離子自贊)」 역시 스스로에 대한 조소 속에 만년에 그가 추구했던 삶의 지향을 밝혀놓은 글이다.

지리(支離)하구나 그 모습, 어지럽고 암울하구나 그 기개. 사물의 밖에서 노닐며, 약물(藥物) 속에서 기거하는구나. 하늘은 어찌 나의 고단한 삶을 가엽게 여겨, 늙기도 전에 큰 병으로써 나를 쉬게 하는가. 밝은 창, 따뜻한 집에 한 줄기 향 피우고, 아침엔 죽, 저녁엔 밥 먹으며 생애를 보내는구나. 해산(海山)과 도솔천(兜率天)은 내가 사랑하는 것이 아니요, 맑은 제수(濟水)와 흐린 황하(黃河)에는 관심을 끊었다네. 더디고 빠르게 오고 가다 부(符)가 이르면 받들어 떠나면 그뿐, 조물소아(造物小兒)가 나를 어찌하리![12]

장유는 1635년 스스로의 문집을 정리했다. 산문의 경우 1633년, 시의 경우 1634년까지 지은 것을 모아 26권으로 자편(自編)하고, 그 이후부터 죽는 날까지 쓰게 될 원고에 대해 속고(續稿)라는 명칭을 부여하고자 했다.[13] 따라서 속고에 속하는 글들은 아무리 빨라도 앞서 밝힌 시기 이후에 지어진 글임을 알 수 있다. 윗글 「지리자자찬」은 바로 이 속고에 수록된 작품이다. 따라서 「지리자자찬」은 죽음에 임박해 자신의 삶을 회고함과 동시에 당대 자신이 지키고자 했던 삶의 지향을 기록한 글인 것이다.

자호(自號)한 지리자(支離子)에서 '지리'라는 말은 신체가 정상과는 다른 장애가 있다는 의미이다. 이 말이 심오한 의미를 가지기 시작한 것은 『장자(莊子)』 때문인데, 여기서 '지리'라고 불리는 이들은 대부분 일반인들과 다른 신체적 모습으로 인해 자신의 천수(天壽)를 보존할 수 있었던 인물들이다. 즉 산목(散木)과 같이 쓸모없기 때문에 천수를 누리고 육신을 보존할 수 있었던, 무용(無用)과 무위(無爲)를 상징하는 인물들이다. 이러한 함의에서 『장자』는 한 걸음 더 나아가 외모와 같은 육신뿐만 아니라 덕(德)을 지리하게 할 것까지도 언급한 바 있다.[14] 윗글에서는 『장자』와 마찬가지로 늙어서 볼품없어진 육신과 정신적 '무위' 두 가지

---

12　張維, 『谿谷集』 권2, 「支離子自贊」, 45～46면, "支離兮其形貌, 錯莫兮其神鋒. 優游乎事物之外, 棲息乎藥餌之中. 天豈閔余之勞生, 未老而佚我以沈痾. 明窓煖屋兮香一炷, 早粥晩飯兮度生涯. 海山兜率兮非所慕, 淸濟濁河兮休管他. 淹速去來兮符到奉行, <u>造物小兒兮於我何!</u>"

13　張維, 『谿谷集』 自敍, 「谿谷草稿自敍」, 13면, "中歲手抄雜稿詩文各如干卷, 閱十餘年而再忝文衡, 所著撰幾倍蓰焉. 乃取文自癸酉以上, 詩自甲戌以上, 通前稿而彙分焉, (中略) 繼而爲者, 將目以續稿云."

14　『莊子』 「人間世」, "夫支離其形者, 猶足以養其身, 終其天年, 又況支離其德者乎!"

모두를 간취할 수 있다.

우선 볼품없어진 육신의 노쇠와 그 속에 깃든 어지럽고 암울한 기상이라는 측면에서 보자면 글의 '지리'는 자조에 가깝다. '지리'로 인해 목숨은 부지하고 있지만 항상 병 때문에 약물에 의지하고 있으며, 이러한 병 역시 하늘이 고단한 내 삶을 빨리 마감하기 위해 부여한 것[15]이다. 이를 통해 정신적 무위보다는 삶의 의지를 보이지 않는 장유 만년의 태도를 보게 된다. 특히 앞글과 거의 비슷한 시기에 쓴 「구염자자찬(臞髯子自贊)」과 비교해보면 자조적인 측면이 더욱 부각된다. 예컨대 볼품없는 모습 속에 도사린 자부나 덥수룩한 수염 속에 꼿꼿한 기상을 가진 자신을 은연중에 노출한 「구염자자찬」과는 달리 앞의 글에서는 직접적으로 자부를 노출한 경우를 찾기 힘들다.[16] 더욱이 장유가 대북정권(大北政權), 인조반정(仁祖反正), 병자호란(丙子胡亂), 삼전도비(三田渡碑) 등의 사태를 헤쳐나왔다는 사실을 볼 때 「지리자자찬」은 결국 자신의 무용함과 그로 인해 누린 천수에 대한 자조로 읽을 수 있다.[17]

반면 앞의 글 마지막 구절인 "조물소아(造物小兒)가 나를 어찌하리!"에서 삶에 집착하지 않고 유유자적 살다가 하늘이 부를 때 미련 없이 떠날 수 있는 노년의 '무위'를 읽게 된다. 「지리자자찬」을 이렇게 읽는다면 앞서 살펴본 자조의 일부분은, 자연스러운 하늘의 원리에 순응하겠다는

---

**15** 「지리자자찬」의 "天豈閔余之勞生, 未老而佚我以沈痾"이라는 구절은 『莊子』「大宗師」, "夫大塊, 載我以形, 勞我以生, 佚我以老, 息我以死"라는 말을 차용한 것이다.

**16** 張維, 『谿谷集』 권2, 「臞髯子自贊」, 45면, "昂然而臞者, 如病鶴低垂不啄稻粱. 蒼然而髯者, 如寒松獨立飽更風霜."

**17** 아울러 한 가지 더 자조에 대해 지적할 수 있는 사실은 화상자찬(畫像自贊)에서 반성적 성찰과 자기 조소가 적지 않게 보인다는 점이다. 「지리자자찬」은 화상자찬의 성격이 강하지는 않지만 자신의 모습을 통해 스스로를 반성하고 있다는 측면에 있어서는 그와 일맥상통하는 점이 있다. 따라서 장르적 문법 역시 글의 성격을 위와 같이 규정한 배경으로 작용한 것으로 볼 수 있다. ● 화상자찬에 나타난 자기 조소의 전형성에 대해서는 임준철(2012), 245~248면 참조.

태도로 바꾸어 이해할 수 있다. 특히 무엇인가 새롭고 대단한 것을 추구하지 않고 주어진 일상을 고즈넉이 살겠다는 중반부 이후의 서술이 이와 같은 시각 아래에서 비로소 의미를 지니게 되며, 한 걸음 더 나아가 '조물소아'에 휘둘리지 않고 자신의 길을 가겠다는 의지마저 읽을 수 있다. 요컨대 글의 전체적인 분위기가 자조적이기는 하지만 그 행간에서는 만년에도 포기할 수 없었던 삶의 지향, 즉 노년의 무위 역시 읽을 수 있다.

「지리자자찬」이 볼품없는 외모와 노쇠한 육신을 언급하면서 만년의 삶의 지향을 피력하고 있다면, 세상에 불만 가득한 청장년기의 허균(許筠, 1569~1618)은 일반적으로 저열하다 인식되는 가치에 긍정적 의미를 반어적으로 부여하면서 자기 삶의 지향과 세상에 대한 비판을 자기서사에 담아내기도 하였다.

성옹(惺翁)은 어떤 사람이기에 감히 그 덕을 칭송하는가? 그 덕은 어떠한가? 지극히 어리석고 무식하지. 무식하여 비루함에 가깝고 지극히 어리석어 용렬함에 가깝네. 용렬하고 또 비루한데 무엇을 공(功)이라고 떠벌릴까? 비루하면 조급하지 않고 용렬하면 화를 내지 않네. 화를 억제하고 조급함을 누그러뜨리니 겉보기는 어리석은 듯하다. 온 세상이 내달려가도 성옹은 내달리지 않고, 사람들이 고통스럽게 여기나 성옹은 기뻐한다. 마음이 편안하고 정신이 정미함은 용렬함과 비루함이 불러온 것이요, 정기가 모여 완전해짐은 어리석고 무식하기 때문이네. 형벌을 만나도 두려워하지 않고 폄적을 당해도 슬퍼하지 않네. 비방과 매도를 당해도 즐거워하며 기뻐한다. 스스로 송(頌)을 짓지 않으면 누가 너에게 송을 지을 수 있겠는가? 성옹은 누구인가, 허균(許筠) 단보(端甫)일세.[18]

18 許筠, 『惺所覆瓿稿』 권14, 「惺翁頌」, 256면, "惺翁何人, 敢頌其德? 其德伊何? 至愚無識. 無識近陋,

1597년 대과에 급제한 이후로 허균은 기생과 측근, 불교, 부정 합격 등을 비롯한 다양한 이유로 출퇴(出退)를 거듭했다. 그러는 동안 자신의 불우한 마음을 드러내는 글을 쓰기도 하고, 당대 사회의 모순을 신랄하게 꼬집는 논변(論辨)을 창작하기도 하였다. 따라서 「성옹송(惺翁頌)」이 창작된 시기는 확실하지 않지만 1610년 대 중반 이후로 남아있는 글이 거의 없다는 점을 고려해보자면 이 글은 늦어도 40대 초반 이전에 쓴 것이 거의 확실하다. 결국 청장년기의 허균이었기에 세상에서 저열하게 인식되는 가치, 즉 장유의 글에 나오는 술어로 표현하자면 '지리'에 가까운 형태로 자신을 그리고 있지만 '무위'로 귀착시키지 않고, 세상 사람들과 다른 자신의 지향을 피력하는 것으로 글을 쓸 수 있었던 것이다.

「성옹송」에서 묘사된 허균은 어리석어서 용렬하고 무식해서 비루하다. 다만 이미 신흠의 경우에서 살펴보았듯이 자조는 그것에만 그치지 않고 자신이 견지하려는 지향의 부각이나 세상에 대한 비판과 밀접하게 연관된다. 특히 세상의 일반적 지향에 대해 틀렸다고 생각하는 경우라면, 세상을 비판하는 강도가 커질수록 자신이 견지하는 지향은 더욱 선명하게 부각된다. 신흠에게 있어 진흙처럼 더러운 세상이 비판의 대상이 되었고 그에 휩쓸리지 않은 자신의 지향이 부각되었다면, 허균에게 있어서는 공(功)에 집착하고 조급하며 화를 내고 휩쓸리듯 한 곳으로 내달리는 세상이 비판의 대상이 된다.

이와 같은 사실은 「성옹송」과 비슷한 시기 창작된 「대힐자(對詰者)」와 함께 살펴보면 더욱 뚜렷해진다.[19] 특히 「대힐자」 역시 스스로를 어리석

---

至愚近庸. 庸而且陋, 奚詫爲功? 陋則不躁, 庸則不忿. 忿懲躁息, 容若惷惷. 擧世之趨, 翁則不奔, 人以爲苦, 翁獨欣欣. 心安神舒, 庸陋之取, 精聚氣完, 愚無識故. 遭刑不怖, 遭貶不悲. 任毁任譽, 愉愉怡怡. 非自爲頌, 孰能頌汝? 惺翁爲誰, 許筠端甫."

19 참고로 「대힐자」는 다음의 기록을 참고해보면 1610년경에 쓰인 것이 확실하다. 許筠, 『惺所覆瓿藁』

고 졸렬하며 서투르고 거칠며 총명하지도 교묘하지도 못하다고 자조한
이후, 지금 자신이 처한 세계는 세교(勢交)와 이교(利交)가 횡행하며 부귀
와 현관(顯官)을 도모하고 성색(聲色)을 탐하는 공간임을 폭로하는 서술에
서 이 점이 가장 역력하게 부각된다.[20] 결국 세속의 일반적 시각에 반하
는 삶을 살기 때문에 어리석고 무식하다고 언급되지만 이와 같은 삶의
자세를 꾸준히 견지하려는 의지를 피력한다는 점, 어리석고 무식하다는
말의 가치가 약삭빠르고 재리(財利)에 밝다는 가치와 대조된다는 사실
등을 통해 볼 때, 「성옹송」과 「대힐자」에 나타난 비판의 강도는 신흠의
글보다 강하다.

요컨대 신흠과 허균에게서 보이듯 삶의 시련기에 자신을 되돌아보며
스스로가 견지해온 삶의 지향을 피력하고자 자기서사를 쓰는 경우가 있
고, 장유처럼 만년의 삶을 정리하며 살아온 대로의 지향을 지속하고자
이 장르를 선택하는 경우가 있다. 그리고 대부분의 글에서 자조하는 모
습이 부각되는 것 역시 그릇된 세상의 지향과 다르게 살려고 했기 때문
에 필연적으로 '불우'나 '지리'로 평가할 수밖에 없었던 자신의 삶을 부각
시키고, 그 정체성을 확립하고자 한 의지에서 기인하며, 이러한 의지가
자기서사의 창작을 추동했다는 점은 분명하다. 즉 시련이나 죽음의 그
림자가 드리워졌을 때 자신의 삶을 반성하고 남들과 다른 나를 부각시킴
과 동시에 삶의 지향을 확고하게 전달하기 위해 자기서사, 특히 단편

권21, 「與李蓀谷【庚戌十月】」, 318면, "謹寫「閑情錄序」・「朴氏山莊」・「王塚」二紀・十二論・「李節度
誄」・「關廟碑」・「南宮生傳」・「對詰者」曁「北歸賦」・「毀璧辭」爲一通, 付卞生而去, 幸敎之如何."

20  許筠, 『惺所覆瓿稿』 권20, 「對詰者」, 243면, "吾性鄙拙, 疏而且麤, 無機無巧, 不諂不諛. 有一不協,
不忍須臾, 談及譽人, 口卽囁嚅, 足躡權門, 其跟卒瘏, 軒裳拱揖, 如柱在軀. 將此惛容, 去謁公孤, 見
者輒憎, 欲斮其顱. (中略) 勢交利交, 有時必渝, 此交不涅, 石耶金乎? 當其得意, 欣欣愉愉, 不知有
我, 忘寢及餔, 而況軒貂, 視若有無. 彼富貴者, 紫拖靑紆, 長裾佩玉, 只悅婦姑. 此沈冥者, 唯樂是圖,
不耽聲色, 不怵嚴誅." ● 「대힐자」에 대한 분석은 안득용(2010), 59~61면을 참고하기 바란다.

형식의 자기서사를 선택하게 된 것이다.[21]

## 3. 연대기 형식의 자기서사 : 사대부의 사례

이제까지 보아왔던 자기서사에서는 특정 인물의 정체성과 지향점을 파악하기는 용이하였지만 삶의 전모를 보기는 쉽지 않았다. 그런데 조선 중기에는 위와 같은 단편 형식의 자기서사 외에도 작가 자신의 일생을 대상으로 서술한 자기서사 역시 적지 않다. 그중 가장 대표적인 글이 이식(李植, 1584~1647)의 「택구거사자서(澤癯居士自敍)」·「서후잡록(敍後雜錄)」·「자지속(自誌續)」이다. 이 삼부작은 장편의 자기서사로서, 분량뿐만 아니라 앞서 살핀 자기서사에서 볼 수 없었던 다양한 삶의 모습과 계기를 담고 있다.

세 편의 작품 중 가장 먼저 기록된 글은 「택구거사자서」이다. 이식은 어머니의 장례를 치르고 난 직후인 1637년 7월부터 병세가 급격히 악화되어 회복하지 못할 것이라 생각하고 그해 12월, 출생에서부터 1637년까지 살아온 자신의 삶을 연대기로 서술한다. 그리고 난 이후 「택구거사자서」의 기록이 소략하다고 느꼈는지 이 글에서 빠졌거나 소략하게 기록되었다고 생각한 삶의 주요한 계기에 대해 다시 기록하는데, 이것이 「서후잡록」이다.[22] 마지막으로 「자지속」은 이식이 죽음을 직감한 1647년 3월,

---

21 아울러 주요하게 지적하고 싶은 또 다른 창작 동기로는 지기(知己)의 부재가 있다. 예컨대 신흠의 「현옹자서」에서는 지기인 이항복의 죽음으로 인해, 허균의 「성옹송」에서는 삶의 태도로 인해 자신이 견지한 삶의 지향을 정확하게 알 수 있는 사람이 부재한 상태가 자기서사의 창작을 추동했다는 점은 부정할 수 없다. 참고로 승려들에게서도 자신의 삶의 기록을 타인에게 맡기지 않고 스스로 쓰려고 하는 태도가 드러나기도 한다. 예컨대 다음의 글에서 살펴볼 수 있다. 有璣(1707~1785), 『好隱集』(『韓國佛敎全書』 제9책, 東國大學校 出版部, 1997) 권4, 「好隱愚夫自傳」, 728면, "愚夫蚤歲染鬢, 已至暮節, 雜著錄數卷, 寫與小山. 而不願他手之推敲, 又不願門人之收入散在文也."

「택구거사자서」에서 다루었던 1637년 직후인 1638년에서부터 1647년까지의 삶을 기록한 자기서사이다.

이식보다 한 세기 이상 후배인 연담유일(蓮潭有一, 1720~1799)은 「자보행업(自譜行業)」과 같은 자찬연보를 지었고[23] 연보로도 읽힐 수 있는 정약용 (丁若鏞, 1762~1836)의 「자찬묘지명(自撰墓誌銘) - 집중본(集中本)」도 남아 있지만, 이식의 자기서사 삼부작은 그 어떤 글과 비교해보아도 양과 질의 측면에서 뒤지지 않는 글이면서 백 년 이상 앞선 시기에 창작되었다는 의의를 지닌다. 지금부터 이식의 자기서사 삼부작이 지닌 주요한 특징을 중심으로 하여 연대기 형식으로 서술된 자기서사의 특징을 살펴보겠다.

또 이웃한 오랑캐들이 한창 세력을 확장하는데도 국정이 제대로 다스려지지 않는 것을 보고 변화시켜보려 하여서 논의하였지만 번번이 주상과 관료의 견해와 어긋났다. 매번 존귀한 벼슬을 사양하고 낮은 벼슬에 거하며 자주 외직을 구하였고 교유를 끊고 당색(黨色)을 물리쳤기에 고립되어 자신밖에 믿을 사람이 없게 되었다. 이로 인해 사론(士論)으로부터 의심을 받았고, 우활하고 허황되다고 지목되었으며, 심한 자들은 아첨하고 험악하며 위배되고 정당하지 않은 사람이라고 지목하였는데 분조(分朝)할 때에 이르러 가장 심해졌다.

그러나 성상께서 헤아려주셨기에 용납되었고 조정의 논의도 때로는 나를 완전히 버리고자 하지 않았다. 그래서 탄핵이 있을 때는 반드시 먼저 문예의 훌륭

---

22 「서후잡록」을 창작한 시기는 아들 이단하(李端夏)가 남겨놓은 이식 「行狀」 - 정식 명칭이 길기 때문에 편의상 '행장'이라 칭한다 - 의 다음 서술을 참고해보면 택구거사자서」와 같은 1637년 12월임을 알 수 있다. 李端夏, 『畏齋集』 권9, 「行狀」, 461면, "十二月, 撰「澤癯居士自敍」. (中略) 又撰「敍後雜錄」, 備敍平生行跡."

23 연담유일의 「자보행업」에 대해서는 김승호(2008), 7~35면; 심경호(2010), 633면 참조.

함으로 띄워주고는 이어 억눌렀다. 그랬기 때문에 허물이 소문이 나게 될수록 문장은 더욱 이름이 나게 되어 비어있던 문형(文衡)을 맡아서 경(卿)의 반열에 외람되이 오르게 되었으니, 모두 추이의 형세가 그렇게 한 것이었다. 그러나 실제로 문장 역시 잘하지 못하였고 또 스스로도 그리 좋아하지 않았으니, 아아! 어찌 운명이 아니겠는가.

종묘사직이 무너지고 임금께서도 욕을 당하였는데 이미 일에 앞서 극언을 하지도 못하였고 또 기미를 보고 결단하여 미리 물러나지도 못하고는 어묵(語黙)과 취사하는 사이에서 놀라 두려워하며 망연자실하다가 끝내 난세에 스스로를 드러내지도 못하였으니, 이것이 거사가 스스로 죄인이라고 여기는 이유이다.[24]

「택구거사자서」는 자찬비지(自撰碑誌)의 성격이 강한 글이다. 이미 이식 스스로도 이 글의 성격을 규정하면서 "자신의 이력을 대략 서술하여 묘지(墓誌)로 사용하려고 했다."[25]라고 언급한 바 있으며, 그의 아들 이단하(李端夏, 1625~1689) 역시 「행장(行狀)」의 몇몇 부분에서 이 글에 대해 자지(自誌)라고 언급하고 있기 때문이다. 그러나 무엇보다 서술의 내용 · 형식을 살펴보면 이 글이 자찬비지의 성격이 강하다는 사실을 파악할 수 있다.

비지는 대체로 '세계(世係) − 이력(履歷) − 총평(總評)'으로 구성되는 서(序)

---

24 李植, 『澤堂集』別集 권16, 「澤癯居士自敍」, 546면, "又見隣寇方張, 國政不修, 欲有所更變, 凡有論議, 輒乖忤上下. 每辭尊居卑, 數求外補, 絶交遊避黨目, 孤立自信. 由是大爲士論所疑外, 目以迂愚浮誕, 甚者斥以詭險返側, 以至分朝之際而極矣. 賴聖度舍容, 朝議或有不欲全棄者. 凡有彈劾, 必先揚文藝之美, 而繼以貶抑. 故雖過日益有聞, 而文日益有名, 以至承乏文柄, 叨列卿秩, 皆推移之勢使然. 其實文亦非其所長, 又非其所自喜, 嗟乎, 豈非命哉! 宗社覆矣, 君父辱矣, 旣不能先事極言, 又不能決幾早退, 規規於語黙取舍之間, 卒無以自表見於亂世, 此居士之所自以爲罪者也."

25 李植, 『澤堂集』別集 권16, 「自誌續」, 546면, "居士於丁丑冬, 在疚纓瘵, 自分必死, 手草行迹大略, 擬以誌諸墓矣."

와 전체 서술을 마무리 짓는 운문(韻文)인 명(銘)으로 구성된다. 「택구거사자서」 역시 자신의 '세계'를 첫머리에 서술한 후 출생에서부터 1637년 당시까지 자신의 '이력'을 건조한 필치로 기록하고 있다. 그리고 이 글의 마지막 부분인 위 예문은 자신의 삶을 전체적으로 압축하면서 삶을 되돌아보는 '총평'이다. 아울러 1638년부터 1647년까지의 기록인 「자지속」 역시 「택구거사자서」와 마찬가지로 자찬비지의 성격을 띠고 있기 때문에 두 작품을 한데 모을 경우 온전한 한 편의 자찬비지로 기능할 수 있다.

앞서 이력에 대한 서술이 건조하다고 한 이유는 대부분의 서술이 시기에 따라 짤막하게 구성되었기 때문이다. 위의 총평을 보자면 정묘호란(丁卯胡亂)의 분조(分朝)를 전후로 해서 이식에 대한 비판이 들끓었고 자신의 고민 역시 적지 않았던 것으로 짐작할 수 있다. 그런데도 이식은 이 사건을 기록하면서도 일정한 해명 없이 사실 관계만을 들어 짤막하게 기록하였다는 점[26]에서 분명하게 살필 수 있으며, 그 외 여러 기록 역시 사실 관계만을 짤막하게 서술하고 있기 때문에 그 건조함을 더욱 선명하게 인식하게 된다.

이식이 이렇게 자신의 삶을 기록한 데는 무엇보다 묘지(墓誌)가 지닌 장르적 특징과 분량의 제한 때문이었을 것이다. 즉 비지문은 번간득당(煩簡得當)을 중요하게 여기기 때문에 장황하게 각 사건을 해명하다 보면 그 분량이 묘지에 적합하지 않게 될 것이라는 우려가 건조한 자기서사를 쓰게 했던 것이다. 이러한 사실은 정약용의 「자찬묘지명」 두 편 중 실제 광중본(壙中本)은 일반 묘지명의 길이이지만 집중본(集中本)은 그와 달리 상당한 길이로 쓰였다는 점에서도 확인할 수 있다. 즉 실제 묘지로 쓰일

---

26 李植, 『澤堂集』 別集 권16, 「澤癯居士自敍」, 545면, "丁卯之變, 體察使李元翼, 請以贊畫使帶行, 遞付西班, 陪分朝南下. 分朝罷, 道拜大司諫. 自此朝中誣謗不測, 然未有首發彈論者, 乃上疏自劾, 仍陳國朝以文華用人之失, 卽解職東歸."

'광중본'은 핵심만을 간추려 서술하고 그에서 해명하지 못한 내용을 '집 중본'에서 비교적 상세하게 기록하는 등 각각의 성격에 맞추어 글을 썼기 때문에 서로 다른 두 종류의 자찬묘지명을 찬술하게 되었던 것이다.

마찬가지로 이식 역시 위와 같은 사실의 서술만으로 자신의 일생을 표명할 수 있다고 생각하지는 않았다. 그것이 「택구거사자서」 서술 직후 「서후잡록」을 찬술하게 된 까닭이다. 이 때문에 「서후잡록」 역시 「택구거사자서」와 마찬가지로 사실에 입각해서 기술되고 있으나 특정 사건에 대한 해명과 그에서 느낀 감회가 비교적 상세하게 서술되어 있고, 분량 역시 상당한 장편이 된 것이다. 아울러 각 항목에 제목을 부여하여 서술한 이유 또한 특정 사건을 일목요연하게 일별하기 위해서였다는 사실도 짐작하게 된다. 즉 삶의 큰 줄기만 「택구거사자서」를 통해 언급하고 이에서 못 다한 말은 「서후잡록」을 통해 하고자 했기 때문에 이식은 성격을 달리하는 별도의 자기서사를 찬술하게 된 것이다.[27]

예컨대 앞서 언급한 정묘호란으로 인한 분조의 이야기를 「택구거사자서」는 짤막하게 다루고 있지만 「서후잡록」은 사건의 양상과 해명을 자세히 다루고 있다. 「서후잡록」을 통해서 보자면 당시 이식에게 일었던 비방은 크게 세 가지였다. 첫 번째는 세자를 호종하여 바닷가 섬으로 들어감으로써 국가를 회복하려는 원대한 계획을 저지하고 있다는 것, 두 번째는 호남에서 의병을 일으켜 여진족을 공격하려 하였는데 이원익 (李元翼, 1547~1634)과 이식이 막아서고 있다는 것, 마지막으로 세자를 왕

---

27 예컨대 정묘호란 당시를 회고하며 그 저간의 상황과 자신에게 일어났던 비방에 대해 상당한 지면을 할애하여 해명하는 부분에서 선명하게 드러난다. 자신의 삶에 대해 해명한다는 측면에서 柳 夢寅(1559~1623)의 「與楡岾寺僧靈雲書」(『於于集』 권5, 419~422면) 역시 유사한 점이 있다. 즉 인생의 만년(晚年)에 자신의 삶을 돌아보면서 삶의 지향과 각 사건 및 글의 내용과 본질에 대해 해명하고 있다는 측면에서 이식의 글과는 다른 형태로 기록되어 있으나 그 성격은 유사하다고 할 수 있다.

으로 세우려는 영무(靈武)의 계획을 세우고 있다는 것이었다. 즉 전쟁을 방해하면서 반란을 꾀하고 있다는 비방이었던 것이다. 이에 대해 이식은 자신이 세자의 행차와 떨어져 공주(公州) 지역을 지키고 있었으며, 위의 비난 상소는 사주를 받은 이들의 악의적인 시도였다고 이식은 조목조목 반박한다.[28] 이처럼 삶의 주요한 사건에 대한 해명이 부족하다고 여긴 경우, 그는 「서후잡록」을 통해 그 사건의 전말에 대해 상세하게 해명함으로써 후대의 사람들에게서 야기될지도 모를 오해를 전면 봉쇄하고자 했다.[29]

---

28 李植, 『澤堂集』 別集 권17, 「敍後雜錄」, 569면, 【贊畫使】 "體相, 專使余及二三從事檢飭省弊, 堅不放下, 於是毁謗大行, 語皆不測. 做出虛言, 罔有紀極, 非但以軍國事機間論議白黑變亂, 至有靈武之議出於余. 【追後聞之】 駕次公州, 湖南諸人大集, 余察其氣色, 體相則不可顯攻, 專欲攻我, 以侵體相也. 卽謂體相曰, '世子南下更遠, 則湖西必大撓, 請身留公州, 撫定安集, 以勸春農, 且與檢察使, 斷後防變, 大計也.' 余恐春坊沮止, 臨發行口啓于世子, 而城外駕前, 拜辭落留. 駕至礪山, 則湖南士人, 受兩李之論議, 上疏劾植引世子南下, 欲入海島, 沮恢復遠圖, 請斬而警衆, 疏將上. 沙溪金公曰, '吾見李植, 以斷後江嶺, 落留公州, 今引駕南向請單, 似失實如何?' 疏遂沮. 由是湖南黨人尹雲衢·宋果周等, 皆謂吾等將擧湖南義兵, 北擊胡虜, 使隻輪不返, 而爲李元翼李某所沮, 不得伸大計, 當書之史冊, 流惡萬世. 又自宮家流入靈武之說. 會中殿不豫, 急撤分朝者此也. 余從入江都, 道拜大司諫, 蓋罷榜後, 久不擬淸望, 至是始擬受點, 以昇平銜右余, 而上亦不以初頭人言致疑也. 一行旣入江都, 謗議始大行, 具鳳瑞守喪村中, 潛招余言之曰, '須早自處.' 然無可奈何. 但念國家禍亂再起, 君父恥辱又大. 前後出入侍從, 臣罪已大, 今不可復忝諫長, 卽引罪上疏大旨. '國家以文名取人, 列于淸顯, 文人多浮薄, 臣其尤也. 宜先黜臣, 別用一番人, 以新庶政' 疏上三日留中, 答以勿辭. 自此上始疑臣有不滿意於當世, 必欲退去也. 於是造言者謂植疏意國有喪亂, 欲別用人物云云, 意欲上內禪如宋欽宗時, 以實靈武之說. 此時若非聖明在上, 完平岳鎭, 則植之一身, 糜已久矣, 殆哉殆哉!"

29 「택구거사자서」에서는 짧게 언급하였으나 「서후잡록」에서 그 사건에 대해 자세히 해명한 기술은 적지 않다. 예컨대 「澤癯居士自敍」(『澤堂集』 別集 卷 16, 544면)에서 "庚戌冬, 別試中第, 權知成均館學諭, 不就."라고 한 언급에 대해 【成均學諭】(『澤堂集』 별집 권17, 552면)에서는 【成均學諭】 "承文院以新榜被論, 皆不欲取, 惟柳忠立·金尙及余在議中. 許筬門下人三官, 欲爲丁·金地, 故不圈點, 余以降三點見絀, 移送成均. 同選八九人皆就職, 余不就, 退歸驪江. 或問其故, 余謂, '非以成均爲薄, 病間殘命, 本不欲赴擧. 仕進之初, 被人指斥, 吾道已隘矣, 但當不仕, 以明初志而已.' 謂家人曰, '今日魔障, 正坐預期洪川也.'"라고 기술하면서 성균관에 들어가지 않은 이유에 대해 해명한 부분이 그러하다. 이와 같은 사례들을 통해 「택구거사자서」와 「서후잡록」의 상이한 성격을 충분히 확인할 수 있을 것이다.

한편 이식은 자기서사 삼부작을 통해 문제가 되었던 과거의 행적을 해명하기도 하지만 그것의 배경을 설명하는 과정에서 자신이 선택했던 처세의 방법에 잘못이 있었다는 점 역시 반성한다. 이러한 사실은 중국의 자전을 언급하며 자신을 정당화할 따름이며 자기 성찰을 찾아볼 수가 없다[30]고 한 언급과도 일부 배치되기에 주목을 요한다. 특히 「택구거사자서」의 마지막 부분 "이것이 거사가 자신의 죄라고 여기는 바이다(此居士之所自以爲罪者也)."에서 보이듯, 이 글을 죽기 10년 전에 작성한 자성록(自省錄)으로도 읽을 수 있다.

이 외에도 자신의 삶을 돌아보며 반성한 흔적은 적지 않게 찾아볼 수 있는데, 이이첨(李爾瞻, 1560~1623) 일파와 얽히거나 북인(北人)과 가깝게 지낸다는 비방을 들은 것에 대해 일정하게 해명도 하지만 그것을 뼈저리게 반성하기도 한다는 내용이 그것이다.

검열(檢閱) 임기지(任器之)와 교리(校理) 한영(韓詠)이 찾아와 나를 보고는 이첨(爾瞻)이 나를 보고자 한다는 말을 곡진하게 전하기에 이전처럼 대답해주었다. 내가 판관(判官)에 제수되자 이첨은 홍경신(洪慶臣)에게 다음과 같이 말하였다. "영변판관(寧邊判官)이 마땅히 우리에게 고할 것이 있을 텐데 이식이 지난번에 했던 말을 실천할까요?" 이에 홍경신이 말하였다. "이식이 무엇을 꺼려 공을 보지 않겠습니까?" 이첨이 또 말했다. "이식이 만약 온다면 나는 당연히 술로써 예를 갖추어 전별할 것이니, 공께서도 와서 참석하시지요." 그가 이처럼 농락하였기에 갑자기 난리가 났을 때도 손을 쓰지 않고 도리어 구해주었는데, 또한 나 역시 겸손하게 말한 것[遜辭]이 효험을 본 것이니, 부끄럽구나, 부끄럽구나.[31]

30 가와이 코오조오(2002), 35면.
31 李植, 『澤堂集』 別集 권17, 「敍後雜錄」, 557면, 【除兵郎, 寧邊倅遞】"檢閱任器之・校理韓詠來見, 曲致爾瞻欲相見之語, 答之如前辭. 及余除判官, 瞻謂洪曰, '寧邊判官, 當辭於吾輩, 李也肯踐前言乎?

이식은 1613년 계축옥사(癸丑獄事)가 일어났을 때 사건의 주동자인 심
우영(沈友英, ?~1613)에게 보낸 편지 세 통 때문에 난감한 지경에 처했고,
이때 박이서(朴彛敍, 1561~1621)가 그를 비호하여서 위기를 모면한 바 있
다. 그 결과 서인(西人)이었던 그는 소북(小北)으로 지목되기도 했다. 그
외에도 대북(大北)의 허균이나 이이첨이 그를 회유하기 위해 가까이 지내
려 한 적도 있었다. 이 때문에 이식은 서인·소북·대북 모두와 원만한
관계를 유지하지 못하게 되었다.

앞의 글은 이이첨이 이식을 회유하기 위해 다양한 방법을 동원하여
만나려 할 때의 정황을 보여주는 서술이다. 이이첨의 부름에 대해 이식
은 직무와 관계된 일로 부른다면 당연히 찾아가서 개인적 이야기를 나눌
수 있을 것이지만 그렇지 않다면 찾아가 인사하기 힘들다고 하며 거절한
다.[32] 앞글의 마지막 부분에 나오는 "손사(遜辭)"는 바로 이것을 말한다.
이식은 글을 통해 자신이 이이첨과 엮일 수밖에 없었던 일을 해명함과
동시에 단호히 거절하지 못했던 자신의 행동을 부끄러워하며 반성하고
있다. 이 외에도 문장을 잘한다는 소문으로 인해 이이첨의 집에 발을
들여놓게 된 일에 대해서도 「서후잡록」의 '연피막벽불부(連被幕辟不赴)'에
서 부끄러워한 바 있다.[33]

당파와 관련된 일뿐만 아니라 이식은 자기서사 삼부작 곳곳에서 지난

---

洪曰, '李今何憚而不見公乎?' 爾瞻又曰, '李若來見, 吾當酒禮相餞, 公可來參云.' 其籠絡如此, 故於駁
機之發也, 不爲下手而反相救, 抑余亦遜辭效也, 可愧可愧."

32 李植, 『澤堂集』別集 권17, 「敍後雜錄」, 557면,【除兵郞, 寧邊倅遞】"余曰, '松相若以職事召我, 則我
當往拜, 一拜後, 亦可續得私展. 我亦有職事相關, 當拜于本第. 今於禁門月夕, 只因公輩傳語, 遽爾
謁拜, 有若少年相追逐, 非士見大夫之禮也. 以此不敢. 二公如余言, 松默然良久曰, '正自不欲相見耶?'

33 李植, 『澤堂集』別集 권17, 「敍後雜錄」, 558면,【連被幕辟不赴】"三昌一代大權貴, 吾皆未識其面目,
文字作祟, 未免踵爾瞻之門, 爲可愧也."

행위에 대한 회한에 가까운 안타까움을 토로한다. 특히 자신을 선비로서 후하게 대접해 주었던 신흠이 과거시험 부정 문제로 곤욕을 당할 때 제대로 대처하지 못해서 그의 집안과 척을 지게 된 일을 반성하면서 스스로 모든 것을 버리고 폐인처럼 지내기를 달게 마음먹은 독백에서도 자성의 편린을 보여준다.[34]

따라서 이식의 자기서사 삼부작은 일생의 이력을 건조하게 기술하거나 미처 밝히지 못한 사건에 대해 자신의 입장을 해명하기 위해서만 서술한 것으로는 보이지 않는다. 오히려 적극적 해명을 넘어서서 깊은 자기반성을 통해 자신의 지난 행위를 후회하고 있는 것으로 보인다. 그리고 바로 이러한 자기반성을 기록한 점이 앞서 살펴보았던 단편 형식의 자기서사와 이식의 자기서사 삼부작이 변별되는 점이라 할 수 있다. 즉 단편 형식의 자기서사에서는 자아 성찰과 사회비판은 있었지만 그를 통해 삶의 태도와 행위를 반성하는 모습은 거의 살피기 힘들었던 것에 반해 이식의 자기서사 삼부작에는 반성과 후회를 드러내는 서술이 적지 않다는 것이 특징적 면모이다.

마지막으로 이식이 시간의 흐름에 따라 건조하게 일생을 기록한 글과, 적극적 해명과 아울러 자기반성을 서술하는 성격의 자기서사를 각각 서술한 배경적 원인에 대해 살펴보면서 이 장을 마무리하겠다.

우선 추정할 수 있는 배경적 원인은 왜곡된 역사기술에 대한 이식의 혐오에서 찾아볼 수 있다. 특히 『수정선조실록(修正宣祖實錄)』과 『광해군일기(光海君日記)』 등을 서술하면서 무수히 보았던 왜곡된 역사기술은 자연스럽게 자신의 역사를 스스로 기록하게 만들었다. 자신의 삶에 대해

---

34 李植, 『澤堂集』別集 권17, 「敍後雜錄」, 567면, 【大司諫】"申相以文士待余甚厚, 余不能周旋救護, 其家之仇余, 又非所怪. 余故略不相較, 自是憾軻, 常負疑謗, 而未嘗怨尤曰, '吾止於是好矣. 彼得及第, 臨慶席而見罷, 其困比我何如? 所損在彼, 所負在我, 我當追悔自廢甘心也.'"

가장 정확하게 기록할 수 있는 사람은 자기 자신밖에 없기 때문이다. 아울러 역사를 기록하는 일을 자신이 이룩할 수 있는 불후의 대업이라고 생각하였으며,[35] 다양하고 공정한 자료를 취사하여 시비(是非)와 명실(名實)에 비추어보았을 때 어그러짐이 없는 역사를 기록하려고 했던 그의 역사서술 의식도 앞서와 같은 자기서사를 창작하게 한 주요 동인이다.[36] 결국 자기 일생의 다양한 사건을 소개하고 해명하면서도 최대한 자신의 감정을 배제한 채 건조하고 담담하게 이력을 기술한 경우가 많은 것은 이와 같은 원인 때문이었을 것이다.

다음으로, 이식이 앞의 글을 창작했던 시기를 전후로 이식의 자기서사 삼부작과 유사한 성격을 지닌 자찬비지나 자서(自敍)가 적지 않게 창작되었던 것 역시 환경적 요인으로 작용하였다. 예컨대 송남수(宋楠壽, 1537~1626)의 「자지문(自誌文)」, 홍가신(洪可臣, 1541~1615)의 「자명(自銘)」, 김상용(金尙容, 1561~1637)의 「자술묘명(自述墓銘)」, 윤민헌(尹民獻, 1562~1628)의 「태비자지(苔扉自誌)」, 권익창(權益昌, 1562~1645)의 「호양자자전(湖陽子自傳)」, 한명욱(韓明勗, 1567~1652)의 「묘갈(墓碣)」, 이시발(李時發, 1569~1626)의 「자서(自敍)」, 김응조(金應祖, 1587~1667)의 「학사모옹자명(鶴沙耄翁自銘)」, 신익성(申翊聖, 1588~1644)의 「낙전거사자서(樂全居士自敍)」, 박미(朴瀰, 1592~1645)의 「자지(自誌)」 등이 모두 이식의 자기서사와 거의 동시대에 지어진

---

35 李植, 『澤堂集』 別集 권16, 「自誌續」, 547면, "丙丁經亂, 朝署乏人, 注擬頻仍. 至於文衡之代, 尤難其人, 以此上下無朋, 而名位不替, 中心憂愧, 求退非時. 惟欲免非據之仕, 自托於汗靑之役, 亦欲刊一代誣史, 成不朽大業."

36 그의 역사서술 태도는 다음의 글에서 상세히 드러난다. 李植, 『澤堂集』 別集 권4, 「辛巳春請修史辨誣箚」, 328~329면, "編緝凡例, 則首先求訪士夫家所藏記錄, 而外方則以都事兼春秋, 博訪民間, 集聚上送, 然後稟裁于大臣, 取其不謬于是非名實者, 以爲一類. 又取名臣善士碑誌狀傳, 略倣司馬光「百官表」, 朱子「名臣言行錄」, 以爲一類, 則雖其收集之間, 當費時月, 刪定之役, 則計不過數月可完. 又取先朝名臣大儒文集有關於典章者, 依祖宗朝當時著述立藏史庫之例, 一體付傳, 則庶幾一代典刑, 尙有徵於來許矣."

글들이다.[37] 이로써 볼 때 자신의 일생을 연대기로 스스로가 기록하고자 했던 열망이 다양한 문인지식인들 사이에서 일어났으며, 이러한 문단의 분위기가 이식에게 직간접적으로 작용하였던 것으로 생각된다.

요컨대 사대부들에 의해 기록된 연대기 형식의 자기서사가 지닌 특징은 우선 자신의 삶을 건조하게 서술하고 있다는 점이다. 그것은 분량의 제한이나 삶의 주요한 사건만을 세밀하게 기록하려고 했던 태도에서 발현된 양상이다. 다음으로 건조한 서사 속에서도 지나온 삶에 대한 반성이 발견된다는 점 역시 특징적이다. 즉 자신의 삶에 대한 적극적 해명 속에 자기반성을 수록하고 있는 것이다. 그리고 이와 같은 스타일로 삶을 정리한 배경적 원인으로 자신의 역사를 스스로가 기록하려는 태도, 역사적 사건의 유일한 관찰자로서의 보고 의식, 전·후 시기 유사한 스타일의 기록이 적지 않게 창작되었다는 점 등을 지적할 수 있다. 마지막으로 위와 같은 역사인식·기술과 이식의 자기서사 삼부작 중 특히 거대한 역사와 결부된 사건의 기록을 면밀히 검토해보면 거대한 역사와 개인의 역사가 만나는 접점을 짐작하게 한다는 의의를 찾을 수 있다. 특히 역사의 굴레 속에서 이식이 겪었던 개인의 사건 기술을 통해 거대한 역사의 흐름이 지닌 그 이면의 또 다른 의미를 파악하게 한다는 점이 특징적이다. 아울러 역사에 기록되지 않았기에 이식이 유일한 목격자가 될 수밖에 없었던 몇몇 서술들은 역사 해석의 빈곳을 채워주는 자료가 되기에 충분하다는 점에서도 작지 않은 의의를 지닌다는 사실을 밝혀두고자 한다.

---

**37** 위 작품들은 심경호(2009); 심경호(2010) 등에서 선별한 것이다.

## 4. 연대기 형식의 자기서사 : 승려의 사례

조선 중기 문인 사대부들의 자기서사가 지닌 특징을 살펴보는 과정에서 창작의 시기, 창작 주체의 자기 인식, 글쓰기 스타일 등의 차이와 유사점 등에 대해 알아보았다. 다만 억불(抑佛) 정책으로 인해 사대부들과 동등한 위치에 설 수는 없었지만 자신들의 고유한 스타일로 삶을 반추한 승려들의 기록을 고려하지 않는다면 조선 중기 자기서사에 대한 고찰은 불완전할 수밖에 없다.

승려들의 자기서사는 비지문, 연보, 자전 등의 형태를 띤 것 이외에도 상위자에게 자신이 승려가 된 이력과 그 이후의 삶에 대해 보고하는 편지 혹은 상소(上疏)의 형식이나 고려시대의 탁전과 같이 다른 사람과 사물에 기탁하여 서술한 경우가 적지 않다.[38] 탁전의 경우는 이미 한·중·일 연구자들에 의해 자기서사라고 인정되고 있지만 편지나 상소의 경우라면 다소 고개를 갸웃거릴 수도 있다. 그러나 의례적 인사말을 제외하고 보자면 출생에서부터 글을 쓰고 있는 당대까지의 삶을 연대기적으로

---

38 상소를 통해 자신의 이력을 서술하는 글로는 惟正의 다음과 같은 상소가 대표적이다. 惟正, 『松雲大師奮忠紓難錄』(『韓國佛教全書』 제8책, 동국대학교 출판부, 2002), 「甲午九月馳進京師上疏」, 90~91면, "臣以豊川任氏之裔, 因祖父移籍于嶺南密陽地, 仍爲府民. 不幸至臣之身, 十五歲先喪母, 十六歲繼喪父, 擧目無親, 孤惸孑立, 遂爲無父無君之一罪人, 萍蓬身世, 雲鳥生涯, 入山入林, 惟恐不深. 臣年今已五十一, 過去歲月, 皆是聖明之澤, 敢以緇流自外, 忘君父於一飯之頃哉! 痛此虺蜴, 肆毒大邦, 生民魚肉, 固不足說. 宗社蒙塵, 乘輿播越, 凡有血氣, 莫不扼腕. 況臣雖行同麋鹿, 粗有知覺者乎! 亂初臣在江原道皆骨山, 逢此大變, 再入賊中, 與賊問答, 遂開諭義僧, 僅得百餘名. 方欲往討春原之賊, 誓不與俱生, 而適見都總攝關字, 關內有引諭軍民聖旨, 雙眼淚暗, 字字染血, 讀不忍終焉. 臣原率義僧百五十外, 加得六十名, 西望疾驅, 以到順安宦, 切欲奔詣行在, 而當時賊據平壤, 不敢舍去, 仍留體察使都元帥處, 聽指揮也. 以臣爲義僧都大將, 授以都總攝義僧, 幷二千餘名, 渡大同江南, 使之把截平壤中和往來之賊. 臣本以麋鹿之身, 不識兵家之事, 然而欲殺一戮, 以報聖上罔極之恩, 則豈有下於衣冠哉!" ● 고려후기 승려의 자기서사를 다루면서 상소를 포함하여 연구한 경우로서 김승호(2003), 121~146면 참조.

자세하게 서술하고 있기 때문에 충분히 자기서사에 편입시켜 고찰할 수 있다.[39]

그중 조선 중기를 대표하는 자기서사에서 승려에 의해 기록된 것이 바로 휴정(休靜, 1520~1604)의 「상완산노부윤서(上完山盧府尹書)」이다. 지금부터 이 글을 중심으로 승려의 자기서사가 지닌 특징적 면모를 살펴보겠다.

정덕(正德) 기묘년(己卯年, 1519) 어머니께서 수개월 동안 신기(神氣)가 고르지 않았습니다. 하루는 작은 창가에서 선잠에 들었는데 한 노파가 와서 예를 갖추며 말하였습니다. "걱정하거나 근심하지 마십시오. 사내아이를 잉태하였기 때문에 그대를 위해 와서 그 일을 축하하려는 것입니다." 그러더니 또 예를 갖추고는 떠났습니다. 어머니께서는 갑자기 깨서 말씀하셨습니다. "기이하구나! 부부가 동갑인 데다 모두 거의 쉰에 가까운데 어찌 오늘날과 같은 일이 있겠는가?" 의심하며 근심스러워하시다가 이듬해 3월 과연 저를 낳으셨습니다. 제가 막 태어났을 때 보모를 번거롭게 하지 않았기에 어머니 역시 기뻐하며 기특해하셨고 아버지와 어머니께서는 간혹 서로 농담 삼아 "늙은 조개가 만년에 사랑받을 만한 진주를 낳았으니, 참으로 하늘의 뜻이다."라고 말씀하셨습니다.

이윽고 제가 세 살이 된 임오년(壬午年, 1522) 4월 초파일 낮에 아버지께서 취하여 누대에서 주무시는데 꿈속에 한 노옹(老翁)이 와서 아버지께 "제가 작은 승려[소사문(小沙門)]를 방문하였습니다."라고 말하였습니다. 노옹은 마침내 두 손으로 저를 들고 주문을 외었는데 소리가 범어(梵語)와 같아 아버지께서는 이해하지 못하였습니다. 주문이 끝나자 내려놓고는 제 머리를 쓰다듬으며 "운학(雲鶴) 두 글자로 네 이름을 부여할 것이니, 진중하고 진중하라."라고 말하였습니다. 아버지께서 '운학'이라고 부른 의미가 무엇이냐고 묻자, 노옹이 "이 아이의 평생 행보

---

39 이에 대해서는 김승호(2003), 121~146면; 심경호(2010), 647~648면 참조.

가 바로 구름이나 학과 같을 것이기 때문입니다."라고 말하였습니다. 말을 마치고 마침내 문밖을 나가자 어디로 갔는지 알 수 없었습니다. 아버지 역시 꿈에서 깨어 어머니와 서로 꿈속의 일을 말씀하시고는 더욱 기이하게 여기셨습니다. 이 때문에 당시 때로는 저를 '소사문'이라고 부르기도 하고 '운학아(雲鶴兒)'라고 부르기도 하셨습니다. 저 역시 여러 아이들과 놀 때, 가끔씩 모래를 쌓아 탑을 만들기도 하였고, 때로는 기와를 가져와 절을 세우기도 하였는데 항상 하는 일이 대체로 이와 같았습니다.[40]

이 글은 제목에서도 짐작할 수 있듯이 휴정이 글을 쓸 당시 완산부윤 (完山府尹)이었던 인물에게 자신의 이력을 기록해 보낸 편지이다. 기존에 이 글을 조금이라도 다루었던 논고들에서는 수취인을 구체적으로 밝히지 않았거나, 휴정과 노수신(盧守愼, 1515~1590)의 인연을 들어 휴정이 50대 혹은 60대에 노수신에게 쓴 글이라고 판정한 경우가 대부분이었다. 그러나 이 글은 1567년에서 1570년 사이에 당시 완산부윤이었던 노진(盧禛, 1518~1578)에게 휴정이 보낸 편지이다. 따라서 이 글은 휴정이 그의 나이 48세 혹은 51세까지에 이르는 삶을 돌아보고 기록한 자기서사이다.[41]

---

40 休靜, 『淸虛集』(『韓國佛敎全書』 제7책, 동국대학교 출판부, 2002) 권7, 「上完山盧府尹書」, 720면, "正德己卯夏, 母也數月神氣不調. 一日小窓邊假寐, 有一老婆來禮曰, '勿憂勿慮. 胚胎一丈夫男子, 故爲嬰嬰來賀之云.' 又設禮而去. 母忽警寤曰, '異哉! 夫婦一甲, 年近五十, 豈有今日事乎?' 致疑悶懼, 明年三月果誕小子也. 小子初生, 以不煩保母, 母亦喜而奇之, 父每有時相戲曰, '老蚌晩出掌中之珠, 亦天也.' 俄及三歲, 壬午四月初八日之晝, 父醉臥于樓中, 夢有一老翁, 來謂父曰, '秀訪小沙門耳.' 翁遂以兩手, 擧小子而呪數聲, 聲若梵語, 不能通曉焉. 呪畢放下, 摩小子頂曰, '以雲鶴二字, 安汝名焉, 珍重珍重.' 父問雲鶴之意何謂也, 翁曰, '此兒一生行止, 定同雲鶴故也.' 言訖, 遂出門外莫知所之. 父亦夢覺, 與母相說夢事, 尤以奇之. 是故父母, 時向小子, 或喚曰小沙門, 或喚曰雲鶴兒. 小子亦與群童遊戲, 或聚沙成塔, 或將瓦立寺, 常作爲事, 凡類此也."

41 이 글의 수취인과 창작 시기를 위와 같이 비정한 근거는 다음과 같다. 우선 「상완산노부윤서」에는 이 글의 창작 시기를 짐작하게 하는 다음과 같은 서술이 있다. 이 부분은 이 글의 의례적 서술

이 글은 이전까지 보았던 자기서사와는 또 다른 특징을 지니고 있다. 특히 스스로의 삶을 돌아보는 태도와 글쓰기의 스타일에서 그 차이가 선명하게 부각된다. 우선 신이한 이야기, 특히 꿈을 통해 자신의 탄생과 승려가 될 운명을 부각시키고 있다는 점이 가장 특징적이다. 예컨대 위 예문에서도 수태고지(受胎告知)와 유사한 형식으로 거의 쉰에 가까운 부부에게 사내아이가 생겼음을 일러주는 과정, 휴정이 네 살 되던 '사월초파일'에 아버지의 꿈에 노옹이 나타나 이야기한 내용, 어린 시절부터 탑을 쌓거나 절을 짓는 일에 몰두하였다는 서술 모두가 그 운명을 예감하게 한다.

이러한 서술에 대해서는 우선 승려가 될 수밖에 없었던 상황에 개연성을 부연하고자 했다는 해설이 가장 적합할 것이다. 즉 자신이 승려가 되는 과정을 좀 더 필연적인 측면에서 서술하기 위해 위와 같은 신이한 꿈 이야기나 어린 시절의 행적을 적어놓은 것이다.

다음으로 승려의 삶을 기록하는 글들에서 꿈을 통한 수태고지나 승려가 될 운명을 점지하는 서술이 전통적으로 등장한다는 점 역시 지적할 수 있다. 예컨대 「조계종정각국사전(曹溪宗靜覺國師傳)」, 「조계종각엄각진

---

을 제외한, 그러니까 자기서사로는 마지막 부분에 해당하는 서술이다. "時年政三十六歲矣. 一日忽返初心, 卽解綬, 以一枝靑藜, 還入金剛山泉石間過半年. 又向頭流山內隱寂過三年. 因曆黃嶺能仁七佛諸庵, 又過三年. 又向關東太白五臺楓岳, 更踏三山, 然後遠向關西妙香山普賢寺觀音殿. 及內院靈臺白雲心鏡金仙法王諸臺, 及茫茫天地, 許多山水, 一身飄若鴻毛, 亦如風雲之不定也. 小子之行跡, 亦只此而已(休靜, 「上完山盧府尹書」, 『淸虛集』 권7, 721면)." 이 서술은 37세에 시작해서 43, 44세 정도에 해당하는 시기의 이력을 압축적으로 기록했다. 따라서 이 글이 아무리 늦게 기술되었다고 해도 40대 중후반에서 크게 벗어나지 않을 것임을 짐작하게 한다. 그런데 이 시기 노수신은 유배에서 풀려나 부제학(副提學), 충주목사(忠州牧使), 대사헌(大司諫) 등을 역임했다. 따라서 우선 그는 완산부윤으로 불릴 수 없다. 그런데 노진의 경우는 그의 연보에서 1567년(丁卯) 10월부터 1570년(庚午)까지 전주부윤(全州府尹), 즉 완산부윤으로 근무했다는 기록이 남아있다. 따라서 작품을 통한 연대 고증과 각 인물들의 당시 행적으로 보았을 때 이 글의 수취인은 당시 완산부윤이었던 노진이며, 창작한 시기는 휴정의 나이 48~51세 시기로 추정할 수 있다.

국사전(曹溪宗覺儼覺眞國寺傳)」, 「조계종보각정조국사전(曹溪宗普覺靜照國師傳)」, 「조계종태고원증국사전(曹溪宗太古圓證國師傳)」 등을 비롯해서 휴정의 후배 승려들의 전에 이르기까지 꿈을 통해 수태고지를 한다거나 신이한 사건을 통해 태기를 느끼는 과정, 승려가 될 운명을 암시하는 서술이 있다.[42] 따라서 이와 같은 불교계 인물전의 전통적 글쓰기 스타일에 영향을 받았으리라 충분히 짐작할 수 있다.

유자(儒者)였던 사대부들은 대체로 괴력난신(怪力亂神)을 말하지 않는다. 특히 자신의 삶에 대해 정확한 정보를 주려고 하거나 그것이 역사서술의 한 층위를 담당할 수도 있다는 가능성을 예감한 사대부들이라면 더욱더 위와 같은 이야기를 자기서사에 서술함으로써 스스로 신빙성을 떨어뜨리는 일은 하지 않았을 것이다. 그러나 유자들로부터 배척을 당하고 있었던 승려의 경우, 자신이 승려가 된 일은 필연적 운명 때문이라는 당위성을 부여할 필요가 있었고 불교계의 전통적 인물전에서도 역시 신이한 사건을 기록하는 경우가 적지 않았기 때문에 위와 같은 서술이 가능했던 것이다.

그런데 위 예문만 두고 보자면 앞서 사대부들의 자기서사에서 흔히 보이던 자아 성찰이나 반성적 시각보다는 불교 입문기에 가까운 연대기적 서술을 위주로 전개하고 있다고 생각할 것이다. 그렇다면 승려들의 자기서사는 나를 돌아본다는 측면에 있어 실격에 가까운 글일 뿐인가? 그렇지 않다. 승려들의 자기서사에는 자신이 겪었던 구도(求道)의 과정이 생생하게 부각되어 있어 그 서술을 통해 한 승려가 겪었던 좌절과 반성을 충분히 짐작하게 한다.

---

42 이에 대해서는 寶鼎, 「曹溪高僧傳」(『韓國佛教全書』 제12책, 동국대학교 출판부, 2002, 381~426면)을 참조하기 바란다.

하루는 한 노승(老僧)【이름은 숭인(崇仁)】이 저를 찾아와 말하였습니다. "그대의 기골을 보니 맑고 빼어난 것이 참으로 비범한 무리이다. 심공급제(心空及第)하는 것으로 마음을 돌리고 세상의 명리를 향하는 마음은 영원히 끊는 게 좋다. 서생의 업이라는 것은 종일 힘을 써도 백 년간 얻는 것이라곤 그저 헛된 명성 하나일 뿐이니, 실로 애석하도다." 제가 말하였습니다. "무엇을 심공급제라고 말합니까?" 노승은 한참 동안 눈을 깜빡이다가 말하였습니다. "알겠느냐?" 제가 말하였습니다. "모르겠습니다." 노승이 말하였습니다. "말하기 어렵다." 그러고서는 전등(傳燈)・염송(拈訟)・화엄(華嚴)・원각(圓覺)・능엄(楞嚴)・법화(法華)・유마(維摩)・반야(般若) 등 수십 권의 경론(經論)을 꺼내어 보여주면서 말하였습니다. "자세히 읽고 삼가 생각하면 점차 입문할 수 있을 것이다." 그로 인해 영관대사(靈觀大師)께 저를 부탁하였습니다.

영관대사는 저를 한 번 보더니 기특하게 여겨서 마침내 3년간 수업을 하였고 하루도 부지런히 하지 않은 적이 없었으며 묻고 답변하는 것이 한결같이 가려운 데를 긁어주는 듯하였습니다. 그래서 동학의 몇몇 무리들이 각기 한양으로 돌아갔는데도 저는 홀로 선방(禪房)에 머물며 앉아서 여러 경전을 탐구하였지만 명(名)과 상(相)에 더욱 얽매여서 해탈의 경지에 들지 못하고 갑갑함이 더해졌습니다. 그러던 어느 저녁 홀연히 문자(文字)의 오묘함에 빠져 들어 마침내 다음과 같이 읊조렸습니다. "홀연히 창밖서 두견 우는 소리 들으니, 눈앞 가득한 봄 산 모두 고향이네(忽聞杜宇啼窓外, 滿眼春山盡故鄕)." 하루는 또 다음과 같이 읊조렸습니다. "물 길어 돌아와 홀연 고개 돌리니, 푸른 산 무수하게 흰 구름 사이에 있네(汲水歸來忽回首, 靑山無數白雲中)." 다음날 아침에 손수 은도(銀刀)를 잡고 스스로 푸른 머리를 자르며 "차라리 한평생 어리석은 사내로 살지언정 맹세컨대 문장을 하는 법사(法師)는 되지 않으리라."라고 말하였습니다.[43]

---

43 休靜, 『淸虛集』 권7, 「上完山盧府尹書」, 720면, "一日有一老宿【諱崇仁】尋余曰, '觀子氣骨淸秀定非

**50** 제1부 한국 고전 자기서사의 흐름과 배경

「상완산노부윤서」에서는 영웅의 일생과도 일정하게 연계된 서술을 볼 수 있다. 신이한 탄생, 영특했던 어린 시절, 9세에 닥친 부모의 죽음으로 겪은 시련, 시 짓기 능력을 고을 원님 이사증(李思曾)에게 인정받아 과거 공부를 시작하게 된 이야기 등, 좌절의 시기에 자신의 능력을 인정해주는 사람들로 인해 버텨나가다가 노승과의 만남을 통해 불가에 입문해서 깨달음에 이르게 되는 과정을 그리고 있기 때문이다. 그중 위 예문이 바로 휴정이 불가에 입문하게 된 결정적 계기와 그 모습을 보여주는 서술이다.

15세에 스승을 찾아 호남을 떠돌다가 우연히 만나게 된 숭인(崇仁)은 이후 그의 양육사(養育師)가 되는 인물이다. 과거공부에 몰두했던 휴정은 그에게서 심공급제(心空及第), 즉 심성이 광대하여 만물을 포용할 수 있는 것이 마치 허공이 끝이 없는 것과 같게 되는 상태에 오르는 경지에 대한 말을 듣는다. 세상의 명리를 좇아 과거공부에 몰두하던 휴정에게는 신선한 충격이었을 터이나 숭인은 그 방법을 구체적으로 말해주지 않는다. 오히려 불교 경전을 주며 후에 휴정의 전법사(傳法師)가 된 영관대사(靈觀大師)에게 그를 맡긴다. 이것이 깨달음으로 가는 첫 번째 단계의 서술인데 선문답(禪問答)과 같은 구성을 통해 불교 글쓰기의 스타일을 보여주면서 스스로가 명리에 대한 욕심을 끊게 된 계기를 보여준다.

이후 3년간이나 불교경전을 읽었지만 귀로 듣고 눈으로 보게 되는 명

---

凡流. 可回心於心空及第, 宜永斷乎世間名利心也. 書生之業雖終日役役, 百年所得, 只一虛名而已, 實爲可惜云.' 余云, '何謂心空及第也?' 老宿良久瞬目曰, '會麼?' 余曰, '不會.' 老宿曰, '難言也.' 於是 出示傳燈 · 拈訟 · 華嚴 · 圓覺 · 楞嚴 · 法華 · 維摩 · 般若等數十本經論曰, '詳覽之, 愼思之, 則漸可入 門也.' 因囑靈觀大師. 師一見而奇之, 遂以受業三年, 未嘗一日不勤勤, 凡吐納問辨, 一如抓痒也. 於 是同學數輩, 各還京師, 余獨留禪房, 坐探群經, 益縛名相, 未得入解脫地, 益增蕁蕁. 一夜忽得離文 字之妙, 遂吟曰, '忽聞杜宇啼窓外, 滿眼春山盡故鄕.' 一日又吟曰, '汲水歸來忽回首, 靑山無數白雲 中.' 明朝手執銀刀, 自斷靑髮曰, '寧爲一生痴獃漢, 矢不作文字法師也.'"

(名)과 상(相)에 이끌려 휴정은 깨달음의 경지에 이르지 못한다. 그렇게 갑갑해 하던 중 그에게 다가온 깨달음, 그것을 시로 표현한 이후 휴정은 마침내 정식으로 불제자가 된다. 본격적으로 구도를 시작했으나 외부적 제약을 떨치지 못하다가 어느 날 갑자기 찾아온 자각을 형상화하고 있기에 이것이 깨달음으로 가는 두 번째 단계의 서술이다. 특히 그것을 선시(禪詩)로 표현하고 있다는 점에서 승려들의 자기서사가 지닌 또 다른 글쓰기의 특징을 보여주고 있으며, '좌절−극복', '성찰−깨달음'의 구조를 통해 구도(求道)의 양상을 선명하게 피력한다. 즉 구도의 길에서 겪었던 좌절과 극복, 그 과정 속에서의 성찰과 깨달음을 통해 자기서사의 보편적 모습인 자아 성찰과 자기반성 및 이전과 달라진 성장의 모습을 보여준다. 휴정은 이 외에도 「자찬(自贊)」이나 「자락가(自樂歌)」를 통해 스스로의 삶에 대해 토로하기도 하였다.

또 앞서 언급한 유정(惟政, 1544~1610)의 상소(上疏)는 그가 손수 쓴 『골계도(滑稽圖)』[44]에서 발췌한 것인데 『골계도』에는 상소 외에도 몇 편의 자기서사가 더 있다. 아울러 17세기 후반에 창작된 책헌(策憲, 1624~?)의 「월봉무주조연자(月峯無住照然子), 예출가문선화(豫出家聞禪話), 자흔경근술굴서(自欣慶謹述詘序)」 역시 휴정의 글과 마찬가지로 출생에서부터 수행의 여정을 기록한 자기서사이다. 그리고 18세기 전반에 창작된 태율(兌律, 1695~?)의 「월파평생행적(月波平生行蹟)」에는 자전적 기록과 스스로가 자신의 기록을 남겨야 하는지에 대한 이유가 서술되어 있고, 유기(有璣, 1707~1785)의 「호은우부자전(好隱愚夫自傳)」은 비록 출가의 이력만을 건조하

---

44 申維翰(1681~?)은 이 『滑稽圖』라는 제목이 실상에 맞지 않는다고 하여 『奮忠紓難錄』으로 바꾸었다. 주로 임진왜란 시기 일본 군영의 정황을 정탐한 내용과 그 보고서, 승려들에게 보낸 편지로 구성되어 있다. 『韓國佛敎全書』 제8책, 동국대학교 출판부, 2002, 79~112면 참조. ● 원문은 주석 38을 참조하기 바란다.

게 서술한 자전이지만 그 과정에서 집필의 동기를 피력하기도 한다. 이들 모두는 자신이 승려가 된, 그리고 될 수밖에 없었던 이력을 각기 다른 스타일로 쓰고 있다는 점에서 주목을 요하는 바이다. 또한 이러한 글들을 통해 문인 사대부들과 다른 성격의 자기서사를 불교계에서도 꾸준히 창작했다는 점을 알 수 있다.

이로써 볼 때, 불교의 자기서사는 자신이 승려가 되어 구도하는 과정을 중심으로 진행되기에 사대부들의 자기서사와는 다소 결이 다르다는 사실을 알 수 있다. 예컨대 불교에 입문하는 과정은 대체로 그 필연성을 위주로 신이한 이야기가 삽입되는 경우가 많으며, 구도의 과정 속에서는 좌절로 인한 자기반성, 그리고 극복의 과정을 다룬 경우를 찾을 수 있었다. 특히 구도의 측면에 있어서 자아를 성찰, 반성하는 경우가 많기 때문에 이를 통해 보편적인 특징을 간취하여 의미를 찾을 수 있었다. 또한 글쓰기 스타일에 있어서도 선문답이나 선시(禪詩)를 사용함으로써 사대부들의 자기서사와는 결이 다른 글쓰기를 보여주었다. 이것이 승려들의 자기서사를 조선 중기의 흐름 속에서 고찰했을 때 찾을 수 있는 의의이다.

## 5. 조선 중기 자기서사의 의미와 과제

인간과 역사에 대한 보편적 이해를 바탕으로 하지 않는다면 좋은 문학이 되기 힘들다. 그런데 자기서사는 내면적 성찰과 환경에 따른 개인의 성장 및 변화를 서술하기 때문에 개체와 환경의 관계, 스스로를 돌아보는 양상, 인생의 여정 속에서 고투하며 나아가는 모습 등을 보여준다. 주지하다시피 이러한 양상은 모두 세계 보편적인 의미와 가치를 함유한 주제이다. 이에 한국에서 창작된 자기서사를 살펴봄으로써 고유문학인 우리의 자기서사 연구를 통해 보편문학의 연구에 이바지하고자 한 것이 이번 고찰의 목적이다.

그런데 일정 시기, 단일 장르, 특정 개인 등만을 연구해서는 한국 자기서사의 추이를 종합적으로 탐구할 수 없다. 이에 본고는 특정 장르의 연구에서 벗어나 자기 성찰과 자기에 대한 글쓰기가 보이는 다양한 종류의 장르를 자기서사라는 범주로 묶고, 사대부뿐만 아니라 승려까지도 대상으로 포괄하여 그 추이를 살피고자 하였다. 다만 본고에서 모든 자료를 대상으로 할 수 없기에 자기서사의 양과 질이 제고된 조선 중기를 본격적 탐구의 대상으로 삼아 향후 자기서사 연구의 교두보를 놓으려고 하였다.

그 결과 다음과 같은 사실을 파악하게 되었다. 첫째, 자기서사는 크게 문(文)과 사(史) 두 측면으로 크게 대별된다. 우선 '문'의 측면에 포함된 자기서사들은 탁전을 비롯하여 개인의 회한 및 사회와의 불화를 정감적 언사로 토로하는 경우가 적지 않았으며 대체로 특정 시기나 주제를 대상으로 서술하는 경우가 많았다. 다음으로 '사'의 측면에 가까운 글들은 삶을 연대기적으로 기록하면서 자신에게 발생한 주요한 사건들을 일화적 형태로 기록하는 경우가 많았다. 두 계열은 모두 신분계층과 성별에 따라 각 계열 내에서 하위분류될 수 있었는데 특히 연대기로 쓴 자기서사에서 신분에 따른 글쓰기의 차이가 뚜렷하게 드러나는 편이었다.

둘째, 단편 형식의 자기서사의 경우는 다음과 같은 특징을 지니고 있었다. 우선 시련기나 인생의 만년에 자신의 정체성에 대해 분명히 토로하고 있다는 점이다. 신흠의 「현옹자서」나 장유의 「지리자자찬」에서 그러한 모습이 선명하게 부각되었다. 다음으로 자부에 의한 좌절로 인해 자조하고 있지만 그 자조는 자신의 삶 전체에 대한 부정에서 발현되기보다 그렇게 좌절하게 만든 세상을 비판하기 위한 장치인 경우가 많은데,

신흠의 글이나 허균의 「성옹송」이 대표적이다. 마지막으로 이러한 글을 스스로가 쓸 수밖에 없었던 원인은 자신보다 그 사안을 더 정확히 서술할 지기(知己)가 부재한 상황에서 찾을 수 있었다.

셋째, 사대부들에 의해 연대기 형식으로 기록된 자기서사는 다음과 같은 특징을 지니고 있었다. 특히 이식의 자기서사 삼부작을 통해 그 특징적 면모를 알아보면 다음과 같다. 우선 특정 시기 자신에게 발생했던 일을 상대적으로 건조하게 서술하고 있다는 점이다. 이러한 사실은 자신의 비지문을 쓰려고 했던 태도와 긴밀하게 연관된 것이었다. 다음으로 삶에 대해 압축적으로 서술하느라 미처 서술하지 못한 항목이나 서술이 미진하다 느낄 경우 그 사안만을 특화시켜 (재)서술하기도 했다. 이때 일정한 해명과 삶에 대한 반성이 뚜렷하게 드러나기도 하였다. 마지막으로 이와 같은 글이 창작된 원인으로 왜곡된 역사기술에 대한 혐오, 유일한 사건의 목격자로서 역사 인식 표출, 당대 이와 같은 스타일의 자기서사가 적지 않게 창작되었다는 점 등을 꼽을 수 있다.

넷째, 승려들이 연대기 형식으로 기록한 자기서사에서 가장 눈에 띄게 드러나는 특징은 신이한 이야기, 혹은 꿈을 통해 자신이 승려가 될 수밖에 없었던 필연적 이유를 서술하고 있다는 점이다. 괴력난신을 말하지 않으려 했고 감정을 최대한 배제한 채 사실을 세밀하게 기록하려 했던 사대부들의 집필 태도와 확연히 다른 부분이다. 다음으로 자아 성찰과 반성, 좌절과 깨우침의 과정을 세밀하게 기록하고 있다. 아울러 입문의 과정에 있어 선문답을 주고받는다거나 깨달음의 순간을 선시로 표현한 점 역시 승려들이 쓴 글만의 독특한 문법이라고 할 수 있다.

이처럼 조선 중기 자기서사가 각 장르의 계열과 계층마다 자신의 삶을 표현해낸 방법과 내용은 다르다. 그러나 그 어떤 글에서도 시대와 삶, 그리고 성찰과 반성을 읽을 수 있었다. 또한 거대한 역사와 개인적 역사의 교차점을 보여줌으로써 역사의 이면을 보여주거나 역사 해석의 빈곳을 채우는 자료로 기능하기도 하였다. 마지막으로 시대 변화에 대응하는 장르 문법을 수립함으로써 다양한 형식의 글쓰기를 보여주었다. 따라서 조선 중기 자기서사의 의미는 바로 여기에서 찾아야 할 것이다.

다만 이 시기의 자기서사만으로는 한국에서 기록된 자기서사의 흐름을 조망한다거나, 중국 혹은 동아시아라는 큰 시야에서 그 유사점과 차이를 짐작할 수는 없다. 신라시대부터 남아있는 우리의 자기서사를 거시적으로 조감하면서 세밀하게 그 결을 살펴보는 일은 그래서 지금부터가 시작인지도 모르겠다.

제2장

# 조선 후기 자기서사의 흐름

## 1. 조선 후기 자기서사의 배경

자기서사는 작가 자신이 스스로를 대상화하여 서술하는 장르이다. 따라서 자기가 겪었던 다양한 삶의 계기와 그것을 통해 자신을 성찰하고 반성했던 다채로운 인식, 즉 체험을 그 속에서 생생하게 살필 수 있다. 다만 전근대 동아시아의 자기서사 중에는 작가 스스로가 역사 기술자의 입장이 되어서 자신이 겪었던 다양한 사건을 연대기(年代記)로 펼치거나 자신을 제삼자로 가설하여 그가 꿈꾸었던 이상을 표현해내는 모습을 보이는 경우가 적지 않다. 이러한 경향은 공식적인 기록으로서의 역사가 말하지 않은 사실을 개인의 시각에서 피력함으로써 큰 역사와 작은 역사의 접점을 제공해준다는 장점이 있다. 하지만 작가 스스로가 다양한 삶의 체험을 통해 고민하고 사유했던 그 진솔한 내면과 현실의 일상적인 모습을 쉽게 찾아볼 수 없다는 점은 여전히 아쉬움으로 남는다.

그런데 1장에서 살펴본 것처럼 우리의 전근대 자기서사의 경우, 16세기를 지나면서부터 이러한 경향에 일정한 변화가 감지된다. 물론 여전히 공식적인 사건과 사태의 기록이 대세라는 점은 분명한 사실이지만,

점차 자신의 내면과 환경이 자기서사에서 일정한 역할을 수행하게 된다는 점 역시 부인할 수 없다. 이렇게 개인의 내면과 주변의 사소한 이야기들이 점차 영토를 확장해간다는 사실은 상당한 의미가 있다. 따라서 이러한 흐름에 초점을 맞추어 조선 후기 자기서사, 특히 자찬묘지명(自撰墓誌銘)에 초점을 두고 문학과 문화사적 배경 속에서 고찰한 논의[45]는 그 의미를 되새겨볼 필요가 있다.

하지만 이처럼 유의미한 논의가 도출되었음에도 불구하고 여전히 조선 후기의 자기서사는 새롭게 논의되어야 한다. 우선 자찬묘지명을 비롯한 비지(碑誌)에만 장르를 국한시키지 말고 자기서사라는 측면에서 하위 장르를 포괄함으로써 자기서사로 범위를 확대하여 시대와 문화적 배경 속에서 그 특징적 면모를 조감할 필요가 있다. 다음으로 조선 후기 자기서사의 특징적 면모를 살펴보고자 한다면, 그 이전 시기 자기서사를 법고(法古)하고 창신(創新)한 면모, 즉 자기서사의 역사적 흐름 역시 살펴보아야 한다. 마지막으로 일국적(一國的) 시야만으로는 조선 후기 자기서사를 자리매김하는 데 한계가 있다. 따라서 실제로 조선의 문학에 적지 않은 영향을 끼치기도 하였고, 자기서사의 역사적 흐름에 있어서도 계통적 유사점을 지니고 있는 중국의 전근대 자기서사의 창작 경향과 그 배경을 함께 읽는 것이 연구의 시야를 넓혀줄 것이다.[46]

---

45  안대회(2003), 237~266면. 그리고 이 당시 독특한 인물기사의 특징인 생지명(生誌銘) 연구 역시 이 시기의 글쓰기와 문화적 배경을 확인하게 해준다는 점에서 살펴보아야 한다. 이에 대해서는 정민(2001), 301~325면; 김동준(2013), 125~164면을 참조하기 바란다.

46  李晬光의 『芝峯類說』 「哀辭」의 내용을 차용하여 다음처럼 서술한 尹愭(1741~1826)의 논의는 일국적(一國的) 시각에서 벗어나 다국적 시각에서의 논의가 필요함을 선명하게 드러내 준다. 尹愭, 『無名子集』 文稿 冊 13, 「峽裏閒話‧自撰墓誌」, 531면, "陶淵明自作挽詞及 「五柳先生傳」, 裵度自作畫像贊, 白樂天自作 「醉吟先生傳」 及墓誌銘, 邵康節自作 「無名公傳」, 張乖崖自作畫像贊, 陳堯佐自作墓誌, 我國盧守愼亦自作誌文. 余慕之, 嘗作 「無名子傳」, 又欲作誌文, 而顧老窮漂泊, 不知死所. 又恐死無葬地, 雖有文且無用, 故遂輟不復留意. 然用不用不足道, 苟爲子孫所藏, 則墓與家何異, 行且謀之."

전근대 동양의 자기서사를 크게 구분해보자면 초점을 공적(公的)인 데 두는 경향과 사적(私的)인 측면에 두는 경향으로 나눌 수 있다. 이 중 공적인 데 초점을 두는 경향은 외적인 행위와 활동, 즉 관력과 이력에 연관된 사건과 계기를 주로 서술하는 서사체(敍事體)라고 정리할 수 있고, 사적인 측면에 초점을 두는 경향은 개인의 내면과 주변의 일상적인 모습을 성찰하고 살펴 서술하는 서사체라고 할 수 있다. 이렇게 구분하고서 조선의 자기서사를 일별해보면 다음과 같은 사실을 발견할 수 있다. 그것은 바로 '조선의 자기서사는 전 시기를 통틀어 공적인 서사가 가장 커다란 흐름을 형성하고 있지만, 조선 중기, 특히 16세기 중반을 넘어서면서부터 사적인 서술의 흐름이 부각되기 시작해서 조선 후기인 17세기 후반 이후에 이르러 그 경향이 유의미한 영토를 획득하게 된다'는 사실이다. 지금부터는 이러한 흐름을 고려하여 개인의 자각과 그 표현, 삶에 대한 성찰과 반성, 내면의 진솔한 고백과 일상의 서사에 초점을 두고 조선 후기 자기서사의 특징적 면모를 살펴보고자 한다. 아울러 이미 언급한 대로 개체적으로는 차이가 있지만 계통적으로는 유사한 역사적 흐름을 가진 중국의 자기서사, 특히 조선 후기와 밀접하게 관련이 있는 명청(明清)의 작품을 배경으로 고려하면서 조선 후기 자기서사의 특징적 면모와 그 의미를 밝혀보고자 한다.

## 2. 취향과 개성의 표현

조선시대 문인지식인들이 주로 밝히는 자기서사 창작의 이유는 크게 보아 다음 두 가지이다. 첫째, 보잘 것 없는 사람에 대한 지나친 찬미를 저어한다는 점, 둘째, 자신을 제대로 알아줄 수 있는 지기(知己)가 없다는 사실이다.[47] 얼핏 보면 두 가지 이유가 서로 다른 것 같지만, 자기의 삶을 정확하게 기록하지 못하는 것을 우려하고 있다는 점에 있어서는 유사하다. 창작의 이유를 분명하게 밝혔는가의 여부를 떠나 이러한 결과를 통해 유추해보자면, 대부분의 창작자들은 자기 자신을 남들에게 정확히 전달하고자 자기서사를 기록한 것으로 보인다. 그런데 이처럼 크게 다르지 않은 자기서사 창작의 이유가 조선 전기부터 꾸준히 제시되고 있지만, 실제 작품을 살펴보면, 구체적인 서술은 말할 것도 없고, 패턴 역시 다양한 스펙트럼을 지니고 있다는 사실을 알게 된다. 자기 삶의 무게를 어디에 두는가에 따라 서술과 패턴이 달라지기 때문이다. 그 가운데 본고에서는 개인의 외부보다는 내면, 공적인 기록보다는 사적이면서 사소한 일상의 기록에 초점을 두고 그 의미를 짚어보고자 한다. 그 첫걸음으로 이번 장에서는 자기서사 창작의 주체이자 주인공인 개인, 그 개인의 기호나 취향, 혹은 개성의 표현에 초점을 맞춰 탐구해보겠다.

의복은 편한 것을 좋아하고 화려한 것을 싫어하며, 음식은 촉촉하고 부드러운 것을 취하고 기름진 것을 싫어한다. 근래 가장 괴로워하는 것은 솜이 잔뜩 들어간 겨울 면포 바지인데, 몸을 가눌 수 없을 때마다 가벼우면서도 따뜻한 비단 바지를 생각했다. 그러나 재료가 없는 것도 아니고, 남들이 비난하는 것이 두렵지도 않지만 저절로 마음이 불안해져서 이 몸이 쾌적한 것을 살피지 않았는데, 몇 번 입을까 생각도 했지만 끝내 그 생각을 그만두었다. 고기반찬을 먹지 않으

---

**47** 宋楠壽(1537~1626)가 「自誌文」에서 일미(溢美), 즉 지나친 찬상을 꺼린 것이 자기서사 창작의 원인이라고 밝힌 이래로 徐命膺(1716~1787)의 「自表」, 李晚秀(1752~1820)의 「自表」・「自誌銘」, 南公轍(1760~1840)의 「自碣銘」, 田愚(1841~1922)의 「自誌」에 이르기까지 이러한 이유를 적시하고 있다. 또 申欽(1566~1628)이 「玄翁自敍」에서, 그리고 許筠(1569~1618)이 「惺翁頌」에서 자신을 제대로 알아줄 사람이 없어서 스스로가 자신에 대한 기록을 남겼다는 언급을 한 이래로, 任希聖(1712~1783)의 「在澗老人自銘幷序」, 李德懋(1741~1793)의 「看書痴傳」 등에서 이들과 유사한 창작의 이유를 밝히고 있다.

면 배가 부르지 않을뿐더러 거의 먹은 것 같지도 않지만, 고기를 좋아하지 않는 것이 젊었을 때보다 더욱 심해졌다. 생선 · 꿩 · 젓갈 · 육포 · 채소는 향긋하고 깨끗하게 조리된 것을 얻으면 편안히 먹을 수 있다.[48]

심노숭(沈魯崇, 1762~1837)의 『자저실기(自著實記)』 중 자신의 의복과 음식에 대한 기호를 서술한 부분이다. 이 글에서 보이는 일상의 사소한 이야깃거리에 대해서는 차후에 논의할 것이므로, 여기에서는 우선 자신이 좋아하고 싫어하는 것을 분명히 표현하고 있다는 데 초점을 맞춰보고자 한다.

"그 사람이 먹는 것이 그 사람이다."라는 말이 있을 정도로 먹는 것의 취향은 그 사람의 개성을 드러내는 데 중요한 역할을 한다. "옷이 사람을 만든다."는 속담이 있는 것을 보면 의복에 대한 취향도 역시 그러한 듯하다. 아울러 특정한 계층의 사람이 좋아하는 것이 그 나머지 계층의 기호와 상당히 다른 식으로 발현된다고 피에르 부르디외(Pierre Bourdieu)가 『구별짓기』를 통해 역설하고 있는 바를 보면, 기호에 대한 발언은 특정 개인의 개성을 확실하게 드러내는 주요한 표지일 뿐만 아니라, 스스로가 속해 있는 계층을 다른 계층과 구별하게 해주는 주요한 요소이기도 함을 짐작할 수 있다.

그렇다면 위의 예문을 비롯한 『자저실기』의 전반부 서술에서 보이는 심노숭은 어떠한가? 그는 자신의 용모, 성격과 기질 등을 언급하면서 『자저실기』를 시작하더니, 음식과 의복, 그리고 감(柿)에 대한 지나칠 정

---

48 沈魯崇, 『孝田散稿』 12권, 『自著實記』, 5408~5409면, 학자원, 2014, "衣服喜穩適而惡華美, 飮食取灑輭而厭膏脂. 伊來最苦, 冬月之綿布袴挾纊重着, 身不能支, 輒思帛袴之輕煖. 而非無材也, 非畏人之議之也, 自然心不安, 則不省體之適, 議屢及而卒罷之. 非肉之食, 非但不飽, 殆若不食, 而肉之不嗜, 視甚於少時. 魚雉鹽鮓乾脩蔬藿, 得其調勻之芳潔, 則可以安之."

도의 애호[柿癖], 술, 집과 정원, 책, 산수에 대한 애호는 물론, 기생집 출입에 탐닉했던 자신에 대해서도 가감 없이 서술하며 자신이 어떠한 사람인지를 언급한다. 결국 그는 이 글을 통해 자신의 기호를 낱낱이 피력하고 있으며, 우리는 그의 취향을 파악하는 과정에서 심노숭이라는 개인의 개성을 엿볼 수 있다.

그렇다면 중국의 경우는 어떨까? 「오류선생전(五柳先生傳)」에서부터 술과 책과 문장에 대한 기호가 드러나 있지만 심노숭처럼 이렇게 다양한 측면에서 자신의 기호를 밝힌 경우는 중국에서도 명대에나 들어서 가능한 일이었다. 그 대표적인 예로 청초(淸初)인 17세기 중후반을 살았던 왕개(汪价)가 「삼농췌인광자서(三儂贅人廣自序)」에서 다음과 같이 자신의 기호를 피력한 부분과 심노숭의 취향 표현을 견주어볼 수 있을 것이다.

성(聲)과 색(色)이 사람을 바꾼다고 하는데 내 성품 역시 이 두 가지에 매우 오호(惡好)하는 것이 있다. 냇물소리를 좋아하고 악기소리를 좋아하며 어린아이가 낭랑하게 책 읽는 소리를 좋아하고 한밤중에 뱃사공이 노 젓는 소리를 좋아한다. 까마귀 떼의 소리를 싫어하고 말 탄 사람이 길을 비키라는 소리를 싫어하며 장사치가 주판알 퉁기는 소리를 싫어하고 부인네가 바가지 긁는 소리를 싫어하며 사내가 탄식하는 소리를 싫어하고 여자 맹인 악사(樂師)가 연주하면서 노래하는 탄사(彈詞) 소리를 싫어하며 솥바닥 긁는 소리를 싫어한다. 지는 달빛을 좋아하고 새벽에 내리는 눈빛을 좋아하며 한낮의 꽃빛을 좋아하고 여자가 투명하게 화장하여 보이는 민낯의 빛깔을 좋아하고 삼백주(三白酒)의 빛깔을 좋아한다. 화류계 여성들의 쇠잔한 모습을 싫어하고 거짓으로 꾸며 아첨하는 모습을 싫어하고 귀한 사람이 위장(僞裝)한 모습을 싫어한다.[49]

---

[49] 汪价, 「三儂贅人廣自序」, 郭登峯 編, 『歷代自敍傳文鈔』, 臺灣商務印書館, 1965, 52면, "聲色移人, 余

그 일상적 모습과 자질구레한 소재의 차용, 개인의 기호에 대한 분명한 피력이라는 측면에 있어서 왕개의 이 글은 심노숭의 『자저실기』에 보이는 서술과 유사한 계통이라 볼 수 있다. 중국에서는 주로 이러한 경향의 전기(傳記)가 쓰이는 이유를, 사상적으로는 왕수인(王守仁, 1472~1528)의 주관 유심론(主觀唯心論)에 의거한 개인 심성 중시의 태도, 사회적으로 부각되기 시작했던 시민사상의 추구, 그리고 이러한 사상적·사회적 요소에 영향을 받은 공안파(公安派)나 동성파(桐城派)와 같은 문예사조의 영향으로 보고 있다. 이에 덧붙여 입전(立傳) 인물을 정확하게 그리고자 했던 이몽양(李夢陽, 1475~1529)의 "그 사람을 그 사람처럼 서술한다(文其人, 如其人)."와 같은 논리, 이개선(李開先, 1501~1568)의 "초상화처럼 전을 쓴다(傳如寫眞)."거나 "선악을 모두 서술한다(善惡皆備)."와 같은 태도, 장대(張岱, 1597~?)의 "진면목을 놓치지 않으려는(不失眞面)" 의지 등이 이처럼 자신을 드러내기에 주저함이 없는 전기를 창작하는 데 영향을 끼쳤다고 파악한다.[50] 실제로 번화(繁華), 정사(精舍), 미비(美婢), 연동(孌童), 선의(鮮衣), 미식(美食), 준마(駿馬), 화등(華燈), 연화(煙火), 이원(梨園), 고취(鼓吹), 고동(古董), 화조(花鳥), 차와 귤, 서(書)와 시(詩) 등을 애호했다고 밝힌 장대의 「자위묘지명(自爲墓誌銘)」[51]과 『도암몽억(陶庵夢憶)』에서 보이는 다양한 취향의 피력을 비롯하여, 명말청초 이후의 자기서사에서 보이는 개인의 취향 피력과 가감 없는 자기표현은 바로 이와 같은 사상적·사회적·문

---

性亦有殊焉者. 喜泉聲, 喜絲竹聲, 喜小兒煨烻誦書聲, 喜夜半舟人欸乃聲. 惡群鴉聲, 惡驕人喝道聲, 惡賈客籌算聲, 惡婦人詈聲, 惡男人咿嚘聲, 惡盲婦彈詞聲, 惡刮鍋底聲. 喜殘月色, 喜曉天雪色, 喜正午花色, 喜女人淡妝眞色, 喜三白酒色. 惡花柳敗殘色, 惡熱熟媚人色, 惡貴人假面喬妝色.

50 陳蘭村 主編(1999), 301~335면 참조.
51 張岱, 「自爲墓誌銘」, 『歷代自敍傳文鈔』, 349~350면, "蜀人張岱, 陶庵其號也. 少爲紈絝子弟, 極愛繁華, 好精舍, 好美婢, 好孌童, 好鮮衣, 好美食, 好駿馬, 好華燈, 好煙火, 好梨園, 好鼓吹, 好古董, 好花鳥, 兼以茶淫橘虐, 書蠹詩魔, 勞碌半生, 皆成夢幻."

예적 배경 속에서 태동했다고 보아야 할 것이다.[52]

그렇다면 조선 후기 자기서사 창작의 환경은 어떠했는가? 이번 장의 서두에서 말한 대로 조선에서도 자신의 진면모를 가감 없이 표현하고자 하는 창작의 의지가 분명히 있었다. 하지만 이러한 태도가 바로 개인의 취향과 개성을 드러내는 방향으로 나아가지는 않는다. 앞서 중국의 경우처럼 사상적·사회적·문예적 배경을 함께 아울러보아야 좀 더 정확한 원인을 분석할 수 있을 터인데, 그 개략적인 내용을 살펴보면 다음과 같다. 조선의 경우, 사회적으로는 강이천(姜彝天, 1768~1801)의 「한경사(漢京詞)」나 여타 서울 대상으로 서술한 시문(詩文)과 국문학계나 사학계의 기존 연구를 통해 보면, 조선 후기에 시장이 번성하여 성시(城市)의 면모를 갖추었다는 점은 어느 정도 분명한 사실로 보인다. 하지만 사상적 측면에 있어서는 양명학과 같이 주관 유심론적 사상은 득세한 적이 없다. 오히려 개인의 취향을 진솔하게 표현하고 개성을 발현한 데는, 사상적·문예적 측면에 있어서 천기론(天機論)에서 보이는 천진(天眞) 추구의 태도, 입전의 의식에 있어서 소외된 자신을 남들과 변별적으로 표현하려고 했던 의지 등이 작지 않은 영향을 끼쳤을 것이라 생각한다. 이 중 조선 후기 개성의 표현과 '천기론'의 관계에 대해서는 이미 상당한 연구가 축적되었기 때문에[53] 후자에 집중해서 논의하겠다.

---

52 한편 이러한 태도는 조선 후기의 문인에게서도 보인다. 예컨대 다음과 같은 언급을 통해 선명하게 부각된다. 沈魯崇, 『自著實記』, 5395면, "一毫不似, 便非其人, 畵猶然也, 記安盡之? (中略) 但據實則記有勝於畵者, 亦審矣." 바로 터럭 하나라도 같지 않으면 그 사람이 아니라는 표현은 사실에 입각하여 자신의 진면목을 드러내려고 자기서사를 창작했던 심노숭의 의지를 피력한 것이다.

53 장원철(1982)의 논문이 제출된 이래로 그 개념의 함의와 탄생 배경에 대해 다양한 논의가 진행되었지만, 천기론이 지닌 천진(天眞)을 중시하는 태도와 그것이 사대부와 중인 계급 문학의 개성화에 끼친 영향에 대해서는 이들 논의 대부분이 일정하게 공유하고 있는 것으로 보인다.

찬(贊)하여 말한다. 글로 기록하고 그림으로 그려두더라도 세월이 도도하니 그 사람은 아득히 멀어질 것이다. 더욱이 정화(精華)를 자유롭게 흘러가는 데에 내버리고서 서로 같은 진부한 말을 주워 모은다면 어찌 불후할 수 있겠는가? 전(傳)은 전한다는 것이다. 비록 그 조예와 품격을 채 다 전하지 못하더라도, 구분되는 한 사람이어야지, 천 사람 만 사람과 비슷해서는 안 된다는 것을 분명하게 알아야만 틀림없이 세상 아득히 먼 곳 아득히 먼 시간 이후에 사람들마다 나를 만날 것이다![54]

남들과 변별되는 자신만의 개성을 표현한 자기서사가 조선 후기에 들어 왜 증가했는지를 여실히 보여주는 글이다. 인물의 정화(精華)를 취하여 자신을 드러내지 않고, 진부한 말이나 주워 담아서는 불후할 수가 없으며, 남들과 변별되는 사람으로 자신을 그려내지 못하면, 그 사람만의 조예와 품격은 고사하고 아득한 시간 속으로 사라져버릴 수밖에 없다는 박제가(朴齊家, 1750~1805)의 우려를 통해, 그가 개성적인 전(傳)의 창작을 주장한 이유를 충분히 짐작할 수 있다. 이렇게 스스로를 남들과 변별적으로 표현하려고 했던 박제가의 태도는 이 글에서 소개하지 않은 위 예문 이전의 서술을 통해 그 이유가 더욱 선명하게 드러나는데, 가장 주요한 원인으로 꼽을 수 있는 것은 바로 자신의 독자적 성취를 남들이 알아주지 않았다는 데 있다.[55] 결국 자신의 성취를 당대 사람들이 알아주

---

54 朴齊家,『貞蕤閣集』권3,「小傳」, 649면, "贊曰, 竹帛紀而丹青摸, 日月滔滔, 其人遠矣. 而況遺精華 於自然, 拾陳言之所同, 惡在其不朽也? 夫傳者傳也. 雖未可謂極其詣而盡其品乎, 而猶宛然知爲一 人, 而匪千萬人, 然後其必有天涯曠世而往, 人人而遇我者乎!"

55 朴齊家,『貞蕤閣集』권3,「小傳」, 649면, "朝鮮之三百八十四季, 鴨水之東千有餘里, 其生也. 出新羅 而祖密陽, 其系也. 取大學之旨而名焉, 托離騷之歌而號焉. 其爲人也, 犀額刀眉綠瞳而白耳, 擇孤高 而愈親, 望繁華而愈疎, 故寡合而常貧. 幼而學文章之言, 長而好經濟之術, 數月不歸家, 時人莫知也. 方其玩心高明, 遺落世務, 錯綜名理, 沈潛幽渺, 與百世而唯諾, 越萬里而翶翔, 覩雲烟之異態, 聆百鳥

지 않으니, 남들과는 다른 자신만의 독특함을 피력함으로써 자신이 이 세상에 살았다는 존재의 증명을 직접 수행할 수밖에 없다는 논리이다.[56]

그런데 조선 후기에 들어 이렇게 남들에게 인정받지 못했다거나 남들과 다른 길을 걸었기 때문에 소외될 수밖에 없었던 자아를 그려낸 자기서사를 찾는 일은 어렵지 않다. 예컨대 거듭 비통하고 원망스러운 상황에 맞닥뜨렸지만 성령(性靈)이 지키는 것을 변화시키지 않아서 남들에게 바보[癡]아니면 미친 사람[狂]으로 인식되었다는 내용을 피력한 양거안(梁居安, 1652~1731)의 「육화옹전(六化翁傳)」,[57] 세상 사람들과 달리 독서를 좋아하고 공리기수(功利機數)의 말을 좋아하지 않아서 경(經)은 알되 변(變)을 모르고, 원람(遠覽)은 귀하게 여기되 근공(近功)을 가볍게 여겨 우활하다[迂]고 비웃음을 산 남유용(南有容, 1698~1773)의 「자지(自誌)」[58]에서 그 사례를 확인할 수 있다. 또 '광인(狂人)'이나 '고오(孤傲)'한 인물로 자기 스스로의 정체성을 확정하고, 한 사람을 사귀는 것보다 한 사람과 절교하는 것이 낫다고 표현한 고독한 문인지식인 안정복(安鼎福, 1721~1791)의 「영장산객전(靈長山客傳)」,[59] 광(狂)이 아니지만 남들은 광(狂)이라고 하고, 남

---

之新音, 與夫山川日月星辰之遠, 草木蟲魚霜露之微. 所以日變化而莫知然者, 森然契于胷中, 言語不能悉其情, 口舌不足喩其味, 自以爲獨得, 百人莫知其樂也. 嗟乎, 形留而往者神也, 骨朽而存者心也. 知其言者, 庶幾其人於生死姓名之外矣."

56  이에 대한 좀 더 세밀한 논의는 안대회(2003), 247~249면을 참조하기 바란다.

57  梁居安, 『六化集』 권3, 「六化翁傳」, 528면, "少業文, 竟未肯大肆其力, 喜哦詩, 又不能因醉發興, 嘗以是自病焉. 至老窮阨, 而怨尤不形于色, 重遭慘毒, 而性靈不變其守. 人以此或疑其癡, 而又疑其狂也."

58  南有容, 『䨓淵集』 권22, 「自誌【一百四十字】」, 475면, "君在家無異行, 立朝無奇節. 好讀書, 獨不喜功利機數之言, 故其學知經而不知變, 貴遠覽而薄近功. 世或笑其迂, 君方以迂自喜, 毁譽寵辱之至, 頹然而已矣."

59  安鼎福, 『順菴集』 권19, 「靈長山客傳【甲戌】」, 188면, "野史氏曰, 余從客之里人, 詳聞客之爲人. 深居簡出, 類修鍊者, 升沉鄕里, 類鄕愿者. 嗼嗼日古, 類狂者, 無求於人, 類介者. 常終日看書, 類爲學者, 或瞑目靜坐, 類學禪者. 卑弱屈人, 類有得於老氏者, 推運任命, 類會心於莊周者. 其言博而多端, 難以要領, 約其博而一之, 則庶乎其不悖矣, 信夫. 然性簡拙, 未嘗與人交遊. 其言曰, 交一人, 不如絶一人, 是以人無有相往還者, 三逕之下, 草萊成蔭, 以是而終焉, 其或聞逸士之風者歟!"

들이 못하는 것에 능하지만 그들은 알아주지 않는 현실을 운명에 맡겨버리는 듯한 태도를 보이는 조수삼(趙秀三, 1762~1849)의 「경원선생자전(經畹先生自傳)」[60] 역시 주목할 필요가 있다.[61]

위 작품들에서 자주 등장하는 '광'이란 남들과는 다르다는 사실로 인해 겪을 수밖에 없었던 고독과 소외를 상징하는 술어이다.[62] 또 '광' 이외에도 앞서 소개한 여타의 술어들 역시 남들과 다른 삶의 궤적과 태도로 인해 소외되어 외로운 상태를 상징한다. 그런데 이렇게 고독하고 소외된 상태가 자신에게는 괴로움 그 자체였겠지만, 그것 때문에 자아의 정체성, 즉 남들과는 다른 취향과 개성을 지닌 자신만의 고유한 정체성을 발견하게 된 것 역시 사실이다. 물론 이렇게 형성된 정체성이 '남들이야 무엇이라고 하던 자신은 자기의 길을 가겠다'는 의지를 표현하게 만들었던 것이다.[63] 결국 이처럼 자신들을 괴롭혔던 소외와 고독, 바로 이것이 자신만의 개성을 펼치게 만든 원동력이 되었다는 점, 그리고 그것이 자

---

60 趙秀三, 『秋齋集』 권8, 「經畹先生自傳」, 525면, "贊曰, 外柔而內剛者, 不狂而狂耶? 身廢而道興者, 能於不能耶? 不狂而人不能知, 能而人亦不能知, 命耶時耶? 是則慕古人之磨不磷涅不緇者也."

61 그 어조가 상대적 밝기는 하지만 책에 대한 혹호(酷好)로 인해 간서치(看書痴)로 불린 李德懋(1741~1793)가 스스로를 그린 「看書痴傳」 역시 '치(痴)'로써 자신을 드러내고 있다는 점에서 위의 부류와 일정하게 통하는 면이 있다.

62 전통적 측면에서도 이러한 사실은 증명된다. 예컨대 袁粲(?~477)은 「妙德先生傳」의 우언(寓言)을 통해 혼자만 미치지 않아서 오히려 미친놈 취급을 당하는 상황을 광(狂)이라는 술어로 표현한 바 있다. 袁粲, 「妙德先生傳」, 『歷代自敍傳文鈔』, 249면, "又嘗謂周旋人曰, 昔有一國, 國中一水, 號曰狂泉. 國人飮此水, 無不狂, 唯國君穿井而汲, 獨得無恙. 國人旣並狂, 反謂國主之不狂爲狂, 於是聚謀, 共執國主療其狂疾, 火艾針藥, 莫不畢具. 國主不任其苦, 於是到泉所酌水飮之, 飮畢便狂. 君臣大小, 其狂若一, 衆乃歡然. 我旣不狂, 難以獨立, 比亦欲試飮此水."

63 예컨대 조선 중기부터 점차 자각되기 시작한 개인의 부각으로 인해 조임도(趙任道, 1585~1664)가 자신의 길을 가겠다는 의지를 피력한 바 있으며, 조선 후기에도 앞서 예거한 문인들 외에 신작(申綽, 1760~1828)에게서 이러한 태도를 발견할 수 있다. 그 예문은 다음과 같다. 趙任道, 『澗松集』 권3, 「自傳」, 76~77면, "自好而已, 人之好不好, 何與於我? 自知而已, 世之知不知, 何有於我? (中略) 從吾所好, 聊以卒世."; 申綽, 『石泉遺稿』 권3, 「自敍傳」, 548면, "父勸遺綽曰意今往汝必捷, 然汝不閒人間事, 竟當從汝所好也."

기서사 창작사(創作史)에 있어서 새로운 경향을 형성했다는 사실 등이 소외되고 고독한 문인지식인들의 자기서사에서 주목해야 할 지점이다.

## 3. 내면적 성찰과 반성

전근대 자기서사를 읽다가 그 글들이 판에 박힌 듯 비슷하다고 느꼈다면, 아마 '가계(家系)—이력(履歷 : 官歷과 行跡)—평가'의 패턴으로 자기서사의 작가가 수행했던 과거의 행적과 치적을 천편일률적으로 서술하였기 때문일 것이다. 물론 꼭 이 형식을 택하지 않았다고 해도 외적인 이력만으로 전체 자기서사를 구성하는 글쓰기는 독자에게 자아의 공적인 면모만을 보여주고, 자기서사의 주인공이 삶의 기로에서 자신에게 던졌던 질문과 자기반성 및 성찰을 보여주지 못하기 때문에, 그가 삶을 대하는 자세를 짐작하기 어렵게 만든다. 하지만 조선의 자기서사, 특히 조선 중기 이후에 창작된 자기서사에는 개인의 내면과 삶에 대한 성찰의 모습을 보이는 경우가 없지 않고, 지난 삶을 반성하며 새로운 모습으로 거듭나려고 하는 의지를 보이는 경우 역시 존재한다. 이번 장에서는 이렇게 자아가 삶에 대해 깊이 성찰하는 모습을 보이거나 과거의 실책을 반성하면서 더 나은 모습이 되고자 하는 구도(求道)와 곤학(困學)의 과정을 그린 자기서사를 중심으로 조선 후기 자기서사의 또 다른 특징적 모습을 고찰해보겠다.

나는 올해 열여섯이다. 어려서부터 자못 문장을 꾸미는 재주가 있어서, 스스로 생각한 것이라곤 인생 한평생 배부르게 먹고 따뜻하게 입으며 욕구를 따르고 즐거움을 지극히 하려는 것뿐이었다. 그래서 그것을 얻게 되는 방법을 미루어 헤아려보니, 또한 문장을 써서 남의 이목을 기쁘게 함으로써 과거에 급제하고 명성을 얻는 데에 있었다. 그래서 오늘날에 적합한 고문을 취하여 하루 종일 그것을 읽고 의기양양하게 자득(自得)한 듯 "이것을 읽으면 문장을 지을 수 있고, 문장을 지을 수 있으면 과거로 이름을 날리고 부귀를 얻게 되어 내가 크게 바라던 바를 모두 할 수 있다."라고 말하였다. 혹시 경전(經傳)을 읽는 사람이 있으면 번번이 기롱하고 비웃으며 배척하고 비난하면서 우활한 사람으로 여겨 다음처럼 말하였다. "지금 세상에 명성을 이루고 영화를 얻을 수 있는 방법은 오직 장구(章句)의 공교로움에 있는데 어째서 저 경전을 일삼는가? 대우(對偶)가 교묘한 문장이 이내 몸에 이로운데도 오히려 읽지를 못하는데, 어느 겨를에 한가롭게 경전을 읽겠는가?" 비록 때때로 여력이 있어 경전을 읽더라도 구법(句法)과 훈고(訓詁) 정도만을 취하며 눈으로만 슬쩍 보고 입으로 잠깐 읊조릴 뿐이었다. 그래서 마음으로 깨우치고 몸으로 체득하여 엄하고 절실한 훈계를 보거나 정미한 의리를 생각한 적이 없었기에 그저 문자가 성장(成章)과 구문(構文)의 사이에 사용될 수 있다는 것만 알고 명법(明法)이 일상생활의 행동에 절실하다는 사실을 알지 못하게 되었다. 그로 인해 문장으로 옮겨가게 될수록 학문으로부터는 더욱 멀어지게 되어서 날마다 위태로운 땅을 밟고 있는데도 편안하게 여기고, 날마다 어리석어지는데도 수준이 높아진다고 여겼다.

하루 이틀 지나며 병의 뿌리가 더욱 단단해지다 더욱 병이 깊어져 약을 써볼 여지도 없게 되다보니, 헛되이 한평생을 허비하면서도 스스로가 그것을 알지 못하는 상황을 면하지 못하게 될 상황이었다. 그러다가 최근에 몸져눕게 되어 가만히 율곡서(栗谷書)를 꺼내 몇 번을 펼쳐 읽어보았는데, 그 질의(質疑)와 문난(問難)은 항상 궁리(窮理)를 위주로 하였고, 입언(立言)과 저론(著論)은 항상 지경(持敬)을 근본으로 하여 장구나 찾아서 뽑는 일로 붓을 적시지 않고, 인의(仁義)와 사욕(私慾)의 분별을 끊임없이 말하였으니, 내가 일찍이 익혀왔던 것과 하늘과 땅 차이보다도 훨씬 크게 남을 보게 된 이후에야 비로소 유자(儒者)의 일이 절로 마땅한 바가 있고 이전의 죄는 비록 수만 번 고쳐 죽어도 벗어날 수 없다는 사실을 깨닫게 되었다. 이에 육경(六經)에서 구하여 그 근본을 찾고, 사서(四書)에서 고구하여 그 뜻을 깨우쳤으며, 백가(百家)의 여러 책들을 참고하여 그 동이(同異)를 평가하고 그 귀취(歸趣)에 통하게 되니, 시비(是非)의 구분과 의리(義理)의 변별이 마음속에서 분명하게 되고 수기치인(修己治人)의 핵심적인 방법과 성인과 하늘을 본받는 최대의 공력 역시 책에서 구할 수 있게 되어 감출 수 없게 되었다.[64]

임성주(任聖周, 1711~1788)가 16세에 쓴 「자서(自序)」이다. 인생의 목표를 "배부르게 먹고 따뜻하게 입으며 욕구를 따르고 즐거움을 지극히 하려는 것"에 두고, 그것을 얻기 위해 문장으로써 남의 이목을 즐겁게 하고, 그로써 과거에 급제하여 명성을 얻고자 하면서 진정한 학문과 생활태도를 깨우치지 못했던 스스로에 대한 비판이 첫 번째 단락이다. 두 번째 단락은 병에 걸리게 된 계기로 인해 이이(李珥)의 책을 읽고 진정한 학문에 눈을 뜨게 된 임성주 자신을 그리고 있다. 소개하지 않은 후반부는 진정으로 눈뜬 학문에 매진하겠다는 다짐으로 끝난다.[65] 따라서 이 글은

---

64 任聖周, 『鹿門集』 권20, 「自序【丙午】」, 421~422면, "余今年十有六矣. 自幼頗有雕虫之技, 自以爲人生一世, 飽食煖衣, 從其欲, 極其樂而已. 而推其所以得之者, 則又在於爲文章悅耳目, 以決科取名焉. 於是取古文之宜於今者, 終日讀之, 揚揚自得曰, '讀此則足以爲文章, 爲文章則足以決科名取富貴, 而吾之所大欲可得已.' 人或有讀經傳者則輒譏而笑之, 斥而非之, 視以爲迂遠之人曰, '今世發身取榮之道, 惟在於章句之工, 何用彼經傳爲哉? 對偶奇巧之文, 利於吾身者, 尚且不能讀, 何暇閑漫讀經傳哉? 雖或以餘力讀之, 亦不過取於句法訓詁之間, 而過於日騰於口而已. 未嘗會之以心, 體之以身, 見其戒訓之嚴切, 思其義理之精微, 徒知其文字之可用於成章搆文之際, 而不知其明法之切緊於日用動靜之間. 趍於彼益深, 離乎此益遠, 日踏危地而自以爲安也, 日就愚下而自以爲高也. 一日二日, 病根已固, 反復沉痼, 用藥無地, 將不免枉過一世而不自知也. 近因病臥, 從容取栗谷書, 披閱數徧, 見其質疑問難, 必以窮理爲主, 立言著論, 必以持敬爲本, 尋摘之事, 不濡於毫, 利欲之辨, 不絶於口, 與吾之所嘗習者, 不啻若天壤之不相侔, 然後始覺儒者之事, 自有所當然, 而前日之罪, 雖減死萬萬, 無所逃矣. 於是求諸六經, 以探其本, 考諸四書, 以達其指, 參之以百家諸書, 以訂其同異, 以通其歸趣焉, 則是非之分, 義利之辨, 了然於胷中, 而修己治人之要道, 希聖希天之極功, 亦可得而考之方冊, 而不可揜矣."
65 任聖周, 『鹿門集』 권20, 「自序【丙午】」, 422~423면, "吾之前日之所不覺, 不知此說也, 今日之所自覺, 知此說也. 苟知此說, 大志立, 大志立則大事成. 此栗谷所以必以立志爲學之始者也, 而吾之所以自信

'잘못된 지난 삶의 모습—그에 대한 반성과 회개—달라진 삶의 목표를 추구하려는 의지 표명'으로 구성된 전형적인 참회록이다. 더욱이 글의 일부분에만 반성과 참회의 서술이 삽입되어 있는 것이 아니라, 글 전체가 그것으로 구성되어 있다는 점이 특징적이라고 할 수 있다.

우 페이이(Wu, Pei-yi)는 중국의 자기서사를 분류하여 역사적으로 고찰하면서 기존의 장르에 얽매여있던 자아에서 벗어나 자아 내면을 성찰하게 된 자아를 '변모된 자아(the self transformed)'라고 명명하였다. 그는 이 부분을 서술하며 승려인 조흠(祖欽, 1215~1287)의 「설암화상어록(雪巖和尙語錄)」, 몽산이(蒙山異)의 「몽산이선사시중(蒙山異禪師示衆)」, 덕청(德淸, 1546~1623)의 「족본감산대사연보소주(足本憨山大師年譜疏注)」 등에서 보이는 내면적 성찰과 각자가 겪은 참선의 과정을 상세히 기록한 경우를 예거한다. 또 승려들뿐만 아니라 유자들의 내면적 성찰이 뚜렷하게 드러나는 자기서사도 고찰하고 있는데, 주로 등활거(鄧豁渠, 1498~1570경)의 「남순록(南詢錄)」, 호직(胡直, 1517~1585)의 「곤학기(困學記)」, 고반룡(高攀龍, 1562~1626)의 「곤학기(困學記)」 등처럼 학문을 수양하는 과정을 다룬 작품들이 주요 고찰의 대상이다.

이 외에도 그는 아우구스티누스(Aurelius Augustinus)의 『고백록』이나 버니언(John Bunyan)의 『천로역정』에서 드러나는 것과 같이, 구원이나 도덕적 양심을 개인의 증언 속에서 드러내 보이는 자아도 설정하는데 이것이 바로 '검증된 자아(the self examined)'이다. 여기에서는 주로 신유학자(新儒學者)들에게서 보이는 자신의 양심과 비행(卑行), 특히 유학(儒學)의 윤리

---

而不自惑者, 亦以此也. 然不務其實功, 不思其要道, 而徒曰我志旣立, 我學可以自進云爾, 則是無異於不耕而待穫, 不釣而求魚, 終無以成其功, 而旣立之志, 亦必隨而懈怠矣. 然則如之何其可也? 易曰敬以直內, 義以方外, 朱子曰戒謹恐懼, 所以持敬, 格物致知, 所以明義. 此余之所宜終身從事, 而不可有一毫之放過, 一息之間斷者也. 因記其說以自警, 且以勉同志之因循退托者焉."

에 위배되는 사안까지도 낱낱이 고백하는 경향에 착목한다. 그는 이러한 특징이 『삼국지연의(三國志演義)』와 『신선전(神仙傳)』에 등장하는 참회와 고백의 기록, 도교(道敎)와 불교(佛敎)에서의 회개와 치유의식 등에서 영향을 받은 것이라고 보았다. 또 이와 같은 요소들이 명말(明末)이라는 시대적 환경을 맞아 개인 스스로의 사유와 행동, 자기가 지은 죄에 대해 고백하는 자기서사의 경향을 형성하였다고 주장하며, 대표적인 예로 왕기(王畿, 1498~1583)의 「자송장어시아배(自訟長語示兒輩)」, 유종주(劉宗周, 1578~1645)의 「인보(人譜)」, 장이상(張履祥, 1611~1674)의 「자책(自責)」, 위희(魏禧, 1624~1680)의 「자서(自序)」 등을 든 바 있다.[66]

이에 비춰보자면 임성주의 「자서」 역시 이 두 부류에 속할 수 있는 특징적 면모를 지닌 것으로 보인다. 특히 곤학(困學)의 모습을 보여준다거나, 참회의 과정과 앞으로의 의지를 서술하였다는 점에서 그렇다. 이미 언급한 대로 조선 후기의 자기서사에서 이처럼 '변모된 자아'나 '검증된 자아'의 모습을 띠는 경우가 없지는 않다. 그중에서도 자기서사 전체를 반성과 성찰로 서술한 작품만 예거해보자면 다음과 같다. 우선 서유구(徐有榘, 1764~1845)는 「오비거사생광자표(五費居士生壙自表)」에서 자신의 삶을 다섯 단계로 나누고 그 다섯 단계 모두에서 삶을 허비한 사람임을 뼈저리게 반성한다. 반성의 주제는 대부분 살아서 무익했고 죽어서도 사람들에게 이름을 남기지 못할 것이라는 점에 초점이 맞춰져 있다.[67]

---

66 Wu, Pei−yi(1990), pp.3~238.

67 徐有榘, 『楓石集』 권6, 「五費居士生壙自表」, 424~425면, "蓋費之至五而存者無幾矣, 生無益於人, 死無聞於後. 其生也禽視鳥息已矣, 其死也艸亡木卒已矣. 若是而可謂之成耶, 人盡成也, 若是而不可謂之成耶, 無成者又何語志之勿忘也? 嗟夫人之生也, 固若是費乎, 抑亦有費則暫而收則久者耶? 彼立言立功, 卓然樹足于不朽之地者, 其精神氣魄, 必有以擁護身名於千百世之後, 此不可一朝襲而取之也. 吾少而怐怐, 壯而恐恐, 老而惽惽, 原始反終, 求其不與身俱化者, 終未得影響近之者, 猶且以八十年費盡之餘景, 覥然操筆, 假片石而文飾之, 不自知其枵然無有也, 不亦傎乎?"

72  제1부 한국 고전 자기서사의 흐름과 배경

다음으로 이원배(李元培, 1745~1802)의 「육과거사자서(六過居士自序)」 역시 지난 과오에 대한 반성과 삶에 대한 성찰이 돋보이는 글이다. 특히 마음과 행동과 말로써 지은 세 가지 큰 과오를 반성하고 자신이 기대했던 것보다 과분하게 받은 세 가지 운에 대해 다행스러워한 이후에 서술한 다음과 같은 성찰이 돋보인다.

아, 앞의 세 가지는 있어서는 안 되는 허물[過]이니 나에게 달린 것이고, 뒤의 세 가지는 없을 수가 없는 과분함[過]이니 하늘에 달린 것이다. 하늘에 달린 것이니 나는 장차 자연에 맡기고 그것이 절로 이르는 것을 살필 뿐이지만, 나에게 달린 것 역시 힘을 다하려고 하지 않아서 곧 나약하고 쓸모없게 된다면 이것은 나의 죄이다. 나에게 달린 죄라는 것을 알아서 항상 경계하고 걱정하며 생각할 때마다 반성하고 점검하기를 게으르게 하지 않고 그치지 않을 수 있다면, 앞의 세 개의 허물이 차례로 없어지다가 혹 끝내 하나의 흠결도 남지 않는 데 이를 수도 있을 것이다. 하늘에 달린 것이 나의 힘을 용납하지 않는다는 것을 알아서 만족하여 분수를 알고 전심하고 걱정하지 않을 수 있다면, 뒤의 세 개의 과분함 역시 천명(天命)을 즐기고 편안하게 여기는 데 도움이 될 것이다.[68]

마음과 행동과 말로 지은 허물이 앞의 세 가지 허물이며, 연약해서 일찍 죽을 거라 여겼지만 여전히 살아있다는 점, 후사(後嗣)를 둘 수 없으리라 생각했지만 두게 된 일, 가난해서 유리걸식하다 죽을 거라 여겼지

---

68 李元培, 『龜巖集』 권9, 「六過居士自序」, 150면, "噫, 前之三者, 不可有之過而在乎我者也, 後之三者, 不可無之過而存乎天者也. 存乎天者, 吾將任其自然, 聽其自至而已矣, 在乎我者, 亦莫肯致力, 而一向懦散則是我之罪也. 能知在我之罪, 而常常警惕, 念念省撿, 無怠無已, 則前之三過, 或可以次第剗鋤, 而終至於一疵之不留矣. 知在天之不容吾力而知足知分, 不貳不憂, 則後之三過亦可爲樂天安命之一助也."

만 그것을 면한 사실이 바로 뒤의 세 가지 과분한 대우이다. 이원배는
앞의 세 가지, 즉 자신이 저지른 과오에 대해서는 힘껏 줄이고자 노력하
고, 자신의 힘으로 어쩔 수 없는 운명, 즉 병과 후사와 가난 등에 대해서
는 자연에 맡기고자 한다. 물론 이렇게 운명에 순응하여 낙천안명(樂天安
命) 하게 된다면 큰 과오도 근심도 없게 될 것이라는 성찰은 인격의 완성
을 꿈꾸던 구도자의 그것과도 일정하게 통한다. 이처럼 고투하며 인격
의 완성으로 나아가려는 모습을 「자성록(自省錄)」에도 남겼는데, 이 글
에서의 반성과 성찰은 「육과거사자서」에서 보이는 것보다 신랄하다. 특
히 그는 남을 질투하여 허물을 들추어내기 좋아하는 태도, 허명을 추구
하느라 실질에 힘쓰지 않는 모습, 남보다 아는 척하는 자세, 순박한 마
음이 사라져 약삭빠르게 된 모습, 책보기를 게을리하는 태도, 성인(聖人)
과 소인(小人)의 구분 등을 반성의 주제로 삼아 스스로를 엄격하게 다그
친다.[69]

임성주, 서유구, 이원배 등에서 보이는 반성과 성찰의 태도 역시 중국
의 자기서사에서 어렵지 않게 찾을 수 있다. 그런데 이미 언급한 대로
우(Wu)는 이처럼 자기 성찰적이고 반성적으로 중국의 자기서사가 방향

---

69 「자성록」의 일부만 예시하면 다음과 같다. 李元培,『龜巖集』권10,「自省錄」, 173~177면, "娟嫉之
於人, 最是凶德. 猜疾勝己, 詆毁他人, 不欲人有成, 不喜人有聞, 不樂道人之善, 好摘人微瑕, 種種病
痛, 有難以枚擧. 此而不除, 則雖或有孝友之行, 見識之明, 亦不足貴也. 余從十餘年來, 痛加克治而
尙未按伏得盡, 每欲暗地萌動, 可見用功之不篤也已. 戰國之時, 聖賢不作, 風教大壞, 蘇·張·申·
韓之徒縱橫捭闔. 一世之人, 只知有功利, 而不知有仁義, 只知有詭遇, 而不知爲之範矣. 孟子生於其
時而脫然無所累, 不啻如昂鶴之在雞羣, 芙蕖之出淤泥, 宜其見推於後賢, 而斷然以亞聖稱之也."; "君
子務實而已, 名之有無, 何與於我? 人之好名, 極是淺陋. 而余覺有好名之累, 宜痛警之."; "聽其言則
義理著白, 論議英果, 辨別淑慝, 指陳得失, 若可以立大節當大事, 而及至臨利害遇事變, 便打不過, 做
不得. 以平日之言準之, 則分明是兩般人, 極是羞耻事. 而余自反省, 常有言過高之病, 宜痛懲之.";
"與人論辨之際, 切不可爲一時斬勝之計而爲背道違理之言也. 假使一世之人, 無與我敢頡頏, 指出我
病痛, 豈可强其所不知以爲知乎? 余每於人之論義理間禮疑, 必欲知之爲知之, 不知爲不知. 雖在周孔
程朱之前, 可以論說然後乃可告人, 而時或不然, 不免有自誣誣人之端, 宜切戒之."

을 선회한 이유를 승려들의 구도 자세, 신유학자들의 윤리적 태도,『삼국지연의』와『신선전』에 등장하는 참회와 고백의 기록, 도교와 불교에서의 회개와 치유의식 등에서 찾았다. 그가 예거한 작품 가운데에는 왕수인의 적전(嫡傳) 제자인 왕기의「자송장어시아배」가 있는데, 이 글에서의 왕기는 다양한 측면에서 자신의 지나온 삶을 반성하고, 깊이 있는 성찰을 통해 삶의 의미를 음미한다. 지나온 삶에 대한 반성은 세상 사람들이 모두 자신을 비난해도 스스로가 옳다고 생각하면 조금도 뒤돌아보지 않았던 삶을 살았지만, 지나고 나서 생각하니 지나치게 사소한 것에 목숨을 걸었다고 하는 고백에서 선명하게 드러난다.[70] 또 삶의 의미를 되새겨 보는 태도는 재난에 대처하는 세 가지 태도, 즉 강하게 항거하거나, 순종하며 편안히 여기거나, 아니면 완미(玩味)하여 잊어버리는 태도 등을 설명하는 모습을 통해서 확인할 수 있다.[71] 이 외에도 우(Wu)가 제시한 반성과 성찰의 자기서사를 살펴보면 그것이 조선의 그것과 크게 다르지 않음을 확인할 수 있다.

아울러 우(Wu)가 제기한 반성과 성찰로 방향을 선회한 몇 가지 이유 중에서『삼국지연의』와『신선전』이나 도교의 영향을 제외하면, 조선 후기의 자기서사가 자기의 삶과 내면을 성찰하고 비행을 반성하는 방향으

---

70 王畿,「自訟長語示兒輩」, 杜聯喆 輯,『明人自傳文鈔』, 51면, "平生心熱, 牽於多情, 少避形迹, 致來多口之慲. 自信以爲天下非之而不顧, 若無所動於中. 自今思之, 君子獨立不懼, 與小人無忌憚, 所爭只毫髮間. 察諸一念, 其機甚微. 凡橫逆拂亂之來, 莫非自反以求增益之地, 未可槪以人言爲盡非也."

71 王畿,「自訟長語示兒輩」,『明人自傳文鈔』, 52면, "夫彌災之術有三, 或强而拒之, 或委而安之, 或玩而忘之. 然而其歸遠矣. 學貴着根, 根苟不淨, 營於中而犍於外, 是强制也, 其能久而安乎? 上士以義安命, 其次以命安義, 動忍增益, 以精義也. 若以爲無所逃而安之, 其修身立命之學乎? 吾人以七尺之軀, 寓形天地間, 大都以百年爲期. 中間得喪好醜, 變若輪雲, 特須時耳. 生時不曾帶得來, 死時不能帶得去, 皆身外物也. 熒聚熒散, 了無定形, 消息盈虛, 時乃天道. 且達人觀之, 此身爲幻影, 日改歲遷, 弱而壯, 强而老, 形骸榮瘁, 且不能常保, 況熒然身外之物, 役役然常欲據而有之, 亦見其惑矣. 世固有不隨生而存, 不隨死而亡, 俛仰千古, 有足以自恃者, 不此之務, 徒區區於聚散無定之形, 以爲欣慽, 亦見其惑之甚矣, 予爲此言, 未敢以能忘, 亦習忘之道也."

로 선회한 이유와도 그 원인이 일치한다는 점을 알 수 있다. 특히 조선에 있어서는 성리학의 성숙이 반성과 성찰을 자기서사에 서술하는 데 적지 않은 영향을 끼친 것으로 생각된다. 즉 학문은 물론, 도덕적 수양을 통해 진(眞)과 선(善)의 완성을 추구했기 때문에 성리학의 윤리규범에 늘 스스로를 비추어 보았던 데서 위와 같은 반성과 성찰의 태도가 도출된 것이다. 다양한 분야를 통해 이를 증명할 수 있겠지만, 이황(李滉)에서부터 이어지는 영남남인학맥(嶺南南人學脈)의 학자들에게서 자전적(自傳的) 시가(詩歌)와 서사(敍事) 등이 상당수 보이고, 그중 대부분이 성찰과 반성으로 이루어져 있다는 점, 앞서 소개한 임성주와 이원배도 모두 성리학자였다는 사실 등을 통해 단적으로 증명할 수 있다.[72]

그런데 조선 후기나 중국의 자기서사에서 보이는 지행(知行)에 대한 반성, 그리고 삶에 대한 성찰의 방향이 비록 자기 스스로를 향하고 있기는 해도, 주요하게 떠올리는 반성의 조목 등은 주로 유가윤리적(儒家倫理的) 수양의 지침으로서, 그 내용을 몇 가지로 계열화할 수 있는 것도 사실이다. 또 어떤 경우는 반성과 성찰의 서술이 정해진 패턴의 추상적이고 관념적인 주제로 흐르기도 하는데, 이것은 구체적 삶을 대상으로 하는 반성이라기보다 반성을 위한 반성으로 보일 가능성까지 내포한다. 따라서 그것들이 속 빈 반성과 성찰로 흘러갈 여지는 충분하다. 그렇기 때문에 일정한 거리두기가 필요한데, 자신 주변의 사소한 일들을 반성의 대상으로 삼고, 때로는 정욕(情慾)과 같은 내밀한 문제까지도 구체적으로 거론하는 모습 속에서 거리 유지에 필요한 실마리를 찾을 수 있을 것이다.

---

**72** 이에 대한 상세한 논의는 안득용(2014a), 287~294면을 참조하기 바란다.

## 4. 쇄사와 정욕의 부각

주변의 사소한 일에 대해 반성하는 모습을 본격적으로 고찰하기에 앞서, 논의의 처음으로 돌아가 심노숭과 왕개의 글을 다시 살펴보자. 이미 밝힌바 이들은 자신의 '호오'를 분명히 드러냄으로써 각자의 취향과 개성을 충분히 보이고 있다. 그런데 여기에서 한걸음 더 나아가 이들의 시선이 향하는 곳을 살펴보면 다음과 같은 사실을 포착하게 된다. 그것은 바로 이들이 열거하는 기호의 대상이 삶의 주변에서 얼마든지 살펴볼 수 있는 일상적인 소재라는 점이다. 지금부터는 이처럼 일상의 사소한 일에서부터 정욕에 이르는 내밀한 사생활까지를 대상으로 반성한 자기서사를 중심으로 그 의미를 추적해보겠다.

① 조금 자라서 배와 밤과 대추와 감이 윤기 나게 익은 것을 보았는데 그 색깔이 사랑스러웠고 그 맛이 달콤하여서, 이때에는 비록 몸은 그곳에 가 있지 않았지만 마음은 과수원의 사이에서 나무에 올라 열매를 따며 즐거워하여 돌아오는 것을 잊었었다. 연주자와 악공들이 마을을 지나가는 것을 보았는데 금축관소(琴筑管簫)를 각각 연주하니 원근의 사람들이 모두 모이고 노소가 함께 기뻐하였다. 이때에도 몸은 비록 그곳에 가 있지 않았지만 마음은 현악기와 관악기 사이에 있으면서 몰래 듣고 곁눈질로 보며 즐거워하여 돌아오는 것을 잊었었다. 하지만 이 몇 가지 것도 역시 그 뒤로 얼마 지나지 않아 싫증이 나서 다시 흡족해하지 않았다.

② 서시(西施)처럼 아름다운 여인이나 성시(城市)의 아낙들은 꽃과 같고 구슬처럼 예뻐서 성정(性情)을 어지럽히고 뼈를 부수는 것이 도끼와 톱보다 심하고 덕을 해치고 몸을 상하게 하는 것이 짐독(鴆毒)보다 참혹하다. 그리하여 하루라도 삼가

지 못해 그에 빠지게 될까봐 두려워, 항상 경계하고 근신하기를 봄에 살얼음판을 걷는 것처럼 하였다. 하지만 그 사이에 동문(東門)을 나서서 우연히 서시 같은 여인을 보게 되면 혼을 빼놓는 진열(陣列)이 순식간에 이루어져서 마음속 깊이 새겨둔 가르침을 찰나에 잊어버리게 되어, 바야흐로 청조(靑鳥)를 통해 소식을 전하지 못함을 안타까워하고 황혼(黃昏)에 만날 약속을 하지 못함을 개탄하며 우두커니 서서 그저 바라만 보다가 홀연 무언가 놓쳐버린 듯한 느낌이 들게 되었다. 비록 곧 그 잘못을 깨닫고 마음을 다잡으며 함부로 본 것을 후회하고 망령된 생각을 없애려고 해도 들불이 잠깐 타오른 데에 봄바람이 불어버린 것처럼 돌아와 베개를 베고 누워도 눈에 아른거리니, 정신이 흘러들고 생각이 가득해져서 나비처럼 훨훨 천 리를 멀다하지 않고 날아 꽃과 향기를 좇아 갈 데까지 가서 그녀와 함께 양대(陽臺)에서 운우지락(雲雨之樂)을 즐긴 것이 몇 번인지 모를 정도였다. 이로써 사람을 매혹하고 유혹하여 오래된 경계(警戒)를 쉽게 잊게 하고 강고한 방어도 지키기 어렵게 만드는 것이, 천하의 아름다운 여인 바로 이보다 더한 것이 없음을 알게 되었다. 이른바 만고의 철문관(鐵門關)이 화류관(花柳關)임을 어찌 믿지 않겠는가, 어찌 믿지 않겠는가?[73]

---

73 鄭宗魯,『立齋集』別集 권4,「無適公自叙」, 400~401면, "① 稍長而見黎栗棗柿, 爛漫成熟, 其色可玩, 其味可悅, 則當此之時, 身雖不往, 心則在於果園之間, 攀援摘取, 樂而忘返. 見有伶人樂工經過閭里, 琴筑管籥, 各奏其技, 則遠近咸集, 老少交懽. 當此之時, 身雖不往, 心則在於絲竹之間, 側聽縱觀, 樂而忘返. 然之數者, 亦曾未幾何而厭之, 不復適也. (中略) ② 苧蘿之姝, 閭閻之女, 如花如荼, 傾國傾城, 伐性破骨, 甚於斧鋸, 敗德戕身, 慘於鴆毒, 常恐一朝不謹, 爲其所陷, 居恒惕厲, 若涉春冰. 而及其間出東門, 偶眤西子, 則迷魂之陣, 成於造次, 銘肺之訓, 失於俄頃, 方且恨靑鳥之莫憑, 慨黃昏之無期, 而佇立以望, 忽若有遺. 雖能旋覺其非, 自束以律, 悔其妄視, 去其妄念, 而野火暫燒, 春風又吹, 歸來倚枕, 宛轉在眸, 則精神流注, 因想凝結, 栩栩蝴蝶, 不遠千里, 尋芳逐香, 極其如如, 盖與朝雲暮雨, 往來於陽臺之間者, 不知其幾度矣. 是知天下尤物, 所以妖惑人誘引人, 使宿戒易忘, 嚴防難保者, 莫過於斯, 所謂萬古鐵門關, 是花柳關者, 豈不信哉, 豈不信哉?"

정종로(鄭宗魯, 1738~1816)는 이황(李滉)—김성일(金誠一)·유성룡(柳成龍)
—장흥효(張興孝)—이휘일(李徽逸)·이현일(李玄逸)—김성탁(金聖鐸)·이재
(李栽)—이상정(李象靖)의 마지막 자리를 차지하고 있는 영남남인학맥의
적전 이상정의 제자이다. 「무적공자서(無適公自叙)」는 무적(無適)이라는 자
호(自號)가 무엇을 의미하는지에 대해 문답하는 방식으로 서술된 자기서
사인데, 성리학자 특유의 성찰이 돋보이는 작품이다. 그래서 그는 스승
들이 했던 것처럼 성리학적 마음의 수양에 철저하지 못하여 반소경, 반
귀머거리, 반벙어리, 반이나 걷잡을 수 없는 사람(半瞽半聾半啞半不收之人)
이 되어버렸음을 뼈저리게 반성하는 모습도 보인다. 하지만 그는 위의
예문을 통해서도 알 수 있듯이, 스승들과 다른 시대를 산 학자였다. 물론
위의 서술이 일단락되고 나면 결국 완물상지(玩物喪志)와 주일무적(主一無
適) 하지 못했던 자신에 대한 반성으로 귀착되지만,[74] 그가 무엇을 반성
하고 있는지에 주목한다면 「무적공자서」의 독특함을 파악할 수 있다.

첫째로 주목하게 되는 것은 소재이다. 위 예문의 바로 앞부분에는 특
별히 좋아하는 것도 없었지만 좋아했다고 해도 금세 싫증을 내는 자신의
성격이 서술된다. 바로 뒤를 이어 화살로 새를 잡는 일과 낚시로 물고기
를 잡는 일에 탐닉해서, 가만히 있으려고 해도 그러지 못했던 자신의
어린 시절을 떠올리고는 곧 반성한다.[75] 그리고 나서 이어지는 부분이

---

74 위 예문에서 소개한 부분은 '예전에는 탐닉하였지만 곧 싫증이 났다'는 결론 정도로 끝을 맺고 있
다. 하지만 이 이야기의 말미에는 주일무적(主一無適)하지 못했던 자신과 비행을 제대로 단속하
지 못했던 점에 대해 철저히 반성하고 있다. 구체적인 예문은 다음과 같다. 鄭宗魯, 『立齋集』別
集 권4, 「無適公自叙」, 401면, "始者自謂到此以後則或有所止泊而更不他適, 顧視其身, 依舊是杌然
空虛之殼, 而耳目鼻口雖具, 其無聞無睹無嗅無說只一樣, 手足背腹雖具, 其無執捉無運奔無抱負只一
樣. 莫曉其故, 靜而思之, 則是誠有以焉, 玆豈非不用力於褵子所謂主一無適之致耶?"; "夫旣於格物如
此, 則其心之馳騖飛揚, 比諸疇昔之彷徨六合, 亦豈大相逕乎, 而其律己之不嚴, 從可知矣."
75 鄭宗魯, 『立齋集』別集 권4, 「無適公自叙」, 400면, "盖余之性, 於物別無所好, 雖好之亦不移時厭之,
凡有所適, 未嘗久於一處. 故幼則見弋鳥者, 彎弓發矢, 墜下飛禽, 而躍躍以喜, 心竊好之, 終日端坐, 而

①인데 배와 밤과 대추와 감에 대한 탐닉과 음악에 매료되었던 스스로에
대해 반성하고 있으며, 그것을 "이때에는 비록 몸은 그곳에 가 있지 않았
지만 마음은 과수원의 사이에서 나무에 올라 열매를 따며 즐거워하여
돌아오는 것을 잊었었다."나 "몸은 비록 그곳에 가 있지 않았지만 마음은
현악기와 관악기 사이에 있으면서 몰래 듣고 곁눈질로 보며 즐거워하여
돌아오는 것을 잊었었다."라는 표현에 실어서 그 정도를 선명하게 드러
내고 있다. 그 이후에 이어지는 소재는 술인데, 압록(鴨綠), 하자(霞紫), 청
주[淸聖], 탁주[濁賢]를 가리지 않고 탐닉하다 이내 다시 싫증을 내었다는
서술로 마무리를 짓는다.[76]

이러한 소재들은 이전까지 반성과 성찰을 위주로 한 자기서사에 거의
등장한 적이 없다. 물론 동시대의 인물들에게서도 이러한 반성과 성찰
의 조목으로써 자기서사를 전개한 경우는 쉽게 발견되지 않는다. 하지
만 반성과 성찰에서 취향과 기호로 시선을 돌려보면, 이미 언급한 대로
심노숭의 『자저실기』도 이처럼 일상의 소재를 자기서사에 사용하고 있
다는 점을 알 수 있다. 예컨대 심노숭은 산수 유람이나 책 등과 같은,
비교적 문인지식인들이 아취(雅趣)라고 생각했던 소재는 물론, 정종로와
마찬가지로 감[柿]이나 술에 대한 기호를 거리낌 없이 표현한다.[77] 이로써

---

吾則遊於林野之間, 與弋者相馳逐. 曾未幾何, 又厭之而不復適也. 見捕魚者, 投竿設網, 鉤出游鱗, 而
得得以喜, 心竊好之, 終日端坐, 而吾則遊於溪潭之間, 與漁者相追逐. 曾未幾何, 又厭之而不復適也."

**76** 鄭宗魯, 『立齋集』別集 권4, 「無適公自叙」, 401면, "惟是春酒始酷, 秋露初成, 樽中鴨綠, 杯裏霞紫,
而佐以佳肴, 酬以嘉賓, 則酣適之味, 洽于胷襟. 平居斷絶之時, 身遠麴米之車, 而有懷沾喉, 渴夢呑
江, 淸聖若呼, 濁賢如招, 便覺陶家窟室, 去人不遠. 此心之傲遊放浪, 宜何所不適, 而素不深嗜, 兼持
切戒. 思大禹之惡旨, 念范公之非佳, 則遂便罷休, 不復留情. 及其久也, 又卻泊然而忘之, 有則飲無
則止. 此則好酒而因與厭之者同歸, 遂不復有所適也."

**77** 감과 술에 대한 애호를 보이는 서술은 다음과 같다. 沈魯崇, 『自著實記』, 5409면, "棗栗梨柿, 最其
尤者, 柿有甚焉. 五十歲以後, 尙一食六七十顆, 人謂之柿癖."; "少時, 頗喜酒. 酒之趣, 不在縱而在節.
壬子喪慽後, 在西郡, 頗失戒, 尙少也, 故不病."

보자면 일상의 구체적인 사안에 대한 반성은, 개인의 취향과 개성을 표현하려는 태도 및 그 사회적·사상적 분위기와도 밀접한 관련을 맺고 있다는 점을 추측해볼 수 있다. 아울러 추상적이고 관념적인 태도, 즉 이론 및 이념적 태도로 세계에 접근하는 것이 아니라, 나날이 겪어내었던 구체적 현실 속에서 세계를 인식하고 자신의 삶을 되돌아보는 태도를 견지하고 있다는 사실 역시 세계를 구체적인 체험 속에서 살피려고 했다는 점에서 시사하는 바가 작지 않다. 왜냐하면 이러한 태도를 통해 진정으로 중요한 것은 이례적으로 일어나는 사건과 사고, 관념적으로 추론하는 세계의 모습이 아니라, 그 저변을 이루고 있는 나날의 구체적인 삶임을 인식한, 이전과는 다른 자아의 모습을 찾을 수 있기 때문이다.

한편 「무적공자서」가 지닌 두 번째 특징적인 면모는 여성에 대한 자신의 정욕을 사실적으로 표현하고 있다는 점이다. 특히 예문 ②에서 그 모습이 선명하게 부각된다. 주지하다시피 여성에 대한 욕망의 표현은 당시 문인지식인들에게 금기시되는 것이었다. 다만 정종로 역시 그에 탐닉했다가 지난한 과정을 거쳐 평정심을 찾게 된 과거를 반성하고 있기 때문에 면죄부가 주어질 수도 있겠지만, 그렇다 하더라도 이것은 이전 자기서사에서 거의 볼 수 없었던 형태의 자기 고백임에 분명하다. 물론 심노숭이 『자저실기』에서 정욕이 남들보다 강해서 기생집을 끊으려 해도 끊을 수가 없었다는 고백을 한 사례가 있기는 하다.[78] 다만 이 둘의 자기서사 외에 이러한 부류의 고백이 등장하는 사례를 찾는 일은 쉽지 않다.[79]

---

78 沈魯崇, 『自著實記』, 5412면, "情慾有過於人, 始者十四五歲, 至三十五六歲, 殆似顚癡, 幾及縱敗. 甚至狹斜之遊, 不擇遊寶之行, 人所指笑, 自亦刻責, 而卒不得自已."

79 정우봉(2014), 104~106면에는 池圭植의 『荷齋日記』에 나타난 정욕의 표현의 모습을 고찰하고 있다. 이로써 보자면 자기서사뿐만 아니라 그 범위를 넓혀 자기의 삶을 대상으로 한 글로 폭을 넓

하지만 중국, 특히 명말청초로 눈을 돌려보면 그 사례가 적지 않다는 사실을 알게 된다. 예컨대 앞서 살펴본 왕개는 도박과 기생에 빠졌던 일화와 그것을 끊게 된 계기를 세밀하게 기록하고 있다.[80] 그는 또 자신이 색을 좋아하는 것을 면하지 못하다가 벗어나게 된 경위를 설명하면서 지나치게 색을 밝히다 죽은 이의 이야기를 삽입하기도 한다.[81] 이 외에도 홍등가와 기생, 그리고 자신의 정욕을 그려낸 것은 장대의『도암몽억』에서도 그 생생한 모습을 살펴볼 수 있다. 이 글에는 남경(南京)의 홍등가에서 청춘남녀가 난간에 기댄 채 즐기는 모습, 양주(楊洲)의 기루(妓樓)에 속한 500명 기생들의 군상, 호화유람선과 뒷골목 사이에 장기간의 쾌락을 제공하던 구역, 항주(杭州)에서 우연히 배에 태운 여성과의 아련한 추억, 그리고 그의 글에 가장 자주 등장하는 왕월생(王月生)의 모습 등이 모두 생생한 필치로 그려져 있다.[82] 이 외에도 중국의 자기서사에서 정욕과 기생을 소재로 하는 서술을 찾기는 어렵지 않다.

이렇게 된 원인에 대해 미셸 푸코(Michel Foucault)의 "밑바닥에 숨겨져 있는 욕망, 즉 성적 욕망을 고백하는 것이 자기에 대한 진정한 앎이라는 생각이 팽배해졌다."는 말을 인용하며 성적 욕망을 표현하는 것이 근대적 개인의 자기고백을 향한 도정이라 언급한 논의는 음미할 만하다.[83]

---

혀 그 양상을 살펴보는 것도 의미 있을 것이라 생각한다.

80 汪价,「三儂贅人廣自序」,『歷代自敍傳文鈔』, 33면, "余嘗爲牧猪奴戲, 凡讌集訽爲豪擧, 輒得大采. 又嘗事狹斜遊, 每遇名姝, 無乞介人纏頭者, 或反以橐金佽助膏火. 二者皆有利焉, 宜其溺矣. 忽思輕俠亡賴, 非大雅所樂聞, 正當一嘗惡趣, 卽解脫耳. 一意救斷, 更不復爲.";汪价,「三儂贅人廣自序」,『歷代自敍傳文鈔』, 臺灣商務印書館, 1965, 44면, "壯時不免房帷之好, 後乃以漸而淡. 至爲汗漫遊, 逡與色遠. 卽燕趙歌姬, 充列侑飮, 從無一人沾昵者. 北妓入席, 見客卽拜, 立而執役, 主人加之訶叱余命之入坐, 諸執事悉令隷人司之, 北人且謂价人壞其鄕俗禮貌. 知命之年, 便絶婉孌, 友人俱誚其假, 席間每引爲笑資. 李騰齋至謂五十斷欲, 不如捐館作泉下人. 彼長餘四齡, 竟以啖牛戴, 淫一妖嫗而殂."
81 汪价,「三儂贅人廣自序」,『歷代自敍傳文鈔』, 44면, "壯時不免房帷之好, 後乃以漸而淡. 至爲漫汗遊, 逡與色遠. (中略) 李騰齋至謂五十斷慾, 不如捐館作泉下人. 彼長余四齡, 竟以啖牛戴淫一妖嫗而殂."
82 이에 대한 상세한 배경적 서술은 조너선 D. 스펜스(2010), 31~64면을 참조하기 바란다.

이러한 진단에 다음과 같은 몇 가지 배경적 사실을 덧붙일 수도 있다.

일상의 잔다란 이야기가 자기서사로 편입된 이유는 중국의 경우, 기존 연구에서 언급했듯 시민사상의 성장과 성리학적 봉건사상의 굴레에서 벗어난 상황에서 도출된 다양한 결과, 즉 세속 생활의 진실을 묘사하여 광대한 시민 계층에게 즐거움을 제공하려던 태도나 사회 현실에 직접적으로 참여하면서 느꼈던 것을 주로 표현하려고 했던 태도에서 찾아야 할 것이다. 또 정욕의 표현 역시 명나라 중엽 이후 발전적으로 성장한 자본주의적 요소와 자유해방의 사상적 풍조, 그리고 이러한 사회적·사상적 분위기에서 배태된 희곡과 소설에 주로 보이는 유심(唯心) 사상에서 그 원인을 찾을 수도 있다.[84]

조선 후기의 사회·사상·문학적 환경이 명말청초와 같을 수는 없다. 그런데 사상계는 여전히 성리학이 절대적 위치에 있었지만 17세기 이전보다 상대화되는 과정에 있었고, 이미 언급한 대로 성시(城市)가 형성되어 도시적 환경이 조성되었다는 것도 이미 상식이 되었다. 더욱이 산문 분야는 조선 중기를 넘어서면서 이미 공(公)에서 사(私)로의 전변이 시작되었고, 비평적 측면에 있어서는 조선 중기 당시풍(唐詩風)의 유행 이래로 시의 문학성과 진솔한 감정의 표현을 중시하는 심미적 계열이 성행했던 것도 사실이다. 이러한 배경에서 '나'를 중심으로 한 일상의 쇄사, 반성과 성찰, 정감과 정욕 등이 부각될 수 있었던 것이다.

다만 한중 자기서사의 실제 창작과 그 배경적 유사성이 뚜렷하게 확인된다고 해도 그 차이점 역시 간과할 수 없다. 이제 반성도, 개인적 취향의 표현도 아니면서 일상에 초점을 맞추어 서술한 자기서사 한 편을 살

---

83 정우봉(2014), 104면.
84 劉偉林(1999), 389~394면 참조.

펴보면서 비슷하면서도 다른, 그 차이를 고찰하고자 한다.

팽적(彭績)은 소주(蘇州) 사람이다. 자(字)는 추사(秋士)이다. 모습은 매우 마르고 왜소하며 세상 사람들과 잘 어울리지 못했다. 겨울에는 동상에 걸려서 손발이 갈라 터졌다. 여름에는 우레를 무서워해서 구름이 일어나는 것만 보면 걱정했다. 이때를 제외하면 마음이 매우 즐거웠다. 또 개를 무서워해서 친구의 집에서 개를 키우면 그 집에 두 번 다시 가지 않았다.

어려서 아버지를 따라 관사에 들어갔는데 어머니를 사랑해서 가려고 하지 않다가 매를 맞고서야 갔다. 그 후로 책을 읽다가 '모(母)'자가 눈에 띄면 번번이 어머니가 그리워 눈물을 흘렸다. 외는 일을 잘 못 해 매일 매 맞고 꾸지람을 당해서 하루도 울지 않는 날이 없었다. 열여섯이 되어 동네 아이들에게 『논어(論語)』를 가르쳤는데 밖에 거의 나가지 않아서 이웃 사람들도 나를 알지 못하였다. 스무 살 남짓이 되자 시를 잘 짓는다고 알려져서 친구가 나를 시 선생으로 맞이하였다. 아내는 겁이 많은데 내가 외박을 하느라 밤에 집에서 혼자 자게 되었던 날, 쥐가 들어와서 화들짝 놀랐다. 이 일 때문에 매일 밤마다 집으로 돌아오게 되었고 외박을 하지 않았다.

성품은 청렴하고 남들에게 베풀며 살고자 했다. 하지만 아버지를 장사지내는 일도 아내와 결혼하는 일도 모두 친척인 김씨(金氏)의 힘을 빌었다. 그래서 평소에 말없이 불만스러워 하며 친구의 집에도 거의 가지 않았다.[85]

---

85 彭績, 「自敍」, 『歷代自敍傳文鈔』, 73면, "績蘇州人也. 字秋士. 形貌絶瘦小, 寡諧. 冬手足瘃裂. 夏畏雷, 見雲起則憂. 非此時, 意甚得也. 又畏犬, 親友家有犬, 則不重至焉. 幼學隨父入館舍, 慕母不肯行, 笞乃肯行也. 讀書遇母字, 輒思以啼. 失誦憶, 無日不笞罵, 無日不啼. 年十六授里中子弟論語, 簡出, 至鄰人不識之. 二十餘以能詩稱, 親舊迎爲師. 宿外, 而妻膽薄, 夜獨臥, 鼠來則驚, 由此每夜還, 不宿於外. 立性淸廉, 志施與, 然葬父娶妻皆族人金氏. 於是平居黙黙不自得, 吝到親友家"

명(銘)을 제외한 「자서(自敍)」의 전문(全文)이다. 이 글을 지은 팽적(彭績, 1742~1785)은 그의 글이 유대괴(劉大櫆)·장혜언(張惠言)·운경(惲敬)·방포(方苞)·요내(姚鼐)·주사수(朱仕秀)와 함께 진계로(陳繼輅)의 『칠가문초(七家文鈔)』에 수록되어 있을 정도로 당시 문명(文名)이 있었던 인물이다. 하지만 「자서」에서 그가 서술한 자신의 모습은 초라하다. 왜소하고, 기억력이 좋지 않으며, 시를 잘 짓는다고 이름은 좀 났지만 이웃 사람들도 모를 만큼 남과 어울리지 못하였고, 겨울엔 동상에 잘 걸렸으며, 개를 무서워하는 사람이다. 어머니에 대한 사랑과 아내에 대한 사랑이 극진했던지 '모(母)'자만 봐도 눈물 흘렸고, 쥐를 무서워하는 아내 때문에 외박도 하지 않았던 그런 사람이다. 이처럼 사소한 일화로 자신의 삶 전체를 서사한 작품을 아마 거의 본 적이 없을 것이다. 하지만 중국의 자기서사 중에는 이 외에도 자신의 자기서사 전체를 자질구레한 체험으로 채우는 경우가 없지 않다. 예컨대 과거시험에 탈락한 이야기와 그때 과장(科場)의 모습, 그 속에서 일어난 에피소드로 이뤄진 애남영(艾南英, 1583~1646)의 「전력시권자서(前歷試卷自敍)」를 비롯한 여타 자기서사에서 그러한 모습을 찾을 수 있다.[86]

반면 조선의 자기서사 중에서 어머니와 아내에 대한 일화를 글의 일부에 사용하는 경우는 보았지만, 자기서사 전체를 위와 같은 일화로 채우는 경우는 아직까지 보지 못하였다. 실제로 조선 중기를 지나며 비지와

---

86 과장의 겨울과 여름 풍경 묘사를 일부만 예시하면 다음과 같다. 艾南英, 「前歷試卷自敍」, 『明人自傳文鈔』, 77면, "試之日, 衙鼓三號, 雖冰霜凍結, 諸生露立門外. 督學衣緋坐堂上, 燈燭輝煌, 圍爐輕暖自如. 諸生解衣露足, 左手執筆硯, 右手持布襪, 聽郡縣有司唱名, 以次立甬道. 至督學前, 每諸生一名, 搜撿軍二名, 上窮髮際, 下至膝踵, 果腹赤踝, 至漏數箭而後畢. 雖壯者無不齒震凍慄, 以下大都寒冱僵裂, 不知體膚所在. 遇天暑酷烈, 督學輕綺蔭涼, 飮茗揮扇自如. 諸生什百爲群, 擁立塵坌中, 法既不敢執扇, 又衣大布厚衣. 比至就席, 數百人夾坐, 蒸熏腥雜, 汗流浹背, 勺漿不入口. 雖設有供茶吏, 然卒不敢飮, 飮必朱鈐其牘, 疑以爲弊, 文雖工, 降一等. 蓋受困於寒暑者如此."

전에 있어 일상적 에피소드의 첨가가 증가하기는 하지만, 이 역시 중국과 비교하자면 수량과 다양성에 있어서 작지 않은 차이가 있다.

이로써 보자면, 중국의 자기서사와 조선의 자기서사 모두 정욕과 일상의 잗다란 일을 작품 안으로 끌어들이고는 있지만 조선의 자기서사에 비해 중국 작품에서 보이는 정욕에 대한 서술이 다양하고 그 정도도 강하며, 일상과 주변의 사소한 소재 채택의 범위 역시 넓은 편이다. 그 이유는 경제의 규모와 활성화, 존천리멸인욕(存天理滅人慾)을 제창했던 사상의 입지, 연극과 소설을 비롯한 민간 문학의 성행과 같은 양국 간의 사회적 · 사상적 · 문화적 분위기의 차이에서 찾아야 할 것이다.

## 5. 조선 후기 자기서사의 의미와 과제

최치원(崔致遠, 857~?)의 「계원필경서(桂苑筆耕序)」를 현존하는 자기서사의 최고(最古) 작품으로 본다면 한국 자기서사의 역사도 천 년을 넘어 지속된 것이라 추정할 수 있다. 조선시대 이전 자료의 수가 그다지 많지 않아서 그 흐름을 정확하게 짚어볼 수는 없지만, 편지로 쓴 자기서사를 논외로 두면, 적어도 한 가지 확실하게 말할 수 있는 사실은 공식적인 이력의 연대기적 기록과 허구적 자아를 상정하고 자신이 꿈꾸는 이상을 피력하는 흐름이 가장 폭넓은 지지를 받으며 조선 후기까지 지속적으로 창작되었다는 점이다. 이러한 흐름에 변화가 감지되는 시기가 바로 조선 중기인데, 지난 삶을 반성하고 성찰적으로 그려내는 태도가 급격히 증가하였다는 점이 특징적이다.[87] 대표적으로 신흠의 「현옹자서」, 허균

---

87 물론 승려의 자기서사까지도 연구의 대상으로 삼는다면 고려시대 天頙(1206~?)의 「答芸臺亞監関昊書」에서도 현대적 의미의 자기서사에 근접한 모습을 보이기도 했지만 역시 그 수가 급격히 증가한 것은 조선 중기로 보아야 할 것이다. 이에 대해서는 김승호(2003), 121~146면 참조.

의 「성옹송」, 최기남(崔奇男, 1586~?)의 「졸옹전(拙翁傳)」, 조임도(趙任道, 1585~1664)의 「자전(自傳)」 등에서 성찰과 반성의 모습을 뚜렷하게 볼 수 있고, 승려로는 휴정(休靜, 1520~1604)의 「상완산노부윤서(上完山盧府尹書)」 가 그러하다. 조선 중기는 개인과 사회의 부조화로 인해 고립된 개인이 속출했던 시기로서, 부질없이 스러져 버릴지도 모르는 자신의 존재를 세상에 남기기 위해 자기의 고유한 모습과 내면을 표현하려는 의도를 지닌 글쓰기가 성행하기 시작한 때이다. 자기서사는 물론, 여타 산문에 서도 자기표현의 모습이 빈번하게 보이는 이유는 바로 이러한 배경과 글쓰기 태도에서 찾아야 할 것이다.

이렇게 한번 일어난 자기표현의 욕구는 조선 후기까지도 이어진다. 그저 이어지는 것에서 더 나아가 조선 중기의 자기서사에서 보이는 것보 다 더욱 다양한 모습으로 스스로의 삶과 체험을 표현하는 문인지식인들 이 증가하게 되었다. 그 결과 앞서 고찰한 대로 좋아하고 싫어하는 것을 열거하는 모습도 등장하게 되고, 일상의 자질구레한 사건과 정욕의 서술 이 자기서사 글쓰기에 새롭게 추가 되었으며, 삶에 대한 성찰과 반성의 모습은 이전 시기를 계승하여 깊이를 갖추게 되었다.

다만 처음부터 언급하였듯이 앞서 소개한 특징들이 조선 후기 자기서 사의 대세를 형성한 것은 아니다. 상대적으로 공식적인 삶의 이력을 연 대기적으로 서술하거나 특정한 시기 자신이 꿈꾸던 이상을 표현하는 자 기서사 글쓰기의 전통적 양식이 여전히 가장 큰 지분을 차지하고 있었 다. 그렇다고 해서 개인의 취향과 개성의 표현, 삶에 대한 반성과 성찰, 일상의 자잘한 일과 정욕에 대한 서술 등의 역할이 미미했다고 평가할 수는 없다. 일단 그 비중이 무시할 수 없을 정도로 부상했다는 점, 그리 고 그것이 소위 자전문학(自傳文學), 즉 개인, 개성, 정감, 글쓰기 스타일까 지도 고려하며 자기서사를 문학적으로 창작하게 된 주요한 표지를 보여준다는 양과 질 두 측면 모두에서 의미를 찾을 수 있기 때문이다. 여기에 덧붙여 개인의 정욕을 비롯한 일상의 소재들이 자기서사에 대거 편입되었다는 사실 역시 세계와 자아에 대한 관념적 인식에서 구체적 인식으로의 변화를 감지하게 하는 요소로서 음미할 만하다. 이것이 조선 후기 자기서사의 특징적 국면이 지니는 의미이다.

마지막으로 중국 자기서사와의 영향 관계를 따지지 않고 그 흐름을 배경으로 삼은 이유에 대해 한마디 덧붙이며 마무리 짓고자 한다. 부인할 수 없이 중국의 자기서사는 조선의 그것보다 수량적 측면에서 압도적 우위를 점하고 있으며, 수량의 우위가 질적으로 전화되어 조선의 자기서사보다 더욱 다양한 모습을 띠는 것이 사실이다. 이러한 모습은 이미 일상 쇄사를 표현하거나 정욕을 드러내는 서술을 중심으로 양국의 자기서사를 비교하면서 언급한 그대로이다. 또 직접적으로 영향을 받은 징후도 보이기 때문에 그 영향 관계를 밝히는 것도 의미 있을 것이다.

하지만 중국 자기서사의 성취가 아무리 높다고 해도 당대 조선의 사회적·사상적·문화적 저변이 그것을 받아들이기에 적합하지 않았다면, 전파(傳播)는 될 수 있다고 해도 수용, 안착되어 생명을 유지하지는 못하였을 것이다. 따라서 무엇을 어떻게 왜 받아들였는지에 대한 관심을 유보하고 계통적으로 유사한 흐름으로 진행된 중국 자기서사를 배경적 참조 준거로 삼아 그것을 수용하여 안착시킨 조선의 당대 상황과 대비함으로써 좀 더 다양한 시각을 확보하려고 했음을 밝혀두고자 한다. 물론 구체적 비교를 위해서는 더욱 많은 자료를 대상으로 섬세한 논의를 진행해야 하고, 조선에서 주체적으로 변용한 양상도 살펴보아야 한다. 이것은 추후의 과제이다.

# 제3장

# 자아의 유형에 따른 자기서사의 분류와 그 양상

## 1. 자아의 유형에 따른 전근대 자기서사 분류 : 시론(試論)

자기서사(self-narrative)는 작가 자신의 삶과 체험과 생각을 반추하여 표현하는 장르이다. 따라서 자기서사의 작가는 필연적으로 스스로를 대상화시켜 자신의 삶을 응시하는 가운데 현재의 자신을 만든 사회와 환경은 물론, 스스로의 생각과 행동에 대해서도 끊임없이 되돌아본다. 이것은 현대의 자서전(autobiography)뿐만 아니라 본고에서 다루려는 전근대 자기서사(self-narrative)에서도 공통적으로 보이는 현상이다.[1] 그러므로 사회적·환경적 배경 속에서 스스로 행동하고 사유했던 자아는 언제나 자기서사의 주체이자 중심이다. 따라서 자기서사를 연구할 때 자아가 체험한 역사적 시공간 속에서 자신을 바라보고 형상화한 모습을 탐구하는 일은 의미가 크다. 이번 지면에서 자아의 유형에 따라 자기서사를 분류하고, 그것을 기준으로 각각에 배치된 작품들의 제 양상과 창작 배

---

1 용어의 사용으로 인한 오해를 불식하기 위해 이번 장에서는 현대적 의미의 'autobiography'를 가리키는 경우 '자서전', 전근대의 'autobiographical writing' 혹은 자서전의 상위범주인 'self-narrative'를 가리키는 술어는 '자기서사'로 구별하여 지칭하겠다.

경을 살펴보려고 하는 이유는 바로 여기에 있다.[2]

그런데 이미 중국의 자기서사(autobiographical writings)에 보이는 자아를 중심으로, 그 특징과 역사적 전개가 논의된 바 있으며, 앞서 그 일부를 살펴보기도 했다. 우 페이이(Wu, Pei-yi, 1990)의 연구가 그것이다. 그는 자아를 다음의 네 가지로 분류했다. ① 속박된 자아(the self constrained), ② 변모된 자아(the self transformed), ③ 허구적-혹은 꾸며낸-자아(the self invented), ④ 검증된 자아(the self examined)가 그것이다.[3] 이처럼 중국 자기서사의 역사를 일별하면서 각각의 특징적 면모와 그에 지대한 영향을 끼친 사회적·사상적 배경을 세밀하게 추적한 이 논의는 충분히 음미할 만하다. 하지만 이 분류도 완벽한 것은 아니다. 예컨대 우(Wu)는 '자아' 그 자체에 초점을 두기보다 중국 자기서사의 역사적 전개와 그 배경, 내용·형식적 차이 등에 초점을 맞추고 있으며, 내용·형식적 차이와 배경에 주안하다 보니 이 저서에서는 다른 유형으로 분류되었지만, 자아의 측면에서 보면 사실상 대동소이한 유형에 속할 법한 경우가 있기도 하다.[4]

---

2 심노숭(沈魯崇)의 자서전에 나타난 자아에 대해 정우봉(2014, 89~118면)은 '진실한 인간적 면모의 자아상', '불우한 문인지식인으로서의 자아상', '시대의 증언자로서의 자아상' 등으로 고찰한 바 있다. 본서는 이보다 높은 층위에서 자아를 분류하여 자기서사의 갈래를 구획하는 기준으로도 활용하려고 한다.

3 각각의 의미를 간략하게 소개하면 다음과 같다. 첫 번째, 속박된 자아는 일반적 전(傳)의 형태에서 흔히 드러나듯 개인의 내면과 개인적 동기를 세밀하게 서술하기보다 공적이며 공식적인 사건이나 외부적 사태들을 기록하는 데 중심을 둔 자아를 말한다. 결국 기존 인물 서사 장르의 굴레에 속박되어 아직 스스로에 대해 기록하는 것을 주저하는 자아이다. 두 번째, 변모된 자아는 앞서 살펴본 속박된 자아에서 변모된 자아를 가리킨다. 이 계열의 자아는 내면적 성찰의 모습이 뚜렷하게 드러난다. 셋째, 허구적 자아는 신이한 이야기와 소설화된 개인의 모습에서 찾아볼 수 있다. 넷째, 검증된 자아는 아우구스티누스의 『고백록(Confession)』이나 버니언의 『천로역정(The Pilgrim's Progress)』에서처럼 도덕적 양심을 개인의 증언 속에서 드러내 보이는 자아이며, 자신의 양심과 비행(非行), 특히 유학의 윤리에 위배되는 사안까지도 낱낱이 고백하는 경향이 보인다. Wu, Pei-yi(1990), pp.3~238 참조.

한편 미하일 바흐친(Mikhail Bakhtin, 2002) 역시 그리스와 로마－헬레니즘 시기의 전기(傳記)와 자서전을 유형화한 바 있다. 그는 그리스 전기와 자서전을 ① 플라톤적 유형, ② 수사적 유형 등으로 나누었고, 로마－헬레니즘 시기의 전기와 자서전을, 공적(公的) 측면에서는 ① 활동적 유형, ② 분석적 유형 등으로, 사적(私的) 측면에 있어서는 ③ 자기 자신의 삶을 풍자하고 비방하는 유형, ④ 응접실 수사의 유형, ⑤ 금욕적 유형 등으로 나누었다.[5]

이 두 가지 분류는 동서의 차이를 보여주기도 하지만 그 공통점 역시 적지 않다. 예컨대 우(Wu)의 ① 속박된 자아는 바흐친이 분류한 그리스의 ② 수사적 유형, 로마－헬레니즘 시기의 공적 전기와 자서전 유형 중 ① 활동적 유형, ② 분석적 유형과 외부적 행위와 활동, 규정된 항목에 맞춘 공적 서사라는 측면을 공유한다. 또 우(Wu)의 ② 변모된 자아와 ④ 검증된 자아는 바흐친이 분류한 그리스의 ① 플라톤적 유형, 로마－헬

---

4 ② 변모된 자아와 ④ 검증된 자아를 '자아'의 측면에서 세밀히 따져보면, 두 유형 모두 자기반성과 자아 성찰을 통한 인격의 완성과 더 나은 자신의 형성을 꿈꾼다는 점에서 대동소이하다.

5 각각의 의미를 간략하게 소개하면 다음과 같다. 우선 그리스부터 살펴보자. 첫째, 플라톤적 유형은 '자만에 찬 무지 → 자기 비판적 회의 → 자기 인식'으로 이어지는, 진정한 앎을 추구하는 사람의 인생행로를 보여준다. 둘째, 수사적 유형은 전적으로 사회적 사건들에 의해 규정되었던 것들로서 공적·정치적 행위들의 찬양이거나 자신에 대한 공개 해명으로 구성된다. 다음으로, 로마－헬레니즘 시기의 공적 형태의 전기와 자서전은 다음과 같다. 첫째, 활동적 유형은 행위와 진술을 통해 인물의 성격을 드러내며, 따라서 인물의 내적 본질을 외적으로 표현하는 경우는 없다. 둘째, 분석적 유형은 사회생활, 가정생활, 전쟁에서의 행동, 친구관계, 미덕과 악덕, 외모, 습관 등 규정된 항목을 채워 넣는 유형이다. 다음으로 사적인 형태의 전기와 자서전은 다음과 같다. 첫째, 자기 자신의 삶을 풍자하고 비방하는 유형은 말 그대로 자기의 삶을 풍자와 비방 속에서 해학적으로 다루며, 공적이고 영웅적인 형식들을 패러디한다. 둘째, 응접실 수사의 유형은 공적이고 인습적인 수사를 벗어나 자신의 속으로 침잠하는 사적인 삶을 표현하는 유형이며, 특히 친밀한 편지가 대표적이다. 셋째, 금욕적 유형은 아우렐리우스의 『나에게』나 아우구스티누스의 『고백록』과 같은 작품이며, 개인적이고 내밀한 삶과 관련되는 사건의 비중이 현저하게 높은 유형이다. 미하일 바흐친(2002), 314~334면 참조.

레니즘 시기의 사적 전기와 자서전 유형 중 ③ 자기 자신의 삶을 풍자하고 비방하는 유형, ④ 응접실 수사의 유형, ⑤ 금욕적 유형과 마찬가지로 개인의 내면과 주변을 성찰하고 서사한다는 점이 유사하다.

이로써 볼 때, 앞서 살펴본 두 분류가 다소의 차이는 있지만, 자아의 시선이 주로 외부를 향하여 있고 그 공적인 행위와 이력을 서사하고 있는지, 아니면 개인의 내면으로 침잠하여 그 반성이나 성찰의 모습과 친밀한 자신의 주변을 서사하고 있는지의 여부로 다시 한번 크게 묶을 수 있는 가능성을 보여준다.

분류의 기준은 다르지만 위 두 연구와 유사하게 귀결될 수 있는 논의도 없지 않다. 그중에서도 대표적인 게오르그 미슈(Georg Misch, 1998)와 윌리엄 스펜지먼(William C. Spengemann, 1972)의 논의는 다음처럼 자서전과 자아의 형상을 분류하였다.

우선, 전자는 자아가 자신에게 몰입한 깊이 및 자신과 환경에 대한 관심을 펼쳐놓는 정도를 기준으로 자기서사를 분류하였는데, 단지 관찰자로서 자신의 삶을 되돌아보는 자세, 즉 증언자로서의 태도를 보이는 서사체를 회고록(memoir), 제 삶을 해석하고 이해하여 구성하려는 자세를 띠는 서사체를 자서전(autobiography)이라고 분류하였다.[6] 다음으로, 후자는 '자아를 인식하는 방법'에 따라 ① 역사적 자서전(historical autobiography), ② 철학적 자서전(philosophical autobiography), ③ 시적 자서전(poetic auto-biography)으로 나누었다.

이 중에서 ①은 고정된 시각으로 완료된 과거의 '행위'를 기억 속에서 살피며 자아를 인식하는 자서전이다. 특히 자신의 '이력'과 '행위'로서 자아를 이해하기 때문에, 회상의 성격이 강하다. ②는 끊임없이 의심하며

---

6 Misch, Georg(1998), pp.14~15.

자신의 '기억'과 '생각'을 통해 자기 이해에 도달하는 자서전이다. 이력과 행위보다 '내면'을 고찰하여 이해함으로써 자아를 탐구하려는 경향이 있다. ③은 말로는 표현할 수 없는 자아를 실현해줄 수 있는 상징적인 행위를 수행하는 자서전이다. 시적 허구를 통해 자아를 구성함으로써 자기를 표현하려고 했다.[7]

이처럼 미슈와 스펜지먼의 분류는 차이가 뚜렷하지만, 앞서 살펴본 대로 그 시선이 향하는 방향으로 살펴본다면 '회고록'과 '역사적 자서전'은 외부를, 그리고 '자서전'과 '철학적 자서전'은 내면을 향하고 있다는 계통적 공유점을 발견할 수 있다.

따라서 앞선 논의를 종합하여 이번 장에서는 그 시선이 자아의 외부, 즉 자신이 발 딛고 살아가는 시공간과 공적인 행위 및 이력 등을 기술했다면, 그 자기서사에 등장하는 자아를 '기술적(記述的) 자아'라고 부르고자 한다. 그리고 자아의 내부와 주변, 즉 역사적 시공간 속에서 자신의 행위와 사유 및 사적인 주변에 대해 성찰한 경우를 '성찰적(省察的) 자아'라고 부를 것이다.[8]

한편 동서양의 자기서사 중에는 '작가=화자=주인공'의 삼일치[9]가 보이지 않거나 부각되지 않은 허구화된 자아 역시 존재한다. 우(Wu)가 분류한 '③ 허구적 자아'와 스펜지먼의 '③ 시적 자서전'에 보이는 자아가

---

7 Spengemann, William C.(1980), pp.32~33.
8 자아의 시선에 따른 분류는 중세 인간 의식의 양면을 바깥 세계를 향한 의식과 인간 내면을 향한 의식으로 나누어서 본 야코프 부르크하르트의 시각을 차용한 것이다. 그는 이탈리아에서 처음으로 개인의 발견이 있었다는 사실을 피력하며 아래와 같이 말한 바 있는데, 본서에서 말하는 개인의 안과 밖이 의미하는 내용 역시 이와 유사하다. "국가를 비롯한 이 세계의 모든 사물을 객관적으로 바라보고 다루는 눈이 싹튼 것이다. 더불어 주관적 의식도 강하게 고개를 들면서 인간은 정신적 개체가 되었고 스스로를 그렇게 자각하였다." 야코프 부르크하르트(2008), 201면 참조.
9 필립 르죈(1998), 17~19면 참조.

바로 그것이다. 삼일치가 일어나는 자아를 역사적 시공간에 발을 디디고 현실에 실재한다는 의미에서 '실재적(實在的) 자아'라고 지칭한다면, 스스로가 '오류선생'이 아닌 양 시치미를 떼는 「오류선생전」의 마스터 플롯(master plot)에서 보이듯이, '자아가 허구화'되어 있고 역사적 시공간의 변화와 흐름에서 다소 벗어나 이상화된 자의식을 제삼자에 투영하여 글을 전개하는 자아를 '허구적(虛構的) 자아'로 부를 수 있다.[10] 그런데 '허구적 자아'는 자기가 꿈꾸는 이상적 모습에 스스로를 대입시켜 자신을 표현하고, 정해진 항목에 맞춰 자신의 체험을 기술하는 반면, '실재적 자아'는 시공간의 변화에 민감하게 반응하고 성찰하며 기술한다. 이러한 성격으로 인해 자아가 정태적(靜態的)으로 그려지는 허구적 자아에 비해 실재적 자아는 그 사유와 행동의 추이를 쉽게 관찰할 수 있다.

지금까지 살펴본 '기술적 자아 / 성찰적 자아', '실재적 자아 / 허구적 자아' 등에 따른 자서전의 분류 외에도, 자아 형상의 단일성 여부에 따라 '단일 형상(single metaphor, simplex)의 자서전'과 '이중 형상(double metaphor, duplex)의 자서전'으로 나눈 제임스 올니(James Olney, 1972)[11]의 연구도 주목할 만하다. 그리고 동아시아의 전통적인 산문 장르에 따른 분류도 그 역사적 실재에 기반을 두었다는 점에서 의미 있다. 이 경우 모(母) 장르인 서(序), 전(傳), 비지(碑誌), 행장(行狀), 연보(年譜), 서간(書簡), 필기(筆記)에 따라, 자서(自序), 자전(自傳), 탁전(托傳), 자찬비지(自撰碑誌), 자찬행장(自撰行狀), 자찬연보(自撰年譜), 서간체(書簡體) 자기서사(自己敍事), 필기체(筆記體) 자기서사(自己敍事) 등으로 각각 명명할 수 있을 것이다.

---

10 가와이 코오조오(2002, 82~178면)가 「오류선생전」을 비롯해서 袁粲의 「妙德先生傳」에서부터 歐陽脩의 「六一居士傳」까지에 이르는 탁전을 분석하며, '이러하고 싶은 나'로 장의 제목을 삼은 것 역시 자아의 성격이 이상적인 데서 기인한다고 본다.

11 Olney, James(1972), pp.38~39.

요컨대 자아의 시선이 향하는 방향에 따라 '기술적 자아 / 성찰적 자아', '작가=화자=주인공'의 여부에 따라 '실재적 자아 / 허구적 자아', 자아 형상의 단일성 여부에 따라 '단일 형상의 자아 / 이중 형상의 자아'로 분류할 수 있다. 이러한 자아 유형들이 겹치고 나뉘며, 상위 장르로 올라가고 하위 장르로 내려오는 경계를 기준으로 전근대 자기서사를 조금 더 다양하게 분류할 수 있을 뿐만 아니라, 동아시아 산문의 모 장르를 기준으로도 나눈 자기서사의 갈래 역시 자아의 유형에 따라 재분류하는 일도 가능할 것이다. 다만 전근대 산문의 모 장르에 따른 자기서사의 분류와 그 고찰은 2부에 따로 지면을 마련해 두었으므로, 이번 장에서는 '실재적 자아 / 허구적 자아', '기술적 자아 / 성찰적 자아'의 구도에서 한 축을 차지하는데도 1장과 2장에서 다루지 않은 '허구적 자아'와 조금 더 다룰 필요가 있는 '기술적 자아' 유형의 자기서사를 우선 살펴보려고 한다. 그리고 난 다음 '성찰적 자아'를 마지막으로 다룸으로써 '기술적 자아' 유형과 대비하여 그 실제 양상을 보여줄 것이다.

## 2. 허구적(虛構的) 자아 계열

허구적 자아 계열의 자기서사는 이규보(李奎報, 1168~1241)가 「백운거사전(白雲居士傳)」에서도 그 계보를 일부 언급하고 있듯이 「오류선생전」의 자장(磁場) 안에 있다.[12] 이 계열은 자아가 허구화되어 있다는 점 외에도 시공간의 변화와 흐름에 기대지 않고 인생의 특정한 단면을 위주로 서술하였다는 사실, 자기의 이상을 피력하는 데 주력하였다는 점 등을 공유

---

12 李奎報, 『東國李相國集』 권20, 「白雲居士傳」, 503면, "其或陶潛之五柳先生, 鄭薰之七松處士, 歐陽子之六一居士, 皆因其所蓄也."

한다.[13] 바흐친이 언급한 바 있듯 이처럼 시공간의 변화와 흐름에 기대지 않는다는 사실은 자신이 이상적으로 생각하는, 이미 확정된 항목에 적합한 사실을 끼워 넣으려고 하는 의지에서 발현된 것이다.[14] 물론 「백운거사전」 역시 이러한 특징을 공유하므로 허구적 자아 계열의 자기서사임에 분명하다. 이번 절에서는 「오류선생전」과 같은 허구적 자아 계열의 자기서사를 탐구하고자 한다. 다만 이 계열의 전형적 모습에 대한 논의가 이미 적지 않기 때문에, 본 절에서는 이 마스터 플롯을 변주(變奏)한 자기서사를 중심에 두고 논의를 진행할 것이다.

목멱산(木覓山) 아래에 바보 한 명이 살고 있었다. 어눌하여 말을 잘하지 못하고, 성격이 게으르고 졸렬하여 시무(時務)를 잘 알지 못하였으며, 바둑이나 장기는 더욱 알지 못하였다. 사람들이 욕해도 따지지 않고 칭찬해도 우쭐해 하지 않고서 오직 책 보는 것만 즐겁게 여겼다. 추위와 더위, 주림과 병도 전혀 알지 못하였다. 어려서부터 21세에 이르기까지 하루도 옛 책을 손에서 떼지 않았다.

그의 방은 매우 작았지만 동창(東窓)이 있고 남창(南窓)이 있었으며 서창(西窓)이 있었는데, 해가 동쪽에서 서쪽으로 이동함에 따라 그 빛을 받아 책을 읽었다. 읽지 못한 책을 보면 번번이 즐거워하며 웃었기에 집안사람들은 그가 웃는 것을 보면 그가 기이한 책을 얻었다는 것을 알았다.

자미(子美)의 오언율시(五言律詩)를 매우 좋아해서 신음하듯 깊이 읊조리다 그 깊은 뜻을 얻으면 매우 기뻐하며 일어나 뱅글뱅글 돌았는데 그 소리가 까마귀 울음 같았다. 때로는 가만히 아무 소리 내지 않기도 하고 눈을 휘둥그레 뜨고 오랫동안 보기도 하였으며, 때로는 잠꼬대처럼 혼잣말을 하기도 하였다. 사람들

---

13 허구적 자아 계열에 대한 조금 더 상세한 논의는 본서 2부 6장을 참조하기 바란다.
14 미하일 바흐친, 앞의 책, 327~330면 참조.

이 그를 지목해서 책만 보는 바보[看書痴]라고 하였지만, 이 역시 즐거워하며 받아들였다.

아무도 그의 전(傳)을 지어줄 사람이 없자 붓을 떨쳐 그의 일을 기록하여 「간서치전(看書痴傳)」을 지었다. 그 이름과 성은 여기에 기록하지 않았다.[15]

이덕무(李德懋, 1741~1793)의 「간서치전(看書痴傳)」 전문이다. 마지막 단락에 보이는 "그 이름과 성은 여기에 기록하지 않았다(不記其名姓焉)."라는 서술, 자신의 기호와 이상을 그리고 있다는 점, 시공간의 변화가 뚜렷하게 드러나지 않는다는 사실 등을 통해 이 글이 허구적 자아 계열의 자기 서사임을 알 수 있다. 그런데 이 글은 「오류선생전」의 마스터 플롯을 따르고 있지만, 기존에 보았던 「오류선생전」류에서 보이는 자아의 성격과는 다소 차이를 보인다. 그 차이는 글의 제목이기도 한 '간서치(看書痴)'에서 찾을 수 있다.

'책만 보는 바보'라는 의미의 '간서치'는 허구적 자아의 이상을 선명하게 보여주는 어휘이다. 물론 오류선생 역시도 책, 술, 문장을 좋아했다는 점을 고려한다면, 간서치의 책에 대한 애호는 그다지 새로울 것이 없는 허구적 자아의 이상을 표현한 것일 수도 있다. 하지만 「오류선생전」에서처럼 "독서를 좋아했으나 깊은 이해를 구하지 않았다. 의미를 깨우칠 때마다 즐거워하며 밥 먹는 것을 잊었다(好讀書, 不求甚解. 每有會意, 便欣然忘食)." 정도로 간략하게 책에 대한 기호를 서술하지 않고, 책 바보로 불릴

---

15 李德懋, 『青莊館全書』권4, 「看書痴傳」, 83면, "木覓山下, 有痴人. 口訥不善言, 性懶拙, 不識時務, 奕棋尤不知也. 人辱之不辨, 譽之不矜, 惟看書爲樂. 寒暑飢病, 殊不知. 自塗鴉之年, 至二十一歲, 手未嘗一日釋古書. 其室甚小, 然有東窓有南窓有西窓焉, 隨其日之東西, 受明看書. 見未見書, 輒喜而笑, 家人見其笑, 知其得奇書也. 尤喜子美五言律, 沈吟如痛疴, 得其深奧, 喜甚, 起而旁旋, 其音如鴉叫. 或寂然無響, 瞠然熟視, 或自語如夢寐. 人目之爲看書痴, 亦喜而受之. 無人作其傳, 仍奮筆書其事, 爲看書痴傳. 不記其名姓焉."

정도였음을 세밀하고 구체적으로 서술하였다는 점은 특징적이다. 예컨대 동·남·서(東·南·西)에 모두 창을 냈다거나, 그가 웃는 것을 보면 집안사람들이 신기한 책을 얻은 줄 알았을 정도라는 일화, 두시(杜詩)에 대한 애호, 책을 읽는 모습 등의 서술 모두가 구체적이고 세밀하며, 이에 대한 서술이 글의 거의 대부분을 차지하고 있다. 결국 특정한 사안에 대한 지나칠 정도의 애호를 구체적으로 그려낸 것이 여타 허구적 자아 계열의 자기서사와 변별되는 점이다.

이처럼 특정 사안을 혹호(酷好)하는 자아의 성향은 자기서사의 창작을 추동한 특정한 분위기를 짐작하게 한다. 예컨대 조임도(趙任道, 1585~1664)는 「자전(自傳)」에서 남들이 좋아하든 그렇지 않든 자신이 좋아하는 것을 따르겠다고 하였으며,[16] 신작(申綽, 1760~1828)은 「자서전(自敍傳)」에서 그의 아버지로부터 '결국 자신이 좋아하는 것을 따를 아이'라는 소리를 듣기도 했다.[17] 그리고 조수삼(趙秀三, 1762~1849) 역시 「경원선생자전(經畹先生自傳)」에서 스스로를 조선의 광사(狂士)라고 칭하며, 책 읽기와 글쓰기에 대한 애호를 감추지 않았다.[18] 심지어는 19세기의 승려 초엄(草广)도 「삼화전(三花傳)」에서 불경(佛經)과 독시(讀詩)의 애호를 비교적 세밀하게 기술한 바 있다.[19] 이 외에도 이덕무처럼 구체적으로 '개인'의 '혹호'를

---

16 趙任道, 『澗松集』 권3, 「自傳」, 76~77면, "自好而已, 人之好不好, 何與於我? 自知而已, 世之知不知, 何有於我? (中略) 從吾所好, 聊以卒世."

17 申綽, 『石泉遺稿』 권3, 「自敍傳」, 548면, "父勸遺綽曰意今往汝必捷, 然汝不閒人間事, 竟當從汝所好也."

18 趙秀三, 『秋齋集』 권8, 「經畹先生自傳」, 525면, "經畹先生, 朝鮮狂士也. 性喜讀書, 白首咿唔不綴, 終亦自忘, 人叩之則茫然不能對. 有時强記, 滔滔萬言, 能卒六經. 自幼愛屬文, 至廢寢食, 而不甚佳, 然往往凌厲有古作者風."

19 草广, 『草广遺稿』(『韓國佛教全書』 제12책, 동국대학교출판부, 1996) 권1, 「三花傳」, 306면, "其年冬住虎溪古寺, 讀圓覺經. 時夜將半, 風雪入窓, 燈火如豆. 花方擁爐睡, 忽抖擻精神高聲讀, 低聲讀, 讀至彌勒章尋草堂密註脚, 覺得身朦, 亦信輪回深矣. 山巖城市, 行止無定, 或在途中, 且行且吟, 人笑以爲狂."

서술하지는 않았더라도 특정한 사안에 지나친 애호가 있었다는 발언을 조선 중·후기의 자기서사에서 찾는 일은 어렵지 않다.[20] 아울러 남들이 뭐라고 하든지 자신의 길을 가겠다는 태도 역시 그 이전 시기의 자기서사보다 빈번하게 보이는 것도 사실이다. 따라서 남들과 다른 나에 대한 인식과 나의 기호에 대한 피력, 즉 개인인 자기를 자각하고 그것을 표현의 주제로 삼았던 태도는 조선 중·후기 자기서사 창작의 활성화와 일정한 연관이 있는 것이다.

그런데 허구적 자아 계열의 자기서사가 앞에서 본 것처럼 모두 유유자적한 삶이나 자신의 이상과 포부만을 이야기하는 것은 아니다. 「백운거사전」보다 약 백여 년 후에 창작된 최해(崔瀣, 1287~1340)의 「예산은자전(猊山隱者傳)」만 살펴보아도 이를 알 수 있다. 「예산은자전」의 자아는 결코 유유자적한 삶이나 이상적 포부를 말하지 않는다. 오히려 이 자기서사는 처절한 실패와 고독의 기록이다. 물론 장르 결정의 지배적인 요소인 자아의 허구화 때문에 '허구적 자아 계열'에 귀속되지만, 「백운거사전」이나 「간서치전」과는 달리 시공간의 변화와 흐름에 따라 서술되었다는 사실은 이 작품이 전형(典型)에서 다소 벗어나 있음을 엿보게 한다.[21] 이로써 볼 때, 「오류선생전」 마스터 플롯의 변주가 상당히 일찍부터 시작되었다는 사실을 알 수 있다. 특히 이 변주들이 주로 시공간의 변화에

---

20  그 일부만 예시하자면 다음과 같다. 梁居安(1652~1731), 『六化集』 권3, 「六化翁傳」, 528면, "重遭慘毒, 而性靈不變其守, 人以此或疑其癡, 而又疑其狂也. 然猶檢身之誠, 終始不懈."; 趙璥(1727~1789), 『荷棲集』 권9, 「自銘」, 389면, "於詩尤癖焉, 卒澽落不得其要"; 李裕元(1814~1888), 「自碣銘」, 『嘉梧藁略』 책16, 100면, "癖於書, 能談秦漢淵源"; 申國賓(19세기), 『太乙菴文集』 권6, 「墓誌自銘」, 126면, "六歲入學癖於書." 등.

21  「백운거사전」과 「예산은자전」의 좀 더 세밀한 비교 연구는 박희병(1987), 104~118면을 참조하기 바란다. 그리고 '백운거사전 계열'과 '예산은자전 계열' 자기서사의 계보적 연구는 본서의 2부 6장을 참조하기 바란다.

따라 글을 전개한다거나 삶을 진지하게 성찰하는 데 관심을 기울이고 있다는 점은 주목할 만하다.

71세가 되어 또 병이 위독해져서 스스로 제문(祭文)을 지었는데 다음과 같다. "모년 모월 모일 무명자(無名子)가 몸져누운 지 한 달이 지나자 전혀 살 기미가 보이지 않아 억지로 붓을 잡아 글을 써서 스스로를 제사 지낸다. 노자(老子)가 말하길, 사람에게 큰 재난이 있는 것은 자신에게 몸이 있기 때문이라고 했는데, 훌륭하구나, 이 말은! 사람이 이 세상에 나서 많게는 백 년을 살지만 병에 걸리고 조상(弔喪)하며 근심하는 것이 거의 그 절반이다. 이로써 보자면 기쁘고 즐거워하며 가만히 자득하는 것은 아마도 하루도 안 될 것이다.

무명자가 태어난 지 71년이 되어 인간 세상의 신고(辛苦)를 충분히 맛보아서 장차 불완전한 진세(塵世)를 떠나 무하유(無何有)의 진정한 세상으로 길이 돌아가려고 한다. 유한한 삶으로 짧은 순간에 처한 것이 어찌 한 번 잠드는 것과 다르겠는가? '시초를 궁구하여 그 끝을 헤아린다는 것[原始返終]'은 『역(易)』의 지극한 말이요, '생지(生地)에서 나고 사지(死地)로 들어간다는 말[出生入死]'은 노자의 은미한 말이니, 옴이 있으면 감이 있는 것은 삶과 죽음의 필연이며, 한 번 낮이었다가 한 번 밤이 되는 것은 밝고 어두움의 상리(常理)이다. 이러하니 왔다고 어찌 좋아하며 간다고 어찌 슬퍼하겠는가? 처자식이 울며 가슴을 치는 것은 참으로 죽음을 슬퍼하며 호들갑 떠는 일이니 무익하고, 벗들이 조문하여 헛되게 힘쓰고 울부짖지만 되돌릴 수 없다. 조화를 타고 돌아가 천지를 잠시 머무는 곳으로 여기고 세상에서 벗어나 몸을 추구(芻狗)처럼 여긴다.

아아, 나무 관 하나에 몸을 거두고 세상의 온갖 인연과 이별하니, 나무에는 가을바람이 울고 골짜기에는 깊은 샘이 울린다. 제주(祭酒)를 신께 바치고 지전(紙錢)으로 초혼(招魂)하여도 공허하게 이미 사라졌고 고요하게도 응대하지 않는구나. 온 산의 송백(松柏) 속에 하나의 무덤이로다. 아아, 슬프다!"[22]

최기남(崔奇男, 1586~?)의 「졸옹전(拙翁傳)」 역시 「오류선생전」 계열의 자아가 주인공이다. "세상에 졸옹이라는 사람이 있는데, 어떤 사람인지 모른다(世有拙翁者, 不知何如人也)."로 시작하는 서두, 자신의 기호를 따르며 살아가려는 태도, 예문의 마지막 부분을 장식하는 자아의 이상적 삶의 모습에 대한 서술 등이 그 근거이다. 하지만 「졸옹전」을 살펴보면 기존 「오류선생전」의 마스터 플롯을 변주한 지점 몇 군데를 찾을 수 있다.

우선 위 예문에서는 삶과 죽음의 가치에 대한 진지한 성찰이 발견된다. 물론 기존 허구적 자아 계열의 작품에서 성찰하는 모습이 전혀 보이지 않았던 것은 아니다. 다만 이 글은 성찰이 차지하는 비중이 상당히 높아져서 성찰적 자아 계열의 작품과도 견줄 수 있을 정도이다. 결국 삶은 고통이며 죽음은 돌아가는 것이고, 세상은 진세(塵世)이며 죽음의 세계는 무하유지향(無何有之鄕)이며, 태어났으면 죽는다는 것은 상리(常理)이자 필연임을 허구적 자아는 진지하게 성찰하고 있기 때문이다. 또 이 글 전체의 서두 부분에서도 궁달(窮達)과 형둔(亨屯)의 문제가 인력으로 좌우할 수 없는 천(天)의 영역에 속한 문제임을 논의하고 있는데,[23] 이것

---

22 崔奇男, 『龜谷詩稿』 권3下, 「拙翁傳」, 360면, "年七十一歲, 又病劇, 作自祭文曰, '維年月日無名子臥病逾月, 了無生趣, 強羸操毫, 作文自祭之. 老氏之言曰, 人之有大患, 爲吾有身, 旨哉言乎! 人之處世, 大齊百年, 而痍疾喪吊憂苦, 幾居其半. 以此觀之, 歡泰愉悅, 追然而自得者, 盖無一日閑矣. 無名子生歲七十有一年矣, 喫得人間之辣苦已飫矣, 將辭缺陷之塵世, 永歸無何之眞界. 以有限之生, 處須臾之頃, 奚異乎一寐也哉? 原始返終, 大易之至言, 出生入死, 玄元之微旨, 有來有去, 幽顯之必然, 一晝一夜, 晦明之常理. 其來也奚喜, 其去也奚悲? 妻兒之哭擗, 誠是怛化而無益, 朋賓之臨吊, 徒勞叫號而莫追. 乘化而歸, 以天地爲逆旅, 蛻世而擧, 視形骸爲蒭狗. 嗚呼, 戕身一木, 謝世萬緣, 樹號商颺, 谷鳴幽泉. 薦以醴酌, 招以紙錢, 廓焉已滅, 漠然不膺. 滿山松栢, 一堆丘陵, 嗚呼痛哉!'"

23 崔奇男, 『龜谷詩稿』 권3下, 「拙翁傳」, 360면, "世有拙翁者, 不知何如人也. 業不農商, 身無號名. 衣則短褐, 食則饘糒, 居則蓬室, 出則徒步, 人見之, 莫不調笑, 熙然有驕傲之色. 形貌言行, 與人不甚相遠, 而彼達此窮, 彼亨此屯, 豈才德之不侔而然耶, 抑賦命之厚薄而然耶? 彼之達非智得, 此之窮非愚失, 則皆天也, 非人也. 以不若人爲恥, 則不識固然之理矣. 斯人也, 性不喜闇熱, 泊焉好靜, 深居獨處, 以簡編自娛. 得會心處, 怡然忘憂, 興到則輒獨往林麓間, 吟嘯徜佯. 或於稠人羣處, 泯嘿如愚人, 談論是非, 不欲與人相較. 衆人之所趨, 羞不肖爭, 衆人之所捨, 守分安焉."

을 보더라도 기존의 마스터 플롯에서 보이는 자아보다 졸옹(拙翁)이 더욱
성찰적임을 알 수 있다.

「졸옹전」이 기존의 마스터 플롯과 구별되는 또 하나의 특징은 「예산은
자전」처럼 시간의 흐름이 보인다는 점이다. 예컨대 서두의 "71세가 되어
(年七十一歲)"라고 밝히고 있는 부분에서 선명하게 드러난다. 그 외에도
최기남은 낙헌장인(樂軒丈人 : 樂全堂 申翊聖인 듯하지만 확실하지 않다)과의 교
유, 자신이 쓴 화도자만시(和陶自挽詩)의 소개 등을 시간의 흐름에 따라
서술하기도 하였다.[24] 그런데 이처럼 허구적 자아 계열의 자기서사이면
서 시간의 흐름에 따라 서술한 작품이 조선 중 · 후기에는 더욱 빈번하게
보인다. 예컨대 이 글보다 백 수십 년 뒤의 작품인 안정복(安鼎福, 1712~
1791)의 「영장산객전(靈長山客傳)」 역시 분명히 허구적 자아 계열의 특징을
보이지만, 시간의 흐름이 이전의 어떤 작품보다 뚜렷하게 드러난다. "유
(幼) → 장(長) → 연이십육(年二十六) → 기사하(己巳夏) → 지동(至冬) → 신미
이월(辛未二月) → 임신이월(壬申二月) → 갑술이월(甲戌二月) → 시년유월(是
年六月)" 등에서 보이듯 각 시기에 따라 삶의 이력을 세밀하게 서술하고
있기 때문이다.

이처럼 남들과는 다른 나를 표현하거나 연대기적 형식을 빌려 스스로
를 서사한 것처럼 전형을 변주한 작품들이 조선 중 · 후기를 거치면서
증가한 이유는 다음 몇 가지 사실에서 찾을 수 있다. 그 첫 번째 이유는
다음과 같다. 현재의 자신을 만든 것은 과거의 무수한 계기를 통해 얻은
체험과 사유이다. 하지만 그 계기들을 경험하던 그 시점에는 그것이 자
신의 미래에 어떠한 영향을 줄지 쉽게 짐작하지 못한다. 오히려 그 의미

---

24 崔奇男,『龜谷詩稿』권3下,「拙翁傳」, 360면, "同時有樂軒丈人者, 與斯人相友善, 不逐世人遊, 賣跡
荊門下, 沖謙自養而已. 無何, 樂軒先逝, 無相與同遊者, 閑戶獨處, 時披古人書, 或吟成短句以自遣.
年六十三歲, 病臥和陶潛自挽詩三章"

는 과거의 무수한 계기들을 반추하는 현재에서야 알게 된다. 자기서사는 그것을 쓰는 현재의 시점에서 자신이 지금의 자기가 된 원인을 되돌아보는 과정을 통해 포착된 계기들 중 특히 현재의 자신을 형성하는 데 결정적인 영향을 끼친 몇 가지를 중심으로 기록된다. 하지만 이미 살펴보았듯 허구적 자아 계열은 현재 자신의 진면목과 자신을 형성한 다양한 계기를 기록하기에 적절하지 못한 마스터 플롯을 가졌다. 그런데 작가들은 자신의 고유한 진면목을 알리고 싶기도 하였지만, 이미 전범(典範)이 되어버린 「오류선생전」 계열의 구도에 기대려는 태도 역시 쉽게 버릴 수는 없었다. 결국 익숙한 구성의 틀을 완전히 깨뜨리지 않으면서도 현재의 자신을 만든 주요한 체험의 계기를 기록하고자 했기 때문에 기본 마스터 플롯을 따르면서도 시공간의 변화와 성찰이라는 축을 삽입한 것이다.

다음으로 지적할 수 있는 요인은 여타 계열 자기서사와의 교섭 및 조선 중·후기 문단 전반에서 일어났던 사적(私的) 산문(散文)의 대두이다. 주지하다시피 장르는 '생성—성장—쇠퇴'의 길을 걷는다. 그러는 과정에서 서로 다른 장르와 만나 교섭하여 성향이 다른 장르를 생성한다. 즉 조선 중기부터 창작이 활성화되어 상당한 비중을 차지하게 된 연대기 형식의 '실재적 자아' 계열 자기서사와 교섭한 것이 허구적 자아 계열의 자기서사가 변주된 원인이라고 할 수 있다. 하지만 더욱 중요한 원인은, 미리 정해진 방향으로 흘러가거나 이상화되고 정형화된 찬양으로써 고정된 항목을 채워 넣는 공적(公的) 성격을 지닌 자기서사를 창작하는 데서 벗어나, 자신의 체험에 즉하여 지난 삶을 되돌아보고 성찰하여, 자신만의 특징적 면모를 찾아 그것을 진술하게 표현하려 했던 사적(私的) 태도로의 변환이다. 물론 이러한 시각의 전환은 자기서사가 창작되던 당시 문단의 전반적인 분위기가 자기의 취향·기호·개성을 표현하려고 했던 흐름에 기대어 발생한 현상이다.

이로써 보자면, 자아의 태도, 여타 계열과의 교섭, 문학장(文學場)의 변화 등이 허구적 자아 계열의 변주를 가져왔고, 그 결과 기술하고 성찰하는 실재적 자아 계열에 근접한 허구적 자아 계열의 작품이 등장하게 된 것이다.

## 3. 기술적(記述的) 자아 계열

한국 전근대 자기서사 중 가장 큰 비중을 차지하는 갈래는 기술적 자아 계열이다. 자서(自序), 자전(自傳), 자찬비지(自撰碑誌), 자찬행장(自撰行狀), 자찬연보(自撰年譜), 서간체(書簡體) 자기서사(自己敍事), 필기체(筆記體) 자기서사(自己敍事) 등 거의 대부분의 자기서사가 시공간의 변화에 따라 외적인 세계와 체험을 기술하고 있기 때문이다. 이미 「예산은자전」, 「졸옹전」, 「영장산객전」 등에서도 시공간의 변화가 보인다고 언급한 바 있지만, 그것은 기술적 자아 계열의 작품과는 비교할 수 없을 정도로 소략한 편이다. 이식(李植, 1584~1647)의 「택구거사자서(澤癯居士自敍)」, 「서후잡록(敍後雜錄)」, 「자지속(自誌續)」 삼부작과 비교해보면 그 차이가 선명하게 드러난다. 이 글은 이식의 출생에서부터 1647년까지의 삶을 연대기 형식으로 세밀하게 기술하고 있는데, 그 분량이나 기록의 세밀함이라는 측면에서 보면 전근대 자기서사 중에서도 주목해야 할 작품이다. 이 작품은 때로 사실 관계만을 짤막하게 서술하기도 하고, 특정 사건에 대한 해명을 상세하게 기록하기도 하며, 그에서 느낀 감회를 비교적 선명하게 드러내기도 한다. 이러한 형식을 취하였기 때문에 개인의 역사뿐만 아니라 거대한 역사의 이면을 보여주기도 하고, 역사의 빈 곳을 채워주기도 한다.[25] 그런데 이처럼 개인의 역사와 거대한 역사의 접점을 인식하게 하는 자기서사는 이후에도 끊임없이 창작되었다.[26]

임진년(1772)이 되어 유언비어가 일어나서 청명당(淸名黨)이라 지목되어 주상께서 들으시는 것을 놀라고 두렵게 만들어 끝내 체포되어 위급한 지경에 빠지게 되었다. 하지만 주상의 인자하고 밝으신 성품으로 인해 죽지 않고 흑산도(黑山島)로 유배되어 일반 백성이 되었다. 조정의 선비 중 조금이라도 정론(正論)을 견지하는 자들은 연이어 쫓겨났다. 그리고 이때 중앙의 후원세력을 끼고 제멋대로 흉악무도한 짓을 하던 군소의 무리들이 없지 않았기에 사람들이 모두 두려워하였고, 또 주상의 뜻이 어디에 있는지 감히 예측하여 알 수도 없었다.

을미년(乙未年, 1775) 가을에 동궁(東宮)의 관료로 조정에 나아가니, 10년을 떠나 있다가 비로소 주연(冑筵)에 나아가 몸소 심복(心腹)의 가르침을 받들었고, 또 급히 돌아와 해(害)를 멀리하게 하셨는데, 이 일은『명의록(明義錄)』에 기록되어 있다. 얼마 되지 않아 세자께서 왕위를 계승하시자 북당(北黨 : 僻派)은 모두 역주(逆誅)되었고, 남당(南黨 : 時派) 역시 쫓겨나게 되었다. 장차 처분을 하려할 때, 승지(承旨)로서 휴가를 청하였는데, 며칠이 되지 않아 주상께서 급히 들어오라 명하셨고 또 연신(筵臣)들에게 "(유언호를) 특별히 부른 것은 이곳과 저곳 어디에도 해당됨이 없기 때문이다."라고 말씀하셨다. 이로부터 신임과 대우가 더욱 융성해져서 한 해도 되기 전에 아경(亞卿)이 되었고 연대(筵對)에서 매번 사류(士流)로 칭하

<hr />

25 이식의 자기서사 삼부작에 대한 논의는 안득용(2013a), 213~224면을 참조하기 바란다.

26 예컨대 金平黙(1819~1891), 「重庵老翁自誌銘幷序」(『重菴集』 권47, 266~267면)를 통해 구한말 지방 지식인의 자기서사를 통해 병인양요(丙寅洋擾)라는 역사적 사건의 전개와 그에 대한 대응 및 척사(斥邪)를 주장하던 사회적 분위기를 짐작할 수도 있다. "(丙寅)秋, 洋賊陷江華府, 華翁被召至京. 遂與柳公從之, 周旋月餘, 賊去, 奉先生東還, 先生尋棄後學, 心喪三年, 旣畢, 丁內艱, 制除, 又同柳公徙加平. 盖翁少受華翁之教以爲北虜陸沉二百餘年, 天不悔禍, 西洋得志於今日. 北虜夷狄也, 猶可言也, 西洋禽獸也, 不可言也. 今也, 天理民彝, 一切掃地, 無復影響, 而靡然日趨於西洋, 則是人類而禽獸也. 人類而化爲禽獸, 則所謂流血千里, 伏尸百萬, 是當頭之禍, 必無幸矣. 翁聞之, 耳熱心嗑, 遂竊自附於孟子所謂聖人之徒, 朱子所謂主人邊人, 雖以此減死萬萬而不悔也. 丙子, 國家將與諸歐通商, 前參判崔益鉉, 持斧伏闕, 抗疏以諫, 安置黑山島. 洪在龜等五十人, 以布衣, 效陳東故事, 疏格不入, 痛哭而歸. 遂與柳公, 密邇皇壇, 講朱宋春秋之義, 嚴戒家人, 身不服洋織, 家不用洋物, 膀示客位云. 學徒破戒而至者, 必割席分坐, 以故流俗多側目焉."

셨으니, 그 예우는 성대했다고 할 만하다. 다만 재분(才分)을 헤아려 살펴보고는 지나치게 영달한 것이 두려워서 관직에서 물러나겠다는 생각을 하지 않은 적이 없지만, 권간(權奸)이 또 국병(國柄)을 제멋대로 휘두르며, 밖으로는 충역(忠逆)의 대안(大案)을 가지고, 안으로는 위세를 이용하여 독단적으로 전횡함으로써 한 시대를 유인하고 협박하여서 지극히 처리하기 힘들었다.[27]

유언호(兪彦鎬, 1730~1796)의 「자지(自誌)」 중 일부이다. 여타 기술적 자아 계열의 자기서사처럼 시간에 따라 자신이 겪었던 주요한 공무와 사건들에 대해 서술하고, 해명하며, 주장한다. 그리고 영·정조(英·正祖) 시기 주로 관력을 쌓아 상당한 지위에까지 올랐던 유언호였던 만큼 굴곡진 정치 이력의 서술을 통해 당대 중앙 정치의 흐름을 살펴보게 한다는 점은 이 자기서사가 갖는 의의이다. 이 때문에 미비(尾批)에서 "이 한 편의 글을 보니 세도(世道)의 무수한 변화를 알 수 있다."[28]라고 평가한 것이다. 특히 위 예문을 통해 홍봉한(洪鳳漢, 1713~1778)을 비롯한 척신계열의 혁파를 주장한 정치적 동지들의 모임이었던 청명당(清名黨) 사건으로 인한 흑산도 유배, 시파(時派)와 벽파(僻派) 모두에 대한 견제, 홍국영(洪國榮, 1748~1781)의 전횡 등 영·정조 시기의 굵직한 사건 속에서 유언호가 겪었던 체험을 생생하게 느낄 수 있다.

---

27 兪彦鎬, 『燕石』 책6, 「自誌【甲辰】」, 81면, "至壬辰, 乘時蜚語, 指爲淸名黨, 以恐動天聽, 遂被逮, 幾陷不測. 賴上仁明, 得不死, 斥之黑島爲民. 朝士之稍持正論者, 相繼貶逐. 於是群小挾奧援忿兇臆, 靡所不有, 人莫不危懼, 亦莫敢測知睿意之所在. 乙未秋, 以宮官赴朝, 十年遜違, 始登靑筵, 親承心腹之諭, 且令亟還以遠害, 事在明義錄. 亡何, 离明繼照, 北黨皆以逆誅, 南黨亦屛黜. 方其處分也, 以承旨請急. 纔數日, 上命趣還, 且諭筵臣曰, '特召者, 以其無當於彼此.' 自是任遇益隆, 不周歲, 推遷至亞卿, 筵對每稱士流, 其遭逢可謂盛矣. 顧揣分量才, 以榮爲懼, 意未嘗不思退, 而權奸又顓國柄, 外持忠逆大案, 中作威福, 以誘脅一世, 事有至難處者."
28 兪彦鎬, 『燕石』 책6, 「自誌【甲辰】」, 82면, "觀此一篇, 可以見世道之百變也."

그런데 이 자기서사를 고찰하면서 주의해서 살펴봐야 하는 큰 줄기는 유언호가 자신의 지난 삶에 정당성을 부여하는 방법이다. 유언호는 자신이 중도(中道)를 유지했고, 그것은 이미 여러 정황을 통해 인정받았다고 해명한다. 특히 위 예문에서 보이듯 정조의 발언과 승인을 예거하며 자신의 행위를 변명한다. 위 예문에서 보이는 사례 외에도 그가 사퇴하려 하였을 때, 권간(權奸)과 거의 동시에 사퇴하려는 데 저의가 있다는 소문이 돌았던 것에 대해 정조가 취하였던 태도를 보여주며 정당성을 주장하고,[29] 오해를 불러일으킬 만한 사안이 있으면 그때마다 정조의 말을 인용함으로써 자신을 변호한다.[30]

유언호가 주장하는 대로 그가 당파에서 자유로웠다고 믿는 사람은 없다. 하지만 그 스스로가 생각하는 자신의 정체성은 중도를 지켰던 신료였으며, 이를 증명할 만한 기억들은 주로 자기서사에 소개하였고, 불리하다고 느껴지는 이력은 왕의 말과 대우를 근거로 그 정당성을 주장한다. 요컨대 자신이 기억되기를 바라는 점은 더 썼고, 그렇지 않은 부분은 생략하거나 덜 썼다. 그런데 이렇게 사안에 따라 더 쓰기도, 덜 쓰기도 하는 일은 기술적 자아 계열의 자기서사에서는 비일비재하게 보인다. 삶의 전체를 기술하는 일은 애초에 불가능하기 때문에 현재 자신의 정체성, 혹은 자신이 후대에 기억되기를 바라는 그 모습과 관련된 사안에 집중할 수밖에 없기 때문이다. 예컨대 서명응(徐命膺, 1716~1787)의 「자표(自表)」는 '보만재(保晚齋)'라는 호에만 초점이 맞춰진 다소 극단적 서술방법을 택하고 있다.[31] 그 외에도 정도는 다르지만 기술적 자아 계열의 자

---

29 俞彦鎬, 『燕石』 책6, 「自誌【甲辰】」, 81면, "上始亦嚴批, 末乃察其情實, 慰諭鄭重."
30 俞彦鎬, 『燕石』 책6, 「自誌【甲辰】」, 81면, "上曰, 過矣. 予雖深居, 聞卿憂憤慷慨之言, 久矣, 然時人猶斷斷不捨."; 俞彦鎬, 『燕石』 책6, 「自誌【甲辰】」, 81면, "批曰, 予實誤卿, 人孰不知?"
31 한민섭(2010), 23~33면 참조.

기서사는 대체로 이러한 특징을 지닌다. 따라서 상대적으로 분량이 긴 기술적 자아 계열의 자기서사를 효과적으로 고찰하려면 자아의 정체성이나, 스스로가 후대에 기억되고자 하는 진면모, 즉 자기서사의 초점을 포착하는 것이 중요하다.

그런데 그 초점이 유언호와 같이 정치에 있는 경우도 있지만, 그것이 자기가 추종하는 학파의 학설이나 자신의 문학적 시각을 변론하고 주장하는 데 있는 경우도 적지 않다. 예컨대 이재(李栽, 1657~1730)는 「밀암자서(密菴自序)」에서 이기심성론(理氣心性論)에 대해 퇴계학파(退溪學派)의 주장을 대변하였고, 유한준(兪漢雋, 1732~1811)은 「자전(自傳)」에서 자신의 문학관을 설파하기도 하였다.[32] 이 중 이재의 글을 살펴보자.

이 도리(道理)는 충분히 관철되어 온갖 변화의 축과 만물의 뿌리가 되니, 명(命), 성(性), 도(道), 인의(仁義), 태극(太極) 등은 비록 명목은 다르지만 그 본질은 애초에 두 갈래가 아니다. 그렇기에 공자(孔子)가 인(仁)을 말하고 자사(子思)가 도(道)를 밝혔으며 맹자(孟子)가 성선(性善)을 말하고 염계(濂溪)가 「태극도설(太極圖說)」을 지은 것은 모두 이 물(物)을 밝히고자 해서였다. 그런데 어찌 기(氣)를 이에 섞어서 말한 적이 있던가? 사단칠정(四端七情)과 리기논변(理氣論辨)이 있게 된 이후로부터 문성공(文成公) 이이(李珥)가 리(理)와 기(氣)를 합하여 일물(一物)로

---

32 흔히 도문분리론(道文分離論)으로 일컫는 논의의 일부만 예시하면 다음과 같다. 兪漢雋, 『自著』 권14, 「自傳」, 245면, "漢雋字曼倩, 一字汝成, 初名漢炅, 後改今名. 年十六父卒, 有兄曰漢郲, 明年亦卒. 以孤童避地湖中, 尋還. 漢雋爲人夷蕩不深, 中迂遠而闊於事情, 亡所短長之能. 治功令之文不成名, 學爲詩哉於安東金厚哉先生, 學爲文之術於太學士南公有容, 又不成. 然漢雋少時, 略通文章之道, 常以謂古人所稱德言功幷立爲不朽而太上德, 雖然, 言者身之文也. 孔子曰, 修辭以立其誠, 言苟不足文也, 則德亦安所寄行, 功亦安所附顯哉? 故言也者, 上資德下飾功, 由此言之, 文辭何可少也? 夫有德者有言, 聖人尙矣. 易大傳曰, '天下一致而百慮, 同歸而殊塗.' 秦漢以來, 道術爲天下裂, 而文章學問, 離爲二塗, 於是世之儒者各徇其所慕. 所慕在道學, 尙道學, 所慕在文章, 尙文章, 源遠而末益分, 固其勢也."

만들어서 그의 무리들이 서로 전하여 따르면서 이전 사람들이 미처 발현하지 못한 것을 발현하였다고 여겨서, 아버지께서 극력하게 이 생각을 배격하셨다. 그러하기에 문성공을 따르는 이들은 말할 것도 없고, 우리 무리들 중에서 견식이 있다고 불리는 자들 중에도 오히려 미혹됨을 면치 못하게 되어 후대의 사람들이 '리'에 절로 동정(動靜)과 체용(體用)이 있다는 사실을 알게 하지 못하게 된다면, 작은 변고가 아닐 것이다.[33]

「밀암자서」역시 여타 기술적 자아 계열의 자기서사처럼 가계(家系)와 연대기로 구성되어 있다. 비지문(碑誌文)의 기본적 형식을 차용한 것인데, 그래서인지 조선 중·후기의 비지문이 투식적으로 서술된 것처럼, 이 계열의 자기서사 역시 상투적 구성으로 일관하는 경우가 적지 않다. 하지만 위의 예문에서 보듯 이재의 「밀암자서」는 비망록(備忘錄) 수준의 연대기를 넘어서서 학문과 독서라는 초점으로 수렴된다. 특히 위 예문에서처럼 이이(李珥, 1536~1584)의 학설을 비판하고, 이황(李滉, 1501~1570)의 그것을 추숭하는 태도에서 그 점이 역력히 보인다.[34]

---

33 李栽, 『密菴集』 권23, 「密菴自序」, 499면, "嘗以爲此道理, 充滿貫徹, 爲萬化樞紐羣品根柢, 日命日性日道日仁義曰太極, 雖其名目不同, 要其歸, 初無二致. 故孔子言仁, 子思明道, 孟子道性善, 濂溪作太極圖說, 皆所以明此物也. 何嘗雜氣而爲言乎? 自有四七理氣辨以來, 李文成理合理氣爲一物, 其徒傳相祖述, 以爲發前人所未發, 先人嘗極力排之. 而祖文成者不說, 吾儕中號爲有知見者, 猶未免聽瑩, 將使後之人, 不知理自有動靜體用, 非小變也."

34 위 예문 외에도 성리학의 이론에 대한 다양한 서술이 이재의 자기서사에 보인다. 그중 일부만 소개하면 다음과 같다. 李栽, 『密菴集』 권23, 「密菴自序」, 499면, "乃與一二同志, 反復辨難, 以爲與其兼言理氣而致紛雜, 無寧言理不言氣, 以自附於孟子道性善之義, 因推本原頭而爲之說曰, '太極有動靜而陰陽分五行具, 造化於是乎立, 萬物於是乎生. 凡有形色貌象於天地間者, 無不各具太極之妙. 然惟人也得其秀而最靈, 則太極之妙又各全具於其中. 根於性則爲仁義禮智之德, 發於情則爲惻隱羞惡辭遜是非之端, 形於身則爲耳目口鼻手足百骸之則, 見於事則爲君臣父子夫婦長幼朋友之倫, 是其日用動靜之間, 體用全具, 莫非此一太極之爲也. 曾子聞一貫者, 聞此理也, 漆雕開見大意者, 見此理也, 故凡言理, 必就氣中剔撥出來, 知其不離於氣而未嘗相雜, 然後庶乎其不差矣.'"

위의 내용을 설명하기 위해 리기(理氣)와 사칠(四七)의 논쟁사를 다시 거론할 필요는 없을 것이다. 오히려 본고의 관심은 이재의 사례에서도 보이듯이 학문적 계보의 확립이 자기서사 창작을 추동하지는 않았을까 하는 데 있다. 주지하다시피 이재는 이황(李滉)-김성일(金誠一)·유성룡(柳成龍)-장흥효(張興孝)-이휘일(李徽逸)·이현일(李玄逸)-김성탁(金聖鐸)·이재(李栽)-이상정(李象靖) 등으로 이어지는 영남남인학맥(嶺南南人學脈)의 적통을 계승한 학자이다. 그런데 이들 중 상당수가 자기서사 혹은 자기서사에 준하는 글을 남기고 있다. 예를 들자면 이황은 「자명(自銘)」, 권익창(權益昌, 1562~1645)은 「자전(自傳)」-이 글은 이휘일(1619~1672)의 「호양권공행장(湖陽權公行狀)」에 수록되어 있다-, 이재는 「밀암자서」·「자명(自銘)」, 이상정(1711~1781)의 문인 정종로(鄭宗魯, 1738~1816)는 「무적공자서(無適公自叙)」를 각각 썼다. 더욱이 일기나 개인의 일상을 기술한 필기(筆記)까지 고려하면 이들 대부분은 스스로가 자신에 대한 기록을 남겼다.

그저 우연히 한 학파 내에서 이렇게 많은 자기 기술이 나왔다고 하기에는 학맥과 가계로 연계된 그 고리가 너무도 뚜렷하다. 그리고 스승을 현창하기 위해 연보나 행장 등의 기록에 힘쓴 사례가 적지 않은 것을 통해 끈끈한 결속력을 볼 수 있기 때문에, 자기서사의 경우에도 이들 학맥이 그 창작을 추동한 것임을 유추할 수 있다. 이 외에도 이익(李瀷, 1681~1763)과 그의 제자들은 사제(師弟)로서,[35] 서명응-서형수(徐瀅修, 1749~1824)·서기수(徐淇修, 1771~1834)-서유구(徐有榘, 1764~1845)는 일가(一家)로서 각각 자기서사를 남겼는데, 이 역시 학풍이나 가풍과 무관하지 않은 것으로 보인다.[36]

---

**35** 안대회(2003), 243~244면 참조.

다음으로 지적할 수 있는 자기서사 창작의 배경은 일기와 필기 창작의 활성화이다. 인간의 기억은 한계가 있기에 비망록을 작성한다. 그런데 기술적 자아 계열은 매일, 매월, 매년의 세밀한 기록을 바탕으로, 때로는 편지나 일반 산문을 토대로 해서 쓰는 경우가 적지 않다. 이러한 배경 때문에 이 계열의 자기서사에는 자신이 기존에 썼던 산문, 일기, 필기, 편지 등에서 필요한 부분을 발췌하여 수록하는 경우가 많다. 예컨대 최 충성(崔忠成, 1458~1491)이 김종직(金宗直, 1431~1492)에게 쓴 「상점필재선 생서(上佔畢齋先生書)」의 일부 내용이 「산당서객전(山堂書客傳)」에 보이기도 하고, 이자(李耔, 1480~1533)는 「일록(日錄)」, 「잡록(雜錄)」, 『음애일기(陰崖日 記)』를 썼는데, 이것이 그의 「자찬(自撰)」과 무관하지 않다. 그리고 이의현 (李宜顯, 1669~1745)이 「운양만록(雲陽漫錄)」에 쓴 상당수의 내용이 「자지(自 誌)」에 반복되며, 그가 직접 쓴 연보(年譜)인 「기년록(紀年錄)」에도 보인다. 이재는 「금수기문(錦水記聞)」과 「창구객일(蒼狗客日)」을 썼는데 이것이 그 의 자기서사 창작에 바탕이 되었다. 그리고 정종로에게는 「기문(記聞)」 이, 「육과거사자서(六過居士自序)」를 쓴 이원배(李元培, 1745~1802)에게는 「일록(日錄)」이 전한다. 기술적 자아 계열의 성격상 사초(史草)로서 기능 하는 자료집이 필수적이었기 때문에, 나날의 삶을 기록한 비망록이나, 사제와 벗, 혹은 대립하는 이들과 논의한 자료 정리의 활성화가 자기서 사의 창작에 적지 않은 영향을 끼쳤다고 생각한다.

마지막으로, 앞의 글들이 주로 창작된 조선 중·후기라는 사회적 배경 을 토대로 유추해보자면, 학문적·문학적 논쟁과 그것에 직간접적인 영 향을 끼친 당쟁의 격화 역시 자기서사 창작을 촉진한 원인이다. 이미 이재의 글에서도 보았듯, 그는 이이의 시각을 논파하기 위해 자기서사의

---

36 서명응 집안의 가학(家學) 전통에 대해서는 한민섭(2010), 18~33면을 참조하기 바란다.

상당 부분을 할애함으로써 자신의 계통을 확실히 밝히고 있다. 이 외에도 유한준은 자신의 문학관과 배치되는 이들의 시각을 논박함으로써 자신의 견해를 옹호하는 데 상당한 공을 들인다. 결국 학통·문벌·당파 등의 계통적 정체성이나, 개인 스스로의 자아 정체성을 확립하기 위해 변론하고 논쟁해야 하는 사회, 즉 학문과 문학에 대한 사유가 다양화되고, 정치적 갈등이 고조되던 사회적 상황 역시 자기서사의 창작을 촉진한 것이다.

다시 「밀암자서」의 본문으로 돌아가자. 이미 언급한 대로 이 글은 학문의 계통에 초점을 맞춘, 즉 공적인 서술로 거의 전편이 구성된 기술적 자아 계열의 자기서사이다. 그런데 이 글의 말미에는 마치 기술적 자아가 성찰적 자아로 교체된 듯한 모습을 보이기도 한다. 예컨대 자기가 즐거워하는 것을 즐길 뿐이라는 내용의 「자명(自銘)」을 소개하기도 하고, 정현(鄭玄)처럼 예(禮)를 집안에 전하지도 못하고 호안국(胡安國)처럼 빈궁한 처지를 편안하게 여기지 못한 스스로를 부끄러워하기도 하며, 유유자적 살고자 했지만 힘도 세력도 없는 스스로를 안타까워하고, 재주가 없어 세상에 쓰이지 못한 스스로를 자위하기도 한다.[37]

---

37 李栽, 『密菴集』 권23, 「密菴自序」, 500면, "適年五十六, 見趙邠卿自銘, 感年歲相當, 效而爲之曰, '鮮有畸人生海隈, 姓李名栽字幼材. 有志無才又無時, 枯株嵌巖固其宜. 光余佩兮趾前休, 樂吾樂兮又奚求?' 旣踰六望七, 欲據禮傳家如鄭康成, 顧諸孫未長, 二少婦縈我是依, 欲斷置不得. 每念前人閒居以養志, 覃思以修業, 輒自悼其窮厄而流離轉徙, 生事益落落, 家人報闕炊, 思古人有三旬九食者以自解. 然爲多累齟口, 或不免開口假貸人, 又愧不能固窮如胡康侯也. 中身以前, 奔走四方, 其於關防夷險, 邊塞風諸, 古今物情時變, 多所經歷諳委. 旣年力頹侵, 默默處窮閒, 不慣與流俗往還, 思得一水石玲瓏處, 誅茅縛椽, 嘯歌自適, 又無力勢可及. 嘗見古人以富貴旣不可求, 欲巖棲谷汲, 又不可得, 悲其窮甚, 眞我之謂矣. 少時無事, 見前古棲遁高致, 心樂之, 采錄爲一書, 名之曰尙友編. 先人且哂且戒之曰, "年未弱冠, 何遽有丘壑相耶? 君子有道則見, 無道則隱, 吾雖不欲汝求速仕, 亦不願汝羣鳥獸也. 尙念哉?' 竟以無才具, 不克有見於世, 豈窮通榮悴, 素定於前耶? 嗟呼, 窮賤士之常, 其又何恨乎?

이처럼 기술적 자아 위주의 자기서사에서 성찰적 자아의 모습이 보이는 이유는, 무엇보다 성찰적 자아 계열 자기서사와의 교섭과, 산문이 점차 사적인 경향으로 변해가던 당대 문학장의 분위기에서 찾아야 할 것이다. 그러나 이재의 경우, 다음 항에서 좀 더 세밀하게 그 원인을 살펴보겠지만, 상호 교섭을 가능하게 한 그 저변에는 성리학자들이 추구하던 반성적 수양의 태도가 있다는 점을 유념해야 한다.

지금까지 기술적 자아 계열 자기서사의 특징적 면모와 그 창작 배경을 살펴보았다. 그 결과 거사직서(據事直書)하여 자신의 삶을 세밀하게 기록하는 과정에서 역사와 개인사의 접점과 그 이면을 기록하였다는 점은 충분히 의미가 있다는 사실을 알게 되었다. 하지만 기술적 자아 계열의 거의 대부분을 차지하는 유언호의 자기서사와 같은 작품은 여전히 아쉬움이 남는다. 좀 더 나은 삶을 살기 위해 자신의 삶을 기술하고자 한다면 성찰과 반성은 필수적인데도 공직, 당파, 학파, 문파에 소속된 공적 자아로서의 면모를 부각시키려다 보니, 개인적 측면으로 고개를 돌려 자신의 내면이나 주변을 충분히 살피지 못하였기 때문이다. 하지만 많은 수는 아니더라도 이재의 자기서사와 같이 기술적 자아가 글의 중심에 자리 잡고 있지만, 일부 성찰적 자아의 모습을 띠는 작품도 있다는 점은 주목할 만하다.

## 4. 성찰적(省察的) 자아 계열

기술적 자아 계열의 자기서사는 공적인 관력 및 이력이나 학문적 계파로서의 특징적 면모 위주로 서술하기 때문에 대부분 시기별로 자신의 관직과 이력을 서술하고, 공인으로서 자신의 견해를 밝히고 난 뒤, 마지막에 총평으로 마무리하는 경우가 많다. 물론 기술적 자아 계열의 자기서사라고 해서 자신의 내면을 응시하거나 삶에 대해 성찰하는 모습을 보이는 경우가 없는 것은 아니다. 예컨대 이재의 「밀암자서」처럼 기술적 자아와 성찰적 자아의 거리가 상당히 근접해 있는 모습을 일부 자기서사에서 발견할 수 있다. 하지만 이처럼 기술적 자아 위주로 서술되다가 성찰적 자아의 모습이 다소 산견되는 데 그치지 않고, 특정한 시기에 스스로를 반성하는 모습이나, 시간의 흐름 속에서 반성과 성찰을 통해 변모하고 성숙해가는 자아를 그려내는 자기서사 역시 적지 않게 찾아볼 수 있다. 특히 곤지(困知)와 구도(求道)의 여정 속에서 자신의 삶을 반성하고 정체성을 확립하려는 태도를 보이는 작가에게서 이러한 모습을 주로 찾을 수 있다.

거사(居士)는 젊어서부터 어리석고 천박하여 아무것도 남만 같지 못하여서, 모든 세상의 일에 분명하게 깨우친 것이 없었다. 하지만 스스로를 살피는 감식안과 위기(爲己)의 마음이 조금이나마 있어서 세상일에 따라 오르내리고 남들과 다투어 이기려고 하지 않았다. 겨우 글자를 알게 되어 경전만을 뚫어져라 쳐다보는 것을 일로 삼아 그것을 마음에 스스로 보존하고, 말과 행동에 이르기까지 큰 과오가 없기를 바란 것이 18년이지만, 여전히 예전과 같다.

해치고 탐하는 뿌리를 마음속에 남몰래 감추어 두고서 제거하지 못하였고, 명성과 이익을 추구하는 사사로움을 항상 염두에 두고서 놓아버리지 못했다.

신독(愼獨)하지 못해서 보이지 않는 곳과 보이는 곳에서의 행동이 현저하게 달랐고, 극기(克己)를 하지 못해서 나태함이 날로 심해졌다. 일을 대하고는 아찔하고 미혹되었으며, 고요한 곳에 처해서는 떠들썩하고 난잡했다. 이것이 마음의 큰 과오이다.

성품도 성실하지 못한 데다가 기(氣) 역시 거칠어서, 효우(孝友)의 행동은 이미 말할 것도 없고 어른을 섬김에 공손하지 못하며 벗과 사귀는 데도 신의가 없었다. 어리석은 모습과 어긋나는 모습을 스스로 감추지 못하고 교만한 기운과 비뚤어진 뜻도 때때로 있었다. 이것은 행동의 큰 과오이다.

언어가 거칠고 어눌하여 교묘하고 민첩하지 못해서 마음에 떠오르면 곧장 말을 뱉고 꺼릴 줄을 몰라 때때로 과격해져서 후회했지만 또다시 반복했다. 이것은 말의 큰 과오이다.

타고난 바탕이 허약해서 어려서부터 병을 달고 산 데다 더욱이 거듭되는 집안의 화가 혹독해서 병은 고질이 되어 항상 어찌 될 줄 모를 듯 살며 하루 또 하루를 지냈고, 사람들 역시 머지않아 죽을 사람이라 걱정했지만, 지금 나이 34살이다. 비록 오늘 갑자기 죽더라도 참으로 벌써 바라던 바를 넘어선 것이다.

두 명의 아내에게서 2남 2녀를 낳았지만 모두 죽어서 스스로 대를 이을 후사는 결코 없을 것이라 생각하였고 가문에서도 역시 그것을 걱정하였다. 느지막이 어린 자식이 생겨 혹 핏줄을 장래에 이을 수도 있게 되었으니, 이것 또한 바라던 바를 넘어선 것이다.

토지와 종 등 대대로 기댈 재산도 없고, 태어나면서부터 나태하고 병약해서 유리걸식하는 무리와 굶어 죽어 구렁에 나뒹구는 시체가 되는 것을 결코 벗어날 수 없다고 생각하였지만, 아우들과 조카들이 공양을 해주어서 굶주림과 추위로 마음이 심란해지는 걱정을 하지 않게 되었으니, 이 또한 바라던 바를 넘어선 것이다.[38]

함경도에서 세거했던 유자(儒者) 이원배의 「육과거사자서(六過居士自
序)」이다. '육과(六過)'라고 자호(自號)한 이유를 서술한 자기서사인데, 지
난 삶에 대한 반성과 인간이 어쩔 수 없이 당하게 되는 시련에 대한 성찰
로 글 전편(全篇)이 구성되어 있다. 특히 "이것이 마음의 큰 과오이다.",
"이것은 행동의 큰 과오이다.", "이것은 말의 큰 과오이다."라고 각 단락
의 말미에 서술한 대로, 마음가짐, 행동, 말 등에 초점을 두고 지난 삶을
반성하는 태도에서 이러한 모습이 선명하게 보인다. 아울러 인간적인
잘못에 대해서는 자신의 죄로 돌리고, 하늘이 내린 행불행(幸不幸)에 대
해서는 낙천지명(樂天知命)하며 자연(自然)에 따르고자 하면서 '육과'를 육
잠(六箴)으로 삼겠다고 다짐하는 「육과거사자서」의 마지막 부분[39] 역시
이 글이 성찰적 자아에 의해 서술되었음을 압축적으로 증명한다.

　이처럼 자신의 지난 삶을 반성함으로써 앞으로 살아야 할 바람직한
삶의 태도를 규정하려는 모습은 열여섯 살의 임성주(任聖周, 1711~1788)가

---

38 李元培,『龜巖集』권9,「六過居士自序」, 149~150면, "居士少而愚陋, 百不如人, 凡於世間事, 無所通
曉. 而稍有自知之鑑, 爲己之心, 不隨世事俯仰與人競進取. 而菫能識字, 惟以鑽故紙爲事, 自存諸心
至言與行, 求欲無大過者十有八年, 而猶依然也. 忮求之根, 潛隱于胸中而不能消除也, 名利之私, 常
在念頭而不能放下也. 不能愼獨而隱顯懸殊, 不能克己而頹懦日甚. 臨事而眩瞀迷亂, 靜處而悶擾紛
沓. 此心之大過也, 性旣不誠和氣又麤厲, 孝友之行, 已無可言者, 而事長而不能弟, 交友而不能信.
癡駭之態, 齟齬之容, 自不能掩, 而驕愎之氣, 猜狠之意, 時亦有之. 此行之大過也. 言語澁訥, 不能便
給而直情徑發, 不知忌諱, 有時過激, 悔而復然. 此言之大過也. 資禀虛軟, 自少嬰疾, 加以家禍荐酷,
病轉沉痼, 常若不保, 日復一日, 人亦以朝暮人危之, 而年今四十三矣. 雖今日溘然, 亦已過望矣. 前
後娶擧二男二女而皆不育, 自分嗣續之必無, 而族薰亦憂之矣. 晚有兒息, 或可以綿血屬於將來, 此又
過望者也. 土地臧獲, 無世業之可資, 而生而怠惰病殘, 必不免爲流丐之徒, 壙塋之鬼, 而有弟侄以供
養之, 不使憂飢寒亂心, 此又過望者也."
39 李元培,『龜巖集』권9,「六過居士自序」, 150면, "噫, 前之三者, 不可有之過而在乎我者也, 後之三者,
不可無之過而存乎天者也. 存乎天者, 吾將任其自然, 聽其自至而已矣, 在乎我者, 亦莫肯致力, 而一
向懦散則是我之罪也. 能知在我之罪, 而常常警惕, 念念省撿, 無怠無已, 則前之三過, 或可以次第剗
鋤, 而終至於一疵之不留矣. 知在天之不容吾力而知足知分, 不貳不憂, 則後之三過亦可爲樂天安命
之一助也. 然則此六過者實吾六箴, 而不可以跬步之地而不思, 一息之時而不存者也, 遂合而自號焉."

쓴 「자서(自序)」에도 보이고,[40] 지난 삶의 과오를 이원배처럼 하나하나 떠올리며 반성하는 태도는 서유구(徐有榘, 1764~1845)의 「오비거사생광자표(五費居士生壙自表)」에도 보인다.[41] 이 외에도 「육과거사자서」처럼 자호의 의미를 서술하면서 지난 삶을 반성하는 글 역시 적지 않다. 정종로의 「무적공자서(無適公自敘)」를 예시해본다.

아아, 텅 빈 가운데 신령스러워 어둡지 않은 것은 이 마음의 본체(本體)이고, 신묘하고 밝아 헤아리지 못하는 것은 이 마음의 작용이니, 하늘이 나에게 준 것이 어찌 성인과 다르겠는가? 하지만 나는 그것을 보존하고 지킬 줄 몰라 모두 방탕하고 안일함에 맡겨버려서 식색(食色)으로 가지 않으면 산수로 갔고, 산수로 가지 않으면 상세(上世)와 후세(後世)로 갔으니, 이것이 과연 나에게 무슨 득이 되었겠는가? 조금이나마 헤아려 깨우치게 된 이후에는 또 주일(主一)의 공부를 터득하지 못하여서 읽은 것은 모두 헛된 지경에 이르게 되었고 행하는 것은 모두 실효가 없게 되었다. '주일'의 공부가 다소 향방을 알게 되어 더욱 깊이 하는데 이르러서는 정력의 쇠진함이 또 이와 같으니, 촛불을 켜놓은 가운데서 틈으로 새어나오는 빛을 보는 것 또한 일모도원(日暮途遠)의 탄식이 있게 되었다. 큰 잠이 정신을 깨우고 단약이 환골탈태(換骨奪胎)하게 만드는 일은 끝내 바랄 수 없어서 그저 이처럼 반소경, 반귀머거리, 반벙어리, 반이나 걷잡을 수 없는 사람이 되었으니, 참으로 슬프구나.[42]

40 任聖周, 『鹿門集』 권20, 「自序【丙午】」, 423면, "吾之前日之所不覺, 不知此說也, 今日之所自覺, 知此說也. 苟知此說, 大志立, 大志立則大事成. 此栗谷所以必以立志爲學之始者也, 而吾之所以自信而不自惑者, 亦以此也. 然不務其實功, 不思其要道, 而徒曰我志旣立, 我學可以自進云爾, 則是無異於不耕而待穫, 不釣而求魚, 終無以成其功, 而旣立之志, 亦必隨而懈怠矣. 然則如之何其可也? 易曰敬以直內, 義以方外, 朱子曰戒謹恐懼, 所以持敬, 格物致知, 所以明義. 此余之所宜終身從事, 而不可有一毫之放過, 一息之間斷者也. 因記其說以自警, 且以勉同志之因循退托者焉."
41 심경호(2009), 92~101면 참조.

이미 언급한 대로 정종로는 영남남인학맥을 잇는 학자이다. 그래서인지 정종로는 유가(儒家)의 윤리적 수양에 대해 깊이 고민하는 모습을 보이는데, 특히 주일무적(主一無適)의 수양 방법을 추구하지 못하고 일모도원(日暮途遠)해진 상태에 이른 스스로에 대한 각성, 산수(山水)나 명성(名聲)과 같은 외적 유혹을 끊지 못한 스스로에 대한 반성 등이 두드러진다.

유학(儒學)은 학문적 진리와 함께 윤리적 개인을 지향한다. 성인(聖人)을 지향하고 도(道)와 인의(仁義)와 성정(性情)의 본질을 논의하면서 그것으로 스스로를 수양하려는 모습을 보이는 것 자체가 이미 진(眞)과 선(善)을 함께 추구하는 태도이다. 이러한 사실은 앞서 살펴보았던 이원배나 임성주의 글에서도 분명히 간취할 수 있었다. 즉 이들 모두는 유가의 윤리규범과 그 수양을 기준으로 스스로의 삶을 돌아보려는 태도를 기본적으로 견지하고 있는 것이다. 이로써 볼 때, 유학에 심취하여 학문의 원리와 방법을 실천하려고 했던 이들에게서 스스로의 삶에 대한 반성을 담은 글이 적지 않게 발견되는 것은 어쩌면 당연한 일이다.

예컨대 정종로는 시비(是非)와 의리(理義), 그리고 그 실천을 주제로 한 두 편의 「자경잠(自警箴)」으로 스스로의 삶을 경계하고 있으며, '진지(眞知)와 실리(實理)로써 깊고 정밀하게 생각하고 종사위인(從事爲仁)함으로써 극기복례(克己復禮)하지 못한다면 도(道)와 학(學) 모두가 실다워지지 못한다.'[43]는 의지를 피력한 「자책(自責)」을 지어 삶의 지표를 확고히 정했다.

---

42 鄭宗魯,『立齋集』別集 권4,「無適公自序」, 404면, "嗚呼, 虛靈不昧者, 此心之本體也, 神明不測者, 此心之妙用也, 天之所以與我者, 夫豈異於聖人哉? 而我乃不自知其保守持存, 一任其流蕩放逸, 非食與色之適焉則名山水之適焉, 非名山水之適焉則上世與後世之適焉, 此果何益於己者耶? 及其稍有省悟之後, 則又緣不能下主一之工, 使所讀盡歸虛地而所行無一實效. 至其主一之工, 稍知向方, 以欲加之意, 則精力之衰亡又如此, 所以窺隙光於炳燭之中者, 又有日暮途遠之歎. 大寐之得醒, 靈丹之換骨, 終無其望, 而只得爲此半聾半聾半啞半不收之人, 良足悲矣."

43 鄭宗魯,『立齋集』別集 권4,「自責」, 397면, "集五字七字, 長歌短詠, 惟其所思, 曾是以爲詩乎? 累一

이원배 역시 자신의 삶을 성찰하고 반성하는 「자성록(自省錄)」과 「일록(日錄)」을 지었는데, 그 주요 내용은 남을 시기하여서 헐뜯지 말 것, 명(名)이 아니라 실(實)에 힘쓸 것, 실질이 없이 말을 내뱉지 말 것, 의리(義理)에 위배되는 논쟁을 하지 말 것 등이다.[44]

이 이외에도 무수히 많은 유자들이 학문을 탐구하면서 그것을 실천하기 위해 스스로를 경계하고 반성하는 잠·명(箴·銘), 자성록(自省錄), 자경록(自警錄), 일기(日記), 일록(日錄) 등을 남겼다. 이미 고찰한 작가들로 범위를 좁혀도 상당수의 유자들이 이러한 성격의 글을 썼다. 이황의 「자성록(自省錄)」은 첨언할 필요가 없고, 앞에서 영남남인학맥을 소개하며 예거한 글들을 제외하고도 장흥효는 언행의 득실을 기록하기 위해 일기를 썼으며,[45] 「밀암자서」를 쓴 이재는 「자경잠(自警箴)」을, 안정복은 「임진계방일기(壬辰桂坊日記)」, 「갑오계방일기(甲午桂坊日記)」, 「함장록(函丈錄)」 등

---

句二句, 東撈西抹, 僅遂其言, 曾是以爲文乎? 未嘗一日精思熟慮, 以眞知實理, 而徒禦人以頰舌, 曾是以爲學乎? 未嘗一日克己復禮, 以從事爲仁, 而任四者之放倒, 曾是以得得道乎? 惟詩與文不能, 猶未足愧也, 惟學與道蔑實, 是乃大罪也. 爾欲以是而欺世, 其如人之見肝肺."

44 그 일부만 예시하면 다음과 같다. 李元培, 『龜巖集』 권10, 「自省錄」, 173~177면, "娟嫉之於人, 最是凶德. 猜疾勝己, 詆毀他人, 不欲人有成, 不喜人有聞, 不樂道人之善, 好摘人微瑕, 種種病痛, 有難以枚擧. 此而不除, 則雖或有孝友之行, 見識之明, 亦不足貴也. 余從十餘年來, 痛加克治而尙未按伏得盡, 每欲暗地萌動, 可見用功之不篤也已. 戰國之時, 聖賢不作, 風敎大壞, 蘇·張·申·韓之徒縱橫捭闔. 一世之人, 只知有功利, 而不知有仁義, 只知有詭遇, 而不知爲之範矣. 孟子生於其時而眺然無所累, 不啻如昂鶴之在雞羣, 芙蕖之出淤泥, 宜其見推於後賢, 而斷然以亞聖稱之也."; "君子務實而已, 名之有無, 何與於我? 人之好名, 極是淺陋. 而余覺有好名之累, 宜痛警之."; "聽其言則義理著白, 論議英果, 辨別淑慝, 指陳得失, 若可以立大節當大事, 而及至臨利害遇事變, 便打不過, 做不得. 以平日之言準之, 則分明是兩般人, 極是羞恥事. 而余自反省, 常有言過高之病, 宜痛懲之."; "與人論辨之際, 切不可爲一時斬勝之計而爲背道違理之言也. 假使一世之人, 無與我敢頡頏, 指出我病痛, 豈可强其所不知以爲知乎? 余每於人之論義理問禮疑, 必欲知之爲知之, 不知爲不知. 雖在周程朱之前, 可以論說然後乃可告人, 而時或不然, 不免有自誣誣人之端, 宜切戒之."

45 李徽逸, 『敬堂集』 권2, 「日記要語附識」, 172면, "右先生日記中要語也. 先生常册子座右, 以記自家言行得失, 又於俯讀仰思之際, 無論古語與自得, 有契必書, 以爲觀省受用之資. 故今拉錄之, 以見先生書紳服膺之意云."

을 썼다. 따라서 곤지(困知)와 곤학(困學)을 통해 학문을 실천하고, 나날의 삶을 반성적으로 돌아보게 한 유교 윤리의 내면화가 자기서사, 특히 성찰적 자아 계열의 자기서사 창작을 추동했다는 주장은 타당하다.

그런데 지금까지 살펴본 성찰적 자아 계열의 자기서사는 시간이라는 축이 없기 때문에 반성을 통해 변화되는 자아의 모습을 살펴보기 힘들다는 한계가 있다. 결국 성찰을 통해 변모된 자아나, 자아의 성숙 과정을 지켜볼 수 있는 계기가 부족한 작품들인 것이다. 하지만 유가에서 조금만 눈을 돌려 승려들의 자기서사를 살펴보면 성찰을 통해 변해가는 자아를 읽을 수 있는 작품이 없지 않음을 알게 된다. 그중 대표적인 작품은 천책(天頙, 1206경~1293경)의 「답운대아감민호서(答芸臺亞監閔昊書)」와 휴정(休靜, 1520~1604)의 「상완산노부윤서(上完山盧府尹書)」이다.

전자는 국자감(國子監) 동기였던 민호(閔昊)에게 자신이 승려가 된 계기와 과정을 설명하는 편지이다. 지나온 삶을 서술하는 과정에서 시간에 따라 변화하는 내면의 모습이 선명하게 부각된다. 내면적 성찰에 깊이가 있으며, 그 계기 역시 다양하다는 점이 특징적인데, 특히 각 시기마다 자신에게 깨우침을 주는 여러 명의 스승들로부터 가르침을 받고 스스로 성찰하며 구도하는 과정이 그 어떤 자기서사보다 선명하게 서술되고 있다.[46] 후자에서도 연대기적으로 자신의 행적을 훑듯 서술한 경우와 삶의

---

46 천책은 주로 내면의 소리를 글로써 옮겨 적으며 자신의 삶을 성찰하였다. 이러한 모습이 선명하게 드러난 독백을 일부 예시하면 다음과 같다. 天頙, 『萬德山白蓮社第四代眞靜國師湖山錄』(『韓國佛敎全書』 제6책, 동국대학교 출판부, 2001) 권4, 「答芸臺亞監閔昊書」, 209면, "雖內外紫纓, 甲乙紅牋, 已是鬼錄, 於我何有乎? 況世間虛幻無堅牢, 久遠之足恃, 雖乾城之起滅, 蝸國之戰爭, 石火水泡, 霜蕉風槿不足爲喩. 若我以有恨之生, 塵出埃入隨世推移, 則設使布衣享南面之樂, 安肯從利那之外樂, 忘常住之內樂也哉? 又今凶奴圖冠, 連境擧兵, 鯨鯢天步螻蟻人命, 雖公卿朝士, 皆欲全身遠害, 況闒茸無賴之人乎? 若夫衆富之兒, 生年不讀一字書, 惟輕驕游俠是事, 徒以月杖星毬, 金鞍玉勒, 三三五五, 翺翔乎十字街頭, 罔朝昏額南來北去, 觀者如堵惜也. 吾與彼俱幻, 生於幻世, 彼焉知將幻身乘幻馬馳幻路工幻技, 幻人觀幻事, 更於幻上幻復幻也? 彼與彼但更相執實, 一旦茫然, 終被閻羅老

주요한 계기마다 침잠했던 자아 성찰의 양상이 뚜렷하게 교차되고 있으며,[47] 그러는 과정 속에서 점차 불교의 도에 가까워지는 휴정의 구도 과정과 자아의 변모 양상이 드러난다. 이미 전자에 대해 현대적 의미의 자서전에 근접한 사례라고 논의된 바 있고,[48] 후자의 연대기적 성격과 반성적 성찰의 태도에 주목하기도 했던 것[49]은 모두 이와 같은 이유가 있었기 때문이다.

이처럼 윤리적 인간을 위한 유가의 '곤지'와 '곤학'의 태도가 성찰적 자아 계열의 자기서사 창작의 동력이 되었던 것과 마찬가지로, 승려들의 구도 역시 성찰과 반성에 바탕을 두고 있기 때문에 자기서사 창작의 주요한 원인이 되었던 것이다.

그런데 위와 같은 결과를 통해 보자면, 이들의 자기서사는 앞서 소개한 이재의 「밀암자서」와 대단히 근접한 경계에 서 있는 작품이라고 할 수 있다. 다만 이재는 기술적 자아가 중심에 서 있고, 천책과 휴정의 경

---

子摧屈, 便蹉有千種機籌, 怎免伊撐拄? 由是出見紛譁增切怛耳."

**47** 삶의 이력을 속도감 있게 써내려간 부분은 다음과 같다. 休靜,『淸虛集』(『韓國佛敎全書』 제7책, 동국대학교 출판부, 2002) 권7,「上完山盧府尹書」, 721면, "時年政三十七歲矣. 一日忽返初心, 卽解綬, 以一枝靑藜, 還금剛山泉石間過半年. 又向頭流山內隱寂過三年. 因曆黃嶺能仁七佛諸庵, 又過三年. 又向關東太白五臺楓岳, 更踏三山, 然後遠向關西妙香山普賢寺觀音殿. 及內院靈雲白雲心鏡金仙法王諸臺, 及茫茫天地, 許多山水, 一身飄若鴻毛, 亦如風雲之不定也. 小子之行跡, 亦只此而已."; 그의 삶과 구도의 여정을 그린 부분은 다음과 같다. 休靜,『淸虛集』 권7,「上完山盧府尹書」, 720면, "一日有一老宿【諱崇仁】尋余曰, '觀子氣骨淸秀定非凡流. 可回心於心空及第, 宜永斷乎世間名利心也. 書生之業雖終日役役, 百年所得, 只一虛名而已, 實爲可惜云.' 余云, '何謂心空及第也?' 老宿良久瞬目曰, '會麼?' 余曰, '不會.' 老宿曰, '難言也.' 於是出示傳燈·拈訟·華嚴·圓覺·楞嚴·法華·維摩·般若等數十本經論曰, '詳覽之, 愼思之, 則漸可入門也.' 因囑靈觀大師. 師一見而奇之, 遂以受業三年, 未嘗一日不勤勤, 凡吐納問辨, 一如抓痒也. 於是同學數輩, 各還京師, 余獨留禪房, 坐探群經, 益縛名相, 未得入解脫地, 益增蕃蕃. 一夜忽得離文字之妙, 遂吟曰, '忽聞杜宇啼窓外, 滿眼春山盡故鄕.' 一日又吟曰, '汲水歸來忽回首, 靑山無數白雲中.' 明朝手執銀刀, 自斷靑髮曰, '寧爲一生痴獃漢, 矢不作文字法師也.'"

**48** 김승호(2003), 121~146면 참조.
**49** 안득용(2013a), 224~232면 참조.

우는 기술적 자아와 성찰적 자아가 상호 교체되어 나타난다는 점만 다를 뿐이다. 이미 언급한 대로 이재는 성리학의 세례 속에서 자신의 삶을 반성하며 되짚어보는 글을 쓸 수 있었던 것이고, 천책과 휴정은 구도를 위한 성찰을 통해, 변모된 자아나 자아의 성숙 과정을 보여주기 위해 이와 같은 형식의 자기서사를 쓰게 된 것이다. 결국 각 계열의 자기서사는 그 고유한 모습을 유지하는 경우도 있지만, 이처럼 상호 교차하며 각 계열의 경계(境界)에 서 있는 작품을 만들어 내기도 한다. 이러한 현상은 의론 장르가 서사 장르와 교섭하여 양식(mode)의 역할을 함으로써 '의론적 서사'나, 그 반대 경우인 '서사적 의론'과 같은 장르를 형성하는 것과도 유사하다.[50] 물론 장르의 혼합과 새로운 장르의 탄생은, 사회적 변화에 장르가 역동적으로 대응하는 모습을 방증하는 것이므로, 이처럼 각 계열이 상호 교섭하여 새로운 스타일의 자기서사를 창작한 현상에 대해 자기서사 장르의 역동성이 형성한 계열의 혼합이라는 의미를 부여할 수 있을 것이다.[51]

---

[50] 여기에서 언급하는 양식(mode)은 파울러(Fowler)의 용어로서 역사적 장르인 종류(kind)로부터 추출되어 축소된 특징을 가리킨다. 김준오(1991), 83~86면 참조. 🌐 아울러 각 계열의 자아는 장르를 변별하는 지배적 요소로 작용하기도 하지만, 여타 자아가 지배적 장르로 기능하는 서로 다른 계열의 자기서사에서 양식으로서도 기능한다는 점 역시 파악할 수 있다.

[51] 이렇게 계열의 교섭과 혼합을 언급하는 것은 필자가 세운 각 계열의 변별성이 취약하다는 점을 고백하려는 것이 아니다. 의론적 서사나 서사적 의론은 물론, 서사와 시가 결합해서 서사시와 같은 형용모순의 장르가 존재하지만, 아무도 서정, 서사, 의론의 기준에 문제를 제기하지 않는다. 오히려 각 장르종(種)과 장르류(類)의 내구성과 가장 적합한 방식으로 새로운 스타일을 창조해내는 역동성을 보이는 것이라 생각한다. 따라서 자기서사에서 각 계열이 교섭하여 새로운 스타일의 자기서사를 창조한 것 역시 자기서사 장르, 특히 조선 중·후기 자기서사 장르의 역동성이 형성한 계열 혼합의 결과로 보아야 한다. 장르의 혼합의 의미에 대해서는 김준오(2000), 43~55면 참조.

## 5. 자기서사 창작의 배경과 남은 과제

지금까지 자기서사에서 보이는 자아의 유형 중 '허구적 자아', '기술적 자아', '성찰적 자아' 계열에 속하는 자기서사의 특징과 그 창작 배경을 고찰하였다. 이 중 자기서사 창작의 배경이 된 원인만을 다시 정리해보면 다음과 같다. 문학적 측면에 있어서는 「오류선생전」의 마스터 플롯, 개인의 일상과 생각을 기록한 일기, 필기, 편지의 증가가 자기서사 창작을 촉진한 원인임을 보였다. 다음으로 사회적 측면에 있어서는 학문적·문학적 논쟁의 증대와 가문 및 학통의 영향 등이 주요 원인임을 지적했다. 마지막으로 사상적 측면에 있어서는 삶에 대한 반성과 성찰을 통해 윤리적 전인(全人)을 꿈꾸던 유학과, 구도를 위해 수련과 반성을 게을리하지 않았던 불교 등이 성찰과 반성의 태도를 보이는 자기서사의 창작에 촉매가 되었다는 점을 적시하였다.

하지만 더욱 중요한 개인적 배경은 아직 충분히 언급하지 못하였는데, 그것은 바로 자신이 이 세상에 존재했다는 것을 증명하고자 했던 존재증명의 욕구이다. 이제까지 보아왔던 자기서사가 주로 쓰인 시기는 삶의 극적인 전환기나 시련기, 혹은 자신의 일생을 되돌아볼 수 있는 인생의 만년(晚年)이다. 특히 자신을 알아줄 지기(知己)가 없는 상황 속에서 남들의 지나친 상찬과 세상의 오해 때문에 자신의 진면모가 왜곡되어 후대에 전해질 것을 우려한 경우, 자기서사가 창작되는 사례가 많았다. 예컨대 이자는 평생의 벗 조광조(趙光祖, 1482~1519)가 죽자 그와의 우정을 후손들이 모르게 될 것을 저어하여 「일록(日錄)」을 쓴다고 창작의 이유를 밝혔고,[52] 송남수(宋楠壽, 1537~1626)는 삶의 막바지에서 세상 사람들

---

52 李耔, 『陰崖集』 권3, 「書日錄末」, 134면, "噫, 是非雖混於一時, 情狀必露於後日, 何必云亡也? 如耔

이 지나치게 그를 칭상하여 자신의 삶을 왜곡할까봐 스스로 지문(誌文)을 쓴다는 점을 분명히 하였다.[53] 그 외에도 임희성(任希聖, 1712~1783) 역시 만년에 이르러 자신을 알아주고 제대로 기록해 줄 벗이 없어서 스스로 명문(銘文)을 지었음을 밝혔고,[54] 그 외 18, 19세기의 다양한 문인지식인들도 이와 유사한 이유로 스스로에 대해 서술했다는 사실을 언급하였다.[55] 아울러 승려들 역시 자신이 살았던 삶의 전모를 제대로 전하기 위해서라고 자기서사 창작의 이유를 직접 밝히기도 하였다.[56] 이러한 언급을 통해 자신이 세상에 존재했음을, 그리고 그것이 정확히 어떠한 모습

---

者, 爲臣無狀, 罪釁交積, 詆訶萬端, 尙能張口待哺, 向人言笑, 豈非頑然一醜物乎? 吾與趙公, 最親且知, 死生以之者也. 今當垂死, 恐吾子孫, 不知我交情之不負幽明, 故庚寅除夕, 乘醉信筆書之."

53 宋楠壽, 『松潭集』 권2, 「自誌文」, 493면, "庚戌, 先逝, 俺平生, 不欲人溢美稱述, 自書此而誌之."

54 任希聖, 『在澗集』 권3, 「在澗老人自銘【幷序】」, 479면, "將死, 遺戒家人, 取舊着朝衫薄殮, 往葬廣陵故山, 與南氏合封. 翁素無識心朋友, 自述其平生若此, 俾納諸壙."

55 이미 살펴본 이덕무의 「간서치전」의 마지막 부분 외에 상당히 많은 자기서사에 이러한 증언이 들어있다. 그중 일부만 예시하면 다음과 같다. 兪彦鎬(1730~1796), 『燕石』 책6, 「自誌【甲辰】」, 80면, "其生也無善可錄, 沒而丐人華辭以損實, 尤非其志, 乃自述其平生, 以遺後人."; 兪漢雋(1732~1811), 『自著』 續集 책3, 「著叟自銘【戊辰】」, 665면, "余觀世之人, 其父母卒, 具所謂行狀者, 凡其日事時行飮食興居, 毫毛塵芥, ○○○○靡不畢書, 持而出流目縉紳中揀官高有力勢者謁銘焉. 銘之者又惡能通銘法, 懼失子弟意, 悉書所欲書, 無一欮落, 是以其辭不可信. 余謂與其以靡不書之狀, 借不可信之辭, 以圖其無窮, 無寧吾書吾事, 吾銘吾行, 眞而確, 簡而不溢, 爲猶可信, 乃作自銘."; 李晩秀(1752~1820), 『屐園遺稿』 권11, 「自表」, 502면, "今晩秀上不能自效終事, 少酬昔日知遇, 中不能建言紀事, 樹不朽之業, 下不能保一血胤, 十世詩禮之傳, 斬焉莫繼. 嗚呼, 天之所與也, 天之所廢也! 晩秀將何以死焉? 謹敍家世系序德美, 載之墓前之石, 庸寓子長氏自序之義." ● 중국의 자기서사에서도 이와 같이 창작의 동기를 밝혀 놓은 경우가 많다. 그중에서도 연대기적으로 상세하게 자신의 일생을 기록한 이유를 밝힌 글은 다음과 같다. 林大春(1523~1588), 『明人自傳文鈔』(杜聯喆 輯, 藝文印書館, 1977), 「自敍述」, 146면, "林生曰, 嗟乎! 夫明鏡者, 所以照形也. 往迹者, 所以紀過也. 予雖不佞, 亦嘗側聞長者之風, 列於士君子之林矣. 乃其身所經歷, 數十年事, 至今已爲陳迹, 何足以悉載記? 顧惟世莫我知, 其亦已矣. 猶幸有經迹在, 萬一後有知我者出, 亦足以考見得失, 而爲同志者之鑑也. 是以不得不詳之乎其言之也."

56 有一(1720~1799), 『蓮潭大師林下錄』(『韓國佛教全書』 제10책, 동국대학교 출판부, 1989) 권4, 「蓮潭大師自譜行業」, 284면, "門徒之相隨, 有先有後, 不知始終全體, 故請余自譜. 余觀大慧恕山, 皆自述年譜, 旣有例可援, 乃考平生件錄如是."

이었음을 밝히려고 했던 존재 증명의 욕구를 확인하게 된다.

그런데 이렇게 자신의 존재 증명을 글로써 남기기 위해서는 역시 자기 자신의 기호, 개성, 취향에 대한 자각, 즉 개인의 자각이 선행되어야 한다. 이미 언급한 대로 사상적 측면에서는 성리학과 불교의 '곤지'와 '구도'의 태도가 개인의 자각에 기여했고, 사회적 측면에 있어서는 학문과 문학을 바라보는 시각이 다양화된 가운데에서 자신의 주장과 계통을 분명히 드러내려는 태도가 그러했다. 그리고 이러한 요인은 물론, 조선 중·후기에 일정한 영향력을 행사하여 개개인의 심(心)에 주의를 기울이게 했던 양명학(陽明學)도 개인의 자각과 밀접한 연관이 있다. 주지하다시피 양명학은 외(外)를 내(內)에 철저히 귀속시켰으며, 양명학자가 주장하는 바 마음이라는 것에는 이지적(理智的) 요소와 함께 정감적 요소 역시 포함되어 있기 때문에, 이 학파의 의의를 자아주의, 개성주의 등으로 논의하고 있는 것이다.[57] 또한 장자(莊子)의 사유와 천기론(天機論)의 전개 역시 천진(天眞)을 중시하고 그것을 자연스럽게 표현하고자 했다는 측면에서 개인의 자각에 적지 않은 영향을 끼쳤다.[58]

하지만 이러한 원인뿐만 아니라 개인을 자각하게 만든 데에는 부정적 환경 역시 적지 않은 영향을 끼쳤다. 조선의 산문에 있어서 개인의 자각을 처음으로 보여주는 문인지식인은 김수온(金守溫, 1410~1481)이다. 김수온은 유가와 불가 모두에게 비난받는 고립된 상황 속에서 자신의 처지를 진솔하게 토로한 「증민대선서(贈敏大選序)」를 썼다.[59] 아울러 김시습(金時

---

57 시마다 겐지(2001), 151~177면 참조.
58 정연봉(1989)을 참조하기 바란다. 이외에 양명학과 조선 중·후기 산문의 관계에 대한 자세한 논의는 이종호(2001a), 45~83면; 이종호(2001b), 33~65면, 강명관(2007), 125~148면 등이 있다. 한편 천기론의 전개와 조선 중·후기 산문과의 관계에 대한 논의는 정길수(2006), 43~68면; 정요일(2008), 243~260면; 이훈(2014), 251~278면 등에 보이는 연구사 정리와 논의로 대체한다.
59 안득용(2011), 39~42면 참조.

習, 1435~1493)은 어리석고 미치광이라고 지목되는 상황을 「상유양양진정서(上柳襄陽陳情書)」에서 밝히기도 하였다.[60] 이후 16세기를 지나면서는 고립과 고독의 정도가 더욱 강해져서 하늘과 조화(調和)를 의심하고 비판하는 사례가 적지 않게 보인다. 이처럼 보편적 조화와 정신적 동일성을 느끼는 기반에 균열이 가게 되자, 개인에 대한 관심이 증대되어 가치체계를 비롯한 다양한 측면에서 각자의 독특한 정신적 기반을 모색하게 된다. 아울러 당쟁의 가속화로 인한 개인의 낙척(落拓)과 집단의 분열, '지기'의 부재로 인해 고립감과 고독을 느끼게 되는 문인지식인들이 속출하면서 개인에게로 시선을 돌리게 되었던 것이다. 실제로 조선 중기 이후의 산문에서 자신의 내면을 진솔하게 토로하는 경향이 강하고, 이러한 흐름과 함께 자기서사의 창작이 증가하였다는 점은 분열되고 고독한 환경이 개인의 정체성을 자각하는 데 일정한 영향을 끼쳤다는 사실을 방증한다.

자아의 유형과 그 유형에 따라 자기서사의 계열을 나누고, 창작 배경을 탐구한 논의가 이른 결론은 바로 이 지점이다. 다만 아쉬운 것은 특정 당파·학파·문파 속에서 자신의 이력을 기술한 공적 성향의 자기서사는 소개했지만, 정작 자기 주변의 사소한 것까지 주의를 기울이고 세밀하게 서술한 자기서사를 거의 소개하지 못한 점이다. 기술적 자아는 물론, 성찰적 자아마저도 실상 자신의 학파에서 일반적으로 통용되는 수양과 수행의 덕목에 비추어 자신을 반성하고 성찰하였으며, 그에 따라 삶을 기술했기 때문에 그들의 개인적인 모습을 살펴보는 일은 수월하지 않았다. 이것이 전근대 자기서사의 실상이기는 하나, 무엇인가 여전히

---

60 金時習, 『梅月堂文集』 권21, 「上柳襄陽陳情書【自漢】」, 404면, "或以僕爲癡, 或以僕爲狂, 呼牛呼馬, 皆便應."

놓쳐버린 느낌은 지울 수 없다.

또 자아의 유형에 초점을 두고 갈래를 나누다 보니, 각 계열의 역사적 실제를 제대로 살피지 못하였다. 이 때문에 각 계열이 실제로 서로 유사한 수량의 작품을 남긴 것이 아니라, 기술적 자아 계열의 작품이 압도적으로 많은데도 그 사실을 반영하지 못하였다. 아울러 역사적 변모 양상보다는 각 계열의 특징적 면모를 밝히기 위해 개별 작품들을 가로의 공시적(共時的) X축에 놓고 작품들을 바라본 결과 각 계열의 특징은 일정하게 밝혔지만, 시기별 자기서사의 특징, 즉 자기서사의 역사적 변모 양상에 대한 고려가 부족했다. 물론 각 계열 전범과 변주, 교섭과 혼합 등을 언급하며 경계에 서 있는 부류를 고찰하기는 했지만 여전히 아쉬움은 남는다.

제4장

자기서사의 창작 동기와
이기원(李箕元)의 『홍애자편(洪厓自編)』

## 1. 자기서사의 창작 동기와 기사(記事)의 선별 기준

자신의 이야기를 단편의 자전(自傳)이나 편폭이 긴 일기(日記)로 남기는
경우와, 연보(年譜)로 지난날의 삶을 돌아보며, 혹은 당시 그 순간을 살면
서 쓰는 일은 일정한 차이가 있다. 특히 그 범위와 서사의 구체성에서
뚜렷한 차이를 보인다.

대체로 단편의 자전은 특정 시기 자신의 행적, 이상(理想), 기호(嗜好)
등을 선명하게 보여줄 수 있지만, 삶 전체를 포괄하여 균등한 밀도로
서술하기 힘들고, 나날의 일상을 포착해서 기록할 수 없다. 이에 반해
일기는 나날의 삶을 자세하게 서술할 수는 있지만, 어렸을 때나 죽음이
임박한 시기를 기록할 수 없거나, 기록하더라도 그 구체성을 일정하게 유
지하기 힘들며, 삶 전체를 포괄하기도 어렵다. 따라서 자신의 삶을 '연보'
로 작성하고자 했다면, 삶의 거의 전 시기를 대상으로 삼아 비교적 자세히
자신의 일생을 기록할 수 있다는 장점이 가장 결정적인 계기가 되었을
것이다.

다만 일반적으로 연보는 저자 스스로가 작성하는 장르가 아니고, 별도

의 성취가 없는 평범한 이들의 삶을 기록하던 갈래도 아니다. 그런데 조선 후기에는 적지 않은 수의 자찬연보(自撰年譜)가 만들어지는데, 그 주요한 원인은 자찬연보의 상위 장르인 자기서사(自己敍事)를 짓는 이유와도 크게 다르지 않다. 따라서 이기원(李箕元, 1745~1807경)의 『홍애자편(洪厓自編)』의 창작 동기를 살피는 데에 있어 자기서사의 창작 동기를 함께 살펴보는 일은 유효하다.[1] 그 창작 동기로는 대체로 다음과 같은 사안을 지적할 수 있다.

우선, 자기서사를 짓게 된 근본적 원인으로 허무하게 지워지지 않고 살았다는 증거를 남기고 싶어 하는 욕구를 들 수 있다. 즉 정사(正史)나 야사(野史)에도 기록될 만한 특징적 이력이 없는 그저 보통의 인간은 그 누구도 아니고 바로 자신이 스스로의 삶을 기록해두지 않으면, 결국 삶 전체가 공허로 돌아갈 수밖에 없게 되는데, 이러한 허무한 사멸을 견딜 수 없으므로 자신의 삶을 기록하는 것이다. 이 외에도 기존의 논의에서 제기한 '자기 인식의 욕구', '자기 정당화의 욕구', '증언의 욕구' 등이 자기서사를 창작한 근본적인 원인일 것이다.[2]

다음으로, 자기서사 창작의 배경적인 원인으로 지적할 수 있는 사안은 다음과 같다. 첫째, 자신의 삶을 자기만큼 정확하게 증언해 줄 사람이 없다는 사실이다. 보통 자신을 속속들이 아는 지기(知己)가 자기를 대신해서 써 줄 수도 있지만, 지기가 없거나, 있었다가 사라진 경우라면, 더더욱 자신이 스스로의 삶을 기록할 수밖에 없다. 심노숭(沈魯崇)의 『자저기년(自

---

1 李箕元의 『洪厓自編』을 포함한 자찬연보(自撰年譜) 전반에 대한 논의는 정우봉(2015), 89~122면을 참조하기 바란다.
2 유호식(2015), 101~110면 참조. 이 논의에서는 각각의 욕구를 나는 누구인가의 존재론적 질문과 관련된 욕구, 타인에게 인정받고 자신을 정당화하여 자신을 이해시키려는 욕구, 자신이 경험했던 사항을 객관적으로 설명하려는 욕구로 설명하였다.

著紀年)』을 비롯한 전근대 자기서사의 서문에서 지기의 부재와 그로 인한 자기서사의 서술동기가 결부되어 제시되는 이유가 바로 이 때문이다.

둘째, 바로 자신이 아니면 서술의 객관성을 담보하기 힘들다는 이유 역시 스스로 자신의 삶을 기록하는 이유이다. 유묘(諛墓)라는 말에서도 알 수 있듯이 자신이 아닌 다른 이들, 특히 자신과 혈연, 지연, 학연으로 얽혀 있는 인물이 자신의 삶을 기록할 경우, 공(功)은 과장되고 과(過)는 제거되어 삶의 '공과'가 균형을 잃으리라는 우려가 스스로 하필(下筆)하게 만든 또 다른 원인이다.

셋째, 이 모든 원인에는 자신이 고유한 개인이라는 자의식의 각성이 주요한 배경이 되고 있으며, 큰 병을 앓았거나 살아갈 날이 얼마 남지 않았다는 상황도 붓을 들게 하는 직접적인 계기가 된다는 점 역시 분명 하다. 아울러 초상화로 외면의 유사성은 담보할 수 있지만 글이 지닌 종합적인 '자기'의 구성은 불가능하다는 점 역시 굳이 글로써 자신의 삶을 기록한 이유이다.[3]

이기원 역시 자신의 연보를 지으면서 그 창작 동기를 밝힌 서문을 써 두었다. 그런데 그는 단지 창작의 동기뿐만 아니라, 기사(記事) 취사(取捨) 의 원칙, 즉 자신의 연보에 무엇을 넣고 어떠한 내용을 기록하지 않을지 에 대한 기준과 그 근거, 그리고 기준을 설정하기 위한 자신과 또 다른 자아의 고투 역시 서술했다. 전근대 자기서사의 서문에서 창작 동기는 어렴풋이 짐작할 수 있지만, 이처럼 서술의 기준을 적시(摘示)하는 사례 는 드물다. 따라서 조금 번다하게 보일 수도 있지만, 「홍애자편서(洪厓自 編敍)」를 면밀히 살펴볼 만한 충분한 이유가 있으므로, 아래와 같이 전문 (全文)을 제시한다.

---

3 자기서사의 창작 동기와 자찬연보의 창작 배경에 대해서는 안득용(2015), 331~340면 참조.

1-ⓐ 내(ⓐ)가 홀연 나(ⓑ)에게 물었다. "나는 그대와 종일 묻고 답하여 상장(相長)의 의(義)를 넓히고자 하나 열고 닫는 것이 같은 입술이며, 뒤집는 것이 같은 혀라서, 주객(主客)의 구별이 부족하고 구멍과 자루의 차이가 없다. 비유하자면 하나의 우물을 같이 쓰고 있어서 우열고하(優劣高下)를 분별하지 못하는 것과 같으니, 나는 이 때문에 걱정이다."

1-ⓑ 내(ⓑ)가 대답했다. "이렇게 보았다니 오묘하구나. 그런데 나는 젊어서 바둑을 좋아했지만 함께 둘 짝이 없어 매번 밝은 창 아래에서 깨끗이 청소하고 반듯하게 괘선을 긋고는 왼손과 오른손으로 흰 돌과 검은 돌을 갈라 쥐고 묵묵히 마음속 군사(心兵)를 움직였는데, 마치 강적을 대한 듯 기정(奇正)의 전술을 고르게 사용하였지만, 끝내 죽기도 하고 살기도 했으며 지기도 하고 이기기도 하여, 바둑을 두는 즐거움이 넉넉히 있었으니, 그대는 어찌 그것을 걱정하는가?"

2-ⓐ 나(ⓐ)는 입을 열어 웃으며 말했다. "좋구나! 이 가르침은. 그럼 내가 공정한 마음(公心)으로 물어볼 테니, 그대 역시 '공심'으로 대답할 수 있겠는가? 그대가 자편(自編)에 고심하는 이유는 장차 무엇을 하고자 해서인가?"

2-ⓑ 내(ⓑ)가 대답했다. "나는 여기에 괴로웠던 일을 기록하고, 감회를 기탁하여서 내 자손에게 남기고 내 벗들에게 의탁하여 오랫동안 전함으로써 후인(後人)들도 알게 하려는 것이니, 지금 나는 자편함에 있어서 이것을 고심하고 있네."

3-ⓐ 내(ⓐ)가 물었다. "그대의 뜻은 꽤 좋지만 그대의 말은 끝내 석연치 않군. 그대는 여덟 살에 아버지를 잃었고 증거가 될 만한 문헌이 없는데, 또한 무엇을 통해 사실(事實)을 모을 것이며 또 누구를 통해 그 시기를 질정(質定)할 것인가? 결국 헛되고 근거 없는 것을 모아 책 한 권을 엮어 진실을 증명하는 자취로 삼고 후대에 전하는 글로 삼는다면, 이것은 스스로를 속이는 자편(自騙)이지 자편(自編)은 될 수 없다네."

3-ⓑ 내(ⓑ)가 정색하며 말했다. "그대가 그대를 모른다면, 그대가 아닌 사람이야 더 말해 무엇 하겠는가? 내가 나를 모른다면 어찌 내가 될 수 있겠는가?

열 살 이전에는 들어서 알고 열 살 이후는 스스로 지각해서 안다.

들어서 알고 있는 것은, 어머니의 가르침이요, 친누이의 말이며, 종당(宗黨)의 장로들께서 전해준 것이고, 이웃의 비복(婢僕)들이 말해준 것이다. 천 개의 일 중에서 열 개를 간추리고, 백 개의 이야기 중에 하나만 취하되, 스스로 자랑한다는 혐의가 있으면 서술하지 않고, 의심할 만한 실마리가 있으면 쓰지 않는다. 일은 비록 명백하지만 그 일이 일어났던 연도를 알지 못하면 쓰지 않고, 말이 허황한 데 해당되거나 또 증거가 없으면 서술하지 않는다. 금기에 저촉되거나 시비(是非)의 평가에 관련되는 경우에도 모두 감히 쓰지 않는다. 그러하니 쓸 것이라곤 귀와 눈에 익숙하고 늘 하는 말 중, 친척들과 이웃들에게 물어보았을 때, 눈을 휘둥그레 뜨고 의아하게 보지 않는 것으로서, 각 연도별로 한두 가지의 일에 불과하다.

지각해서 아는 일의 경우에는 취사(取捨)하기가 더욱 어려우니, 아아, 더욱 어렵구나! 남들의 힘을 빌지 않고 스스로 자신에게서 증명하는 일은, 과도하면 염치가 없게 되고, 지나치게 깎아내면 의미가 없어진다. 크게는 상사(喪事)와 질병, 재난과 궁액, 출처(出處)와 생산(生産)에서부터, 작게는 글쓰기, 독서, 혼취(婚娶), 행역(行役)과 이사(移徙)에 이르기까지, 모두 내가 괴로웠던 일을 기록하고 느낀 점을 부친 것이다. 간혹 객(客)을 빌어 주(主)를 이끌고, 저것을 실하게 하고 이것을 비움으로써 자기의 뜻을 드러내니, 이것이 자편(自編)에서 고심하는 점이다."

4-ⓐ 나(ⓐ)는 손뼉을 치고 껄껄 웃으며 말했다. "그대가 자편에서 고심하는 점은 아주 상세하게 잘 들었다. 그런데 그대의 자손에게 남기고 그대의 벗들에게 의탁해서 오랫동안 전하며, 더욱이 후인들에게 알려지기를 구한다고 말한 것은 참으로 미혹된 생각 아닌가? 내가 그대에게 미혹을 떨쳐버릴 방도를 말해주겠네.

두 사람이 같은 나무를 가지고 논쟁을 벌이는데, 동쪽에 있는 사람은 그 나무를 서쪽에 서있다고 말하고 서쪽에 있는 사람은 그 나무가 동쪽에 서있다고 말한다네. 모두 눈으로 본 사태이지만 평생 논쟁을 한다네. 직접 눈으로 본 일도 오히려 의견이 엇갈리는데, 더욱이 눈으로 보지 않은 일이야 말해 무엇 하겠는가?

어떤 사람이 젊었을 때 얼굴에 혹이 가득 나서 약을 발라 흉터를 없앴는데, 오랜 시간이 지나 마을의 노인이 그의 얼굴에 흉터가 있었다는 것을 증언했지만 그의 아들은 믿지 않았다. 그러니 아버지의 얼굴에서 일어났던 일도 오히려 알지 못하는데, 더욱이 다른 사람의 마음속 자취야 말해 무엇 하겠는가?

가령 제대로 된 자식과 손자나 훌륭하고 의로운 벗이 있어, 그것을 책 상자에 보관하여서 오랫동안 전해지게 할지라도, 그대의 자손의 자손이 어찌 당시의 괴로웠던 마음을 알 수 있으며, 당대 벗들의 자손의 자손들 또한 어찌 당시에 감흥이 일었던 일을 알 수 있겠는가? 아, 참으로 우활하구나."

4-ⓑ 내(ⓑ)가 조용히 대답했다. "색깔을 잘 분별하는 자는 얼룩무늬만 보고도 표범인 줄 알고, 맛을 잘 보는 자는 한 점의 고기로도 전체 솥의 요리를 안다. 설령 아는 자를 위해 말해줄지언정 모르는 사람을 위해서는 말해주지 않는다. 내가 태어난 날은 곧 그대가 태어난 날이요, 그대가 죽는 해가 곧 내가 죽는 해이다. 그 사이에 온갖 험한 일과 모골이 송연해지는 일을 모두 얼마나 겪겠는가?

작은 조각 거울이 사물을 비추면 천하의 만상(萬相)이 달아날 수 없고, 천금(千金)을 시장에 걸어놓았지만 한 글자도 구하기 어려운 완벽한 경지를, 어찌 자손에게 바라며, 어찌 벗에게 기대하겠는가? 그러하니 또한 더욱더 먼 후대의 자손의 자손과 벗들의 자손의 자손에게 알아주기를 구하는 일이야 말해 무엇 하겠는가?

소요부(邵堯夫)는 책을 완성하고서 소요부 자신에게 증정했고, 양자운(揚子雲)은 『태현경(太玄經)』을 썼지만 알아주는 이는 양자운 자신뿐이었다. 그대는 몸을 나누어[分身] 문답하는 일을 그만 두고, 나는 내 그림자에게 묻고 대답하는 일을 그만하였다가, 내가 죽는 날에 이 일이 끝나면 삼가 그대에게 질정할 것이니, 그대는 그때를 기다리라."

5-ⓐ,ⓑ 나(ⓐ)와 나(ⓑ)의 문답(問答)으로 서문을 쓰다. 신해년(辛亥年, 1791) 10월 초6일, 계양(桂陽) 이자범(李子範) 홍애(洪厓)가 주원(廚院)에서 숙직하면서 쓰다.[4]

「홍애자편서」에서 등장하는 ⓐ와 ⓑ는 모두 이기원의 자아이다. 이 중 ⓐ는, '나'는 결국 '나'일뿐이므로 스스로를 객관화할 수 없고, 또 자편(自編)한다고 한들 시간의 격차와 시각의 차이로 인해 타인들은 '나'를 제대로 알 수 없으므로, 자기서사는 쓸 수 없다는 입장을 취한다. 반면 ⓑ는,

---

4 李箕元, 『洪厓自編』, 「洪厓自編敍」, 1~6면, "1-ⓐ 余忽問於余曰, 吾欲與子終日答問, 以博相長之義, 而闔闢一吻, 飜覆一舌, 欠主客之別, 無鑿枘之異. 譬如同設一井, 不辨淸濁, 吾以是爲憂. 1-ⓑ 余答曰, 作如是觀, 妙矣. 余少嗜碁而無耦, 每於明囱, 淨掃方罫, 以左右手黑白之, 黙運心兵, 如對强敵, 互用奇正兩不偏倚, 畢竟有殺有活, 有輸有贏, 綽綽有橘中之樂, 子又何憚焉? 2-ⓐ 余開口而笑曰, 旨哉! 是喩也. 我欲以公心問之, 子亦以公心答之, 可乎? 子之苦心於自編者, 將欲何爲? 2-ⓑ 余答曰, 余識苦於斯, 寓感於斯, 遺余子孫, 托余朋友, 以壽其傳, 使後人亦知, 今我自編之苦心焉. 3-ⓐ 余問曰, 子意則儘美矣, 而子言則終不釋然. 子八歲鰈孤, 文獻無徵, 抑何從而撫其事實, 又何從而質其時月哉? 蒐虛獵空編作一書, 以爲證眞之蹟, 傳後之文, 則是自騙也, 非自編也. 3-ⓑ 余愀然改容曰, 爾不知爾, 何況非爾? 吾不知吾, 何以爲吾? 十歲以前, 由聞而知, 十歲以後, 由覺而知. 方其聞而知也, 慈母之敎也, 親妹之言也, 宗黨長老之所傳也, 鄰閈婢僕之所誦也. 千捃其十, 百拾其一, 有自衒之嫌, 則不書, 有可疑之端, 則不書. 事雖明的, 而不記其年條, 則不書, 語涉誕怪, 而又闕其證契, 則不書. 至於觸忌諱關雌黃者, 一切不敢焉. 所書者, 不過爛於耳目, 塗於唇舌, 問諸親戚州閭, 而人不瞠視者, 逐年一二事而已. 方其覺而知也, 取捨尤難, 惡乎, 尤難! 不援於人而自證於我也, 懍之傷廉, 斷之無義. 大而喪病萬厄出處生産, 小而做讀婚娶行役遷徙, 無非識苦而寓感. 間有借客引主, 實彼虛此, 以見己志, 此自編之苦心焉. 4-ⓐ 余又呵呵抵掌而言曰, 子之自編苦心已得其詳矣. 然遺之子孫, 托之朋友, 以修其傳, 更欲求知於後人云者, 不其大惑歟? 吾語子以撥迷之方. 兩人訟樹, 由其東者, 謂西立, 由其西者, 謂東立. 比眼經過, 終身爭詰. 親見之物, 尙有參差之論, 況乎不見之事實乎? 有人, 少溢面癭, 塗藥減癖, 久之, 里老證癖, 其子不信. 乃父匙類間事, 猶尙不知, 況乎它人之心跡乎? 假令肖子令孫, 良朋義友, 藏之篋衍, 而壽其傳, 而君之子孫之子孫, 惡能知其當日所苦之心, 當世朋友之子孫之子孫, 又惡能知其當日不成之事乎? 吁, 亦迂矣. 4-ⓑ 余舒答曰, 善辨色者, 窺斑知豹, 善解味者, 擧臠知鼎. 設知者道, 不爲不知者言也. 我生之辰卽爾生之辰也, 爾終之年卽我終之年也. 中間千巇萬嶮, 毛竦而骨顫者, 凡幾遭矣? 片鏡照物, 萬相莫逃, 千金懸市, 一字難沽, 何望乎子孫, 何企乎朋友? 又何況求知於玄玄雲雲之子孫之子孫, 與夫朋友之子孫之子孫哉? 堯夫成書, 呈上堯夫, 子雲艸玄, 知者子雲. 子收分身之法, 吾休問影之答, 謹當卒工於沒齒之日, 奉質於子, 子其俟之. 5-ⓐⓑ 仍以問答序. 時辛亥十月初六日, 桂陽李子範洪厓, 書于廚院直中."

'나'는 '나'를 대상화할 수 있으며, 객관적으로 검증할 수 있는 많은 사안 중에서도 추리고 추려 문제를 일으킬 여지가 있는 일체의 사안을 제거하고 최소한의 사건만 기록하면, 자기서사를 쓸 수 있다고 주장한다. 이기원은 결국 『홍애자편』이라는 자찬연보를 쓰고 있으므로, 이 논쟁의 승자는 ⓑ로 보인다. 하지만 4-ⓑ의 세 번째 단락에서도 보이듯, ⓑ는 ⓐ가 제기하는 질문을 논리적으로 갈파하기보다 그에 대한 반론을 유보하면서 서둘러 서문을 마무리하고 있다. 그도 그럴 것이 두 자아의 대화는 자기서사를 쓰는 과정에서 그 누구도 시원하게 대답할 수 없는 아포리아(aporia)를 논제로 삼고 있기 때문이다. 따라서 우리는 누구의 말이 옳은지 여부를 따지기보다, 두 자아가 벌이는 팽팽한 논쟁을 따라가면서 자기서사를 쓰는 이유와 정확하면서도 객관적인 자기서사를 쓰기 위한 방편으로서 이기원이 선택한 기사의 취사 기준을 살펴보는 것이 더욱 생산적일 것이다.

이기원이 『홍애자편』을 창작한 동기를 알려면 우선 2-ⓑ에 주목할 필요가 있다. 여기에서 이기원은 자편을 쓰는 이유를 "나는 여기에 괴로웠던 일을 기록하고, 감회를 기탁하여서 내 자손에게 남기고 내 벗들에게 의탁하여 오랫동안 전함으로써 후인(後人)들도 알게 하려는 것"이라고 말한다. 즉 자편을 통해 자신이 느꼈던 괴로움과 감흥을 후대에 알리려는 목적이 『홍애자편』 서술의 주요 동기이다. 이러한 발언은 3-ⓑ의 세 번째 단락에서도 변주되어 제시된다. 예컨대 들어서 알게 된 일과 스스로 겪은 경험을 제시함으로써 "괴로움을 기록하고 감흥을 기탁"해서 "자신의 뜻을 드러내 보이고자(以見己志)" 한다고 밝힌 부분이 그것이다. 이와 같은 내용은 앞서 살펴본 자기서사 창작의 동기로 제시한 몇 가지 사안 중 근본적인 이유인 '존재의 증거'를 남기기 위한 노력과 상통한다.

이 외에도 위의 글에는 앞서 제시한 자기서사 창작의 배경적 동기 중 첫 번째, 두 번째 이유와도 통하는 부분이 있다. 예컨대 '나도 나를 모른다면 다른 사람은 더더욱 나를 알기 힘들며, 내가 나를 모른다면 나는 내가 될 수 없다'고 주장하는 3-ⓑ의 발언은 첫 번째의 동기인 '정확성의 보증'과 통한다. 아울러 1-ⓑ에서 보이는 자기의 대상화 양상과 이하의 서술 중 기사 취사의 기준을 제시하는 부분은 두 번째 동기인 '객관성의 담보'라는 측면과 밀접하게 연관되어 있다.

그런데 여타 자기서사에서도 이처럼 정확성과 객관성을 보장하기 위해 자기가 스스로의 삶을 기록했다고 말하는 경우가 없지 않다. 다만 이를 보장하기 위한 구체적인 실천 방안을 제시하는 경우는, 적어도 조선의 사례에서는 찾아보기 힘들다. 반면 「홍애자편서」에서는 기사를 취사하는 기준을 제시하는 가운데 그 실천 방안 역시 밝히고 있으므로, 살펴볼 만한 가치가 있다.

문제의 본질을 직시한다는 측면에서, 취사의 기준을 본격적으로 살피기 전에 과연 정확성과 객관성을 흔드는 요인이 무엇인지 파악하는 것이 중요한데, 그것은 다음의 두 가지이다. 첫 번째 요인은 '자기기만'이다. 이 때문에 3-ⓐ에서 이기원의 자아는 어린 시절은 기억이 없으니 확실하지 않을뿐더러 증명할 수도 없고, 공허하고 근거 없는 자료들을 모아 진실을 증명하는 근거로 삼아 후대에 전한다면, 그것은 자편(自編)이 아니라 자기기만(自騙)일 뿐이라고 비판하고 있는 것이다. 두 번째 요인은 '시각의 상대성'으로 인해 정확한 의미 전달이 거의 불가능하다는 논리에 연관된다. 이것은 4-ⓐ에서 제기하는 문제로서 어떠한 일이든 각자의 시각에 따라 동일한 사태도 다르게 보이기 마련이며, 아무리 가까운 사람도 특정 사안을 편견 없이 인식할 수 없다는 비판이다.

부족한 근거로 공허한 자기서사를 쓰는 데서 한 단계 더 추락하여 자신에게만 유리한 내용으로 지면을 채우는 '자기기만', 동일한 사안에 대해 얼마든지 다른 견해가 있을 수 있으므로 저자와 독자 사이에는 편견이 개입하게 되어 저자의 의도가 정확히 전달될 수 없다는 '시각의 상대성', 이 두 가지 문제제기는 정확하고 객관적으로 자신의 삶을 서술하려는 시도의 성패를 가를 핵심 사안임에 분명하다. 따라서 이와 같은 함정에 빠지지 않기 위한 논리적 전략과 실제 서술로서의 실천이 동반되어야만 사실적이고 공정한 자기서사를 서술할 수 있다. 그렇다면 이기원의 또 다른 자아는 어떤 전략으로 이 함정을 피하고 있는가?

3-ⓑ에서 이 함정을 피하면서 기사를 취사하는 기준을 설명하고 있는데, 주로 '자기기만'과 관련된 비판을 다음 두 가지의 논리로 반박하면서 자찬연보 서술의 근거를 제시한다. 우선 직접적으로 아는 것이 아니라 들어서 아는 사안의 경우, 자신을 가장 오래 보아온 믿을 만한 사람들의 증언을 추리고, 불완전한 사실은 제거하며, 허황되거나 시비(是非)의 논쟁에 저촉될 만한 내용은 없애고, 의아한 반응을 유발하지 않는 사안만 선택하겠다는 원칙을 제시한다. 다음으로 직접적으로 지각한 체험의 경우, 지나친 과장도 자기비하도 하지 않으면서 상례(喪禮)와 질병에서부터 저술과 독서 등에 이르는 일반적인 체험만을 선택하여 주객(主客)과 허실(虛實)을 적절히 안배함으로써 자신의 뜻을 보이겠다고 다짐한다. 이것은 결국 일정한 안배가 개입되지 않을 수는 없지만, 그 어떤 문제도 야기하지 않을 법하고, 일반적인 삶의 과정에서 누구나 겪을 만한 사안을 최소한만 제시함으로써, '자기기만'의 함정에서 벗어나려는 전략이며, 기사 취사의 최우선 기준이기도 하다.

이에 반해 '시각의 상대성'으로 인한 오독(誤讀)의 문제에 대해서 ⓑ의 자아는 시원한 해결책을 제시하지 못한다. 어쩌면 아쉬우나마 이미 3-ⓑ에서 서술한 취사의 전략에서 시비의 논쟁을 일으키거나 의아한 반응을 유발할 만한 사안은 제외한다고 했으니, 굳이 반복해서 대책을 제시할 필요가 없다고 느꼈는지도 모르겠다. 그 때문인지 이기원은 대안을 제시하기보다 자신의 마음을 알아줄 천고의 지기(知己)를 찾고, 자신의 서술이 지닌 불완전성을 고백하며, 우선은 자기만족을 위해 자찬연보를 썼다는 사실만 서술한다. 4-ⓑ의 주요 내용이 바로 이것이다. 다만 타인에의 정확한 전달은 담보할 수 없지만, '나'를 공정하게 대상화시켜 스스로에게 질정하여 살아남은 이야기만 쓸 것을 다짐하는 "내가 죽는 날에 이 일이 끝나면 삼가 그대에게 질정할 것이니"와 같은 태도는, 3-ⓑ의 태도와 마찬가지로 정확성과 객관성을 유지하기 위한 고투(苦鬪)의 다짐이라는 점은 밝혀둔다.

이와 같은 사안에 유념하면서, 지금부터는 『홍애자편』의 저자 이기원이 누구인지, 그가 지금까지 말한 자찬연보 편차(編次)의 태도가 실제 서술에 얼마나 반영되고 있는지, 그리고 그는 특히 어떠한 사항에 초점을 맞춰 『홍애자편』을 서술하고 있는지 등을 따져보고, 조선시대 자기서사의 흐름 속에서 그 의미와 가치를 살펴보고자 한다.

## 2. 이기원의 삶과 그 주변

이기원의 본관은 부평(富平, 桂陽), 자(字)는 자범(子範), 호(號)는 홍애(洪厓)이다. 1791년(47세) 음력 10월 6일부터 쓰기 시작한 자찬연보인 『홍애자편』은 출생연도인 을축년(乙丑年, 1745)의 기사로 시작해서 56세인 경신년(庚申年, 1800)의 기록을 마지막으로 끝나지만, 그의 산문집인 『홍애문집(洪厓文集)』에 수록된 「상미제김공서(上未濟金公書)」에서 "지금 63세에(今於六十三歲)"라고 하였으니, 최소한 63세였던 1807년까지 생존했던 것으로 보인다. 아울러 대체로 시기별로 정리된 『홍애문집』 중 앞서 언급한 「상미제김공서」 이후에 「답나재야서(答羅在野書)」 한 편만 수록되어 있는 것으로 보아, 1807년 무렵에 사망한 것으로 보인다.

그의 할아버지 쌍백당(雙栢堂) 이세화(李世華, 1630~1701)는 모두 다섯 명의 아들을 두었는데, 정실(正室)로부터 정진(廷晉)을, 측실(側室)로부터 정현(廷賢)·정량(廷良)·정선(廷善)·정수(廷壽) 등의 아들 형제를 두었고, 이중 막내인 이정수가 이기원의 아버지이다.[5] 아버지 이정수는 50세가 넘은 나이인 1745년 음력 9월 24일 해시(亥時)에 당시 그가 복무하고 있던 북한산성(北漢山城)의 임소(任所)에서 이기원을 낳았다. 『홍애자편』에 따르면, 두 살 터울의 누나가 있었을 뿐, 다른 자식은 없었던 것으로 보인다. 1752년(8세) 음력 8월 13일 이기원은 아버지를 여의고, 경기도 교하(交河, 1754년), 한양의 반송방(盤松坊, 1757년), 한양의 평동(平洞, 1758년) 등의 지역으로 옮겨 다니며 살았다.

1759년(15세) 참의(參議) 김성발(金聲發)의 둘째 딸과 혼인하였으며, 결혼한 지 2년만인 1761년(17세) 딸을 낳았지만 넉 달 만에 죽었고, 1777년(33세) 봄에 아들 만종(晚種)을 낳았지만 이 역시 1779년(35세)에 잃는다. 이후 1782년(38세) 6월, 1785년(41세) 10월, 1796년(52세) 2월에 차례로 아들 과운(瓜運 : 아명은 壬七, 자는 仲綿), 화운(禾運 : 아명은 陽吉, 자는 仲嘉), 지운(芝運 : 아명은 丙吉, 자는 仲靈) 등을 낳았지만, 1797년(53세)에 막내아들 지운을, 1805년(61세) 8월 2일에는 둘째 화운을 각각 잃는다.[6] 결국 1녀 4남 다섯 명의 자식을 낳았지만 그중 아들 이과운 한 명만 생존했던 것이다.

한편 이기원은 서자(庶子)라는 신분의 한계는 물론, 과거에 급제하지 못했던 탓에 평생 보좌역이나 하급관리로 전전했는데, 그의 관력은 대략

---

5 富平李氏大宗會, 『富平李氏大同譜』 권1, 562면 참조.
6 李箕元, 『洪厓文集』 권7, 「答上按使金公書」, 20면, "自客臘, 第二雛得奇疾, 死如紙隔, 而綿延至此" 과 「上未濟金公書」, 『洪厓文集』 권7, 25면, "去年八月初二日, 遭羸愽之慽" 등의 편지 내용으로 유추해보면 1804년 12월에 알 수 없는 질병에 걸렸다가 1805년 8월 2일에 죽은 것으로 보인다.

다음과 같다. 1765년(21세)에 향실서사관(香室書寫官)이 되었는데, 그가 믿고 따르던 재종형이자 당시 승지(承旨)였던 학음(鶴陰) 이익원(李翼元, 1711~1776)이 끌어주었던 것이다. 이후 1775년(31세)에 동지겸사은부사(冬至兼謝恩副使) 이해중(李海重)을 따라 연행(燕行)에 참여했다. 1779년(35세)에는 이도묵(李度默)이 안변(安邊)에 제수되자 그를 보좌하고, 이듬해 가을에 한양으로 돌아왔다가, 다시 1782년(38세) 봄에 황해도관찰사(黃海道觀察使) 황승원(黃昇源)을 보좌하고, 그해 가을 한양으로 돌아왔다. 이후 한동안 직임에 대한 기록이 없다가, 1786년(42세)에 경상도관찰사(慶尙道觀察使) 김상집(金尙集)의 막부에 거하고, 1787년(43세) 순진지행(巡賑之行)을 따라 60여 개의 읍을 돌았다고 기록하였다.

이처럼 43세까지 거의 대부분 서기나 보좌역을 맡던 이기원이 미관말직이나마 음직(蔭職)으로 관직을 얻게 된 것은 1790년(46세)이었다. 이해 7월 초에 종9품 전옥서참봉(典獄署參奉)이 되었다가, 11월에 동지겸사은사행(冬至兼謝恩使行)을 따라 두 번째로 연행을 떠났는데, 이때 찰방(察訪)이었던 박제가(朴齊家, 1750~1805)와 동행한다. 1791년(47세) 연경에서 돌아온 그는 사옹원봉사(司饔院奉事 : 종8품)가 되었다.[7] 이듬해에는 내자시직장(內資寺直長 : 종7품)에 오르고, 1794년(50세)에 사옹원주부(司饔院主簿 : 종6품)가 되었다가, 1795년(51세)에 장수도찰방(長水道察訪 : 종6품)을 마지막으로 그의 관력(官歷)은 끝난다. 그 이후로는 경상도(慶尙道) 영천군(永川郡) 신녕

---

7 기존 논의에서는 이 시기 이기원의 관직을 종사랑(從仕郎) 의금부도사(義禁府都事)로 비정하였지만, "六月二十四日, 都政除從仕郎義禁府都事, 副望李燁, 末望鄭元林. 同日政, 與司饔奉事金履恭相換. 銓長卽鄭公諱昌順也."라고 되어 있는 것으로 보아 종사랑에 제수되자마자 사옹원봉사(司饔院奉事) 김이공(金履恭)과 서로 관직을 바꾼 것으로 보인다. 따라서 47세(1791년) 때 그의 최종 관직은 사옹원봉사이다. 이러한 사실은 자신의 전장(銓長), 즉 부서의 최상급자로 의금부판사(義禁府判事)가 아니라, 사옹원이 소속된 이조(吏曹)의 당시 판서(判書)였던 정창순(鄭昌順)을 적시한 점을 통해서도 알 수 있다.

현(新寧縣)의 매음전사(梅陰田舍)에서 주로 거처했다. 위에서 보이듯 그는 대부분의 삶을 보좌역이나 하위관직에 종사하며 생계를 꾸려나갔고, 그나마 장수도찰방 이후로는 특별한 관직을 하지 않은 채, 연고도 없는 영천에서 말년을 보냈다.

이기원은 자신이 '과부(寡婦)의 자식'이라는 사실을 자주 언급한다. 『홍애자편』은 물론, 편지나 시와 산문 가릴 것 없이, 이러한 단언으로 자신의 처지를 드러내는 경우가 적지 않다. 과부이며 서자라는 상황에서 발현되었는지는 확신할 수 없지만, 『홍애자편』이나 시문집에서 그는 스스로를 소심하고 여성스러운 성격으로 그리고 있으며, 이러한 성격으로 인해 다른 사람들과의 교유에도 서툴렀다고 말한다. 실제로 『홍애문집』, 『홍애시집』, 『홍애자편』 등을 살펴보면, 마음을 터놓고 교유한 인물들은 대부분 피를 나눈 일부의 친족, 자신을 인정해주고 이끌어 준 몇몇의 장인(丈人), 그와 처지가 비슷한 서얼이 거의 전부이다.

이 중 친족으로는 재종형인 고암(高巖) 이섭원(李燮元, 1701~1771)과 학음 이익원 형제를 믿고 따랐다. 앞서 이미 이익원의 소개로 향실서사관에 복무할 수 있었다고 언급한 바 있으며, 이 외에도 『홍애자편』의 다양한 기사를 통해 이들과의 돈독한 정(情)을 확인할 수 있다.[8] 한편 이기원이 믿고 따르던 '장인'으로는 박명원(朴明源, 1725~1790)이 있다. 박지원(朴趾源)의 삼종형으로 우리에게 잘 알려진 박명원과는 이기원이 37세이던 1781년 가을에 처음 만났다. 이후 박명원의 빈주지교(賓主之敎)를 입은 그는, 박명원이 죽은 지 5년이 지난 뒤에도 꿈에서 그를 배알할 정도로 그리워하는 마음이 컸다.[9]

---

8 李箕元, 『洪厓自編』 권1, 16~17면, "四十八年辛卯【余二十七歲】. 秋, 哭高巖公, 護葬金陵. 公平日酷愛余, 到京, 必索詩, 唱酬情逾同氣. 患候猝劇, 金杖【光進】自高巖而來, 急報公病中思余之言. 余告于先妣, 踉蹡步出, 則症形已無望矣. 忽開視余, 飄然扶起曰, '爾來乎? 吾更見爾面, 無恨矣.'"

또한 그가 교유했던 벗들 중 주목할 만한 인물로 이희명(李喜明), 박제가, 유득공(柳得恭, 1748~1807), 박종선(朴宗善, 1759~1819) 등이 있다. 이들은 소위 연암(燕巖) 그룹이라고 평가되는 인물들인데, 이 중 이희명은, 이기원이 40세에 죽음과 마주했을 때 떠오른 단 한 명의 친구였고,[10] 박제가와는 이미 언급한 대로, 1790년 두 번째 연행을 함께 하면서 우정을 키워나갔던 것으로 보인다. 아울러 영천에 거처할 당시 모친상을 당한 유득공에게 보낸 위로의 편지인 「언유풍천령재서(唁柳豊川泠齋書)」, 중국에 가는 박종선에게 준 「증별감료박계지부연(贈別憨寮朴繼之赴燕)」과 「송박계지재도부연(送朴繼之再度赴燕)」 등을 통해 그들과의 우정을 각각 짐작할 수 있다. 마지막으로 이덕무와는 주원(廚院)에서 만났다고 했는데, 이 시기는 1791년 6월 이후로, 앞서 언급한 이들과 비교해 가장 늦게 알게 된 것으로 추정되나, 『홍애자편』의 서술로 짐작해보건대 짧지만 가장 강렬한 정을 나누었던 것으로 보인다.[11] 아울러 지금 『홍애시집』 1~3권에 남아있는 비점을 이덕무가 직접 찍었다는 사실, 죽고 난 이후 꿈에서 보았다는 기사를 『홍애자편』에 남겨 두었다는 점[12] 등을 통해 둘 사이의 우정을 짐작해볼 수 있다.

이 외에도 젊은 시절의 벗 이상정(李相鼎, ?~1770)은 이득일(李得一)의 아들로서 이기원과 방외지교(方外之交)를 맺었으며,[13] 장한(張僩, ?~1799경)처

---

9 李箕元, 『洪厓自編』 권2, 19면, "十九年乙卯【余五十一歲】. 正月初二, 夢見李懋官, 二月初吉, 夢拜錦城都尉."

10 주석 32를 참조하기 바란다.

11 李箕元, 『洪厓自編』 권2, 16~17면, "十七年癸丑【余四十九歲】. 李友懋官【德懋】文章家數也. 晚見相喜. 年來作僚廚院, 過從百忙之暇遇輒移日竟夕, 每愛余詩文, 有稿輒評. 飲劇, 必拍肩而語曰, '今世文人, 徒尙外騖, 君以平日所抱於胸中者, 著成一書, 雖未必其需世, 而當此千一之會, 得備蒭蕘之詢, 則能事畢矣, 第圖之.' 噫, 懋官今春已長逝矣, 誰復以斯言勉之哉? 痛盍, 痛盍."

12 주석 9를 참조하기 바란다.

13 李箕元, 『洪厓自編』 권1, 15~16면, "四十七年庚寅【余二十六歲】. 爲文祭亡友李【相鼎】. 李【相鼎】者,

럼 서족(庶族)으로 추정되는 하급관료와도 교유하였는데,[14] 그에게 답한 「답장주부서(答張主簿書)」(권3)에서는 우정에 대한 논의와 권계를 서술하고 있다.

한편 만년에 그가 교유했던 이들로 윤시동(尹蓍東, 1729~1797), 오재순(吳載純, 1727~1792), 김상집(金尙集, 1723~1799경), 민종현(閔鍾顯, 1735~1798), 김이영(金履永, 1755~1845)[15] 등 같은 노론계(老論係) 인사가 있다.[16] 『홍애문집』에서는 특히 이들 중 윤시동에게 보낸 편지인 「상우의정윤공서(上右議政尹公書)」(권4)가 주목할 만한데, 여기에서 그는 시무책(時務策)에 버금갈 정도로 당대 정치적 부조리와 해결책을 낱낱이 서술하였다. 아울러 김이영은 만년에 자신의 심란한 마음을 터놓을 수 있던 몇 안 되는 인물로서, 그와의 교유는 앞서 소개한 「상미제김공서」를 비롯해서 『홍애문집』에 남겨놓은 편지와 일반 산문을 통해 추정할 수 있다.

현재 남아있는 그의 저작은, 자찬연보인 『홍애자편』 2권 1책, 산문집인 『홍애문집』 6권 3책(총8권 중 1·2권 落帙, 7권 일부 落卷), 시집인 『홍애시집』 10권 5책(총15권 중 7·8권, 13·14권 落帙, 15권 일부 落卷[17]), 1790년 연행에서 지은 시문집인 『홍애권유집(洪厓倦游集)』 중 시집 한 권(권3) 등이 남아있다. 하지만 『홍애자편』 갑진년(甲辰年, 40세)의 기록을 참고해보자면, 어린 시절 지었던 시문(詩文) 1책과 연행록(燕行錄) 2책 등을 비롯해 훨씬

---

參議諱【得一】之子也. (中略) 與余結方外交, 對酒論襟, 不知日昃而夜曙."

14 李德懋, 『靑莊館全書』 권9, 「九日麻浦, 同在先, 宿內弟朴穉川【宗山】舍, 時張幼毅【間】來」, 158면을 통해 보자면 장한은 이덕무·박제가 등과도 교유가 있었던 인물로 보인다.

15 金履永은 金履陽의 초명(初名)이다.

16 李箕元, 『洪厓自編』 권2, 25~26면, "二十三年己未【余五十五歲】. 嶺外窮居, 京信斷阻, 知舊間懸戀不置者, 尹右相蓍東, 吳醇菴載純, 金尙書尙集, 閔尙書鍾顯, 而平生說悲懽倒肝肺者, 惟張幼毅一友而已."

17 『洪厓詩集』 15권의 경우 불완전한 상태이지만, 『洪厓文集』 권7의 전반부에 착간(錯簡)되어 일부 수록되어 있다.

더 많은 저작을 남겼던 것으로 보인다.[18]

지금까지 이기원이 남긴 자료를 통해 그의 생애, 가계, 이력, 교유, 문집의 구성 등을 살펴보았다. 이러한 사안을 거칠게나마 밝힌 이유는 향후 이기원 연구에 참고가 될 만한 기초를 놓고, 자찬연보인 『홍애자편』을 다각도로 이해하기 위한 배경을 구축하고자 했기 때문이다. 앞에서 논의한 사안을 배경으로 삼아 『홍애자편』을 독해함으로써 본격적으로 부각된 적이 없던 서족(庶族) 문인지식인의 삶이 구체적으로 밝혀지기를 바라며, 전근대 자기서사의 흐름 속에서 『홍애자편』이 자리매김하기를 기대한다.[19]

## 3. 조선 후기 자기서사의 흐름과 『홍애자편』의 서사

전근대 한국의 자기서사에는 자신의 내면과 주변의 일상을 섬세하게 서술하는 경우가 드물다. 자기서사의 하위 분야에 속하는 자찬연보 역시 상대적으로 긴 시기를 일기보다 한정된 지면에 압축적으로 제시해야 하는 장르의 제약으로 인해, 이력, 견문, 내면, 일상 모두를 구체적으로 제시하기는 수월하지 않다. 이 때문에 전근대 자찬연보의 서술자들은 주로 이력(履歷)과 관력(官歷), 그 속에서의 견문(見聞)과 경험 등으로 대상을 제한해서 연보를 구성하였다. 따라서 내적 성찰, 과거에 대한 반성,

---

18 李箕元, 『洪厓自編』 권2, 5~6면, "八年甲辰【余四十歲】十四歲時所著一冊, 山水㗊咏錄一冊, 燕行錄二冊, 北征錄一冊, 鶴城雜錄一冊, 觀海錄(1782년 황해도 관찰사의 보좌관으로 있던 중 가을에 해서를 여행하고 지음)一冊, 馬上睡餘一冊(固城往返所得, 39세 가을에 지음), 及科體雜種五冊, 手書經史及類聚合七八冊." ● 이에 대한 자세한 논의는 김영봉(2004a), 451~468면; 김영봉(2004b), 467~481면; 김영봉(2004c), 483~493면 등을 참조하기 바란다.

19 이기원을 대상으로 다루거나 연구주제의 일부로 삼은 선행 연구는 다음과 같다. 김영봉(2004abc), 452~493면; 김영봉(2009), 75~81면; 안대회(2005), 117~150면; 김경(2016), 329~358면.

사회 속에서 마주한 갈등과 고뇌, 인생 전체를 구성하는 구체적인 일상, 그 일상을 사는 개인의 기호와 욕구 등을, 적어도 조선 전기까지의 자찬 연보 속에서 마주하기는 쉽지 않다.

그런데 조선 중기를 넘어서면서 문인지식인들이 자신의 삶을 성찰하고 반성하는 자기서사를 다수 창작했고,[20] 조선 후기에는 급격한 변화를 야기한 사회적·경제적·문화적 환경으로 인해, 성찰과 반성에 더하여 일상과 주변을 섬세하게 제시하는 자기서사 역시 문단 위로 부상한다. 이러한 상위 장르의 흐름에 부응하여 자찬연보에서도 자신의 내면을 바라보고 주변을 고찰하는 경향이 부각된다. 지금까지의 연구로 보자면 심노숭(沈魯崇, 1762~1837)의 『자저기년(自著紀年)』이 이러한 흐름의 첨단에 서 있으며, 마성린(馬聖麟, 1727~1798경)의 『평생우락총록(平生憂樂總錄)』의 일부에서 상대적으로 사적(私的)이라고 할 수 있는 양상을 찾을 수 있다.[21]

이기원의 『홍애자편』 역시 전체의 내용으로 보아 사적인 계열에 해당하는 자찬연보이다. 관료로 재직하던 40대 후반에서 50대 초반의 일부 기사를 제외하면, 앞서 언급한 내면과 주변 및 개성과 취향 등이 선명하게 부각되기 때문이다. 지금부터는 사적인 측면이 부각되는 양상을 살피며 그 의미를 찾아봄과 동시에, 그가 세운 기사의 취사 기준이 실제 서술에서 적용되는 모습도 아울러 주목하고자 한다.

---

20 고려시대에도 그 단초가 보이는 자기서사가 이미 존재하는데, 구체적으로는 崔瀣의 「猊山隱者傳」이나 天頙의 「答芸臺亞監閔昊書」 등에서 자신의 삶을 성찰하는 모습이 보인다는 점 역시 밝혀 둔다.
21 정우봉(2014), 89~118면; 안득용(2015), 323~360면 참조.

## 1) 자기의 섬세한 소묘

조선의 자기서사에서 사적 경향이 두드러지기 시작한 시기가 조선 중기인데 반해, 자찬연보의 경우, 조선 후기 이전에 출생한 문인지식인들의 작품에는 자신의 취향과 개성이나 성향과 성격을 구체적으로 서술한 사례가 드물다. 즉 필기(筆記)로 자신의 삶을 구성한 자기서사나, 일반적으로 자서전이라 여겨지는 자서(自序), 자전(自傳), 탁전(托傳) 등과는 달리 자찬연보에서 사적인 경향이 부각되는 시기가 상대적으로 늦은 것이 사실이다. 그 이유는 다음 두 가지로 요약할 수 있다. 우선, 자찬연보는 그 명칭에서 알 수 있듯이 연보를 모(母) 장르로 두고 있는데, 연보라는 장르가 상대적으로 명성과 지위를 갖춘 이들의 성덕(盛德)과 대업(大業)을 위주로 서술되었다는 사실에서 기인한다. 다음으로, 주희(朱熹)가 보여준 『이천선생연보(伊川先生年譜)』를 서술의 지향으로 삼아서 대상 인물의 특징적인 면모, 즉 대지(大旨)만 기록하고, 사소한 일을 상세하게 기록하는 태도를 부정적으로 인식했던 조선시대 연보 서술의 일반적인 태도에서 기인한다.[22]

이에 반해『홍애자편』은 그가 언급한 대로 가족과 주변 사람들에게 물리도록 들은 이야기를 추려서 기술한 유아기와 유년기의 기사에서부터 자신의 성격, 그 성격이 유래한 지점을 섬세하게 서술한다.

『시전(詩傳)』·『서전(書傳)』·『중용(中庸)』을 읽었다. 나는 과부의 자식인 데다 특출한 재주도 없고 성격이 소심해서 남들을 대할 때면 감히 먼저 얘기하지 못하고, 온화하고 여유롭지 못하여[凄短] 남자의 기상이 없었다. 누이와 같은 등불 아

---

22 안득용(2015), 324~336면 참조.

래서 바느질로 겨루었는데, 삼십 줄을 읽을 동안 한 길 되는 실로 바느질을 하고
서 늦게 멈추는 사람이 이기는 것이었다. 밤에 시작하면 번번이 새벽닭이 울
때까지 하였는데 어머니께서 보시고 즐거워하면서 "우리 집에 두 명의 처녀가
있구나."라고 말씀하셨다.

울타리를 사이에 두고 과거에 합격한 집이 있어서 무대에 광대들을 두고 며칠
밤 음악을 연주했다. 동네의 노파가 내가 집에 있는 것을 이상하게 여겨 어머니
께 묻자, 어머니께서 웃으며 말씀하셨다. "우리 아이는 모든 점이 남들보다 못하
지만, 패자(悖子)들과 어울리지 않아서 그 욕이 부모에게 이르지 않고, 설희(褻戲)
를 탐하지 않아서 마음에 병이 들지 않는다네."[23]


일반적인 자찬연보의 유아기와 유년기 기록은 연도와 나이만 표시되
어 있고, 기사가 서술되어 있어야 할 부분이 비어있는 경우가 많다. 또한
기록이 남아 있다고 하더라도 이거(移居)와 질병, 수업과 독서 등에 관련
된 사항만 간략히 기록된 경우가 대부분이다. 하지만 이미 서문에서, 가
족과 주변 사람들로부터 들은 이야기까지도 서술하겠다고 밝혔던 만큼,
이기원은 『홍애자편』에 그의 성격을 추적할 수 있는 단서를 곳곳에 놓아
두었다.

예컨대 두 살 때, 물과 불이라는 말을 배우자마자 여종의 치마에 불이
붙은 것을 가리켜 "불, 불"이라고 소리쳤던 일화나,[24] 네 살 때, 여섯 살이
었던 누이보다 한글을 먼저 깨우쳤다는 이야기[25] 등을 통해 그의 자질을

23 李箕元, 『洪厓自編』 권1, 7면, "三十五年戊寅【余十四歲】. 讀詩傳書傳中庸. 余以寡婦之子, 且無顯
才, 性甚拙頓, 對人不敢先語, 凄短無男子氣. 與姊分燈較紅, 以丈線之縫, 限卅行之讀, 後止者爲勝.
夜輒徹鷄, 先妣見而喜曰, '吾家有兩處女.' 隔籬有唱榜家. 奏倡設棚, 鼓樂連宵. 村婆怪余在家, 問于
先妣, 先妣笑曰, "吾兒百不猶人, 而但不交悖子, 故辱不及親, 不耽褻戲, 故病不入心."

24 李箕元, 『洪厓自編』 권1, 1면, "二十三年丙寅【余二歲】. 先妣常云, 爾學語時, 教水教火, 抱入廚下,
小婢供炊, 火點其裳, 汝指點而呼曰, 火火, 遂覺而滅之."

유추하게 한다. 또 여섯 살 때부터 글씨에 남다른 소질이 있었다는 서술로써 그가 젊은 시절 서기로서 생계를 유지하게 된 단초를 짐작하게 된다. 또 하루라도 책을 읽지 않으면 입 안에 가시가 돋는다는 말을 그대로 믿어 며칠 동안 책을 읽지 못한 제 입 안에 가시가 돋을까 염려하며 울던 그의 모습에서 배운 것을 독신(篤信)하게 지키려는 그의 성격을 엿볼 수 있다.[26] 이 외에도 그의 성격을 엿볼 수 있는 유년기의 기록은 적지 않은데, 열 살 때 도둑을 잡기 위해 종들에게 총을 쏘려던 것을 눈물로써 멈추게 한 이야기,[27] 선량한 이생(李生)을 속량(贖良)하기 위해 어머니께 간청한 일화[28] 등을 통해 남을 배려하고 공감할 수 있던 인물이었다는 사실을 알 수 있다.

　이와 같은 흐름은 위 예문에서도 이어진다. 이 기사는 열네 살의 이기원을 보여주면서, 그의 성격과 그 근거까지도 함께 부각시킨다. 그는 소심하며, 남성다운 면모가 없다. 남자답지 못한 정도가 아니라 오히려 여성스럽기까지 하다. 남들과 어울리지 못해서 잔칫집에도 얼씬거리지 않는 모습을 보여주는 두 번째 단락을 통해서도 그의 성격을 짐작할 수

---

25　李箕元,『洪厓自編』권1, 2면, "二十五年戊辰【余四歲】. 姉長余二歲, 學諺書, 余從旁雀躍, 自稱先曉. 先君不信, 問余曰, 汝果先曉, 則能以雌解成諺字乎? 余卽書呈, 先君異之而不豫."

26　李箕元,『洪厓自編』권1, 2~3면, "二十七年庚午【余六歲】. 隨先君關西任所, 受十九史略. 余自受千字文, 日摸所受字劃, 頗近似, 先君奇之, 命傲寫蘭亭帖. ○ 書篇上, 書一日不讀書口中生莉棘句, 先君誨其義. 余有疾, 數日闕課, 忽啼哭, 先君問其故, 對曰, '一日不讀, 猶生棘於口中, 今數日不讀, 必生大棘, 是以哭也.' 先君笑其癡獃而喜其篤信."

27　李箕元,『洪厓自編』권1, 4~5면, "三十一年甲戌【余十歲】. 在京第時, 見盜數百金, 人皆致疑於婢僕. 鄰婆有以方瀆, 告之者曰, '粧藥鳥銃, 置諸庭中, 使人步過其前, 若遇盜去者, 則砲不燃自放'云. 先妣欲試之, 余泣止之曰, '以數百金, 傷人命乎?' 先妣喜曰, '何愁失百金財? 喜得汝千金言.'"

28　李箕元,『洪厓自編』권1, 5면, "三十二年乙亥【余十一歲】. 比鄰, 有李生者, 以良善稱. 其大人, 與梁益標, 爲內外從, 昵梁家婢子, 生李生, 而信其賤分, 不贖之. 至三十餘年, 梁之後孫, 送健夫四五, 持券推訪, 毆縛李生. 一邨環集, 爲陳事理, 約以二十緡, 贖名, 而邨貧無以猝辦, 人皆浩歎. 余旁見顚末, 走告先妣曰, 願出二十緡, 活彼李生也. 含淚懇乞, 先妣撫背曰, '吾家雖貧, 何惜數十緡銅, 不培汝之良心乎?' 卽輸送而奪券燒之, 人皆服先妣之德."

있지만, 첫 번째 단락의 일화를 통해 우리는 이기원의 민낯을 더욱 볼수 있다. 남녀의 성 역할이 비교적 분명하게 나누어졌던 조선시대, 누가더 바느질을 잘하는지 그의 누이와 밤새 한 땀 한 땀 수를 놓는 모습으로한 해의 기사 절반을 소진하고 있기 때문이다. 더욱이 어머니의 입을빌어 이기원이 스스로를 지칭하는 "처녀"라는 어휘는, 남성의 자기서사에서 거의 등장한 적이 없는 조선시대 남성의 지칭이므로, 그 성격을더욱 선명하게 부각시킨다.[29]

아울러 이 단락을 통해 그의 소심하고 여성스러운 성격이 기인한 지점을 짐작할 수도 있는데, 특출한 재주도 없고 외형도 작았다는 조건도유념할 만하나, 무엇보다 '과부의 자식'이었다는 점이 그의 성격 형성에가장 큰 영향을 끼친 것으로 보인다. 『홍애자편』의 기사뿐만 아니라 그의 문집에는 '아버지 없는 자식'으로서의 회한이 적지 않게 드러나는데,단지 젊은 시절만 그러한 것이 아니고 중년 이후의 글에서도 찾아볼 수있다. 예컨대 아버지를 일찍 여읜 까닭에 아버지의 덕행과 언사는 기술할 수도 없고, 안범(顏範)과 전형(典刑)이 흐릿하여 따를 사람이 없는 것을종신의 고통이라고 말하였으며, 아버지로부터 '이기원'이라는 이름을 직접 받지 못한 아쉬움을 토로하는 데서도 드러난다.[30]

---

29 학교에 입학한 이후에도 이기원의 어머니는 아들을 종종 처녀라고 불렀는데, 이기원은 그 일 역시 기록해두었다. 李箕元, 『洪厓自編』 권1, 8면, "三十七年庚辰【余十六歲】. 讀左氏傳南華經. 治擧子業, 始觀陞庠月課, 以詩參榜. 先妣喜曰, '吾家處女, 能爲擧子.'" ● 李德懋가 자신의 문집을 '嬰處稿'라고 명명하며 "夫嬰兒之娛弄, 藹然天也, 處女之羞藏, 純然眞也, 玆豈勉強而爲之哉?"라고 말한바 있다. 『靑莊館全書』 권3, 59면.

30 李箕元, 『洪厓文集』 권4, 「三子命名說」, 19면, "余以孤畸, 忽作三子之父, 多懼少喜, 心焉戰兢. 嗚呼,乃父險釁不天, 八歲失怙, 得此箕字名者, 非父錫也."; 『洪厓文集』 권6, 「肯窩記」, 9면, "不佞不天不慧, 八歲爲寡婦子, 先君子德行言辭茫無記述, 並與顏範典刑而依俙, 若隔紗而望圖像. 遑遑四求, 無所寓慕. 以是爲終身之慟."; 『洪厓文集』 권7, 「答義城使君金【相任】書」, 10면, "不佞八世爲寡婦子" ● 아울러 『禮記』 「曲禮」, "寡婦之子, 非有見焉, 弗與爲友."라고 한 부분을 통해, 위 예문에서 과부의 아들이라는 사실과 특출한 재능도 없다는 상황을 결부지어 서술한 이유를 추론할 수 있다.

이로써 볼 때, 『홍애자편』은 우리에게 이기원의 성격과 그 유래를 말하고 있음을 알 수 있다. 물론 여느 자찬연보처럼 『홍애자편』 역시 관력과 환로(宦路)에서 겪었던 견문과 경험을 제공하는 지점도 있다. 이 역시 이기원의 삶에 있어서 중요한 부분이기 때문이다. 하지만 '나는 과연 어떤 사람이며, 현재의 나는 왜 지금의 이러한 모습이 되었는가'를 꼼꼼히 관찰하는 태도, 그 속에서 자신의 내면과 과거를 되짚어보며 성찰하는 자세는 조선시대 일반적인 자기서사는 물론, 자찬연보에서는 더욱 찾아보기 힘들다. 따라서 『홍애자편』이 지닌 역사적 의미를 찾자면 바로 이 지점, 즉 자기 성찰에서 찾아야 한다.

그런데 일반적으로 인간이 스스로의 삶을 되돌아보며 자신을 성찰하기에는, 갑자기 들이닥친 노화나 중병만 한 계기가 없다. 자신의 현재 삶이 과거의 선택과 실천의 결과인 것과 마찬가지로, 지금 마주한 노화와 병 역시 지난 삶의 태도와 밀접한 관련이 있기 때문이다. 특히 이기원처럼 타고난 체격이 왜소하고 기가 허약해서 오래 살지 못할 것이라는 소리를 어린 시절부터 줄곧 들어온 사람이라면 더욱더 자신의 몸과 마음의 상태로부터 눈을 떼기는 쉽지 않다.[31] 이 때문에 『홍애자편』에는 자신을 힘들게 했던 병이나 죽을 뻔했던 사고에 대한 기사가 적지 않다.

나는 거듭 독질(毒疾)에 걸렸는데, 서리 내린 데 눈이 쏟아진 격이어서 미장(糜漿)도 삼키지 못하고 7~8일 동안 쓰러져 움직이지 못하였다. 그 사이 조카아이가 병에 들었다가 죽어 염을 하여 메고 나가는데도 방 한 칸 누워서 지키느라 알지도 못했다. 아아, 일신에 끼친 재앙과 업보가 어찌 이다지도 번다하고 혹독한가!

---

31 李箕元, 『洪厓文集』 권5, 「梅陰田舍帖記」, 18면, "余在齠齔時, 形瘦氣短, 喜靜而惡鬧, 見多人會, 則必走辟焉. 宗族長老, 憮而惜之曰, 稟淸者無壽, 汝得年三四十則能事畢矣."

하루는 갑자기 몇 마디 소리를 내었더니 누이가 와서 물었다. "무슨 말을 하려는 게냐?" 나는 지필묵을 찾아 반나절을 흐리멍덩하게 있다가 '사천(麝泉)'이라는 두 글자를 겨우 그렸는데, '鹿'자는 남쪽에, '射'자는 북쪽에, '水'자와 '白'자는 그 글자가 뒤집혀진 채로 써서 던지며 누이에게 "내가 죽으면 이 사람이 틀림없이 조문을 올 터이니, 내가 의지했던 마음을 알려주세요."라고 말하고는 곧 정신을 잃었다. '사천'은 내 벗 이희명(李喜明)의 호(號)로서 생사를 넘나드는 사이에 이와 같은 유탁(遺托)을 했으니, 평소 서로 돈독히 믿고 의지하던 것이 장차 죽으려 하는 사이에서 발현된 것이구나! 종들이 내 수족을 염하려고 했지만 누이는 울면서 며칠만 기다려보자고 하며 말렸다. 그 이튿날 갑자기 눈을 뜨고서 마실 것을 찾고 미음을 마시고 정신이 점차 맑게 돌아오는 것 같았으니, 마침내 살 수 있게 된 것이다. 아, 참으로 완악하구나!

겨우 줄을 잡아 앉고 설 수 있게 되었지만 등에 독저(毒疽)가 나서 온몸이 찢어지는 듯하더니 열흘 남짓 사이에 벌집 같은 구멍이 생겼다. 농류(濃流)가 새 나오지 않아서 고통이 더욱 격렬해지며 근육이 떨어져 나가는 듯해서 오직 속히 죽기만을 바랐다. 그러던 가운데 종이 갑자기 밖에서 들어와 조급히 김 의원(金醫員)이 문에 당도했다고 전했다. 김 의원은 곧 종의(腫醫) 중 신의(神醫)로서, 화악(華嶽)이 그의 이름이다. 급히 맞이하여 울면서 간청하니, 김 의원이 종기를 보고서 탄식하며 말했다. "만약 나를 만나지 못하고 며칠을 더 보냈다면, 밖은 농액(濃汁)으로 막히고 안으로는 장부(臟腑)가 삭아서, 기운이 통증을 이기지 못하여 곧 죽었을 것입니다." 약 주머니에서 가루약 반 숟가락을 꺼내 종기에 흩뿌리고는 납지(蠟紙)를 붙이며 말했다. "오늘 저녁에는 자리에 몸을 붙이고 주무실 수 있을 것입니다. 내일 낮에 제가 마땅히 다시 올 터인데, 15꿰미의 돈을 준비해 주십시오. 우선 새살을 돋게 하는 약제(藥劑)를 제조하고서 종기를 다스릴 수 있을 것이니, 삼가 잘못을 범하지 마십시오." 내가 입으로는 비록 그렇게 하겠다고 했지만, 장대 끝을 걷는 것처럼 정말로 급박한 상황이었는데, 갑자기 60금을 나에게 더

주고 집을 바꾸려는 자가 나섰다. 나는 속으로 생각했다. '아, 저 어진 하늘이 내 한 줄기 목숨을 아직 죽이려고 하지는 않는지, 이 사람을 대신 보내 구하려고 하는 구나.' 마침내 문서를 쓰고 돈을 구했다. 밤에는 과연 누워서 편안하게 잤다.[32]

일반적으로 자찬연보에 기록된 병에 대한 기사는 몇 세에 "마마(痘疹)를 앓았다."거나 "학질(瘧疾)을 앓았다."처럼 짧은 한 줄로 끝나는 경우가 많다. 하지만 『홍애자편』에 보이는 병의 기록은 그렇지 않다. 위의 기사를 제외하더라도 대부분 증상, 원인, 치료 등에 관련된 사항들을 비교적 자세히 기록해 두고 있다. 예컨대 3세에 앓았던 마마로 죽을 뻔했지만 길을 잘못 든 명의의 처방으로 인해 살 수 있었다는 이야기,[33] 홍역에 걸려 죽어가는 그의 꿈속에 돌아가신 아버지가 나타나 닭기름을 먹으라고 하기에, 그대로 시약(試藥)하자 나았다는 8세의 기사[34] 등에서부터 시작하

---

**32** 李箕元, 『洪厓自編』권2, 3~4면, "八年甲辰【余四十歲】. 余再中毒疾, 如雪添霜, 糜漿不入口, 僵臥無吡者七八日. 其間甥兒之之病之死, 收斂昇出, 臥在一房而無知. 嗚呼, 一身殃報, 何若是繁且酷哉! 一日忽喉叫數聲, 姊氏來問, '汝欲何言?' 余索紙筆, 半日糊謊, 畫得麝泉二字, 鹿南射北, 水白顚倒, 投示姊曰, '吾死, 此人必來弔, 傳我相托之意.' 旋又不省. 蓋麝泉者李友【喜明】之號, 而人鬼中有此遺托, 抑平日相信之篤, 發於將死之際耶! 奴欲斂其手足, 姊氏泣止以姑俟數日. 翌朝忽開目, 索飮灌以稀粥, 神精如曉漸白, 逐踣活域. 吁亦頑矣! 董得輓繩坐立, 背生毒疽, 渾體圻裂, 首尾旬餘, 竅如蜂窠. 濃流不洩, 痛勢愈緊, 筋肉削落, 惟願速瞑. 奴忽自外而入, 忙報金醫過門. 金醫者卽瘇醫之神手, 而華嶽其名也. 急邀入泣懇, 金醫視瘇而歎曰, '若不遇我而過數日, 則外閉濃汁, 內蝕臟腑, 氣不勝痛而便休矣.' 出藥囊中粉屑半足亂灑瘡面, 覆以蠟紙曰, '今夜可沾席而睡矣. 明午余當再來, 備待十五緡錢. 先製生肌之劑, 然後可以理瘇, 愼勿違誤也.' 余口雖應諾, 而步盡竿末政爾着急, 忽有以六十金添我而換家者. 余心語曰, '噫, 彼仁天未欲痘疹一脈, 假此人來求耳.' 遂成券獲錢. 夜果僵臥穩寢."

**33** 李箕元, 『洪厓自編』권1, 1~2면, "二十四年丁卯【余三歲】. 經痘疹危甚, 先君曰, 夕禱天得甦. 疾劇, 先君抱余垂涕, 適有過客, 訪人, 誤到門前, 相與拜請先君, 悲涕之由, 先君告以晩得, 冀可救活. 客笑請寬懷曰, 兒有貴格, 壽限甚長, 但恐主人丈未見慈味耳."

**34** 李箕元, 『洪厓自編』권1, 3면, "二十九年壬申【余八歲】. 八月十三日, 先君捐世于任所. 自官治喪, 九月晦, 歸櫬于坡山. 十月, 葬于先局卯坐之原. 先妣挈不肖男妹, 千里扶櫬. 余患紅疹於旅店, 屢經危域. 一日, 先君夢告余曰, 汝食鷄膏. 余覺而告母, 先妣悲喜, 仍連試之, 日有顯效, 董得回陽."

여, 병을 기록하는 빈도가 현저히 높아진 50세 이후의 기록에 이르기까지 자신의 병에 관련된 기사를 지속적으로 기록해 두었다. 그 사이에 거론된 병의 원인도 다양해서, 풍장(風瘴), 어머니 병수발, 사행(使行)의 여독(旅毒), 치료의 실기(失期) 등으로 인해, 풍담괴질(風痰怪疾), 전간(癲癎), 상한(傷寒), 오한, 퇴종(腿腫), 마비 등의 증세를 겪다가, 적절한 처방이나 기적적으로 명의를 만나 완치된다.[35] 이처럼 그는 소략하게나마 경험방(經驗方)을 구성해도 될 정도로 자신이 겪었던 병을 상세하게 기록하고 있는데, 이러한 자기 관찰과 질병 기록의 태도가 가장 뚜렷하게 부각되는 기사가 바로 위의 예문이다.

1784년은 이기원이 큰 시련을 겪었던 해이다. 여역(癘疫)으로 6월 17일 아내 김씨(金氏)를 잃고, 7월 1일에는 같은 병으로 어머니를 여읜다. 엎친 데 덮친 격으로 자기 역시 전염되었고, 사경을 오가는 가운데 누이의 아들인 조카 역시 자신의 옆에서 숨을 거둔다. 이후에도 시련은 끝나지 않는데, 전염병에서 겨우 회복하자 너무 오래 누워있던 여파로 악성 종기가 등에 생겨 다시 사선을 오가다가 기적적으로 신의 김화악(金華嶽)을 만난다. 위 예문의 첫 단락이 전염병에 걸린 시기를, 둘째 단락이 악성 종기에 걸린 시기를 서술한 부분이다. 이후 신의라고 그가 한껏 추킨 김화악은 20일 만에 종기를 깨끗이 제거하여 이기원을 살렸고, 겨우 기운을 차린 그는 자신을 살린 것이 하늘과 김화악이라고 서술하며 이 일

---

35 몇 가지 대표적인 사례만 제시하면 다음과 같다. 李箕元, 『洪厓自編』 권1, 6면, "三十三年丙子【余十二歲】. 余肌膚羸白, 人或疑其傳粉. 瀕海多風瘴, 扶掖失方, 得風痰怪疾, 幾成癲癎, 半載沈痼, 服洪【晟】召命藥, 獲效. 仍定上京計."; 李箕元, 『洪厓自編』 권1, 17~18면, "四十九年壬辰【余二十八歲】. 春重患傷寒, 幾殊菫甦. 是時先妣避寓芹谷, 聞報卽還, 自伊日漸得痊, 可實賴顧復之恩也."; 李箕元, 『洪厓自編』 권2, 18~19면, "十八年甲寅【余五十歲】. 重患脚部瘋痺之症. 累月失治, 遍身澎漲, 人皆危之, 晚試經驗良劑, 久後乃甦. (中略) 大病未蘇之餘, 下部不仁, 半日趍走, 汗透重纏, 始添感患, 繼以泄痢, 綿續數月, 隔死如紙. 賣舍僑寓於一喚之地, 全冬不出戶."

화를 끝맺는다.[36]

자신의 병을 대상으로 관찰했다는 점 외에, 위 에피소드에서 주목해야할 점은 서술의 구체성인데, 단지 표면적 서술뿐만 아니라 자신의 심정, 즉 내면 역시 섬세하게 그리고 있다는 사실이다. 우리는 이미「홍애자편서」를 통해 이기원이 자신의 인생에서 괴로웠던 순간과 감회를 서술해남겨둠으로써 자신의 삶을 후손과 후대 사람들이 알아주기를 바랐다는점을 살펴본 바 있다. 그런데 자신과 함께 생활한 사람이 아니고서는그의 삶을 선명하게 파악하기 쉽지 않다. 따라서 자신의 인생을 대상으로 한 글을 통해, 피와 살을 지닌 삶을 구성하려고 한다면, 자신을 둘러싼 환경, 행위, 내면 등을 구체적으로 서술해야 한다. 이 때문에 이기원은 자신의 병세(病勢)는 물론, 병에 들었을 때 그의 태도, 죽음의 목전에서 떠오른 친구 이희명(李喜明), 천재일우의 확률로 만나게 된 의원 김화악 등을 부각시켰고, "아아, 일신에 끼친 재앙과 업보가 어찌 이다지도번다하고 혹독한가!", "나는 속으로 생각했다. '아, 저 어진 하늘이 내 한줄기 목숨을 아직 죽이려고 하지는 않는지, 이 사람을 대신 보내 구하려고 하는구나.'"와 같은 내면의 소리를 선명하게 드러낸 것이다.

이전의 자찬연보에서도 대화와 발화가 일어나는 상황을 상세하게 기록한 사례가 있다. 다만 이미 언급한 대로 대부분 공적인 측면, 즉 주로관력을 기록하는 과정에서의 견문과 경험을 중시하였기 때문에, 사건보고서처럼 건조하게 서술된 경우가 많다. 물론 이처럼 사실에 입각한

---

36 李箕元,『洪厓自編』권2, 4~5면, "八年甲辰【余四十歲】. 翌日金醫如約而至, 隱方製藥. 折視蠟紙, 觀者失色, 一瘇通濃白汁如凝脂. 以瓜頭連根, 鑷拔不痛不癢. 其大如拳, 坎處深闊, 可數脅縫. 金醫叩余完瘡遲速, 余答曰, '親喪未完, 妻骸在藁, 惟願速圖.' 金醫曰, '大腫急治, 必萌後藥, 當限完二十日.' 遂洗瘡灑藥, 日以爲度, 至一念腫果痊, 合下鍼一度, 奄成完人. 噫, 殘喘之得保於濱死無告之中者, 一則天也, 一則金醫也."

서술 역시 사실에 근거해서 공정하게 기록하는[據事直書] 방식으로 서술하였기 때문에, 역사적 사료로 기능할 수 있다는 점에서는 의미가 있으나, 자아의 특징적 면모를 다각도로 드러내기 힘들다는 취약점도 있다. 반면『홍애자편』의 서사는 위 예문에서 보이듯 심신의 상태를 섬세하게 관찰하고 기록한 경우가 거의 대부분이다. 이러한 태도는 자기 관찰과 섬세한 서사의 양상을 보여주는 것이므로, 앞서 지적했던 자기 성찰만큼이나 조선 후기 자찬연보 중에서『홍애자편』을 빛나게 만드는 또 다른 이유이다.

## 2) 일상과 환경의 제시

조선 후기 자기서사를 살펴보면 벽(癖), 치(癡), 광(狂) 등의 술어로 자신의 삶을 지칭하는 경우가 적지 않다. 특히 안정복(安鼎福, 1721~1791)의 「영장산객전(靈長山客傳)」, 이덕무의 「간서치전(看書痴傳)」, 심노숭의『자저실기(自著實記)』등에서 선명하게 부각된다. 그런데 다소의 의미 차는 있지만 이 모든 술어에는 고립되고 소외된 자신의 상태를 단적으로 드러낸다는 의미와 더불어, 자신만의 고유한 기호와 취향을 고집스럽게 밀고 나가려는 의지를 보여준다는 공통점도 있다. 또한 '벽'이나 '치'나 '광'처럼 극한 정도에까지 이르지는 않더라도, 조선 후기 자기서사에는 자신의 기호와 취향을 서술하는 경우 역시 적지 않다.

이러한 흐름은『홍애자편』에도 일정한 영향을 끼쳤다. 이 때문에 이기원도 자신의 취향과 기호를 기사 사이사이에 드러냈는데, 이전 문인지식인들이 주로 술과 학문과 산수(山水)에 대한 기호를 피력했다면, 이기원의 경우는 일정 부분 그의 선배들과 유사하나, 처지와 시대적 환경의 차이로 인해 다소 다른 양상을 보이기도 한다. 우선 그는 글씨와 그림의 창작을 좋아한다는 점을 분명히 밝히고 있으며, 이 중 그림 그리기에 대한 애호는 '벽'이라고 표현하기도 했다.[37] 현재(玄齋) 심사정(沈師正, 1707 ~1769)에게 그림을 배운 그는, 『홍애문집』에 수록된 「가장사사유누첩기 (家藏事事幽樓帖記)」에서 자신이 그림으로 일가를 이루지 못한 점을 인생에 있어 뜻대로 되지 않은 일로 생각할 정도로 그 애호가 각별했다.[38] 다음 으로 그는 계산정사(溪山精舍)를 좋아하는 것이 고황(膏肓)에까지 이르렀 다고 고백한 바도 있다.[39] 자연에 대한 애호가 장수도찰방을 마지막으로 관직에서 물러난 그를 아무 연고도 없는 신녕현에 은거하게 만들었으므 로, 고황이라 할 법하다.

그런데 산수에 대한 애호는 문인지식인들이 혐시하지 않는 일반적인 취향이다. 하지만 서화고동(書畫古董)에 대한 취미도 아니고, 직업적인 서 예가나 화가도 아닌 이기원이 직접 글씨를 쓰고 그림 그리는 일에 벽을 지니고 있었다는 점, 더욱이 그에 대한 기호를 연보와 문집에서 피력하 고 있다는 사실 등을 통해 그의 애호가 선배들의 그것과 결이 다르다는 사실을 알 수 있다.

여기에 또 한 가지 덧붙이고자 하는 사실은 그의 애호가 소설에까지

---

37 李箕元, 『洪厓自編』 권1, 10면, "四十年癸未【余十九歲】. 自春徂秋, 親病綿綴, 更未作詩社之遊. 余自幼嗜書, 家貧無以繼楮毫, 匏皮槲葉逢着則書. 尤癖於畫, 家有御賜三綱錄, 八九歲時, 倣畫, 易數番紙而弗斁. 間以科業, 俱置忘域. 至是, 或於醫藥之暇, 鳩聚書畫帖, 幾乎成廚, 而沈玄齋, 頗引步焉."
38 李箕元, 『洪厓文集』 권7, 「家藏事事幽樓帖記」, 2~3면, "噫, 余十五以前, 受繪事於沈玄齋, 粗解點綴, 技未成而中廢者, 今爲四十五年, 心雖不忘, 而手不相應, 此不如意者一也. 臨帖鋪設, 雖鍊匠嫺手, 尙且難之, 況余紅淺而腕闊茫, 不知斂劈之勢者乎? 此不如意者二也. 夫畫者將欲傳神於無聲以洩造 化翁鬱氣也. 苟非非常之情興, 難就非常之意匠. 翁今殘年旅食日夕思鄉, 將作未歸之魂, 則畫嘯夜歟, 萬念凄索, 以何情興導我意匠蹟上於三昧之域乎? 此不如意者三也."
39 李箕元, 『洪厓自編』 권2, 24면, "二十二年戊午【余五十四歲】. 余性愛溪山精舍. 每過林平野邃之邸, 見籬局方正, 籬落齊楚, 則欣然下騎放杖, 移時徊徨於谷口谿義, 賞咏不已. 逢人必揖問其里名土俗, 若將奠卜也. 人或笑其膏肓."

이르렀다는 점이다. 서적에 대한 탐독이야 도연명(陶淵明)의 「오류선생전
(五柳先生傳)」에서부터 전해지는 문인지식인의 고유한 취향이지만, 패관
소설(稗官小說)을 금지시키기까지 했던 시절을 살면서 스스로가 소설에
깊이 빠져있다고 증언하는 그의 태도는 그 혹호(酷好)를 짐작하게 한다.

　　아이 때에는 『삼국지(三國志)』를 탐독하느라 며칠 잠도 자지 않았다. 그 이후로
　　역대(歷代) 연의(演義)와 각종 기서(奇書)들을 읽어서 그 섭렵한 것이 자못 호한했
　　다. 이때에 이르러 어머니의 병환이 거의 없는 해가 없었는데, 긴 낮과 밤마다
　　심사를 위로해드릴 길이 없어, 머리맡에서 우리말로 번역해서 읽어드리니 병든
　　심사가 조금 느긋해지시는 것 같았다. 그래서 집안사람들은 나를 패설(稗舌 : 소
　　설 읽어주는 혀)이라고 불렀다.[40]

　　삶의 증거를 남기고자 서술하는 자기서사의 주인공은 시대와 호흡하
는 한 명의 인간이므로, 그의 기록에는 필연적으로 삶의 배경이 개입하
게 마련이다. 공적인 관력과 그 속에서의 견문을 주로 기록하는 경우라
도, 삶의 환경이 서술되는 경우가 적지 않지만, 아무래도 자신의 내면과
주변을 주로 서술하려고 했던 사적 경향의 자기서사에서, 자기가 부각되
는 것만큼 자신의 주변도 선명하게 그려지는 사례가 많다. 『홍애자편』도
마찬가지이다. 위의 '패설(稗舌)' 일화도 그중 하나인데, 이 외에도 이기원
은 편지나 서문을 통해서도 당대 민간의 이야기가 향유되는 양상을 짐작
할 수 있는 기록도 남겼다. 예컨대 「답영남전순사김공서(答嶺南前巡使金公
書)」에서는 자신이 거처하는 매전(梅田)의 경관과 그에 대한 기록을 한글

---

40　李箕元, 『洪厓自編』 권1, 10~11면, "四十一年甲申【余二十歲】. 兒時耽讀三國志, 累宵不寐. 其後得
　　見歷代演義及各種奇書, 涉獵頗浩. 至是親癠殆無虛歲, 每於長晝永夜, 無以慰懷, 俚諺翻誦於枕側,
　　病心稍寬. 家人目之而稗舌."

로 번역하여 어머니께 들려달라고 김이영(金履永)에게 청했고,[41] 「증계전
말서(證契顚末序)」에서도 장녀를 잃은 미제공(未濟公)의 대부인(大夫人)을
위해 이야기를 엮어 보낸다고 밝힌 바 있다.[42]

　17세기를 넘어서면서 중국의 연의소설(演義小說)이 대량으로 수입되고,
점차 독자층을 넓혀갔다. 이기원보다 20년 정도 선배인 마성린의 자찬연
보인 『평생우락총록』을 보면, 단적으로 그 모습을 살필 수 있다. 특히
29세였던 1755년의 기사에는 당시 문인지식인들의 소설 향유 양상을 짐
작하게 해주는 기사가 있다. 아버지의 환후로 매일 저녁 동네 노인들이
모여 담소를 나누며 적적함을 달랬는데, 그중 족장(族長)이었던 방동지
(方同知：方圓戚으로 보임)가 고사(古事)와 사대기서(四大奇書), 즉 『삼국지연
의(三國志演義)』, 『서유기(西遊記)』, 『수호지(水滸志)』, 『금병매(金甁梅)』 등을
암송했고, 그 재미가 기악(妓樂)보다 훨씬 좋아서 적적함을 달래는 데 이
야기를 듣는 것만 한 일이 없다고 서술한 바로 그 기사이다.[43]

　아울러 문인지식인들의 사례는 물론, 그 폐해가 고스란히 기록되어
남아있을 정도로 한양의 여성들 역시 소설독자층의 또 다른 한 축을 구
성했다. 다만 여성들의 경우는 한문을 직접 읽을 수 있는 이들이 많지

---

41　李箕元, 『洪厓文集』 권5, 「答嶺南前巡使金公【履永】書」, 32면, "雖在毗盧白雲之頂, 想無以照眼矣,
　　敢寫梅田見在之景, 權代稗書繡像之例, 此或不無助於念到之時耶! 此書若逢有心人, 評之序之, 如例
　　爲之, 則似勝於燕京場廠間, 貿來沒根脈語矣. 又使善諺者翻之, 朗誦於北堂扇枕之夜, 則不害爲靡不
　　極之孝耶!"
42　李箕元, 『洪厓文集』 권6, 「證契顚末序」, 2면, "余前冬見伽倻堂, 今春見未濟堂. 凡二十九日, 闊別,
　　二十九日以前以後之事, 至今曠然成古談矣. 未濟堂奉老聞, 居大夫人新見長女之慽, 團聚京第, 必多觸
　　目傷懷之境, 想應多索解憂古談於孝子孝婦矣. 田舍翁慮其長日難繼草草編書, 以助若干日寬慰之資."
43　馬聖麟, 『安和堂私集』, 『平生憂樂總錄』, 국립중앙도서관 소장본, 103면, "乙亥【二十九歲】. 是年秋
　　冬, 家君微有患候, 寢睡不穩, 每夜請洞中諸老, 以爲談笑罷寂. 張同知益信, 金同知億岭, 池司調泰
　　淸, 李別提尙澤, 及族長方同知, 逐日來會. 而其中族長令監精神過人, 歷代古事及四大奇書【三國
　　志·西遊記·水滸志·金甁梅】誦而言之, 其有滋味, 猶勝於妓樂. 余與池泳夫, 徐仲明, 從傍而聽之,
　　燈下破寂, 無過於此也. 夜深後酒饌輪回備進. 如是經過數年, 此亦盛事, 皆在一洞中好因緣也."

않았기 때문에, 한글 소설 혹은 한글로 번역된 소설을 읽거나, 이기원의 기록처럼 한문을 읽을 수 있었던 이들이 직접 번역해서 읽어주는 이야기를 들었던 것으로 보인다. 주지하듯이 이러한 경향은 18세기의 세책(貰冊)과 19세기에 왕성하게 발달한 방각본(坊刻本)의 영향에 힘입어 더욱 강화되었다.[44]

이기원과 마성린의 기사를 통해 병구완과 파적(破寂)을 위해 밤이면 여러 사람들이 모여서 주로 연의소설을 암송하고 함께 즐기는 일이 조선 후기 한양에서 공공연히 벌어졌다는 사실을 알게 되었다. 이것이 바로 '자기'가 부각된 자찬연보를 통해 그 주변을 읽을 수 있는 하나의 실례이며, 실제의 체험을 바탕으로 하고 있기 때문에, 당대 사회의 구체적 모습을 이해하는 데 시사하는 점이 적지 않다.

한편 이기원은 패관소설의 향유 양상과 아울러 민간의 신이한 이야기까지도 『홍애자편』 속에 수록해두기도 했다. 그의 벗 유득공의 『고운당필기(古芸堂筆記)』에 수록되기 적합할 만한 이야기를 자신의 연보 속에 수록하면서, 그 서술의 방어논리 역시 함께 세워두었다.

나는 병술년(丙戌年, 1766)에 마침 합동(蛤洞)의 황응규(黃應奎)씨 집안에서 일을 하고 있었다. 어떤 손님이 해서(海西)에서 와 주인과 함께 공부하기를 청하였다. 그 사람됨이 처녀처럼 여리고 약해서 모임의 젊은이들이 유약하다고 업신여기며 아침저녁으로 모욕하였지만 한 번도 그들에게 따지지 않았다. 쉬는 날 관왕묘(關王廟)에 가서 놀았는데, 해서에서 온 손님도 역시 함께 했다. 여러 사람들이 큰 칼을 매고 나와서 들어 올리는 것으로 기력(氣力)을 시험하였다. 팔꿈치를 펴고 정수리 위로 들어 올릴 수 있는 사람이 한두 명에 불과했고, 그 나머지는

44 소설 독자와 그 향유 양상에 관련하여 大谷森繁(1995), 43~119면 참조.

혹 눈썹 높이에서 그쳤고, 어떤 사람은 가슴까지 올리고 던져버렸는데, 얼굴이 시뻘게지고 등줄기에서 땀을 흘리며 숨을 헐떡거렸다.

해서에서 온 손님이 웃으며 여러 사람들에게 물었다. "이 칼이 관우운장(關羽雲 長)이 쓰던 청룡도(靑龍刀)인가?" 그러자 여러 사람들이 화를 내며 말했다. "잠자리 따위가 태산(泰山)을 물어 무엇 하리?" 해서에서 온 손님은 대답하지 않고 한쪽 어깨를 펴서 가볍게 잡아당기더니 왼쪽으로 3회, 오른쪽으로 3회 돌리고, 나아가 고 물러섰다가 올리고 내리며 빙빙 도니 칼끝에서 바람이 일어 몸에 살랑살랑 감겼다. 한참이 지나자 칼을 거두고 닦더니 땅에 던졌는데, 그 모습이 편안하고 여유로웠다. 그러자 담처럼 빙 두른 사람들이 모두 입을 떡 벌리고 놀랐다. 여러 사람들이 마침내 모습을 바로 고치고 경의를 표하며 앞서의 허물을 사과하고 그의 이력을 물었다. 그러자 해서에서 온 손님은 "우연히 졸렬한 재주가 드러난 것이니 말할 게 뭐 있겠습니까?"라고 말하며, 끝내 그 씨족과 연고를 말하지 않았 다. 자리가 파할 때가 되자 여러 사람들에게 읍하고서 말했다. "저는 본래 여러 군자들과 문교(文交)를 맺어 비루한 소견을 씻어내려고 했는데, 하필이면 그때 망측한 잘못을 저질러서 기량이 모두 드러나게 되었으니, 이제 떠날까 합니다. 바라건대 여러 군자들께서는 부디 삼가 보중하시고 후일에 다시 만날 것을 도모 하십시다." 그는 말을 마치자 옷깃을 떨치며 떠났다.

그가 말하는 기색을 보면, 결코 힘만을 믿고 맨손으로 범을 때려잡거나 함부 로 하수(河水)를 건너려고 하는 부류는 아니었으니, 아, 불우한 사람이로구나. 사 람이 자신의 능력을 드러내지 않으면, 비록 이러한 경우 외에도 훌륭한 사람을 마주하고도 잘못 지나쳐버렸다는 탄식이 매번 있을 터인데, 암혈에 묻혀 지내는 사람들이라면 모두 그 얼마나 되겠습니까? 이에 우리가 견문이 좁다는 사실을 더욱 느끼게 됩니다. 그러자 홍영중(洪英仲)이 좋다고 말했다.[45]

---

45 李箕元, 『洪厓自編』 권1, 27~28면, "二年戊戌【余三十四歲】. 余於丙戌間, 曾做於蛤洞黃【應奎】家.

유득공의 『고운당필기』에는 「산도(山都)」나 「귀언문(鬼彦文)」처럼 도깨비나 독각귀(獨脚鬼)를 다루는 경우도 있고, 「황주도(黃州盜)」처럼 평소 신이한 능력을 감추고 있다가 특정한 계기로 인해 자신의 능력을 드러내는 구조의 이야기도 있다. 아울러 20년 후배인 김조순(金祖淳, 1765~1832)과 김려(金鑢, 1766~1822)의 『고향옥소사(古香屋小史)』와 『단량패사(丹良稗史)』 속에도 탁월한 능력을 지녔지만 불우했던 인물 군상들이 여럿 입전(立傳)되어 있다. 위 일화의 주인공인 '해서에서 온 손님' 역시 이들의 이야기에 등장하는 인물과 그 구성이 겹치는 부분이 적지 않다.

우선, '처녀'처럼 유약해 보이던 손님이 알고 보니 대단한 완력의 소유자였으며, 자신의 능력이 드러난 뒤에도 그는 끝까지 자신을 과시하지 않는 겸손함을 지녔다고 밝혔다는 점이 그렇다. 이미 언급한 대로, 『고운당필기』나 김조순과 김려의 전에는 이처럼 능력을 갖추고 있지만 불우했던 인물들, 그러면서도 제대로 된 인격을 갖춘 주인공들이 입전된 경우가 많다. 다음으로 이기원의 평 역시 18세기 중후반의 소설 성향을 띤 단편 서사나 기사류(紀事類) 산문처럼 작가가 등장해서 전체의 이야기를 평가하며 마무리하고 있다는 점 역시 유사하다. 위 일화의 마지막 부분이 바로 작가의 논평인데, 해서에서 온 손님에 대한 평가와 아울러 세상에 무수히 존재하고 있을 불우한 인물들에 대한 안타까움을 피력하

---

有客自海西而來要與主人同研, 爲人瘦頓如處女, 社中少年欺其柔弱, 朝夕侵侮, 而一不較焉. 暇日作關廟之游, 海客亦從之. 諸人擡出大刀, 扛試氣力, 能伸肘而過頂者, 不過一兩人, 其餘或望眉而止, 或限胸而捨, 騂頰汗背, 喘息噓噓. 海客笑問諸人曰, '此是雲長所使之靑龍刀乎?' 諸人嚇叱曰, '蜻蜓問泰山, 何爲?' 海客不答, 舒伸一臂, 輕輕捲拏, 左旋三回, 右旋三回, 進武退敏, 上盤下匝, 刀口生風, 粘身裊裊. 移時收拾善刀投地, 顔貌舒泰. 觀者如堵, 莫不口呿心駭. 諸人逶改容修敬, 謝其前慁, 詰其本事. 海客曰, '偶然露拙, 何足道哉?' 終不言其氏族根因. 臨罷就揖諸人曰, '吾本欲與諸君子結爲文交, 洗滌鄕呇, 而適因妄錯, 伎倆畢露, 從此辭矣. 願諸君子千萬保重, 更圖後會.' 言訖拂袖而去. 觀其詞氣, 決不是恃力暴悍之類, 而呫, 亦不遇者矣. 若人不自衒, 則雖外此, 奇偉之人, 每有當面錯過之歎, 巖厂之間, 凡幾人矣? 益覺吾輩間見之瑣寡矣. 英仲稱善."

며 마무리하고 있기 때문이다.

이처럼 위 이야기는 당대 유행하던 이야기의 구성을 보이고 있음은 물론, 다소 신이한 경향을 띠고 있기도 한데, 1778년 『홍애자편』의 기사에는 위의 일화 외에도 두 편의 신이한 이야기가 더 수록되어 있다. 이기원 자신도 이미 "꽤나 의아해하며 괴이하게 여기고 그 불경함을 꺼려서 아직 남들에게 말한 적이 없다(頗疑怪而嫌其不經, 未嘗語人)."고 말할 정도로 입 밖으로 꺼내놓지 못했던 귀마(鬼魔)를 만났던 경험,[46] 전모를 알 수 없을 정도로 크며, 머리에 뿔이 난 수중 동물이 서로 싸우는 것을 본 일화[47] 등이 그것이다.

이 세 가지의 기사는 기존 자찬연보에는 거의 수록되지 않았던 성격을 띠고 있는데, 괴력난신(怪力亂神) 혹은 신이한 경험을 소개한 방어 논리는 다음의 두 가지이다. 우선, 이야기의 상대인 홍낙영(洪樂纓)의 발언 속에 그 첫 번째 논리가 있다. 비록 패관소설과 괴력난신은 성인(聖人)들이 말하지 않았던 것이기는 해도, 평생 한두 번 대하는 일도 아니고, 문인지식인들이 만나는 공간에서 신이한 이야기를 두루 수집할 수도 있다고 홍낙영은 말한다.[48] 다음으로, 홍낙영의 주장에 부응하여 신이한 이야기를

---

46 李箕元, 『洪厓自編』권1, 26면, "二年戊戌【余三十四歲】. 余答曰, 曾於橫峽歸路, 賃舟蟾湖浮下楊江. 暮潮已落, 傍宿蘆灣, 是夕白鷺滿江, 天有陰雨意. 忽見沿汀十里, 萬炬齊放, 乍明乍滅, 若行若止. 余驚問舟人, 舟人曰, 此罔兩陣也. 語未了, 瞥然晦彩, 又見馬轉坂上, 照一雙紗燈, 影裏依俙見數十人簇擁, 一官人, 荏苒下來. 余問彼何人? 舟人曰, 似是過去官行. 語未了, 又見燈光耳畔, 聞欻欻歔歔的笑語, 啾啾咖咖的詈罵, 想是鬼魔聞舟人覰破其陣, 故幻形以戲耳, 頗疑怪而嫌其不經, 未嘗語人."

47 李箕元, 『洪厓自編』권1, 26〜27면, "二年戊戌【余三十四歲】. 又於端川之行, 將踰侍中臺, 日烈如烘, 馬汗如粥, 一行卸案, 小憩松石間. 東溟壓面浻洞, 遙望見層濤上有二物, 一往一來, 若相觝闖, 身如屋脊, 額上一角, 嚞然噴沫, 騰漲不辨全形, 浪底隱隱有鯨噪鼉吼之聲. 似是靈犀兒之鬪, 而莫詰其眞."

48 李箕元, 『洪厓自編』권1, 25〜26면, "二年戊戌【余三十四歲】. 泛論經史, 語多夬爽, 夜深酒酣, 英仲問余曰, '男子之平生閱歷, 如稗官小說, 怪力亂神, 不一其遭. 此雖聖人之所不言, 而亦於此等逢場, 足

꺼내놓은 이기원의 논리도 이어진다. 비록 허황된 일이지만 유한한 인간이 이해할 수 없는 무한한 세계의 일은 얼마든지 있으니, 우선 남겨두고서 논의하지 않겠다는 것이 그의 설명이다.[49] 결국 실제로 신이한 일은 언제나 일어나고 있으므로, 깊이 빠지지만 않는다면 그것을 수집하는 일은 크게 문제될 것이 없다는 주장이다. 이러한 태도로 인해 우리는 자찬연보 속에서 신이한 이야기를 마주하게 되었고, 당대 문인지식인들의 모임 속에서 이야기가 수집되고 전파된 양상을 살펴볼 수도 있게 되었다. 따라서 이 역시 일상의 구체적인 기록 속에서 당대 사회를 이해하는 실마리가 되는 것이다.

패관소설과 신이한 이야기의 향유 양상은 물론, 이기원은 자신의 삶을 섬세하게 그리는 데 초점을 두었기 때문에, 당대 조선이라는 환경을 재구하는 데 도움이 되는 여타의 사실들도 적지 않게 기록해두었다. 앞서 잠깐 소개했던 속량(贖良)에 관련된 이야기도 그중 한 부분이고, 당대 시험장의 모습과 그 양상을 핍진하게 볼 수 있는 23세의 기록도 그러하다.[50] 아울러 지금 소개하고자 하는 가난한 서족(庶族)의 삶에 대한 기사에서도 당대의 현실을 엿볼 수 있다.

나는 10여 세 때 동네의 아이들을 모아놓고 검속(檢束)하며 "글공부를 하는 자를 상인(上人)이라 칭하고, 기술에 종사하는 자를 중인(中人)이라 칭하며, 글에도

---

可博蒐異之聞矣, 子或有可言者否?"

49 李箕元, 『洪厓自編』 권1, 27면, "二年戊戌【余三十四歲】. 噫, 天下之物, 吾何以盡格, 天下之理, 吾何以盡推? 以有涯求其無涯, 豈不殆哉? 故此等誕怪之事亦不害, 存而勿論."

50 李箕元, 『洪厓自編』 권1, 13면, "四十四年丁亥【余二十三歲】. 夏, 親病尤篤, 自是歲, 不入泮庠場屋. 余自弱冠, 觀光月課, 每年四五抄而止. 蓋家在西郭外, 非但所距之稍遠, 窮乏中紙墨亦艱, 且必設行於隆冬嚴沍之時, 儒生亦以晚呈爲能事, 晝夜凍餒, 限鷄而出, 鬚眉上霜集如雪. 先姚徹曉明燈, 倚門苦企, 畢竟勝敗, 屬之坡翁之碁. 適所以悅親者, 反憂其親, 遂告停焉."

기술에도 종사하지 않는 자를 하인(下人)이라 칭한다."라고 말하고는 마침내 큰 감나무 아래에 바위를 쌓아 단(壇)을 만들었다. 나와 독서동자(讀書童子)들 두세 명이 단 위에서 책을 읽으면, 기술에 종사하는 자들은 단을 둘러싸고 줄을 지어 절을 하였으며, 글에도 기술에도 종사하지 않는 자들은 우리를 모시고 서서 지시를 받았다.

내가 먼저 강(講)을 끝내면 각각 공예(工藝)에 임했다. 어떤 자들은 자리를 짜고, 어떤 자들은 짚신을 삼았는데, 삼태기를 만들거나 새끼를 꼬는 데 이르기까지, 일제히 그 기술의 공졸(工拙)을 겨루어 잘하는 자에게는 상으로 과일의 씨를 주었고, 제대로 하지 못하면서 태만한 자들은 하인(下人)들을 시켜 회초리 치기를 날마다 하였다. 이렇게 몇 달을 실행하자 마을의 아이들은 모두 익숙해지게 되었고, 나 역시 거칠게나마 손재주가 있어 비루한 일을 제법 잘하게 되었다. 어른들은 그 단을 집예단(執藝壇)이라고 불렀다.

근래에 어머니의 병이 고질이 되어 오래 동안 침상에 누워 계셨고, 가산(家産)도 다 되어 숙수(菽水)도 잇기 어려울 지경이었다. 나는 어머니를 봉양하는 여가에 날마다 비루한 기술에 종사하며 만든 것을 팔아서 어머니의 약을 대었다. 어머니께서는 그것을 보고 웃으시며 "이것은 '집예단'의 소득이구나."라고 말씀하셨다.[51]

이기원은 8세에 아버지가 돌아가신 데다 서자였던 이유로 집안이 넉넉하지 못한 편이었다. 『홍애자편』 전체를 살펴보면, 그가 자신과 가족

---

51 李箕元, 『洪厓自編』 권1, 11~12면, "四十二年乙酉【余二十一歲】. 余十餘歲時, 招群童而約之曰, '爲文者稱上人, 爲技者稱中人, 不文不技者稱下人.' 遂纍石成壇於大柿下. 余與讀書童子數三, 列坐壇上, 爲技者, 環壇羅拜, 不文不技者, 侍立指使. 余先講誦訖, 許令各執工藝, 或織席, 或捆履, 至於畚簣索綯之屬, 一齊較試其工拙, 能者賞之以果核, 不能而怠者, 使下人撻之, 日以爲常. 行之數朔, 邨童皆肄嫺, 余亦粗有指頭之巧, 多能鄙事. 長者名其壇曰執藝. 比年以來, 親病轉痼, 長在床褥, 家産種落, 菽水難繼. 余於扶將之暇, 日執鄙藝, 鬻而助藥餌之供. 先妣見而笑曰, '此是執藝壇所得.'"

의 생계를 꾸리기 위해 하급 서기의 일을 전전하다, 46세가 되어서야 관직에 오를 수 있었다는 사실을 알 수 있다. 글씨 쓰기를 좋아했지만 집이 가난해서 종이와 붓을 지속적으로 마련할 수 없었다(余自幼嗜書, 家貧無以繼楮毫)는 말이나, 가난 때문에 과거를 포기했다(窮乏中紙墨亦艱)는 23세의 서술, 그리고 위의 기사를 통해 그의 고단한 삶을 짐작할 수 있다. 다만 이번 절에서 주목하고 있는 지점이 구체적 일상이므로, 그가 생계를 꾸려나간 모습에 초점을 두겠다. 이미 서기나 보좌역, 하급관료로 생계를 유지했다는 점은 살펴보았으니, 별다른 일도 할 수 없었던 젊은 시절에 삶을 꾸려나가기 위해 무슨 일을 했는지 알아보려면 위 예문에 주목할 필요가 있다.

이기원보다 20년 정도 후배인 심노숭은 인간이라면 누구나 가계(家計)를 돌봐야 할 필요가 있다고 하면서도, 전형적인 사대부의 시각처럼 농업을 위주로 생계를 꾸려나가고자 했지, 상업에 대해서는 여전히 거리를 두는 모습을 보인다.[52] 살림이 어려웠지만 이기원만큼 힘들지는 않아서였는지, 가문의 자존심 때문이었는지는 알 수 없지만, 이와 같은 태도는 이기원의 삶과 꽤나 대조적이다. 처음 의도는 무위도식하지 않고, 제 삶을 스스로 꾸려나가는 태도를 동네 아이들에게 심어주기 위한 것이었겠지만, 결국 이기원은 집예단(執藝壇)에서 부수적으로 익힌 기술, 즉 새끼를 꼬아서 자리, 짚신, 삼태기 등을 삼아 시장에서 판 뒤, 어머니의 약값을 치르고 가정의 생계를 위해 사용했기 때문이다. 물론 이기원 스스로도 "비사(鄙事)", "비예(鄙藝)"라고 쓰고 있으므로 이 일에 대해 떳떳하게 생각하지는 않았던 것으로 보인다. 다만 어머니의 반응으로 보자면, 차

---

52 다만 사대부가 아닌 중하층(中下層) 계급이 상업 활동을 통해 자수성가한 사례에 대해서는 대견해 하는 태도를 보이기도 한다. 심노숭의 경제 의식에 대해서는 안득용(2016), 117~118면 참조.

마 하지 못할 일은 아니었으며, 위 기사를 통해 조선 후기 곤궁한 서족의 삶과 당대 마을 사회의 한 단면을 살펴볼 수 있다는 점은 의미가 깊다.

인간은 사회에 발을 디디고 산다. 따라서 자신의 형상을 스스로 구성하는 경우, 자기라는 개체에만 초점을 맞추더라도 그 주변이 자연스럽게 문면(文面)으로 부각되기 마련이다. 결국 안과 밖이 자연스럽게 교직되어 자기서사에 드러나게 되는 것이다. 더욱이 이기원처럼 내면과 기호와 주변의 일상까지도 아울러 서술하려는 태도를 지닌 서술자의 자기서사에서는 교직된 안팎의 형상을 더욱 선명히 살펴볼 수 있다. 이 점역시 『홍애자편』이 지닌 가치이며, 그 성격을 규정하는 또 다른 특징적 면모이다.

## 4. 자찬연보의 역사적 흐름 속 『홍애자편』의 위치

이기원은 자찬연보의 창작 동기와 기사 취사의 기준을 제시한 「홍애자편서」를 남겼다. 존재의 증거를 제시하고, 자신의 삶을 정확하고 객관적으로 그려내는 것이 창작 동기였는데, 자기기만과 극단적 상대주의를 피하기 위해 제시한 지나친 과장과 자기비하의 억제, 기사의 엄정한 선택, 자신의 객관적 대상화 등이 기사를 취사하는 기준이자 실천 방법이었다. 아울러 이러한 기준으로 구성한 『홍애자편』이 과거와 내면을 성찰하고, 삶의 주변을 형상화하는 과정에서 당대의 일상과 사회를 그리고 있다는 점 역시 살펴보았다. 그 결과, 이기원은 수상(隨想)을 단편적으로 서술하기보다 삶과 그 주변을 섬세하고 구체적으로 그리고 있다는 사실을 알 수 있었다. 따라서 『홍애자편』이 지닌 의미는 바로 이 점, 즉 사적인 영역을 섬세하게 소묘하면서 자신의 삶을 반성적으로 대면한다는 점, 자신의 삶과 교직된 사회의 단면과 자신의 주변 역시 유추할 수 있게 구성하였다는 사실 등에서 찾을 수 있다.

조선 중기를 지나며 자기서사에 과거와 내면에 대한 성찰 및 주변과 일상의 서사가 증가했다는 점이 『홍애자편』에 일정한 영향을 끼쳤다는 점은 사실이다. 다만 자찬연보의 모 장르인 연보의 서술 태도는, 대업(大業)과 같은 의미 있는 성취를 번간득당(煩簡得當)의 방법으로 간엄(簡嚴)하게 서술하려는 것이었다. 따라서 연보의 서술 태도에 영향을 받았던 자찬연보는 18세기 이후가 되어서야 사적인 양상을 드러낼 수 있었다. 이러한 흐름을 가장 선명하게 체현한 것이 바로 『홍애자편』이라는 점 역시 자찬연보의 역사적 흐름 속에서 이 연대기를 주목해야 하는 이유이다.

본론의 서술을 통해 『홍애자편』이 거사직서(據事直書)에 초점을 맞춘 공적인 자찬연보의 흐름과 구별되고, 사적인 자찬연보의 경향을 선명하게 부각시키고 있다는 점을 밝혔다. 그렇다면, 이 지점에서 기존 연구에서 자기와 주변을 잘 보여주고 있다고 평가되는 심노숭의 자찬연보인 『자저기년』과 비교하여 그 동이점(同異點)을 드러내 보여주는 것이, 『홍애자편』이 지닌 특징을 보다 분명하게 제시하는 방법이라 생각한다. 그 유사점과 차이점을 두 가지 측면, 즉 서술의 밀도를 보여주는 구체성, 사적 경향을 대표하는 성향인 자기의 내면과 주변에 대한 성찰의 양상 등의 측면에서 살펴보면 다음과 같은 결과를 얻을 수 있다.

우선, 서술의 구체성은 거의 대등한 수준에서 논의될 수 있다. 이미 우리는 이기원이 자신의 병을 다룬 부분과 민간의 이야기를 서술하는 수준을 살펴보았다. 그 결과 당시 소설이나 기사류 산문에 버금갈 정도의 구체성을 보인다는 점을 알게 되었다. 심노숭의 『자전기년』에 보이는 서사 역시 마찬가지이다. 예컨대 그가 딸의 병을 기록한 무인년(戊寅年, 1818)의 기사와 자신의 병을 서술한 임신년(壬申年, 1812)의 기사에는 나날의 상태와 치료법, 그 속에서 오갔던 다양한 대화와 교감이 상세하게 서술되어 있어서 이기원의 그것과 비교해도 손색이 없다.[53] 아울러 폭풍우를 뚫고 무사히 섬에 도착한 생생한 체험의 기록인 갑인년(甲寅年, 1794)의 기사에서 보이는 섬세한 상황 묘사, 행동과 심리 서술, 생생한 현장감 등은 이기원이 제시했던 '해주에서 온 손님' 이야기에서 보이는 구체적 서사를 떠올리게 한다.[54] 따라서 인간의 삶과 생활을 핍진한 양상으로 보여주는 구체적인 서사라는 측면에서 두 자찬연보는 모두 일정한 성취를 이루었다고 평가할 수 있다.

　다음으로, 자기를 서술하는 태도, 일상과 사회를 그려내는 양상 등의 측면에서 보자면, 유사하면서 다소 다른 모습도 보인다. 두 작품에서 보이는 유사점은 지난 삶과 자신을 대상화해서 성찰하는 양상을 보여준다는 측면에서 찾을 수 있다. 다만 『홍애자편』의 경우, 이미 살펴본 것처럼, 일상적 측면을 좀 더 상세하게 반영하고 있는 반면, 『자저기년』은 상대적으로 반성하는 자아를 부각시키고 있다는 점이 그 차이이다. 즉 당대의 일상은 주로 『홍애자편』에서, '선택-시행착오-반성-달라진 나'라

---

53　자세한 내용은 안득용(2015), 348~354면을 참조하기 바란다.

54　沈魯崇, 『孝田散稿』 8권, 『自著紀年』, 학자원, 2014, 3701~3704면, "(甲寅)十一月發行. 候風數十日, 一行上下殆成病. 十一月初四日酉時, 候吏報風信, 卽束裝, 上舡纜解. 日幾沒, 風力漸利去. 州城相望, 過火脫島, 遠見擎山頂, 黃雲如盖, 冉冉而張, 忽變爲黑. 雨與風振板屋上, 有石碎瓦裂之聲. 雨入艙勢猛垂槍, 舟中皆眩嘔爲就盡狀. 獨先君安坐不變, 不肖頗自强, 先君命近坐不離. 少頃燭滅, 余拔刀手斷纜索, 取籠中燭燃之, 隨行小童一人助之. 忽聞舡底훤然有天地崩塌聲, 艙頭占候之, 都水工白泰秋海澄兩人者大哭叫死. 從前危甚尙恃水工不亂, 及水工失驚, 橚之眩嘔不省者皆號哭. 水入舡中濊濊有聲, 頃刻幾至沒足, 舟動如搖瓢. 余亦不知所爲, 忽念與其坐待其敗, 可以出艙審視, 逶聳身升板屋上, 問水工, '汝則熟諳舡路, 此何地也?' 對曰, '不知.' 語喘喘不成聲. 余佇立遙望, 微微見村樹如淡墨畵, 始知去陸不遠也. 令吹角呼召, 良久見以火應之. 其間量里許, 水工曰, '今生矣. 彼乃葛島, 陸地也.' 命水工腰繫索下量水, 猶持難, 余喝令下量, 量之纔過腰. 盖舟入港內, 胃在巖石上, 搖不定. 水由底隙入, 實不足懼, 而黑闇不省也. 肩輿奉先君下舡, 不肖與諸幕客, 行水中至島之村舍, 不勝寒顫顫無人色. 索村中濁酒並粒, 烹飮少定. 詢村人, 鷄未鳴, 量戌之正未刻. 距始發纜兩時, 千里之遠, 其捷如此也. 在村中過夜, 朝飯後, 貰牛騎, 至古達島之海月樓, 留止調息. 追聞當日踵發二舡, 到中洋敗沒云. 同月二十日還京."

고 부를 수 있는 과정은 주로 『자저기년』에서 각각 부각된다는 것이다.[55]

물론 자기서사 전체로 범위를 넓혀 논의하면, 필기체 자기서사 『자저실기(自著實記)』, 기장(機張) 유배일기(流配日記)인 『남천일록(南遷日錄)』, 아내와의 단란했던 삶을 기록한 「언행록(言行錄)」, 자신의 삶을 반성적으로 정리해서 아들에게 준 「이후록(貽後錄)」 등을 남긴 심노숭의 스펙트럼과 이기원의 그것은 비교하기 힘들다. 하지만 자찬연보만을 두고 보자면, 각각의 자찬연보가 구체적인 서사라는 기반 위에서 조금씩 다른 길로 조선 후기 자찬연보의 사적 영역을 개척해 나갔다고 평가하는 것이 정당할 것이다. 이것이 이기원의 『홍애자편』이 조선 후기 자기서사와 자찬연보의 역사적 흐름 속에서 점유하고 있는 위치이다.

---

55 다음의 서술에서 반성하는 자아가 단적으로 보인다. 沈魯崇, 『自著紀年』, 3654~3655면, "(己亥)時喜讀作家文稗類小品如四大書, 西廂記尤嗜甚, 殆迷溺不返. 冬夜或盡一帙失睡, 弟田輒笑之. 旣而識少進厭棄之. 至今往往見其有少日中毒者, 可笑亦可恨也."; 沈魯崇, 『自著紀年』, 3683~3684면, "(庚戌)余於科體諸作, 才性優於詩. 自少有高占地步之意, 恥爲近俗腐爛語. 但着工不專篤, 卒無成就. 泮庠諸作, 往往有警句佳篇, 輒自喜之, 所得不過業未成時, 適來一庠解. 及得進士, 恨不得泮庠魁元與陞補解. 意恨然先之, 殆欲更遲數年而得償此志, 少時事極可笑也. 然而雖於近日若遇好詩題, 迫然意動, 此亦所謂癖者, 病也歟! 進士後合計前後所作詩不滿三百首, 就其優者皆爲人取去無存者, 亦可惜也已." ● 두 종류의 자찬연보 모두 반성과 성찰, 일상과 주변 등을 서술하는 과정에서 자아와 사회에 대해 일정 수준 이상으로 거론하고 있다. 따라서 위의 서술은 두 작품을 대비하여 보았을 때, 상대적으로 부각되는 특징에 주목한 언급이라는 점을 유념해주기 바란다.

제5장

# 자기서사의 효용과
# 심노숭(沈魯崇)의 병(病) 관련 자기서사

## 1. 자기 돌봄과 돌아봄의 의미

자신은 세상과 연결된 유일한 통로이며, 스스로를 형성하는 주체이다. 따라서 자기 하나 잘 건사하는 것만큼 인간에게 중요한 일은 없다. 나날의 삶 속에서 자신의 몸과 마음에 일어나는 미묘한 변화를 섬세하게 관찰하는 일에서부터, 세상과 자신 사이의 경계를 설정하고 소통하며 반성적으로 성찰하는 일에 이르기까지, 자신을 건사하기 위해 신경 써야 할 일은 한두 가지가 아니다. 즉 자기 자신을 '돌보고' '돌아보기' 위해 우리는 많은 주의를 기울여야 한다. 이 중 자기 자신을 '돌본다'는 것은 자기의 몸과 마음에 일어나는 미묘한 변화를 관찰하고, 그에 적절히 대처하는 태도이며, '돌아본다'는 말은 안으로 '나'라는 개체를 반성적으로 성찰하고, 자신의 지난 과거를 오늘의 나에게 투사함으로써 '나'를 다시 생각하고 미래의 좌표를 설정한다는 의미이다. 따라서 건강한 몸과 건전한 마음을 지닌 독립된 개체로서 자립하기 위해 자기 자신을 돌보고 돌아보는 일은 절대로 소홀히 할 수 없다.

하지만 대부분의 사람들은 자신의 몸과 마음이 정상적으로 작동할 때,

그것에 거의 신경을 쓰지 않는다. 예컨대 인간의 생존에 지대한 역할을 하는 이[齒]는 아프거나 빠지지 않으면 그에 대해 무신경으로 일관하고, 번민으로 무수한 불면의 밤을 보내거나 갑작스러운 공황(恐惶)이 닥치지 않는 한, 마음의 안위에 관심을 두는 경우가 많지 않다. 이 때문에 우리는 이미 병이 생기고 난 이후에야 자신의 몸과 마음에 관심을 가지게 된다. 물론 병 이후에 그것을 기록하는 일은 뒤늦은 대처이기는 하다. 그러나 미래의 우환을 예방하기 위한 대비책이라는 사실, 올바른 자기 형성을 위해 자아가 고투한 흔적을 극적으로 보여줌과 동시에, 독자에게도 이상적인 삶을 위한 지침이 된다는 점 등으로 인해, 병에 대한 기록을 그저 사후약방문(死後藥方文)으로만 바라볼 수는 없다. 이와 같은 이유 때문에 본고는 병에 대한 기록에 초점을 두고, 자기 자신을 돌보고 돌아본 양상을 고찰하고자 하는 것이다.[1]

전근대 시기 병에 대해 가장 빈번하게 언급한 자료는 사직 상소(辭職上疏)이다. 하지만 윤기(尹愭, 1741~1826)가 이미 신랄하게 꼬집었듯, 벼슬을 거절하는 구실로 병이 주로 사용되었으며, 그로 인해 사직 상소는 병록(病錄)이라는 비난을 거세게 받았다.[2] 이러한 비난은 조선 성리학의 종장인 이황(李滉, 1501~1570) 역시 피해갈 수 없었다. 조카에게마저 꾀병을 핑계로 관직을 그만두려고 한다는 비판을 들을 정도였으니 말이다.[3] 따

---

1 지금까지 병을 대상으로 한 논의는 꾸준히 진행되어 왔는데, 그중 일부만 예거하면 다음과 같다. 신연우(2003); 김영주(2007); 김동준(2009); 김하라(2013); 박동욱(2015). 다만 이 논의들은 자신보다 가족을 비롯한 타인의 질병을 다룬 비중이 높다. 본서와 유사한 취지에서 병을 중심에 두고 자신을 돌보고 돌아본 양상을 논의한 경우는 강수진(2015)의 연구가 있다.

2 尹愭, 『無名子集』 文稿 冊十, 「病說」, 408면, "古之大臣, 若皐夔稷契伊傅周召, 未聞有以疾爲辭. 而後世始有稱疾不入, 謝病以免之擧, 殆不可殫記, 而亦皆有所以然, 非日實有是病也. 今之世則人無大小, 動輒言病, 仍成習俗例談, 輾轉慕效, 遂無無病之人, 言之者咸若不保朝夕, 而聽之者曾不爲之驚慮. 疏章則滿紙纚縷, 便成一張病錄."

3 李滉, 『退溪集』 續集 권7, 「答完姪【戊辰】」, 203면, "汝云, 人臣不可以有病自退, 不可以論駁自避, 況

라서 사직 상소는 병을 정면으로 다루지 않고 구실로 삼았거나 병의 진위가 분명하지 않기 때문에 본격적인 연구의 대상으로 삼기에 적절하지 않다.

그렇다면 본격적으로 병을 대상으로 삼은 자료들은 어떠한가? 송두문(送痘文)과 송학문(送瘧文)을 비롯해서 병을 정면으로 다룬 의론(議論)과 서사(敍事)는 쉽게 찾을 수 있다. 다만 장르적 투식에 강하게 견인된 '송두문'이나 '송학문' 부류의 자료들을 차치하더라도, 국가와 사회의 모순을 병에 비유함으로써 시무책(時務策)의 성격을 띠게 된 자료에는 개인의 자기 돌봄과 자기 성찰에 관련된 내용이 많지 않다. 아울러 구체적인 자기 경험이 거의 보이지 않고 추상적인 원리만 드러내 보이는 병 소재의 자료 역시 공허하다는 측면에서 논외에 둘 수밖에 없다.

결국 주체가 자신을 돌보고 돌아보는 양상을 제대로 보여줄 수 있는 자료는 자신의 체험이 구체적으로 제시되어 있으면서도 그것이 보편적 원리에 도달하고 있거나, 그 반대의 방향으로 논의가 진행된 자료이다. 즉 개인 체험의 맹목성과 원리의 공허함을 드러내 보이지 않으면서도 구체와 보편을 넘나들 수 있는 자료가 가장 이상적이다. 물론 그 글 자체가 독특한 개성을 띠고 있다면 더할 나위 없을 것이다. 본고가 심노숭(沈魯崇, 1762~1837)이 자신의 병을 기록한 자기서사를 대상으로 삼은 이유가 바로 여기에 있으며, 그 구체적인 모습은 논의를 진행하는 과정에서 자연스럽게 밝혀질 것이다.

---

宰相乎? 此皆不知有廉恥, 大大誤言也. 且汝謂汝叔眞無病而作稱病, 有才智道術可副盛名者耶?'

## 2. 돌보기로서 자기서사

조선 후기 소품(小品) 스타일 산문의 대표적 작가이자 죽은 아내 전주(全州) 이씨(李氏)에 대한 추모의 글을 다수 남긴 문인으로 널리 알려진 심노숭은 병에 대한 기록에 있어서도 질과 양 모든 측면에서 주목할 만하다.[4] 비유적인 의미에서의 '병록'이 아니라, 병의 원인, 이력, 징후 등을 상세하게 기록한 실제 병록이 『효전산고(孝田散稿)』와 『남천일록(南遷日錄)』에 각각 수록되어 있는 데다, 이 중 기장(機張) 유배 기간에 서술한 『남천일록』은 치병일지(治病日誌)라고 할 수 있을 정도로 병의 양상, 병의 원인, 복약(服藥)의 양태, 치료 후 결과 등에 대한 서술이 자세하다. 아울러 필기(筆記)로 서술한 자기서사인 『자저실기(自著實記)』와 자찬연보(自撰年譜)인 『자저기년(自著紀年)』에도 여타 자기서사에서는 보기 드물 정도로 자신의 병을 상세히 기록해 두었다. 이 외에도 『효전산고』에 수록된 「병송(病訟)」은 현실에서 온갖 병에 시달리던 그가 천상의 상제(上帝)를 찾아가 병으로 인한 고통을 역설하고, 그 이야기를 들은 상제가 그에게 병의 예방을 경계시키고서 치료해주는 구조로 서술되어 있다. 결국 「병송」은 현실에서 이루지 못한 소망을 상상의 세계에서 보상받고자 지은 글인 셈이다. 또한 「백발기(白髮記)」에는 흰머리를 통해 촉발된, 욕망과 병 및 섭생(攝生)에 대한 성찰이 부각되어 있으며, 아들들에게 삶의 지침서로 남긴 「이후록(貽後錄)」에는 「섭생(攝生)」이라는 항목을 두어, 몸과 마음을 건사하기 위해 필요한 다양한 경험과 경계를 전하고 있다.

자신의 구체적인 체험을 바탕으로 지어졌다는 점 외에도, 건강 염려증이 의심될 정도로 자신의 몸과 마음의 건강을 고민하고 있다는 사실,

---

4 심노숭 산문의 소품적 양상과 아내에 대한 추모의 양상은 김영진(2003)을 참고하기 바란다.

단순히 고민하는 데에 그치지 않고, 과거의 자신이나 자기의 내면을 돌이켜 보면서 현재의 삶을 성찰하는 태도도 보인다는 점 등이 그가 쓴 병 소재 서사에서 발견할 수 있는 특징적 면모이다.

이 중 이번 장에서는 자신에게 생긴 신체의 이상 징후나 병을 계기로 자신의 몸과 마음을 돌보는 심노숭의 태도에 대해 우선 고찰해보겠다. 특히 자신의 몸과 마음에 대한 섬세한 '관찰(觀察)−성찰(省察)−경계(警戒)'의 과정이 선명하게 드러나는 「백발기」를 실마리로 삼아 그 의미를 포착해보고자 한다.

① 몽산거사(夢山居士 : 沈魯崇)가 31세 되던 임자년(壬子年, 1792) 가을, 거사의 어린 딸아이가 흰머리 한 가닥을 거사의 왼쪽 귀밑머리에서 찾아내었다. 보는 사람들은 그것을 새치(鬌)라고 했는데, 새치는 우리말로 젊은 사람에게 생긴 흰머리를 일컫는 것으로, 종종 그것이 있는 사람이 있기에 실제로 노년의 징후는 아니니, 이러한 구실로 마음을 풀 수 있었다. 이 당시 거사는 처자식을 잃은 슬픔을 겪어서 애상(哀傷)이 과도하여 얻은 것이라 생각하고는 마침내 힘써 스스로 마음을 달래면서 '슬픔을 잊어버린다면 머리가 다시 희게 세지는 않을 것이다.'라고 하며 역시 스스로 마음을 풀어버렸다(自解). 그러자 5~6년이 지나는 동안 과연 흰머리가 더 생기지는 않았다.

정사년(丁巳年, 1797) 봄에 이르러 거사가 이웃집 어른 박비원(朴肥園 : 朴奎淳으로 추정됨)의 초당(草堂)에서 시를 읊으며 술을 먹는 사이 주인께서 거사의 수염 사이에서 한 가닥 색깔이 약간 누르스름하고 뿌리와 끝부분인 약간 흰 빛을 띤 것을 가리키면서도 오히려 새치라고 했는데, 거사 역시 스스로도 새치일까 미심쩍어했다(自疑). 그해 여름, 거사는 파산(坡山)의 우정(雨亭)에서 병을 치료하였다. 납량(納凉)을 하며 연못가에 앉아 연꽃을 보던 중 같이 온 손님이 거사의 오른쪽 구레나룻의 한 가닥을 가리키며 급히 뽑으려고 하였다. 거사는 손사래를 치며 그만두게 하고 거울을 가져다 비춰보니, 길이가 세 푼에 기이하게 은사(銀絲)처럼 순백색을 띤 것이 있었다. 이에 손님도 타이르며 마음을 풀어주지 못했고, 거사 역시 스스로 그것이 백발이 아니라고 생각할 수도 없어서, 끝내 화들짝 스스로 놀랐다[自驚]. 전후로 모두 세 번 보고서 이때서야 비로소 백발이라고 확정한 것이다.[5]

② 평소 정병(情病)이 있었다. 정이 지나쳐 병이 되어 스스로 걱정하지 않은 적이 없지만, 이러한 걱정도 정을 누를 수 없어서 결국 정이 솟구치는 지경에까지 이르게 되면, 환할 때 술자리를 열었다가 때로 밤새 마시는 경우도 있었고, 산천을 두루 유람하며 길에서 떠도느라 안개와 이슬을 맞고 장수(瘴水)를 범하기도 하였다. 이것들은 모두 성령(性靈)을 해치고 혈기(血氣)를 피폐하게 하므로, 기한(飢寒)과 빈궁(貧窮)이 함께 하지 않았다고 한들, 이와 같이 살았으니 털이 어찌 하얗게 세지 않겠는가? 그렇지만 하얗게 세었다고 그것이 싫어서 뽑고 또 뽑아 털이 없게 되는 지경에 이르게 되어서, 남들을 비웃던 이유로써 스스로를 끊임없이 비웃을 것인가?

이것이 거사가 백발을 보고서 뽑기를 그치고 그것이 생기게 된 유래를 고찰한 이유이다. 이제는 일마다 모두 이전과 반대로 하고, 구구절절이 징험해서 생명 해치는 일을, 백발을 싫어하듯이 싫어하게 된다면, 이미 하얗게 세어버린 것이야 다시 검게 되돌릴 수 없겠지만, 거의 다시 희게 세지는 않을 것이고, 비록 희게 세더라도 참으로 갑자기 죽음에 이르지는 않을 것이다. 이에 규칙으로 삼건대,

---

5 沈魯崇, 『孝田散稿』 3권, 「白髮記」, 학자원, 2014, 1152~1154면, "夢山居士生年之三十一歲壬子秋, 居士之幼女, 得白髮一莖於居士之左鬢. 見者謂之射雉, 射雉者諺稱少年白髮, 人或有之, 實非老候也, 以此解之. 時居士新有妻子之慽, 謂其得之於哀傷過度, 遂勉而自寬而曰, '悲苟忘, 髮不復白矣.' 亦以是自解. 歷五六年果無繼白者. 至丁巳春, 居士賦詩于隣老朴肥園草堂, 酒間, 主人指居士髭鬚間, 一莖色微黃本末微帶白, 猶謂之射雉, 居士亦自疑. 其年夏, 居士謂病于坡山之雨亭. 納涼坐池上觀荷花, 客有從者指居士右鬢一莖, 欲劇拔之. 居士手止之, 取鏡而照, 長三分有奇色純白如銀絲. 於是客無以譬解之, 居士亦無以自謂其非也, 遂瞿然自驚. 前後凡三見而始定謂白髮.

흰머리 하나가 보이면 기호(嗜好)를 한 가지 끊는 것을 법도로 삼아, 하나에서 둘이 되고, 서넛이 되며, 천 개 백 개에 이르게 되어 털이 하얗게 될수록 기호를 더욱 많이 끊어버리게 된다면, 백발은 사람을 죽이는 게 아니고 마땅히 사람을 죽지 않게 만들 것이니, 거사가 어찌 보존하여 빠지지 않게 하지 않겠는가? 하지만 초심을 많이도 저버린 일을 슬퍼하는 것과 좋은 날이 다시 돌아오지 않는 일을 안타까워하는 경우는 거사 또한 거듭 스스로 한 번씩 탄식하지 않을 수 없다自一歎.[6]

백발은 사람을 죽이는 병이 아니다. 하지만 백발은 노화의 징후이고, 늙었다는 사실은 죽음이 가까이 왔다는 일이므로, 죽음에 한발 다가선 자신을 느끼게 해준다는 측면에 있어서 싫어할 만하다. 이 때문에 심노숭은 백발을 병은 아니되 병과 크게 다르지도 않은 것으로 인식했다.[7] 그래서인지 그는 「백발기」를 쓴 이후에도, 위 예문 ②에서 밝힌바, '백발을 뽑지 않고 경계로 삼겠다는 다짐'과는 다르게 백발을 보는 족족 족집게로 뽑아내며, 백발로 인한 놀람과 괴로움을 토로한다.[8]

---

6 沈魯崇, 『孝田散稿』 3권, 「白髮記」, 1155~1156면, "夙有情病. 情過而病崇, 未嘗不自憂, 而憂不勝情, 遂至於縱情, 明會置酒, 或爲窮夜飮, 山川歷覽, 道路羈遊, 觸霧露犯瘴水. 凡此皆賊害性靈耗弊血氣, 而飢寒貧窮不與焉, 如是而髮安得不白乎? 白而惡而拔之, 拔而至於無髮, 以其笑夫人者, 適自笑之不已乎? 此居士所以見白髮止其拔, 而究其所由致之故. 事事而反之, 節節而驗之, 惡夫害生之事, 如惡白髮者, 旣白者雖不得返黑, 庶不至復有白者, 雖白而亦不必遽至於死也. 乃爲之程, 見一髮白斷一嗜好以爲度, 自一而二而三四至於千百, 髮愈白而嗜好愈斷, 則白髮非使人死, 適使人不死, 居士安得不護存而無墮失也? 若夫悼初心之多負, 感良辰之不返, 居士又不得不重自一歎也."

7 沈魯崇, 『孝田散稿』 3권, 「白髮記」, 1154면, "嗟乎, 白髮豈使人死歟? 何其惡之深也? 人固有未見白髮而死者, 此子瞻所以喜之. 雖然, 未有不老而髮白, 亦未有老而不死者, 則由是而言, 謂白髮使人死可也. 是以人見白髮, 未嘗不嫉如仇敵, 芟夷如農夫之去莠. 愈拔愈白甚者, 至於無髮而後已. 嚮之郁然垂旒, 忽化爲禿頤, 何其嗟哉!"

8 沈魯崇, 『南遷日錄』 권12, 甲子六月十四日, "余嘗有白髮記, 詳言之, 己未大故後, 兩鬢種種, 辛酉此行後四年, 黑白幾半相半, 見之甚惡. 日前始鑷盡, 今日盥後對鏡, 頤下得四五莖, 尤令人益驚心, 卽拔之, 拔之不已, 幾何而至於不勝拔耶! 古人所謂遂成皰落愁歎窮廬者, 未必如余今日之情之苦也."

심노숭이 자신의 의지를 성공적으로 실천했는지의 여부를 떠나서, 「백발기」는 생명력이 떨어지는 징후, 혹은 병을 인식한 양상과 그에 대한 대처를 선명하게 드러내 보여준다는 점에서 주목할 만하다. 아울러 「백발기」는 현상의 안팎을 섬세하게 그려냄으로써 자신을 돌보는 그의 태도가 뚜렷하게 부각되는 글이기도 하다. 그중 예문 ①은 새치를 백발이라고 확정하기까지 자해(自解), 자의(自疑), 자경(自驚)했던 체험을 생생하게 그려낸 부분이다. 그러는 가운데 "이 당시 거사는 처자식을 잃은 슬픔을 겪어서 애상(哀傷)이 과도하여 얻은 것이라 생각하고는 마침내 힘써 스스로 마음을 달래면서 '슬픔을 잊어버린다면 머리가 다시 희게 세지는 않을 것이다.'"라고 말하며, 백발이 생긴 원인과 그 해결책을 제시하기도 한다.

예문 ②에서는 여기에서 한 걸음 더 나아가 백발이 생긴 원인뿐만 아니라 보편적 경계(警戒)의 설정까지도 서술한다. 그가 제시한 백발 발생의 원인 중 한 가지는 정병(情病)으로 인해 성령과 혈기를 해쳤다는 점인데, 그것은 위 예문에 제시한 그대로이고, 나머지 하나는 공령문(功令文) 연습과 독서로 인해 건강을 해쳤다는 점이다.[9] 결국 평상(平常)을 넘어선 과도함이 신체의 조화를 깨뜨렸다는 것이 그의 생각이며, 백발이라는 징후를 통해 수립한 자기 돌보기의 원칙은 백발을 뽑지 않고, 볼 때마다 경계로 삼아 자신의 기호를 줄여나가자는 것이다. 따라서 「백발기」는 구체적 체험에서 시작해서, 반성과 성찰을 거쳐 원인을 파악하고, 그에 대비한 경계로서의 원칙 세우기라는 구성을 따르는 글이다.

---

9 沈魯崇, 『孝田散稿』 3권, 「白髮記」, 1155면, 居士少有志當世, 矻矻治功令, 頗自名. 中歲多經殤慼, 且見世故多難, 志遂衰, 一移之, 學爲詩文. 數年究見古人意法, 乃知其不可以力致. 雖不甚攻苦, 亦不能斷好, 讀書以聖人之文爲本, 外而老氏·佛氏·莊氏, 降而公羊氏·穀梁氏·司馬氏·班氏·楊氏·韓氏·歐陽氏·蘇氏, 得一會意契心, 不自覺其以扇撃席. 讀日夜, 喉中出血, 而不知止.

이로써 볼 때, 「백발기」는 병의 원인을 파악해 자신을 돌보기 위한 원칙을 세운다는 점에서 여타 병 소재의 산문과 동일 선상에 놓을 수 있다.[10] 하지만 여타 병 소재의 서사를 쓴 작가들 중, 특히 성리학자들의 서사와는 상당한 차이를 갖는 것도 사실이다. 예컨대 심노숭이 주로 '몸'과 '신체'의 혈기에 집중하는 데 반해, 그들은 주로 지기(志氣)나 심기(心氣)에 초점을 맞추고, 심노숭이 자신을 돌보는 방법으로서, 기(氣)로써 '기'를 돌보는 섭생(攝生)―「이후록」의 한 장을 차지하고 있는 목차이기도 하다―을 주로 말하는 데 반해, 그들은 리(理)로써 '기'를 돌보는 수신(修身)에 무게를 둔다는 점이다.[11]

---

10  가장 관계가 적을 것이라 생각되는 성리학자 이황(李滉)과도 병의 발생 원인과 대비책, 혹은 수신(修身)과 섭생(攝生) 방법에 대한 논의는 유사하다. 예컨대 세간의 궁통(窮通)·득실(得失)·영욕(榮辱)·이해(利害)를 치지도외(置之度外)하고, 소수작(少酬酢), 절기욕(節嗜慾)하며 여유롭고 한가하게 지내고, 독서와 궁리(窮理)에 있어서도 도를 넘어서는 태도를 경계하라는 다음의 태도에서 선명하게 부각된다. 李滉, 『退溪集』 권14, 「答南時甫彦經○丙辰」, 363면, "其治藥之方, 公所自曉. 第一須先將世間窮通得失榮辱利害, 一切置之度外, 不以累於靈臺. 旣辦得此心, 則所患蓋已五七分休歇矣. 如是而凡日用之間, 少酬酢, 節嗜慾, 虛閒恬愉以消遣, 至如圖書花草之玩, 溪山魚鳥之樂, 苟可以娛意適情者, 不厭其常接, 使心氣常在順境中, 無咈亂以生嗔恚, 是爲要法. 看書, 勿至勞心, 切忌多看, 但隨意而悅其味. 窮理, 須就日用平易明白處, 看破敎熟, 優游涵泳於其所已知, 惟非著意非不著意之間, 照管勿忘, 積之之久, 自然融會而有得, 尤不可執捉制縛, 以取其速驗也." 이 외에도 이황에게는 자신과 타인의 병에 대한 치유와 처방에 대한 기록들이 적지 않다. 다만 스스로를 돌보는 기록은 여전히 심노숭의 그것과는 차이가 작지 않다. 이황의 의학과 의술에 대해서는 신동원(2014), 508~538면을, 그 문학적 형상화와 그 의미에 대해서는 신연우, 앞의 논문, 133~162면을 참조하기 바란다. 아울러 「백발기」가 金昌翕(1653~1722)의 「落齒說」과는 구성과 문체는 물론, 신체의 이상 징후를 대하는 태도 역시 공통점을 지닌다는 점 역시 밝혀둔다.

11  이에 대해서는 다음 예문을 참조하기 바란다. 李珥, 『栗谷全書』 권14, 「贈洪甥【錫胤】說【壬午】」, 286면, "人之病有二, 一則血氣之病, 一則志氣之病. 血氣之病, 問醫求藥, 治之以外物, 志氣之病, 自悟自修, 治之以內心. 治以外者, 權在人, 治以內者, 權在我. 在人者, 人多以誠求治, 而在我者, 則略不加功, 吁, 亦怪矣哉! 誠欲自修, 則知懶爲病, 則治以勤篤, 知欲爲病, 則治以循理, 知檢束不嚴爲病, 則治以矜莊, 知念慮散亂爲病, 則治以主一. 病雖在己, 藥不外求, 無不可治者矣, 何憂學之不成乎?"; 李珥, 『栗谷全書』 拾遺 권5, 「壽天策」, 560~561면, "夫修身而俟命者, 以理養氣者也, 攝生而求壽者, 以氣養氣者也. 以理養氣, 則未嘗求壽而自得其壽, 以氣養氣, 則雖得其壽, 而或妨於理. 況以巫祝禳禬, 欲以祈命耶? 若醫藥之治病, 則雖聖人, 亦所不免也. 以此觀之, 制其服食, 節其動作, 專於養生者,

**178**  제1부 한국 고전 자기서사의 흐름과 배경

현실적 경험에 바탕을 두고 있더라도 우주를 구성하는 질료인 '기'와 그를 운용하는 원리로서의 '리'로 세상을 설명하려는 추상적인 태도, 몸의 병을 직접적으로 고치는 의(醫)와 약(藥)을 도외시하지 않지만, 그 무엇보다 지(志)와 심(心)의 수양을 중시하는 자세 등이 성리학자들의 글에서 주로 보이는 병을 대하는 태도이다. 반면 심노숭은 "세상에서 아낄만한 것 중에 내 몸만 한 것이 있는가? 조상과 자손들이 서로 주고받는 것은 오직 내 몸에서 시작한다. 몸이 존재하면 온갖 책무가 소중하고, 몸이 없어지면 만사가 모두 헛되어진다."[12]라고 하며 몸의 중요성을 역설한다. 즉 성리학자들의 태도는 추상적 원리를 찾고 보편적 규범을 구성하는 데 가까워서 원리와 규범을 설명하는 데 주력한다. 이에 반해 심노숭은 경계로 삼는 원칙을 말할 때조차 개체의 경험에 뿌리를 두고 있기 때문에, 제 몸의 변화와 병의 징후에 민감하게 반응하고, 그것을 섬세하게 서술할 수 있었던 것이다.

이와 같은 차이는 심노숭이 서술한 병 소재 자기서사 전체로 대상을 확장시켜보면 더욱 뚜렷하게 부각된다. 특히 병의 증상, 병고(病苦), 복약(服藥), 약방(藥方), 약효 등을 비롯해서 병의 근본 원인, 병의 내력, 병이 발발하는 시기, 병의 징험에 이르기까지 심노숭이 기록한 병의 서사는 다양하며, 그 서술 역시 구체적이라는 측면에서 그 차이가 선명하다.

① 근래에 하복부에 있던 것이 흩어져서 옆구리와 가슴의 오른쪽에 있다가 종종 끌려와서 통증을 일으켰고, 호흡할 때 꾸룩꾸룩 소리를 냅니다. 침을 뱉으

---

必妨於修身, 莊敬持養, 氣血循軌, 而專於修身者, 不失其養生, 君子之養氣, 合於理而已. 雖除服食, 亦何害哉?"

**12** 沈魯崇, 『孝田散稿』 11권, 「貽後錄·攝生」, 4896면, "天下之可惜, 豈有如吾身者乎? 祖考子孫之相授受, 惟吾身權興. 身存百責攸重, 身亡萬事皆虛."

려고 하면 무엇인가가 잡아끄는 듯 움직이지 않았고, 침을 뱉고 나면 흰색의 걸쭉한 가래 덩어리였습니다. 대체로 이것이 하복부에 있는 경우는 이미 기록한 바와 여러 증상이 같고, 흩어져서 옆구리와 가슴에 있으면 여러 증상이 다소 사라지는 것 같았습니다. 그리고 물을 마시고 침을 삼키는 것에 따라 오르고 내리며 심해졌다 괜찮아졌다가 하는데, 그 이유를 모르겠으며, 또 그것이 꼭 오른쪽에만 있는 이유 역시 잘 모르겠습니다. 이처럼 그 병이 봄과 여름에 대개 심해지고, 가을과 겨울에 대개 괜찮아지며, 또 환절기에 대개 심해지니, 이것이 병의 시기입니다.[13]

② 담병(痰病)의 본 증상은 곧 20년 동안 괴로운 빌미가 되어 천 개 만 개의 약방문이 모두 효험이 없었습니다. 처음에는 냉적(冷積)이라 생각해서 취향음자(聚香飮子), 팔미탕환(八味湯丸), 귤피전원(橘皮煎元) 등의 여러 약제(藥劑)를 사용했습니다. 이윽고 또 생각하건대 기(氣)가 막혀서 취(聚)가 되었으니, 흩어버리는 약을 써야 한다고 생각해서 복용하지 않은 날이 없을 정도로 많이 복용했지만 마치 강물에 돌멩이를 던져 넣는 것처럼 하나도 효험이 없었습니다. 비로소 진단하여 과냉담괴(裹冷痰塊)라고 하여 또 담을 공격하는 약을 환약과 탕약, 단방(單方)과 잡약(雜藥) 가릴 것 없이 듣자마자 써봤지만 역시 뚜렷한 효과가 없었습니다. 국방(局房)의 여러 의원 중에 다소 명성이 있는 자들 외에, 향리(鄕里)의 유의(儒醫) 역시 모두 다 찾아가서 복용해야 할 약방문을 문의하다보니, 거의 상자가 가득 차게 될 정도가 되었지만 병에는 터럭만큼의 차도도 없어서, 지금에 이르기까지 병과 함께 늙게 되었습니다. 짧은 시간에 죽을 만한 증상은 아니지만, 오랫동안

---

13 沈魯崇,『孝田散稿』3권,「書示丁醫希泰」, 1126~1127면, "近日則在下腹者, 散在脇膈右邊, 往往牽引作痛, 呼吸之際, 漸漸作聲. 欲唾則拘牽不動, 而唾之則白色如綿之痰片. 盖此物降在下腹, 則諸症一如所錄, 散而在脇膈, 則諸症稍去. 而隨水飮涎津而爲上下劇歇, 此不可知, 又其必在右邊者, 亦未知何理. 此其病春夏多劇, 秋冬多歇, 又多劇於換節之際, 此其病之時候也."

평생 떨어지지 않는 괴로움이 되어 근심스럽게도 삶을 즐기려는 마음이 없어졌고, 병이 심해지면 빨리 죽어버려야겠다는 바람을 갖게 되었습니다. 이것을 보면 남들에게 드물게 생기는 괴로움이니, 곤궁한 목숨이 관련되어 있는 일이라 사람의 힘이 통할 수 없음을 알 수 있을 것입니다.[14]

③ 듣건대 뿌리와 마디를 갉아먹는 벌레인 모적(蟊賊)도 단단한 쇠에는 들어가지 못하고, 충두(虫蠹)는 반드시 썩은 나무에서 난다고 하였으니, 재해가 어찌 밖에서만 이르겠느냐? 화(禍)는 반드시 스스로 만드는 것이다. 그러하니 일찌감치 스스로 두려워하며 항상 건강하기를 마음에 두어서, 주색(酒色)과 기욕(嗜慾)을 스스로 절제하고, 기거(起居)와 음식(飮食)을 스스로 적절히 하여, 병이 생기기에 앞서 미리 꺾어버린다면, 어찌 그 이후의 치료를 말할 수 있겠느냐? 비유하자면 중국이 약해지자 이적(夷狄)이 침범하고, 군자가 물러나자 소인들이 뭉치는 것과 같으니, 근본으로 돌이켜서 깊이 경계하여 스스로 뉘우치는 데 보익이 되기를 기약하지 않겠느냐? 하지만 애해(崖海)에서 배가 침몰하기 직전의 위기[宋나라 멸망 시의 정황]와 평성(平城)에서 포위되었으나 간척(干戚)의 춤도 출 수 없는 때[漢高祖가 포위 되었던 위기]에, 만약 하늘의 도움이 펼쳐지지 않는다면, 스스로 갱신하기를 천천히 도모하는 일을 바라기 힘들 것이다.[15]

---

**14** 沈魯崇,『南遷日錄』권8, 癸亥三月二十日, "痰病本症, 卽二十年苦崇, 千萬方無效. 始則認以冷積, 用溫藥如聚香飮子·八味湯丸·橘皮煎元屢劑. 旣而又謂之, 以氣滯成聚, 用消散之藥, 甚多服之無虛日, 一皆無效, 如水投石. 始斷之日, 裏冷痰塊, 又用攻痰之藥, 或丸或湯, 單方雜藥, 有聞輒用, 而亦無分效. 局房諸醫之稍有名稱者外, 鄕外儒醫亦皆窮探, 就問所服藥方, 殆滿篋, 病無毫髮之動靜, 至今與病俱老矣. 雖非時日可死之症, 長爲平生不離之苦, 闒然無樂生之心, 劇則有速死之願. 卽此而可知其有人所罕有之苦趣, 窮命所關, 不可以容人力."

**15** 沈魯崇,『孝田散稿』3권,「病訟」, 855면, "盖聞蟊賊不入於剛金, 虫蠹必生於腐木, 災豈但乎外至? 禍必由於自作爾. 能早自競畏常懷保嗇, 酒色嗜慾之自節, 起居飮食之自適, 若先病而逆折, 豈後瘳之可說? 比如中國之弱而夷狄侵凌, 君子之退而小人比朋, 盍反本而深創, 期有補於自懲? 然而崖海迫沈舟之危, 平城非舞干之時, 苟無天休之庸伸, 難責徐圖其自新已."

병은 치료보다 예방이 중요하다. 때문에 평소 잘 먹고, 잘 자고, 잘 입고, 마음을 편안히 하여서 병에 걸리지 않게 하는 것이 자신을 돌보는 일 중 가장 중요하다. 예문 ③에서 경계시키고 있는 내용이 바로 이것이다. 예문 ③은 「병송(病訟)」 중 일부이다. 이 글은 크게 두 부분으로 나누어져 있는데, 전반부는 심노숭이 상제(上帝)에게 자신의 병을 고하고 고쳐주기를 읍소하는 내용으로, 후반부는 심노숭의 이야기를 들은 상제가 그를 단단히 경계시키고 난 이후 병을 고쳐주는 서술로 구성되어 있다. 위 예문은 그중 상제가 심노숭을 경계시키는 부분이다. 상제의 입을 빌고 있지만 위의 경계는 심노숭 스스로가 평소 가지고 있었던 생각이며, 이 생각은 성인이 된 이후 그의 삶을 지배하던 지침임에 분명하다. 앞의 글이 쓰인 1793년경[16]부터, 기주(嗜酒)·호색(好色)·탐재(貪財)·영기(逞氣)가 사람을 해친다고 아들들을 경계시키는 1824년[17]까지 그의 생각은 변함이 없기 때문이다.

이러한 생각이 사유의 바탕을 이루고 있었기 때문에, 건강염려증이 아닐까 생각될 정도로 그는, 의식주로부터 성격과 감정에 관련된 일에 이르기까지 그 변화에 민감하게 반응하고 기록했다. 예컨대 항상 일기의 첫머리에 기록할 정도로 무엇을 먹었는지는 중요한 문제였다. 이 때문에 그는 귀양다리로 거처하는 집에서 제공하는 밥이 입에 맞지 않아,

---

16  1803년 기장 유배 시 의원 정석충(鄭錫忠)에게 보낸 편지에 병에 걸린 지 20년(痰病本症, 卽二十年苦祟, 千萬方無效)이라고 했으니, 병 때문에 괴롭게 된 지 10년(夢山子患積聚十年, 氣日益悴, 病日益苦)이라고 시작하는 「병송」이 지어진 시기는 1793년경으로 생각된다.

17  「貽後錄」을 쓴 시기가 1824년이다. 그 구체적인 예문은 다음과 같다. 沈魯崇, 『孝田散稿』 13권, 「貽後錄·攝生」, 4893~4894면, "幼而受惟憂之念, 壯而忽所慎之戒, 殘賊榮衛殞失性命, 往古來今此類甚多. 死生好惡, 肖蠁所同, 性被情攻不自覺知, 哀哉! 呂純陽詩曰, '酒色財氣傷人賊, 情之縱而性逢失, 天理亡而人欲肆, 雖幸而不及於傷賊, 謂之人則未也, 禽獸也, 夷狄也. 卽四者, 避之如奔鏑, 戒之如履氷, 保之以性命, 守之以死生則生. 人之樂莫樂於無病也."

이것이야 말로 사람이 살고 죽는 데 관련된 중요한 문제라고 악식(惡食)을 투정하다가 끝내 제대로 도정한 쌀을 따로 사서 노비 득(得)에게 밥과 반찬 짓는 방법을 가르쳐 밥을 해먹기도 했다.[18] 또 기후와 환경의 변화에 민감하게 반응하는 태도 역시 자신의 건강을 지키려는 자세와 밀접하게 연관되어 있다. 그러므로 서울보다 남쪽인 기장인데도, 바닷바람으로 인해 추운 까닭에 음력 4월에도 여전히 겨울옷을 입고 있는 그의 모습은 다소 과하다 싶지만, 이 역시 자신을 돌보기 위한 중요한 방법 중 하나로 볼 수 있다.[19]

의원 정희태(丁希泰)에게 보낸 편지[病錄]에서 추론해보자면, 그의 병이 심해진 것은 23세 즈음(二十三歲時食滯苦劇)이고, 처음으로 체증이 발생했던 시기가 14~15세(十四五歲以來, 有滯症)부터이므로, 그는 거의 평생을 병과 함께 했고, 이와 같은 상황이 나날의 삶에서 자신을 끊임없이 돌보게 했던 것으로 보인다.

지금까지 살펴본 것처럼 자신을 돌보는 방법 중 한 가지가 병을 미연에 방지하기 위해 경계하는 것이었다면, 또 다른 방법은 제 몸과 마음을 관찰하고서 그 상태와 변화를 기록하는 일이었다. 이 중 병의 양상을 기록하는 일은 가장 중요한 일과였고, 치유를 최대한 앞당기기 위해 병의 근위(根委), 내력(來歷), 시후(時候), 징험(徵驗), 논증(論症), 복약(服藥) 등

---

18 沈魯崇, 『南遷日錄』 권2, 辛酉六月初一日, "余於近年, 積習非惡, 自謂無所不堪, 而此事誠有死生之慮. 女奴率來, 雖近張大, 要爲救死之計, 計於七八月率來, 前書有及矣, 更思之, 家中年少兩婢中, 一是並夫而來, 則渠之糊口沒策, 一是無夫者來, 則吾之定心恐移. 且見泰詹, 方危倫安之說而後, 惕然動心, 心語曰, '天下無惡食而死之理, 今吾一或有自安之心, 天神且殛之.' 此念斷可斷之無爾. 有一策, 買米精鑿別置, 借小鼎子, 使待奴做飯饌, 則吾手指教爲之, 或有差勝."

19 沈魯崇, 『南遷日錄』 권1, 辛酉四月初三日, "此中氣候, 視京不甚早暄, 且近海多風, 朝夕常有寒意. 余所着正月衣, 尙不知熱, 嚮日往浦邊時, 着涼縷衣, 歸卽脫之, 今日又爲步行着之, 往來寒甚. 歸後, 便換着厚衣, 未知吾鄕, 亦如此否也."

을 고민하는 일 역시 그러했다. 그것이 바로 예문 ①과 ②에서 보이는 모습이다.

심노숭은 병의 치료야말로 전적으로 환자의 자세에 달려있는 문제라고 생각했다. 이 때문에 그에게는 능력 있는 의원을 선택하는 일이나, 그 의원에게 자신의 병을 상세하게 설명하는 일 모두 환자의 역량에 관련된 문제였다. 이 중에서 후자, 즉 병을 상세하게 설명하는 일은, 모든 의원들이 환자의 상태를 보기만 해도 아는 망지(望知)의 수준일 수 없고, 아무런 사전 정보 없이 진료를 통해서 알기[診知]도 쉽지 않으므로, 결국 자신의 병을 상세히 설명해야만 의원 역시 그 정보를 통해 적절한 조치를 취할 수 있다는 이유에서 발현된 결과이다. 심노숭의 의도에 따르자면 환자 스스로가 구구절절이 징험하고 시시때때로 관찰하여, 과하다 싶을 정도로 자세히 자신의 병을 설명할 수 있어야 한다.[20] 결국 이러한 태도를 지녔기 때문에 그는 예문 ①·②와 같은 병록을 쓸 수 있었던 것이다.

예문 ①은 의원 정희태에게 보낸 병록이다. 이 글의 가장 큰 특징은 세밀함인데, 이처럼 자신의 증상을 상세히 남긴 글은 그 이전이나 동시대에서도 쉽게 찾을 수 없다. 예문 ① 외에도, 이 글 전체는 자신의 심기(心氣), 지체(肢體), 음식 섭취, 수음(水飲), 대소변의 상태 등에 대한 서술로 가득 채워져 있기 때문이다.[21] 예문 ②는 기장 유배 시기 이웃 마을 화전

---

20 沈魯崇, 『孝田散稿』 3권, 「書示丁醫希泰」, 1123면, "今夫病者, 自知其性氣稟賦之所定, 勞傷崇擊之所由, 節節而驗之, 時時而察之. 病在其身, 心知其苦, 口說其症, 宜若沛乎其有餘. 而病者說症, 不如癡人說夢者鮮矣. 身之所苦, 心不能知, 心之所知, 口不能言, 而乃於立談之頃, 所不知之人, 而將此四大之重寄. 彼一按之頃, 責其明知而明言, 無一失而有萬全, 豈理也? 此所謂說症不可不的也."

21 沈魯崇, 『孝田散稿』 3권, 「書示丁醫希泰」, 1125~1126면, "自是之後, 前之腹中有物者, 聚在下腹右邊如拳大, 手按漉漉有聲. 聚伏則病劇, 散去則病歇. // 病劇則神精怳然倦督, 心氣忽忽不樂, 凡百事爲皆不入心, 肢體委重長時思臥. // 終日不食, 無思食之念. 當食雖不至厭苦, 而沁然如嚼蠟之無味. // 切忌水飲, 雖飯後小水飲, 輒有害. 旣忌水飲, 亦忌涎津, 吞酸嘈囃聚氣益肆. // 小便色黃不長利, 大便燥澁."

(花田)의 의원 정석충(鄭錫忠)에게 보이기 위해서 쓴 병록이다. 이 병록도 전자와 마찬가지로 병의 근위, 내력, 시후, 징험, 논증, 복약 등에 대한 상세한 정보를 담고 있다. 아울러 이 글 전체 역시 예문 ②와 마찬가지로, 개괄적으로 자신의 병을 소개한 이후, 각각의 항목을 나누어 자신의 병증을 상세하게 설명하는 형식으로 구성되어 있다. 그중 병의 원인에 대해서는 젊었을 때 과도하게 몸을 해쳤다는 사실 및 유배로 인한 시름과 장무(瘴霧) 등도 병의 발생에 한 몫을 했다는 점을 지적하기도 했고,[22] 이 외의 항목에 대해서도 여타 병의 서사처럼 상세하게 서술하고 있다. 물론 이 역시 자신의 몸을 돌보기 위해 투자한 나날의 관심과 배려를 짐작하게 만드는 지점이다.

건강한 삶을 유지하기 위해 자신을 돌보는 습관은 대단히 중요하다. 그런데 습관은 나날의 생활 속에서 몸에 밴 삶의 태도이기 때문에 바꾸기 쉽지 않으므로, 성공적인 변화를 성취하기 위해서는 끊임없는 노력이 필요하다. 물론 '나날의 생활'과 '끊임없는 노력'이라는 말에서 알 수 있듯이 그것은 여간 힘든 일이 아니다. 그런데 이처럼 힘든 일을 심노숭은 꾸준히 실천하고 있다는 점을 우리는 지금까지 충분히 확인했다.

인간이 외부의 통제로부터 자유롭기 위해서는 자신의 몸과 마음을 스스로의 통제 아래에 넣고 조절할 수 있어야 한다. 하지만 그가 몸과 마음의 건강을 한 순간에 잃어버리게 된다면, 외부의 힘에 의해 이리저리 이끌려 다니는 꼴을 면할 수 없게 된다. "자제할 수 없는 사람은 자유인이라고 할 수 없다."는 말이 여전히 유의미한 이유이다. 또한 삶이란 타

---

22  沈魯崇, 『南遷日錄』 권8, 癸亥三月二十日, "其本全由於幼少時戕賊過多, 伊來十餘年之間, 果不無節愼收養之工, 而亦無以責其效. 及有此行風波憂畏之愁, 瘴霧侵鑠之患, 左右並進, 內外交攻. 雖强壯者處之, 難保不病, 況此俗所謂一箇病佾, 自知其必無幸矣. 果然辛酉春夏, 便作一語屍, 前日之症, 無不畢發, 浸浸若迫在朝夕."

고난 바탕도 중요하지만 그 바탕을 가꾸는 태도 역시 그 못지않게 중요하다. 그러자면 보기 싫고 괴롭더라도 자신의 몸과 마음으로부터 눈을 떼서는 안 된다. 단지 눈을 떼서는 안 될 뿐만 아니라, 모호하고 복잡한 상태를 글로 기록하는 과정을 통해 섬세하게 가닥을 잡아 분명하게 표현해야 한다. 이렇게 보자면 자신의 몸과 마음이 소중하다는 사실을 알고 나날의 생활 속에서 끊임없이 관심을 가지고 돌봤던 심노숭의 태도가 얼마나 가치 있는지 짐작하기 어렵지 않을 것이다.

그런데 심노숭은 이처럼 나날의 삶 속에서 섬세한 관찰과 기록으로 자신을 돌봤을 뿐만 아니라, 자신의 정체성을 파악하고 구성하여 스스로의 통제 아래에 넣고자, 지난 삶을 돌아보고 자신의 내면을 반성함으로써 삶의 주체가 되려고도 했다. 그 과정을 살펴보는 데에도 그가 남긴 병에 대한 기록은 중요하다. 자신의 몸과 마음만큼 중요한 것은 없다는 태도로 인해, 그가 남긴 병의 기록에는 자신의 지난 삶과 내면을 돌이켜 성찰하는 모습 역시 역력하기 때문이다.

## 3. 돌아보기로서 자기서사

「백발기」에서 심노숭이 보인 신체의 변화 혹은 병에 대처하는 태도는 '징후'에서 시작해서 경계할 만한 보편적 '지침'을 설정하는 것이었다. 이러한 자세는 바로 자신의 과거를 면밀히 살펴 현재의 증상이 발생한 원인을 찾고 자신의 실책을 반성하여 보편적인 경계의 지침을 도출함으로써 이후의 삶을 제대로 돌보고자 하는 태도이다. 자기의 미래가 과거나 지금보다 조금이라도 더 낫기 바란다면, 자신의 과거에 대한 가감 없는 반성과 성찰, 이를 통해 얻은 교훈과 경계를 지켜나가려는 실천이 반드시 뒤따라야 한다. 이때 반성은 신랄할수록, 실천은 치열할수록 삶이 나아질 가능성은 커진다. 다만 끝내 자기가 더 나은 삶을 살지 못하더라도, 그의 후예 혹은 후배들이 그를 경계 삼아 더 나은 미래를 살 수도 있을 것이다. 이렇게 보자면 지난 삶에 대한 반성과 성찰, 그로부터 도출한 경계와 실천만큼 자신과 미래를 제대로 '돌보는' 방법은 없다. 아울러 그저 모호한 느낌이었을 뿐인 사유와 감정을 글로써 표현한 일 역시 자신의 정체성을 뚜렷이 파악하게 해주었고, 그 결과 외부의 힘에 이끌려 다니기보다 스스로가 자신을 통제하고 구성하도록 했다는 점에서 자기를 돌보는 핵심적인 방법이라고도 할 수 있다.

이러한 사실을 유념하면서 지금부터는 심노숭이 자신의 과거를 회상하고, 그 내면을 성찰하고 반성한, 즉 과거의 행적과 내면을 '돌아보는' 글들을 통해 그가 자신과 현재와 미래를 어떻게 돌보고자 했는지 살펴볼 것이다. 이 과정에서 병을 대하는 태도는 물론, 그가 왜 그렇게 일상적이고 사소하며 은밀하고 사적인 일들까지 글에 서술하였는지도 밝혀지길 기대한다.

① (1812년) 6월 3일 새벽에 크게 체해 일어나는 적체(積滯)로 인한 설사 때문에 고통스러웠는데, 여러 증상들이 모두 계절성 유행병(流行病)과 같았다. 나흘이 지나자 갑자기 땀이 나기 시작하였고, 병세는 더욱 악화되어 기침 때문에 숨이 밭아지는 증상(咳逆)이 생겨서 잠시도 멈추지 않았다. 이처럼 병으로 땀을 흘리고 난 뒤 해역이 치미는 것은 본래 흉증(凶症)에 연관된 것이다. 병에 걸린 지 이레에 이르자 오직 구역질 소리만 들릴 뿐, 정신이 나가고 몸은 녹초가 되었다. 경향(京鄕)의 의원들은 모두 손을 거두어 물러났고, 집안사람들은 서로 부르고 울며 속수무책으로 어찌해야 할지를 몰랐다. 나 역시 정신이 들었을 때 스스로 결코 요행은 없을 것이라는 사실을 알아서 죽고 난 다음의 일을 처리하고자 하였다. 하지만 혀가 굳어 말이 통하지 않고 손이 떨려서 글자를 쓰지도 못하여서 여러

차례 뜻을 두었지만 곧 그만두고 말았다.[23]

② 평생토록 큰 병 역시 여러 차례 겪었다. 하지만 목숨이 순식간에 위독하게
되었던 위험과 오랫동안 이어진 괴로움은 이번의 병보다 심한 것이 없었으니,
결코 살아있는 사람이 견딜 수 있는 것이 아니었다. 온갖 죄를 다 저지르고 과오
를 오랫동안 쌓아서[窮釁稔孽] 마땅히 죽어야 했지만 죽지 않았다는 이유로 하늘
이 곧 이처럼 무거운 시련을 주었으니, 그저 내가 책임져야 할 뿐이다. 큰일[어머
니의 장례]을 앞두고 전혀 지각이 없는 상태로 누워서 나날을 보내며 밤낮으로
궁벽한 산의 풀숲 사이에서 애절하게 곡을 하고 있었으니, 아아, 차마 더 말할
것이 있겠는가![24]

1812년 2월부터 심노숭 집안의 노비들이 전염병에 걸리기 시작했다.
당시 습속(習俗)대로 병에 걸린 노비들을 교외의 막사로 쫓아냈지만, 3월
에 조카 심원열(沈遠悅, 1792~1866) 부자(父子)가 병을 앓고, 4월에는 어머
니와 질부(姪婦)에게 병이 옮더니, 5월 8일과 19일에 질부와 어머니가 각
각 병으로 죽는다. 불행은 여기에서 그치지 않았다. 심노숭은 어머니의
성복(成服)이었던 22일이 지나고 장례도 치르지 못한 채 파주로 출피(出
避)하게 되는데, 6월 3일에는 자신도 결국 전염병에 걸리고 만다.[25] 윗글

---

23 沈魯崇, 『孝田散稿』 8권, 『自著紀年』, 3762~3763면, "(壬申)六月初三日曉, 大瀉泄遍痛, 諸症一是時
   令. 過四日忽自發汗, 病勢益劇, 咳逆出, 無片時止息. 此病之汗後咳逆, 本係凶症. 至七日之久, 但聞
   咯咯聲, 神識離去, 形骸委棄. 京鄕醫技皆斂手而退, 家人號泣束手不知所爲. 余亦遇有省識, 自知必
   無幸, 欲區處後事. 而舌强不通言語, 手戰不成文字, 屢有意輒止.

24 沈魯崇, 『孝田散稿』 8권, 『自著紀年』, 3765면, "平生或經大病亦屢矣. 其頃刻虐毒之危, 許久拖長之
   苦, 未有甚於此病, 決非生人可堪. 窮釁稔孽, 宜死不死, 天乃重困之如此, 只自任之而已. 大事在前,
   泯然若無所省識, 臥送日月, 晝宵號呼於草樹窮山之中, 嗚呼, 尙忍言哉!"

25 沈魯崇, 『孝田散稿』 8권, 『自著紀年』, 3761~3762면, "(五月)初八日遭姪婦金氏喪. ○ 十九日午時,
   先妣下世于寓舍. ○ 二十一日入棺後還奉于本第. ○ 二十二日成服 ○ 六月初三日遘厲疾. ○ 二月

은 바로 이 시기의 상황을 기록한 글이다. 그가 서술한 여타 병의 기록과 마찬가지로, 예문 ①을 비롯한 전체 글에서 당시 자신의 병이 얼마나 혹독했는지를 상세히 그리고 있다.[26]

위 예문 ①과 ②가 일반 산문 장르였어도 구체적인 묘사와 참회는 음미할 만하다. 그런데 위 예문은 심노숭의 자찬연보인 『자저기년(自著紀年)』의 일부, 즉 자기서사라는 점 때문에 좀 더 정밀하게 읽어야 할 필요가 있다. 최근의 연구를 통해 다소 수정되기는 했지만, 동양의 자서전에는 자기 성찰과 반성도 거의 없고 자아의 변모 양상도 잘 보여주지 못한다는 주장이 제기된 바 있기 때문이다.[27] 따라서 정밀한 고찰은 자기 성찰과 반성의 여부를 파악하는 데서 시작할 필요가 있다. 그렇다면 과연 심노숭은 반성하지 않았는가? 예문 ②만 읽어보아도 이 질문에 대해 부정적인 대답을 내놓을 수 없을 것이다. 현재 자신의 병을 "과오를 오랫동안 쌓은" 결과로 보는 태도에서도 반성의 모습을 찾을 수 있고, 어머니의 장례를 지키지 못했던 당시 자신의 처지 역시 반성하고 있기 때문이다.

---

以來, 婢僕相繼染痛, 輒出城外幕舍. 三月念後, 遠兒父子俱痛. 四月初亦發汗, 遂奉慈闈出避. 侄婦與老婢童奴一時並痛. 侄婦四日發汗, 飮食起居幾如常, 遠兒雖汗後, 殊殊不自振. 余不得不日夕往省饋食之道, 亦朝夕相須, 事勢所使不如是, 無以救病也. 所謂出避, 名是實非, 心甚憂之. 五月初, 侄婦以飮食失攝重痛, 雜試藥無效, 初八日竟不起. 殮殯諸節, 余又不得不往來見之. 至十二日慈闈遘痛, 諸症一如昨春患候, 此時亦不無疑慮, 及遭窮天之痛, 室婦繼病. (中略) 成服旣過, 諸議皆謂余亦不可不出避, 情之忍也, 禮之變也, 此豈人理之可爲, 而凶毒之心, 亦不無畏死之情, 成服三日來坡山, 意亦爲山事經紀也."

26 위에 제시한 예문 이하의 문장 중 일부만 소개하면 다음과 같다. 沈魯崇, 『孝田散稿』 8권, 『自著紀年』, 3763~3764면, "(壬申)基永族祖家, 適有蟹峴韓醫者, 過去診視, 出一方, 謂以藥後微泄爲驗, 服一貼, 果有泄後連服三貼, 咳逆遂止. 仍而熱退身凉, 漸有生意, 氣息昏泮神思瞀亂猶前也. 時早炎日亢, 每朝日出, 肚裏如焚, 眠覺眼開, 但看紅綾步障掛在四壁, 直此可知病症. 日所食糜飮數器, 五味子茶數鍾, 如是數十日, 大便不通, 服童便日三次, 幾數十日, 便道始略通, 卽七月旬前也. 飮啖漸覺有味, 須人扶起, 欲立還仆, 如鳥飛之數三四日. 房軒始起, 動而最苦, 臂脚之痛. 晝歇夜劇, 夜輒交睫不得, 受三釐針似少減."

27 가와이 코오조오(2002), 35면.

반성은 나를 대상으로 삼아 그 잘잘못을 돌아보며 성찰하는 행위이다. 주로 과거의 자신을 대상으로 삼지만, 반성의 결과가 궁극적으로 향하는 지점은 현재의 나이거나 미래의 자신이다. 무수한 선택과 실천이 현재의 나를 형성하였으므로, 현재의 나를 알고자 한다면 과거의 선택과 행위를 돌아보아야 하고, 과거에 했던 잘못을 반복하지 않기 위해 가차 없이 자신을 반성한다면, 앞으로의 나는 전보다 나은 삶을 살 수 있을 것이다. 따라서 위에서 보이는 모습처럼 자신을 제대로 돌보지 못해서 어머니의 장례를 치르지 못했다는 회한, 그리고 그가 자주 언급하였듯, 주색재기(酒色財氣)에 저촉되었던 죄과(罪過)가 현재의 병을 만들었다는 진단 역시 자신의 과거를 반성하는 태도이며, 병에 의해 촉발된 반성을 통해 그는 자신의 미래를 가꾸어 나갈 수 있었을 것이다.

그렇다면 심노숭이 남긴 병에 관련된 서사에서 변모된 자신에 대한 이야기는 찾을 수 있는가? 물론 그렇다. 이러한 사실은 심노숭이 병에 걸리지 않기 위해 경계했던 '주색재기'의 측면에만 국한해보아도, 반성과 성찰을 통해, 즉 돌아보는 행위를 계기로 좀 더 나은 자신이 되었음을 피력하는 데에서 분명하게 살펴볼 수 있다.

① 아내는 거친 말과 엄한 얼굴빛을 드러낸 적이 없으며, 항상 다음처럼 말했다. "보통 사람들은 기쁜 일이나 화나는 일을 당하면 목소리와 얼굴빛에서 먼저 드러난다는데 저는 그렇지 않으니, 어찌 다른 사람보다 훌륭해서겠어요? 이것은 기운이 보통 사람들에게 미치지 못하기 때문일 뿐이에요. 이걸 보면 오래 살지는 못할 것 같아요." 나는 웃으며 말했다. "내가 듣기로 포악한 성질이 삶을 갉아먹는다고는 해도 이와 반대라서 일찍 죽게 된다는 말은 들어본 적이 없소. 정말 당신 말대로라면 나야말로 장수하겠소." 이것은 내 성질이 거칠고 사납다는 사실을 말한 것이다.[28]

② 젊은 시절 술을 꽤나 좋아했다. 다만 술의 흥취는 제멋대로 마시는 데 있지 않고 절제하는 데 있었다. 그런데 임자년(壬子年, 1792)에 아내와 자식을 잃은 슬픔으로 서군(西郡 : 坡州)에서 절제를 하지 못했지만 여전히 젊었기 때문에 병들지 않았다. 그러다가 기장(機張) 바닷가에서 6년을 보내는 동안 갑자기 왼쪽 눈이 떨리는 증상이 생겼는데 풍토가 조악한 데다 음주로 인해 발생한 것이었다. 폐질(廢疾)이 될까 두려워 귀양에서 풀린 뒤 단번에 술을 끊었는데, 처음에는 몹시도 생각이 나더니 점차 편안해져서 지금에는 마시려고 해도 마실 수 없게 되었다.[29]

③ 나는 성정(性情)과 기운이 거칠고 약한데 어리고 젊은 시절에는 정욕(情慾)이 남들보다 과해서 끝내 담음(痰飮)의 질병과 고황(膏肓)의 질환이 되었다. 마흔 이전에는 병을 달고 살았는데, 심해지면 괴로워하며 삶을 즐기려는 마음 따위 없어졌고, 의약(醫藥)이 효과를 거두지 못하여 지기(志氣)를 빼앗기게 되어서, 남들도 대단히 위태롭게 보았고 스스로도 매우 근심하여서, 요행히 죽지는 않더라도 틀림없이 병으로 사람구실 못하는 자가 될 것이라 생각했다.

영해(嶺海)에서 거처하던 6년 동안 풍장(風瘴)이 내 외부를 공격했고, 우환(憂患)이 내부를 공격해서 병이 틀림없이 더욱 심해져야 했으나 누그러지게 된 이유는 단정(斷情)의 효험이다. 이 이후로 정념(情念)이 마침내 쇠하여서 매번 예전에 했던 일들이 마치 남의 일처럼 생각된다. 지금까지도 혹 새로운 병으로 인해 괴롭기는 했지만 오래된 질환은 사라지게 되었으니, 내 자험(自驗)은 이와 같다.[30]

---

28 沈魯崇, 『孝田散稿』 3권, 「言行記」, 958면, "無疾言遽色, 常曰, '凡人遇喜怒, 先形聲色, 我則不然, 豈有過人? 是氣不及耳. 卽此不可久視.' 余笑曰, '吾聞暴性傷生, 未聞反是而死. 誠如子言, 吾其長生.' 謂余性粗暴也."

29 沈魯崇, 『孝田散稿』 12권, 『自著實記』, 5409~5410면, "少時, 頗喜酒. 酒之趣, 不在縱而在節. 壬子喪慽後, 在西郡, 頗失戒, 尙少也, 故不病. 海上六年, 忽生左目瞤動之症, 風土之惡, 飮爲之引也. 恐爲廢疾, 恩歸一斷之, 始苦戀, 漸安之, 至今欲飮而不可得也."

30 沈魯崇, 『孝田散稿』 11권, 「貽後錄·攝生」, 4894~4895면, "余性氣粗弱, 幼少情慾過人, 遂成痰飮之

심노숭은 기주(嗜酒)·호색(好色)·탐재(貪財)를 삼불혹(三不惑)으로 여겼고, 여기에 영기(逞氣)를 덧붙여 섭생(攝生)을 위협하는 네 가지 요소라고 생각했다. 예문 ①은 이 중 '영기'의 측면에서 자신의 과거를 돌아보는 부분이다. 이 글은 죽은 아내 전주 이씨와의 한때를 기록한 「언행기(言行記)」의 일부인데, 아내의 차분한 성격에 대조될 만큼 자신의 성미가 거칠고 사납다는 말을 서술하고 있다. 「언행기」 외에도 『자저실기』를 비롯한 몇몇 자기서사에서도 그는 자신의 품성을 이처럼 있는 그대로 기록한다. 예컨대 거슬리는 일을 참지 못해 함께 지내던 종들에게 종종 손찌검했다는 말도 심노숭은 기록해 둔 바 있다.[31] 큰 실책일지라도 숨기지 않고 드러내어 대상화시키는 태도가 올바른 반성의 첫 걸음이다. 스스로와 타협하는 순간, 이미 제대로 된 반성은 물 건너가게 되고 '돌아보기'와는 전혀 다른 자기기만의 길로 접어들게 된다. 이렇게 보자면 심노숭은 기본적으로 자신의 과거와 진솔하게 대면할 준비가 되어있었던 것이다.

예문 ②는 '기주'에 해당하는 서술이다. 심씨종회(沈氏宗會)를 하면 남는 것은 술뿐이라는 말이 돌 정도로 집안 대대로 술을 잘 마시지 못했으므로, 그는 술을 멀리해야 하는 체질이었던 것으로 보인다. 하지만 아내와 아이의 죽음, 6년 동안의 기장 유배 등에서 오는 괴로움을 잊고자 체질에도 맞지 않는 술을 마시다 병이 생겼고, 이로 인해 유배에서 돌아오자마자 술을 끊었다. 예문에도 서술해두었듯이 술로 인해 폐질(廢疾)이 생겨 제 몸 하나 제대로 건사할 수 없을 정도가 되는 것을 저어했기 때문이

疾, 膏肓之祟. 四十歲以前, 以病爲生, 劇則醫然無樂生之心, 醫藥不效, 志氣爲奪, 人見甚危, 自慮亦深, 幸不至死, 必爲廢疾之人. 六年嶺海之居, 風瘴攻其外, 憂患鑠其內, 病之必加而減, 斷情之效也. 自後情念遂衰, 每念前所爲如它人事. 至今со苦新虫恙而舊疾夬除, 余之自驗如此."

31 沈魯崇, 『孝田散稿』 12권, 『自著實記』, 5400면, "悁急有甚, 遇有梗眼拂心之事, 若不得頃刻自按, 僮御遊伴之近而往往手格之不饒. 族祖判書公諱星鎭嘗敎, 此吾童年事. 不害其爲名列耆社, 莫謂是伊法也. 仍笑不已."

기도 하고, 술은 잔신(殘身), 해명(害命), 황사(荒思), 폐업(廢業)하게 만들어 사람을 죽음으로 내몰고, 행여 죽지 않더라도 상성(常性)을 해친다는 점[32]을 충분히 인식했던 것이 술을 끊게 한 요인이었다.

공적(公的) 이력과 자신의 공적(功績)을 서술하는 자기서사는 적지 않다. 다만 이처럼 한동안 알콜 중독자처럼 살았다는 과거의 실책을 적나라하게 고백하는 글은 조선 후기 이전의 기록에서는 쉽게 볼 수 없다. 반면 조선 후기에 들면 개인적인 실책까지 고백하는 자기서사가 점차 증가하는데, 지금부터 그 양상을 몇 가지 더 살핀 이후, 개인적 실책과 반성까지도 명시한 원인을 고찰해볼 것이다.

「이후록(貽後錄)」은 60이 넘은 나이에 아들들에게 삶의 경계를 주고자 쓴 글이다. 그가 서문에도 밝혔듯이, 의원들도 자신의 병을 잘 알지 못하다가 남들에게 이야기하는 도중에 깨우치게 되는 것처럼, 아이들에게 삶의 지침을 말하다 보니 자신의 실책을 알게 되어 '아들아 너희는 나처럼 살지 말거라'라고 말하는 참회록(懺悔錄)의 성격도 띠고 있다.[33]

예문 ③이 「이후록」의 일부인데, '호색'에 대한 경계에 초점을 맞추고 있다. 호색은 19세기 초반까지만 하더라도 공적인 장에서 스스럼없이 할 수 있는 이야기가 아니었다. 하지만 심노숭에게는 자신의 건강과 직결되는 문제였기 때문에, '호색'은 스스로를 돌보고 돌아보기 위해 필수적으로 점검해야 하는 항목이었다. 이 때문에 그는 호색에 대한 이야기를 반성의 항목에서 빠뜨리지 않는다.[34] 여기에 조금 더 부연하자면 다

---

32 沈魯崇, 『孝田散稿』 11권, 「貽後錄·攝生」, 4895~4896면, "酒禍有甚於色, 殘身害命荒思廢業, 必死, 斷無良藥, 不死亦失常性, 余見多矣. (中略) 余少時喜酒不喜飮, 朋會遊場被人强久而滋長, 至數盃. 謫居六年, 不節而及縱, 仍之風章, 目間口動, 斷飮. 病已至今二十年, 不思飮亦不能飮."

33 沈魯崇, 『孝田散稿』 11권, 「貽後錄叙」, 4890면, "兒生在余五十歲, 兒將成童, 余且及耆, 兒之能知余之志領余之喩, 且幾年乎? 自檢平生, 無可以爲兒敎者, 惟有蜀人勿類之祝而已. 醫巫不自知其病祟, 爲他人說往往得其眞詮, 況父子之親之切乎?"

음과 같은 논의도 가능할 것이다.

자기의 정체성을 찾고 스스로가 혹은 후예들이 더 나은 삶을 살게 할 지침을 마련하기 위해 자신의 삶을 돌아보기 시작했다면, 자신이 생각했을 때 중요하다고 생각하는 요목(要目)은 그 어떤 것도 빼놓지 말고 낱낱이 반성의 법정에 올려 냉정하게 판정해야 한다. 그중 제 삶을 제대로 건사하기 위해 침범해서는 안 될 항목으로 심노숭은 '주색재기' 네 가지를 들고 있다는 사실은 이미 밝힌 바 있다.

이 중에서 '호색'은 특히 더욱 내밀한 영역이라, 공적인 장에서 이야기할 만한 주제가 아니었다. 하지만 스스로가 삶을 건사하는 데 중요하다고 생각하는 자기반성의 요목을 빼고서 정체성을 찾는 일은 마치 사건보고서를 작성하면서 그 동기나 배경처럼 주요 항목을 누락하는 일과 같이 공허한 결과를 도출하게 만든다. 또한 지난 삶을 돌아볼 때 특정 요목에 저촉되는 일이 가장 후회되는 경우라면 더욱이 빼놓을 수 없다.

이 때문에 심노숭은 예문 ③ 외에도 '호색'이나 '정욕'에 관련된 반성을 몇 차례 더 수행했다. 예컨대 열너덧에서 서른대여섯까지 정욕을 주체하지 못해 미친놈[顚癡]처럼 굴었다고도 했고, 기생과 함께 하기 위해 뒷골목도 마다치 않았음을 고백하기도 했으며,[35] 아내가 죽고 슬픔을 억누

---

34 이와 같은 이유 말고도 그가 '호색'에 초점을 두고 자신의 삶을 반성한 원인을 그의 아버지 심낙수(沈樂洙, 1739~1799)에게서도 찾을 수 있다. 심낙수 역시 젊은 시절 여색(女色)으로 인해 어머니(심노숭에게는 할머니)의 걱정을 샀으나 이후에는 욕망을 끊고 살았다는 사실을 아들에게 말한 바 있으며, 그 언급을 심노숭이 기록해두었기 때문이다. 이러한 사실은 다음의 예문을 통해 짐작할 수 있다. 沈魯崇,『孝田散稿』7권,「言行記補遺」, 3408면, "少時或失在色之戒, 先祖妣深憂切責, 一斥去不戀. 先祖妣喪, 並有高祖妣, 承重制五年, 旣闋, 自後一以斷情自守, 且十餘年. 晚歲有侍妾, 閨房肅然, 尙曰,"不如古人所謂淸淨自樂耶!'

35 沈魯崇,『孝田散稿』12권,『自著實記』, 5412면, "情慾有過於人, 始者十四五歲, 至三十五六歲, 殆似顚癡, 幾及縱敗. 甚至狹斜之遊, 不擇逕竇之行, 人所指笑, 自亦刻責, 而卒不得自已. 若是, 則凡在托情之過, 宜有蠱心之累, 而始若浸浸不返, 卒乃落落無戀. 平康薄倖之名, 所不能免, 此非有可以剛制其柔倒者, 卽不過曰, 情之寓, 而心之不輒動也."

르지 못해 술과 여자를 탐했다는 말도 솔직히 토로한다.[36] 아울러 토로
와 반성의 과정 속에서 그는, 여색에 빠져있었지만 돌아오지 못할 강을
건너지 않게 해준 심성진(沈聖鎭)의 따뜻한 충고를 기록해 두는 일도 잊
지 않는다.[37]

이와 같은 심노숭의 태도를 고찰하면서 성적 욕망의 고백이 진정한
자기 앎과 연관이 있다고 진단한 논의에 주목할 필요가 있다.[38] '정욕'의
고백이 자아의 정체성을 찾기 위한 가장 근원적인 자세라는 점을 지적했
기 때문이다. 아울러 그 원인을 성시(城市)의 형성과 도시적 환경, 글쓰기
에 있어서 공(公)에서 사(私)로의 전환 등과 같은 배경에서 찾으려 한 시
도도 있다.[39] 이 역시 남들과 변별되는 자신을 찾으려 하고, 주변 일상과
내면의 욕구를 자신의 글에서 피력하려고 한 조선 후기 자기서사의 환경
적 배경을 지적하고 있기 때문에 음미할 만하다.

이러한 사실에 유념하면서 지금부터는 조금 더 논의의 범위를 넓혀,
특히 글쓰기의 측면에서 자신의 정체성을 수립하고 개성을 피력하려
고 했던 심노숭의 태도가 딛고 있는 기반을 살펴보면서 논의를 마무리
하겠다.

글을 통해 자신의 정체성을 좀 더 확실히 인식할 수 있다는 점은 이미
언급한 바 있다. 글쓰기는 모호한 사유와 감정을 불러내어 명징한 인식

---

36 沈魯崇, 『孝田散稿』 12권, 『自著實記』, 5495~5496면, "李儒人喪旣葬, 奉先夫人, 盡室出郊舍. 悼傷
   過甚, 忽忽無以自生. 先君自西郡書敎來覲, 十月赴侍, 縱酒色, 按心不得. 香山僧聖機, 年老能文詩
   習經法, 館在余所居對香樓, 日夜論禪旨, 若可有新悟塞悲. 其時事, 至今思之, 儘可笑也."

37 沈魯崇, 『孝田散稿』 11권, 「貽後錄 · 攝生」, 4899면, "辭氣溫重, 姁姁懇懇, 稚蒙之見, 亦有感情. 自後
   帷房燕私狹斜顚狂, 未嘗不念公言, 惕然自驚. 余之不至於縱欲敗度, 得至今白首無虫羔, 公之一言之
   力居多, 每念不能忘."

38 정우봉(2014), 104~106면에서는 푸코의 발언을 근거로 성적 욕망을 표현하는 것이 근대적 개인의
   자기고백을 향한 도정이라 언급한 바 있다.

39 안득용(2014b), 449~451면.

을 통해 재검토하는 과정을 동반하기 때문에, 섬세하게 성찰하는 계기를 제공한다. 자신을 대상으로 하는 경우에도 마찬가지의 과정을 거치므로, 글로 쓰지 않은 경우보다 명확하게 자신을 인식하게 된다. 더욱이 나날의 삶을 돌보고 돌아보기 위해 관찰하고 글로 남긴 결과를 통해 얻은 자기에 대한 인식이라면, 이로써 타인과 변별되는 온전한 개체로서의 자아상을 구성했다고 말할 수 있을 것이다.

심노숭 산문에 대한 연구 중에는 그 개성적 측면을 논한 경우가 적지 않다. 실제로 그의 산문에는 타인과 구별되는 자신의 기호, 취향, 사생활 등이 세밀하게 표현되어 있다. 이러한 경향은 자기서사에서도 부각되는데, 그렇게 만든 주요한 원인은 지금까지 살펴본 돌보기와 돌아보기로서의 성찰과 글쓰기이다. 이 외에 또 다른 원인으로 지적할 수 있는 사실은 다음 예문에서 보이는 것과 같은 '개별적 차이'를 인정하려는 태도이다. 물론 이를 바탕으로 인물의 고유한 개성을 포착해서 형상화하려는 자세가 발현된다는 점은 부연할 필요가 없을 것이다.

"사람들이 비로봉(毗盧峯)에 오르기를 좋아하는 것은 당귀채(當歸菜)를 좋아하는 것처럼 모두 이름을 좋아하기 때문이다. 사람들의 시력은 한계가 있으니, 비록 비로봉에 오른다고 해도 멀리까지 바라볼 수 없고, 어떤 지역과 어떤 산이라고 일컫는 것은 그저 승려가 가리키는 데 의지할 뿐이다." 이 말은 감사(監司) 임규(任奎)의 말로서, 김농암(金農巖 : 農巖 金昌協)의 『동유기(東遊記)』에 수록되어 있는데, 임규가 당귀채를 먹지 않기 때문에 한 말이다.

임규의 말은 얼마나 꽉 막힌 것인가! 시력의 한계는 본래 시력이 좋고 나쁜 것이 사람에 따라 같지 않은 점이 있고, 식성의 치우침은 좋아하고 싫어하는 것이 사람에 따라 서로 비슷하지 않은 점이 있다. 내가 먹지 않고 보지 않았다고 해서 온 세상 사람들이 먹고 보는 것을 같게 만들고자 해도 괜찮겠는가? 당귀채는 내가 매우 좋아하지만 늘 얻을 수 없고, 비로봉은 내가 바라보는 것이지만 늘 오를 수는 없는 것이다. 마침 임규의 이야기를 보고 이처럼 분별한다.[40]

심노숭의 『자저실기』는 자신의 외모를 그리는 것으로부터 시작한다. 둥글고 평평한 머리에서부터 이마며 눈썹을 거쳐 수염과 얼굴빛과 목소리에 이르기까지 섬세하게 자신을 그린다.[41] 완전히 똑같이 생긴 사람은 없으므로, 이처럼 자신의 고유한 형상을 세밀하게 그리는 것만으로도 정체성을 일정하게 드러낼 수 있다.

또 자신이 좋아하는 음식이나 의복, 주거형태를 말하는 것 역시 그러하다. 거의 대부분 밥과 반찬을 먹고, 여름에는 홑옷을, 겨울에는 겹옷을 입으며, 집에서 거주한다. 크게 보자면 거의 다를 것이 없어 보이는 의식주의 형태이지만 가까이 다가가 살펴보면 완전히 같은 경우는 없다. 물론 좋아하는 대상의 계열은 같을 수 있지만 그것을 구체적으로 말하다보면 완전히 동일한 기호가 없다는 점을 어렵지 않게 알 수 있다. 따라서 기호의 피력 역시 개성을 형성하는 데 기여하는 바가 크다.

형상화의 측면에 국한해서 보자면, 캐리커처처럼 특징적 면모를 포착해서 집중적으로 부각시키는 방법은 한정된 지면에 고유한 개체의 개성

---

40 沈魯崇, 『孝田散稿』 12권, 『自著實記』, 5777~5778면, "人之喜登毘盧峰, 如嗜當歸菜, 皆好名. 人之目力有限, 雖登毘盧, 不能遠視, 其云某地某山, 只憑僧手指而已. 此任監司奎之語也, 金農嚴東遊記有之, 任不食當歸菜故云. 任之說, 何其茅塞之甚也! 視力之限, 固有遠近之人各不同, 食性之偏, 亦有嗜厭之人不相似. 以吾之不食見, 欲齊天下之口眼而得乎? 當歸菜, 余所絶嗜, 而不能輒得, 毗盧峯, 余所望見, 而不能輒登者. 適見任說, 卞之如此."

41 沈魯崇, 『孝田散稿』 12권, 『自著實記』, 5396면, "顱圓而偃, 腦平而廣, 額骨對聳. 眉散而稜或過眼, 眼大而眶不掩睛. 準高於輔, 其端下垂, 顴房團實如附殼. 耳出髥上, 郭厚珠縣. 顴勢相包, 不突不衍. 頷若上朝, 頤不下殺. 口小脣敦, 其色含硃. 髭不蔽口, 鬚勒至耳, 疏或見肥, 長纔及頷, 準額上痘斑可數. 面色深白淺黃, 口音似揚而沈. 金土局, 金水聲, 相家之說, 非誣也. 眉眼之間, 森然有難蓄易發之氣, 模寫之所不及, 評品之所難狀. 跡論平生, 乖多契寡, 歡㸌苦奪者此也."

을 표현하기 위해 필요하다. 이 때문에 고개지(顧愷之)도 배해(裴楷)의 초
상을 그리면서 뺨에 수염 세 가닥을 더했고, 유진(維眞)이 증노공(曾魯公)
을 그리면서 눈썹 뒤에 세 개의 주름을 더한 것이다.

　이로써 보자면 인물의 고유한 특징을 파악해서 구체화시키는 일만큼
대상의 개성을 효과적으로 표현하는 데 기여하는 방법은 없다. 이러한
방법을 글쓰기에도 적용시켜 심노숭을 비롯한 그의 선후배들은 자신을
포함한 대상의 개성을 부각시켰다.

　예컨대 심노숭보다 30여 년 선배인 이종휘(李種徽, 1731~1797)는 훌륭한
역사서에서 인물의 개성이 부각되는 이유를, 화공들의 전신(傳神)처럼 그
인물의 특징을 상징적으로 보여주는 의사(意思)가 깃들어 있기 때문이라
고 지적한 바 있다. 그 '의사'를 드러내기 위해 음식기거(飮食起居)나 언소
기호(言笑嗜好)와 같은 일상적 모습을 반복하기도 하고, 서사(書事)와 기언
(記言)에 밀접한 관련이 없어 보이는 행동도 빠뜨리지 않는 점을 지적하기
도 했다.[42] 또 다른 선배인 박제가(朴齊家, 1750~1805) 역시 천 사람 만 사람
과 구별되는 단 한 사람의 개성을 중시했다.[43] 아울러 심노숭보다 90년
정도 후배인 이건창(李建昌, 1852~1898) 역시 누구나 가지고 있는 이목구비
(耳目口鼻)보다 그 인물만이 지닌 고유의 풍신(風神)에 온힘을 기울이고서
야 다른 사람이 아닌 바로 그 사람을 제대로 입전할 수 있다고 말했다.[44]

---

**42** 李種徽,『修山集』권10,「題後漢書後」, 488~489면, "盖嘗以爲良史之傳人, 如畵工之傳神, 衣冠似矣,
　　長短似矣, 鬚眉觀頰似矣, 猶未也, 惟得其意思所在, 然後方見其人. 顧長康之加毛, 僧惟眞之眉後三
　　稜, 盖所以傳其神也. 凡其意思之所在, 則雖飮食起居之際, 言笑嗜好之末, 亦無憚於重複而支離. 是
　　以執玉高卑, 其容俯仰, 無關於書事之體, 而左邱筆之而不遺. 沛宮歌呼, 諸毋冗猥, 無益於記言之實,
　　而子長累牘而有餘, 何者? 要得其意思所在而已."
**43** 朴齊家,『貞蕤閣集』권3,「小傳」, 649면, "贊曰: 竹帛紀而丹青摸, 日月滔滔, 其人遠矣. 而況遺精華
　　於自然, 拾陳言之所同, 惡在其不朽也? 夫傳者傳也. 雖未可謂極其詣而盡其品乎, 而猶宛然知爲一
　　人, 而匪千萬人, 然後其必有天涯曠世而往, 人人而遇我者乎!"
**44** 李建昌,『明美堂集』권12,「傳說」, 176면, "余聞之, 歎曰: 是非惟知大臣之體也, 亦知文章之體者也.

위 예문에서 심노숭이 견지하고 있는 태도 역시 그의 선후배가 지녔던 시각과 다르지 않으며, 이와 같은 시각을 지녔기 때문에 자신만의 고유한 개성을 구체적으로 그릴 수 있었고, 또한 그렇게 하고자 일상의 사소한 모습에서부터 개체를 표상할 수 있는 상징적인 모습까지 빠짐없이 기록한 것이다.

지금까지 심노숭이 자신의 과거와 내면을 반성하고 성찰한 자기서사와 그 글쓰기의 특징적 면모를 살펴보았다. 그 결과 구체적으로 자신의 병든 모습을 서술한 글이나 병과 연관된 자기서사에서, 그가 자신의 정체성을 형성하려고 고투한 태도, 참회하는 개인, 변모된 자아 등의 모습을 그리고 있다는 점을 알게 되었다. 이러한 결과는 그가 남긴 자기서사 전체로 범위를 넓혀보아도 거의 일관되게 발현되는 특징적 면모인데, 나날의 삶을 돌아보며 스스로를 양심의 법정에서 판결하고, 그 결과를 글로 표현함으로써 자신의 정체성을 찾기 위해 노력을 기울인 태도가 위와 같은 현상을 촉발한 직접적인 원인이다. 아울러 개인의 발견을 추동한 시대적 상황, 자아 혹은 타인의 고유한 모습을 부각시켜 면밀하게 형상화하려고 했던 당대 문단의 흐름 역시 배경적 원인으로 지적할 수 있다.

별의 운동을 밝히기 위해 30년을 꼬박 천체망원경에 눈을 붙이고 별을 관찰하는 천문학자와 같이, 자신의 마음속에 떠오른 모든 생각, 마음을 뒤흔드는 모든 감정, 그의 모든 슬픔과 기쁨 등을 정확하게 관찰하여

---

然又不特大臣而已. 古之以文傳人者, 皆未必傳於內行也. 傳人如畫人, 畫人者, 畫耳目鼻口不可闕. 然傳神之妙, 或不在於耳目鼻口, 而往往出於耳目鼻口之外. 如所謂眉稜頰毛者, 是也. 內行猶之耳目鼻口人所同也, 而若其風神之所在, 猶之眉稜頰毛已所獨也. 故善傳人者, 必於其人之風神而致意焉. 然又不特傳人而已. 人之所以爲人, 亦必有人所不盡然而己能獨然者, 然後可以有進於道. 不然而惟專於人之所同, 則往往不過爲善人而已, 此狂狷與鄉愿之分也."

기록하지 않으면, 삶의 가치가 무엇인지 인간은 알 수가 없게 된다고 디드로(Denis Diderot)는 말했다.[45] 이 발언을 유념하면서, 나날의 삶을 관찰하고, 사소하거나 저열하거나 비열한 감정까지도 토로하는 습관의 중요성을 떠올려 본다면 심노숭이 자신을 돌보고 돌아보는 태도의 가치를 충분히 짐작할 수 있을 것이다.

## 4. 자기 돌봄과 돌아봄의 의미, 그리고 남은 과제

지금까지 심노숭이 자신의 병과 신체의 이상 징후에 대해 남긴 자기서사를 살펴보며, 그 양상과 의미를 고찰해 보았다. 그가 자신의 몸과 마음을 돌본 기본적인 방향은 작은 병을 키우지 않기 위해 자신에게 일어나는 작은 변화에도 관심을 기울이고 적극적으로 대처하는 것이었다. 물론 이와 같은 지향은 동서양 모두가 공통적으로 주장하는 지침이기도 해서 『군주론』을 쓴 마키아벨리(1469~1527) 역시 유사한 주장을 한 바 있다. 『국어(國語)』의 "상의의국(上醫醫國)"이라는 단언에서도 알 수 있듯 정치와 병에 대한 비유는 그 유래가 오래되었다. 이이(李珥, 1536~1584)를 비롯한 조선의 지식인들도 주로 사용하고 있는 이와 같은 비유에서 그들은 대부분 국가를 인체라는 유기체로 상정하고, 고질병이 되기 전 병인(病因)을 찾아 치료하는 것을 최우선으로 생각한다.[46] 하지만 보편타당한

---

45 위의 발언은 디드로가 소피 볼랑(Sophie Volland)에게 보낸 편지의 내용 일부를 요약한 것이다. 그 내용은 Benoît Melançon(2000), p.151에서 재인용함.
46 이 점에 대해서도 마키아벨리 역시 유사한 주장을 펼친 바 있다. 마키아벨리의 발언은 수잔 손택(2010), 112면 참조. 이이의 태도는 다음과 같은 예문에서 정치와 질병의 비유, 고질이 되기 전에 병인을 찾아 고치고자 하는 원칙 등이 선명하게 부각된다. 李珥, 『栗谷全書』 拾遺 권6, 「醫藥策」, 566~567면, "脩短之數, 雖曰在天, 保養之機, 其不在人乎? 是故, 養氣於未然之前, 治病於已然之後, 順受正命, 而不失攝生, 醫病之方, 不過如斯而已. 豈獨於病有醫藥哉? 於國亦有之, 醫於病者, 醫之

원칙만으로는 국가를 제대로 다스리기 힘들다. 그 원칙을 실천하기 위한 세부적 지침이 수립되어야 하고, 그 지침을 따르려는 의지와 실천역시 뒤따라야 제대로 된 정치를 할 수 있다. 마키아벨리가『군주론』을쓴 이유 역시 여기서 크게 벗어나지 않을 것이다.

사람의 몸과 마음도 보편적 원칙과 그것을 구체적으로 실천하게 만들어주는 세부 준칙이 필요하며, 원칙과 준칙을 실천하는 과정에서 발생한문제를 파악하고 즉시 고치려는 태도 역시 중요하다는 측면에서 국가의운영과 크게 다르지 않다. 그런데 우리는 심노숭의 글에서 보편적 원칙을 세우고, 그것을 나날의 삶 속에서 그것을 실천함으로써 작은 병을크게 키우지 않으려는 모습을 보았다. 아울러 이러한 태도는 자신의 몸과 마음을 온전히 자신의 통제 속에서 스스로 조절하려는 모습이라는점에도 주목할 필요가 있다. 자신의 삶을 스스로 지배하려는 주체로서의 실천적 태도가 드러나기 때문이다.

한편 관찰에만 그치지 않고 몸과 마음에서 보이는 변화를 글로 남긴태도 역시 유의미하다. 미묘한 변화를 잡아내는 데에는 글을 통한 포착처럼 유용한 방법이 없기 때문이다. 여기서 한 걸음 더 나아가 심노숭은자신의 안팎에서 일어나는 미묘한 변화를 섬세하게 포착했을 뿐만 아니라, 지난 삶과 자신의 내면에 일어났던 변화를 서술하며 가던 길을 잠시멈추고 삶의 방향을 점검하는 태도 역시 보여준다. 현재의 자신은 지난날 자신이 결행한 무수한 선택과 실천의 결과이므로, 당시의 자신을 대상화해서 살펴보는 일과 그 과정에서 일어나는 참회와 성찰은 아프지만반드시 필요하며, 그렇기 때문에 의미가 작지 않다.

---

小者也, 醫於國者, 醫之大者也. 醫之小者, 雖切於日用, 猶可謂之末技也, 醫之大者, 豈非關氣數之盛衰, 而吾儒之所當熟講者乎? 是故, 養之以粱肉, 治之以藥石, 明敎化以導人心, 正名器以肅朝廷, 節用而足食, 養民而足兵, 醫國之道, 不過如斯而已."

이 지점에서 자기서사라면 으레 등장하는 것처럼 보이는 참회와 성찰이 새삼 무슨 큰 의미가 있는지 반문할 수도 있다. 이에 대해서는 다음과 같이 답할 수 있다. 승려와 낙척한 문인지식인의 글 몇 편을 제외하면, 조선 중기 직전까지 자신의 내면, 특히 반성과 성찰이 보이는 자기서사는 그리 많지 않다. 게다가 자신의 가장 내밀한 정욕과 삶 전체를 떠받들고 있는 일상의 작은 일까지 매거통관(枚擧通觀)하며 드러내 보인 경우는 더욱 드물다. 아울러 진정한 자기를 알고자 하는 경향이 부각되고, 성시(城市)의 형성으로 도시적 환경이 흥기하였으며, 사상적으로 이전 시기보다 다소 유연해진 19세기경의 조선에서조차 심노숭 정도의 반성과 성찰은 찾아보기 힘들다. 이로써 볼 때, 심노숭이 자신의 정체성을 찾고, 좀더 나은 삶을 살고자 지난 삶과 내면을 끊임없이 돌아본 행위는 충분히 가치가 있고, 그것을 개성적으로 표현하였다는 점 역시 작지 않은 의미가 있다.

마지막으로 심노숭이 자신을 돌보고 돌아보는 독특한 경향을 만든 경제관념과 환경적 요인에 대해 시론(試論)하고 본고를 마무리 짓고자 한다. 심노숭의 경제적 인식과 성시의 형성 및 도시적 환경을 짐작하게 만드는 글은 「이후록(貽後錄)·치산(治産)」이다. 이 글에서 심노숭은 인간이라면 누구나 가계(家計)를 돌봐야 하며, 근검(勤儉)을 통해 자신의 몸과 가족을 돌볼 것을 주장한다.[47] 군자는 악의악식(惡衣惡食)을 마다치 않아야 하며, 탐욕스럽게 재산에 뜻을 두어서도 안 된다. 그 때문에 타인의

---

**47** 沈魯崇, 『孝田散稿』 11권, 「貽後錄·治産」, 5007~5008면, 孔孟之聖賢, 賁育之勇力, 而十日不食, 則死. 有生之物, 不食而生者, 未之有也. 蜫蠢之微有喙求食, 天之理也, 物之性也. 食而不自力, 豈人之道也? 古人有不治生産作業者, 志氣有大, 不屑爲口體之奉, 誠可矣. 朝不食夕不食, 父母妻子饑餓不能出門, 卒至於死而不悔, 則其人雖有曾參之孝伯夷之淸, 謂之人則非也. 溫公所謂先問士大夫家計足否者, 所謂家計, 豈有不自治而能足者乎? 人得如溫公足矣, 而溫公亦治家計, 治之之術, 豈有他哉? 勤儉而已. 勤而不及荒惰, 儉而不有靡費, 天且佑之, 人安得不成之乎?

인품을 추키면서 "살림살이를 돌보지 않았다(不顧生産作業, 不事生産作業, 不喜生産作業, 不營生産作業, 不務生産作業)."라고 말하며 세상의 잇속과 거리를 두고 있는 모습을 부각시키는 경우가 적지 않다. 반면 심노숭은 정도(定度)를 넘어서지 않고 정당한 방법으로 근검하게 축적한 부를 오히려 권장하는 태도를 보인다. 이 외에도 농사를 짓지 않는 사대부들이 늘어나자 조정의 난적(亂賊)이 증가하고 백성들이 더욱 괴로워졌다는 점을 지적함으로써 정당한 수단을 통한 치산을 긍정하기도 했다.[48] 이 외에도 계란을 팔아 부를 축적한 홍익구(洪益九)와 동대문 밖에서 팥죽을 팔다가 돈을 모아서 광통교(廣通橋) 아래에 큰 술집을 낸 평강인(平康人) 부부의 이야기를 치산의 대표적인 사례로 제시하기도 한다.[49]

의식주는 인간이 삶을 영위하기 위한 최소한의 조건이다. 다만 이를 제대로 영위하기 위해서는 일정한 재산이 필요하고, 재산을 축적하기 위해서는 근면한 노동(勤)으로 수확한 결과물을 시장에서 교환하고, 그로부터 얻은 이익을 절약하는 방법(儉)만큼 효과적인 길은 없다. 이 때문에 심노숭은 자신을 돌아보는 과정에서 '치산' 역시 중요하게 생각한 것이다. 물론 그가 치산을 대하는 이와 같은 태도에서, 서양의 경우처럼 개인의 자유, 소유권, 합리주의 등과 결부된 사유재산의 인식과 같은, 개인주의나 개인의 자각과 밀접하게 연관된 태도를 선명하게 포착하기는 힘들다.

---

48 沈魯崇, 『孝田散稿』 11권, 「貽後錄·治産」, 5014~5015면, "衣食之本在於耕織, 捨此而求, 皆非正理. 如料販債殖之事, 非士夫可爲, 不但名色之醜甚, 其苦有甚於夏畦. 設有銖兩之利不過頃刻之間, 適見其敗散無餘, 實利遠效, 豈耕織之萬一哉? 士大夫不治農二百年之久, 耳目不習, 心手不應, 雖有意爲此, 卒不免齟齬而止. 從而爲之說曰, 無理不可爲也. 此余之所深悲者. 余嘗曰, 士大夫不治農, 而朝廷多亂賊, 生民苦塗炭夫, 豈無見而余言之."

49 沈魯崇, 『孝田散稿』 11권, 「貽後錄·治産」, 5012~5013면, "甲戌大饑, 乙亥春, 余每曉赴衙秋曹, 見曹門外小屋中有賣豆粥者, 往來見之, 男婦曉鐘起無暫時坐. 丙子春忽不見, 叩之隸屬, 言其人本平康民, 流離至京, 得數兩錢賣粥, 周歲致累百, 買瓦屋廣通橋下, 方設爲大酒肆, 日收錢數十兩矣. 洪生之鷄卵, 平康人之豆粥, 豈能使人富, 富得於兩人者之誠勤, 治産非誠勤不得也."

하지만 심노숭이 서술한 18세기 후반~19세기 전반 성시의 모습과 부의 축적, 치산에 대한 인식 등은 분명 그 이전 사대부들의 태도에서 진일보한 모습을 보인다는 점은 사실이다. 여기에 기존 연구에서 논의된바, 그의 동년배들이 당시 한양의 성시를 그려낸 다양한 발언과 증언들을 덧붙인다면, 당대 한양의 도시적 풍경을 재구성해볼 만한 근거는 조금 더확실해질 것이다.[50]

　그의 경제적 사유 속에서 개인의 자각을 간취할 수 있고, 개인의 자각은 개성의 피력과 밀접한 연관이 있으므로, 병의 서사를 포함한 그의 자기서사가 개성적 면모를 갖는 또 다른 원인 한 가지를 바로 이 지점에서 찾을 수 있다. 다만 이렇게 주장하기 위해서는 당대 도시의 환경, 사상적 경향,[51] 개인의 각성, 그리고 이들에 대한 문학적 대응을 좀 더 깊이 있고 다각적으로 살펴보아야 하므로, 이에 대한 본격적인 고찰은 향후의 과제로 남겨두고자 한다.

---

50　공론장을 중심으로 도시적 환경과 근대의 주체로서 인민의 탄생에 대한 종합적 논의로는 송호근 (2011)을 참조하기 바란다.

51　양명학(陽明學)의 주관 유심주의적(主觀唯心主義的) 인식론은 동양에 있어 개인의 자각에 적지 않은 영향을 끼쳤다. 즉 사상적 측면에서 양명학의 주관 유심론이 개인의 자각을 촉발시켰다고 할 수 있는 것이다. 다만 조선의 사상계에서는 양명학을 본격적으로 긍정한 모습을 그리 쉽게 찾아볼 수 없었기 때문에, 그간 성리학의 반성적 태도와 천기론(天機論) 등이 개인의 자각에 일정한 영향을 끼쳤다고만 언급되어 왔다. 그런데 심노숭에게서 양명학적 사유를 일정 정도 긍정하는 모습을 살펴볼 수 있었다. 예컨대 "學之陋因襲也, 因襲之惡而及於超躐, 則害有甚焉. 審乎此而爲 之制之, 其惟學之公乎! 聖人之後, 漢儒得其傳, 至宋之諸君子, 倡明其旨, 陸王者出, 程朱之叛, 卒且 半天下矣. 東方古無學者, 圃老首出, 本朝啟運, 先生長者, 前後相望, 一視準程朱, 離一步不得. 陸王 之說, 近乎理者, 亦不免一蔽而斥之, 適以資其說之攻之, 而無以自解."(沈魯崇, 『孝田散稿』 11권, 「上 楓皐論學書」, 5138~5139면)와 같은 태도가 그러하다. 다만 이 역시 좀 더 다양한 측면에서 심도 깊은 접근이 필요하므로, 우선 이번 장에서는 그 실마리를 소개하는 정도에서 매듭짓고자 한다.

제 2부

# 한국 고전 자기서사의 장르별 양상

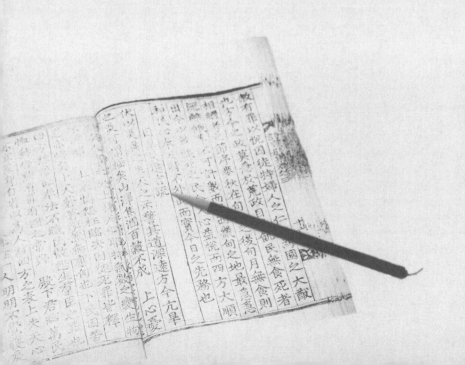

# 제6장

# 자탁전(自托傳)의 계열과 그 계보

## 1. 자탁전의 범주와 계열

자탁전(自托傳 혹은 自傳性托傳)[1]은 장르의 분류에 있어 전(傳)에 속한다. 서사증(徐師曾, 1517~1580)에 의하면 '전'은 '사적(事迹)을 기재해서 후세에 전하는 장르'이다. 또 '자탁전'의 상위 장르인 탁전(托傳) 및 사물과 심성을 의인화한 전인 가전(假傳)[2]을 구분한 연구자 역시 서사증이다. 그는

---

1 자탁전(自托傳)은 曹壽鶴(1987, 47면)이 사용한 용어이다. 그는 탁전(托傳)을 정의하는 가운데, 다음과 같이 자탁전을 아울러 언급한 바 있다. "작자 자신의 心懷, 思想, 趣味, 人生觀, 治世觀 등을 어떤 제3의 인물에 假托(寓意)하여 서술하는 傳의 一種이다. 어떤 가상의 인물에 작자 자신을 은유한 자서전적인 것을 自托傳이라 하고, 假想 또는 실제인물의 특성에 작자의 사상이나 처세관 및 주장 등을 우의한 것을 意托傳이라 한다." 아울러 南哲鎭(2005, 88면)은 이 장르를 자전성 탁전(自傳性托傳)이라 명명한 바 있다. ● 보통 우의성(寓意性)이 강한 탁전과 자전성(自傳性)이 강한 탁전을 구분하지 않고 모두 '탁전'이라고 부르지만, 본서에서는 논의의 선명성을 기하기 위해 우의성이 강한 탁전을 의탁전(意托傳, 他傳性托傳), 자전성이 강한 탁전을 자탁전(自托傳, 自傳性托傳)이라고 부르겠다. 이 중 의탁전은 曹壽鶴(1987, 45면)의 용어이고, 타전성 탁전(他傳性 托傳)은 南哲鎭(2005, 88면)이 제안한 술어이다.

2 가전(假傳)의 정의는 다음을 따른다. 김창룡(2001), 45면, "가전은 列傳, 혹은 本紀의 형식을 祖述하여 인간 주변에 산재하는 동물·식물·무생물 및 심성을 소재로 한 擬人傳記로서, 교훈성·풍자성·탁전성·오락성 등을 골고루 포함하는 寓意的 滑稽의 문예장르이다."

사마천(司馬遷)의 『사기열전(史記列傳)』처럼 역사서에 기록된 사가(史家)의 저작을 사전(史傳 : 正體와 變體가 있다), 숨겨진 덕이 드러나지 않은 산림(山林)과 이항(里巷)의 사람이나, 지위는 낮지만 본받을 것이 있는 인물을 문인들이 입전한 장르를 가전(家傳)이라고 정의하는 가운데, '탁전'과 '가전(假傳)'을 따로 구분했다.[3]

다만 서사증은 탁전과 가전을 가르는 기준을 명확하게 제시하지는 않았다. 그 때문인지 현대 중국의 전기(傳記) 연구에서는 탁전 중 의탁전(意托傳 혹은 他傳性托傳)과 가전(假傳)을, 우언체(寓言體) 전기소설(傳記小說)로 한데 묶은 사례도 보인다.[4] 의인화의 유무로 의탁전과 가전은 확연히 구분되지만, 두 장르 모두 우언(寓言)으로 간주할 수 있다는 시각에 근본을 둔 것이다. 우언이 되기 위한 최소의 조건은 ① 고사(故事)의 줄거리이고, ② 비유의 기탁(寄託)으로 갑(甲)을 말하면서 그 뜻은 을(乙)에 둔다는 원칙이다.[5] 이 조건을 받아들인다면, 의탁전과 가전은 모두 입전 대상의 사적[甲]을 통해 작가의 시각[乙]을 표출하고 있으므로, 우언으로 묶는 것은 논리적으로 충돌을 일으키지 않는다.

반면 '자탁전'에서는 우언성(寓言性)이 크게 부각되지는 않는다. '의탁전'이나 '가전'과 마찬가지로 '자탁전' 역시 제3자가 주인공이지만, 두 장르와는 달리 저자(=화자)와 주인공의 우회적 일치가 이루어지기 때문에, 갑을 말하면서 을이 아니라 갑에 뜻을 둔다는 사실이 우언적 성격을 희

---

3 徐師曾, 羅根澤 校點, 『文體明辯序說』, 「傳」, 北京 : 人民文學出版社, 1998, 153면. "字書云, '傳者傳也. 紀載事迹, 以傳於後世也.' 自漢司馬遷作史記, 創爲列傳, 以紀一人之始終, 而後世史家卒莫能易. 嗣是山林里巷, 或有隱德而弗彰, 或有細人而可法, 則皆爲之作傳以傳其事, 寓其意. 而馳騁文墨者, 間以滑稽之術雜焉, 皆傳體也. 故今辯而列之, 其品有四, 一曰史傳(有正變二體), 二曰家傳, 三曰托傳, 四曰假傳, 使作者有考焉."

4 대표적인 사례로 韓兆琦 主編(1992), 249~253면을 들 수 있다.

5 陳蒲淸(1994), 14~15면.

석시킨다. 여기에서 말하는 '우회적 일치'란, 일반적인 전처럼 자탁전 역시 제3자를 주인공으로 등장시키지만, 사실은 자전(自傳)처럼 그 '주인공이 결국은 저자 자신'이라는 특징을 부각시킨 술어이다. 즉 '저자=화자=주인공'의 일치가 '직접적'으로 이루어지는 자전과 달리, 문면으로는 '저자=화자≠주인공'의 관계가 성립되지만, 그 행간에서는 '저자=화자=주인공'의 등식이 성립되는 점을 '우회적 일치'라고 규정한 것이다.

'우회적 일치'는, 자탁전의 경우 저자나 화자의 시치미 떼기로부터 유래하는 하는데,[6] 이러한 시치미 떼기는 '일반적인 자전'과 '자탁전'을 구분하는 기준이 되기도 한다. 부연하면 다음과 같다. 자전(을 비롯한 自撰墓誌銘이나 自撰年譜)에서도 자신을 대상화시켜 3인칭으로 지칭하는 경우가 있다. 하지만 이때에도 자전의 저자들은 주인공이 자신임을 부인하지 않는다. 이에 반해 자탁전의 저자와 화자는 글 속에 등장하는 주인공과 자신의 동일성을 부인한다. 도연명(陶淵明)의 「오류선생전(五柳先生傳)」에서부터 장르의 표지(標識)로 등장하는 '부지하허인(不知何許人)'과 같은 서술을 통해, 자신이면서 자기가 아니라는 태도를 보이는 데서 이러한 특징이 선명하게 드러난다.

요컨대 자탁전은 크게 보아 '전'에 속하지만 '저자=화자=주인공'의 '우회적 일치'로 인해 일반 전과 나누어지고, '시치미 떼기'에 의해 여타 '자전'과 변별되며, '우언성'이 약하다는 측면에서 의탁전과 구분된다. 이 중에서 자탁전의 장르적 특징을 선명하게 보이는 요소는 '시치미 떼기'에 의한 '우회적 일치'이므로, 자탁전 장르를 규정하는 '최소한의 규칙'으로 두 가지 조건을 상정할 수 있다.

---

6 저자가 자신과 주인공의 불일치를 말하는 것에 대해 '시침 떼기'라는 용어를 사용한 것은 가와이 코오조오(심경호 옮김, 2002, 85면)이다. 본서에서는 자탁전의 주인공이 작가가 창조한 그저 허구(虛構)나 가공(架空)의 인물이 아니라 '자신이 아닌 척한다'는 의미를 살리기 위해 이 용어를 사용하였다.

최소한의 장르 규칙으로 자탁전의 테두리는 규정하였지만, 이 범주 내에 속한 작품들이 모두 균일한 것은 아니다. 즉 이 장르에는 마스터 플롯(master plot)이라고 부를 수 있을 정도로 강고한 영향력을 지닌 「오류선생전」 부류의 작품들만 포함되어 있는 것이 아니다. 웬디 라슨(Wendy Larson)은 「오류선생전」 부류의 작품들이 지닌 주요 특징을 '비시간성(非時間性)'이라고 말한 바 있고,[7] 가와이 코오조오(川合康三) 역시 「오류선생전」을 분석하는 과정에서 "변화하는 자기를 추적한다는 성격이 희박하며, 대체로 초상화처럼 고정된 자기의 상을 묘사해 나갈 뿐이다."[8]라고 평가한 바 있다. 하지만 이와 같은 평가는 시간의 흐름에 따라 변화하는 자아의 모습을 그리기보다, 저자 자신의 심회(心懷), 사상(思想), 취미(趣味), 인생관(人生觀), 치세관(治世觀) 등의 이상적인 모습을 보이는 「오류선생전」 부류의 자탁전에만 적확하다.

현존하는 우리의 자탁전 중 최초의 작품인 이규보(李奎報, 1168~1241)의 「백운거사전(白雲居士傳)」 역시 마스터 플롯의 영향이 강하게 드러나는 작품이다. 이에 반해 그 직후의 작품인 최해(崔瀣, 1287~1340)의 「예산은자전(猊山隱者傳)」만 보더라도 '비시간성'이나 '초상화처럼 고정된 서술'이라는 평가에서 벗어나 있다는 점을 어렵지 않게 알 수 있다. 예컨대 "은자는 어린 나이에 이미 천리를 아는 듯 했다(隱者方孩提, 已似識天理…)", "조금 성장해서는 비장하게 공명에 뜻을 두었지만(稍壯慨然有志於功名…)", "중년에는 꽤나 스스로 후회했으나(中年頗自悔…)", "만년에는 사자산 갑사의 승려에게서 밭을 빌어 경작하며 농장을 열고 취족원이라 이름 붙이고(晚從獅子岬寺僧, 借田而耕開園曰取足…)" 등의 서술에서 자신의 지난 삶을 돌이켜

---

7 趙白生(2005), 22면에서 재인용.
8 가와이 코오조오(2002), 89면.

보며 후회하는 태도와 시간에 따라 변모하는 예산은자(猊山隱者)의 모습을 살펴볼 수 있기 때문이다. 더욱이 「예산은자전」에만 그치지 않고, 조선 후기까지 시간에 따른 변모의 양상을 보이는 자탁전의 계보는 맥맥이 이어진다.

이러한 사실로써 볼 때, 시간의 흐름에 따른 자아의 변모 여부에 따라 자탁전을 두 개의 부류로 구분할 수 있다. 아니 오히려 자탁전이 일관되게 정적(靜的)이라는 연구사의 오해를 멈추기 위해서라도 반드시 나누어 보아야 한다. 이에 본고는 두 부류의 작품군이 각각의 공통점을 공유하면서 시대마다 존재하고 있었다는 사실에 근거해서 개별 작품군을 '계열(系列)'이라 지칭하고, 각 계열의 명칭은 해당 부류 최초 작품의 제목을 따서 '「백운거사전(白雲居士傳)」 계열(系列)'과 '「예산은자전(猊山隱者傳)」 계열(系列)'이라 각각 지칭할 것을 제안한다. 각 계열을 대표하는 작품은 다음과 같다.

| 계열의 명칭 | 대표 작품(작가) |
|---|---|
| 「백운거사전 (白雲居士傳)」 계열(系列) | 「백운거사전」(이규보, 1168~1241), 「부휴자전(浮休子傳)」(성현, 1439~1504), 「산당서객전(山堂書客傳)」(최충성, 1458~1491), 「취사노옹전(炊沙老翁傳)」(이여빈, 1556~1631), 「자전(自傳)」(조임도, 1585~1664), 「송월자전(松月子傳)」(이시선, 1625~1715), 「간서치전(看書痴傳)」(이덕무, 1741~1793), 「자지자부지선생전(自知自不知先生傳)」(조면호, 1803~1887) |
| 「예산은자전 (猊山隱者傳)」 계열(系列) | 「예산은자전」(최해, 1287~1340), 「졸옹전(拙翁傳)」(최기남, 1586~?), 「육화옹전(六化翁傳)」(양거안, 1652~1731), 「영장산객전(靈長山客傳)」(안정복, 1712~1791), 「삼화전(三花傳)」(초엄, 1800년대 중후반) |

위 표의 「백운거사전」 계열은 「오류선생전」과 같이 초상화처럼 저자 자신의 심회, 사상, 취미, 인생관, 치세관 등을 비시간적으로 서술하는

계열이고, 「예산은자전」 계열은 당(唐)나라 육우(陸羽, 733~804)의 「육문학자전(陸文學自傳)」처럼 시간의 흐름에 따라 변모하는 자기의 모습을 다룬 계열이다.[9] 이처럼 시간이라는 좌표축의 개입과 그에 따른 자기인식 및 자기형상의 변화 여부로 자탁전을 구분할 수 있으며, 그중 대표적인 작품만을 뽑아본 것이 위의 표이다.

자탁전 연구는 꾸준히 진행되었다. 개별 작품에 대한 논의도 상당히 축적되었고, 전체 작품을 대상으로 삼아 그 특징을 추적한 연구 역시 없지 않다.[10] 따라서 이번 장에서는 기존 연구의 토대 위에서 논의를 발전시키되, 앞서와 같이 그 계열을 나누어 살펴보려고 한다. 역사적으로 실재했던 유의미한 문학적 현상인데도 「오류선생전」의 빛이 너무 강했기 때문에 정당한 연구의 세례를 받지 못했고, 「예산은자전」 계열에 속한 특정 작품의 가치를 언급한 논의가 없지는 않으나, 일정한 계통의 큰 흐름 속에서 보았을 때 그 의미를 조금 더 섬세하게 파악할 수 있다는 판단 때문이다.

아울러 본고는 자탁전을 연구하는 여러 가지 논의의 초점 중 특히 '자기인식'과 '자기형상'에 연구의 초점을 두고자 한다. '자탁전'과 '자전성탁전'이라는 용어에서도 알 수 있듯이, 자탁전은 전의 하위 장르이기도 하지만 자기서사의 일부이기도 하다. 더욱이 자탁전은 시치미 떼기에

---

9 「陸文學自傳」의 경우 자전(自傳)의 시초로 보는 연구 경향이 강하다. '자전'이라는 제목을 최초로 부여하였기 때문에, 최초의 자전으로 부르는 점에 대해서는 이의가 없다. 다만 "陸子名羽, 字鴻漸, 不知何許人也. 或云字羽, 名鴻漸, 未知孰是."로 시작하는 서두로 볼 때, 정격(正格)의 자전이라고 보기 힘든 변격(變格)의 자전임에 분명하고, 바로 이러한 변격의 표지를 통해 '시치미 떼기'에 의한 '우회적 일치'를 확인할 수 있으므로, 본서에서는 '변격의 자전'이면서 '자탁전'으로 그 장르를 규정한다.

10 탁전 전반을 대상으로 삼은 논의로는 조수학(1987); 심경호(2010) 등이 대표적이다. 개별 작품에 대한 선행 연구는 실제 작품을 다루는 지면에서 제시하고자 한다.

의한 우회적 일치를 보여주는 자기서사 장르이기 때문에, 직접적 일치를 표방하는 일반적인 자기서사에서 '나'를 다루는 방식과 일정한 차이를 보인다. 이 차이가 '전'이나 '자기서사'의 연구의 흐름에 유의미한 시야를 제공해 줄 수 있을 뿐만 아니라, '나'를 돌아보는 시선과 글쓰기를 통해 자기의 정체성을 구축하고 자신을 돌보는 일은 지금 우리에게도 여전히 의미 있다고 생각해서이다.

이러한 이유로 지금부터 앞서 소개한 바와 같이 자탁전을 두 계열로 나누고, 각 계열에 속한 작품들에서 보이는 자기인식과 자기형상의 동이점(同異點)을 전체적으로 조감하면서 그 의미를 살펴보고자 한다.

## 2. 「백운거사전」 계열의 자기이상과 자기형상

「백운거사전」 계열의 마스터 플롯인 「오류선생전」이 이상적인 인물전의 형태를 띠는 이유를 혜강(嵇康, 224~263)의 「성현고사전찬(聖賢高士傳贊)」과 황보밀(皇甫謐, 215~282)의 『고사전(高士傳)』 등에서 보이는 '자신의 희구, 이상으로 삼는 인간상의 반영'에서 찾은 기존의 연구는 음미할 만하다.[11] 서술적 지향의 유사점을 정확하게 지적했기 때문이다. 이 외에도 「오류선생전」과 혜강의 「성현고사전찬」이나 황보밀의 『고사전』은 그 구성에서도 유사성을 보인다. 이들 모두가 인생 전반의 행적보다 주인공의 성향과 인생의 지향을 단적으로 부각시켜주는 대화와 일화로 구성되었다는 점이 구성상 가장 큰 유사점이다. 그리고 「성현고사전찬」에서는 일부의 작품이, 『고사전』에서는 모든 작품이 찬(贊)으로 마무리 된다는 사실 역시 그러하다. 「백운거사전」 계열의 작품들이 자신의 이상을

---

11 가와이 코오조오(2002), 90~92면 참조.

주로 말하고, 삶 전체를 대상으로 삼기보다 자기를 단적으로 부각시킬 수 있는 대화와 일화로 구성의 틀을 삼으며, 찬으로 마무리한 이유를 이제 짐작할 수 있을 것이다.

한편 「성현고사전찬」의 "나무에 집을 짓고 그 위에서 잤기 때문에 사람들이 소보(巢父)라고 하였다."[12]는 말이나 「오류선생전」의 "집 주위에 다섯 그루의 버드나무가 있어서 오류선생(五柳先生)으로 호를 삼았다(宅邊有五柳樹, 因以爲號焉)."는 말에서 보이듯 명명(命名)에 큰 의미를 두지 않는다는 사실 역시 공통점으로 지적할 수 있다. 하지만 「백운거사전」계열의 작품은 그렇지 않다. 예컨대 이여빈(李汝馪, 1556~1631)의 「취사노옹전(炊沙老翁傳)」은 글 전체가 취사노옹(炊沙老翁)이 어떤 의미인지를 추적하는 서술로 구성되어 있다. 그 외의 작품들도 그 명명과 명칭의 설명에 상당한 비중을 두고 있다. 당호(堂號)와 자호(自號)에 자신의 이상적 지향을 담은 것처럼, 전근대 우리의 문인지식인들은 자신의 분신인 주인공의 명칭에도 그렇게 한 것이다.

그 이유는 글의 대부분을 송월자(松月子)라는 자호의 의미를 설명하는 데 할애한 이시선(李時善, 1625~1715)의 「송월자전(松月子傳)」에서 찾을 수 있다. 우선 그가 송월자를 형상한 모습부터 살펴보자.

① 송월자(松月子)는 누구의 호(號)인지 모른다. 송월자에게 호가 없을 때, 우러러 보니 산에는 소나무[松]가 있고 하늘에는 달[月]이 있어서, 마음속이 후련해져 "저것을 취해서 호로 삼아 내가 하려는 것을 표현할 수 있겠다."라고 말하고는 마침내 '송월자'로 호를 삼았다. 하지만 송월자는 실제로 외딴 시골의 보잘것없

<hr>

12 嵇康, 戴明揚 校注, 『嵇康集校注』, 「聖賢高士傳贊 · 巢父」, 中華書局, 2014, 648면, "巢父, 堯時隱人. 年老, 以樹爲巢, 而寢其上, 故人號爲巢父." 皇甫謐의 『高士傳』에서 소개한 巢父의 명명 이유 역시 비슷하다.

는 하찮은 장부였다. 사람들의 이목을 끌 만한 작은 선행과 한 가지 기예도 없어서 사람들이 그의 사람됨을 경시해서 명망이라곤 전혀 없었다. 그랬기 때문에 비록 이와 같은 호가 있어도 그것을 아는 사람이 없었고, 혹 그의 호를 알더라도 모두 혀를 내두르고 알 수 없는 소리를 지르며[呵啞] 없는 사람 취급하니, 사람들이 그 호를 안다고 해도 누가 다시 그를 알아줄 것이며, 욕이 빗발쳐서 용납되지 못할 듯하니, 그 자신의 호는 그 자신의 호가 아닌 것만 못하였다.

그런데 그 칭호의 함의가 깨끗하기 때문에 그 호를 언뜻 들을 때는 그나마 괜찮지만, 그의 모습을 보게 되면 더욱 불상(不祥)한 사람이라 여기에 된다. 흉악하게 생긴 몽기(蒙供)의 얼굴에, 한 달이나 보름 동안 씻지도 않아서 숯을 파는 노인처럼 얼굴이 시커멓다. 씻는다고 해도 이는 닦지 않아서 이[瓠犀]가 제멋대로 난 쇠비름처럼 뻑뻑하고, 크게 답답하고 가렵지 않으면 빗질도 하지 않아서 머리는 쑥 덤불처럼 봉두난발이다. 소변은 참다가 뱃속에서 나오려 할 때에야 일어나서 소변을 보고, 몸에는 이[蝨]가 많아서 부지런히 잡아 댄다. 걸핏하면 실의(失儀)하여 매번 놀라 두리번대고, 보고 듣는 것은 둔하고 막혀 사람과 사물을 대하는 것이 늘 어그러져 있다.

모습도 이처럼 좋지 못한데, 마음은 모습보다 더 수준이 낮다. 남의 기색을 이해하지 못하고 가벼이 거칠고 솔직한 말을 내뱉어서 그 사람의 원한과 화를 돋운다. 유속(流俗)의 변화상을 모르고 저앙(低昂)의 법도를 크게 어겨서, 사람들에게 거칠다고 비웃음을 산다. 오늘날을 좁다고 여기고 옛것을 좋아하여 고담(古談)을 배우려고 하였지만 고담은 조준이 잘못되었고 대법[誕章]은 전복되었다. 마음은 과거시험에 관련된 책과 수기(手技)를 조절하는 데 어둡고, 단사표음(簞食瓢飮)을 쉽게 여기며[齷齪], 명리(名利)를 재앙[天檄]으로 생각한다. 그래서 남들에게 미움을 받는데도, 자신의 호와 같이 남들이 알아주기를 구하니, 배가 물 위에서 갈 수 있는 것을 미루어 육지에서도 가기를 구하는 것과 같이, 송월(松月)이라 부르는 것은 사정(事情)에 부합하지 않는다.[13]

예문 ①은 자신에 대한 위악적(僞惡的) 서술로 구성된 「송월자전」의 전반부이다. 자기를 미천한 사내로 봐주기를 바라는 듯이 더럽고 고약한 인물로 스스로를 묘사하고 있다. 겸손을 넘어서서 자기를 실제보다 추하게 그리고 있기 때문에 '위악'이라고 말한 것인데, 전체의 글을 꼼꼼히 살펴보면 이시선이 전반부의 위악적 묘사를 통해 얻으려는 효과는 분명하다. 그것은 우선 「오류선생전」이란 마스터 플롯과 동시대 보편적 이상으로부터의 이탈이고, 다음으로 주객(主客) 대비의 구성을 통한 자기이상(自己理想)의 설득력 제고이다.

첫 번째 사안부터 살펴보자. 「백운거사전」이 「오류선생전」과 유사하다는 지적은 「백운거사전」의 초기 연구에서부터 논의되어 왔다. 그 자구(字句)의 유사성은 물론, 이상적 지향마저도 「백운거사어록(白雲居士語錄)」과 함께 읽지 않으면 거의 변별이 되지 않을 정도로 비슷한 것이 사실이다. 결국 자신의 이상을 표현하기보다 도연명의 이상을 이규보가 표출했다고 생각될 정도로 「백운거사전」은 「오류선생전」에 강하게 견인되어 있다.

반면 「송월자전」은 그렇지 않다. 둘째 단락에 보이는 외모와 행동에 관한 서술, 셋째 단락에서 서술한 우활한 외부자로서의 면모 모두가 자

13 李時善,『松月齋集』권3, 「松月子傳」, 530면, "松月子不知何人號也. 松月子無號時, 仰視山有松天有月, 而釋然于懷曰, '彼可取而爲號, 志吾所爲也.' 遂稱號爲松月子. 然松月子實窮閭瑣尾之賤丈夫也. 未有片善一藝之耀人耳目, 人溥其爲人, 名論掃地. 故雖有此號, 亡有知之, 或知之莫不吐舌呵啞, 以爲其身之亡, 人知其號, 誰復知之, 刺之如雨, 若將難容, 則其身之稱號, 不若非其身之稱號也. 然其稱謂也潔, 故汎聞其號則可, 見其形則尤不祥人也. 蒙供之面, 有一月十五日不洗, 故黑如賣炭翁. 雖用盥而不漱, 故瓠犀之澀如馬齒闌干, 不大悶癢不梳, 故髮亂如蓬. 忍小便而令腹中略轉方起旋, 身多蟲而勤爬捫. 動失儀而每齲齲, 視聽鈍滯, 應物乖宜. 形貌如此不佳, 而心下於貌. 不達人之氣色而輕發質直之言, 犯彼怨怒. 不知流俗之變態, 而大失低昂之度, 取人笑野. 而狹今好古, 欲學古談, 古談失弋, 誕章乖離. 而心盲於決科之書及手技之執, 瓢飮齪蹉, 名利夭椓. 故見惡於人, 人則斥之, 求人之知若號, 若舟之可行於水也, 而求推之於陸, 松月之稱, 不合事情矣."

탁전에서 거의 볼 수 없는 모습이므로, 이를 통해 「송월자전」은 「오류선생전」에서 벗어난다. 비록 그 일부에서 혜강의 「여산거원절교서(與山巨源絕交書)」의 표현을 거의 그대로 가져온 외모와 행동거지의 묘사가 보이고,[14] 세상과 불화를 겪는 은자에 대한 서술의 전형에 가깝기는 해도, 책과 술과 글을 좋아하는 은일자의 부각에 무게를 둔 작품들과는 결이 다르다.

아울러 「송월자전」은 한 세대 후배인 정식(鄭栻, 1664~1719)의 「명암전(明菴傳)」이 당대의 염원인 존주양이(尊周攘夷)와 대명의리(大明義理)에 온 힘을 기울이고 있는 것과도 다르다. 정식은 이미 대명의 세상이 아닌데도 '존주양이'를 평생 추구하여, 남들이 아니라고 해도 자신에게 세상은 대명(大明)의 세상이며, 대명의 해와 달이 뜨고, 대명의 산수(山水) 속에서 살며, 대명의 백성으로 존재하려는 이상을 명암(明菴)이라는 분신에 투여했다.[15] 이로써 볼 때 「송월자전」은 위악을 통해, 수직적으로는 은자의 이상에서, 수평적으로는 당대의 보편적 이상에서 벗어나 자신의 이상을 말하고 있다.

자기이상의 표출이라는 고리를 통해 두 번째 사안으로 넘어가 보자. 효과적인 설명을 위해 「송월자전」의 후반부 일부분을 제시한다.

② 비록 그렇지만 변하지 않는 물(物)도 변동하지 않을 수 없어서 남몰래 불어나서 발산(發散)하는 상(象)이 있고, 시의적절하게 변화하는 물도 멈추지 않을 수

---

14 嵇康, 戴明揚 校注, 『文選』 권43, 「與山巨源絕交書」, "性復疏嬾, 筋駑肉緩, 頭面常一月十五日不洗, 不大悶癢, 能能沐也. 每常小便, 而忍不起, 令胞中略轉乃起耳. 又縱逸來久, 情意傲散."

15 鄭栻, 『明庵集』 권5, 「明菴傳」, 525면, "一生以尊周攘夷, 爲第一事. 人曰非大明之天地, 而自以爲大明天地, 人曰非大明之日月, 而自以爲大明日月, 人曰非大明之山水, 而自以爲大明山水, 人曰非大明之民, 而自以爲大明之民. 或語及大明, 愀然不樂, 因以泣."

없어서 서로 부합하여 혼돈(混沌)하는 리(理)가 있다네. 혼돈은 내가 중(中)에 이르는 경지요, 발산 역시 내가 화(和)에 이르는 방법이네. 그렇기 때문에 달을 소나무에 짝하고 합하여서 일신(一身)의 성정(性情)으로 삼아 온전함을 획득한 데서 효험을 구하려는 것이지, 내가 이처럼 할 수 있다고 생각해서가 아니라네. 본래 남들이 내 호(號)를 알아주기 바라지 않았으니, 무엇하러 남들을 욕하고 헐뜯겠는가?

놀라 두리번거리거나 일을 살피는 것이 둔하고, 거칠고 솔직한 말을 내뱉는 일 등은, 곧 성세(盛世)에는 부합하지만 혼란한 시기[明夷]에는 적합하지 않아서, 내 거칠고 강경함을 우려하여 목계(木雞)[16]처럼 되고자 하였지만 아직은 그렇게 되지 못하였네. 비속(鄙俗)한 점[野]에 대해서는, 공자(孔子)가 자로(子路)의 말을 나무랐지만[17] 선진(先進)의 예악(禮樂)을 따르겠다고 했으니,[18] 나는 '야(野)'를 그다지 싫어하지 않네. 호고(好古)는 예전에도 있었으니,[19] 나만의 소유가 아닌데도 이로써 명리(名利)를 가까이 하지 않는 것은 (나의) 성(性)이 광(狂)하기 때문인데, '성'을 내가 어찌하겠는가! 내가 비록 열매를 먹는 데[食實]까지는 이르지 못했지만, '송월'에 뜻을 부친 것이 이와 같다는 것을 사람들 중 누가 알아주겠는가?[20]

---

16 목계(木雞)는 온순해도 위엄이 있어서 다른 닭들이 감히 덤비지 못하는 닭을 비유한 말로 『莊子』「達生」에 보인다.

17 『論語·子路』, "子曰, 野哉, 由也. 君子於其所不知, 蓋闕如也."

18 『論語·先進』, "子曰, 先進, 於禮樂, 野人也, 後進, 於禮樂, 君子也. 如用之則吾從先進."

19 『論語·述而』, "子曰, 述而不作, 信而好古, 竊比於我老彭.";"子曰, 我非生而知之者, 好古敏以求之者也."

20 李時善, 『松月齋集』권3, 「松月子傳」, 531면, "雖然固執之物, 不能不動, 而有暗滋發散之象, 時中之物, 不能不靜, 而有合璧混沌之理. 混沌是吾致中之地, 而發散亦吾致和之方. 故配月以松而合爲一身之性情, 求效於得全, 非謂我能如是. 素非靳人之知我號, 何苦詬詆邪? 夫面垢詬諸經, 求於形骸之外者也, 松月之號, 求於形骸之內者也. 堅其外者多遺於內, 務其內者或不暇於外, 外內俱全, 幾於聖人, 豈不難矣哉! 與其內不足而外有餘, 寧內有餘而外不足. 故不察於垢面諸絆而唯松月是取也. 至若瞿瞿之屬, 其見事之遲·質直之發, 乃合昌辰, 而不宜於明夷, 慮吾木强, 欲如木雞而猶未也. 野則孔子雖尤子路之言, 而將從先進之禮樂, 吾其不甚惡也. 好古, 古亦有之, 非吾有也, 以此而不近名利, 性狂也, 吾如性何! 吾雖未至於食實, 而託意之在松月者如此, 人誰有知之者?" ⬤ 본서에서는 원문의 "絆"를 "滓"의 뜻으로 보고 번역하였다.

위 예문에는 소개하지 못했지만, 예문 ①과 ② 사이에는 '송월자'로 명명한 이유가 상세하게 서술되어 있다. 우선 송(松)에는 남들이 아름답게 여기는 소나무의 가치가 아니고, '늦게 시들고 변치 않는[固執] 도(道)'를 담았다.[21] 다음으로 월(月)에는 남들이 좋아하는 달의 밝음이 아니라, '때에 맞게 변하는[時中] 도'를 담았다.[22] 그 이후의 서술이 예문 ②의 첫 단락이다. 여기에서는 고집(固執) 속에 시중(時中)을 담고 '시중' 속에 '고집'을 담으려고 했다는 서술로써 자호에 '송'과 '월'을 함께 사용한 이유 역시 충분히 설명했다. 아울러 예문 ②의 둘째 단락을 통해 예문 ①에서 보였던 위악적 행동이, 사실은 외면보다 내면을 중시하는 태도와 아직 성숙하지 못하거나 어찌할 수 없는 성(性)으로 인한 결과라는 점 역시 분명하게 밝히고 있다. 앞서 주객 대비를 통해 자기이상의 설득력을 제고했다고 주장한 이유가 여기에 있는데, 위악으로 한껏 낮춰놓은 기대감을 논리적 설득으로 다시 높여 그 격차를 크게 만들었기 때문이다.

그런데 자신의 이상을 설명하는 과정에서 이시선은 '내면을 더 중시한다', '자신의 처세가 아직 성숙하지 못하다', '타고난 성을 어쩔 수 없다'는 식으로 위악의 이유를 해명했다. 자기서사의 주요한 창작 동기 중 하나는 자신의 삶을 제대로 기록하려는 데 있다. 이 때문에 저자들은 사사로운 인정에 이끌리거나 악의적인 비판으로 왜곡된 삶을 후대에 남기고 싶어 하지 않는다. 전근대 자기서사의 작가들이 유묘(諛墓)와 왜곡 모두에 적극적으로 맞선 이유가 바로 이것이다. 자기해명은 왜곡에 맞서는

---

21 李時善, 『松月齋集』 권3, 「松月子傳」, 530면, "長微茫而感雲霄, 望之若霧, 卽之狀額. 激厲霜雪, 四時不變, 而淸風白鶴, 與之俱宜. 然吾忘其美容, 而尙其後凋於歲寒, 彰厥勁節, 不移其所守, 是固執之道也."

22 李時善, 『松月齋集』 권3, 「松月子傳」, 530~531면, "仰彼朗朗之月. 出東方而入西極, 與天地並生而隨時屈信, 息爲上弦, 消爲下弦, 聖居腰者一日. 故如日者, 三十之一, 或二十九之一, 照臨萬象, 無一或私. 然吾忘其輝光, 而尙其知時於晦朔, 盈缺變易, 不失其程, 是時中之道也."

주요한 대처 방법이므로 대부분의 자기서사 장르에 산견된다. 자탁전역시 마찬가지인데, 그 초기의 모습은 다음과 같다.

③ 성품은 또 매우 근면하였고, 경서(經書)와 사서(史書) 보기를 좋아했는데, 혹자(或者)가 그의 우활함을 나무랐다. 그러자 거사(居士)는 다음처럼 말했다. "내가 정말 우활한가! 나는 세상에 우활하나 학문에 우활하지 않고, 남이 보는 데 우활하나 몸소 도모하는 데는 우활하지 않다. 경서를 읽어 마음을 다스리고 사서를 읽어 사업(事業)의 바탕으로 삼는다. 이와 같을 뿐인데, 내가 정말 우활한가!"

거사는 시 짓기를 좋아했는데, 혹자가 그 졸렬함을 나무랐다. 그러자 거사가 다음처럼 말했다. "시로써 성정(性情)을 우의(寓意)하고, 물리(物理)를 포괄하며, 풍속(風俗)을 체험하고, 선악(善惡)을 알 수 있다. 은거한 경우 흥이 일어나는 데에 따라 생각을 발현하여 세월을 보내고, 출사(出仕)한 경우 아송(雅頌)을 지어 왕도(王度)를 꾸미니, 어찌 그저 조소(嘲嘯)할 뿐이겠는가! 이익에 따라 임기응변을 잘 하나 학문에는 벽을 마주하고 있는 듯한 자들이 우활하지 않은 적이 없는 것이지, 나는 우활하지 않다."

거사는 거문고 연주하기를 좋아하였는데, 혹자가 그 방종을 나무랐다. 그러자 거사는 다음처럼 말했다. "나는 음성(音聲)을 교묘하게 하려는 것이 아니라 율려(律呂)를 조화롭게 하려는 것이다. 제멋대로 음란하고 안일하려는 것이 아니라 중화(中和)의 덕(德)을 이루려는 것이다. 그저 노래를 부르는 것이 아니라 가슴속 사악하고 더러운 기(氣)를 깨끗이 씻으려는 것이다. 이것은 예전 군자들이 웬만해서는 자신의 곁에서 떼어놓지 않았던 이유이니, 내가 정말 방종한가!"

거사는 산수(山水)를 탐승(探勝)하기 좋아하였는데, 혹자가 그 처량함을 나무랐다. 그러자 거사는 다음처럼 말했다. "원림(園林)을 걷는 것은 흥취를 이루려는 것이고, 때때로 어부를 따라 낚시하는 것은 좋은 계책을 구하려는 것이다. 한가한 하루를 들여서 길고 긴 즐거움을 이룬다. 그러하니 내가 정말 바위를 베개 삼고 물에 양치하려는 것이겠는가, 세상을 버리고 홀로 서려는 것이겠는가!"[23]

예문 ③은 성현(成俔, 1439~1504)이 지은 「부휴자전(浮休子傳)」의 일부이다. 「송월자전」과 마찬가지로 이 작품 역시 대화의 가설(假設)을 통해 자신을 변론하고 있는데, 『고사전』이나 자탁전에는 이처럼 대화를 사용하는 경우가 적지 않다. 따라서 대화의 빈번한 노출에는 장르의 전통을 계승한 측면이 있다. 장르적 전통의 계승 외에도 다음과 같은 효과 때문에 작품을 구성하며 대화를 자주 사용한 것으로 보인다. 우선, 특정 사안의 이야기를 꺼내는 방법으로 묻고 답하는 대화가 효율적이다. 다음으로, 한 가지 사안을 두 개의 시야로 접근하므로 겹눈, 즉 복수(複數)의 시각으로 살필 수 있다. 마지막으로, 자신이 미리 가설한 비판에 대한 대답이므로 이상과 지향을 효과적으로 논의하기에 적합하다.

작가적 '이상'의 응결체가 위 예문에서는 부휴자(浮休子)인데, 이 글의 마지막 부분에 나타나 있듯이 떠다니듯[浮] 살다 쉬는 듯[休] 죽으려는 장자적(莊子的) 이상(理想)인 『장자(莊子)』 「외편(外篇)·각의(刻意)」의 "삶은 떠 있는 것 같고, 죽음은 쉬는 것 같다(其生若浮, 其死若休)"와도 부합하는 명명이다. 다만 성현이 '부휴자'로 자신의 분신을 명명한 진정한 이유는 도(道)를 즐기며 삶과 죽음이 마음을 어지럽히지 않는 지향을 지키려는 데

---

23 成俔, 『虛白堂集』 권13, 「浮休子傳」, 526면, "性又多勤, 樂觀經史, 或譏其迂. 居士曰, '我其迂哉! 我則迂於世, 而不迂於學, 迂於人所見, 而不迂於身所謀. 讀于經以治其心, 讀于史以資諸事業. 如斯而已矣, 我其迂哉!' 居士嗜作詩, 或譏其拙. 居士曰, '不然. 詩可以寓性情, 該物理, 驗風俗, 知善惡. 居則觸興抽思, 消遣歲月, 出則作爲雅頌, 黼黻王度, 豈徒嘲嘯而已哉! 世之機變於利而墻面於學者, 未是不迂, 而我則不迂也.' 居士喜鼓琴, 或譏其放誕. 居士曰, '我非巧其音聲也, 所以諧律呂也, 非縱泆逸也, 所以成中和之德也. 非徒詠歌也, 所以蕩滌胸中邪穢之氣也. 此古君子所以無故不離於側之意也, 我其放誕乎哉!' 居士好探山水, 或譏其蕭散. 居士曰, '步涉園林, 所以成趣也, 時從漁釣, 所以謀野也. 是投一日之閑, 而成委蛇之樂也. 我其枕石漱流乎哉, 遺世獨立乎哉!'"

있지, 세상과 담을 쌓고 등을 돌리려는 데 있지 않다.[24] 혹자가 비판하는 우(迂), 졸(拙), 방탄(放誕), 소산(蕭散) 등에 대응하는 부휴자의 변론을 통해 그 점이 분명하게 드러난다. 예컨대 관경사(觀經史), 작시(作詩), 고금(鼓琴), 탐산수(探山水)를 좋아하는 이유의 설명에서, 이것이 '마음과 사업(事業)', '은거(隱居)와 출사(出仕)' 모두를 고려한 기호(嗜好)라는 사실을 알 수 있고, 마지막 단락에서는 직접적으로 "내가 정말 바위를 베개 삼고 물에 양치하려는 것이겠는가, 세상을 버리고 홀로 서려는 것이겠는가!"라고 강조하며 세상을 버리고 떠날 생각이 없다는 점을 분명히 밝히고 있기 때문이다. 이로써 보자면 자탁전에 보이는 자기해명은 왜곡에 맞서 자기의 이상을 밝히려는 의도에서 발현된 모습이다.[25]

한편 앞에서 보았듯이 「부휴자전」에는 부휴자의 기호가 선명하게 부각되어 있다. 경사(經史)·시(詩)·금(琴)·산수(山水)에 대한 애호가 그것이다. 더욱이 「오류선생전」의 서(書)·주(酒)·문장(文章)에서부터, 「백운거사전」의 주(酒)·금(琴), 최충성(崔忠成)이 지은 「산당서객전(山堂書客傳)」의 서(書), 조임도(趙任道)가 지은 「자전(自傳)」의 유천(幽泉)·기석(奇石)·무림(茂林)·수죽(脩竹)·비수(祕邃)·잠적지처(岑寂之處)·주(酒)·가(歌), 이덕무(李德懋)가 지은 「간서치전(看書痴傳)」의 서(書), 조면호(趙冕鎬)가 지은

---

24 成俔, 『虛白堂集』 권13, 「浮休子傳」, 526면, "或問自號之意, 居士曰, '生而寓乎世也若浮, 死而去乎世也若休. 高車駿馬, 襲圭組而行沙堤者, 軒冕之儻來寄也, 非吾之所有也. 收神斂息, 化形魄而就斧屋者, 是人之返眞也, 非吾之所免也. 內足以樂道而死生不亂於心, 則浮亦何榮, 休亦何傷? 吾師道也, 非慕外物也.' 或呿舌眴目而走."

25 崔忠成의 「山堂書客傳」(『山堂集』 권2, 600면)에도 이와 같은 자기해명이 분명하게 보인다. "欲明三綱五常之道而去父子, 離妻子, 獨居山中, 惡在其爲求道也? (中略) 子之學, 無乃有幾於釋氏之空寂耶?"와 같은 혹자(或者)의 비판은 여타 자탁전보다 신랄하다. 이에 대해 "雖欲誦聖人之書, 求聖人之道, 而以至於聖人之域, 不亦難矣乎? 此書生之所以樂于山間, 而忘其家者也. 胡安定之裂家書, 范文正之斷齏羹, 而居于山間, 終成其道者, 豈非以是故歟?"라고 산당서객(山堂書客)이 해명하는데, 이 역시 성인(聖人)의 도(道)를 이루기 위해 어쩔 수 없다는 함의를 지니므로, 왜곡에 맞서고 자신의 이상을 피력한다는 큰 흐름에서 벗어나지 않는다.

「자지자부지선생전(自知自不知先生傳)」의 성현(聖賢)의 서(書)·차(茶)·주(酒)·시(詩)·금(琴)·기(碁)·화(畵)에 이르기까지, 거의 대부분의 자탁전에서 주인공의 기호를 확인할 수 있다. 자탁전에서 주로 밝히려는 제 삶의 이상 속에 기호가 포함되어 있기도 하거니와, 좀 더 적극적으로 말하면 조임도가 「자전」에서 밝혔듯이, 남들이야 뭐라든 자신이 좋아하는 것을 따르며 사는 삶이 이상적인 인생이기 때문이다.[26]

다만 문(文)·서(書)·주(酒)·금(琴)·산수(山水)로 대별되듯 자탁전에서 표명하는 기호는 그 폭이 좁을 뿐만 아니라, 대체로 「오류선생전」의 그 것을 따르는 모습을 보인다. 더욱이 대부분의 작품 속에서 주인공의 기호를, 서술자는 그저 '좋아한다'는 식으로 직접 서술(telling)함으로써 그 양상 역시 자세히 부각시키지 않는다. 이에 반해 「간서치전」은 서술자가 그 양상을 장면으로 제시(showing)함으로써 기호를 구체적으로 형상화하였다. 예컨대 책을 읽기 위해 뚫은 동창(東窓)·남창(南窓)·서창(西窓), 읽지 못한 책을 보았을 때 즐거워하는 모습, 두보(杜甫)의 오언율시(五言律詩)를 읽다 의미를 깨우쳤을 때의 자세와 소리, 책에 몰두해서 눈을 휘둥그레 뜨고 있는 표정과 잠꼬대 같은 중얼거림 등에서 뚜렷하게 보인다.[27] 이러한 서술을 통해 남들과 변별되는 간서치(看書痴) 자신만의 고유한 모습이 부각되는데, 다음의 작품을 살펴보면서 그 원인을 찾아보겠다.

④ 선생(先生)은 어느 시대 사람인지 모른다. 알봉(閼蓬 : 甲) 이전, 소양(昭陽 : 癸)

---

26 趙任道, 『澗松集』 권3, 「自傳」, 76~77면, "自好而已. 人之好不好, 何與於我? (中略) 從吾所好, 聊以卒世."
27 李德懋, 『靑莊館全書』 권4, 「看書痴傳」, 83면, "至二十一歲, 手未嘗一日釋古書. 其室甚小, 然有東窓有南窓有西窓焉, 隨其日之東西, 受明看書. 見未見書, 輒喜而笑, 家人見其笑, 知其得奇書也. 尤喜子美五言律, 沈吟如痛疴, 得其深奧, 喜甚, 起而周旋, 其音如鴉叫. 或寂然無響, 瞠然熟視, 或自語如夢寐."

이후에 태어나서 사람들은 그의 나이를 모른다. 나면서부터 남들과 달라서 눈으로 청색과 황색은 보지 못하였으나 때로 모기의 눈썹을 살필 수 있었고, 귀로 종소리와 북소리는 듣지 못하였으나 역시 개미가 싸우는 소리를 듣기도 했다. 손으로 뜨거운 물건을 쥐어도 물로 씻지 않았고, 얼음을 밟아도 떨지 않았다. 행동거지는 시대에 맞지 않았고, 기호와 욕망은 법도에 맞지 않았다.[28]

⑤ 날마다 규염객(虯髥客 : 筆)[29], 고절군(苦節君 : 竹)[30], 파릉위(灞陵尉 : 梅)[31], 동리처사(東籬處士 : 菊)[32], 조향암도인(祖香庵道人 : 蘭)[33] 등과 지극한 이치를 증명하고 오묘한 도를 강론하였는데, 바위[石丈] 하나가 고개를 끄덕였다. 오래 지나자 늙고 병들어 가속(家屬)들을 소평(邵平)·주옹(周顒)·왕신민(汪信民) 등 서너 사람들에게 맡기고 산수(山水)의 청일(淸逸)을 오만하게 바라보고 바람과 달을 끌어당겨 소요하였다. 남들이 두려워하고 위태로워 하는 것으로 인해 침을 맞거나 뜸을 뜨지 않았기 때문에, 자지자부지선생(自知自不知先生)이라고 자호(自號)하였다.[34]

---

28  趙冕鎬, 『玉垂集』 권30, 「自知自不知先生傳」, 239면, "先生不知何時人. 生於闕逢之前昭陽之後, 人不知其年也. 生而異人, 目不視青黃之色, 時察乎蚊睫, 耳不聽鍾鼓之聲, 亦聽於蟻鬪. 手執熱而不濯, 足履氷而不戰. 動作之不時, 嗜欲之不節."

29  趙冕鎬, 『玉垂集』 권30, 「自知自不知書屋記」, 220면, "小散卓一, 雜毫新敗者並七." 이 서술을 통해 붓이 자지자부지서옥(自知自不知書屋)의 주요한 구성 요소였음을 알 수 있다. 이하 「自知自不知書屋記」의 인용은 모두 해당 사물이 자지자부지서옥의 주요 구성 요소였다는 사실을 보여주기 위해 예거한 것이다.

30  趙冕鎬, 『玉垂集』 권19, 「又用前韻」, 581면, "種竹堪稱苦節君, 柳眉桃頰揔非羣. 前冬風雪青青在, 及到今時又拂雲."

31  趙冕鎬, 『玉垂集』 권4, 「梅花詩. 次笨翁韻, 附原韻○壬子」, 124면, "歲寒心事託無人, 行見灞陵仙尉親. 笑語恩恩餘夢寐, 畵圖漠漠寄精神."; 趙冕鎬, 『玉垂集』 권30, 「自知自不知書屋記」, 220면, "又內少南, 蓄小梅一老梅一."

32  趙冕鎬, 『玉垂集』 권19, 「和陶三韻」, 603면, "依命保生死, 歡言請勿疑. 采采東籬菊, 眼前酒可辭.(形贈影)"

33  "조향(祖香)"이 난(蘭)이라는 사실은 다음을 참고할 수 있다. 陶穀, 「淸異錄草」, "蘭雖吐一花, 室中亦馥郁襲人, 彌旬不歇. 故江南人以蘭爲香祖."

34  趙冕鎬, 『玉垂集』 권30, 「自知自不知先生傳」, 239면, "日與虯髥客·苦節君·灞陵尉·東籬處士·祖

이 작품은 조면호(趙冕鎬, 1803~1887)가 계해년(癸亥年, 1863)에 지은 「자지자부지선생전(自知自不知先生傳)」의 일부이다. 그는 자지자부지(自知自不知)라는 명명부터 그 의미를 이해하기 어렵게 만들어 두었다. 그 의미를 알기 위해서는 「자지자부지서옥기(自知自不知書屋記)」에서 "항상 알지 못하는 것을 안다고 여기며 스스로 즐거워하니, 그 방을 '자지자부지'로 하는 것이 꼭 알맞구나."[35]라는 말에 집중해야 한다. 이로써 보면 '자지자부지선생'은 자기가 모르는 것을 안다고 여기는 선생이라는 뜻이다. 기존 연구에서 상식적인 인간과 구별되는 특이한 존재임을 그리고 있다고 평가하였는데,[36] 그 명명에서부터 이처럼 기존의 자탁전과 변별된다.

예문 ④는 서두이고 예문 ⑤는 마무리 부분이다. 예문 ④에서는 남들과 다른 자신만의 모습을 부각시킨 흔적이 역력하다. 십갑자(十甲子)의 시작인 갑(甲) 이전과 그 마지막인 계(癸) 이후에 태어난 그는 시간에 구속되지 않는 존재이며, 남들과 다른 행동거지를 보인다는 서술은 물론, 스스로를 "남들과 다르다(異人)."고 밝혀놓은 부분 등에서 '이인'의 풍모가 선명하게 부각된다. 아울러 위 예문에 소개하지 못했지만 자신의 병과 기호를 서술하는 예문 ④ 이하의 부분에서도 남들과 다른 '나'를 부각시키려는 노력은 계속된다.

예문 ⑤에서는 자신만의 언어로 제 삶을 형상하려던 고유함이 보인다. 위에서 일일이 주석을 병기하였듯, 얼핏 보면 사람처럼 보이는 규염객, 고절군, 파릉위, 동리처사, 조향암도인은 각각 붓, 대나무, 매화, 국화, 난초에 대응한다. 그리고 자지자부지선생이 가족을 맡겼다는 실존 인물

---

香庵道人, 證要言講妙道, 有一石丈點頭其側焉. 久乃癃殘, 托家屬於邵平 · 周顗 · 汪信民三數家, 遂傲溪山之淸逸, 挹風月而逍遙. 不以人之恐之危之而鍼芮, 故自號曰自知自不知先生."

35 趙冕鎬, 『玉垂集』 권30, 「自知自不知書屋記」, 220면, "常以不知爲知而自樂, 合以扁屋曰自知自不知."
36 김용태(2008), 34~35면.

인 소평, 주옹, 왕신민 등도 각각 그들과 연관된 오이, 부추와 배추, 나물 뿌리를 씹을 수 있다(咬得菜根)는 고사가 있다.[37] 따라서 실제 벗들을 자신들만의 은어로 저처럼 불렀다는 기록이 없는 것으로 보아, '오이나 부추와 배추 등의 풀이나 씹게 하였다'는 속뜻으로 이해하는 것이 타당해 보인다.

박제가(朴齊家, 1750~1805)의 「소전(小傳)」찬(贊)에서 단적으로 드러나듯, 18세기에는 남들과 변별되는 한 사람으로서 입전(立傳) 인물을 형상화해야 그 전(傳)이 불후할 수 있다는 시각이 흥성했다. 사회적으로는 치(痴), 광(狂), 우(迂) 등의 고독하고 소외된 문인지식인들이 속출했고, 이들은 자신이 마주한 고독과 소외 속에서 자기만의 고유한 개성을 자기서사로 피력하였다.[38] 그렇다면 그 여파가 19세기에까지 미쳐서 자지자부지선생을 형상하는 데 기여했다고 주장해도, 이 주장이 자기서사의 흐름과 크게 배치되지는 않을 것이라 생각한다.

자신이 이 세상에 살았다는 존재 증명의 욕구는 자기서사 창작의 가장 주요한 동력이다. 한미한 데다 보여줄 만한 능력도 없어서 자신이 살던 시대의 인정도 받지 못했는데, 죽어서도 허무(虛無)로 돌아가는 일은 참기 힘들기 때문이다. 그런데 그가 고립되어 고독과 소외 속에 살아서 자신의 진면모를 알아줄 지기(知己)마저 찾기 힘들다면, 결국 자신의 존재 증명은 스스로가 해야 한다. 이 경우 제 삶 전체를 대상으로 존재를 증명할 수도 있고, 인생을 압축적으로 상징하는 특정한 지점에 집중할 수도 있다. 도연명의 「오류선생전」이 후자의 대표작으로, 이 작품에서

---

37 각각 다음을 참고할 수 있다. 徐居正, 『續東文選』 권4, 「巡菜圃有作」, 3550면, "君不見早韭晚菘周顒興"; 『三輔黃圖』, "邵平, 秦故東陵侯, 秦亡後, 爲布衣, 種瓜長安城東靑門外, 瓜味甜美, 時人謂之東陵瓜"; 呂本中, 「東萊呂紫微師友雜志」, "汪信民嘗言, 人常咬得菜根, 則百事可做."

38 안득용(2014b), 431~435면 참조.

그는 이상적인 삶의 지향과 기호를 자신의 인생을 대별하는 상징으로 형상했다. 그 이후 「오류선생전」의 영향력은 중국뿐만 아니라 고려나 조선에까지 미쳐서 마스터 플롯으로 작용했다.

따라서 「백운거사전」 계열의 작품들도 「오류선생전」의 영향권 안에 있다. 다만 이 계열 작품들은, 때로는 '위악'으로, 오해받을 법한 사안에 대해서는 '자기해명'으로, 자신의 '기호를 구체적으로 제시'하는 방법 등으로 마스터 플롯을 변주했고, 각 시대의 사회적·문화적 변화에 따라 자신만의 언어로 제 삶을 개성적으로 형상했다. 하지만 각각의 변주에도 불구하고 이 계열에 속한 작품들은 한 폭의 그림과 유사하다는 공통점이 있기 때문에 같은 계열로 묶을 수 있다.

이에 반해 지난 삶을 회상하면서 변화의 계기와 변화된 양상을 삶의 역정에 따라 살피려는 자탁전 계열도 문학사에 실재한다. 이 계열 역시 주인공이 자기 자신이라는 사실을 시치미 떼고 있으므로 자탁전에 속하지만, 시간의 좌표축이 개입되어 일정한 차이를 보인다. 다음 장에서는 바로 이 점, 즉 동일 장르라는 사실에서 발현된 유사점과 시간의 개입에 따른 차이를 논의의 실마리로 삼아 「예산은자전」 계열의 특징적 면모를 고찰해 보겠다.

## 3. 「예산은자전」 계열의 자기회상과 자기형상

「예산은자전」의 첫 머리는 주인공 예산은자(猊山隱者)가 저자 최해(崔瀣) 자신이라는 사실을 감추는 시치미 떼기로 시작한다. 이름은 하계(夏屆) 혹은 하체(下逮), 씨(氏)는 창괴(蒼槐)로서, 대대로 용백국(龍伯國)의 사람이었고, 원래의 성명은 단음(單音)이었으나 우리나라의 음(音)이 느슨해져서 성도 이름도 두 글자로 바꾸었다는 서술이 그것이다.[39] 여기서 말한 성명(姓名)은 최(崔)와 해(瀣)의 반절(半切)로서, 성과 이름을 단음절로 발음해서 '최해'라고 하던 것이 동음(東音)의 이완으로 발음이 길어져 '창괴[최]·하계[혜(해)]', '창괴[최]·하체[혜(해)]'로 되었다는 설명이다. 이와 같은 인정기술(人定記述)은 기존의 연구에서 지적했듯이 자신을 분명히 들추지도 않고 완전히 감추어 둔 것도 아닌 교묘한 거리 유지의 방편으로 사용되었다.[40] 이로써 「예산은자전」은 '나'이면서 내가 아닌 '나'를 서술하는 자탁전의 조건을 갖추게 된다. 서두에서 언급했듯 「백운거사전」 계열과 달리 시간에 따라 변모하는 모습에 대한 서술, 즉 정태진술(靜態陳述)보다 과정진술(過程陳述)의 비중이 커진 양상을 띤다.[41]

지금부터는 자탁전 중 「예산은자전」과 같이 '과정진술'의 비중이 큰 작품들을 위주로 그 특징적 면모를 살펴볼 것이다. 특히 「백운거사전」 계열과의 유사점과 차이점, 이 계열로부터 이탈한 원인 등을 고찰하고, 그 과정에서 「예산은자전」 계열의 작품에서 자신의 삶을 회상하고 자기를 형상하는 모습을 살펴보려고 한다. 우선 그 유사점으로 논의를 시작하겠다.

⑥ 세상에 졸옹(拙翁)이 있는데 어떤 사람인지 모른다. 농업과 상업에 종사하지 않고 자신에게는 호(號)와 이름도 없다. 옷으로 짧은 갈옷을 입고 음식으로 거친 밥을 먹으며 주거지로는 띠풀로 지은 집에 사는데, 밖에 나가서 걸어 다니면 그를 본 사람들이 모두들 비웃지만 아무렇지 않게 오만한 모습을 띠었다.

---

39 崔瀣,『拙藁千百』권2,「猊山隱者傳」, 35면, "隱者名夏屆, 或稱下逮. 蒼槐其氏也. 世爲龍伯國人. 本非覆姓, 至隱者, 因夷音之緩, 倂其名而易之."

40 呂增東(1973), 122면. 이 서술은 김인환(1994), 185~186면에서 재인용.

41 정태진술(靜態陳述, stasis statement)은 어떤 상태나 모습에 대한 진술이며, 과정진술(過程陳述, process statement)은 누가 어떤 행동을 한 것이나 어떤 일이 벌어진 것에 대한 진술이다. 오탁번·이남호(2006), 48면 참조.

모습과 언행이 다른 사람과 그리 크게 차이 나지는 않지만, 저 사람은 현달하고 이 사람은 곤궁하며, 저 사람은 형통하고 이 사람은 어려우니, 재덕(才德)이 나란하지 않아서 그렇게 된 것인가, 아니면 타고난 운명의 후박(厚薄)으로 인해 그렇게 된 것인가? 저 사람의 현달함은 지혜로 얻은 것이 아니며 이 사람의 궁곤함은 어리석음의 소치가 아니니, 모두 하늘의 뜻이지 사람의 힘으로 된 것이 아니다. 그러므로 남만 못하다는 것을 부끄럽게 여긴다면 당연한 이치를 알지 못하는 것이다.

이 사람은 성품이 떠들썩한 것을 좋아하지 않고 담박하게 고요한 것을 좋아하여 궁벽한 곳에서 홀로 지냈다. 책으로 자오(自誤)하다가 마음에 맞는 구절이 있으면 즐거이 근심을 잊었고, 흥이 동하면 곧 홀로 수풀 속으로 가서 읊조리며 이리저리 다녔다. 때로 여러 사람들이 빽빽하게 모인 곳에서는 묵묵히 어리석은 사람처럼 굴었고, 시비(是非)를 논의하여 남들과 겨루려고 하지 않았다. 여러 사람들이 다 추종하는 것은 부끄러워하며 다투려 하지 않았고, 여러 사람들이 버리는 것은 분수를 지키며 편안하게 여겼다.[42]

최기남(崔奇男, 1586~?)의 「졸옹전(拙翁傳)」이 예문 ⑥으로만 구성되었다면, 당연히 「백운거사전」 계열로 귀속시켜야 한다. 두 단락 모두 삶의 이상과 기호를 피력하고 있기 때문이다. 즉 남들의 비웃음에 교오(驕傲)한 기색을 보이고, 곤궁하고 어렵지만 이것은 운명의 소치이므로 부끄러워하지 않으며, 고요히 홀로 지내고, 책으로 자오(自誤)하며, 남들과 다투

---

42 崔奇男, 『龜谷詩稿』 권3下, 「拙翁傳」, 360면, "世有拙翁者, 不知何如人也. 業不農商, 身無號名. 衣則短褐, 食則饘粥, 居則蓬室, 出則徒步, 人見之, 莫不調笑, 熙然有驕傲之色. 形貌言行, 與人不甚相遠, 而彼達此窮, 彼亨此屯, 豈才德之不侔而然耶, 抑賦命之厚薄而然耶? 彼之達非智得, 此之窮非愚失, 則皆天也, 非人也. 以不若人爲恥, 則不識固然之理矣. 斯人也, 性不喜鬧熱, 泊焉好靜, 深居獨處. 以簡編自娛, 得會心處, 怡然忘憂, 興到, 則輒獨往林麓間, 吟嘯徜徉, 或於稠人羣處, 泯嘿如愚人, 談論是非, 不欲與人相較. 衆人之所趨, 羞不肎爭, 衆人之所捨, 守分安焉."

지 않고 그들과 다른 삶을 산다는 서술 모두가 이상이면서 기호를 중심에 두고 있다. 2장에서 보았던 작품들이 연상되는 이유도 여기에 있다.

정태진술 위주의 「백운거사전」 계열 작품들이 이와 같은 서술을 즐기는 이유는 시치미 떼기로 인한 '반성적 거리'[43] 때문이다. 유지기(劉知幾, 661~721)에 따르면 모든 전(傳)뿐만 아니라 자전(自傳) 역시 실록(實錄)이어야 한다. 자기에 대한 서술이 자신의 단점을 감추고 장점을 부각시키는 정도라면 실록일 수 있지만, 거짓을 기록해서는 안 된다. 아울러 실록의 경우라도 추행(醜行)을 부각시키거나 자신을 과시하는[自衒] 일은 정해진 한도를 넘어서는 것이므로 지양해야 한다.[44] 이것은 유지기의 시각일 뿐만 아니라 전통적으로 공유하는 '전'과 '자전'에 대한 관점이었다.

그런데 반성적 거리, 즉 이것도 저것도 아닌 그 사이, '나'이면서 내가 아닌 그 틈은 사실만을 기록해야 하는 장르에 '과장'의 여지를 허용한다. 결국 내 삶의 실제와 완전히 부합되지만은 않는 삶의 이상, 평생을 두고 지속하고 싶은 기호, 남들과의 차이를 부각시키기 위해 삽입시킨 과장된 행태인 과시나 위악 등은 모두 나이면서 내가 아니라는 시치미 떼기로 인해 가능해진 것이다. 그렇지 않았다면 '송월자'도 '자지자부지선생'도 존재하지 못했을 것이다. 물론 이러한 시도는 「오류선생전」이 시작했고, 마스터 플롯이 대체로 그렇듯 후대 작품들의 전철(前轍)이 되어 장르를

---

43 '반성적 거리'는 김인환(1994), 180~186면에서 「예산은자전」을 분석하며 '예산은자이거나 세상' 혹은 '나이거나 내가 아닌 존재'라는 둘 중 어느 한편에도 동화되지 못하게 만드는 근거라는 의미로 사용한 용어에서 차용하였다.

44 劉知幾, 姚松·朱恒夫 譯注, 『史通全譯』, 「序傳」, 貴州人民出版社, 1997, 503면, "然自敍之爲義也, 苟能隱己之短, 稱其所長, 斯言不謬, 卽爲實錄. 而相如自序乃記其客遊臨卭, 竊妻卓氏. 以春秋所諱, 持爲美談, 雖事或非虛, 而理無可取, 載之於傳, 不其愧乎!"; 劉知幾, 姚松·朱恒夫 譯注, 『史通全譯』, 「序傳」, 貴州人民出版社, 1997, 505면, "夫自媒自衒, 士女之醜行. (中略) 揚雄已降, 其自敍也, 始以誇尙爲宗, 至魏文帝·傅玄·梅陶·葛洪之徒, 則又蹴於此者矣, 何則? 身兼片善, 行有微能, 皆剖析具言, 一二必載. 豈所謂憲章前聖, 謙以自牧者歟?"

안착시켰다.

다시 「졸옹전」으로 돌아가 보자. 예문 ⑥이 지닌 「백운거사전」과의 유사성에도 불구하고 이 작품은 과정진술의 비중이 높은 「예산은자전」 계열이 분명하다. 예문 ⑥ 이하의 서술이 낙헌장인(樂軒丈人)에게 입은 지우(知遇), 그의 죽음, 63세에 얻은 병과 그로 인해 지은 「화도잠자만시삼장(和陶潛自挽詩三章)」, 71세에 걸린 병과 그로 인해 지은 자제문(自祭文), 74세가 된 당시의 소회와 회상 등으로 이어지기 때문이다.[45] 따라서 「졸옹전」은 「백운거사전」으로부터 다소 이탈하여 그것을 변주(變奏)한 작품이다. 그렇다면 이 변주의 원인은 무엇일까?

⑦ 영장산객(靈長山客)은 광주인(廣州人)이고, 성(姓)은 모(某)요, 이름은 모(某)요, 자(字)는 모(某)이다. 자(字)를 가지고 거실(居室)에 순(順)이라 편액 하였으니, 세상의 일은 이치에 따라 살 뿐임을 말한 것이다. 영장(靈長)은 산의 이름인데, 그 산에서 독서하여 영장산객이라 자호(自號)한 것이다.

어려서는 병을 달고 살았는데, 커서는 배우기를 좋아해서 읽지 않은 책이 없었다. 배움에 사우(師友)가 없어서 오직 뜻이 가는 대로 백가(百家)를 두루 읽어 관중(管仲)·상앙(商鞅)·손무(孫武)·오기(吳起)·감공(甘公)·석신부(石申夫)·경방(京房)·곽박(郭璞)·순우의(淳于意)·편작(扁鵲)의 책을 모두 읽었지만, 오랜 세월이 쌓여도 터득한 바가 없었다. 뒤늦게야 그 잘못을 깨달았지만, 아직도 여전히 깨끗하게 버리지는 못했다.

26세에 『성리대전(性理大全)』을 구하여 읽고서야 비로소 이와 같은 학문의 귀함을 알고 찬탄하며 "자신의 집에 무진장(無盡藏)한 것을 내버리고 남의 집을 탁발하고 돌아다니며 거지나 본받는다고 했으니, 옛 사람들이 먼저 깨달은 말이구

---

45 최기남의 「졸옹전」에 대한 분석은 안득용(2014a), 274~278면을 참조하기 바란다.

나!"라 말하고는 마침내 손수 초록(鈔錄)하고 입으로 외었다. 그런데 역대(歷代)의 역사(歷史)도 함께 연구하여, 치란(治亂)의 자취를 궁구하고 안위(安危)의 기미를 살피며 제작(制作)의 근원을 변석하고 시비(是非)의 실마리도 분별하기를 몇 년 동안 그치지 않았다. 이로 인해 투철하게 탐구하여 깊이 파고드는[鞭辟向裏] 공부 에는 전념하지 못하였으나, 두루 살펴본 나머지 비록 아직 터득하지는 못했지만 펼쳐내는 논의 중에는 때로 들을 만한 것이 있었다. 그래서 뜻을 같이 하는 선비 들도 간혹 실질이 있다고 여겼다. 하지만 그 속을 살펴보면 텅 빈 것이었다.[46]

예문 ⑦은 안정복(安鼎福, 1712~1791)이 갑술년(甲戌年, 1754)에 지은 「영장 산객전(靈長山客傳)」의 전반부이다. 첫 단락에서 성명(姓名)과 자(字)를 모 두 모(某)라고 처리해 모호하게 만든 기법 역시 자탁전의 표지로 볼 수 있다. 다만 「영장산객전」이 자탁전이라는 확실한 근거는 이 작품 마지막 부분의 "야사 씨(野史氏)는 말한다. 나는 영장산객의 이웃사람들을 통해 그의 사람됨을 자세하게 들었다."[47]라고 한 데서 찾아야 한다. '저자=서 술자≠주인공'의 공식을 분명히 보여주기 때문이다. 그리고 제갈량(諸葛 亮)과 도연명(陶淵明)의 이상적 삶에 대한 추구, 책을 읽으면 항상 대의(大 義)만을 보았고 깊은 이해를 구하지 않았던 태도, 자신의 기호에 대한 서술 등은 「백운거사전」 계열과도 공유하는 특징이다.[48] 하지만 이 작품

---

46 安鼎福, 『順菴集』 권19, 「靈長山客傳」, 187~188면, "客廣州人. 姓某名某字某. 因其字而扁所居室曰 順, 曰, 天下之事, 順理而已. 靈長山名也, 讀書其中而自號靈長山客. 幼抱羸疾, 長而嗜學, 於書無所 不讀. 學無師友, 唯意所適, 泛濫于百家, 而管商孫吳甘石京郭倉扁之書, 靡不研究, 積累年而無所得. 晚覺其非而猶未釋然棄之也. 年二十六, 得性理大全而讀之, 始知此學之貴, 而歎曰, '抛却自家無盡 藏, 沿門持鉢效貧兒, 非古人先得吾乎!' 遂手鈔而口誦之. 旁治歷代之史, 究治亂之迹, 審安危之機, 辨制作之源, 別是非之端, 亦累年不已也. 由是而向裏之工, 亦不專焉, 泛博之餘, 雖未有得, 而發爲 言論, 或有可聽. 故同志之士, 亦或以爲實有焉. 盖求其中則空空也."
47 安鼎福, 『順菴集』 권19, 「靈長山客傳」, 188면, "野史氏曰, 余從客之里人, 詳聞客之爲人."
48 해당 서술에 대한 설명과 「영장산객전」의 본격적인 분석은 윤재민(2004), 183~206면을 참고하기

은 「예산은자전」 계열이 분명하다. 예문 ⑦과 더불어, 38세부터 43세까지의 관력(官歷)이나 두문불출하게 된 이유 등을 서술하는 지점에서 인생의 주요 계기를 성찰하고 그 과정을 상세하게 진술하는 모습이 보이기 때문이다.[49]

이처럼 「영장산객전」을 비롯하여 「예산은자전」 계열은 삶의 변곡점 주변을 반성적으로 살피고, 그 과정과 변모의 양상을 서술하려는 경향이 강하다. 이러한 경향은 「예산은자전」 계열의 최초 작품인 「예산은자전」에서도 분명하게 살필 수 있다. 특히 "중년(中年)에는 스스로 자못 후회하였지만, 다른 사람들이 이미 포용할 수 없는 사람으로 대하여서 등용되지 못하였고, 예산은자 역시 다시는 이 세상에 뜻을 두지 않았다.", "만년에 사자산(師子山) 갑사(岬寺)의 승려를 따라 밭을 빌려 경작하였는데 … 은자는 본래 불교를 좋아하지 않았지만 끝내 그 전호(佃戶)가 되었으니, 평소의 뜻이 어그러진 것을 하소연하여 스스로를 조롱한 것이다."[50] 등의 서술에서 두드러진다. 이 중 중년의 후회는 남에게 인사치레도 하지 않고, 술에 취해 남의 장단점을 함부로 말하던 자신의 젊은 날에 대한 응시의 결과이다. 만년의 자희(自戲)에는 불교를 싫어하지만 절의 전호가 되어버린 상황의 아이러니가 담겨있는데, 이 역시 삶에 대한 반성적 성찰에서 도출되었다.[51] 예문 ⑦에서도 백가를 남독(濫讀)하던 26세 이전과

---

바란다.

49 安鼎福, 『順菴集』 권19, 「靈長山客傳」, 188면, "己巳夏, 薦除厚陵參奉, 不出. 至冬, 又除萬寧殿參奉, 嫌於沽名而應命, 然非其好也. 辛未二月, 陞義盈庫奉事. 壬申二月, 陞靖陵直長. 癸酉十月, 陞歸厚署別提. 甲戌二月, 遷司憲府監察, 階至通訓, 皆循資也. 是年六月, 遭外艱歸, 守廬于靈長舊宅, 疾作而有終焉之志, 杜門息交, 不貳而竢之, 時年四十三矣."

50 崔瀣, 『拙藁千百』 권2, 「猊山隱者傳」, 35면, "中年頗自悔, 然人已待以非可牢籠, 未果用, 而隱者亦不復有意於斯世矣."; "晚從獅子岬寺僧, 借田而耕, (中略) 隱者素不樂浮屠, 而卒爲其佃戶, 盖訟夙志之爽, 以自戲云."

51 최해의 「예산은자전」에 보이는 자기성찰과 이규보의 「백운거사전」과의 비교는 박희병(1992), 16~

『성리대전』을 접한 이후의 각성에서 영장산객의 반성과 변모를, 역대의 역사 공부를 병행[旁治]하다 향리지공(向裏之工)에 몰두하지 못해 그저 속 빈 강정[空空]처럼 되어버린 26세 이후의 삶에 대한 후회스러운 응시를 각각 읽을 수 있다.

나는 누구인가라는 지상의 명제는 인간이 자기 삶 전체를 대상으로 깊이 고민하게 만든다. 그것은 결론을 내릴 수 없는 아포리아이지만, 그 실마리라도 잡아채기 위해서는 무질서하게 쌓여있는 사소한 인상들을 되짚어 살펴야 한다. 그것을 꼭 글로 재구성하지 않더라도, 의식되지 않은 채 남아 있는 지난 삶의 인상들을 정리된 기억과 체험으로 바꾸려면 적어도 되돌아보며 성찰하는[反省] 시간이 필요하다. 그 성찰은 주로 과거의 시공간 속에서 스스로가 단행한 선택과 그 결과를 중심으로 진행될 것이며, 지금의 자신은 연속되는 계기로 인해 끊임없이 변화한 결과임을 자각하게 될 것이다. 그 결과 중에는 자기가 좋아하는 것과 꿈꾸는 삶이 들어있으며, 이러한 삶의 기호와 이상의 표현은 정태진술로도 충분히 드러낼 수 있다. 하지만 지금 자기의 삶이 현재의 모습으로 귀결된 이유와 그 전모를 이해하려면, 변화의 계기와 변모된 자신의 모습을 그려야 한다. 더욱이 그 양상을 표현하려면 회상과 반성, 선택과 그 계기, 변화 전후(前後)의 모습 등이 서술에 모두 포함되어야 한다. 즉 반성을 통해 획득한 주요 계기와 변화의 양상을 서술하는 데는 정태진술과 과정진술이 모두 필요하다. 결국 이것이 「오류선생전」이라는 마스터 플롯에서 이탈하고, 그것을 변주한 주요 원인이다.

한편 예문 ⑦에서 보이는 "만각(晚覺)", "시지(始知)", "수초(手鈔)", "구송(口誦)", "방치(旁治)", "구·심(究·審)", "변·별(辨·別)" 등의 과정은 곤지(困

---

30면을 참조하기 바란다.

知)와 곤학(困學)의 과정과도 일치한다. 그 결과가 「영장산객전」처럼 성공적이지 못할 수도 있고 그 반대일 수도 있지만, 깨우침을 향해가는 여정인 것은 분명하다.

자기서사 중 이처럼 구도(求道)의 과정을 선명하게 드러내는 작품군은 주로 승려들의 손에서 나온 경우가 많다.[52] 「예산은자전」 계열의 작품 중에도 구도의 여정이 보이는 작품이 있는데, 바로 「삼화전(三花傳)」이다.

⑧ 얼마 뒤 또 청간선생(青竽先生)을 뵈었다. 청간선생은 현학관공(玄鶴舘公)과 도교(道交)를 맺어서 종종 왕래하였는데, 행동거지나 실행처치(實行處置)에 대해 사람들은 무어라 이름 지을 수 없었다. 삼화(三花)는 실마리를 듣고 싶었지만, 현리(玄理)를 말하는 데 이르러 마치 꿈속의 말처럼 번다해서, 듣다보니 정신이 혼미해져 삼화는 즉시 떠나고 말았다. 청간선생이 이후에 다시 설랑산방(雪浪山房)으로 삼화를 찾아오셔서 동숙(同宿)하게 되었다. 자정이 지나자 청간선생이 갑자기 일어나더니 주금강(周金剛 : 唐 德山大師)의 점심(點心) 일화 하나를 이야기해 주었다. 그러자 삼화는 문득 서로 부합됨을 깨닫고 정신 또한 탁 트이게 되었다.

이튿날 함께 가려고 막 문을 나설 때 늙은 승려 한 명을 보았는데, 그가 날이 차니 선생께 옷을 주겠다고 말하자 청간선생은 사양하지 못하고 옷을 받았다. 그러더니 곧장 오묘한 음성으로 나한송(羅漢頌) 한 수를 읊었을 뿐 번거롭게 논하지는 않았다. 그런데도 삼화는 옆에 있다가 그 역시 자기도 모르게 즐거움이 샘솟는 듯했다.

그 뒤에 또 행랑을 지나다가 손이 가는 대로 벽장에서 책을 꺼냈는데, 『화엄경(華嚴經)』 한 권을 뽑은 것이었다. "(마음이) 모든 색을 드러내어도, 각각은 서로

---

52 승려들의 자기서사에 대해서는 김승호(2003), 121~146면; 김승호(2008), 7~35면 등을 참조하기 바란다.

알지 못하네(示現一切色, 各各不相知)."라는 게송(偈頌)의 구절을 슬쩍 보았는데, 감촉되는 바가 있어 홀연 탄식하며 말하였다. "기이하구나! 원래 불리(佛理)를 간곡히 믿어서 이치를 깊이 터득하려는 자가 이 책을 읽으면 전에 보이지 않던 것이 저절로 보일 것이다. 또 세상에 재미가 없어서 때로 세법(世法)을 말하는 것을 보던 자들이라면, 오래지 않아 그에 곧 지루함을 느껴 들으려 하지 않겠구나." 그러고는 조용히 바랑 하나로 여산(廬山)으로 들어가 삼폭(三瀑) 주변에서 청간선생에게 가서 절하고는, 그가 터득한 것을 보였다.

또 송계선실(松桂禪室)에 머물며 『유마경(維摩經)』을 뽑아 읽다가 「佛國品」의 "무소득(無所得)한 불기법인(不起法忍)[53]에 이르렀다."는 구절에 이르자 지각하지 못하는 사이에 자기를 잃어버리게 되었다. 또 때때로 청간선생을 길에서 따르다가 명백히 깨우칠 수 있었다.[54]

예문 ⑧은 「삼화전」의 일부이다. 주인공 삼화(三花)의 이름은, 꿈속에서 신헌(申櫶, 1810~1884)이 적어 준 "삼화선사(三花禪寺)" 네 글자와 시윤장(施閏章)의 시구(詩句)인 "고목의 삼화는 아득한 안개 사이로 보이네(古樹三花杳靄間)." 등으로 인하여 자칭(自稱)한 것이다.[55] 「삼화전」은 현학관선생(玄

---

53 '무소득(無所得)'은 진리를 깨우쳐 집착도 분별도 없는 경계이고, '불기법인(不起法忍)'은 진리를 체관(諦觀)하여 무생지리(無生之理)에 편하게 거처하는 상태이다.

54 草厂, 『草厂遺稿』권1, 「三花傳」, 『韓國佛教全書』제12책, 東國大學校出版部, 2002, 306면, "旣而又見靑芉先生. 先生爲公道交, 時時往來, 而擧止施爲, 人無得而名焉. 花欲得聞緒餘, 談及玄理, 口吧吧, 若夢中語, 聽之迷悶, 花卽別去. 先生後又過花於雪浪山房, 同宿. 三皷旣作, 先生忽起, 爲說周金剛點心一則. 花未覺相契, 神又豁然. 明日同行, 方出門去, 見有一老宿, 謂天寒, 以衣物, 施之先生, 先生讓不得, 而笑受之. 便作妙音聲爲誦羅漢頌一首而已, 不煩開論. 然花在傍, 亦不覺欣湧. 後又經行廊下, 信手去壁, 抽華嚴經一卷. 閃看得一偈, '示現一切色, 各各不相知.' 因有觸, 忽歎曰, '奇哉! 自是甚信佛理, 求其深於理者, 讀之, 前所不見者, 自然便見. 却又無味於世, 或見有說世法者, 不久, 便覺支離而不欲聞也.' 蕭然一鉢囊, 入廬山, 去拜先生於三瀑之傍, 以所得者, 呈之. 且寄松桂禪室, 取閱維摩經, 至逮無所得, 不起法忍, 不覺打失自己. 又時從先生於道路, 得以發明."

55 草厂, 『草厂遺稿』권1, 「三花傳」, 307면, "花住廬山時, 夢一大人, 以三花禪寺四字贈之. 花不知其爲

鶴舘先生：申穩), 소금공(小琴公：申贊熙), 향농선생(香農先生：申正熙, 1833~
1895), 청간선생(靑芉先生：미상) 등을 종유(從遊)하고, 『화엄경(華嚴經)』, 『유
마경(維摩經)』, 『원각경(圓覺經)』 등을 탐구하며 구도하는 과정으로 구성되
어 있다.[56] 소개하지 않은 서두의 "삼화(三花)라는 자는 스스로 해동상인
(海東上人)이라고 하였는데 관향(貫鄕)과 성씨를 알지 못한다."[57]라는 서술
을 통해 이것이 자탁전임을 알 수 있다. 더욱이 위의 예문과 함께 승려
초엄(草广)이 걸었던 구도의 길을 살펴보는 가운데, 이 작품 역시 「예산은
자전」 계열에 속한다는 사실도 밝혀질 것이다.

『화엄경』의 「입법계품(入法界品)」은 선재동자(善財童子)가 53명의 선지식
(善知識)을 찾아가는 여정으로 구성되어 있다. 주지하다시피 이 여정은
깨달음을 얻기 위한 수행의 우언(寓意)이다. 「삼화전」 역시 「입법계품」처
럼 삼화가 걸었던 구도의 과정을 여실히 보여준다. 그 과정은 다음과
같다.

㉠ 불가(佛家)에 입문(16세)한 이듬해(17세) 바닷가 작은 산에서 관세음보살(觀世
  音菩薩)에게 예불(禮佛)을 드리자 꿈에 나타나 세계의 삼라(森羅)를 드러내
  보임

㉡ 20세에 첫 번째 선지식(善知識) 현학관선생 신헌—신헌의 서자(庶子) 소금공

旨, 及讀施愚山詩, 見少林寺作, 有古樹三花杳靄間之句, 甚奇之, 自稱三花." 한편 그의 「金猿山三
花禪寺新健上梁文」(『草广遺稿』 권1, 307면)에는 「삼화전」의 "일대인(一大人)"이, 신헌을 가리키는
"위당부자(威堂夫子)"라고 표기되어 있으므로, 삼화(三花)라는 호는 결국 꿈속에서 신헌이 준 명
칭임을 알 수 있다.

56 선행 연구 중에는 「삼화전」의 등장인물들을 가공의 허구라고 본 견해도 있으나, 여러 자료를 살
  펴본 결과 실재했던 인물들임을 확인할 수 있었다. 인물과 공간의 실체에 대한 고찰은 하강진
  (2011), 5~41면 참조.
57 草广, 『草广遺稿』 권1, 「三花傳」, 306면, "三花者, 自謂海東上人, 不知其爲州里姓氏."

신찬희를 통해 알게 됨—에게 '팽불팽조(烹佛烹祖)', 즉 진실의(眞實義)를 깨달을 것이라는 언질을 받았고, "천불의 광명이 자성 가운데 있으니, 중생이 그것을 터득해서 자신의 것으로 삼기 때문이지(千佛光明自性中, 衆生得之爲自有)."라는 말에 신사(神思)가 갑자기 초연(超然)해짐[神思忽超然]

ⓒ 두 번째 선지식 신헌의 장남 향농선생 신정희의 "한 가지 생각도 일어나지 않아 찾을 곳 없더니, 어디서 갑자기 몇 번의 종소리 들리나(一念不生無處覓, 何來驀地數聲鐘)."라는 시를 듣고 미혹된 마음이 트임[忽又開迷]

ⓔ 세 번째 선지식 청간선생에게 덕산대사의 '점심' 일화를 듣고 정신이 탁 트임[神又豁然]

ⓜ 『화엄경』의 게송(偈頌) 한 구절에 감촉되어 탄식

ⓗ 송계선실에서 『유마경』의 한 구절을 읽다가 자기를 잃어버림[不覺打失自己]

ⓢ 호계(虎溪)의 고사(古寺)에서 『원각경(圓覺經)』의 「미륵보살장(彌勒菩薩章)」을 읽다가 윤회를 깊이 믿게 됨[覺得身臊, 亦信輪回深矣]

ⓞ 은거 및 부지소종(不知所從)


각 분절의 마지막 서술인 "신사홀초연(神思忽超然)", "홀우개미(忽又開迷)", "신우활연(神又豁然)", "불각타실자기(不覺打失自己)" 등으로 볼 때, 「삼화전」은 '좌절—극복', '성찰—깨달음(—깨달음에서 오는 감탄)'으로 구성되어 있다. 선지식에 의한 계발과 불경의 열독에 의해, 즉 수행을 통해 삼화는 조금씩 성불(成佛)하고 있다. 그 구체적인 과정은 예문 ⑧에서 살필수 있다. 첫 단락에서 청간선생이 현리(玄理)를 말하자 몽중어(夢中語) 같아서 번민하며 떠나는 장면은 '좌절'의 표현이다. 이후 삼화를 찾아온 청간선생이 전해 준 덕산대사의 일화[58]로 깨우치게 된다는 서술은 '깨달

___

58 덕산대사(德山大師)의 점심(點心) 일화는 『金剛經』에 정통해서 자신의 속성인 '주(周)'와 『금강경』

음'의 현현이다. 둘째 단락은 염화미소의 그것이기에 말로 설명하기 힘들지만, 즐거움이 샘솟는 듯했다는 마지막 서술을 통해 미묘한 깨우침과 그에서 오는 즐거움을 담고 있다.

셋째 단락부터는 불경을 통한 깨우침을 말한다. 『화엄경(華嚴經)·야마천궁게찬품(夜摩天宮偈讚品)』의 「각림보살게(覺林菩薩偈)」는 "일체유심조(一切唯心造)"라는 마지막 구절로 유명하다. 위에서 소개한 구절은 그 앞부분인데, 이 역시 마음의 주재(主宰)로 인한 색(色)의 발현, 체성(體性)의 결여에 의한 불상지(不相知)의 상태를 표현한 것이다.[59] 따라서 덕산대사의 일화와 마찬가지로, 삼화가 마음의 본질을 깨우치게 되었다는 사실을 보여준다. 마지막 단락은 무소득(無所得)한 불기법인(不起法忍)의 상태, 즉 열반(涅槃)을 말하고 있을 뿐만 아니라 자기를 잃어버린 상태도 드러내므로, 이를 통해 삼화가 잠시나마 깨우침이라는 열반의 상태에 이르게 되었다는 사실을 확인할 수 있다.

이후의 서술에서도 「삼화전」은 수행과 깨우침의 구도를 유지한다. 육신을 가진 윤회의 존재라는 사실을 문득 깨닫고, 훌쩍 수행을 떠나 중원으로 들어가서 불도를 물으려는 모습을 보이는 지점에서 선명하게 드러난다.[60] "가르침을 듣는 것에 의해 대열반(大涅槃)을 얻는 것이 아니라 수

---

의 '금강(金剛)'을 더해 '주금강(周金剛)'이라고 불렸던 덕산대사가 밥을 파는 노파와의 대화를 통해 깨달음을 얻은 이야기이다. 덕산대사는 "과거와 현재와 미래의 마음(心)은 모두 얻을 수 없다고 『금강경』에서 말했는데, 당신은 어떤 마음에 점을 찍으려고 하느냐?"라는 노파의 질문에 말문이 막혔다가 '마음'이 무엇인지 깨우치게 된다.

59 金呑虛 譯解(1976), 176~179면을 통해 보자면 이 구절은 다음처럼 이해할 수 있다. 마음은 한 곳에 머무르지 않아서[不住] 무량(無量)하므로 사의(思議)하기 어려운지라, 온갖 색[萬境]을 드러내어도 드러난 온갖 색들은 체성(體性)이 없기 때문에 각각 서로 알지 못하고, 드러낸 마음 역시 염념생멸(念念生滅)하여 스스로 서로 알지 못하기 때문에, 마음은 드러난 색 역시도 알지 못한다는 것이다.

60 草广, 『草广遺稿』 권1, 「三花傳」, 306~307면, "其年冬住虎溪古寺, 讀圓覺經, 時夜將半, 風雪入窓, 燈火如豆, 花方擁爐睡, 忽抖擻精神, 高聲讀, 低聲讀. 讀至彌勒章, 尋草堂密註脚, 覺得身瞑, 亦信輪

행하는 까닭에 대열반을 얻게 되는 것"[61]이라는 『열반경(涅槃經)』의 말처럼 삼화가 승려인 까닭에 수행과 깨우침은 지속되는 것이다. 그 과정에서 삼화는 과거의 자신을 끊임없이 갱신한다. 이와 같은 시공간의 변화와 그 속에서의 수행 그리고 깨우침, 이것이 「삼화전」을 「예산은자전」계열에 포함시킨 이유이다.

다만 「삼화전」은 「예산은자전」계열의 다른 어떤 작품보다 변화의 계기와 그 양상을 서술하는 지점이 많다. 그 이유는 저자 초엄이 승려였다는 사실에서 찾을 수 있다. 즉 열반에 이르기 위해서는 끊임없는 수행이 필수인데, 지속적인 수행의 결과로서 갱신된 자아의 형상'들'이 드러나게 된 것이다. 이 때문에 승려가 쓴 자기서사에서 '수행과 깨우침'의 구도(構圖)를 찾아보는 일은 어렵지 않다. 예컨대 휴정(休靜, 1520~1604)이 1567~1570년 사이 노진(盧禛, 1518~1578)에게 보낸 「상완산노부윤서(上完山盧府尹書)」에서도 수행과 갱신의 모습이 뚜렷하다. 특히 전등(傳燈)·영송(拈訟)·화엄(華嚴)·원각(圓覺)·능엄(楞嚴)·법화(法華)·유마(維摩)·반야(般若) 등의 경전을 3년 동안 열독하던 모습, 열정적인 수행에도 이르지 못한 해탈의 경지, 좌절에서 오는 갑갑함, 갑자기 찾아온 깨우침 등의 과정은 「삼화전」과 다르지 않다.[62] 따라서 「삼화전」에서 보이는 변모된 자아의 형상은 「예산은자전」계열의 공통적인 특징이지만, 그 변화의 폭과

---

回深矣. 山巖城市, 行止無定, 或在途中, 且行且吟, 人笑以爲狂. 西遊擬入中原訪道, 竟不得, 便南止方丈, 深坐不出. 莫知所終.'

61 한용운 편찬(2016), 1042면에서 재인용.

62 休靜, 『淸虛集』 권7, 「上完山盧府尹書」, 『韓國佛敎全書』 제7책, 東國大學校出版部, 2002, 720면, "於是出示傳燈·拈訟·華嚴·圓覺·楞嚴·法華·維摩·般若等數十本經論曰, '詳覽之, 愼思之, 則漸可入門也.' 因囑靈觀大師. 師一見而奇之, 遂以受業三年, 未嘗一日不勤勤, 凡吐納問辨, 一如抓痒也. 於是同學數輩, 各還京師, 余獨留禪房, 坐探群經, 益縛名相, 未得入解脫地, 益增懵懵. 一夜忽得離文字之妙, 遂吟曰, '忽聞杜宇啼窓外, 滿眼春山盡故鄕.' 一日又吟曰, '汲水歸來忽回首, 靑山無數白雲中.'"

지속적으로 갱신하는 모습에서는 승려들이 쓴 자기서사의 영향을 찾을 수 있다.

훌륭한 작가는 현재의 장르에 적응함과 동시에 그것을 확대시킨다.[63] 「백운거사전」이 「예산은자전」으로, 혹은 「오류선생전」이 「육문학자전」으로 변주되는 과정에도 최해와 육우(陸羽, 733~804)라는 훌륭한 작가가 있었다. 이들 모두는 자신이 누구인지, 지금 자기의 삶이 왜 이런 모습으로 귀결되었는지를 말하고 싶어 했다. 그러자면 지난 삶을 되짚어보며 단편적인 인상을 기억과 체험으로 재구성해야 하고, 그 과정 속에서 결정적인 계기를 발견해야 하는데, 바로 이러한 '재구성'과 '계기의 연쇄'가 과정진술을 강화시킨 것이다. 아울러 이상적인 삶의 지향과 기호로만 자신의 정체성을 구성하기에 인생은 굴곡이 많다. 게다가 '곤지'와 '곤학'의 과정을 겪은 사람들이라면 정적인 자아형상에 대한 아쉬움이 더욱 클 수밖에 없다. 다만 이미 안착된 마스터 플롯도 포기하기는 힘들었기 때문에, 이상과 기호를 받아 안고서 삶의 계기를 서술함으로써 자아가 갱신되는 모습까지 보여주게 된 것이다.

요컨대 임계점에 이른 단일 장르의 변주 요구와 훌륭한 작가의 존재, 자신의 정체성을 구성하려는 욕구와 변화의 원인에 대한 탐구, 평탄하기만 하지는 않은 삶의 실상과 올바른 삶을 위한 끊임없는 수행 등이 과정진술의 강화라는 변주된 자탁전의 계열을 만든 주요 원인이다.

---

**63** 르네 웰렉 · 오스틴 워렌(1999), 350면.

## 4. 자탁전의 문학사적 의의

저자(혹은 화자)가 글 속 주인공과 자신이 다른 사람인 척 부인하는 전(傳)이자 자기서사가 자탁전이다. 몇몇 선행 연구에서는 도연명의 「오류선생전」을 염두에 두고 '비시간성'이나 '초상화처럼 고정된 서술'이라는 용어로 이 장르의 특징을 단정하였다. 하지만 「오류선생전」 부류의 자탁전은, 정확히 말하면 초상화보다는 교리를 알고 접근하면 한 장의 그림을 통해서도 서사를 읽을 수 있는 존상화(尊像畵)에 가깝다. 그 그림만으로도 그림 속 서사를 읽을 수 있기 때문이다.

본고에서는 시간에 따라 변모하는 자아의 서사가 강화된 자탁전 역시 실재했다는 문학사적 사실에 근거하고, 각 계열 첫 번째 작품의 명칭을 차용해서, 「오류선생전」처럼 정태진술을 위주로 하는 부류를 「백운거사전」 계열로, 과정진술이 강화된 부류를 「예산은자전」 계열로 각각 나누어 고찰하였다. 다시 불화(佛畵)로 비유하자면, 후자는 불교적 설화에 기초를 두고 그린 불교설화화(佛敎說話畵)나 경전의 내용을 그림으로 표현한 변상화(變相畵)에 가깝다.[64] 후자의 계열에서 시간의 흐름에 따른 변화의 모습을 서술하려는 의도가 분명하게 보이기 때문이다. 즉 시간의 축이 개입됨에 따라 자기의 지난날을 되돌아보며 성찰하는 모습과 함께 그 변화하는 모습 역시 분명하게 드러난다는 점에서 「예산은자전」 계열은 「백운거사전」 계열과 구분된다.

이러한 차이에도 불구하고 두 계열은 동일한 마스터 플롯을 공유하기 때문에, 공통점도 적지 않다. 반성적 거리로써 제 삶의 이상과 기호를 다소 과장할 수도 있었다는 점이 가장 대표적이다. 물론 「부휴자전」, 「취

---

64 불화(佛畵)의 갈래와 그 특징에 대해서는 김정희(2009), 140~315면 참조.

사노옹전」, 「송월자전」, 「간서치전」, 「자지자부지선생전」 등이 이상과 기호의 피력 및 자기해명에 서술의 대부분을 할애한 반면, 「예산은자전」, 「졸옹전」, 「육화옹전」, 「영장산객전」, 「삼화전」 등은 제 삶이 변화한 계기와 변곡점 및 변화의 전후에 조금 더 집중했다는 분명한 차이는 있다. 하지만 이상과 기호를 피력하든, 이와 함께 지난 삶의 변화를 이야기하든, '나'의 삶을 반성적으로 성찰하였다는 점은 공통적이다. 적어도 여느 사대부들의 연대기처럼 자신의 관력과 이력, 그 과정에서의 견문한 사실을 거사직서(據事直書)의 원칙에 따라 건조하게 서술하지는 않았기 때문이다. 따라서 '삶의 이상과 기호를 표현'하였으며 '인생의 변곡점마다 제 삶을 되짚어 성찰하려는 태도'를 보였다고 전근대 우리의 자탁전을 평가해도 좋을 것 같다. 시간축의 유무에 상관없이 모든 자탁전에서 보이는 이와 같은 성찰의 태도는 단편적인 인상을 기억과 체험으로 바꾸었고, 이렇게 구성된 기억과 체험은 자신의 정체성을 구축하여 미래의 비전(vision)을 제시하는 데 기여하였다. 이것이 자탁전이 지닌 가장 큰 의미이다.

소수의 작품만으로 문학사적 흐름을 말하기는 어렵기 때문에, 본론에서는 각 범주의 특징적 면모만을 언급하려고 노력했다. 다만 여타 장르의 자기서사와 비교해보면, 17세기 후반 이후의 자탁전에 대해서만은 시대적 의미를 논할 수 있다. 예컨대 「백운거사전」 계열에서 보이는 자신의 이상과 기호에 대한 '개성적'이고 '구체적인 서사', 「예산은자전」 계열의 작품이 보여주었던 삶의 주요 계기에서의 진지한 '후회'와 '반성', '곤지'와 '곤학'의 모습 등은 형식과 내용의 차원에서 조선 후기 자기서사의 일부 흐름과 일치한다. 이러한 흐름의 의의는 개인, 개성, 정감 등을 자기서사로써 드러내 보였고, 글쓰기 스타일까지 고려하면서 문학적으로 형상화했다는 점이다. 이에 대해서는 조선 후기의 자탁전에 대해서도 동일한 의미를 부여할 수 있을 것이다.

문학의 장르는 기존의 갈래에 적응함과 동시에 그것을 확대하고 변용한다. 「백운거사전」은 「오류선생전」의 자장 안에 있는 작품이지만, 본론에서 거론한 것처럼 「부휴자전」 이후에 창작된 「백운거사전」 계열 작품군에서는 마스터 플롯의 확대와 변용이 보인다. 한편 「예산은자전」 계열은 그 첫 번째 작품부터 기존 장르를 갱신하기 시작해서, 이후의 작품들도 모두 기존의 작품에 적응하고 그것을 변용했다. 두 계열에서 공통적으로 보이는 장르의 계승과 변용 역시 자탁전이 문학사에 끼친 유의미한 기여이다. 여기까지가 본고에서 고찰한 자탁전의 문학사적 의의이다.

「예산은자전」 계열과의 비교를 위해 중국의 자탁전을 조사하면서 육우의 「육문학자전」 외에 명대(明代)의 진중주(陳中州, 1500년대 前半)가 쓴 「태학산인전(太鶴山人傳)」[65]과 전숙윤(錢肅潤, 明末淸初)이 쓴 「십봉주인전(十峰主人傳)」[66] 등의 자탁전에서도 시간의 변화에 따른 자아의 변모 양상이 보인다는 사실을 알게 되었다. 다만 육우로부터 전숙윤에 이르기까지의 7백 년이라는 긴 시간 속에서도 「예산은자전」과 유사한 작품은 찾지 못했다. 만약 실제로 없다면 「예산은자전」 계열의 작품이 지닌 의의를 조금 더 과감하게 부각시켜야 하고, 실재하는데도 찾지 못한 것이라면 해당 작품을 찾아서 각각의 위치를 정당하게 비정(比定)해야 할 것이다. 이와 같은 고찰은 남은 과제이다.

---

65 杜聯喆 編(1977), 237~238면.
66 위의 책, 356~359면.

# 제7장

# 자찬연보(自撰年譜)의 공(公)과 사(私)

## 1. 연보와 자찬연보의 개략

개인의 연대기로서 연보(年譜)를 짓기 시작한 시기는, 중국의 경우 송대(宋代)로 추정된다.[1] 아울러 주희(朱熹, 1130~1200)가 지은 정이(程頤, 1033~1107)의 연보인 『이천선생연보(伊川先生年譜)』를, 중국은 물론 우리나라의 문인지식인들도 연보 찬술의 지남(指南)으로 언급하고 있다는 점에서 보자면, 그 내용 · 형식적 모범 역시 그 즈음에 정립된 것으로 보인다. 우리나라의 경우, 이규보(李奎報, 1168~1241)의 연보를 그의 아들 이함(李涵)이 「동국이상국문집연보(東國李相國文集年譜)」로 지은 것을 시작으로, 민사평(閔思平, 1295~1359), 이곡(李穀, 1298~1351), 이색(李穡, 1328~1396), 정몽주(鄭夢周, 1337~1392) 등의 연보가 현존하는 것으로 보아 본격적으로 창작된 시기는 중국과 거의 유사하다고 추정할 수 있다.[2]

---

1 Wu, Pei—yi(1990), p.32.
2 연보에 대한 종합적인 고찰은 李鍾黙(2001), 187~216면을 참조하기 바란다.

연보는 대체로 생몰(生沒), 학행(學行), 교유(交遊), 출처(出處), 관직(官爵) 등의 행적 및 이력과 각 사안의 배경적 증거가 되는 작품이나 글로 구성된다. 또 주지하다시피 연보가 편년체(編年體) 역사기록의 영향을 강하게 받은 만큼 연보의 필자들은 역사와 마찬가지로 거사직서(據事直敍) 하려는 태도로써 사실성과 객관성을 담보하려고 하였다. 따라서 찬술자의 주관적 시각에 따라 서술이 좌우될 가능성이 없던 것은 아니지만, 역사기록과 마찬가지로 일생을 증명해줄 자료의 수집과 정리, 정리된 자료가 말하는 내용 등에 의해 연보의 성격이 주로 결정되었다.

자찬연보(自撰年譜)는 내용·형식적 측면에서 모(母) 장르인 연보와 공유하는 점이 적지 않다. 하지만 '나'에 의해 서술된 자신의 연보라는 조건이 작지 않은 차이를 만들었다는 것 역시 사실이다. 다음 두 가지 점에서 그러하다. 우선, 스스로가 자신의 일을 서술하기 때문에 비교적 자유로운 내용과 형식을 구사할 수 있다. 형식적 파격은 물론, 번간득당(煩簡得當)의 원칙에 의해 삭제될 내용도 포함시킬 수 있고, 스스로가 생각하기에 자기 삶의 핵심이라 할 부분은 더욱 부각시킬 수 있다. 다음으로, '내'가 쓴 것이기 때문에 특정 사건과 사연에 대해서 가장 확실하고 생생하게 표현하고 증명할 수 있다. 크게는 국가적 사건에서부터 작게는 일상적 모습까지 자기가 관여하고 체험했던 일에 대해 다양하면서도 구체적인 자료를 동원해서 증명할 수 있고, 그때 자신의 생각과 느낌을 누구보다 생생하게 전달할 수 있다. 바로 이러한 조건하에서 발현된 '자찬'으로서의 변주(變奏)를 살펴보려는 것이 이번 장을 서술하는 주요 목적 중 하나이다.

그런데 자신의 삶을 직접 기록한 장르가 자찬연보만 있는 것은 아니다. 연보보다 다양한 성격을 띤 자기서사가 적지 않다. 따라서 비록 이번 장의 주요 논의 대상이 자찬연보이더라도 그것을 포괄적으로 조감하여 종합하기 위해서는, '자기서사'라는 큰 흐름 속에서 자찬연보의 위치를 확인한 후 섬세하게 그 속으로 파고들어야 할 것이다. 이러한 이유로 이번 장에서는 자찬연보의 장르적 특징, 창작 동기 및 배경, 시대별 변화 양상, 그 변화의 원인 등을 좀 더 종합적 시야에서 확인하기 위해 자기서사라는 큰 배경 속에서 자찬연보를 읽어보려 한다.

이러한 목적에 부응하자면 '자찬'이라는 이름에 걸맞은 연보가 필요할 것이다. 각각의 자찬연보가 모두 연구사적으로 의미가 있겠지만, '자찬'의 전형을 보여주면서도 시대적 흐름을 파악하는 데에는, 앞서 논의한 이기원(李箕元)의 『홍애자편(洪厓自編)』을 제외하면, 심노숭(沈魯崇, 1762~1837)의 『자저기년(自著紀年)』만 한 자찬연보를 아직 찾지 못하였다. 상당 수의 자찬연보들이 공식적 이력과 공직에서의 견문을 소개하는 데 집중하고 있는 반면, 『자저기년』은 공식적 기록보다는 비교적 자유로운 방식으로 자신의 체험을 생생하게 전달함으로써 '자찬'이라는 명칭에 값하기 때문이다.[3]

지금부터 우리는 전근대 자기서사의 흐름에 비추어, 심노숭의 『자저기년』의 의미를 파악함과 동시에 여타 자찬연보와 비교함으로써, 자찬연보 창작의 배경, 자찬연보의 공적(公的)·사적(私的) 양상, 역사적·당대적 특징과 성격, 그리고 각각의 성향이 발현된 원인과 그 의미 등을 확인하게 될 것이다.

---

3 『自著紀年』과 『自著實記』를 '자전문학'적 측면에서 바라본 논고가 있다. 정우봉(2014), 89~118면 이 바로 그 논문이다. 이번 장의 논의는 이 논고에 상당 부분 기대고 있음을 밝혀둔다. ● 드물기는 하지만 이 외에도 자찬연보에 대한 연구가 없지는 않다. 鄭維翰(1568~1640)의 「古今事蹟」은 내용적 측면에서, 李頎(1637~1693)의 『百年錄』은 서지적 측면에서 고찰된 바 있다. 이에 대해서는 권태을(1981), 185~209면; 황정연(2012), 295~321면 등을 각각 참고하기 바란다.

## 2. 자찬연보 찬술의 동기와 배경

이번 절에서는 자찬연보의 찬술 동기, 주요 내용, 서술 태도를 이해하기 위해, 심노숭의 「자저기년서(自著紀年敍)」를 중심으로 문인지식인들이 자신의 일생을 '자찬'한 동기와 그 배경을 살펴보고자 한다.

부형(父兄)과 어른께서 돌아가시면 그 자손과 후인(後人)들이 그 평생을 기록하여 연도에 따라 책을 만드는데 이것을 연보(年譜)라고 부르니, 연보는 사람에게 있어 대단히 중요한 것이다. 후세에 남길 만한 성덕(盛德)과 대업(大業)은 국사(國史)가 그 일을 적고 야사(野史)가 그 일을 기록하므로 연보에 따로 기록할 필요가 없지만, 그 나머지 일들은 연보가 아니면 그 평생을 후대에 전하지 못한다. 하지만 비록 자손과 후인들이 그 평생을 서술하더라도 사사로움에 씌어 잘못 기록해서 실제 사정과 멀어지고 사실에 부합되지 않게 되니, 아직 죽지 않았을 때 스스로가 자신의 평생을 기록하는 것보다 못하다.

사람들 중에는 초상화를 그려서, 죽은 뒤 사당에 걸어두고 그에 제사를 지내는 경우가 있으나 구구하게 채색을 빌어 절실히 얼굴 모습의 비슷함을 구하지만 7할쯤 비슷한 경우도 드무니, 초상화를 가지고서 그 사람을 제대로 전할 수도 없다. 그 무엇이 행사(行事)를 기재하고 말을 기록해서 자손과 후인이 그것을 읽으면 그 얼굴을 직접 보고 그 말을 직접 들은 것보다 더욱 그 사람을 알게 만드는 연보와 같을 수 있겠는가?

내가 평생 맞닥뜨리고 겪은 일은 집안 대대로 없었던 바였다. 점쟁이[命家]가 말하길, 내 운명은 패보(牌譜)에 들어있어도 취해지지 않는 패와 같다고 하였으니, 참으로 식견이 있는 말이었다. 다만 형제의 우애가 남들이 얻을 수 있는 정도보다 더욱 좋아 이것으로 저것을 보상할 수 있으니, 참으로 넉넉하여 부족할 것이 없다고 생각했다. 그래서 태첨(泰詹 : 아우 沈魯巖)에게 우스갯소리로 내가 죽으면 너는 나의 행장(行狀)에 반드시 이 말을 기재해 달라 말하고는 서로 배를 잡고 웃을 적이 있는데, 지금은 이마저도 할 수 없게 되어버렸다. 하늘이 내게 준 시련이 이 얼마나 심한가!

고질병과 깊은 근심으로 언제든 곧 죽을지도 모른다는 우려를 하게 되어 나의 지난 언행(言行)을 기록해서 조카 원열(遠悅)에게 남겨 보게 하려고 했지만, 손이 마음을 따르지 않아 글을 쓰지 못하고 미적거리게 되었다. 이에 우선 내 평생을 연보의 예(例)에 맞춰 편록(編錄)하였는데, 완성하고 나서 한 번 읽어보니 거듭 스스로 일소에 부칠 만하였기에, 내가 행한 일을 되짚어보았지만 이처럼 나쁜 업보로 돌아온 이유를 나 역시도 알지 못하겠다. 지금으로부터 죽을 때까지 몇 년 동안이나마 요행히 끝내 나쁜 일을 하지 않는다면, 내 자손과 후인이 된 사람들이 이 연보를 읽고 여전히 내 운명의 곤궁함을 슬퍼할 수 있을 터이니, 내 평생을 상상함에는 오히려 초상화보다 나은 점이 있을 것이다.

신미년(辛未年, 1811) 3월 25일 태등(泰登 : 沈魯崇)이 태릉의 재사에서 쓰다.[4]


윗글의 내용을 거칠게나마 정리해보면, '나는 훌륭한 사람은 아니지만 내가 누구인지 그리고 어떻게 살았는지 후대에 알리고 싶다' 정도가 될 것이다. 결국 이것이 다른 누구의 손을 빌리지 않고 심노숭이 스스로의

---

4 沈魯崇, 『孝田散稿』 8권, 『自著紀年 · 敍』, 학자원, 2014, 3645~3647면, "先生長者死, 子孫後人, 紀其平生, 系年爲書, 謂之年譜, 年譜之於人大矣. 盛德大業可以垂後世者, 國乘書之, 野史記之, 無事乎譜, 而其餘非譜不傳. 雖有子孫後人之紀之, 私蔽而過, 與事遠而失實, 不如死自紀之也. 人有畵眞, 死而尊閣而祭祀之, 區區假丹靑, 切切然求其面目之似, 而鮮有得乎七分者, 欲以此傳其人, 末矣. 孰如譜之載事紀言, 使其子孫後人, 讀而知之, 不啻若見其面而聞其言乎? 余平生遭値經閟, 家世所無. 命家言余命如牌譜入不取, 誠知言也. 獨有兄弟之好, 夫人所不得, 以此償彼, 見其有餘而無不足. 嘗戱謂泰詹, 我死, 君爲狀必載此言, 相與劇笑, 今而此又失之. 天之所以施我者, 何其甚也! 深疚幽憂, 有朝夕且死之慮, 將錄逝者言行, 遺遠侄覽, 心不帥手, 筆無以下且遲之. 先就余平生, 編錄如譜例, 旣成, 一讀重自一笑, 跡余所爲事, 所以受惡報至此者, 余亦不知. 自今至未死幾年, 幸而卒不作惡事, 爲余之子孫後人者, 讀此卷, 尙可以悲余之命之窮, 而彷想余平生, 尙有勝於畵眞也夫. 辛未三月二十五日, 泰登書于泰寢齋舍."

연보를 찬술한 이유이다. 좀 더 세밀하게 그 찬술동기 및 원인을 따져 보자.

홍석주(洪奭周, 1774~1842)는 「한충정공연보서(韓忠靖公年譜序)」에서 연보를 제작할 만한 조건을 다음의 두 가지로 제시한 바 있다. 첫째, 연보에 수록될 인물이 후대에 전할 만한 명성과 지위를 갖추고, 공용(功用)을 후대에 펼쳤는가, 둘째, 실제로 듣고 본 사람이나 문헌을 통해 그 사람의 삶을 증명할 수 있는가 등이다.[5] 요컨대 기록되거나 기억될 만한 성덕(盛德)과 대업(大業)을 남긴 사람이라야만 연보에 수록될 가치가 있다는 말이다. 반면 심노숭은 연보에 실릴 만한 인물의 조건은 비정하지 않고, 그저 성덕과 대업 외의 일은 연보가 아니면 기록될 수 없다고 말한다. 이로써 볼 때, 『자저기년』에 왜 그렇게도 사소한 일상의 이야기들이 상세하게 기록되어 있는지를 짐작하게 되고, 자기처럼 성덕과 대업을 남기지 못한 사람도 연보의 주인공이 될 수 있다고 생각했음을 추측하게 한다.

그런데 이처럼 이렇다 할 업적을 남기지 못한 인물은 자기가 아니고서는 후대에 자신을 기억하게 만들 계기가 거의 없다. 그래서인지 『자저기년』뿐만 아니라 전근대 자기서사의 작가들 중에는 자신을 미미한 존재라고 여기거나 불우하다고 생각해서 스스로가 자신의 삶을 기록한다고 말한 사례가 적지 않다. 예컨대 이자(李耔, 1480~1533)는 『음애일기(陰崖日記)』 집필의 이유를 이렇다 할 공적도 없을 뿐더러 죄를 짓고 비난 받은

---

5 洪奭周, 『淵泉集』 권19, 「韓忠靖公年譜序」, 425~426면, "譜也者, 史之遺也. 今世之爲譜者, 大抵有二, 譜其族者. 源乎世本, 譜其年者, 倣乎紀傳, 皆有史之體焉. 然譜其族者, 通乎一姓, 譜其年者, 專乎一人. 通乎一姓, 故家家而皆可爲譜, 專乎一人者, 非得其人不可. 其人而無可傳矣, 固不足以爲譜, 有可傳矣, 而代邈聞佚, 文獻不具, 則亦不能以爲譜. 聞見逮矣, 文獻徵矣, 而其名位未大顯于時, 其績用未大施于人者, 家有狀壙有志而足矣, 又不必以爲譜也. 譜也者, 史之體也. 屬事系年, 論世攷人, 非其人出處屈伸, 有繫於世道者, 亦何以譜爲哉?'

사람이기 때문이라고 적시하였고,[6] 유언호(兪彦鎬, 1730~1796)나 이만수(李晚秀, 1752~1820) 역시 기록할 만한 공적이 없는 사람인 것이 자기서사 집필의 이유임을 분명히 밝혔다.[7] 이 외에도 스스로를 어리석고(癡) 미쳤으며(狂) 우활하다(迂) 생각한 조선 후기의 적지 않은 문인지식인들이 자기서사를 창작했다.[8] 결국 자신이 이 세상에 살았다는 존재 증명의 욕구와 충족시키지 못한 개인적 요건이 스스로의 삶을 기록하게 했으며, 여타 전근대 자기서사뿐만 아니라, 『자저기년』을 비롯한 몇몇 자찬연보 역시 이러한 창작 배경을 공유한다는 사실을 알 수 있다.

다음으로, "비록 자손과 후인들이 그 평생을 서술하더라도 사사로움에 씌어 잘못 기록해서 실제 사정과 멀어지고 사실에 부합되지 않게 되니, 아직 죽지 않았을 때 스스로가 자신의 평생을 기록하는 것보다 못하다." 라고 밝힌 것처럼, 사사로운 인정에 끌려 삶의 실제를 왜곡시킬 우려 때문에 심노숭은 연보를 스스로 찬술하였다. 그런데 이 역시 여타 자기 서사의 작가들과 공유하고 있는 창작의 동기이다. 그중 유한준(兪漢雋, 1732~1811)이 일생의 왜곡을 가장 격렬하게 비판한 사람 중 하나이다. 그는 「저수자명(著叟自銘)」에서 선조(先祖)의 자잘한 모든 일까지 다 쓴 행장과 그것을 또 그대로 옮겨 적은 명(銘)으로는 믿을 만한 기록을 남길 수 없고, 믿을 수 없는 기록으로 무궁을 꿈꾸니 차라리 자신이 스스로의 일을 기록하는 것이 낫다고 말하였다.[9]

---

6 李耔, 『陰崖集』 권3, 「書日錄末」, 134면, "如耔者, 爲臣無狀, 罪釁交積, 詆訶萬端, 尙能張口待哺, 向人言笑, 豈非頑然一醜物乎?"

7 兪彦鎬, 『燕石』 册6, 「自誌【甲辰】」, 80면, "其生也無善可錄, 沒而丐人華辭以損實, 尤非其志, 乃自述其平生, 以遺後人."; 李晚秀, 『屐園遺稿』 권11, 「自表」, 502면, "今晚秀上不能自效終事, 少酬昔日知遇, 中不能建言紀事, 樹不朽之業, 下不能保一血胤, 十世詩禮之傳, 斬焉莫繼."

8 안득용(2014b), 431~435면을 참조하기 바란다.

9 兪漢雋, 『自著』 續集 册3, 「著叟自銘【戊辰】」, 665면, "余觀世之人, 其父母卒, 具所謂行狀者, 凡其日

이처럼 제 삶의 실제를 정확하게 전하려는 태도는 정확성 혹은 유사성이라는 측면에서 초상화(肖像畵)와도 일정하게 연결된다. 그런데 심노숭은 위 예문을 비롯하여 필기(筆記)로 쓴 자기서사인 『자저실기(自著實記)』의 서술에서도, '겉모습을 아무리 똑같이 그린다 해도 7할 이상 비슷하기 힘들고, 행사와 말을 직접 듣고 보지 않는다면, 그 사람의 마음과 실체를 알 수 없기 때문에 정확한 연보만큼 훌륭한 초상은 없다'고 주장한 바 있다. 이로써 그가 자찬연보를 비롯한 자기서사를 통해 사실 그대로의 자신과 그 본질을 정확하게 전달하려고 한 측면을 간취하게 된다.

아울러 송남수(宋楠壽, 1537~1626)가 「자지문(自誌文)」에서 일미(溢美), 즉 지나친 칭송을 꺼린 것이 자기서사 창작의 원인이라고 밝힌 이래로, 서명응(徐命膺, 1716~1787)의 「자표(自表)」, 이만수의 「자표(自表)」·「자지명(自誌銘)」, 남공철(南公轍, 1760~1840)의 「자갈명(自碣銘)」, 전우(田愚, 1841~1922)의 「자지(自誌)」에 이르기까지 모두 '일미'를 적시하고 있다.[10] 따라서 속 빈 상찬(賞讚)을 피하려는 의지 역시 여타 전근대 자기서사와 자찬연보가 공유하는 '자찬'의 동인으로 상정할 수 있다.

다음으로, 자신의 삶을 후대에 정확하게 전하고자 한다면, 그 인간 개체의 핵심을 정확하게 꿰뚫어 보고 기록해 줄 능력 있는 기록자 역시 필요하다. 자신을 제대로 알아보았다는 의미에서 우리는 그 기록자를 지기(知己)라고 불러야 할 것이다. 심노숭에게 이 '지기'가 될 수 있었던 거의 유일한 사람은, 문학관의 차이로 가끔씩 티격태격했지만, 그의 글 속에 항상 아련하게 서술되는 아우 심노암(沈魯巖, 1766~1811)이다.

---

事時行飮食興居, 毫毛塵芥, ○○○○靡不畢書, 持而出流目縉紳中揀官高有力勢者謁銘焉. 銘之者又
惡能通銘法, 懼失子弟意, 悉書所欲書, 無一觖落, 是以其辭不可信. 余謂與其以靡不書之狀, 借不可
信之辭, 以圖其無窮, 無寧吾書吾事, 吾銘吾行, 眞而確, 簡而不溢, 爲猶可信, 乃作自銘."
10 안득용, 앞의 논문, 427면 참조.

심노숭의 서문에서 알 수 있듯이 그는 1811년 3월 25일 즈음부터 자신의 연보를 쓰기 시작한다. 그런데 이해 1월 20일은 바로 그의 아우 심노암이 사망한 날이고, 3월 6일에 그의 장례를 치렀다는 사실, 그로부터 얼마 지나지 않아 스스로 연보를 짓기 시작했다는 점 등을 종합해 보면, 여타 자기서사의 예에서 볼 수 있듯이,[11] '지기'의 부재가 그에게 연보를 자찬하도록 만든 강력한 계기로 작용했음을 확신하게 한다. 아울러 이런 상황에서 닥친 "고질병[深疴]"과 "깊은 근심[幽憂]" 역시 아무것도 남기지 못한 채 갑자기 삶을 마감할지도 모른다는 조바심을 갖게 해서 연보 찬술의 촉매가 되었다.

다만 심노숭의 찬술동기, 더 크게 보아 일반적으로 자찬연보를 지은 동기가 위와 같은데, 그것은 자기서사를 지은 이유와도 유사하므로, 자신의 삶을 자기서사의 다른 장르가 아니라 자찬연보로 기록한 이유에 답하려면 연보를 둘러싼 논의를 조금 더 살펴볼 필요가 있다.

「학봉선생연보(鶴峯先生年譜)」가 여전히 세상에 널리 퍼지지 못해서 사람들이 귀로 듣고 눈으로 본 일상의 사공(事功)과 사소한 절행(節行) 등이 오래되어 징험할 수 없이 사라질 지경이다. 그래서 간혹 말도 안 되게 거짓으로 음해하는 경우가 있어도 참으로 마땅히 반박할 글이 아직까지 없었고, 또 그것이 인습되어 지금에까지 이르게 되었으니, 참으로 사문(斯文)의 불행이요 후학이 안타까워하며 가슴 치는 바이다.

---

11 예컨대 申欽(1566~1628)은 「玄翁自敍」에서 '지기' 李恒福(1556~1618)의 죽음으로 인해 스스로가 자서를 쓸 수밖에 없다고 언급한 바 있다. 許筠(1569~1618) 역시 「惺翁頌」에서 자신을 제대로 알아줄 사람이 없어서 스스로가 자신에 대한 기록을 남겼다고 밝혔으며, 조선 후기에는 任希聖(1712~1783)이 「在澗老人自銘幷序」에서, 李德懋(1741~1793)가 「看書痴傳」에서 이들과 유사한 창작의 이유를 밝혔다.

그 가장(家藏) 초본(草本)을 엮게 되어 행장(行狀)과 언행록(言行錄) 등의 책을 참조하고 여러 사람들의 문집과 자질구레한 글[小說]을 가외로 수집하여 한두 가지 믿을 만한 것을 연도순으로 편차하고 일에 따라 변증한 지 오랜 시간이 지나 비로소 연보를 완성하게 되었다.

선생의 성덕(盛德)과 대업(大業)은 거대하여 하늘과 땅을 가득 채울 만하니, 비록 이 연보가 아니더라도 드러날 것이다. 하지만 일의 시종(始終)과 본말(本末)은 크고 작음에 상관없이 이 책을 열면 분명하게 보여서 거짓 음해를 변론하고 공로를 밝힐 수 있을 터이니, 그 역시 이 연보에 기댈 바가 없지는 않을 것이다. 그렇다면 혹 행장이 이미 갖춰져 있는데 다시 비슷한 일을 거듭할 필요가 없다고 하는 것이 통론(通論)은 아니지 싶다.[12]

일상의 사공(事功)과 사소한 절행(節行), 일의 시종과 본말 등이 연보에서 주로 기록하는 내용이다. 여타 자료를 통해서 조금 더 보완해보자면, 연보는 생몰(生沒), 용모(容貌), 기호(嗜好), 학행(學行), 교유(交遊), 출처(出處), 과목(科目), 관작(官爵) 등, 가장 사적인 내용부터 공적인 사안 모두를 수록한다. 대개 이러한 내용들은 직접 보고 들은 것 외에 문집, 행장, 언행록, 종정록(從政錄), 자질구레한 기록[小說], 일기, 별록(別錄), 잡저(雜著), 소차(疏箚) 등의 기록에서 뽑아 서술하며, 그 서술 역시 단편적인 언급으로만 끝나지 않고 일의 시작과 끝, 그 본말을 상세하게 기록하고자 한다.[13] 이로써 볼 때, 결국 다른 장르가 아니라 연보로 대상인물의 일생

---

12 李栽, 『密菴集』 권14, 「跋鶴峯先生年譜」, 282면, "鶴峯先生年譜, 尙不見行于世, 日事時功, 疏節細行, 在人耳目者, 久將湮沒無徵. 間有侵誣罔極之言, 而亦未有辨破文字, 因循以至于今, 誠斯文之不幸, 後學之所嗟痛也. 屬因其家藏草本, 參以行狀言行錄等書, 旁採諸子集小說, 一二可徵信者, 逐年編摩, 隨事辨證, 久而後始成完譜. 先生盛德大業, 磊落軒天地者, 雖不待是而著. 然事之始終本末, 無鉅細, 開卷瞭然, 凡可以辨誣謗焯勤勞者, 亦不能無賴於是. 然則或以爲行狀已備, 不必更爲此架疊者, 竊恐非通論也."

을 정리한 가장 주요한 이유는 그 포괄성과 상세함에 있다. 결국 이 포괄
성과 상세함이 역사나 야사에서 수록하지 않을 법한 내용들도 수록하게
만든 것이다.[14]

　물론 박세채(朴世采, 1631~1695)를 비롯하여, 『이천선생연보』에서 주희
가 보여준 연보 찬술의 지향점을 이상으로 생각하던 문인지식인들은 대
지(大旨)만 기록하고 사소한 일을 상세히 기록하는 것에 부정적 시각을
보이기도 하였다. 하지만 박세채의 경우에도 기존 일기에 수록된 내용
과 겹치기 때문에 간상(簡詳)의 묘를 살리려고 이러한 글쓰기 방식을 고
수했던 것이며, 그도 역시 상세한 연보가 후인들이 읽기에 편리하다는
점을 인지하였고, 그 스스로도 기존 연보에 수록되지 않은 다양한 일들
을 덧붙이고자 했다는 점으로 볼 때,[15] 포괄적이고 상세한 연보에 대해

---

13　許穆, 『記言』別集 권10, 「李相國年譜跋」, 97~98면, "穆謹閱梧里李相國遺卷, 其末略敍科目官爵次
　　序, 以爲年譜者, 又一卷. 穆因鈔日記別錄, 雜著疏箚之文, 參以耳目所及, 各載編年之次. 而其大事
　　則必終始具載, 然後相國之艱難夷險盡瘁勞勤之義, 卽此可見."; 李獻慶, 『艮翁集』 권19, 「龍洲趙先生
　　年譜序」, 412면, "然而曰人之愛慕賢者, 欲知長短肥瘦嗜好之心, 自不能已. 況乎幼學壯行之序, 仕宦
　　升黜之跡, 藏修游息之所, 降生歸化之年, 又何可不知云, 則年譜不可闕也. 又曰子孫之心目, 必有所
　　著存, 然後愾慘如見之思生, 後學之睹記, 必詳其實蹟, 然後高山景行之誦作, 微而至於廠焚鄕儺, 記
　　之惟謹, 所以垂典刑而昭後來, 若親炙而薰之云, 則年譜不可闕也."; 李南珪, 『修堂遺集』 册6, 「鄭氏
　　先世年譜序」, 489면, "凡人於所愛慕, 容貌動止, 言事行義, 以至所交厚之爲何人, 所遊歷之爲何地,
　　所嗜好之爲何物, 必謹記之, 惟恐有闕. 況其生卒科宦冠娶産育, 與夫進道修辭之視年初晚, 仕止出處
　　之隨時齊澡, 尤可以不詳矣乎! 此年譜之所緣始, 而其意仿國史編年之體也."
14　심노숭이 필기체(筆記體) 자기서사(自己敍事)인 『자저실기』 외에 자찬연보(自撰年譜)인 『자저기
　　년』까지도 찬술한 가장 주요한 이유 역시 연보가 지닌 포괄성과 상세함에 있다. 『자저실기』의 초
　　반부(「聞見」 이전)에서 심노숭은 자신의 외모, 의복과 음식에 대한 기호 등의 일상쇄사(日常瑣事)
　　에서부터 취향과 정욕(情慾)에 관한 내밀한 이야기까지 구체적인 현실의 체험과 사유를 기록하고
　　있다. 이러한 글쓰기의 양상 때문에, 여타 어떤 자찬연보보다 자신의 사적(私的)인 측면을 세밀하
　　게 기록하고 있는 『자저기년』이라도 『자저실기』만큼 심노숭의 민낯을 보여주지는 못한다. 하지만
　　출생에서부터 사망 직전까지의 행적과 그때 겪은 체험과 내면의 기록을 포괄하여 상세하게 읽자
　　면 역시 『자저기년』을 살펴보아야 한다. 따라서 심노숭이 『자저실기』와 『자저기년』을 함께 기록
　　한 이유도 두 저작을 통해 상호보완적으로 심노숭이라는 인간의 다양한 측면을 남기고 싶었기
　　때문이라 생각한다.

크게 반감을 가졌던 것으로 보이지는 않는다. 아울러 아무리 『이천선생연보』와 같은 방법으로 연보를 작성한다고 해도, 그 어떤 비지나 행장보다 인물의 일생이 포괄적이고 상세하게 기록된다는 사실은 부인할 수 없다. 따라서 이 두 가지 장점이야말로 다른 장르가 아닌 연보로 대상의 일생을 기록하게 만든 내용·형식적 특징이라는 지적은 여전히 유효하다.

이처럼 가장 사적인 일에서부터 공적인 사안까지 일생을 포괄하여 상세하게 보여주는 것은 대상 인물의 전모를 선명하게 부각시킬 수 있다는 장점이 있다. 아울러 이렇게 일생을 시간의 흐름에 따라 서술하다보면 무엇보다 단편적 언급으로는 쉽게 설득할 수 없는 과오나 오해들을 자세히 변론 혹은 해명할 수 있다는 장점 역시 있다. 예컨대 「학봉선생연보」를 지은 주요 목적 중 한 가지로 이재(李栽, 1657~1730)가 "말도 안 되게 거짓으로 음해하는 경우(侵誣罔極之言)"에 대한 "반박할 글(辨破文字)"로서의 성격을 적시하고 있다는 점에서 분명하게 확인할 수 있다. 또 앞으로 살펴보게 될 자찬연보는 물론, 여타 연보에서도 특정한 사안에 대해 변론하거나 해명하려는 태도를 적지 않게 찾을 수 있다는 점 역시 이러한 주장에 무게를 실어준다.[16]

이로써 볼 때, 연보가 지니고 있는 장르적 포괄성과 상세함이 연보주(年譜主)의 일생을 서술하는 데 바로 이 장르를 선택한 주요 원인이었으

---

15 朴世采, 『南溪集』 권69, 「跋栗谷年譜」, 397면, "蓋尤菴之意, 欲從事實記本藁, 一以詳備爲主, 使便後人之觀覽. 愚則以爲此皆載於日記等書, 無容架疊, 今當撮其大旨, 而更添他事之可入者, 以從文公譜例, 此乃所以異也. 唯其新本比於前譜, 辭約而事實加詳, 觀者當自互考而知之. 遂敢略記其說于卷後如此."

16 徐宗華, 『藥軒遺集』 권5, 「龜峯先生年譜跋」, 288면, "先生之道學純正, 觀於遺集, 可知已, 牛·栗待之以畏友, 沙溪事之以嚴師. 牛·栗·沙溪諸先生, 皆已綴食文廟, 一世尊仰, 其餘周旋於從遊問答之列, 資緖餘以淑其身者, 類皆享俎豆, 刊布文集, 聲輝赫赫. 獨先生生而阨窮, 死無稱著, 間雖有諸君子伸誣闡幽之擧, 年代已遠, 雲仍夷替, 盛德遺徽, 日就泯沒而不可徵, 惟誣詆之言, 尙今或斬斬, 寧不悲哉? 此余年譜之所以作也."

며, 그 인물의 일생을 포괄하여 상세하게 서술하는 과정에서 특정한 사건과 사태에 대한 변론 혹은 해명까지도 어렵지 않게 수행할 수 있다는 점 역시 연보를 선택한 주요 원인이었음을 알 수 있다. 물론 자찬연보와 일반 연보는 서술자와 그 시각에서 일정한 차이를 보이지만, 연보가 지니고 있는 이러한 특징은 자찬(自撰)과 타찬(他撰) 모두가 공유하는 성향이므로, 자기의 일생을 자찬'연보'로 쓴 이유 역시 포괄성, 상세함, 변론 혹은 해명의 용이함 등에서 찾아야 한다.

## 3. 자찬연보의 공적 양상

이미 언급한 대로 자찬연보는 사적인 일에서부터 공적인 일까지 포괄하여 상세하게 기록한다. 그런데 비록 사적이라고는 했지만 일기에서 보이듯 하루의 사소한 일과에서부터 미묘한 느낌까지, 그 모두를 시시콜콜 기록하지는 않는다. 오히려 시기에 따른 관직의 이동, 수행했던 구체적인 일, 그 과정에서의 견문을 중심으로 서술하는 경우가 많다. 결국 공적인 서술이 문면에 부각되는 경우가 대부분이고, 일상의 사소한 일, 사적인 사유와 감정, 반성과 후회 등이 부각되는 경우는 많지 않다.

이러한 흐름은 여타 전근대 자기서사와도 공유하는 특징이다. 즉 그 내면과 주변을 상세하게 서술하기보다 공적인 행적과 그 당시의 견문을 단편적으로 서술하는 경향이 가장 큰 흐름을 형성한 것이다. 이렇게 공적인 행위와 이력의 기록이 득세하던 전근대 자기서사의 흐름 속에 개인의 내면과 주변을 기록한 자기서사가 일정한 영토를 획득하게 되는 것은 조선 중기부터이다. 반면 역사서술로서의 성격이 강한 상위 장르의 영향 때문에 자찬연보는 이보다 늦은 조선 후기에 들어서야 내면과 주변에 초점을 둔 경우를 확인하게 된다. 그것이 바로 『자저기년』이다.

이번 장에서는 우선 고위 관료들의 자찬연보를 토대로 그것의 공적인 내용·형식의 특징들을 주로 살펴보고, 다음 장에서 조선 중·후기에 새로 부각된 흐름인 내면과 주변을 응시하는 모습을 살피고자 한다.

(1712년 6월) 23일 인피(引避)하였다가 처치출사(處置出仕)하였다. 이번 봄 정시(庭試)에서 오도일(吳道一)의 아들 수원(遂元), 김사상(李師尙)의 두 아들 헌영(獻英)과 헌장(獻章)이 나란히 합격하였다. 시관(試官) 이돈(李壍)은 패초(牌招)를 받고 궐로 갔다가 이유 없이 돌아와 수원의 집으로 갔는데 사람들 중에 이것을 본 자가 있었다. 헌영 형제는 본래 문장이 빼어나지 못한데도 형제가 같이 합격을 한데다 또 같은 필체였다. 정시의 시각이 촉급하였고 그날은 또 큰 비바람까지 불어서 재빨리 글을 짓는 솜씨[倚馬之才]가 아니면 결코 이렇게 짓기가 어려웠을 것이다. 이돈, 오도일, 이사상 등은 가까운 사이라서 사람들 모두가 수원의 무리들이 미리 답안지를 작성할 것을 모의해서 합격했다고 의심하였다.

또 이대성(李大成)의 아들 진급(眞伋) 역시 이 시험에서 합격하였는데, 그는 막 시장(試帳)을 접었을 때 답안지를 제출하였다고 했는데도 편자(編字)가 매우 높아서[답안지 제출을 빨리한 것으로 되어있어서] 사람들은 또 이진급이 백지 답안을 그냥 내는 것을 면하지 못했지만 남몰래 이미 써둔 답안지를 끼워두어서 합격했다고 의심했다.

부제학(副提學) 이건명(李健命)이 그 단서를 은미(隱微)하게 드러내자 이돈의 당에서 역으로 그를 쳐 파직을 청하는 데까지 이르게 되어 감히 말을 하지 못하게 했다. 안팎으로 분개하며 성을 내었지만 도리어 주상께서는 미처 살피지 않으셨다. 내가 항간의 이야기로 상소를 올렸고 또 대각이 당을 비호하여 은닉하려 한다고 비판하니, 주상께서 철저히 조사하라고 명하셨고, 제대(諸臺)에서 인피하며 나를 비판하였고 또 물러났다가 처치출사하였다.[17]

이의현(李宜顯, 1669~1745)은 1712년 3월 13일 사간원(司諫院) 대사간(大司諫)에 배수되었다. 같은 해 6월 23일 치른 정시에서 소론(小論)의 자제들이 대거 합격하였고, 그 부정을 의심한 노론(老論) 중 대사간이었던 이의현이 선봉에 서서 관련자들을 탄핵하자, 소론에서도 응전하였고, 이내 과옥(科獄)이 성립된다. 이후 10월 18일까지도 "과옥에 대해 사핵(査覈)한 이래 저해(沮害)하는 말이 번갈아 나오고 안치(安治)할 사람이 없어 결말이 날 기약이 없습니다."[18]라는 말이 나올 정도로 양 진영의 지루한 싸움이 계속되다가, 12월 2일에야 이돈(李墪)과 오수원(吳遂元)이 처벌을 받는 것으로 일단락된다. 이의현은 1712년 후반기를 뜨겁게 달군 이 사건 때문에 이후로도 계속 상대 당파의 공격을 받게 된다. 결국 그는 이 사건이 그의 일생에 있어 첨예한 문젯거리가 될 수 있다고 느꼈기 때문에 사건의 추이를 밝혀 스스로를 변호해야 했고, 그 결과 위와 같은 방식으로 자신의 주장이 틀리지 않았다는 근거를 제시하게 된 것이다. 이처럼 이의현의 「기년록(紀年錄)」은 대체로 위와 같은 공적인 기록으로 채워져 있다.

또 거의 일기라고 해도 좋을 법한 김상철(金尙喆, 1712~1791)의 『의정공연보(議政公年譜)』[19]는 5책이라는 그 분량에 걸맞게 가족과 자신의 신상에

---

17 李宜顯, 『陶谷集』 권32, 「紀年錄」, 540면, "(三十八年壬辰六月) 二十三日, 引避出仕. 今春庭試, 吳道一之子遂元, 李師尙之二子獻英 · 獻章並中. 而試官李墪承牌詣闕之後, 無端還出, 抵遂元家, 人有見之者. 獻英兄弟素不文, 而兄弟同榜, 又同筆. 庭試時刻急促, 其日又大風雨, 非有倚馬之才, 決難爲此. 墪 · 道一 · 師尙之狎交也, 人皆疑與遂元輩謀議預構以得中. 又李大成之子眞伋亦登是科, 渠云呈卷於方覆帳之際, 而編字甚高, 人又疑眞伋不免曳白, 而潛挾置已編之卷得中. 副提學李健命微發其端, 墪黨逆擊之, 至請罷職, 使不敢言. 中外扼腕憤罵, 而顧上未之察也. 余撫街誦疏言之, 且斥臺閣之護黨掩匿, 上遂命究覈, 諸臺引避詆斥余, 又避退, 處置出仕."

18 『국역 조선왕조실록』 숙종38년 10월 18일.

19 실제로 이 연보는 『議政公年譜』 1 · 2와 『忠翼公日記』 3 · 4 · 5 한 질로 구성되어 있다. 표제는 다르지만 『의정공연보』 1은 임진(壬辰)~병인(丙寅), 『의정공연보』 2는 정묘(丁卯)~병술(丙戌), 『충익공일기』 3은 정해(丁亥)~기축(己丑)(『의정공연보』 2와 『충익공일기』 3은 정해년 시작의 서술이 일부 겹친다), 『충익공일기』 4는 경인(庚寅)~갑오(甲午), 『충익공일기』 5는 을미(乙未)~경자(庚

대한 기록에서부터 대과 급제 이후 임금과 국가의 제도, 군포(軍布)·양역(良役)·파당(破黨)의 정책, 국가행사의 진행 과정, 경연의 기록, 이 모든 과정에서 임금이나 신료들과 나누었던 상세한 대화를 기록하고 있다. 물론 가족과 신상에 대한 기록을 포함시키기는 하였지만 거의 대부분이 공적인 기록으로 일관되어있다고 하는 것이 정확한 평가이다. 이보다 조금 분량이 적기는 하지만 정태화(鄭太和, 1602~1673)의 『양파연기(陽坡年紀)』는 2책으로 서술되었는데, 이 역시 과거급제 이후는 거의 공적인 기록으로 방대한 분량을 채워나간다. 조현명(趙顯命, 1691~1752)의 「자저기년(自著紀年)」역시 앞선 두 종류의 자찬연보와 분량에서는 일정한 차이를 보이지만 서술 태도는 대동소이하다. 즉 앞서 소개한 자찬연보 거의 대부분이 관력과 관계에서 견문한 일을 중심으로 서술되었다는 공통점이 있다.

이력과 관력, 그 속에서의 견문 외에도 이들 자찬연보가 대부분 공적인 기록으로 일관하다 보니 공통적으로 담게 된 서술이 또 한 가지 있다. 바로 위 예문에서 소개하고 있는 것과 같이 사건의 전말을 자세하게 서술하면서 자신을 변론하고 사건을 해명하는 내용이 적지 않다는 사실이다. 이미 언급했듯이 연보라는 장르가 변론과 해명에 적합하다는 이유 외에 이들 모두가 정승의 반열에 올랐다는 정치적 지위 역시 이러한 서술을 자찬연보에 기술하게 했다. 즉 이의현과 마찬가지로, 당쟁이 격화되던 시절 정승의 자리에 올랐던 위의 인물들이 그 자리에 오르기까지 겪었던 정치적 이력이 해명과 변론을 필연적으로 불러온 것이다.

한편 이들이 거론한 해명과 변론에 관련된 사건은 거의 대부분 왕조실

---

子) 등으로 각각 나누어 김상철이 스스로의 일생을 서술한 5책 1질의 자찬연보이다. 거의 일기 분량으로 자세히 기록되어 있지만 그 형식이 일기보다는 연보에 가깝기에 자찬연보로 비정한다.

록에도 수록되어 있다. 따라서 이들의 기록을 읽어나가다 보면 거대한 역사 서술이 놓친 그 이면을 살펴볼 수 있다는 점 역시 주목할 만하다. 단적으로 정태화는 병자호란(丙子胡亂) 시기 도원수(都元帥) 김자점(金自點, 1588~1651)의 종사관으로 전란을 피부 깊숙이 체험한 바 있고, 그보다 앞서 인조반정(仁祖反正)을 온 집안의 사람들과 겪기도 하였다. 그중에서 개인의 시각에서 바라본 역사의 이면이라는 측면을 강조하기 위해 사적(私的) 양상에 가까운 인조반정의 일화를 예거해본다.

계해년(癸亥年, 1623) 3월 12일. 입술에 작은 종기가 나서 형방패독산(荊防敗毒散)을 복용하고 일찍 누워 잠을 잤다. 한밤중이 지났는데 종 언수(彦守)가 창 밖에 이르러 급히 부르며 말하였다. "대궐을 바라보니 불빛이 하늘에 닿았고 또 나팔 부는 소리도 들립니다." 나는 넘어질 듯 급히 일어나 나와 보니 아버지께서는 이미 할아버지 곁을 지키고 계셨다. 할아버지께서 "의당 나라와 함께 죽을 것이다. 마땅히 궐에 가서 확실하게 역성(易姓)의 난리임을 안 이후에 죽을 것이다." 말씀하시고는 창선방(彰善坊) 소천(小川 : 지금의 종로 5·6가 부근) 근처에 이르러 종 칠공(漆工) 소대(小大)의 집에 머물렀다. 잠시나마 반정(反正)이 일어난 것을 알지 못하였기 때문에 할아버지, 아들, 손자 온 가족이 손을 잡고 통곡하였다.

잠시 후 늙은 종 말춘(末春)이 궐에서 와 정원군(定遠君)의 큰아드님께서 이미 왕위(王位)에 올라 창덕궁(昌德宮)에 들었고, 길에서 만난 거의대장(擧義大將) 이귀(李貴)와 도승지(都承旨) 이덕형(李德泂) 등은 새 왕의 명을 받들어 함께 경운궁(慶運宮 : 德壽宮)으로 가서 대비를 영접하니, 백관들 역시 경운궁으로 가려고 한다고 전하고서야 비로소 반정임을 알게 되었다. 숙부께서는 강사(江舍)에서 돌아와 아버지와 함께 경운궁으로 가서 백관의 대열에 참여하셨다. 오후가 되어 새 왕께서 의거를 일으킨 장사(將士)들과 말을 달려 경운궁에 가서 대비께서 창덕궁으로 옮겨가시기를 청하였는데, 대비께서는 허락하지 않으셨다. 주상께서 합문(閤門)

밖에서 명을 기다리며 물러나지 않았다. 할아버지께서도 역시 나아가 문안하니, 주상께서는 이게 무슨 말씀인가라고 대답하였다. 아마도 감당할 수 없다는 뜻을 내비친 것이리라. 다음날 주상께서 경운궁의 서청(西廳)에서 즉위하셔서 대비의 교명(教命)으로 포고하셨다. 안팎과 위아래의 사람들이 모두 군복(軍服)을 입고 예를 행하였는데 연릉부원군(延陵府院君) 이호민(李好閔)만은 금관(金冠)에 조복(朝服)을 갖춰 입고서 참반하였다.[20]

정태화의 인조반정은 그의 입술에 난 작은 종기와 함께 왔다. 전시(殿試)에 떨어지고 난 이듬해 딸을 낳았지만 그해 11월 가슴에 그녀를 묻고, 넉 달이 지난 1623년 3월 12일 밤, 입에 난 작은 종기 때문에 약을 먹고 일찍 잔 그에게 전란처럼 인조반정이 닥친 것이다. 반정을 역성혁명(易姓革命)으로 오인한 일가의 대처, 반정임을 알게 된 이후의 반응은 입술에 난 종기처럼 역사가 기록하지 않는 사소한 사건이다. 하지만 개인들의 작은 이야기가 모여 거대한 역사의 흐름을 구성한다는 점을 감안한다면, 이 역시 인조반정을 대하는 또 다른 역사적 반응으로 기억해야 한다. 또 근래 미시사 연구가 거시적 역사연구의 대안으로 부각되고 있다는 측면에서 보면 정태화의 이와 같은 기록이야 말로 주목해야만 할 사료인지도 모른다.

---

20 鄭太和, 『陽坡年紀』, "癸亥三月十二日. 脣生小腫, 服荊防敗毒散, 早臥就睡. 過半夜後, 奴彦守到窓外, 急呼曰, '望見大闕, 有火光接天, 又有吹螺聲.' 顚倒起出, 則嚴親已來侍王父之側矣. 王父曰, '義當國亡與亡, 宜往闕下, 審知易姓而後捨生.' 進至小川邊, 居奴漆工小大之家. 而姑不知反正, 與革代祖子孫執手痛哭. 俄而老奴末春, 自闕下來言, 定遠君長子已得國, 入昌德宮, 路逢擧義大將李貴·都承旨李德泂, 奉新王命, 偕往慶運宮, 以迎大妃, 百官亦將赴慶運宮云, 始知反正也. 叔父還自江舍, 與嚴親進慶運宮, 參於百官之列. 至午後, 新王親率擧義將士, 馳進慶運宮, 請大妃移御昌德宮, 大妃不許. 上於閤門外竢命不退. 王父亦進詣問安, 則上答以是何言也. 盖示不敢當之意也. 翌日上卽位於慶運宮之西廳, 以大妃教命布告, 中外上下皆以戎服行禮, 而延陵府院君李好閔, 獨以金冠朝服參班."

이처럼 자찬연보의 기록들이 역사의 이면, 혹은 역사가 놓친 사건의 모습을 새로운 각도에서 보여주는 경우도 있지만, 한 가지 사건을 겹눈의 시각으로 보게 해주는 경우도 있다. 예컨대 김창집(金昌集, 1648~1722)과 이이명(李頤命, 1658~1722)의 신원(伸冤)을 지속적으로 주장하던 이의현의 모습과 논리를 볼 수 있는 「기년록」과 '이들의 신원은 논쟁의 소지를 없애려고 선택한 궁여지책이지만 오히려 이것이 논쟁을 불러일으킬 뿐'이라고 말하는 조현명의 「자저기년」 서술이 그것이다. 이 사건 외에도 거의 비슷한 시기 상대 당파에 속해서 반목했던 이의현과 조현명의 자찬연보 속에서 특정한 사건을 바라보는 온도 차를 지속적으로 살필 수 있다.

실록과 같은 정사(正史)는 엄정하고 객관적인 잣대에서 서술된다. 왕이라고 해도 함부로 그 서술을 바꿀 수 없을 정도이다. 하지만 수정실록(修正實錄)이 만들어질 때마다 첨예한 사안들이 말 그대로 '수정'되는 것을 보면, 완전히 객관적인 역사서술은 이상(理想) 속에서만 존재하는지도 모르겠다는 생각이 든다. 이럴 때 민감한 사건의 전말을 파악하고자 한다면, 다양한 시각에서 서술된 사료들을 고루 읽고 꼼꼼히 따져봐야 한다. 이때 참고할 수 있는 다양한 사료 중 개인적이면서도 정황이 섬세하게 서술된 자료 중 하나가 바로 자찬연보의 기록일 것이다. 따라서 이 역시 우리가 자찬연보에 주목해야 할 또 다른 이유이다.

지금까지 살펴본 것처럼 연보는 국가의 공식적 역사와 일정한 관련을 맺기도 한다. 실제로 역사의 빈곳을 비지, 종정록, 행장, 연보 등의 연대기적 기록을 통해 메우는 경우도 적지 않다. 아울러 지금까지 살펴본 관료들은 대부분 경연을 비롯하여 왕과 신하 사이에서 오고갔던 대화와 상황을 좌사(左史)와 우사(右史)처럼 빠짐없이 기록하려는 태도를 보인다. 이로써 볼 때, 이들이 연보를 기록한 주요한 원인 중 한 가지로 국가의 공식 기록과도 다름없는 개인의 역사를 구성하려고 했던 태도를 상정할 필요가 있다. 물론 국가의 경영에 상당한 역할을 수행할 수 있었던 이들의 지위가 자찬연보를 이와 같은 내용·형식으로 기술하는 데 작지 않은 자극을 주었다는 점 역시 사실이다.

반면 심노숭은 이들과 비교했을 때, 국가의 경영을 비롯한 공적인 임무에서 비교적 자유로웠다. 물론 그 역시 공적인 기록과 사적인 기록을 『자저기년』에 함께 서술하였지만 추국(推鞫)이나 송사(訟事)의 기록을 제외하면 대부분 다음과 같은 방식으로 기록한다.

(1795년 3월) 10일. 입격(入格)한 유생(儒生)들이 성정각(誠正閣)에 입시(入侍)하여 입시 제생들이 차례대로 주상을 뵈었다. 나 역시 앞으로 나아가 우러러 뵈니, 주상께서 말씀하셨다. "너는 올해 몇 살인가?" 내가 대답하였다. "34살입니다." 주상께서 말씀하셨다. "34살이면 몇 년 생인가?" 대답하였다. "모년(某年) 생입니다." 나는 불현듯 모년의 흉사[심노숭이 태어나던 1762년에 발생한 임오화변(壬午禍變)을 가리키는 것으로 보인다]가 떠올라 이처럼 말하여 응대하였던 것이다.

주상께서 말씀하셨다. "네 동생도 새로이 진사가 되었느냐?" 대답하였다. "그렇습니다." 주상께서 말씀하셨다. "네 동생의 문장이 너보다 낫다고 하던데, 과문(科文)이 아니라 과문 외의 글을 잘 쓴다고 하더구나." 그러시더니 돌아보며 승지에게 말씀하셨다. "승지 역시 그 소리를 들었는가?" 승지는 누군지 알지 못하는 것 같았지만, 대답하여 말하였다. "저 유생의 형제는 문장을 잘 지어서 세상 사람들이 모두 추천합니다." 주상께서 고개를 들라하시고 말씀하셨다. "모습이 저와 같이 훌륭한데 어째서 지금까지 급제를 하지 못했는가, 응제(應製)는 반드시 잘 보거라." 그러시고는 물러나라 하셨다.

주상께서 종전에 우리 형제를 함께 거론하신 일은 이미 대대손손 전해질 말씀인데, 과문 이외의 글이라는 말씀은 더욱이 평범한 우리 형제의 수준에는 과분한 것이다. 이른바 글이라는 것은 본래 철따라 벌레들이 우는 것에 지나지 않기에,

같은 무리의 사이에서도 거의 아는 사람이 드문데, 산림에서의 명성이 조정에까지 들리게 되었으니, 어찌해야 그에 미칠지 알지 못하겠다. 돌아와 부자 · 형제들에게 말하였더니, 황송하여 쓰러질 듯하였다.[21]

기사년(己巳年) 한만유(韓晩裕)의 익직(溺職 : 맡은 바 일을 제대로 수행하지 못한 일)에 대한 변론이나, 임신년(壬申年) 정경행(鄭敬行) · 정성한(鄭聖翰)의 추국과정과 심문기록에 대한 세밀하게 서술, 무인년(戊寅年) 풍덕(豊德)에 있는 논으로 인해 일어났던 송사 기록을 제외하면, 공적이라 할 수 있는 서술 중 비교적 세밀하게 기록된 일화 중 하나이다. 하지만 앞서 살펴본 자찬연보의 공적 서술과는 일정한 거리가 있다.

1795년 3월 3일 심노숭은 「지지대(遲遲臺)」를 써서 삼하(三下)로 피선(被選)되어 일주일 후 정조(正祖)를 알현한다. 그는 이전에도 정조를 알현한 적이 있고 이후에도 그러하다. 물론 그때마다 비교적 상세하게 그 상황을 서술하고 있지만, 3월 10일의 기록에서 자신의 심정과 사실을 가장 구체적으로 서술하였는데, 심노숭 형제에 대해 정조가 보였던 관심에 감복하여서 그렇게 서술한 것으로 보인다.

이를 앞서 소개한 자찬연보의 내용과 비교해보면, 서술의 초점이 자기 자신, 내면, 감정적 측면으로 옮겨와 있다는 것을 쉽게 감지할 수 있다. 고위 관료도 아니었던 심노숭 같은 인물이 임금을 알현하게 된 것만으로

---

21 沈魯崇,『自著紀年』, 3076~3078면. (乙卯)初十日. 入格儒生入侍誠正閣, 諸生以次前對. 臣亦進前仰對, 上曰, "爾年幾何?" 臣對曰, "三十四歲矣." 上曰, "三十四, 何年生?" 對曰, "某年生矣." 臣忽思某年之諱, 言以此仰對. 上曰, "爾弟新榜進士耶?" 對曰, "然矣." 上曰, "爾弟之文勝於爾, 非謂科文, 科文外文字善爲之云矣." 仍顧而敎承旨曰, "承旨亦聞之乎?" 承旨不知誰某, 而對曰, "彼儒生兄弟善文, 一世皆推詡矣." 上命擧顔, 敎曰, "相貌如彼好, 何至今不得第, 應製必善觀之" 仍命退. 上敎從前輒竝擧臣兄弟, 已是曠絶之敎, 而科文外文字之敎, 尤是萬萬出常臣兄弟. 所謂文字本不過候蟲之鳴, 輩流之間, 亦鮮有知者, 九皐之徹, 不知所以何從而致之也. 歸而告語父子兄弟, 惶駴隕越而已.

도 충분히 기념할 만한 일인데, 자신뿐만 아니라 아우의 글솜씨까지 임금이 알고 있는 상황이라면 그 서술은 당연히 감격에 젖을 수밖에 없다. 아마도 이것이 위 예문의 서술을 여타의 그것과 변별되게 만든 요인일 것이다.[22]

자찬연보에서 임금의 지우(知遇)를 입은 일은 누락되는 경우가 거의 없고, 연보보다 제한된 지면에 서술되는 여타 자기서사에서도 이것을 빠뜨리지 않는 이유 역시 자신의 삶에 있어서 가장 역사적인 사건이기 때문이다. 심노숭도 여타 자기서사의 작가들과 크게 다르지 않은 이유로 위와 같은 서술을 남겼다. 다만 임오화변(壬午禍變)이 자신의 생년임을 밝히는 부분, "승지는 누군지 알지 못하는 것 같았지만, 대답하여 말하였다"라고 승지의 태도를 다소 희화화한 서술, 임금의 지우를 입은 사건에 대해 가족들이 "돌아와 부자·형제들에게 말하였더니, 황송하여 쓰러질 듯하였다"라고 반응하는 장면, 마지막 단락에서 보이는 자평(自評) 등에서 보이는 섬세한 묘사와 감정 표현은 분명 여타 자찬연보의 공적인 서술과 변별된다.

이렇게 개인의 내면이나 주변으로 시각이 옮겨진 듯한 분위기, 세밀하게 상황과 심정을 밝힌 서술은 심노숭의 『자저기년』에서 선명하게 부각되는 특징이다. 물론 이러한 특징은 이 시기 여타 자기서사에서 보이는 서술 태도와도 맥을 같이 한다. 그 이면을 고찰하기 위해 공(公)에서 사(私)로 시선을 돌려야 할 때다.

---

22 심노숭의 『자저기년』이 여타 자찬연보보다 개인적 기사 중심으로 구성된 또 다른 요인으로 『自著實記』를 비롯한 그의 다른 저작과 중복되는 서술을 피하기 위한 내용 안배의 결과라는 점을 생각해볼 수 있다. 예컨대 심노숭은 『자저기년』에서 자신에게 중요한 사건임에도 다른 글에 상세하게 서술한 경우 "상재(詳在)~"라고 주석하면서 다른 책을 참고하게 했다. 결국 『자저실기』의 「聞見內編」이나 그의 다른 저술에서 보이는 공적 기록과 내용이 중복된다는 생각에서 공적인 내용을 『자저기년』에는 생략하거나 간략하게 수록하지 않았던 것이 아닌가라고 추측할 수 있다.

## 4. 자찬연보의 사적 양상

자찬연보의 창작이 역사기록의 영향을 직간접적으로 받았다는 점을 앞서 밝힌 바 있다. 그래서인지 주로 관력과 이력을 중심으로 실록(實錄) 이나 등록(謄錄)과 같이 공적인 말과 행동에 그 초점을 맞춘다. 물론 이와 같은 서술 역시 작지 않은 의미가 있다는 점을 이미 밝혔으며, 이러한 서술이 자찬연보는 물론, 여타 자기서사에 있어서도 대세를 이루는 흐름 이었다는 점 역시 보여주었다. 그런데 조선 중기에서부터 자찬연보를 비롯한 다양한 자기서사에서 '취향과 개성', '내면적 성찰과 반성', '일상 과 정욕(情慾)' 등을 서술하는 사례가 적지 않게 보인다. 경제적으로는 성시(城市)의 형성과 도시적 풍취, 사상적 측면에 있어서 천기론(天機論)과 천진(天眞) 추구 및 성리학의 자기 반성적 태도, 사회적 · 문화적 측면에 있어서 소외된 이들의 자기표현 욕구, 자신만의 개성을 추구하려고 했던 문단의 분위기 고조 등을 결정적 원인으로 상정할 수 있다.[23] 지금부터 는 이처럼 개인화된 자찬연보의 내용에 초점을 맞추어 논의하고자 한다.

① (1779, 18세) 이때 나는 작가들의 글을 읽거나 사대기서(四大奇書)와 같은 패사 소품 읽기를 좋아하였는데, 『서상기(西廂記)』를 더욱 좋아하여 거의 넋을 놓고 빠져서 돌아올 줄 몰랐다. 겨울밤이면 때로 한 질을 다 읽느라 잠도 자지 않는 경우도 있었는데, 그때마다 제전(弟田 : 沈魯巖)이 그런 나를 비웃었다. 이윽고 견 식(見識)이 조금 나아져서 그에 싫증을 내고는 내버려두었다. 지금까지도 종종 어린 시절 중독되었던 것을 보게 되니 가소롭고 또 한스럽다.[24]

---

23 안득용, 앞의 논문, 427~452면; 안득용(2014a), 271~299면 참조.
24 沈魯崇, 『自著紀年』, 3654~3655면, "(己亥)時喜讀作家文稗類小品如四大書, 西廂記尤嗜甚, 殆迷溺不 返. 冬夜或盡一帙失睡, 弟田輒笑之. 旣而識少進厭棄之. 至今往往見其有少日中毒者, 可笑亦可恨也."

② 나는 과체(科體)의 여러 종류 중 재능이 시에 빼어나다. 젊어서부터 높은 등수를 차지하려는 뜻이 있어서 천박하고 속되며 진부한 말을 쓰는 것을 부끄러워하였다. 하지만 공부에 힘을 쏟는 데에 돈독히 전심을 다하지 못해 끝내 성취가 없었다. 성균관 시절에 지은 작품 중에서도 종종 경구(警句)와 가편(佳篇)이 있으면 좋아하였지만, 얻은 것은 그저 학업을 성취하지 못하였을 때 그저[適來] 한 번 성균관 시험에 합격[庠解]한 것에 불과하였다. 진사가 되었을 때에는 성균관의 장원과 승보시(陞補試)에 합격하지 못한 것을 안타까워하였다. 그래서 창연히 뜻을 앞세워 거의 다시 몇 년을 머무르면서 이 뜻을 보상받고자 하였으니, 젊은 시절의 일은 몹시도 가소롭다.

하지만 비록 근래에도 좋은 시제(詩題)를 만나면 은근히 뜻이 동하고 만다. 이 역시 이른바 벽(癖)이니, 병통이로다! 진사 이후 전후로 지은 시를 헤아려보니 3백수가 되지 못하였고, 괜찮다 싶은 작품들은 모두 남들이 가져가서 남은 것이 없으니, 참으로 안타깝다.[25]

심노숭은 지난 삶을 반성한다. 이것이 뭐 대단한 일인가 의문을 가질 수도 있겠지만 지난날을 돌이켜보며, 현재의 자신을 형성한 과거를 반추하여 성찰하는 모습이 동양의 자기서사에서 늘 보이는 것은 아니다.[26] 특히 공적 영역에 초점이 맞추어진 경우, 반성적 측면의 배제는 흔히

---

25 沈魯崇, 『自著紀年』, 3683~3684면, "(庚戌)余於科體諸作, 才性優於詩. 自少有高占地步之意, 恥爲近俗腐爛語. 但着工不專篤, 卒無成就. 泮庠諸作, 往往有警句佳篇, 輒自喜之, 所得不過業未成時, 適來一庠解. 及得進士, 恨不得泮庠魁元與陞補解. 意悵然先之, 殆欲更遷數年而得償此志, 少時事極可笑也. 然而雖於近日若遇好詩題, 迥然意動, 此亦所謂癖者, 病也歟! 進士後合計前後所作詩不滿三百首, 就其優者皆爲人取去無存者, 亦可惜也已."

26 자신의 초상이나 거울에 비친 모습을 보고 서술한 화상자찬(畵像自贊)이라면 위와는 다소 달리 판단할 수 있다. 성찰이나 반성 등 자의식을 표현한 경우가 적지 않기 때문이다. 다만 산문으로 서술된 단편의 자전(自傳)에만 초점을 맞추어서 고찰해보면 반성이 거의 보이지 않는다는 서술은 적확하다. 화상자찬에 대해서는 임준철(2009), 259~300면; 임준철(2012), 237~276면 참조.

있는 일이다. 하지만 '선택-시행착오-반성-달라진 나'의 과정이 '현재의 나'를 형성했다고 생각한다면, 반성이 없는 삶은 더 나아질 수 있는 기회를 잃어버린 삶이기도 하며, 그렇기 때문에 나를 포기한 삶이라고도 할 수 있다. 물론 반성이 없는 자기서사는 그것을 읽는 사람들에게도 다양한 성찰의 계기를 마련해주지 못한다.

이에 반해 심노숭의 『자저기년』은 그렇지 않다. 대체로 "지금사지(至今思之)～상인언재(尙忍言哉)"나, 위 예문에서 보이듯 "가소(可笑)", "가한(可恨)", "가석(可惜)"처럼 현재의 시점에서 과거를 회상하며, 자신이 저질렀던 실수, 후회, 안타까움을 선명하게 부각시키고자 노력하였다. 반성의 대상도 다양해서 위에서 보이듯 중독이 될 정도로 읽었던 사대기서와 그 탐닉에 대한 후회, 성균관 장원과 승보시에 대한 미련을 떨치지 못한 것, 도무지 떼어내려 해도 그럴 수 없었던 시벽(詩癖) 외에도, 『자저실기』에는 결벽증이나 조급증과 같은 성격상의 문제는 물론, 정욕(情慾)과 연계된 성적인 문제까지도 반성하는 모습 역시 보인다.[27]

자신의 업적과 이력으로 자기를 표현할 수도 있다. 하지만 이것에만 초점을 두게 되면, 인간의 내면을 놓쳐버리게 된다. 반면 내적인 응시(反省)와 성찰을 통해 자신을 진솔하게 서술하는 태도는 반성적이면서 구체적 일상의 체험에 가까이 있기 때문에, 깊이 있으면서 개성적으로 자신을 표현할 수 있다. 즉 우리는 심노숭의 이와 같은 태도에서 다른 누구도 아닌 고유한 자기 자신을, 그것도 솔직하게 표현하려는 태도를 발견하게 된다.

그런데 지난 삶에 대한 반성과 성찰을 자기서사에 수록한 이들 대부분은 반성과 성찰 속에서 자신의 지난 치부를 드러내는 데 솔직할 뿐만

---

27 정우봉, 앞의 논문, 99~106면 참조.

아니라, 자기 내부에서 느껴지는 감정에 대해서도 진솔하게 표현하는 경향이 있다. 반성에 의한 후회와 안타까움의 표현이나, 마음속에서 차오르는 감정의 표현은 다른 것이 아니기 때문이다. 심노숭 역시 그러하다.

대부분의 연보와 자찬연보의 경우, 혈육의 출생과 사망에 관련된 일에 대해 나고 죽은 연도와 나이만 쓰는 경우가 적지 않다. 하지만 심노숭은 동생 심노암에 대해, 자신을 위해 과거시험에서 대초(代草)도 마다하지 않았던 형제간의 우애를 애잔하게 기록하기도 했고,[28] 유배 가던 날 어린 아이처럼 울던 심노암과 그를 잃어 하늘을 원망할 정도로 슬퍼했던 자신의 모습 및 감정을 『자저기년』에 표현했다.[29] 여타의 경우에도 그는 자신의 감정을 최대한 진솔하게 서술하려고 노력하였다. 다음과 같은 경우에서도 이러한 모습을 볼 수 있다.

큰딸아이의 병은 본증인 이틀거리 학질 외에, 5월 2일부터는 협식증(挾食症)과 상한증(傷寒症)의 증세가 위급해졌다. 밥을 먹고 나서 달려가 딸아이를 살펴보니 증세가 완연한 상한증이었다. 정신이 완전히 없지는 않았던지 내가 몸성히 여행에서 돌아왔다는 것을 기뻐하였다. 간혹 치료로 인해 들으니, 그간 온갖 약을 다 써보았고 삼을 쓰기까지 했지만 병은 결국 점점 위태로운 지경에 이르게 되었다는 것이다. 나는 마침내 며칠간 머물며 장즙(胖汁)과 현어고(玄魚膏)를 연이어 썼다. 10일 아침, 일한(日限)이던 아흐레째가 되자 갑자기 미한(微寒)이 나는데 땀을

---

28 沈魯崇, 『自著紀年』, 3693~3694면, "(癸丑)吾兄弟爲學業, 未嘗出與人共之. 自幼少, 只兩相對治. 弟田多穎博發有氣力驅駕, 余則爲事故憂病所奪, 多視不及. 是歲夏秋, 約立程課, 每朝起命題, 飯前了作. 日視常聚首促膝, 於硯墨書史之間, 談討諧笑之歡, 回思如夢裏. 世世兄弟, 但望來生之復得此也. 謂余新得進士, 宜專力於節製應製, 每試爲余代草, 此以下四六作皆弟田代草. 抆涕而識, 俾後人知之."

29 沈魯崇, 『自著紀年』, 3728~3729면, "(辛酉)慈闈性柔, 忍自定親檢行事, 不忍仰覩. 弟田如小兒, 惜別眼淚洗面, 忽忽如狂. 余則頑悍睚剛無淚, 或折責之. 至今思之, 性氣過仁, 壽命之短此歟! 喪後余所深恨于天者, 不使余代其死. 而亦慮余死, 渠必不能自保如余也."

흘릴 듯하였다. 연이어 끓인 물과 향유(香油)를 복용시키자 온몸에서 땀이 났고 신기(神氣)가 다소 좋아졌다. 의원 이재남(李在南)에게 물어보니, 두말할 것도 없이 상한증이 있을 때는 땀을 흘리게 하는 것이 진행 과정[節拍]이니, 이를 이어서 몸을 잘 조섭하기나 하라고 했다. 나는 조식(調息)하러 집으로 돌아왔는데 딸아이도 생각하기에 미심쩍었던지 나더러 다시 오지 말라고 단단히 부탁했다.

　11일 아침에 편지가 왔는데 병이 점차 나아지고 있으니 절대 다시 오지 말라고 했다. 그날 오후에 가서 보니, 신기를 주고받는데 과연 나아지는 형세가 있었다. 올 필요도 없는데 왔다고 나를 나무랐는데, 나 역시 마음이 조금 놓였다. 돌아가면서 몸조리 잘하라고 신신당부했다.

　12일 자못 편안하게 지나갔다. 13일 저녁 여종이 급히 전하길 얼굴을 씻고 생선국과 흰죽을 올렸더니 병세가 더욱 악화되었다고 했는데, 한밤중이라 가볼수 없었다. 14일 아침 나와 원아(遠兒 : 沈遠悅)가 함께 가서 보았더니 병증이 이미 어떻게 할 수 없는 상태였다.[30]

　1818년 금강산 여행을 다녀온 심노숭은 그해 5월 장성한 딸을 잃는다. 다 키운 자식을 잃은 그 슬픔은 견딜 수 없을 정도였다. 그래서 그는 소개하지 않은 위 일화의 마지막 부분에서 후회와 비애를 선명하게 드러낸다. 예를 들자면 금강산에 가지 않고 처음부터 병을 돌보았다면 안 죽었을 것이라는 후회, 딸을 잃은 상실감과 고통, 스스로가 흉흉한 운명

---

30 沈魯崇,『自著紀年』, 3794~3795면, "(戊寅五月)李室之病, 本症二日瘧之外, 自五月初二日, 挾食傷寒, 見症危劇. 飯後馳往省之, 症情一是傷寒. 省識不至全無, 喜余之能及歸. 或賴醫治, 聞其間雜試藥, 至於用蔘, 病逾漸殆也. 余遂留宿連用胖汁玄魚膏. 初十日朝, 日限爲九日, 忽微寒, 若將有汗候. 連服沸湯香油, 全體汗發, 神氣頗勝. 問醫李在南, 無論傷寒時, 令汗是節拍, 繼此, 但可善攝. 余則爲調息歸家, 渠又慮或涉疑, 固請余勿復來. 十一日朝有書言, 病漸向減, 必不更來. 其日午後往見, 神氣酬酌, 果有勝勢. 責余不必來而來, 余亦心少弛. 卽歸戒以愼攝. 十二日頗安過. 十三夕時, 女奴急報, 洗面進魚羹白粥, 病添迫, 昏不得往. 十四朝, 余與遠兒, 同出見諸, 症已無可爲矣."

이라는 자조 등 다양하게 자신의 심정을 표현한다.[31] 다만 위 예문에서
는 감정을 과도하게 드러내기보다 행간에 녹여 넣음으로써 아련하게 표
현한다.

위 예문은 딸의 치료일지다. 자찬연보에서 부모의 병환을 치료하면서
일지를 서술하는 경우가 가끔 보이기도 하지만, 『자저기년』에서 보이는
것처럼 나날의 상태와 치료법, 그 속에서 오갔던 환자[딸]와 간병인[아버
지]의 교감이 부각되는 경우는 거의 없다. 예컨대 딸은 이틀거리 학질로
인해 상한증에 걸려 정신이 없는 상태였지만, 잠시 정신이 들자 금강산
에서 아버지가 무사히 돌아왔다는 사실에 기뻐한다. 차도가 보이자 딸
은 아버지를 걱정해서 오지 말라고 하지만, 걱정된 아버지는 다시 찾아
가서 '올 필요도 없는데 괜히 왔다'고 겉으로만 투정하는 소리를 듣는다.
떨어지지 않는 발길을 집으로 돌리며 몸조심하라고 신신당부하는 아버
지의 모습, 갑자기 닥친 딸의 죽음 등 명시적으로 제시된 대화도 없고
감정의 선명한 부각도 없다. 하지만 딸과 아버지의 교감이 은연중에 드
러나고, 이를 통해 아버지 심노숭의 깊은 슬픔을 짐작하게 된다.

그런데 병은 이전까지 자찬연보의 주요 소재가 되지 못했다. 대부분
특별한 사건이 없던 어린 시절 연보의 한 줄을 장식하는 것이 대부분이
었다.[32] 그 외에는 대부분 여타 일화에 밀려 거의 소개되는 경우가 없다.
하지만 1부의 5장에서 보았던 것처럼 심노숭에게는 자신이 걸렸던 병

---

31 沈魯崇, 『自著紀年』, 3797면, "余所深恨, 使余不作山行, 而自初視病, 則必不至此, 此爲余歿身之痛.
丈夫子二人, 視其母親之死, 不啻有勝, 在渠固無所深恫, 而顧余所謂白首殘年長成子女, 惟渠一人而
乃此斷送先路, 此何人哉! 無益之悲, 寧不欲自寬, 而由中之痛, 實無以自制, 蔽一言曰, 命之凶矣, 尚
何說也?"

32 몇 가지 예를 들면 다음과 같다. "甲辰. 病乃療. 乙巳冬. 經痘疫(鄭太和, 『陽坡年紀』)", "經痘疫(李宜
顯, 「紀年錄」)", "冬. 與叔氏文忠公, 經痘(趙顯命, 「自著紀年」)", "辛亥. 重經痘疫, 饑死僅生(馬聖麟,
『平生憂樂總錄』)", "戊子二月. 經痘疫, 頗重與弟田同經. 送神文【載先君遺集】(沈魯崇, 「自著紀年」)"

역시 적절한 소재가 된다.

(1812년) 6월 3일 새벽에 크게 체해 일어나는 적체(積滯)로 인한 설사로 고통스러웠는데 여러 증상들이 모두 시절병(時節病)과 같았다. 나흘이 지나자 갑자기 땀이 나기 시작하였고, 병세는 더욱 악화되어 기침 때문에 숨이 밭아지는 증상[咳逆]이 생겨서 잠시도 멈출 수 없었다. 이처럼 병으로 땀을 흘리고 난 뒤 해역이 치미는 것은 본래 흉증(凶症)에 연관된 것이다. 병에 걸린 지 이레에 이르자 오직 구역질 소리만 들릴 뿐, 정신이 나가고 몸이 내팽겨졌다. 경향(京鄕)의 의원들은 모두 손을 거두어 물러났고, 집안사람들은 서로 부르고 울며 속수무책으로 어찌해야 할지를 몰랐다. 나 역시 우연히 정신이 들었을 때 스스로 결코 요행은 없을 것이라는 사실을 알아서 죽고 난 다음의 일을 처리하고자 하였다. 하지만 혀가 굳어 말이 통하지 않고 손이 떨려서 글자를 쓰지도 못하여서 여러 차례 뜻을 두었지만 곧 그치고 말았다.

이때의 상황은 죽음으로부터 거리가 호흡 한 번 쉴 정도로 가까운 것이었다. 족조(族祖) 기영(基永)의 집안에 때마침 게재[蟹岵]의 한씨(韓氏) 의원이 있어서 지나가며 진찰을 하고는 하나의 처방을 내리면서 약을 복용한 이후 설사가 약해지는 것을 징험으로 삼아 나머지 약들도 복용하라고 하였는데, 과연 설사가 있은 이후 연이어 세 첩을 복용하니 해역이 마침내 멈추게 되었다. 이로 인해 열은 사라지고 몸이 점차 정상 온도로 낮아져서 점차 생의(生意)가 있게 되었지만, 기식(氣息)이 혼미하고 신사(神思)가 어지러운 것은 이전과 같았다. 가뭄과 폭염이 성해지던 때였는데, 매일 아침 해가 뜨면 뱃속이 불타는 것 같아 자다가도 깨어서 눈을 뜨면 그저 네 벽에 걸려있는 붉은 휘장만 보여 바로 이것이 병의 증세로 나타난 현상이라는 것을 알 수 있었다.

날마다 미음 몇 그릇 오미자차 몇 잔을 마셨는데 이렇게 하기를 수십 일 하다 보니, 배변이 원활하지 못하게 되어 거의 수십 일 동안 아이의 오줌을 하루 세 차례 복용하자 변도(便道)가 비로소 대략 원활하게 되었으니, 곧 7월이 되기 10일 전[6월 20일]이다. 마시고 먹는 데에 점차 맛을 느끼게 되었고 사람들의 부축을 받아 일어났지만 서려고 했다가 다시 쓰러지니, 마치 알에서 나온 지 사나흘 되는 새가 나는 것과 같았다. 방헌(房軒)에서 비로소 일어나 거동하며 가장 괴로운 것은 팔과 다리의 통증이었다. 낮에는 괜찮다가 저녁이 되면 극심해져 밤만 되면 잠을 이루지 못하여서, 세 차례 침을 맞고서 좀 나아지는 듯했다.[33]

 1812년 『자저기년』 서술의 상당 부분을 차지하고 있는 병의 기록 중 일부이다. 이 서술은 대체로 다음 몇 가지 특징을 지니고 있다. 우선, 자신의 몸이 겪어낸 병의 경과를 기록했다는 점이다. 심노숭은 자신이 겪은 병의 증세, 몸의 상태 등을 지나칠 정도로 상세하게 서술한다. 그런데 자신에 대한 응시가 없이는 이처럼 자신의 병과 그 추이를 서술하지 못한다. 자찬연보의 초점을 공적인 데 둔다면, 자기가 자신의 병을 돌본 과정에 대한 이와 같은 서술은 당연히 후순위(後順位) 서술로 밀릴 수밖에 없다. 따라서 자기에 대한 돌봄, 자기 몸에 대한 응시라는 측면에서 위와 같은 서술에 주목할 필요가 있다.
 다음으로, 기침, 땀, 변, 구역질, 정신, 기식(氣息)과 신사(神思), 통증 등의 사소한 것조차 놓치지 않은 섬세한 기록이라는 점이다. 이렇게 섬세

---

33 沈魯崇, 『自著紀年』, 3762~3764면, "(壬申)六月初三日曉, 大瀉泄遶痛, 諸症一是時令. 過四日忽自發汗, 病勢益劇, 咳逆出, 無片時止息. 此病之汗後咳逆本係凶症. 至七日之久, 但聞咯咯聲, 神識離去, 形骸委棄. 京鄕醫技皆斂手而退, 家人號泣束手不知所爲. 余亦遇有省識, 自知必無幸, 欲區處後事. 而舌强不通言語, 手戰不成文字, 屢有意輒止. 此時景色去死爭以呼吸. 基永族祖家, 適有蟹峴韓醫者, 過去診視, 出一方, 謂以藥後微泄爲驗, 服一貼, 果有泄後連服三貼, 咳逆遂止. 仍而熱退身凉, 漸有生意, 氣息昏涔神思瞀亂猶前也. 時旱炎日亢, 每朝日出, 肚裏如焚, 眼覺眼開, 但看紅綾步障掛在四壁, 直此可知病症. 日所食糜飮數器, 五味子茶數鍾, 如是數十日, 大便不通, 服童便日三次, 幾數十日, 便道始略通, 卽七月旬前也. 飮啖漸覺有味, 須人扶起, 欲立還仆, 如鳥飛之數三四日. 房軒始起, 動而最苦, 臂脚之痛. 晝歇夜劇, 夜輒交睫不得, 受三釐針似少減."

한 기록은 거창한 사건이나 거대 담론이 아니라 큰 병에 걸린 많은 사람들이 겪게 되는, 그리고 심노숭이 나날이 견딘 일상의 기록이다. 이처럼 『자저기년』은 대부분 일상의 기록으로 구성되어 있다. 몇몇 공적인 서술을 제외하면 지금까지 보아온 것처럼 독서, 시 창작, 동생과의 일화, 딸의 병, 자신의 병 등과 같이 거의 대부분 자신의 생활 속에서 소재를 찾아 연보를 기록했다.[34] 개인의 평생을 결정하는 것은 한 주, 한 달, 한 해를 구성하는 구체적인 하루이다. 그 하루의 삶을 어떻게 사느냐에 따라 개인의 평생은 달라진다. 따라서 바로 그런 나날을 이처럼 구체적으로 그려냈다는 것은 음미해봐야 할 일임에 분명하다.

마지막으로, 윗글은 그저 병이 나았다는 서술로 끝나지 않는다. 결코 산 사람이 견딜 수 있는 병이 아니었다는 점, 이렇게 병에 걸리게 된 것은 오랫동안 재화(災禍)를 쌓아 마땅히 죽어야 했지만 그렇지 않아 받게 된 천벌이라는 사실, 깊은 산중에서 허송세월만 하고 있는 스스로에 대한 반성과 회한 등의 성찰로 마무리된다.[35] 성찰과 반성의 의미에 대해서는 이미 언급했으므로 다시 밝힐 필요는 없지만, 자신의 삶을 돌아보는 태도에 대해서는 한 번 더 주목해주기를 바란다.

지금까지의 논의로 보자면, 일부 공적인 서술 외에 『자저기년』은 대부

---

34 소개하지는 않았지만 친구들이 십시일반 집을 사준 이야기를 서술하면서 집의 가격이라든지 각각의 친구들이 지원해준 금액을 기록한 것 역시 이와 크게 다르지는 않다. 그 예문은 다음과 같다. 沈魯崇, 『自著紀年』, 3803~3805면, "(己卯)四月初二日, 搬移于八判洞第. 金士精, 以有新道伯世嫌, 將棄官歸余之僑舍, 見迫勢, 將全家還郊. 余或寄寓橋邸如宿年, 知舊諸人釀錢買屋. 海伯權季直二白兩, 順安倅徐稚大二白兩, 徐稚秀・金可一及楓閣各白兩, 合七白兩. 議出楓閣, 自稱募緣主爲此擧也. 其意固是勤厚之念, 其事宛有古昔之風. 義未必辭, 心有所歉, 對楓言言, '吾無康節之道之德, 而乃堪此馬韓富諸公集錢買屋洛中之惠耶? 相與一笑. (中略) 略識如此, 俾後人知之."

35 沈魯崇, 『自著紀年』, 3765면, "平生或經大病亦屢矣, 其頃刻虐毒之危, 許久拖張之苦, 未有甚於此病, 決非生人可堪. 窮夔稔孽宜死不死, 天乃重困之如此, 只自任之而已. 大事在前, 泯然若無所省識, 臥送日月, 晝宵號呼於草樹窮山之中. 嗚呼, 尙忍言哉!"

분 자기 자신과 주변의 일상에 초점을 맞춘 자찬연보임을 알 수 있다. 그중 치부까지도 드러내는 반성, 깊이 있는 성찰, 진솔한 감정의 교감과 표현, 자기 자신에 대한 돌봄과 돌아봄, 나날의 삶을 구성하는 구체적 일상의 표현 등이 사적인 측면을 구성하는 요소들이다. 이러한 특징들은 공에서 사로의 전환이라는 문학 내외적 상황과 깊은 관련을 지니며, 개인의 내면과 주변 일상이 점차 부각되던 자기서사 장르의 내적인 분위기와도 영향을 주고받은 결과로 도출된 것이다.

## 5. 자찬연보의 문학사적 의의

연보는 비교적 건조한 문체로 서술되는 장르이다. 앞서 배경적 고찰에서 밝혔듯이 무엇보다 포괄적이면서 상세하게 삶의 다양한 측면을 조명하기 쉬운 장르이지만 그 서술은 대체로 건조하다. 이처럼 서사가 상세하면서도 건조한 문체를 지닌 글쓰기로 역사 서술을 들 수 있다. 기초 사료에서부터 정사와 실록에 이르기까지 상세하면서도 구체적으로 말과 행동을 기록하지만 그 문체는 대단히 건조하다. 따라서 연보의 서(序)와 발(跋)에서 연보를 역사로 인식하고, 그 글쓰기의 모범 역시 역사서술에서 찾는 것은 어쩌면 당연한 일인지도 모른다. 그런데 역사서술과 같은 성격을 가졌기 때문에 연보가 중립적이며 객관적으로 개인의 삶을 서술하기 쉽다는 장점은 있지만, 또 다른 측면인 내면과 일상을 외면하기 쉽다는 단점도 있다.

그런데 이러한 연보의 특징적 모습을 '자찬'연보에서 '자신'을 지칭하는 '여(余)' 한 글자가 바꾸어놓았다. 즉 스스로의 삶을 대상으로 삼아 자신의 체험을 직접적으로 서술함으로써 일반 연보의 건조한 문체를 상당 부분 바꾸어 놓았던 것이다. 자신이 살아온 역사적 시공간 속에서 다양한 사건과 사태를 직접 경험하고, 그 과정에서 고민하며 성찰한 체험의 직접성은 자찬연보의 사적인 측면을 고찰하며 논의한 뼈저린 반성과 후회, 진솔한 감정의 표현, 자기의 삶에 대한 돌봄과 돌아봄, 구체적 일상에 대한 관심의 근거가 된다. 아울러『자저기년』은 이러한 특징들을 선명하게 부각시키고 있기 때문에, 앞서 소개한 원경(遠景)으로서의 자찬연보(공적 성격의 자찬연보)가 지닌 성격이 '역사(史)'와 유사하다고 한다면, 『자저기년』은 상대적으로 '문학(文)'에 가깝다.

가와이 코오조오(川合康三)가 "자기 자신의 변화를 되돌아본다는, 지난날의 자기와는 다른 자신이 지난날의 자기를 본다고 하는 자기 성찰을 찾아볼 수가 없다."[36]라고 한 단언은 「백운거사전(白雲居士傳)」 계열의 자탁전(自托傳) 중 일부 작품이나 공적인 역사서술의 성격을 띤 몇몇 자기서사에는 적합한 평가이다. 하지만 고독한 지식인이 속출하고, 성리학이 성숙하였으며, 천기론과 천진에 대한 관심이 고조되고, 성시가 형성되는 등의 문학 내외적 상황이 지속되면서 자기서사에서도 개인, 개성, 정감, 일상 등에 관심을 두는 흐름이 점차 세력을 확장했다. 전근대 자기서사의 이러한 배경 속에서 자찬연보, 특히『자저기년』과 같은 성격의 자찬연보가 탄생하게 된 것이며, 그것은 인간과 그 생활에 좀 더 밀착된 구체적인 삶을 보여주었다는 의의를 지닌다.

마지막으로 조금 더 살펴봐야 할 문제를 제기하며 논의를 마무리하고자 한다.『자저기년』을 자기서사 안에서 읽어보고자 조선 중·후기의 자기서사는 물론, 여타 자찬연보와 함께 일정하게 비교해보기는 했다. 하지만『자저기년』을 제대로 이해하고자 한다면『자저실기』와의 비교 고찰이 좀 더 진행되어야 전체를 조감할 수 있을 것이라 생각한다.

---

36 가와이 코오조오(2002), 35면.

아울러 『자저기년』을 비롯해서 이기원(李箕元)의 『홍애자편(洪厓自編)』이나 마성린의 『평생우락총록』 등과 같은 자찬연보에는 개인의 일상과 내면에 대한 구체적 서사가 존재한다. 관념적인 슬로건 한마디로 사태를 일반화하지 않고 세밀한 디테일을 언급하는 태도에서 구체적 서사가 발생한다. 사물의 윤곽만 그리고 세밀한 내부를 그리지 않았을 때, 우리는 그것이 대충 어떤 사물인지는 짐작할 수 있지만, 그것이 무엇인지 정확히 인식할 수는 없다. 마찬가지로 사태와 인물을 개괄할 뿐 구체적으로 서술하지 않는다면 우리가 파악할 수 있는 정보는 대단히 한정되고 부정확한 것에 그칠 것이며, 그로부터 얻게 되는 재미 역시 반감된다. 이로써 보자면 자찬연보를 비롯한 자기서사뿐만 아니라 문학에 있어 구체적 서사는 대단히 중요하다. 따라서 '구체적 서사'를 중심으로, 자찬연보를 비롯한 자기서사의 글쓰기를 조금 더 탐구할 필요가 있을 것이다.

제8장

# 필기체(筆記體) 자기서사(自己敍事)의
# 자기형상과 자기변명

## 1. 필기와 필기체 자기서사의 개략

필기체(筆記體) 자기서사(自己敍事)는 말 그대로 '필기'로 서술한 '자기서사'이다. 이 두 가지 술어 중, '자기서사'는 저자가 자신의 삶 전체 혹은 특정 시기를 대상으로 자아의 사유와 감정 및 삶의 지향을 서술하거나, 자신의 변모 양상과 변화의 계기가 되는 외부 환경 및 사건을 서술한 서사체(敍事體)라고 이미 정의한 바 있다. 나머지 하나인 '필기'의 특징적 면모를 압축적으로 보여주는 말은 잡(雜)과 산(散)이다. 즉 필기의 내용은 다양하며, 유별(類別)에 구애됨 없이 들은 것을 곧바로 서술한 경우가 많고, 체제 역시 어떠한 내용의 구속도 받지 않는 '자유화된 형식'으로 '붓 가는 대로 기록'하여서 길고 짧은 기사들이 혼재되어 나타난다.[1]

유엽추는 필기를 크게 소설고사류(小說古事類, 혹은 筆記小說類), 역사쇄문류(歷史瑣聞類), 고거변증류(考據辨證類) 세 분야로 구분하였다. 세 분야는 '줄거리가 간단하고 편폭이 짧은 고사인 지괴소설(志怪小說)과 일사소설

---

1 진필상(2001), 130~148면; 褚斌杰(2003), 475~482면; 유엽추(2007), 33면 참조.

(軼事小說)', '야사(野史)를 기록하거나 역사사실을 담론하거나 문헌을 기록한 잡록(雜錄)과 총담(叢談)', '천문(天文)·지리(地理)에서 제도·풍속에 이르기까지의 유래와 사실을 고찰한 독서수필(讀書隨筆)과 찰기(札記)' 등에 각각 대응한다.[2]

이 외에도 필기에 대해서는 장르의 개념, 범위, 유형 등을 중심으로 적지 않은 연구가 진행되었으나, 필기가 다양한 내용·형식을 포괄하며 [雜] 장르의 장벽이 높지 않다[散]는 점에는 대부분 동의하고 있다.[3] 요컨대 필기는 주로 이야기, 사실(史實), 학술 세 요소를 주요 대상으로 하며, 서술의 태도는 사관(史官)과 학자 스타일의 엄정함에서부터 소품(小品) 스타일의 이완까지 다양하므로, 그 내용·형식은 유연하다고 할 수 있다.

바로 이 유연함이 필기의 장르적 확장성을 만들었고, 그로 인해 필기는 자기서사와 자연스럽게 교직할 수 있었다. 즉 필기는 장르적 특징상 '잡'과 '산'의 성격을 지닌 나와 남의 이야기, 사실과 허구, 보고 들은 모든 경험과 체험 등을 모두 포괄할 수 있다.[4] 그런데 이 중에는 자기서사 작가의 특정 시기나 일생을 보여주는 사유와 감정, 삶의 지향과 이상, 변모된 자아의 모습과 그 계기가 된 외부 환경 및 사건 역시 내재해 있다. 이 때문에 두 장르는 어렵지 않게 만나게 되었던 것이다. 따라서 필기체 자기서사는 자신이 체험한 삶의 이야기, 역사적 사실, 학술적 논의 등을 엄정하게도 혹은 가볍게도 서술할 수 있는 포괄적이며 유연한 자기서사 장르가 될 수 있었다.

조선의 경우 이식(李植, 1584~1647)의 「서후잡록(敍後雜錄)」을 시작으로,

---

2 유엽추, 앞의 책, 11~40면 참조.
3 필기의 연구 성과, 특징적 면모, 하위분류 등에 대한 기존 논의의 정리는 최두헌(2011), 7~30면을 참고하기 바란다.
4 이강옥(2017), 9~12면 참조.

남용익(南龍翼, 1628~1692)의 『호곡만필(壺谷漫筆)』과 윤광소(尹光紹, 1708~1786)의 「한중만록(閑中漫錄)」을 거쳐, 이서구(李書九, 1754~1825)의 『척재자술(惕齋自述)』·『척재병거록(惕齋屛居錄)』, 심노숭(沈魯崇, 1762~1837)의 『자저실기(自著實記)』에 이르기까지 작가들의 성향만큼이나 다양한 필기체 자기서사가 있다. 그 모(母) 장르가 필기인 만큼 자서(自序), 자전(自傳), 자탁전(自托傳), 자찬비지(自撰碑誌), 자찬행장(自撰行狀), 자찬연보(自撰年譜), 서간체(書簡體) 자기서사(自己敍事) 등의 자기서사와는 그 내용·형식적 차이가 뚜렷할 것이라 추정되지만, 이에 대한 본격적인 연구는 아직 없다. 이번 장은 바로 이러한 연구의 부재에서 시작한다.

또한 여러 필기체 자기서사 중 이식의 「서후잡록」을 연구의 중심에 두려는 이유는 비교적 이른 시기에 서술되었다는 역사적 의미도 있지만, 더욱 중요한 연구의 동인(動因)은 「서후잡록」이 자기서사 창작의 가장 큰 동기 중 한 가지인 자기변명(自己辨明)[5]으로 일관한다는 사실 때문이다. 자신의 일생을 되돌아보며 삶을 성찰하고 실책을 반성함으로써 스스로의 정체성을 파악하여 자기형상(自己形象)을 구축하고, 자신과 역사의 단면을 증언하는 등 자기서사가 하는 역할은 작지 않다. 이처럼 자기서사는 자신의 형상을 구축하고 그 행적을 기록하며 역사를 증언하는 만큼 그 사실성(事實性)이 무엇보다 중요하다.

자기변명은 그 발언이 가리키는 사태와 서술의 내용이 일치하는지의 여부가 중요하다는 측면에서 사실성과 밀접한 관련이 있다. 이 때문에 자기서사의 작가는 자신에 대한 타인의 인식이나 역사의 기록이 자기가

---

5 변론(辯論), 변증(辨證), 변호(辯護), 해명(解明) 등의 술어를 쓰지 않고 변명(辨明)이라는 용어를 쓴 이유는, 그 의미가 "어떤 잘못이나 실수에 대하여 구실을 대며 그 까닭을 말함", "옳고 그름을 가려 사리를 밝힘" 등처럼 정당하게 해명한다거나 구실과 핑계를 댄다는 긍정적·부정적 의미를 모두 포함하고 있기 때문이다.

구성한 자아상(自我像)이나 역사적 시공간에서의 직접 보고 들은 사실과 다르면, 제대로 된 자아상을 제시하기 위해, 혹은 그릇된 역사의 서술을 바로잡기 위해 사실에 기반을 둔 변명을 한다. 이에 대응하여 자기서사의 독자들도 작가의 변명이 사실인지의 여부를 역사적 사건의 진위(眞僞)를 추적하듯 따져보아야 한다. 자기서사 작가가 쓴 여타의 서술이나 공식적 역사기록, 동일한 사건과 주제에 대한 타인의 글 모두가 사실의 검증에 사용될 수 있을 것이다.

이러한 이유 때문에, 본고는 이식이 서술한 '자기형상'과 '자기변명'의 양상을 살펴보고, 그것의 사실 여부를 고찰하고자 한다. 다만 필기체 자기서사의 연구가 거의 수행되지 않은 상황인 만큼 창작의 동기, 서술의 특징, 전개의 양상 등을 살펴보는 일 역시 중요하므로, 우선 이 사안을 고찰한 이후, 이식의 「서후잡록」에 나타난 자아형상과 자기변명의 양상 및 그 사실성을 따져보겠다.

## 2. 필기체 자기서사의 서술 동기와 전개 양상

자기서사에는 다양한 하위 장르가 있다. 자서와 자전을 비롯해서, 편지로 쓴 자기서사인 서간체 자기서사, 마치 자신과 글의 주인공이 다른 사람인 것처럼 시치미를 떼는 자탁전, '세계(世系) 및 기본 인적사항―이력(履歷)―이력 속에서의 견문(見聞)―총평―명(銘)'의 형태로 서술한 자찬비지, 출생에서부터 연대순으로 삶의 행적을 기록한 연대기인 자찬연보 등, 다양한 모 장르에서 파생된 단편과 장편의 자기서사가 존재한다. 각각의 자기서사는 모두 여타 장르의 자기서사와 변별되는 내용·형식적 특징을 지니고 있다. 그렇다면 우리는 궁금하지 않을 수 없다. 과연 왜 그들은 필기 장르를 선택해서 자기의 삶을 서술하였는가? 필기체 자기서사를 남긴 작가들의 목소리를 들어보자.

남용익은 『호곡만필』의 서문에서 30년의 관력(官歷) 중 자신조차도 기억나지 않는 부분이 있고, 자기에게도 흐릿한 기억이므로 후손들은 더욱 알기 힘들 것이라 우려해서 평생의 기록을 남긴다고 집필 동기를 밝힌 바 있다.[6] 「한중만록」의 작가 윤광소는 자기서사에 서문을 남기지는 않았지만 각 기사의 말미에 창작 동기를 명시했다. 예컨대 기록으로 남겨 자성(自省)하려고 한다거나, 자신만 알아서는 안 될 일이므로 기록해 둔다고 한 경우도 있고, 남용익과 마찬가지로 자신의 삶과 생각을 후손들에게 알리고자 썼다는 등이다.[7] 요컨대 지난 삶을 반성하고, 자신이 이 세상에 살았다는 증거를 후대에 남기려는 의도가 필기체 자기서사를 쓴 주요한 동기라는 것이다.

하지만 이와 같은 집필 의도는 자기서사의 일반적인 창작 동기는 될 수 있어도, '왜 필기로 자신의 삶을 정리했는가'에 대한 답은 되지 못한다. 따라서 그 구체적인 창작의 동기를 알기 위해서는 각 장르의 자기서사와 필기체 자기서사를 내용과 형식적인 측면에서 비교해 보고, 그 이유를 추론할 수밖에 없다.

---

6 南龍翼, 『壺谷漫筆』 권1, 「敍」, 1면, "余以無似, 叨年揚顯致位八座者, 實賴祖先之餘慶. 而立朝三十餘年, 無一事可紀以示後者, 誠自怪惡. 至於履歷次第亦多遺忘, 玆於閑寂中, 先陳世德, 仍述余平生. 隨其所思者, 付以言語詩句, 以示家兒. 非敢有毫髮自誇之意, 只令兒輩知其實蹟而已. 觀者恕之. 庚申春書于楊州丙舍." ⊕ 『호곡만필』의 권수와 면수는 고려대 민족문화연구원 해외한국학자료센터에서 제공하는 일본 동양문고 소장본의 권수와 면수이다. 이하 동일.

7 해당 부분만을 옮기면 다음과 같다. 【自足之計】 "聊識此語以自省.", 【出世不敢縱橫林澗】 乙丑六月, "歸而記之以自省.", 【拈出象村集中所感語】 "書以自省.", 【後宮文氏事】 "此事本末, 惟吾知之, 故記以傳之.", 【吾家受禍本末】 丙申, "玆記受禍本末, 以示子孫.", 【星命之說】 "聊書之以見磨蝎之祟, 盡於何時, 又以自嘲.", 【難進易退之訓】 丁酉三月, "一日偶閱舊錄, 把筆歷敍平生出處之跡, 表其素心, 以俟後之知我者云, 丁酉三月日, 書于素窩", 【先王深惡黨論】 戊戌二月, "余立朝四十餘年, 備經世變, 眼見三黨俱亡而蕩尤甚焉, 聞中略記始末. 戊戌二月書.", 【三人交誼】 "丙申十月, 因述陶友墓文, 不勝感懷, 書此以自省, 且以遺子孫, 知吾三人之交誼焉."

우선, 단편으로 구성된 자기서사와 비교해보자. 일반적으로 자서전이라 인식되는 자서와 자전은 작가의 의지에 따라 다양한 측면에서 자신의 삶을 정리할 수 있지만, 역시 장르가 용인하는 내용과 분량의 제한으로 인해 자찬연보나 필기체 자기서사에 비해 긴 호흡으로 일생을 정리하는 데 한계가 있다. 더욱이 자탁전의 경우는, 과정진술이 부각된 「예산은자전(猊山隱者傳)」 계열을 제외하면, 마스터 플롯(master plot)이 되는 「오류선생전」에서부터 삶 전체를 다루기보다 특정한 시기의 이상과 포부 및 취향을 서술하는 데 특화되어 있다. 아울러 「백운거사전(白雲居士傳)」 계열과 「예산은자전」 계열을 모두 포괄해도 그 편폭의 한계로 인해 삶의 다양한 측면을 보여주기에는 제약이 크다.

이에 반해 자찬비지는 특정한 사안에 집중하거나 연도별로 자신의 행적을 서술하는 일이 가능하며, 자신의 삶을 반성적으로 총평할 수도 있다. 다만 각 연대별로 서사가 고립되어 유사한 성향의 사건이 각기 다른 연도에서 산견되고, 비지라는 장르의 내용·형식적 구속에서 자유로울 수 없기 때문에, 몇 가지 주요 사건을 제외하고는 대체로 견문과 이력을 간략하게 서술하는 수준에 그치는 경우가 많다. 이로써 보자면, 상대적으로 넓은 지면에 자신의 삶을 대변하는 다양한 양상을 기록할 수 있으면서도 내용과 형식적 제약이 비교적 적기 때문에 필기가 적합했다고 할 수 있다.

다음으로, 그렇다면 인생의 전 시기를 대상으로 삼아 상세하게 기록할 수 있는 장르인 연대기로서의 자찬연보를 선택하지 않은 이유는 무엇인가?

① 을사년(乙巳年, 1665) 여름, 대사성(大司成)에서 예조참판(禮曹參判)으로 옮겨, 온양온천(溫陽溫泉) 행차의 호종에 참여했다. 문곡(文谷) 김수항(金壽恒), 익평위(益平尉) 홍득기(洪得箕)와 청평위(靑平尉) 심익현(沈益顯) 등과 날마다 운(韻)을 쪼개

파적(破寂)했다. 도위들은 모두 자부하면 말했다. "운이 아무리 어렵더라도 실운(失韻)할 리가 전혀 없습니다." 행차가 돌아가는 날, 내가 말했다. "오늘 길 위에서 내가 절구(絶句) 한 편을 지을 것인데, 만약 조참(朝站)에 도착할 때까지 끝내 운이 무엇인지 맞히지 못한다면, 내게 대포 한 사발을 사시오."라고 하니, 모두 고개를 끄덕였다. 내가 곧장 입으로 다음처럼 읊조렸다. "帳殿三嚴動, 依依入遠○, 千官紛左右, 却怕馬蹄○."[8]라고 말하니, 두 도위가 처음에는 쉽게 생각하다가 괴롭게 읊조리고 고민하였지만 천안(天安)에 이르렀어도 끝내 그 운자가 무엇인지 알지 못했다. 내가 그제야 '단(端)'과 '한(寒)' 두 글자라고 말했다.【두 글자는 모두 우리말로 풀어서 압운(押韻)한 것이다. 대체로 원단(遠端)에 들어간다는 것은 장차 날이 새려는 것을 말하고, 한(寒, 뜻은 차다)이라는 것은 차이다의 속음(俗音)이다】[9]

② 오사카(大坂)는 여염의 성대함이 거의 40여 리에 두루 걸쳐 있었다. 긴 다리의 아래에는 배들이 왕래하고 늘어선 가게 사이에서는 보화(寶貨)가 쌓여 있었다. 이후에 중국의 통주(通州)를 보았지만 이곳에 미치지 못하였다. 교토(倭京)는 백성들의 집이 개미떼처럼 모여, 동서(東西)로 즐비하게 늘어서 있어서, 여리(閭里)는 그 끝이 보이지 않을 정도였다. 그리고 대불사(大佛寺)의 불상은 온 세계 어느 나라에도 없는 것으로, 아이 크기만 한 작은 금불상도 33,333개나 되었고, 동로(東路)에 있는 철교(鐵橋)의 길이 역시 한 마장(馬場)이 넘었다. 에도(江戶)는 비록 한 면이 바다에 닿아 있었지만 사녀(士女)의 조밀함과 번성함, 시장의 부유함과 넉넉

---

8 수수께끼로 낸 시의 번역은 다음과 같다. "행궁에 세 번 북 울리니, 아련히 새벽이 밝았구나. 온갖 관료 좌우에서 분주한 것은, 말발굽에 차일까봐 두려워서라네."

9 南龍翼,『壺谷漫筆』권1, 45면, "乙巳夏, 自大成移禮, 參扈駕溫泉. 與文谷·益·靑兩都尉, 逐日以剖韻破寂. 都尉皆自負曰, '韻雖極險, 萬無失韻之理.' 返駕日, 余謂曰, '今日路上, 吾當自作一絶, 若到朝站, 終不得韻, 則當輸我以一大酒榼.' 皆曰諾. 余卽口呼曰, '帳殿三嚴動, 依依入遠○. 千官紛左右, 却怕馬蹄○.'云云, 則兩都尉初易之, 況吟苦思, 到天安終不得韻. 余始言端寒二字【二字皆以俗解押之. 蓋入遠端者, 俗言將曙之謂也, 寒者被踶之俗音也】."

함 등은 실제로 오사카와 교토 두 도시를 합한 것이었다. 궁궐(宮闕)과 성지(城池)는 북경(北京)에 미치지 못하지만 형승의 번화함은 혹 넘어서기도 한다. 이것이 세 가지의 장관(壯觀)이다.[10]

③ 나는 선세(先世)로부터 서인(西人)으로 칭해졌다. 그러다가 오늘날 노소론(老少論)이 분기된 이후 한 번도 치우쳐 붙는 데가 없었기 때문에, 남들도 확정하는 경우가 없었다. 느지막이 노론(老論)으로 인식되는 것은 친교(親交)가 모두 노론이어서 노론을 버리고 소론으로 나아갈 수 없었던 소치가 아니겠는가? 하지만 남인(南人)과 소론(小論)에도 아는 사람이 역시 많아서, 한평생 한 번도 해를 끼치려는 마음을 먹어본 적이 없기 때문에, 저들 중에도 나를 싫어하거나 원망하는 사람이 없었다. 그런데 지금 이와 같은 화난(禍難)이 갑자기 발발하여 사람을 헤아릴 수 없는 지경으로 몰아서, 혼이 놀라고 뼛골이 서늘하게 됨을 보고 나서야, 비로소 세도(世道)와 인심(人心)의 망극함을 알게 되었다.[11]

남용익의 『호곡만필』(天·地·人 총 3권)은 시화집(詩話集)으로 알려져 있지만, 3권 중 시화집에 해당하는 부분은 권3(인)뿐이고, 나머지 권1(천)과 권2(지)는 변격(變格)의 자찬연보이자 필기체 자기서사이다. 자찬연보라고 한 이유는 출생에서부터 1691년 '몽란(夢蘭)'의 필화(筆禍)로 인해 함경

---

10 南龍翼, 『壺谷漫筆』 권1, 28면, "大板, 闤闠之盛, 幾遍四十餘里. 長橋之下, 舟楫往來, 列廛之間, 寶貨交積. 後觀中國通州, 猶不及此. 倭京, 民戶蟻聚, 櫛比東西, 閭里不見際涯. 而大佛寺佛像萬國所無, 小金軀如兒子, 亦三萬三千三百三十三, 東路錢橋之長, 亦過一馬場. 江戶, 則雖一面際海, 士女之稠盛, 廛市之富饒, 實兼兩都會. 宮闕城池不及於北京, 形勝繁華或過之, 此三壯觀也."

11 南龍翼, 『壺谷漫筆』 권2, 27면, "余自先世, 稱以西人. 而及今老少分岐之後, 一未有偏着處, 故人無指定者矣. 晚乃謂之老論, 無乃親交皆老, 而不能捨老就少之致耶? 至於南少, 知者亦多, 一生無一陷害之心, 故彼亦無嫉怨之人矣. 今此駭機如是猝發, 而直爲驅人於不測之地, 看來魂驚骨寒, 始知世道人心之罔極也."

도 명천(明川)으로 유배 가는 시기까지 연도순으로 자신의 일생을 정리하고 있기 때문이다.[12] 또한 변격이라고 판단한 이유는 다음과 같은데, 이것이 필기체 자기서사라고 판단하는 근거이기도 하다.

우선, 집필의 의도를 살펴보면, 제목을 '만필(漫筆)'이라 명명한 데서도 알 수 있듯이 남용익 스스로가 연보(年譜)를 의식하고 썼다기보다 비교적 자유롭게 자신의 일생을 서술하고자 했다는 점을 찾아볼 수 있다. 물론 강목체(綱目體) 형식으로 해당연도, 연호(年號), 자신의 나이, 해당연도에 자신에게 일어났던 사건과 체험 등을 서술하는 기본적인 문법을 엄격하게 지키지 않았다는 점도 변격으로 볼 수 있는 이유이다. 다음으로, 이러한 집필 의도 때문에, 실제 서술 역시 일반 연보처럼 엄정하지 않고 이완되어 있다. 예컨대 1648년 이전까지의 서술은 사주(四柱), 어린 시절의 일화, 독서와 학습 및 문장 수업 등의 이야기가 각각의 주제 아래 집약되어 있다. 아울러 그 이후의 기사 중에서도 예문 ③처럼 특정한 주제나 유사한 성격의 사건들—예컨대 당쟁(黨爭), 술에 대한 기호, 세 번의 큰 병, 지기(知己), 서법(書法), 소기(小技) 등—을 한데 엮어서 서술하는 부분이 적지 않다. 마지막으로, 연차별로 서술된 부분 역시, 동일한 연도의 기사들과 연계성이 크지 않으며, 다른 해에 일어난 사건을 특정 사건이 일어난 연도에 배치하는 등 비교적 자유로운 방식으로 서술하고 있다. 이로써 보자면 필기체 자기서사이자 변격의 자찬연보라고 『호곡만필』의 장르를 정리해도 크게 문제될 것은 없다.

사정이 이러한데도 우리가 『호곡만필』을 시화(詩話)로 오해하게 된 이유는 권1·2의 내용 중 예문 ①과 같이 시를 중심에 둔 서술이 적지 않고,

---

12 『壺谷漫筆』을 자찬연보의 흐름 속에서 연구한 구체적 양상은 정우봉(2015), 94~114면을 참조하기
바란다.

본격적인 시화를 표방한 권3이『호곡만필』의 한 부분을 차지하고 있기 때문이다. 권3은 크게 '시평(詩評)·선시(選詩) / 시화(詩話)'로 양분되어 있는데, 시평과 선시 부분을 남용익은 다시 당시(唐詩)·송시(宋詩)·명시(明詩)·동시(東詩)로 구성하고 있다. 따라서 시평과 선시는 말 그대로 남용익의 시안(詩眼)과 시에 대한 평가를 보여주는 부분이므로, 권1·2와 내용적으로 공유하는 부분이 거의 없다. 다만『호곡만필』권1(천)과 권2(지)의 서술 중에는 예문 ①처럼 남용익이 자신의 삶을 시와 결부지어 다루려했던 지향이 보이는 부분이 적지 않다. 이 때문에 권3(인) 중 '시가 탄생한 자리'와 '시의 주변'을 서술한 '시화' 부분은 권1·2와 일부 겹치기도 한다. 특히 남용익 자신이 등장하는 기사는 필기체 자기서사와 거의 구별되지 않기도 한다.[13] 하지만『호곡만필』권1·2가 시에 초점을 두고 있는 부분이 많다고 해도, 여전히 남용익의 일생이 중심이 된다는 점은 사실이다. 따라서 아무리 권3에서 자신이 등장하는 시화가 산견되어 있더라도, 자신보다는 여타 시인들과 그들의 시에 중점을 두고 있기 때문에, 두 부류의 서사는 일정하게 구분된다.

필기라는 장르에 관성처럼 따라붙는 잡록(雜錄)이라는 용어나 남용익이 자신의 저작에 부여한 만필(漫筆)이라는 술어 등에서 볼 수 있듯이, 온갖[雜] 이야기를 자유롭게[漫] 서술할 수 있었기 때문에 자기서사와 시화는 같은 제목 아래에 자리 잡을 수 있었다. 마찬가지 이유로 필기체 자기서사에서는 사소한 일상에서부터 인생의 지향에 관한 묵직한 문제

---

13 김수항이 등장하는 예를 들어보자면 다음과 같은 기사도 권3에서 찾아볼 수 있다. 南龍翼,『壺谷漫筆』권3, 37면, "余與文谷伴直摠府, 長卿以參知入直來會, 剪燭聯句, 次韓詩聯句韻, 其詩俱在三人私稿中. 時時入眼舊遊如昨, 而長卿說已陳矣. 諸作頗可觀, 而皆失聯句崛奇之法, 有愧於權【石洲】·趙【玄谷·玄洲】諸作矣." 이처럼 권1·2에 넣어두어도 손색이 없을 정도로 시를 매개로 남용익의 삶을 풀어내고 있는 기사가 권3에도 보인다.

에 이르기까지, 다양한 양상으로 '나'의 삶을 기록할 수 있다. 따라서 모 장르인 필기가 지니고 있는 '잡'과 '만(혹은 散)'의 포괄성과 유연함은 필기 체 자기서사 역시 지니고 있는 장르적 특성임을 알 수 있다.

다양한 양상으로 자신의 삶을 기록할 수 있다는 특징은 위 예문을 통 해서도 구체적으로 살필 수 있다. 예문 ①은 시를 중심에 두고 1665년 5월 어느 날 있었던 경험을 기록하고 있다. 평생의 벗 김수항(金壽恒), 두 도위(都尉) 홍득기(洪得箕)·심익현(沈益顯)과 시의 운(韻)을 맞히는 놀이는, 김수항의 "문제를 낸 것도 괴이한데 맞힌 것은 더욱 괴이하다."는 말과 함께 한바탕 웃음으로 끝을 맺는다.[14] 즉 일상의 쇄사를 자기서사로 끌 어들인 사례이다.『호곡만필』에는 이처럼 벗들과의 일상을 그리는 서술 이 적지 않고, 그 서술이 시를 매개로 진행되는 경우 역시 많다.

예문 ②는 을미통신사행(乙未通信使行)의 체험 중『부상록(扶桑錄)』에 서 술되지 않은 내용 중 일부이다. 동행, 여정, 통신사행의 체험, 여정 중의 견문 등을 상세하게 기록해 놓고 있으므로, 통신사행의 기록만 따로 떼 어놓고 보아도 여행기 한 편을 구성할 수 있을 정도이다. 이 외에도 그는 1666년에 떠난 연행(燕行)의 기록도『호곡만필』에 남기고 있는데, 이 기록 역시 위 예문과 마찬가지로 연행의 이면을 서술하고 있으므로, 그의 연 행체험을 확인하는 데 중요한 자료가 된다.

예문 ③은 정치적인 당론(黨論)의 문제를 직접 거론하고 있다. 이 기사 는 '몽란(夢蘭)'으로 인한 필화 사건[15] 때문에 서술한 것인데,『호곡만

---

14 南龍翼,『壺谷漫筆』권1, 45~46면, 都尉初大驚, 終大笑而歸其賭. 文谷亦效此體曰, '十日溫泉駐, 誰 人不厭苦【俗釋在也】.' 鄭南谷又效曰, '大野烟塵裏, 隋城路苦盲【俗解遠也】.' 余卽解, 蓋先自剏意故 也. 文谷曰, '題之者旣怪, 而解之者尤怪.' 相與大噱.

15 남용익이 1689년에 작성한「元子定號後頒教文」의 '몽란(夢蘭)' 두 글자가 문제되어 참소를 받고 명천(明川)으로 유배 가게 된 사건을 가리킨다. 남용익은 유배지에서 사망했다.

필』에는 이 외에도 자신이 관료로서 겪었던 정치적 문제나 당파적 시선이 기록되어 있다. 예컨대 윤선도(尹善道), 조경(趙絅), 남중유(南重維) 등에 대한 비판,[16] 호서(湖西)에서 일어난 기근과 재이(災異)에 아랑곳하지 않고 군사훈련[習操]을 친임(親臨)하려는 효종(孝宗)에 대한 비판과 화해를 그리는 일화 등이 대표적이다.[17]

이 외에도 '몽란'을 둘러싼 변명,『기아(箕雅)』의 출간으로 도출된 잡음과 그 해명에 연관된 기사도 종종 눈에 띈다. 이처럼 필기체 자기서사는 모 장르인 필기와 마찬가지로 다양한 이야기를 자유롭게 기록함으로써 자신의 삶을 포괄적으로 제시할 수 있다. 이 때문에 문인지식인들은 다른 장르가 아니라 바로 필기체 자기서사 장르를 선택한 것이다. 다만 포괄성은『호곡만필』을 함께 안고 있는 두 장르인 자찬연보나 필기체 자기서사 모두가 지니고 있는 서술의 장점이기도 하다. 따라서 포괄성 외에 필기를 선택하게 만든 그 고유한 장점은 장르적 자유로움, 즉 앞서도 언급했던 유연성이라고 할 수 있다.

---

16 南龍翼,『壺谷漫筆』권1, 54~55면, "余性拙緩, 平生不主黨論, 不事交遊, 見輕於儕流, 時枳於宦路者, 皆坐此也. 知申時, 尹善道攻斥禮論, 兩司請罪, 投北後, 判府事趙絅在鄉陳疏, 極救善道, 至曰, 爲孝廟左袒, 又有定民志等語. 余與同僚李長卿·吳君瑞【挺緯】諸公, 論斥其非而啓之, 上卽悟有陰慘之敎, 仍令還給其疏. 時趙有孝廟誌文撰述之命, 而卽命改授它人, 又有頒賜冊秩之恩, 而又收, 付籤, 一邊人始仄目矣. 又因疏儒南重維等汚衊兩賢, 痛斥於筵中, 上命停擧, 屢科不解, 以此尤怨. 又於榻前疏決時, 同春請放尹善道, 余引栗谷請放許箕, 而宣廟終不聽從之事以白之, 自此尤眈眈矣. 到今以此三者, 爲罪案亦任之而已."

17 南龍翼,『壺谷漫筆』권1, 22~23면, "甲午. 職忝近侍不容含嘿, 卽陳疏請寢. 其中有曰, 閭巷之人, 皆以爲殿下久勞於外習於鞍馬, 故殊不堪端拱九重, 有此遊豫之擧云. 又曰, 伏聞, 王世子亦將隨駕, 世子春秋幼沖, 正當蒙養之時, 問寢視膳之外, 只當開筵講書, 豈可示之以軍旅之事導之哉? (中略) 孝廟每於震怒, 則緩其根本, 重其枝葉類如此. 厥後久斬恩點, 忽於筵中, 下敎曰, '近觀『國朝寶鑑』, 古之臣亦有爭論習陣者, 南龍翼別無大罪矣.' 尋復收用雷霆, 不竟日而藹然君臣父子之情. 嗚呼, 先王不可忘也!"

한편 장르적 유연성 외에 다음의 예문과 같은 형식적 특징 역시 필기를 선택하게 만든 유인(誘因)인데, 지금부터는 장르적 유연성과 함께 그 형식적 특성도 함께 고찰해보겠다.

④ 나는 젊었을 때, 병이 많아서 남들처럼 공거업(公車業)에 종사할 수 없었다. 병오년(丙午年, 1726)에 비로소 아버지의 명으로 감시(監試)를 보았는데, 우리 형제가 요행히 연이어 합격했다. 이때부터 고요히 거처하며 책을 읽고 주제넘게 가학(家學)에 뜻을 두었지만 실제로 터득한 것은 없었는데 허명(虛名)이 먼저 생겨버렸다. 병진년(丙辰年, 1736)에 할머니의 연세가 많으셔서 비로소 별시(別試)를 보았고, 동시에 명성을 피하려고 하였다. 촉각(燭刻)으로 보는 정시(庭試)와 알성시(謁聖試)는 거칠고 소략함을 면치 못해서 응시하지 않았다. 기미년(己未年, 1739) 능참봉(陵參奉)에 제수되었는데, 서른이 넘어 음모(蔭帽)를 쓰는 것은 더욱 본래의 내 뜻이 아니었다. 일암(一菴) 윤동원(尹東源) 선생께서 불사(不仕)로 경계하셔서, 허명을 얻는 것이 더욱 두려웠지만, 부득이하게 출사하게 되었다. 경신년(庚申年, 1740) 증광시(增廣試)에 불행하게도 또 연이어 합격하게 되었다. 빈한한 가문이 지나치게 성하게 된 것이 두려웠을 뿐만 아니라, 세상에서도 시기하는 자들이 많아서 잘 대처할 수 없다는 사실도 두려웠다. 일암 선생께서는 힘들게 출사했다가 쉽게 돌아오라는 뜻으로 권면하셨는데, 그 말씀을 받들어 실천하려고 삼가 허리띠에 써 두었다.[18]

---

18 尹光紹,『素谷遺稿』권16,「閑中漫錄」, 376면, "余少多疾病, 不能隨衆做公車業. 丙午, 始以親命赴監試, 兄弟倖聯中. 自是靜居讀書, 妄有志於家學, 未有實得, 而虛名先出. 丙辰, 以祖母年深, 始赴別試, 兼欲避名也. 庭謁聖燭刻之試, 未免苟簡, 不赴也. 己未, 有寢郎之除, 三十着蔭帽, 尤非素志也. 一菴先生戒以不仕, 恐尤得虛名, 不得已出肅. 庚申增廣, 不幸又聯中. 不但素門太盛之爲懼, 世亦多媢之者, 恐無以善其方也. 一菴勉以難進易退之義, 庶奉以周旋, 謹書紳焉."

위 예문은 윤광소의 「한중만록」 중 '출처지계(出處之計)'를 밝힌 일부이다. 누가 부여했는지 알 수 없지만, 「한중만록」에는 '출처지계' 외에도 '자족지계(自足之計)', '출세불감종횡임리(出世不敢縱橫淋漓)', '황단추향시사(皇壇追享時事)', '양역감필지의(良役減疋之議)'에서부터 '명재유서편집전말(明齋遺書編輯顚末)', '여조지유가학(余早知有家學)', '삼인교의(三人交誼)' 등에 이르기까지, 첨예한 정치적 문제, 일신의 출처(出處), 벗들과의 교유 등을 사안별로 다루고, 각각의 기사마다 제목을 병기하고 있다. 비록 규장각과 국립중앙도서관 소장본에 모두 기재되지 않은 제목이지만, 필기체 자기서사의 장르적 장점 중 하나를 꼽는 데는 유용한 실마리가 된다.

그것은 바로 동일한 주제 혹은 유사한 사건 등을 하나의 기사로 묶어서 일목요연하게 보여줄 수 있다는 점이다. 이러한 장점은 윤광소가 서술한 『고주록(孤舟錄)』과 비교해보면 그 차이가 선명하게 드러난다. 그 서술은 「한중만록」과 달리 과거시험의 응시와 합격의 과정이 해당연도의 부속 기사로 분산돼 있어서 과거와 출사의 과정을 한눈에 살펴보기 힘들다.[19] 따라서 유사한 성격의 기사를 함께 배치하여 그 흐름과 경향을 선명하게 부각시킬 수 있다는 점이 필기로 자기서사를 남긴 주요한 이유이다. 또 다른 필기체 자기서사인 이서구(李書九)의 『척재자술(惕齋自述)』과 『척재병거록(惕齋屛居錄)』에서도 이와 같은 방법이 사용되고 있는데,[20] 그가

---

19 예문 ④의 기사는 "英宗大王丙午九月. 中式年生員試三等.【初會試, 以義入格, 伯氏聯壁.】", "丙午後十年, 病不赴擧. 親年漸高, 自丙辰始赴別試, 占解早蔭, 尤非志也. 久不謝, 一菴先生戒以不謝, 易致狼狽, 遂膺命.", "己未二月, 授懿陵參奉.", "庚申二月, 遷明陵奉事. ○十月, 擢增廣別試丙科, 初試以論策, 會試以表, 與伯氏俱入格." 등과 같은 모습으로 『고주록』에 기록되어 있다.

20 유사한 주제를 함께 배치한 대표적인 부분은 다음과 같다. 李書九, 『薑山全書』, 『惕齋屛居錄』, 대동문화연구원 동아시아 학술원, 2005, 530~531면, "余於文詞雖有篤好, 而二十以後欲熟讀經傳, 多積而少發, 故罕有著述. 三十以後, 靡於講製之役, 雖以文字從事, 所習非其所好, 終無優游厭飫之趣, 虛費四五年光陰. 陞資以後, 奔奏內外, 無公事, 則書卷雖未嘗釋手, 而不能嚴立課程, 專心致志. 每念少壯苦心, 必欲通經博古著書立言, 而終至于白首無成, 則未嘗不對食而歎, 當寢而欷也. 詩則少喜

이러한 형식으로 자기서사를 구성한 이유 역시 「한중만록」과 같다.

그런데 「한중만록」과 『고주록』 전체를 함께 살피다 보면 일부 유사한 내용도 있지만, 『고주록』이 주로 관력(官歷)과 그 과정에서의 견문을 사관(史官)처럼 사실에 입각해서 공정하게 기록하는 데 주력했기 때문에, 「한중만록」에 비해 상대적으로 공적(公的)인 서술로 일관하고 있다는 사실을 알 수 있다. 비록 「한중만록」 역시 정치적 논쟁에 관련된 이야기가 많은 것은 사실이지만, 그 가운데는 고문사(古文詞)에 힘썼던 과거의 반성, 학문에의 몰두,[21] 벗들과의 교유 및 그들의 죽음으로 인한 감회[22] 등을 서술한 기사도 있다. 즉 『고주록』에 비해 「한중만록」이 좀 더 사적(私的)인 측면에 가깝다고 할 수 있으며, 이러한 현상은 각각의 모 장르의 차이에서 기인하는 것으로 보인다.

『고주록』의 모 장르는 입조일기(立朝日記) 혹은 연보(年譜)인데,[23] 이들

---

唐人, 而晚年持論必以宋爲歸. 於少陵無所間然, 而尤服其五七. 古文則以體裁簡整. 喜看漢書, 而尤愛廬陵震川獻欷感歎, 紆餘滄宕之致. 蓋於書無所不嗜, 而至於忠臣義士, 慷慨激烈之作, 迴翔吟諷, 流連悵慕, 不能自已. 少讀四書, 於學問門路, 稍有自得, 而以平易切實, 爲入德之基, 故於魯論用工稍深. 及夫年稍長而學稍進, 則於諸先生說實有芻蕘之嗜焉. 自少篤信程朱, 雖博觀群籍, 而能不爲他岐所. 少未學易, 而偶因讀詩有悟嘗曰, 讀書當謹守章句, 先通本旨, 而至於探精義推演歸趣, 引伸觸類, 左右逢源之妙, 在於自得之如何. 故善讀書者, 六經皆是易. 晚歲欲專意讀易, 而竟未遂志." ⬤ 李書九의 「惕齋自述」에 대한 상세한 논의는 심경호(2010), 256~274면을 참조하기 바란다.

21 尹光紹, 『素谷遺稿』 권16, 「閑中漫錄」, 394면, "余早知有家學, 而少喜古文詞, 肆力於斑馬韓蘇之文. 其立志向上, 實自李浩然倡之, 遂與挾冊于兩先生門下, 乃己酉秋也. 自此專心讀經傳洛閩諸書, 自謂盡棄前習, 而浩然每申以觀獵之戒. 十年之後, 以家貧親老赴擧, 蓋嫌其虛名漸馳, 易歸欺人, 己未出膺蔭除, 亦此意也."

22 尹光紹, 『素谷遺稿』 권16, 「閑中漫錄」, 395면, "其後十餘年, 獨立人世, 不但白首無成就, 累罹世禍, 轉益狼狽, 辜負士友之望, 追念往日從遊之跡, 只增於悒. 丙申十月, 因述陶友墓文, 不勝感懷."

23 『孤舟錄』을 입조일기(立朝日記)라고 비정한 이유는 윤광소 자신이 서문에서 다음처럼 밝혔기 때문이다. 尹光紹, 『素谷遺稿』 권17, 『孤舟錄 上』, 397면, "余自甲子始出世, 屢遭風浪, 四十年間, 備嘗險阻危難, 不啻洞庭孤舟. 故立朝有日記, 名之曰『孤舟錄』." 다만 출생에서부터 연도별로 강목의 형식을 갖추어 기사를 수록하고 있기 때문에 자찬연보로 보아도 무방하다. 일기이면서 자찬연보의 성격을 동시에 갖게 된 이유는 그 기록의 상세함 때문인데, 나날의 기록은 아니더라도 그에 준하

장르는 대체로 객관적인 사실을 기록하려는 성향이 강하다. 공적(公的) 일지(日誌)는 물론이거니와 연보 역시 지위와 업적이 있는 인물을 대상으로 하되, 증명할 수 있는 객관적 근거를 가지고 간엄(簡嚴)하게 서술하는 장르였다.[24] 이것을 뒤집어 생각해보면, 공적인 일지나 연보의 기사로 적합하지 않은, 상대적으로 사적인 성격의 기사가 필기체 자기서사에 편입되기에 그 문턱이 낮았다고 추론할 수 있으며, 『호곡만필』이나 「한중만록」을 통해 그 사실이 어느 정도 증명되었다.

다만 지금까지 살펴본 필기체 자기서사의 기사가 사적인 경향을 단적으로 보여준다고 주장하기에는 여전히 부족한 점이 있다. 일상의 자잘한 일이나 내면과 생활 주변에 대한 서술이 부족하기 때문이다. 이러한 결핍은 심노숭(沈魯崇)의 『자저실기(自著實記)』에 이르러 해소된다.

⑤ 의복은 편한 것을 좋아하고 화려한 것을 싫어하며, 음식은 촉촉하고 부드러운 것을 취하고 기름진 것을 싫어한다. 근래 가장 괴로운 일은 솜이 잔뜩 들어간 겨울 면포 바지가 몸에 꽉 끼는 것인데, 몸을 가눌 수 없을 때마다 가벼우면서도 따뜻한 비단 바지가 생각났다. 재료가 없는 것도 아니고, 남들이 비난하는

---

는 정도로 날짜별, 월별, 연도별로 상세하게 기록했기 때문에, 기본적으로는 자찬연보라고 할 수 있지만, 일기의 성격도 띠게 된 것이다. 이러한 예는 김상철(金尙喆)에게서도 찾아볼 수 있는데, 총5권으로 쓴 그의 연대기는, 1·2권의 표제가 『議政公年譜』, 3·4·5권의 표제가 『忠翼公日記』로 되어 있으며, 『고주록』과 마찬가지로 관력과 그 속에서의 견문을 사실에 근거해 서술하는 방식을 택하고 있다.

24 연보의 편찬 태도에 대해서는 다음의 예문을 살펴보면 그 핵심논의를 찾을 수 있다. 洪奭周, 『淵泉集』 권19, 「韓忠靖公年譜序」, 425~426면, "譜也者, 史之遺也. 今世之爲譜者, 大抵有二, 譜其族者. 源乎世本, 譜其年者, 倣乎紀傳, 皆有史之體焉. 然譜其族者, 通乎一姓, 譜其年者, 專乎一人. 通乎一姓, 故家家而皆可爲譜, 專乎一人者, 非得其人不可. 其人而無可傳矣, 固不足以爲譜, 有可傳矣, 而代遊聞佚, 文獻不具, 則亦不能以爲譜. 聞見逮矣, 文獻徵矣, 而其名位未大顯于時, 其績用未大施于人者, 家有狀壙有志而足矣, 又不必以爲譜也. 譜也者, 史之體也. 屬事系年, 論世攷人, 非其人出處屈伸, 有繫於世道者, 亦何以譜爲哉?"

것이 두렵지도 않지만, 저절로 마음이 불안해져서 몸의 쾌적함을 살피지 않았기에, 몇 번 입을까 생각하다가 끝내 그만두었다. 고기반찬을 먹지 않으면 배가 부르지 않을 뿐더러 거의 먹은 것 같지도 않지만, 고기를 좋아하지 않는 것이 젊었을 때보다 더욱 심해졌다. 생선·꿩·젓갈·육포·채소는 향긋하고 깨끗하게 조리된 것을 얻으면 편안히 먹을 수 있다.[25]

『자저실기』는 상모(像貌), 성기(性氣), 예술(藝術), 문견(聞見) 내편(內編), 문견(聞見) 외편(外編) 등으로 구성되어 있다. 이 중 자신이 서술의 중심이 되는 부분, 즉 필기체 자기서사는 앞의 세 부분이며, 뒤의 두 장은 정치적 색채가 짙은 '역사쇄문류'의 필기이다. 앞서 남용익의 『호곡만필』도 그러했듯, 필기의 장르적 유연성 때문에 성격이 다른 두 부류의 글쓰기가 『자저실기』 안으로 함께 편입될 수 있었다.

학문, 독서, 자연, 교유 외에 의식(衣食)에 대한 자신의 기호가 이처럼 선명하게 표현된 예는 흔치 않다. 그런데 심노숭의 자찬연보인 『자저기년(自著紀年)』에서도 일상을 기록한 기사가 없지는 않다. 예컨대 사대기서(四大奇書)를 읽었던 일과 그 반성, 고질적인 글쓰기 병, 자신과 주변인들의 병에 대한 기록, 친구들이 힘을 모아 집을 구해준 일화, 제주로부터 뭍으로 오는 길에서 만난 풍랑 등을 서술하고 있어 『자저기년』은 자찬연보의 흐름 속에서 상대적으로 사적인 경향을 대표하는 작품으로 자리매김하고 있다.[26]

---

25 沈魯崇, 『孝田散稿』 12권, 『自著實記·性氣』, 학지사, 2014, 5408~5409면, "衣服喜穩適而惡華美, 飮食取溫煖而厭膏脂. 伊來最苦, 冬月之綿布袴挾纊重者, 身不能支, 輒思帛袴之輕煖. 而非無材也, 非畏人之議之也, 自然心不安, 則不省體之適, 議屢及而卒罷之. 非肉之食, 非但不飽, 殆若不食, 而肉之不嗜, 視甚於少時. 魚雉鹽鮓鮮脩蔬藿, 得其調勻之芳潔, 則可以安之."
26 심노숭의 자기서사에 나타난 사적인 경향은 심노숭(2014), 10~120면; 정우봉(2014), 89~118면; 안득용(2015), 323~360면 등을 참조하기 바란다.

하지만 첫 번째 기사부터 자신의 외모를 상세하게 묘사하고, 술을 좋아하여 폐질(廢疾)이 될 뻔한 일을 반성하며, 정욕(情慾)이 너무 강해서 여인을 만나느라 뒷골목도 마다치 않을 정도였음을 고백하기도 하고, 성질이 너무 급해 욱하는 마음으로 종들에게 주먹질을 한 경우도 적지 않았다는 서술은 필기의 특징을 잘 보여주는 것으로, 『자저실기』에 주로 나타난다. 아울러 특정 주제의 이야기를 한 곳에 모아둘 수 있다는 필기의 형식 역시 위와 같은 특성을 형성한 주요 원인이라는 점 역시 분명하다.

자기서사는 자신의 이력과 그 속에서 겪은 견문을 피력하는 데서 일상과 내면을 서술하는 경향으로 옮아갔다. 다만 각 장르별로 모 장르의 내용·형식의 역사적 흐름에 차이가 있기 때문에 시간차를 두고 사적인 경향으로 나아갔는데, 그중에서도 가장 이른 시기에 비교적 사적인 자신의 초상을 자기서사에 편입시킨 장르가 필기체 자기서사이다. 필기 장르가 가진 유연함이 사적인 경향을 촉진한 가장 큰 원인이다. 아울러 단언(斷言)이 아니라 일화, 즉 이야기로써 자기를 상세하게 서술할 수 있었고, 신변잡사에서부터 첨예한 정치적 문제에 이르기까지, 개별 사건과 주제를 한꺼번에 모아 서술할 수 있었던 장르적 허용과 성격이 필기로써 '나'를 그려내게 만든 원동력이다.

## 3. 「서후잡록」의 자기형상과 자기변명, 그리고 그 사실성

이식(李植)의 「서후잡록(敍後雜錄)」은 그가 이 작품의 직전에 쓴 자찬묘지명인 「택구거사자서(澤癯居士自敍)」와 직후에 쓴 「자지속(自誌續)」을 떼어놓고 이해할 수 없다. 출생에서 1637년 12월 직전까지를 다룬 「택구거사자서」와 1638년부터 1647년 3월까지의 삶을 다룬 자찬비지인 「자지속」

은 대상 시기만 다를 뿐, 세계(世系)를 전자에만 썼고, 대상 연도도 연속된다. 따라서 내용과 형식의 연속성을 고려한다면, 사실 한 편의 자찬비지로 보아야 한다. 아울러 「택구거사자서」를 쓰고 난 직후인 1637년 12월에 서술한 「서후잡록」은 비지라는 제한된 장르 탓에 「택구거사자서」에서 제대로 밝히지 못한 사안을 변명하는 데 집중하였으므로, 상호보완적인 성격을 띠고 있다.[27] 즉 「서후잡록」에서 '서후(敍後)'라는 말은 택구거사자'서'(澤癯居士自'敍')를 쓴 이후라는 의미이고, '잡록(雜錄)'이라는 말은 「택구거사자서」에서 미처 수록하지 못한 다양한 일을 자유롭게 기록했다는 뜻이다.[28]

따라서 세 편의 이와 같은 유기성을 확인하고도, 「서후잡록」을 온통 자기변명으로 점철된 자기서사라고 폄하한다거나, 두 편의 자찬비지를 주요한 이력과 견문만 건조하게 서술했다고 단정하는 일은 곤란하다. 이식이 자기서사의 장르별 특성을 파악하고 자신의 삶을 다각도로 밝히려는 구도 아래에서 서술한 자기서사 삼부작이라는 이해를 바탕에 두고 여타 자기서사와 견주어 평가해야 한다.

「택구거사자서」와 「자지속」은 각각 2,612자, 986자로 구성되어 있다. 이에 반해 「서후잡록」은 두 편을 합친 분량의 다섯 배에 달하는 16,039자이다. 자찬비지가 1584년부터 1647년까지의 일생 전반(全般)을 다루고 있는 데 반해, 「서후잡록」은 출생에서부터 충주목사(忠州牧使)에서 파직된 1628년 1월까지의 기록만을 다루고 있는데도 분량이 이렇게 차이 나는 데는 앞서도 밝힌 바 있듯이, 우선 각 장르의 성격 차가 크게 작용했다.

이식이 살던 당시 이미 비지문에도 일정한 변화가 나타나 일화로써

---

27 李端夏, 『畏齋集』 권9, 「行狀」, 461~474면, "丁丑. 十二月, 撰澤癯居士自敍. (中略) 又撰敍後雜錄, 備敍平生行跡, 至丙寅年而止. (中略) 丁亥三月, 痢疾重發, 府君自知不起, 遂草自誌續誌."
28 이식의 자기서사 삼부작에 대한 자세한 논의는 안득용(2013a), 213~224면을 참조하기 바란다.

자신의 삶을 구체적으로 형상한다거나, 정감을 진술하게 표현하는 경우도 있었고, 유묘(諛墓)라는 혐의에서 벗어나고자 혈육이나 지기(知己)의 구술을 직접 인용하는 방법이 차용되기도 했다. 하지만 여전히 비지문의 형식적 제약은 완강했고, 편폭 역시 짧을 수밖에 없었다.

이에 반해 상대적으로 유연한 장르인 필기는 다양한 이야기를 한 공간에 풀어놓을 수 있으며, 분량에도 큰 제한이 없다. 이러한 장르적 차이를 인식하고 있었던 이식이었기 때문에, 자찬비지로는 삶의 핵심적인 부분만 군더더기 없이 나열하였고, 「서후잡록」으로는 자신이 변명하지 않으면 오해로 귀착될 사안에 대해 상세하게 서술했던 것이다. 결국 장르의 성격을 인식하고, 오해로부터 자신의 삶을 구하려고 했던 의지가 위와 같은 분량의 차이를 만든 또 다른 요인이다.

「서후잡록」은 27개의 소제목이 병기된 일화로 구성되어 있다. 윤광소의 「한중만록」 원문에는 소제목이 없었던 데 반해, 『택당집』 저본에는 소제목이 병기되어 있다.[29] 아울러 내용은 물론이고, 「서후잡록」을 비롯한 자기서사에서 이식이 자신을 지칭하는 데 썼던 '거사(居士)'라는 용어가 소제목에도 보이는 것을 보면, 소제목 역시 자신이 직접 부여한 것으로 보인다. 그리고 각 제목이 가리키는 사건들을 추적해보면, 일생의 순서대로 배치하였지만 해당연도에 일어난 사건을 충분히 해명하기 위해 다양한 시기에 발생한 사건을 한데 모아 두었기 때문에, 사안별로 구성했다고 평가하는 것이 더욱 정확하다. 따라서 제목의 유무는 차치하더

---

29 27개의 소제목은 다음과 같다. '居士少弱疾', '遷播南北', '從學未成', '就試不利又患疾', '復求擧登第', '成均學諭', '說書赴召', '丁外艱卜葬', '赴北評事', '納祿東歸', '除兵郎·寧邊倅遞', '連被慕辟不赴', '除吏曹佐郎', '遞拜典籍除修撰', '上疏乞守邊郡不報', '復拜吏郎罷遞', '復修撰遭適變從軍扈駕', '復除吏郎辭避', '陞典翰乞郡不許', '世子冠册禮成例陞通政', '拜承旨吏議', '承文提調', '都司延慰使', '大司諫', '贊畫使', '除禮參承旨不赴', '除忠州罷歸'.

라도 하나의 사건을 중심으로 각 기사를 구성한 지점에서도 필기로서의
특징이 선명하게 드러난다.

이러한 사실을 유념하면서 지금부터는 필기체 자기서사로서 「서후잡
록」의 성격을 대변하는 자기형상과 자기변명의 양상에 집중하면서, 이
식이 자신을 인식하고 형상화한 태도와 자기변명에 수반되는 '사건의
진실 혹은 사실'이라는 측면을 고찰하고자 한다.

## 1) 「서후잡록」의 서술 양상

이번 절에서는 자찬비지인 「택구거사자서」와의 비교를 통해 필기체
자기서사로서 「서후잡록」의 특징적 면모를 살펴본 이후, 이식이 자신을
형상화한 양상을 알아보고자 한다. 두 편의 자기서사 중 「택구거사자서」
의 서술은 대부분 다음과 같은 양상으로 진행된다.

① (부모님께서) 만력(萬曆) 갑신년(甲申年, 1584) 10월 을축일(癸丑日, 11일) 한양에
서 거사(居士)를 낳았다. 거사는 어려서부터 약하고 병이 많았다. 9세에 왜란을
만나 남북으로 유리하였다. 12세에 비로소 촌학(村學)을 따라 구어(句語)를 배웠지
만 제대로 마치지 못하고, 여역(癘疫)의 병에 걸려 5~6년 동안 죽을 뻔했다. 18세
에 비로소 감시(監試)를 보았지만 합격하지 못했다. 또 몸이 마르고 뒤틀리는 병
에 걸려 곧장 과거공부를 그만두고 궁벽한 시골로 투신한 것이 또 5~6년이었다.
그러다 기유년(己酉年, 1609) 다시 기용되기를 구하여 상사(上舍)에 올랐다. 경술년
(庚戌年, 1610) 별시(別試)에 합격하여 권지성균관학유(權知成均館學諭)가 되었으나
나가지 않았다.[30]

---

30 李植, 『澤堂集』 別集 권16, 「澤癯居士自敍」, 544면, "以萬曆甲申十月癸丑, 生居士于漢京. 居士少弱

유지기(劉知幾, 661~721)는 『사통(史通)』「서사(敍事)」에서 서사의 간요(簡要)함을 중시하며 "훌륭한 국사는 서사가 정교한 것인데, 정교한 서사는 간요함을 위주로 한다(夫國史之美者, 以敍事爲工, 而敍事之工者, 以簡要爲主)."라고 말하고서, 그 형식을 다음 네 가지로 정리했다. 특정 인물의 재능과 행적을 간략하게 보여주는 "직기기재행(直紀其才行)", 사건의 시말(始末)만을 제시하는 "유서기사적(唯書其事跡)", 주인공의 직접적인 발화나 관련된 이야기를 통해 그의 인간상을 짐작하게 하는 "인언어이가지(因言語而可知)", 사관(史官)의 포폄(褒貶)을 통해 성격이 저절로 드러나게 하는 "가찬론이자현(假讚論而自見)" 등이다.[31] 덧붙여 자서(自敍)에서 자신의 단점을 감추고 장점을 드러내더라도 그 말이 오류가 아니라면 사실의 기록이라 말하기도 했지만, 자신의 장점을 과시하고 과장하는 일은 비판했다.[32] 즉 그는 사실성과 간명함을 긍정했고, 사실에서 벗어난 과시와 과장을 피하려고 했다.

『광해군일기(光海君日記)』와 『선조실록(宣祖實錄)』의 집필과 수정작업을 주도했던 이식 역시 마찬가지이다. 그런데 그는 자신의 장점을 드러내는 일에도 대단히 엄격해서, 재행(才行)도 거의 서술하지 않았고, 자신의 말이나 관련된 이야기를 통해서도 스스로를 드러내려고 하지 않았으며, 찬론(讚論)과 포폄(褒貶)은 더더욱 자제했다. 그는 그저 자신의 사적(事跡)을 시간에 따라 간명하게 서술하려고만 했다. 이러한 사실은 위 예문을 통해서도 충분히 짐작할 수 있다. 아울러 위 예문뿐만 아니라 「택구거사

---

疾. 九歲, 遭倭亂, 遷播南北. 十二, 始從村學, 學句語未成, 遘瘇癘之疾, 危死者五六年. 十八, 始就監試不利. 又患癃羸躄戾之疾, 卽棄擧業, 投鄕僻者又五六年. 己酉冬, 復求擧陞上舍. 庚戌冬, 別試中第, 權知成均館學諭, 不就."

31 劉知幾, 姚松·朱恒夫 譯注, 『史通全釋』, 「敍事」, 貴州人民出版社, 1997, 326~330면.

32 위의 책, 503면, "自敍之爲義也, 苟能隱己之短, 稱其所長, 斯言不謬, 卽爲實錄."; 505면, "或託諷以見其情, 或選辭以顯其跡, 終不盰衡自伐, 攘袂公言."

자서」전체,「택구거사자서」뿐만 아니라「자지속」,「자지속」뿐만 아니라
그의 전체 산문이 견지하는 기조 모두가 정확하고 군더더기가 없는 서술
이라는 점 역시 사실이다. 따라서 이처럼 '간요'하게 산문을 구성하려던
그의 태도에, 사실만 간엄(簡嚴)하게 기록한다는 비지문의 기본 문법이
결합되어 위와 같은 건조한 일생의 기술이 도출된 것이다.

다만 사실성과 간명성을 추구하더라도, 위 예문처럼 자신의 일생을
건조하게만 서술하면, 우여곡절이 많은 그의 삶을 제대로 형상할 수도
없고, 야기되는 문제를 변명하기도 힘들다. 이 때문에 이식은 비지문의
형식에 엄존하는 총평(總評) 부분을 빌어 자기 인생의 지향을 비교적 분
명하면서도 상세하게 서술한다.

② 매번 존귀한 자리는 사양하고 비천한 자리에 거처하였으며, 자주 외직(外職)
을 구하였고, 교유(交遊)를 끊고 당목(黨目)을 피하며 홀로 서서 스스로의 신념을
지켰다孤立自信. 이로 인해 사론(士論)에 의해 크게 의혹을 받는 것 외에도, 우활
(迂闊)하고 허황(虛荒)하다는 지목을 받았다. 심한 경우에는 음험하고 줏대가 없다
며 배척을 받기도 했는데, 분조(分朝)의 시기에 최고조에 달했다. 하지만 성상께
서 용인해주시고 조의(朝議)도 때로는 완전히 내치고자 하지 않는 경우도 있었다.
그래서 탄핵(彈劾)되는 경우에는 모두 틀림없이 먼저 문예(文藝)의 훌륭함을 치켜
세우고 나서 억눌렀다. 그래서 비록 허물이 날마다 더욱 소문나게 되었지만, 문
장도 날마다 더욱 유명해져서, 재주가 없는데도 문병(文柄)을 잡아 외람되이 경
(卿)의 대열에 이르게 되었으니, 모두 변화하는 형세가 그렇게 만든 것이었다.
하지만 사실 문장은 참으로 잘하지도 못할 뿐더러 스스로 좋아하는 것도 아니었
다. 아아, 어찌 운명이 아니겠는가![33]

33 李植,『澤堂集』別集 권16,「澤癯居士自叙」, 546면, "每辭尊居卑, 數求外補, 絶交遊避黨目, 孤立自

총평의 초점은 "고립자신(孤立自信)"과 "문예(文藝)"에 집중되어 있다. 이를 통해 그 누구와도 함부로 어울리지 않으며 어느 당파에도 소속되지 않고서 자신의 길을 갔기 때문에, 동료의 회유와 당파에 휘둘리지 않을 수 있었고, 싫든 좋든 문장으로 인해 환로(宦路)에서 인정받게 되었다는 점을 자기형상의 핵심으로 인식했다는 사실을 확인할 수 있다. 하지만 바로 이 점 때문에 자신 외의 타인과 모든 당파로부터 배제되고 비판받기 십상인 위치에 서게 되었고, 그저 글만 잘 짓는 책상물림으로 평가받게 되는 빌미가 되기도 했다. 총평에서 쓴 "우우부탄(迂愚浮誕)", "피험반측(詖險返側)", "탄핵(彈劾)" 등의 단어만 보아도 이식에게 가해진 당대의 비판이 어느 정도였는지 짐작할 수 있다. 물론 이와 같은 비판에 대한 변명은 「택구거사자서」의 한계를 넘어서는 것이었다.[34] 이 때문에 이식에게는 삶의 허점을 최소화하고 자신의 일생을 해명할 수 있는 조금 더 큰 지면이 필요했다. 이것이 「서후잡록」을 통해 자신의 과거를 적극적으로 변명한 이유이며, 「서후잡록」에서 전개되는 해명의 초점이 '고립(孤立)'과 '문(文)'에 집중된 원인이다.

③【아버지의 상을 당해 장지(葬地)를 정하다】아버지의 상을 당한 뒤인 계축년(癸丑年, 1613) 9월 광해(光海)가 역도 집안의 문서를 찾다가 내가 심우영(沈友英)에게 쓴 편지 3통을 발견했다. 서책을 빌리고 문자를 평가한 말이 있었고, 말단에 식(植)이라는 이름을 남겼으나 성(姓)은 쓰지 않았다. 광해가 이 편지를 추국청(推鞫廳)에 내렸는데, 동지(同旨) 박이서(朴彝敍)가 먼저 그것을 보고 내가 쓴 것이라

---

信. 由是大爲士論所疑外, 目以迂愚浮誕. 甚者斥以詖險返側, 以至分朝之際而極矣. 賴聖度含容, 朝議或有不欲全棄者. 凡有彈劾, 必先揚文藝之美, 而繼以貶抑. 故雖過日益有聞, 而文日益有名, 以至承乏文柄, 叨列卿秩, 皆推移之勢使然. 其實文亦非其所長, 又非其所自喜. 嗟乎, 豈非命哉!'
34 「澤癯居士自敍」에 대한 상세한 논의는 심경호(2009), 254~268면을 참조하기 바란다.

생각하고는 개인적으로 판서사(判書事) 박승종(朴承宗)의 방으로 이 편지를 들고 가 보여주며 말했다. "이것은 틀림없이 이식의 편지입니다. 심우영과는 동향(同鄉) 출신이니 편지를 주고받는 일은 이상할 게 없습니다. 근래에 들으니 그는 고향에서 아버지를 여의고 장례도 아직 치르지 못했다고 합니다. 지금 만약 임금의 하문을 재심(再審)하여 상주(上奏)하고[回啓] 심문한다면, 비록 사형(死刑)까지 이르지는 않더라도, 도형(徒刑)이나 유형(流刑)은 면치 못할 것이니, 이것은 가련할 만한 일입니다. 잠시 이 편지를 제쳐두고, 장례가 끝나기를 기다려 회계하더라도 늦지 않을 것입니다. 혹 주상께서 묻지 않는다면, 회계하지 않는 것도 괜찮을 것 같습니다." 박승종은 본래 박이서를 중시하였기 때문에, 그가 말한 대로 따랐다.

(중략) 나는 이미 박이서 부자가 구제해준 힘을 입었던 데다 위태롭게 될 수 있는 꼬투리가 여전히 사라지지 않았기 때문에, 한양에 올라가 박이서 부자를 만나 사례했다. 잘 모르는 사람들이 혹 나를 소북(小北)이라고 지목하는 이유는 이것에서 연유한다. 하지만 내가 교유한 자는 그저 박이서 부자 두 사람뿐이고 교제 역시 얕았다. 그런데도 사람들은 번번이 소북이라 지목했고, 박승종 역시 나를 이미 자기의 영역 안으로 들어왔다고 생각해서 큰 위험에서 빼내 주면서도 어려운 기색이 없었으니, 이 역시 세도(世道)를 살펴볼 수 있는 장면이다.[35]

이미 언급한 대로 출생(1584년)부터 1628년 1월까지의 삶을 스물일곱 단위로 분절하여 다루고 있는 「서후잡록」 전체의 초점은 '고립'과 '문'에

---

35 李植,『澤堂集』別集 권17,「敍後雜錄」, 554면,【丁外艱卜葬】"癸丑九月遭喪後, 光海因搜閱逆家文書, 得余與友英書三紙. 有書册交借文字評考之語, 末端書植名, 不書姓. 光海下鞫廳, 同知義禁朴彛敍先見之, 認爲余所爲, 私就判府事朴宗房內, 持書示之曰, '此必李植書也. 彼同鄉居, 見以文字往復不足怪. 頃聞渠在鄉喪父未葬. 今若回啓拿問, 雖不至死, 或不免徒流, 此甚可矜. 今姑留置此書, 待其葬後, 回啓未晚. 或上不問, 則仍不回啓亦可.' 朴承宗素重彛敍, 俛從所謂. (中略) 余旣蒙朴父子全濟之力, 且危端未息, 脫衰後, 入京一見朴父子謝焉. 不知者, 或指余爲小北者由此. 然余所交者只二人, 而交際又淺. 人輒指目, 朴亦以余已入己套中, 旣脫余大厄而無難色, 此亦可以觀世道矣."

있다. 다만 「택구거사자서」의 총평에서 보았듯이 이 중에서 이식은 '문'보다는 '고립'에 무게를 두고 있는데, 이것이 문인으로서의 이식보다 경계인으로서의 이식이 「서후잡록」에 부각되어 있는 이유이기도 하다.

「서후잡록」은 첫 기사부터 '고립'과 연관되어 있지만, 경계인으로서의 이식이 선명하게 부각되는 지점은 '부구거등제(復求擧登第)'부터이다. 과거시험을 포기했던 이식은 처남 심광세(沈光世, 1577~1624)의 충고를 받아들여, 제 앞가림이라도 하고자 1610년 겨울 별시(別試)에 응시하여 제칠명(第七名)으로 합격한다.[36] 그런데 이해 별시의 문과방(文科榜)은 공개되자마자 '자서제질사돈방(子壻弟姪査頓榜)'이라는 오명을 쓰게 된다. 시험관의 아들과 사위, 아우와 조카, 사돈 등이 모두 합격한 별시라는 비난 때문이었다.[37] 처음에는 '자서제질(子壻弟姪)'만 언급되다가, 이이첨(李爾瞻, 1560~1623)의 사돈 이창후(李昌後)와 이웃 정준(鄭遵)이 합격했다고 해서 '사돈'이 추가되었다. 이후 여기에 다시 허균(許筠, 1569~1618)의 문인(門人)이 합격했다는 소문이 돌아 자서제질사돈'문정'방(子壻弟姪査頓'門庭'榜)이라는 비판까지 생겼는데, 허균의 문인이라고 지적된 사람이 바로 이식이다. 정호서(丁好恕)와 김성발(金聲發)의 주장이었다.[38]

이식은 이에 대해 오해의 원인과 변명을 다음과 같이 적극적으로 개진

---

36 李植, 『澤堂集』 別集 권17, 「敍後雜錄」, 550면, 【復求擧登第】 "德顯云, '今適月沙在銓, 求得一祠官則易耳. 顧君門族衰薄, 若不登第, 從常調得縣亦難, 莫如且就正科爲祿隱, 亦有何狼狽耶?' 時家釁已甚, 意欲速成一口養."

37 『光海君日記』 1610년 11월 3일. "庚戌十一月初三日甲辰, 放文武科榜. 【宣宗大王祔大廟後, 設別試科, 取辛光業等十九人.) 殿試試官左議政李恒福, 吏曹判書李廷龜, 刑曹判書朴承宗, 護軍曺倬 · 許筠 · 洪瑞鳳 · 李爾瞻, 承旨李德泂等考取之時, 國綱解弛, 王法不行, 公道掃盡, 廉恥道喪, 人無顧忌, 恣意循私. 承宗取其子自興, 倬取其弟佶, 筠取兄之子宷兄之壻朴弘道, 爾瞻取婦壻之父李昌後, 隣父友鄭遵, 自興亦其壻也. 故時人謂之子壻弟姪査頓榜, 壻婦之親曰査頓.】"

38 李植, 『澤堂集』 別集 권17, 「敍後雜錄」, 551면, 【復求擧登第】 "丁 · 金啓云, 査頓, 指擧人李昌後爲考官李爾瞻姻家, 門庭, 指李某爲許筠受業之人, 故人以爲有私, 無耳不聞云云."

하였다. 1608년 심광세의 부임지인 부안(扶安)에 갔다가 허균과 이재영을 만났고, 모두 함께 시회(詩會)를 갖는 도중 자신이 쓴 시를 마음에 들어 한 허균이 시를 청해서 몇 번 창수하였을 뿐이며, 창수록(唱酬錄)을 통해서도 허균과 교유하지 않았다는 사실을 증명할 수 있다는 것이다.[39] 이처럼 이식은 공식적인 기록과 개인의 상황을 두루 예거하여 당시 상황을 재구성함으로써 자신에 대한 오해를 불식시키고자 한다. 즉 『광해군일기』에서 보이는 신하들의 발언, 당대 유행하던 창수록 등과 같은 공식 기록, 허균과의 교분이 아니라 처남인 심광세를 방문한 것이라는 개인적 정황 등을 교차하여 서술함으로써 허균의 문인이기 힘든 이유를 제시하는 것이다.

이러한 패턴은 예문 ③에서도 보인다. 이 기사에서 이식은 우선 박이서(朴彝敍, 1561~1621)의 입을 통해 이이첨의 대북(大北)과 박승종(朴承宗, 1562~1623)의 소북(小北) 간 세력 경쟁이라는 당대 정치적 배경,[40] 아버지를 잃은 이식의 개인적 처지 등을 말하게 함으로써 소북이 자신을 구제해준 이유를 제시한다. 물론 이처럼 박이서가 발화하는 형식을 택한 이유는 객관성을 확립하기 위해서이다. 그런 다음 구원에 대한 사례(謝禮)로서의 방문과 그 불가피성에 대해서는 이식 스스로가 직접 해명하는데, 첫 단락의 내용을 근거로 삼아 박이서 부자에 대한 방문의 정당성을 획

---

39 李植, 『澤堂集』 別集 권17, 「敍後雜錄」, 550면, 【復求擧登第】 "時德顯在扶安, 余自古皁爲省妻母, 往會再三, 見許筠·李再榮. 多率門徒, 寓家邑中, 與德顯爲文字會, 余偶用其韻自詠. 有浪迹眞無策窮愁共此杯之句, 筠與再榮, 得見嗟賞, 累用其韻見投, 有高岑齊步武郊島作儓陪之句. 又爲七言雙韻長歌, 疊和累篇, 強要余同賦. 余雖依韻和之, 只用自敍, 以贍德顯而已, 素知二人非吉士, 未嘗片辭揄揚. 而筠輩素與東岳爭名, 仍延譽於朝云, 某詩勝其從父. 人或疑余相厚, 然其時唱酬錄, 縉紳間多傳觀, 皆知其不相親厚矣."
40 李植, 『澤堂集』 別集 권17, 「敍後雜錄」, 554면, 【復求擧登第】 "此語彝敍壻尹知敬, 洩之於其親族, 輾轉演說, 爾瞻之黨皆聞知. 而林健等把持之論, 蓋自此始."

득한다. 이처럼 그는 사건의 배경, 원인과 결과, 자신의 처지와 상황 등을, 타인의 발화와 자신의 기술을 통해 제시함으로써 설득력을 높인 것이다.

하지만 이러한 이식의 노력에도 불구하고 그가 동인(東人)에 가깝다는 비판은 가시지 않았다. 이조참의(吏曹參議)에 오른 1625년에도 '이식이 이조참의로 등용된 이상 남인(南人)과 소북(小北)이 대거 등용될 것이니 일은 이미 끝나버렸다'는 말들이 공공연히 떠돌았다는 점을 이식 스스로 밝힌 데서도 확인할 수 있다.[41] 더욱이 당파로 인한 공격은 서인(西人)으로부터도 받았는데, 1626년 대사간(大司諫)이던 그가 과거시험의 부정을 문제 삼아 신흠 이하의 시험관들을 탄핵하여 파방(罷榜)이 결정되자 정홍명(鄭弘溟, 1582~1650)을 비롯한 서인 전체가 그를 원수처럼 여겼다는 기사를 통해서도 알 수 있다.[42] 다만 그가 맞닥뜨린 이와 같은 상황은 그 어디에도 소속되지 않고 자신의 길을 가려고 하는 한 명의 개체로 자신을 자리매김했던 이식 스스로가 내린 선택의 결과이며, 자신의 정체성을 '고립자신'으로 결정하였기 때문에 자아형상에 흠결을 남기고 싶지 않아서 적극적으로 변명한 것이다.

정도는 약하지만 이식이 설정한 자기형상의 나머지 한 축은 '문'이므로, 「서후잡록」에는 이에 관한 기술 역시 남기고 있다. 다만 이러한 기사들은 대체로 '문'을 독립적으로 서술하기보다, 엄혹한 정치적 상황 속에서 문약(文弱)으로 지적되는 괴로움과 글로 인한 오해를 풀기 위한 서술,

---

41 李植, 『澤堂集』 別集 권17, 「敍後雜錄」, 564면, 【拜承旨史議】 "十月, 拜吏議, 時朴炡等坐貶, 吳相判銓, 引余爲僚. 高等側目, 移書相告語, '有李某入銓, 日以引用南小爲事, 時事已矣'之語.

42 李植, 『澤堂集』 別集 권17, 「敍後雜錄」, 567면, 【大司諫】 "應敎鄭弘溟上疏, 正言金光爀別啓, 伸救申相, 極稱其子文才, 不可罷榜. 上不直之, 光爀遞, 於是弘溟等, 謂余微發其端, 以探上意, 潛囑尹知敬發論, 而隨而助之, 此極姦巧, 其啓辭慘刻, 甚於李爾瞻之言也. 衆口合攻, 不遺餘力, 獨愈伯曾・朴炡, 極言尹之論甚正, 而亦不直余. 凡爲西人者, 無不仇視之.

즉 정치적 '홀로 섬'과 밀접하게 관련된 내용이 대부분이다. 예컨대 인재
를 천거하라는 인조의 명을 받은 신흠(申欽, 1566~1628)과 최명길(崔鳴吉,
1586~1647)의 이식에 대한 평가가 보이는 '배승지이의(拜承旨吏議)'의 기사
에 문약으로서 그의 형상이 선명하게 부각된다. 인조의 요청에 신흠은,
조희일(趙希逸)·장유(張維)와 함께 이식을 "문한(文翰)의 직임으로 기용할
수 있다."고 평가하였고, 최명길은 최현(崔睍)과 함께 그를 거론하며 "의
론(議論)은 채택할 만하나 국가의 경영을 맡기기에는 적합지 않다."고 말
했다.[43]

　그런데 이 일화에서 더욱 주목되는 지점은 둘의 인사추천에 대한 이식
의 반응인데, 특히 최명길의 평가에 더 민감하게 반응한다. 최명길은 주
로 광해군 시절 화를 입었던 인물들을 추천했고, 그가 추천한 인물들에
대해 호방한 기질(跅異)을 가졌다고 평가한 반면, 이식과 최현은 이들과는
조금 다른 인물이라고 언급했다.[44] 따라서 '국가의 경영을 맡길 수 없다'
는 최명길의 평가는 그저 호방하지 못한 문약 정도의 평가를 넘어, 문약
했기 때문에 광해군 시절 별 탈 없이 살 수 있었다는 점을 은근히 내비치
는 비판으로도 읽힌다. 이로 인해 이식은 낮은 지방관직에도 불안해했
고, 예문 ②에서 보이듯 광해군 시절 자신이 관직에서 늘 떠나려고 했다
는 점과 관직에 제수되었더라도 항상 외직을 전전했다는 사실을 밝히는
데 주력한 것이다. 이처럼 '문'은 그저 글만 아는 서생이라는 평가로 끝나
지 않고, '고립'과 연계하여 그를 옥죄었다.[45]

---

43　李植, 『澤堂集』 別集 권17, 「敍後雜錄」, 565면, 【拜承旨吏議】 "上又命大臣薦人材, 左相申欽榻前啓
　　曰, '用人當因其材, 不可違其器量. 如趙希逸·張維·李植等, 可用爲文翰之任.' 崔鳴吉, 又於榻前啓
　　曰, '臣雖非大臣, 請薦所知之人.' 仍論薦數十人, 各有品目云. 其中有曰, '如崔睍·李植, 只可採論議,
　　不足任以事云云.
44　李植, 『澤堂集』 別集 권17, 「敍後雜錄」, 565면, 【拜承旨吏議】 "申相所薦, 皆己在位受命之臣, 崔所薦,
　　皆昏朝負累之徒, 稱爲跅異而言之, 獨薦吾輩, 爲少異類也. 余之不安於一銅墨地, 皆坐此也."

다음의 예문 역시 정치적 '고립'과 '문장'이 밀접하게 연계되어 있다는 점을 조금 더 분명하게 보여준다. 당목(黨目)에 연관된 일이기 때문에 이식의 해명 역시 구체적이다.

④【북평사(北評事)에 부임하다】(1617년) 11월에 함경도(咸境道) 경성(京城)을 출발하여 연말에 한양으로 들어왔다가, 곧장 여강(驪江)으로 돌아가서 어머니를 뵈었다. 이때 아내가 중병에 걸려 의약(醫藥) 때문에 한양에 우거하다가 돌아가지 못하고 있었는데, 겸선전관(兼宣傳官)에 제수되고 사과(司果)에 부록(付祿)되었다. 이때 박승종(朴承宗)이 병조판서(兵曹判書)였다. 승종이 우연히 북방에서 지은 작품을 보고 매우 칭찬하고서, 그 가운데 운(韻)을 써서 두 편의 율시를 짓고는 동료 윤수민(尹壽民)을 통해 나에게 주었고, 또 편지를 써서 새로 지은 퇴우정(退憂亭)의 기문(記文)과 시를 요청하였다. 윤수민은 곧 내 외종숙으로 이때 의금부(義禁府)에 함께 있었기 때문이었다. 아마도 박승종이 나를 큰 재앙에서 구제해주어서 내가 틀림없이 따를 것이라 생각하고, 이러한 간청을 했던 것 같다.

비록 박승종이 이이첨과 관계가 틀어졌지만, 위세와 총애가 아직 쇠퇴하지 않아 삼창(三昌)으로 불리고 있으므로, 만약 그의 요청에 부응해서 문자를 짓는다면 그중 당연히 한두 마디 칭송하는 말을 하게 되는 일을 면치 못해 사람들에게 적지 않게 지적을 받을 것이라 생각했다. 하지만 윤수민의 간청으로 인해 그저 퇴우정의 운을 사용하여 동악(東岳) 숙부가 지은 시와 함께 보냈는데, 박승종은 매우 안타까워했다. 또 내 두 편의 율시는 칭송하는 말이 없고 풍자만 있었기 때문에, 박승종은 그저 한 편의 율시(律詩)만 취해서 말편(末篇)으로 간행하였다.[46]

---

45 이때의 억울한 심정을 이식은 「有感」(『澤堂集』 권3, 47면)이라는 시의 주석에 다음처럼 표명했다. "時應旨言事, 有所觸諱, 所上章疏, 不爲覆議. 左相白于上曰, '用人不宜枉其才, 如李植·張維·趙希逸等, 可備文翰之用.' 副學崔鳴吉薦人才數十人曰, '如李植·崔睍, 但採其言論足矣, 其人實不可用.'"
46 李植, 『澤堂集』 別集 권17, 「敍後雜錄」, 555면, 【赴北評事】 "十一月, 發鏡城, 歲末, 入京, 卽歸驪江省

예문 ③에서 박이서 부자가 매개한 박승종과 이식의 관계를 살펴보며,
「서후잡록」의 개별 기사가 기사 내적으로 긴밀하게 연계되어 있다고 언
급한 바 있다. 그런데 예문 ③과 ④를 보면 '고립'과 '문'을 중심으로 기사
전체가 유기적으로 연계되었다는 평가도 가능하다. 박승종의 퇴우정(退
憂亭)에 제시(題詩)한 이유를 설명하는 데 예문 ③의 배경적 이해가 반드
시 필요하기 때문이다. 모든 당파와 거리를 두고 '홀로 선' 자아의 모습을
그리고 싶어 했던 이식에게 그저 특정한 당파의 인물도 아니고, 소북의
우두머리에게 글을 지어주었다는 사실은 자아형상을 어그러뜨리는 요
소이다. 이식은 자아상의 왜곡을 피하기 위해 예문 ③을 배경으로 두고,
개인적 상황, 박승종과의 관계, 둘 사이를 매개하는 외종숙 윤수민(尹壽
民) 등을 제시한다. 또 제시(題詩)의 내용 중 포(襃)는 없고 풍자만 있어서
이 사실을 눈치챈 박승종이 두 편의 율시 중 한 편만 취해 가장 마지막
부분에 편차했다는 사실을 밝히는 것도 잊지 않는다.[47] 결국 이 기사 역

親. 適室人有重疾 因醫藥寓京未返, 因除兼宣傳官, 付司果祿. 朴承宗判兵曹時也. 承宗偶見余北塞
所作, 大加稱賞, 仍用卷中韻作二律, 因同僚尹壽民投示余, 且以書索其新構退憂亭記文及詩. 尹乃余
外從叔, 而時同在義禁故也. 蓋朴以嘗拯齊余於大禍中, 謂余必順應, 有此懇請. 余以朴雖見左於爾瞻,
而權寵未衰, 號爲三昌, 若before其請, 就作文字, 則其中當不免一二襃語, 其受人指摘不少. 因尹公懇謝,
只用其亭韻, 與東岳叔同賦以送, 朴大恨. 且以余二律無襃語而有諷刺, 只取一律刊于末篇.'
47 여타의 경우에도 그는 이처럼 상세한 정황과 글의 내용을 언급하며 해명한다. 또 해명의 가운데
서, 피치 못할 상황이었으나, 역시 자신의 문제(文才)로 인해 그들과 글로 관계 맺게 된 사실을
후회하며 부끄러워하기도 한다. 특히 앞서 밝힌 허균과의 수창이나 대북의 이이첨, 소북의 남이
공 등과 문장으로 얽힌 관계를 해명하는 지점에서 지난 삶을 반성하는 태도를 보이기도 한다. 다
음과 같은 예문에서 확인할 수 있다. 李植,『澤堂集』別集 권17, 「敍後雜錄」, 558면, 【連被幕辟不
赴】"三昌一代大權貴, 吾皆未識其面目, 文字作祟, 未免踵爾瞻之門, 爲可愧也. 時余付西班司正, 旣
歸, 又以夏考肄習不參, 居下罷職. 其後, 梁監軍接伴使朴鼎吉, 辟從事, 卽呈狀辭行. 辛酉秋, 柳川韓
公, 以都元帥起廢趨朝, 委請入幕甚勤, 余辭以親病. 又其壻鄭德餘也, 謂柳川曰, '李某出處, 不與舅
氏同, 不當奪此江湖完節' 柳川不果致. 副體使南以恭, 柳·朴黨魁也, 而以妨分大論, 被罪久謫, 方起
廢開幕幕, 士論多與之. 余曾於海西謫處相見, 及放歸楊州江舍, 每要余相見, 故上京時, 再三經過,
爲作其亭記."

시 변명하기 위해 여타 기사와 연계하여 자신의 상황을 설명하고, 시의 내용을 비롯한 사건 이해의 몇 가지 실마리를 제시함으로써 정합성을 높인 것이다.

지금까지 '고립'과 '문'이라는 큰 축을 따라 이식이 자신의 삶을 형상한 모습을 살펴보았다. 그는 기사의 내적 정합성과 기사 간의 유기성을 활용해서 자기형상을 왜곡하는 방해 요소를 제거하고자 노력했다. 주로 정치적인 사안에 대한 해명이 많았기 때문에, 자아형상에서 더욱 부각되는 축은 '고립'이었고, '문'은 '고립'을 보조한다고 평가할 수 있다. 이처럼 27개의 기사가 '고립'에 초점을 두고 있기 때문에, 관점에 따라서는 과도하게 편향되었다는 평가도 가능할 것이다. 다만 이식이 자신을 '경계인'으로 자리매김하였으며, 또 그렇게 인식되고 싶어 했다는 간절함을 그 과도함에서 읽을 수 있다는 점 역시 사실이다.

### 2) 자기변명의 사실 검증

자기서사를 쓰는 과정에서 자신이 구축하고자 하는 자기형상에 가까운 자료들은 채택되고 그렇지 못한 자료들은 배제되기 쉽다. 또 어쩔 수 없는 기억의 착오나 과장과 축소의 과정을 거치면서 일정한 왜곡 역시 발생한다. 이 때문에 독자는 작가가 구성해 둔 자기형상의 타당성을 꼼꼼히 따져보며 읽어야 한다. 「서후잡록」도 이 원칙에서 예외는 아니다. 이 때문에 지금부터는 이식이 구성한 자기형상의 주요 관점인 '고립'과 '문'에 착목하되, 그가 다루지 않은 자료나 다른 사람이 포착한 동일한 사건의 기록을 참고하면서 「서후잡록」의 자기변명을 읽어보고자 한다.

본격적인 논의에 앞서 밝혀둘 것은 「서후잡록」뿐만 아니라 『택당집(澤堂集)』 전체를 통틀어 보아도 '고립'에 대한 관점의 일관성은 공고히 유지된다는 점이다. 이 사실은 이식이 정홍명에게 보낸 말년의 편지에서도 확인된다.[48] 다만 여타 자료들을 참고해보면 그의 자기변명을 다른 시각으로 바라볼 여지는 충분하다.

1633년 『광해군일기』를 찬수(修史)하던 이식이 갑자기 체직된다. 이식은 이 사건을 「택구거사자서」에서 "비방하는 말이 있었고, 사국(史局)에 손님을 불러 연회[會客]를 했다는 실책을 가지고 사간원(司諫院)에서 연이어 탄핵하였다."라고만 서술해두었다.[49] 과연 어떤 비방이었으며, 손님을 불러 연회를 했다는 것이 무슨 문제인가? 그리고 그를 '비방하는 말'이 있어서 사간원에서 '회객'의 문제를 꼬투리 삼아 그를 탄핵했다는 말인가? 아니면 '비방'과 '회객' 두 사건은 시기적인 선후의 관계만 있을 뿐 별개의 사실인가?

아들 이단하(李端夏, 1625~1689)가 쓴 이식의 행장(行狀)에는 "칠언절구 「유감(有感)」을 지으셨다. 이 당시 비방하는 말이 있었고, 사국에 손님을 불러 연회를 했다는 실책을 가지고 사간원(司諫院)에서 연이어 탄핵하였기 때문에, 이 시를 읊조리신 것이다(作「有感」七言絶句. 時有謗言, 諫院連劾史局會客之失, 故有此詠)."라고 이식의 서술을 따라가며 몇 마디 보완하고 있는데, 이단하가 언급한 「유감」은 『택당집』 권6에 수록되어 있다. 이 시의 주석에서 이식은 "사필(史筆)이 외부로 많이 유출되어 여러 사람들의 원망이 갑자기 일어나서 끝내 회객(會客)의 비방을 당했다."[50]라고 기록하였

48 李植, 『澤堂集』 別集 권18, 「與鄭畸翁」, 577면, "弟非黨目中人也. 切爲人心世道計, 出死力任之, 不自覺其愚妄也. 諸人各諱其家狀, 皆是畏禍意也. 可笑可嘆."

49 李植, 『澤堂集』 別集 권16, 「澤癯居士自敍」, 545면, "癸酉春, 以副提學召, 上疏論封內弊事, 再辭得遞. 拜大司諫, 上疏陳災咎, 辭不赴. 史局復設, 以修撰官召, 復爲副提學, 與同僚上箚論時政之失, 留中不下. 又有謗言, 諫院連劾史局會客之失, 遞爲工曹參議, 遷吏曹, 屢力辭不允. 逾年, 日記成, 復拜副提學."

50 李植, 『澤堂集』 권6, 「有感」, 89면, "時史筆多洩, 衆怨卒起, 遂中會客之謗. 他僚皆順受, 而余獨辨理

다. 이로써 보자면 비방은 『광해군일기』의 기사에 불만을 품은 일부 사대부가 이식에게 가한 것이고, 이 때문에 손님과의 연회를 빌미로 사간원에서 자신을 탄핵했다고 판단한 것임을 알 수 있다. 하지만 다르게 볼 여지는 있다.

⑤ 계유년(癸卯年, 1633). 사간원(司諫院) 헌납(獻納)이 되었다. ○ 이때 찬수청(纂修廳)을 남별궁(南別宮)에 설치하였는데, 이명한(李明漢), 정백창(鄭百昌), 이식(李植) 등이 『광해군일기(光海君日記)』를 수사(修史)하는 일을 전담하여 관리했다. 그런데 하루는 세 사람이 함께 모여 동양위(東陽尉) 신익성(申翊聖)을 수사하는 장소로 불러 통음하고 진탕 취해서 물의(物議)가 자자했다. 나(鄭太和)는 공론(公論)을 따라 대사간(大司諫) 서경우(徐景雨), 사간(司諫) 박황(朴潢) 등과 서로 논의하여 네 사람을 추고(推考)하자 아뢰었고 주상께서 윤허하셨다.[51]

정태화(鄭太和, 1602~1673)의 자찬연보 『양파연기(陽坡年記)』의 서술이다. 이식을 연이어 탄핵했다는 사간원의 관리 중 한 명이 바로 정태화였던 것이다. 그의 서술은 단순하다. 이명한(李明漢), 정백창(鄭百昌), 이식(李植) 등이 『광해군일기』를 찬수(纂修)하는 중에 수사(修史)와 관련이 없는 신익성(申翊聖)을 불러 통음하여 진탕 취한 일이 물의를 일으켜 탄핵했다고만 기록했기 때문이다. 따라서 기사에 불만을 가진 이들의 비방과는 관련 없이 그날의 통음 사건 한 가지만이 탄핵의 이유이며, 인조의 윤허 역시 그 사건 하나에만 관련된다. 물론 위의 기술 역시 정태화가 비방이 일었

---

不止, 故前後三被臺駁. 余意此係後日史禍張本, 故不得已而爲後日對擧孤注而已, 非欲自伸己見也."
51 鄭太和, 『陽坡年記』 1권, "癸酉. 爲司諫院獻納. ○ 時設纂修廳于南別宮, 李明漢‧鄭百昌‧李植等專管修史之事也. 乃於一日三人同會, 邀致東陽尉申翊聖於修史之所, 痛飮盡醉, 物議藉藉. 余循公論, 與大司諫徐景雨‧司諫朴潢相議論, 啓推考四人, 上允之."

던 배경을 감추어두고 탄핵의 촉매가 된 사건만 서술했다고 볼 수 있다. 다만 그렇다고 해도 지금까지 이식과 이단하의 기록에만 의존해서 사건을 추적했던 것보다 정태화의 기록과 대비함으로써 위 사건을 조금 더 입체적으로 보게 되었다는 의미는 사라지지 않는다. 이로써 보자면 이식이 배제했거나 같은 사건에 대한 다른 내용의 기사를 대비하여 따져보아야 한다는 당위가 더욱 분명해진다.

앞서 밝힌바, 1626년 이식은 대사간(大司諫)으로서 파방(罷榜)을 이끌었다. 이때 가장 큰 타격을 받은 사람은 신흠이었는데, 그는 '대사간(大司諫)' 기사에서 신흠의 반응을 "신상[신흠]께서 자신의 허물을 들어 체직을 요청했다(申相引咎乞遞)."[52] 즉 신흠이 잘못을 인정하고 사직을 바란 것으로 서술하고 있다. 이로써 보자면, 신흠은 과거시험 관리의 잘못을 인정하고 책임자로서 깨끗이 자리에서 물러난 것이다. 과연 그럴까?

⑥ 필부필부(匹夫匹婦)라도 억울한 사정이 있으면, 곡진하게 신문(伸問)을 더하여 주는 것이 성세(聖世)의 일입니다. 저는 비록 덫[機穽]에 빠져 조정에서 버린 사람이 되었지만, 또한 저는 선조(先朝)의 구물(舊物) 중 하나입니다. 설령 맑은 조정(朝庭) 사류(士類)의 후미에도 감히 나란히 자리할 수는 없더라도, 필부필부(匹夫正婦)에 비한다면 조금은 나은 점이 있습니다. 그러하니 물의(物議)를 두려워하여 성세에 억울한 누명을 쓴 한 사람이 되어 기꺼이 스스로 천지부모(天地父母)와 같은 성상(聖上)을 도외시하는 일은 적합하지 않습니다.

처음에 사헌부(司憲府)의 논의는 근거한 일도 없이 그저 사람들이 말하였다고만 칭하였습니다. 그런데 말은 허실(虛實)이 있어서 자세히 살피지 않으면, 거짓을 믿게 되고 사실을 믿지 않게 됩니다. 아, 길거리에 떠도는 사람의 말로 사람을

---

52 주석 59를 참조하기 바란다.

다스리면, 사람들은 결코 복종하지 않을 것이고, 길거리에 떠도는 사람의 말로 나라를 다스리면, 나라는 반드시 혼란스럽게 될 것이니, 저는 사헌부에서 주장하는 것이 무슨 의미인지 알지 못하겠습니다. 사간원(司諫院)의 논의는 주장하는 뜻이 자못 있지만, 여기에 대해서도 따질 말이 없지는 않습니다.

(중략) 엎드려 바라옵건대 성명(聖明)께서는 제가 물러나는 것을 용서해주셔서, 사사로이 사적인 정을 사용한 자가 조정을 더럽히는 일이 없게 해주십시오. 또 제가 남몰래 걱정하는 바는 과거시험장에서의 일 중 사람들이 지적하는 것은 추가로 답안지를 올린 일[追捧] 한 가지인데, 추봉의 시말(始末)은 위에서 진술한 그대로이고, 그 나머지로 전해지는 사사로운 관계를 실행했다는 설에 대해서는, 대론(臺論) 역시 선동하는 말에서 나오지 않았다고 할 수 없습니다. 조정의 체면이 매우 막중하니, 매사 와전된 말을 듣고 받들어 실행한다면, 국가의 일이 참으로 위태로워지지 않겠습니까?[53]

1626년 겨울에 발생한 과거시험의 부정에 대해 신흠이 공식적으로 쓴 글은 모두 두 편이다. 「사직차(辭職箚)」와 「병인별시파방후조진론자무망소(丙寅別試罷榜後條陳論者誣罔疏)」(이하 「병인소(丙寅疏)」)인데, 이 중 「사직차」의 마지막 부분을 보면, 자신의 잘못을 시인하고 자신의 직위를 전삭(鐫削)해달라고 청하고 있으므로,[54] 이식의 기록에 신빙성을 더한다. 하지만

---

53  申欽, 『象村稿』 32권, 「丙寅別試罷榜後條陳論者誣罔疏」, 179~181면, "匹夫匹婦有一冤狀, 曲加伸間, 聖世事也. 臣雖陷於機穽, 爲朝廷棄人, 抑先朝一舊物也. 縱不敢齒列於淸朝士流之後, 比之於匹夫正婦則有餘矣. 不合徒畏物議, 甘爲聖世一枉人而自外於天地父母也. 始也, 憲府之論, 無事可據, 秖稱人言. 言有虛實, 不加審察, 虛者信之, 實者不信. 噫, 以道路之人言治人, 則人必不服, 以道路之人言爲國, 則國必潰亂, 臣未知所主者, 何意? 諫院之論, 頗有主意, 臣不無說焉. (中略) 伏願聖明恕臣退去, 無使循私用情者汚穢朝班. 抑臣竊有所憂者, 試院之事, 人所指摘者追捧一事, 而追捧始末, 如上所陳, 其餘所傳行私之說, 臺論亦以未必不出於煽動爲言矣. 朝廷體面甚重, 每事一聽於訛言而奉行之, 則國家之事, 其不危且殆乎?"

54  申欽, 『象村稿』 권32, 「辭職箚」, 181면, "臣雖無狀, 稍有知覺, 不退則不已. 臣本一空空無似, 貪戀聖

이 글은 시작과 동시에 "함정[罟穽]에 빠진 자신을 (인조가) 구원해 주었다."는 말로 시작한다.[55] 그것은 "덫[機阱]에 빠져 조정에서 버린 사람이 되었지만"이라고 말하는 위의 예문 「병인소」 역시 마찬가지이다. 그 이하의 부분을 보면 신흠은 자신의 잘못을 시인할 생각이 없다는 점이 더욱 분명해진다. 첫 단락에서 언급한 억울한 누명, 사헌부와 사간원의 근거 없는 탄핵―이하 중략된 부분에서도 사간원에서 제기한 탄핵의 사유 다섯 가지를 조목조목 논박하고 있다―, 마지막 단락에서 말한 대론(臺論) 역시 선동에서 나왔다는 주장 등을 통해 신흠의 태도를 확인할 수 있다. 당시의 제도적·정치적 관례를 확실하게 알 수 없기 때문에, 누구의 말이 사실에 가까운지 지금으로서는 판단할 수 없다. 하지만 검사의 주장만 듣고 피고의 주장을 듣지 않았던 상태보다 위 주장이 추가되어 사실을 공정하게 판단할 수 있는 가능성이 높아진 것은 사실이다.

본고는 이처럼 사실 판단의 공정성을 높이려고 파방 사건을 다시 소환하기도 했지만, 또 다른 이유도 있다. 1610년 자신이 합격했던 바로 그 대과의 부정을 저지른 시관(試官)이나 응시자를 대하는 태도와 다음처럼 신흠이나 그 자손을 두고 자책하는 자세가 대조적이기 때문이다.

⑦ 나는 원래 당색(黨色)이 없는데도 청현직(淸顯職)에 올라서 남들이 모두 불평하고 있던 중 하루아침에 이런 일[罷榜]이 촉발되고 나니, 나에게 화를 내는 것 역시 당연하다. 신상(申相)께서는 문사(文士)로서 나를 매우 후대해주셨는데, 나는

---

恩, 不能早退, 終乃汚衊國家大擧, 萬死不足以滅恥, 積愆深尤, 懺悔無地. 唯願聖明鐫削臣職, 使臣束身故里, 無令再玷朝班, 以玼淸明之治, 幸甚."

55 申欽,『象村稿』권32,「辭職箚」, 181면, "伏以聖明怜臣落於罟穽之中, 思欲振而拔之, 三降溫綸, 恕臣大戾, 又下御批, 遣近臣諭之以出仕. 臣以至愚極陋之人, 罹無前罔赦之罪, 乃反有此寵榮, 噫! 臣不知死所矣."

교유하며 구호(救護)해주지 못하였으니, 그 집안에서 나를 원수처럼 여기는 것도 이상하지 않아서, 나는 일부러 대략이라도 시비를 따지려고 하지 않았다. 이로부터 나는 불우하게 살면서 항상 의심과 비방을 받았지만, 그들을 원망하며 허물하지 않고 다음처럼 말했다. "내가 이 정도에 그친 것만도 좋은 일이다. 저들은 급제하였다가 잔치 자리에서 파방을 당했으니, 그 곤궁함이 나에 비해 어떠한가? 손해는 저들이 보았고 죄를 지은 것은 나이니, 나는 마땅히 후회하며 자폐(自廢)하는 일을 달게 받아들여야 한다." [56]

『광해군일기』 1610년 11월 28일 기사를 보면 다음과 같은 사관(史官)의 논찬이 수록되어 있다. "과거 합격자 중 허보(許宝)와 변헌(卞獻)만을 처벌하고 나머지는 구제해야 한다고 주장한 유숙(柳潚)의 발언은 국가를 전복할 만한 발언이며, 세도가들에게 아부하려는 태도"이다.[57] 주지하다시피 이식이 『광해군일기』의 주요 찬수자였으며 「서후잡록」에도 유사한 내용이 수록되어 있으므로,[58] 이 견해는 이식의 생각이거나 그의 견해를 대폭 수용한 논찬으로 추정된다. 그런데 같은 과거시험 부정 사건인데도 1626년의 파방을 두고 이식은 '조박(趙璞)에 관련된 사람들에게만 시험 부정을 문제 삼으려 하였으나 피치 못할 사정으로 인해 전체를 탄핵하게 되

---

56  李植, 『澤堂集』別集 권17, 「敍後雜錄」, 567면, 【大司諫】 "余素無黨色, 冒占淸顯, 人皆不平, 而一朝觸發此事, 其怒余亦宜. 申相以文士待余甚厚, 余不能周旋救護, 其家之仇余, 又非別怪, 余故略不相較. 自是轗軻, 常負疑謗, 而未嘗怨尤曰, '吾止於是好矣. 彼得及第, 臨慶席而見罷, 其困比我如何? 所損在彼, 所負在我, 我當追悔自廢甘心也.'"

57  『光海君日記』 1610년 11월 28일자 기사는 다음과 같다. "史臣曰, '潚之此言, 足以覆邦家矣. 阿順詔訏, 迎合主意, 以爲此啓, 由是臺論定矣. 容悅之態, 固不足誅, 至使一國之公議, 沮而不得行, 可勝痛哉? 是以權韠作詩譏之曰, '假令科第用私情, 子壻弟姪最輕, 獨使許筠當此罪, 世間公道果難行.'"

58  李植, 『澤堂集』別集 권17, 「敍後雜錄」, 552면, 【復求擧登第】 "會執義柳潚新拜, 論筠所私不過奮 · 卞二人, 朴弘道等, 並無相私之迹, 其他皆浮論不足爲據. 光海是其言, 只削奮 · 卞, 兩司並停論. 筠謫配旋放."

었다'고 변명하고,[59] 위와 같이 신흠과 그의 자손에게는 몹쓸 짓을 했다고 자책하기도 한다.

이식의 이러한 태도 차이로부터 다음 몇 가지 의문이 떠오른다. 경계인으로서 처세하려던 의지는 있었으나 여전히 서인들과 더 가깝게 교유했기 때문에 이중적 잣대를 제시한 것 아닌가? 그렇다면 2장의 예문 ③에서 가깝게 교유하는 벗들이 거의 서인이라 그 또한 서인일 수밖에 없다고 말한 남용익의 태도로 유추해보았을 때, 서인과 주로 교유한 이식 역시 서인에 가까운 당색을 유지한 것은 아니었나? 아울러 조선조를 통틀어 보아도 남용익처럼 관용적(慣用的)으로 당과 큰 관련은 없다고 말하는 경우가 많은데, 이식 역시 그랬던 것은 아닌가? 주로 소북과 대북의 인사들을 비판하고 서인들과 교유했던 정황으로 판단해보면 이 의문은 대부분 사실로 보인다. 따라서 말년까지 당목(黨目)에도 속하지 않겠다는 의지로 일관한 그의 태도를 보면 일정하게 거리를 두려는 태도는 보이지만, 모든 당과 완벽하게 일정한 거리를 유지했는지는 확실하지 않다.

마지막으로 '문'과 연계된 변명도 살펴보자. 예문 ④에서 박승종의 퇴우정(退憂亭)에 써주었다는 율시 두 편에 대해 이식은, 칭송은 없고 풍자의 내용만을 담았다고 말한 바 있다. 그 시는 『택당유고간여(澤堂遺稿刊餘)』에 수록되어 있다.

---

59 李植, 『澤堂集』 別集 권17, 「敍後雜錄」, 567면, 【大司諫】 "余謂同僚【朴潢已遞】曰, '此榜旣已被駁, 諫院難於庇護, 當竝擧而論之. 吾意其間趙瑗所爲, 現有用私之迹, 而又若軟地揷木, 不宜只論一瑗. 今須論啓如憲府, 而微及瑗之所爲, 則自上必罪瑗而止, 因以停論似好.' 同僚然之, 卽竝擧發論, 則姑不允, 而根究瑗事, 則私情昭著, 上連下峻旨, 命嚴鞫之. 鄭經世爲大憲, 繼前論啓, 一啓卽允, 申相引咎乞遞, 從之."

⑧ 퇴우정 시에 차운하다(次退憂亭詩韻)


규장도 세상을 등지지 않고, 종고 또한 세상에 쓰이네.

나중에 즐거워하고 먼저 근심하는 뜻은, 풍정월사에 알맞구나.

땅 높아 아주 멀리 보고, 하늘 트여 홀로 높은 난간에 기대리라.

어찌해야 큰 붓을 잡고서, 공을 따라 시를 읊조릴 수 있을까.

珪璋非遯世, 鍾鼓且需時.

後樂先憂志, 風亭月榭宜.

地高偏眺遠, 天豁獨憑危.

安得如椽筆, 從公爲賦之.[60]


　박승종은 범중엄(范仲淹)의 「악양루기(岳陽樓記)」에 보이는 "높은 조정에
거처하면 백성을 근심하고, 먼 강호에 거처하면 왕을 근심하니, 나아가
도 근심하고 물러나도 근심한다(居廟堂之高, 則憂其民, 處江湖之遠, 則憂其君, 是
進亦憂, 退亦憂)."라고 한 말 중에서 "퇴역우(退亦憂)"라는 부분을 따서 자신
의 누정에 이름을 붙였다. 심희수(沈喜壽), 이호민(李好敏), 이항복(李恒福),
이정구(李廷龜), 신흠(申欽), 신익성(申翊聖) 등 당대 내로라하는 문인들이
이 누정에 제영(題詠)했는데, 그들의 문집에도 이때 지은 시가 모두 수록
되어 있다. 이들은 대부분 「악양루기」를 인용하며 시를 지었고, 이식의
시 역시 그의 선배 및 동료들의 구상에서 벗어나지 않는다.

　첫째 행의 규장(珪璋)은 예기(禮器)인데, 고매한 인품을 지닌 사람을 가
리키기도 한다. 종고(鍾鼓) 역시 예기이면서 부귀한 사람을 가리키기도
한다. 이 시에서는 모두 후자의 의미로 쓰여 고매한 인품을 지닌 사람도

---

60 李植, 『澤堂遺稿刊餘』 1책, 「次退憂亭詩韻」, 서울대학교 규장각 한국한연구원, 2014, 216면.

부귀한 자도 세상을 떠나지 않고 등용되는 태평한 분위기를 서술하고 있다. 둘째 행은 범중엄의 「악양루기」 중 가장 유명한 구절을 인용한 부분이다. 가장 먼저 근심하고 가장 늦게 즐거워하려는 바로 그 의지의 표현이 박승종이 퇴우정(退憂亭)을 지은 뜻과 적절히 부합된다는 말로 읽힌다. 따라서 처음 두 행은 태평한 시대에 관직에 있을 때는 백성을, 관직에서 물러나서는 임금을 근심하려는 박승종에 대한 찬사로 보인다. 세 번째 행은 퇴우정의 입지와 그 위에서 고매하게 지낼 박승종의 모습을 그리고 있으며, 넷째 행은 박승종의 문장을 칭송하고 자신도 그와 함께 창수하고 싶다는 뜻을 내비치는 구절이다.

문맥만을 따라 읽어서 그런지 이식이 행간에 감추어 둔 풍자를 발견하기 쉽지 않다. 당대 정치적 상황과 결부해보아, 소위 삼창(三昌)으로 불리며 정권을 좌우하던 인물이 전혀 물러날 의지도 없으면서 '퇴우(退憂)'라고 이름 붙인 그 의도를 문제 삼고 있는 것이라면, 이 시에서 풍자를 읽을 수도 있다. 하지만 이 역시 당대 상황을 어떻게 읽느냐에 따라 그 해석이 달라질 것이다. 또한 그러한 비판을 증명할 수 있는 실마리 역시 뚜렷하게 부각되어 있지 않다. 두 편을 써주었다고 했으므로, 나머지 한 편에 강한 풍자가 깃들어 있을 것이라는 추정도 가능하다. 다만 위의 시도 『택당유고간여』에만 수록되어 있으니, 나머지 한 편은 남아있지 않을 가능성이 더욱 크므로, 현재로서는 풍자의 양상을 확인할 수는 없다.

이식의 시에서 풍자를 선명하게 찾아내기는 힘든 반면, 선배 유몽인(柳夢寅, 1559~1623)의 글에는 풍자가 역력하다. 그는 조사(詔使)를 접대하러 가는 이이첨에게 「송관송이상국이첨부의주빈천사(送觀松李相國爾瞻赴義州償天使)－고시오십운병서(古詩五十韻幷序)」를, 그의 아들 이대엽(李大燁)과 유희분(柳希奮)의 동생 유희발(柳希發)과 조국필(趙國弼)에게는 누정기(樓亭記)를 지어주었다. 아울러 1617년 인목대비 폐위 논의를 듣고서는 "장사

가 홀연 긴 칼 잡고 일어나, 취하여 간사한 늙은이의 머리를 박살내리라
(壯士忽持長劍起, 醉中當斫老奸頭)."라는 구절로 알려진 「남록청은개가사잉부
추국청(南麓聽銀介歌辭仍赴推鞫廳)」을 짓기도 했다. 그 외에도 풍자적인 글
이 그에게는 상당히 많다. 이식이 거리를 두려고 했던 것처럼 유몽인
역시 이들에게 글을 준 것이 문제가 될 것 같아 각 작품 모두가 풍자였다
는 점을 밝히고자 자기변명 위주의 서간체 자기서사 한 편을 남겼다.
그것이 「여유점사승영운서(與楡岾寺僧靈運書)」이다.[61] 이 글에서 그는 자신
의 풍자가 내재한 지점과 그 의미를 상세하게 밝혔다.[62] 더욱이 몇 편의
글은 그의 설명을 따로 읽지 않더라도 충분히 풍자적이라고 판단할 수
있는 결정적인 실마리가 부각되기도 한다. 이러한 유몽인의 풍자와 비
교해보면 이식이 풍자를 담았다고 한 작품은 상대적으로 그 풍자성이
약해 보인다. 즉 풍자의 실마리를 찾기도 힘들고, 풍자했다고 변명한 글
의 어디에 풍자가 있는지도 친절하게 설명하지 않은 것이다. 따라서 이
점 역시 이식의 변명이 지닌 사실성을 의심하게 만드는 대목이다.

  위치는 상대적이다. 기준점 없이는 위치를 설명하기 힘들다. 사실 역
시 이와 크게 다르지 않다. 내적 일관성이나 정합성만 믿고, 그 사안만을
고립적으로 관찰하게 되면 사실에 접근하기 힘들다. 따라서 사실에 근

---

61 「與楡岾寺僧靈運書」를 비롯해서 유몽인의 시와 산문에도 자기변명이 없지 않다는 사실은 서간체
  자기서사를 논의하는 지면에서 상세하게 살필 것이다.
62 자신의 글이 지닌 의미를 해명하는 서술 중 대표적인 일부분만 밝히면 다음과 같다. 柳夢寅, 『於
  于集』 권5, 「與楡岾寺僧靈運書」, 420~421면. 李大燁求水鏡堂記, 其文曰, "酒酣興闌, 怡然如夢. 見
  崖之側, 有礎砌向上, 瓦縫在下, 扁題左書, 壁間書畵, 皆仆而左." 又曰, "微風興長吹作, 向之森羅眼
  底者, 漫漶而有亡焉. 但見江山定位, 雲物得所, 未知向之所覩夢耶眞耶?' 柳希發月波亭記曰, "觀月
  之闕於胸胱而沖於胐魄, 君子以知物欲之可淨也. 至若分淸光於白屋, 及餘瀾於四荒, 使天下同得之
  物, 毋作我一家之私, 則斯亭之月也波也, 皆在吾方寸中, 以是而貢之吾君, 豈不爲萬世淸明之治乎?'
  趙國弼恩波亭記曰, "今觀漢上鄰斯亭者, 東曰水月, 駙馬之所度土, 南曰押鷗, 宰相之所胥宇. 水月不
  係於椒掖, 鷗鳥豈伴於權貴? 俱不稱其實, 尤矣公之名亭也, 玩物而不忘君, 其忠矣哉!" (中略) 如此等
  作, 務直其言, 恣觸時諱, 不媚於權貴, 不怵於威勢, 可知也, 不幾於君子之言乎?

접하려고 한다면 아울러 함께 보아야 한다. 이 때문에 지금까지 이식의 발언 및 여타 문인지식인들의 증언과 작품을 비교해보고, 그 사실성을 따져본 것이다. 그 결과 그의 말을 모두 믿기보다 충분한 검증이 필요하다는 점을 알 수 있었다. 따라서 사실에 가까이 가고자 한다면, 자기서사 작가의 서술을 액면 그대로 믿기보다 우선 의심하고 매거통관(枚擧通觀)하는 태도가 필요할 것이다.

## 4. 필기체 자기서사의 문학사적 의의

자기서사를 필기의 형식으로 남긴 가장 큰 이유는 필기 장르가 지닌 포괄성과 유연성에 있다. 필기를 잡록(雜錄)이나 만록(漫筆)이라고도 지칭하는 이유 역시 장르적 규제가 크지 않다는 사실에 있다. 즉 대상의 시기, 자료의 성격, 서술의 형식, 기사의 편폭 등의 제약이 상대적으로 적어서 삶의 다양한 측면을 포괄적으로 제시할 수 있기 때문에 이 장르를 선택한 것이다. 아울러 연대기적 성격의 자기서사와 달리 연도별로 사안을 분산시켜 서술하기보다 주제별로 한곳에 모아 집중적으로 서술할 수 있다는 장점 역시 필기가 선호된 이유이다. 이식의 「서후잡록」, 남용익의 『호곡만필』, 윤광소의 「한중만록」, 이서구의 『척재자술』·『척재병거록』, 심노숭의 『자저실기』 등 모든 필기체 자기서사에서 이와 같은 특징이 공통적으로 드러나며, 다른 장르의 자기서사와 비교한 결과, 그 성격이 더욱 뚜렷하게 부각된다는 점 역시 살펴보았다.

전근대 자기서사의 경우, 서간체 자기서사나 자탁전 등을 제외하면, 조선 중기(16세기 후반~17세기 전반)부터 공식적인 이력을 건조하게 서술하는 데서 벗어나 사적인 자아를 형상하고 있다. 다만 이 시기에도 자찬비지나 자찬연보는 거사직서(據事直敍)의 공정한 사실 전달을 중시하며 간요(簡要)하게 서술하려는 경향이 여전히 강했다. 이에 반해 심노숭의 『자저실기』부터 본격화되었지만, 일상과 주변이 다루어진 사례는 남용익의 『호곡만필』에서도 발견할 수 있었다. 이로써 보자면, 포괄성과 유연성을 토대로 자아의 다양한 측면을 포착하여 형상하였다는 점, 자기서사의 흐름 속에서 사적 영역을 확장하는 데 일조했다는 사실 등을 필기체 자기서사가 지니는 의미라고 판정할 수 있다.

이식의 「서후잡록」은 비교적 이른 시기에 서술된 필기체 자기서사이다. 따라서 자기서사의 흐름 속에서 새로운 내용과 형식을 갖춘 자기서사의 장르를 개척했다는 점은 충분히 가치 있다. 아울러 「택구거사자서」에서 미처 말하지 못한 사안을 변명하려는 의도로 이 글을 썼기 때문에, 자기서사에 있어서 자기변명이라는 새로운 길 역시 꽤나 빨리 돌파한 것이 사실이다. 또한 기사와 기사 사이의 연계가 느슨한 필기의 약점을 간파하고 서술의 핵심인 '고립'과 '문'으로 전체의 유기성을 강화한 점도 「서후잡록」의 구성이 지닌 유의미한 시도이다.

자기서사는 허무하게 스러질 것을 염려해 존재의 흔적을 남기려는 글쓰기이다. 따라서 존재의 증명이 가장 큰 서술의 동기이다. 이 외에 자신의 지난 삶에 대한 회고와 성찰로 스스로의 정체성을 구성하려는 욕구 역시 자기서사를 만든 원동력이다. 또 다른 자기서사 창작의 근원적 동기는 자신의 삶을 정당화하려는 욕구일 것이다.[63] 삶의 정당화라는 점은 동서양의 자기서사에서 모두 유사한 양상으로 드러난다. 예컨대 최초의 근대적 자서전으로 평가되는 루소(Jean-Jacques Rousseau)의 『고백』에서 보이는 자기변명이 단적인 증거이다.

하지만 루소의 그것이 자신의 다양한 개인적 모습을 진솔하게 고백하

---

63 유호식(2015), 101~110면 참조.

는 과정에서 그 일부로 제시된 것인 반면, 「서후잡록」은 전체가 자기변
명으로 일관하고 있다는 차이는 있다. 이 글을 그의 자기서사 삼부작
속에서 공정하게 바라보며 생애의 서술과 자기변명을 교직하였다고 평
가해도, 「서후잡록」의 자기변명 비중이 여타 자기서사에 비해 높다는
사실은 변하지 않는다. 즉 각 장르별 역할 분담을 통해 색다른 자기서사
를 만들었다는 사실은 의미가 있으나, 자기변명이라는 특정한 지향에
치우쳐있다는 점은 한계이다. 이러한 사실을 유념하면서 앞서 살펴본
이기원(李箕元, 1745~1807경)의 경계(警戒)를 다시 한번 살펴보자.

내가 물었다. "그대의 뜻은 꽤 좋지만 그대의 말은 끝내 석연치 않군. 그대는
여덟 살에 아버지를 잃었고 증거가 될 만한 문헌이 없는데, 또한 무엇을 통해
사실(事實)을 모을 것이며 또 누구를 통해 그 시기를 질정할 것인가? 결국 헛되고
근거 없는 것을 모아 책 한 권을 엮어 진실을 증명하는 자취로 삼고 후대에 전하
는 글로 삼는다면, 이것은 스스로를 속이는 자편(自騙)이지 자편(自編)은 될 수
없다네."[64]

자기와 또 다른 자아의 대화를 위주로 구성한 「홍애자편서(洪厓自編敍)」
중 위 예문은, 자기서사 서술의 부당성을 지적하는 자기가, 자기서사 서
술을 긍정하는 또 다른 자아에게 던지는 충고이다. 이 글에서 우리는
헛되고 근거 없는 자료를 모아 자기서사를 기술한다면 이것은 자편(自編)
이 아니라 자기기만인 자편(自騙)이 될 수밖에 없다는 준엄한 목소리를
들을 수 있다.[65]

---

64　李箕元, 『洪厓自編』, 「洪厓自編敍」, 2면, "余問曰, 子意則儘美矣, 而子言則終不釋然. 子八歲鰥孤,
　　文獻無徵, 抑何從而撫其事實, 又何從而質其時月哉? 蒐虛獵空編作一書, 以爲證眞之蹟, 傳後之文,
　　則是自騙也, 非自編也."

자기해명으로서의 자기변명은 자신의 삶을 스스로가 기록하는 자기서사 작가가 지닌 특권이다. 다만 이기원에 따르자면, 이 특권은 증거가 분명하고, 사실(事實)에 입각해야 하며, 질정이 가능한 상황, 즉 상호검증의 가능성이라는 바탕 위에 서 있어야 정당화된다. 이식의 「서후잡록」에서 보이는 몇 가지 사안에 대한 검증은 그것이 자편(自編)으로서 정당한 자리에 서있는지의 여부를 판별하기 위한 작업이었다. 그 결과 이식이 구축한 '고립'과 '문'이라는 내적인 정합성은 확실하나 몇 가지 사실에 대해서는 해석의 여지가 남아있다는 점을 알게 되었다.

객관적인 글쓰기로 정평이 난 이식의 자기서사 역시 이처럼 일정한 검증을 필요로 한다면, 여타 전근대 자기서사나 최근에 저술되는 자서전과 회고록도 상호검증을 통해 그 사실을 확인해야 할 당위는 충분하다. 인간은 자신의 입장에서 사태를 바라보기 때문이다. 자기서사를 서술하는 작가들은 제3자의 입장에서 특정한 사태를 바라보며, 객관적인 관찰자로 자신을 마주함으로써 지난 삶을 냉정하게 돌이켜보고 성찰하는 태도를 끊임없이 요구받았다. 이러한 태도는 지금 자서전이나 회고록을 쓰려는 이들에게도 절실히 요구되는 태도이다. 다만 인간은 자신의 결정을 합리화하기 쉽고, 삶을 냉철하게 되짚어 보기보다 타협하려는 경향이 강하다. 따라서 자기서사를 읽는 우리는 반성과 성찰이 보이는 자기서사를 음미하며 그 의미를 찾되, 자기기만을 드러내는 글에 대해서는 가차 없이 비판의 칼을 들어야 할 것이다.

---

65 이기원의 『홍애자편』과 그 창작 동기에 대한 논의는 정우봉, 앞의 논문, 99~114면; 안득용(2017a), 67~91면 등을 참조하기 바란다.

## 제9장

# 서간체(書簡體) 자기서사(自己敍事)의 반성과 성찰

## 1. 서간체 자기서사의 특징과 그 변폭

　서간체(書簡體) 자기서사(自己敍事)[1]는 편지로 쓴 자기서사이다. 편지에 관해 "자기가 하고 싶은 말을 만날 수 없으니까 글로 써 보내는 것"[2]이라고 명쾌하게 정리할 수도 있지만, 만날 수 있더라도 말로는 제대로 전할 수 없을지 모른다는 염려 때문에 하고 싶은 말을 제대로 전하려고 편지를 선택하는 경우도 적지 않다. 다만 만날 수 있는지 여부와 상관없이 편지로 전하려는 내용이 '자기가 하고 싶은 말'이라는 점은 분명하다.

　그런데 하고 싶은 말도 그 종류가 다양하다. 교제(交際)를 위한 자기소개는 물론, 일상의 사소한 느낌과 생각에서부터 국가적 사안에 이르기까지, 그리고 그것을 표현하기 위한 서사(敍事), 설리(說理), 서정(敍情)의 제

---

1 서간체 자기서사는 저자가 자신의 지난 삶 전체 혹은 특정 시기를 대상으로 자아의 사유와 감정 및 삶의 지향을 서술하거나, 자신의 변모 양상과 변화의 계기가 되는 외부 환경 및 사건을 서술한 편지를 가리킨다. 자전체(혹은 자전적) 서간이라는 용어도 사용하기에 적절하지만, 반성과 성찰이라는 자기서사의 특성을 부각시키기 위해 서간체 자기서사로 부르고자 한다.

2 이태준(1997), 102면.

시 방법을 모두 활용하기 때문에, 편지는 그 변폭(變幅)이 넓으며 편폭(篇幅)도 다양하다.[3] 아울러 루쉰(魯迅)이 "(일기와) 편지는 자기의 간결한 주석"이라고 말한 것처럼, 다른 장르보다 작가의 사상, 개성, 기질, 음성, 모습을 편지에서 분명하게 살필 수 있다는 장점도 있다.[4] 편지와 자기서사는 바로 이 지점에서 만난다.

자기서사는 저자가 자신의 지난 삶 전체 혹은 특정 시기를 대상으로 자아의 사유와 감정 및 삶의 지향을 서술하거나, 자신의 변모 양상과 변화의 계기가 되는 외부 환경 및 사건을 서술한 서사체이다. 따라서 사유와 감정, 주변과 일상, 관력과 이력 등을 큰 제약 없이 상세히 보여주기 때문에, 자기의 간결한 주석에서 나아가 구체적인 본론이 될 수 있는 편지는, '나'를 소상히 진술할 수 있는 가능성을 지닌다는 점에서 자기서사와 통한다.

연구 대상을 서간체 자기서사로 결정한 이유 역시 자신의 다양한 면모를 자유로우면서도 폭넓게 보여줄 수 있다는 사실에 있다. 예컨대 서간체 자기서사는 일반적으로 자서(自序), 자전(自傳), 자탁전(自托傳)에 비해 폭넓게 자기를 제시할 수 있고, 자찬비지(自撰碑誌), 자찬행장(自撰行狀), 자찬연보(自撰年譜)에 비해 형식과 내용 모든 측면에서 자기표현이 자유롭다. 필기체(筆記體) 자기서사(自己敍事)도 서술의 유연함과 너비를 갖고 있지만, 잡(雜)과 산(散)으로 규정되는 모(母) 장르인 필기(筆記)의 성격상 내용의 집중도는 서간체 자기서사에 비해 부족하다. 요컨대 서술이 상대적으로 자유롭고 다양한 측면을 보여줄 수 있으면서도 내용의 구심점이 있다는 사실이 서간체 자기서사를 연구 대상으로 선택한 이유이다.

---

3 褚斌杰(1990), 399~401면.
4 陳必祥(2001), 217~223면에서는 이것을 편지의 '개체성'이라고 규정했다.

본격적 논의에 앞서 연구 대상의 내포와 외연을 규정할 필요가 있고, 그렇게 하기 위해서는 글의 목적을 분명히 해야 한다. 본 논의의 목적은 전근대 문인지식인들이 쓴 서간체 자기서사를 통해 자신의 정체성을 고민하고 제 삶을 돌보는 양상을 고찰하는 데 있다. 그들의 고민과 돌봄 속에 삶의 비전(vision)이 들어있다고 생각하기 때문이다. 따라서 이러한 목적에 적합한 대상 작품에는 '나는 누구인가'를 고민하고 몸과 마음을 돌보는 모습이 담겨 있어야 한다.

그런데 자신의 정체성에 대한 고민과 자기가 지금의 모습으로 귀결된 원인의 고찰은 밀접한 관련이 있고, 자신을 돌보기 위해서는 제 몸과 마음에 끊임없이 관심을 기울여야 하므로, 정체성의 탐구와 자기 돌봄을 통한 비전 제시의 모든 과정에는 삶을 '반성'하고 '성찰'하는 모습이 필요하다. 아울러 반성과 성찰은 자신의 삶은 물론, 내면의 소리에도 귀 기울이는 태도이므로, 이번 장에서는 관력과 이력을 건조하게 서술하기보다 삶을 되돌아보며 음미하는 자세로 자신의 사유와 감정에 무게를 두는 작품에 우선 주목했다.

뿐만 아니라 제 삶의 반성과 성찰은 그 시선의 폭과 정도가 넓고 깊을수록, 그리고 그 기간이 길수록 다양한 의미를 길어 올릴 수 있기 때문에, 여러 계기를 살피면서도 인생 전반의 주요 변곡점을 보여주는 작품이 분석 대상으로 적합하다. 따라서 채 완료되지 않은 사건 속의 기록이나 특정 시기의 일보다는 장기간에 걸쳐 그 흐름을 규명할 수 있는 서사, 즉 정태진술(靜態陳述)보다는 과정진술(過程陳述)에 가까운 작품에 초점을 맞추었다.

이와 같은 이유로 자신의 삶을 반성하고 성찰하는 태도가 보이는 작품이라도 특정 시기에 국한된 글이나 삶의 특정 국면만을 다루고 있는 편지, 특히 자천서(自薦書)와 같은 장르는 제외하고 삶의 다양한 계기를 보여주는 글, 즉 현대적인 의미의 자서전(自敍傳)에 가까운 작품 가운데서 대상을 선별했다. 다만 선택하지 않은 작품 중에도 특정 분야의 표본이 될 만한 작품이 있고, 그 속에서 서간체 자기서사의 특색을 찾아볼 수도 있으므로, 그 일부를 살펴볼 필요는 있다. 특히 서간체 자기서사가 자아상(自我像)을 보여주기에 적합한 장르이며, 그 속에 보이는 '나'의 성격 역시 다양하고, 변폭도 크다는 사실을 알려줄 수 있는 작품이라면 더욱 그렇다.

① 혹 죽간(竹簡)을 잡고 종이를 끌어 풍월(風月)을 제영(題詠)할 때면, 비록 장편거제(長篇巨題)로서 많게는 100운(韻)에 이르는 경우라도, 모두 거침없이 붓을 휘둘렀습니다. 비록 금수(錦繡)처럼 안배하고 주옥처럼 엮어내지는 못하더라도, 역시 시인의 체재(體裁)는 잃지 않았습니다. 하지만 자부함이 이와 같은데도 끝내 초목과 함께 썩게 될까 애석하게 생각합니다. 그러하니 바라건대 일단 다섯 치의 붓을 들어 한림원(翰林院)을 거쳐 홍문관(弘文館)에 올라 임금을 대신해서 조령(詔令)의 초고를 고치고 칙령(勅令)·훈령(訓令)·황모(皇謨)·제고(帝誥)의 말을 지어 사방에 펼쳐 평생의 뜻을 보상받을 수 있게 된 다음에야 그치고자 합니다. 그러하니 어찌 용렬하고 자잘하게 미미한 녹봉(祿俸)을 구하고 처자식이나 먹여 살리기를 도모하는 자들과 비슷하겠습니까?

아아, 뜻은 크나 재주는 성글고 타고난 운명은 궁박해서 서른이 되도록 여전히 일개 군현(郡縣)의 직임조차 맡지 못하여 말하지 못할 외롭고 괴로운 온갖 사정이 있으니, 마흔에 어떻게 될지는 벌써 알 만합니다. 하지만 제 행장(行藏)과 거취(去就)는 각하(閣下)께서 주관하고 명령하시는 것을 통해 점칠 수 있습니다. 진퇴(進退)와 승강(升降) 역시 각하께서 살펴보고 선발하는 것에 연관되어 있을 뿐이니, 제가 오히려 무슨 말을 하겠습니까? 만약 한 번의 곁눈질이라도 해주시는 은혜를 베풀어 길을 열고 수레의 끈을 넘겨주셔서 벼슬자리에 오르게 된다면,

청운만리(靑雲萬里)를 내달려 높이 오를 수 있을 터이니, 길은 먼데 해가 지는 일을 걱정하겠습니까?[5]

이규보(李奎報, 1168~1241)가 30세 되던 1197년 쓴 「상조태위서(上趙太尉書)」의 일부이다. 23세에 예부시(禮部試)에 합격했지만, 그리 순위가 높지 않은 동진사(同進士)로 관계(官界)에 진입한 그의 환로(宦路)는 순탄치 않았다. 41세에 직한림(直翰林)에 진보(眞補)되고 50세에 우사간지제고(右司諫知制誥, 정6품)가 되었으므로, 그 사이 구직을 위한 자천서를 적지 않게 보냈으리라 추정되는데 위의 편지가 그중 하나이다. 한유(韓愈)의 「상병부이시랑서(上兵部李侍郎書)」나 「후십구일부상서(後十九日復上書)」에서 이미 그 전형(典型)이 잘 드러나듯이, 일반적으로 자천서는 자신의 능력을 부각하고 딱한 상황을 읍소하는 내용으로 구성된다. 허균(許筠, 1569~1618)의 「여최분음(與崔汾陰)」과 「여이대중(與李大中)－제일서(第一書)」처럼 자신의 능력을 과시하는 이야기는 빼버리고, 딱한 상황이나 청을 들어주지 않는 상대에 대한 원망만을 토로하는 경우도 없지는 않지만,[6] 자천서는 대체로 '능력'과 '불우(不遇)'에 무게를 둔다.

---

5 李奎報, 『東國李相國全集』 권26, 「上趙太尉書」, 565면, "其或操觚引紙, 題詠風月, 則雖長篇巨題, 多至百篇, 莫不馳騁奔放, 筆不停輟. 雖不得排比錦繡編列珠玉, 亦不失詩人之體裁. 顧自負如此, 惜終與草木同腐. 庶一提五寸之管, 歷金門上玉堂代言視草, 作批敕・訓令・皇謨・帝誥之詞, 宣暢四方, 足償平生之志, 然後乃已. 豈碌碌銷鎖求斗升祿, 謀活其妻子者之類耶? 嗚呼, 志大才踈, 賦命窮薄, 行年三十, 猶不得一郡縣之任, 孤苦萬狀, 有不可言者, 頭顱已可知已. 然僕之行藏去就, 以閣下爲司命, 而卜之者也. 其進退升降, 亦關閣下之鑒採耳, 僕尙何言哉? 若萬一借一眄之恩, 啓其路授其綏, 使登始從仕之級, 則青雲萬里, 行可高驤, 何道遠日晚之是憂哉?"

6 원망과 딱한 상황이 모두 부각된 허균의 자천서 한 편을 예거하면 다음과 같다. 許筠, 『惺所覆瓿稿』 권20, 「與崔汾陰【丁未九月】」, 306면, "僕宦情如秋雲薄, 西風一起, 不禁季鷹之思. 得一州以糊口, 則敵萬戶侯封矣. 公乃靳之耶? 公憐才一念, 可質上蒼, 而未免不知時, 愛令智昏否? 功名未入手, 壯志已衰, 局促轅下駒, 俳徊於棧豆間, 豈不悲哉? 窮達自有分, 而天亦不可料. 丈夫闔棺事畢, 公視吾舌尙在否? 毋欲以韁鎖施於大鼇龍, 性固難馴矣."

예문 ①에서 보이듯 이규보 역시 이러한 두 가지를 축으로 내용을 구성하였다. 이 가운데 '능력'은 관료로서 갖추어야 할 자질인데, 한유가 「상병부이시랑서」에서 제시한 사실에서 보이듯, 학문(문장)과 사업(事業)의 측면을 주로 부각시킨다.[7] 예문 ①의 첫 단락으로 볼 때, 이규보 역시 한유와 같은 전략을 사용하고 있다. 소개하지는 않았지만 예문 ①의 직전에 서술된 문사철(文史哲)의 조예와 학습의 과정을 소개한 이유 역시 그 저의는 관료로서의 능력을 과시하려는 데 있다.[8] 나머지 한 가지 측면인 '불우'는 말 그대로 등용되지 못하는 상황의 절박성을 드러낸다. 물에 빠지고 불에 타들어가는 사람을 구할 것인지의 여부로 자신의 상황을 드러내 보인 한유의 「후십구일부상서」보다는 덜하지만,[9] 예문 ① 두 번째 단락의 전반부에도 이규보의 딱한 상황이 드러난다.

이처럼 「상조태위서」는 삶의 특정 지점에만 눈길을 주고 있으며, 인생을 돌아보며 반성하고 성찰하려는 태도가 선명하게 보이지는 않기 때문에 주요 연구대상으로 삼지는 않았다. 하지만 자신의 지난 삶과 현재의 불우한 처지를 스스로 편지에 썼으므로 이 편지 역시 서간체 자기서사이며, 요즈음의 자기소개서와 함께 조금 더 연구할 가치 또한 있다는 점을

---

7 韓愈, 「上兵部李侍郎書」, "性本好文學, 因困厄悲愁, 無所告語, 遂得究窮於經傳 · 史記 · 百家之說. 沈潛乎訓義, 反復乎句讀, 礱磨乎事業, 而奮發乎文章. 凡自唐虞以來, 編簡所存, 大之爲河海, 高之爲山嶽, 明之爲日月, 幽之爲鬼神, 纖之爲珠璣華實, 變之爲雷霆風雨, 奇辭奧旨, 靡不通達."

8 李奎報, 『東國李相國全集』 권26, 「上趙太尉書」, 564~565면, "僕自九齡, 始知讀書, 至今手不釋卷. 自詩書六經 · 諸子百家 · 史筆之文, 至於幽經僻典 · 梵書 · 道家之說, 雖不得窮源探奧鉤索深隱, 亦莫不涉獵游泳, 採菁撫華, 以爲騁詞摛藻之具. 又自伏羲已來, 三代兩漢秦晉隋唐五代之間, 君臣之得失, 邦國之理亂, 忠臣義士奸雄大盜成敗善惡之迹, 雖不得幷包竝括, 擧無遺漏, 亦莫不截煩撮要, 鑒觀記誦, 以爲適時應用之備."

9 韓愈, 「後十九日復上書」, "愈之強學力行有年矣. 愚不惟道之險夷, 行且不息, 以蹈於窮餓之水火, 其既危且亟矣. 大其聲而疾呼矣, 閣下其亦聞而見之矣, 其將往而全之歟, 抑將安而不救歟? 有來言於閣下者曰, "有觀溺於水而爇於火者, 有可救之道而終莫之救也." 閣下且以爲仁人乎哉? 不然, 若愈者, 亦君子之所宜動心者也."

밝혀둔다.[10]

「상조태위서」에 이어 소개할 편지는 김창흡(金昌翕, 1653~1722)의 「답경명(答敬明)」이다. 누구의 삶이든 우여곡절은 있으므로, 「상조태위서」에서 보았듯이 자신이 처한 질곡이 인생의 계기로 서술되는 경우가 적지 않다. 하지만 「답경명」처럼 자기의 불우한 감정을 뚜렷하게 드러내 보이는 경우는 거의 없는데, 선명한 감정의 표출로써 자신을 드러낸다는 점 역시 서간체 자기서사의 특징이기 때문에 살펴보려고 한다.

② 아, 처음에는 주저하고 머뭇거리다가 반평생을 허비하고 오늘에 이르러 길이 모두 다했으니, 잠시 머물려던 곳이 평생 살아야 할 집이 되는 일을 면하지 못할 것이다. 이것은 시절과 인연이 그렇게 되도록 만든 것이니 슬프구나, 어찌하랴!

한밤중에도 잠들지 못하고 벽에 기대 가슴을 치다가 내 속이 모조리 찢어질 듯하면, 번번이 율곡(栗谷)이 했다던 "망령된 것[佛敎]으로 슬픔을 잊으려고 했다(以妄塞悲)."[11]는 말을 생각하며 여러 번 울기도 했다. 내가 생각해보니, 옛 사람율곡은 지극한 고통을 부칠 데 없어서 삶도 죽음도 없는 곳에 슬픔을 부치고, 신세를 어찌할 수 없어서 공적(空寂)에 의지하다가 그렇게 된 것이 아니겠느냐? 하지만 율곡은 그래도 괜찮은 상황이었다. 나이도 나보다 어리고 마음도 나보다 덜 아팠으니 아마도 자신을 되돌릴 만한 길이 넓게 있었겠지만, 지금 나는 끝났구나, 끝났구나, 운명이 다 되었구나. 참으로 요·순·주·공(堯·舜·周·孔)의 도

10 자천서(自薦書)와 자전(自傳)을 자기소개서와 아울러 고찰한 연구는 안세현(2014), 101~129면을 참조하기 바란다.
11 이이(李珥)가 1568년 홍문관 교리에 제수되었을 때 사직 상소에서 "제가 일찍이 자모(慈母)를 여의고는 망령된 것으로써 슬픔을 잊고자 불교에 빠지고 말았습니다. 그 때문에 본심이 어두워져 드디어 깊은 산으로 달려가서 거의 1년이 되도록 선문(禪門)에 종사하였습니다."라고 자책할 때 한 말이다.

(道)와 슬프게도 작별해야 하는구나!

사람마다 모두 요순이 될 수 있다는 말은 참으로 올바른 가르침이지만, 미쳐서 실성한 사람에게까지 적용하기는 어렵다. 이것은 바로 곡식과 고기가 비록 맛이 좋다고 해도 속을 상한 고질병 환자에게만은 좋지 않은 것과 같다. 따르며 권하는 사람은 "잠시 과일을 먹고 차를 마셔서라도 명맥(命脈)을 연장해야 한다."라고 말하고, 다른 사람은 "그래서는 안 된다. 비록 구역질하고 위(胃)가 뒤집어져서 죽더라도 결코 곡식과 고기를 폐기하지는 말아야 한다."라고 말한다. 이 두 가지 이견에 대해 나는 그 득실을 판가름할 수 없지만, 개인적으로 생각하는 바는 있다.[12]

기사환국(己巳換局)으로, 1689년 4월 9일 진도(珍島) 적소(謫所)에서 아버지 김수항(金壽恒)이, 6월에는 스승 송시열(宋時烈)이, 마지막으로 1690년 10월에는 중부(仲父) 김수흥(金壽興)도 적소에서 유명을 달리한다. 이 시기 김창흡은 불경(佛經)을 읽으며 그 고통을 잊으려고 했는데, 그가 불경을 읽는다는 소식을 들은 아우 김창즙(金昌緝, 1662~1713)이 경계(警戒)하는 편지를 보내자, 김창흡은 아우에게 자신의 심정을 절절하게 토로하는 답장을 쓴다.[13] 성리학이 교조화되던 17세기 후반, 그리고 그가 장동(壯洞) 김

---

12 金昌翕, 『三淵集』 권17, 「答敬明」, 353~354면, "噫, 始以因循前却, 擔閣半生, 至於今日, 道窮塗盡, 則聊淹之地, 將不免爲其究之宅. 是其時節因緣, 式使之然也, 哀哉, 奈何! 嘗中夜未寐, 倚壁摽擗, 腸肉盡裂, 則輒持栗谷以妄塞悲之說, 三復流涕. 我思古人, 豈不以至慟難寄, 寄之無生, 而身世無聊, 依於枯空而然耶? 然曷矣栗谷. 以年則少於我矣, 以情則不如我毒矣, 蓋猶有轉身之路廣也, 今余則已矣已矣, 命之窮矣. 其將與堯舜周孔之道, 悢悢作別耶! 人皆堯舜, 固是正訓, 而難施於狂憤喪性之人. 此正如稻粱芻豢, 雖曰美味, 獨不可於久疾者之爽口. 有從而勸者曰, '權且喫果啜茶, 以延其命脉, 可乎.' 或曰, '不然. 雖至嘔逆翻胃而死, 必無廢稻粱芻豢.' 之二說也, 吾不能辨其得失, 而私有所商量矣."

13 金洙根 編, 『三淵先生年譜』 上(버클리 대학교 소장), 16면, "至痛結轖, 無以自解, 則往往寄跡山寺, 經月不返, 繙閱釋典以遣悲. 圃陰(金昌緝)以捨經傳耽佛書, 上書陳戒, 先生答之如是."

문(金門)의 일원이라는 배경을 생각하면, 불경으로 소일하는 일을 경계하는 편지에 대한 답장은 자신의 과오를 뉘우치는 내용으로 채워져 있을 것이라 짐작하기 쉽다. 하지만 김창흡의 편지는 그렇지 않다.

김창흡의 「답경명」은 아우의 충고에 대한 변명과 괴로운 마음의 하소연으로 구성되어 있다. 다만 비중으로 따져볼 때 이 편지는 절망적인 하소연이 더욱 큰 비중을 차지한다. 예컨대 '소일거리가 없어 불경[內典]을 볼 뿐 본원의 경계를 궁구하려는 목적으로 읽는 것이 아니'며,[14] '유(儒) 든 불(佛)이든 가릴 처지가 아니라 손에 잡히는 대로 읽다 보니 불경에 손이 갔다'[15]고 말한 전체의 서두가 변명에 가깝고, 예문 ②의 두 번째 단락 역시 그렇다.

이 부분을 제외한 그 나머지 서술은 절망의 언어로 채워져 있는데, 특히 어쩔 수 없는 고통으로 인한 무기력함을 "나는 이렇지 않다(余非如是也)."[16]라는 말에서 읽게 되는 것은 물론, 유자(儒者)로서 행세할 수 없다는

---

14 金昌翕, 『三淵集』 권17, 「答敬明」, 352면, "今此披閱內典, 初非欲究竟修證也, 無以遣日, 聊復爲爾."

15 金昌翕, 『三淵集』 권17, 「答敬明」, 352면, "至於彼此偏正之辨, 則比如渴人之遇水, 取其近手, 苟以療喉耳, 何暇以淸濁甘醎爲取舍乎?"

16 金昌翕, 『三淵集』 권17, 「答敬明」, 352~353면, "환란을 겪은 이후, 한 조각 마음을 원통하고 억울한 기운에 온통 점거 당해서 놀라고 어지러운 심정이 비등하고 전율하는 바람에 일각(一刻)도 평정한 때가 없으니, 이미 광질(狂疾)이 되었는데도 그저 겉으로 드러나지 않을 뿐이다. 이러한 마음으로 대본(大本)을 세우고 달도(達道)를 실행할 수 있겠느냐? 이른바 닻줄을 풀고 방향키를 바로잡으면 얼음이 녹듯 이치대로 순조로울 것이라는 말의 의미는 본래 문장(門墻)을 살피다가 칼자루를 손에 쥔 자들의 말일 뿐이니, 일모도원(日暮途遠)한 사람을 꾈 수는 없다. 그런데도 도리어 너(敬明)는 어째서 내가 여름 벌레가 얼음을 의심하는 것처럼 오도(吾道)를 하찮게 여긴다고 생각하느냐? 나는 이렇지 않다. 그리고 어째서 나무를 꺾는 데도 힘쓰지 않는 자처럼, 나를 할 수 있는데도 하지 않는 사람이라 여기느냐? 나는 이렇지 않다. 어찌 내가 감히 실행하기를 꺼리겠느냐? 제대로 나가지 못하는 일을 두려워하는 것이다. 이것이 실로 내 본마음이니, 스스로 선택해야 할 것을 이미 분명히 아는 것이다(自罹荼毒, 一片神明之區, 盡爲痛冤懣鬱之氣所蟠據, 驚掉沸戰, 無一刻平靖之時, 蓋已成狂疾, 特未發出耳. 以此方寸, 可使之立大本而行達道乎? 所謂解維正柁 氷釋理順之意味, 自是闖門墻得欛柄者之說耳, 非所以誘日暮途遠之人也. 抑敬明豈以我厭薄吾道, 如夏蟲之疑氷乎? 余非如是也. 豈以我可爲而不爲, 類折枝不用力者耶? 余非如是也. 蓋豈敢憚行?

고립감을 보이는 지점도 적지 않다.[17] 예문 ②에서만 예거해보아도, 첫째 단락의 "잠시 머물려던 곳이 평생 살아야 할 집이 되는 일을 면하지 못할 것이다."나 둘째 단락 마지막 부분의 "참으로 요·순·주·공의 도와 슬프게도 작별해야 하는구나!"에서 보이는 체념과 비감, 그리고 셋째 단락처럼 '유'와 '불' 사이에서 갈등하는 모습에서 김창흡의 불우한 내면을 볼 수 있다.

이처럼 「답경명」은 비참한 심정을 쏟아낸 서간체 자기서사이다. 표현된 감정의 농도라는 측면에서 보자면 이전은 물론, 그 이후의 작품에서도 보기 힘든 특색이 있다는 사실에는 주의를 기울여야 한다. 다만 일련의 사태가 종료되지 않은 상황 속에서 자신의 내면을 여과 없이 서술했기 때문에, 자기와의 거리 조절에 성공했다고 보기는 힘들다. 아울러 특정 시기, 제한된 대상으로 자기를 내보이려고 했기 때문에 그 변폭 역시 크지 않다. 이것이 이 편지를 주요 대상으로 삼지 않은 이유이다.

---

畏不能趨. 是實余之原情, 自卜已審者矣)."

17 金昌翕, 『三淵集』 권17, 「答敬明」, 353면, "이미 반역자의 몸이라 다른 사람과 너무도 만나고 싶지 않다. 손님을 대하고 응수(應酬)하는 동안 한마디 말이라도 감촉(感觸)되면 오장(五臟)을 찌르는 것 같고, 비록 집의 종이나 어린아이라도 시끄럽게 떠드는 소리를 조금이라도 듣게 되면 괴롭고 심란한 마음을 견딜 수 없다. 만약 훗날 미천한 목숨을 부지하게 되더라도, 타고난 분수상 동료들 사이에 이 몸을 두고 인사(人事)를 서로 주선할 수는 없을 듯하니, 다만 회포를 풀 수 있으려면, 오직 종적을 먼 곳에 감추고 성광(聲光)을 어두운 데 묻어두는 방법만이 좋은 계책일 것이다. 집에 거처하며 좌우에 처자를 두고 세속에 응대하며 조상하고 문병하는 일은 인사의 지극히 중한 일이라 폐할 수 없는 것이라서, 유도(儒道)의 대요(大要)는 모두 이에서 벗어나지 않는다. 하지만 내가 결코 견딜 수 없는 일 역시 이것이 가장 심한 일이라서, 억지로 실행한다면 틀림없이 광질이 발현될 것이라 잠시 이 일을 제쳐두고 나머지를 다스릴 것이라 하였으니, 이와 같고도 유자의 규모와 체면이 될 수 있는 이러한 곳은 없을 것이다(旣爲虁逆之身, 苦不欲與人相接. 對客酬應之際, 一言感觸, 五內攢刺, 雖家人兒小, 稍遭噪聒, 則不耐苦悶. 假使日後頑命得延, 而分不能置身醜夷, 與人事相周旋, 獨可以自遣, 惟屏遠蹤迹, 淪晦聲光, 爲得策耳. 至若居家而左妻右子, 應俗而弔喪問疾, 人事之至重而莫可廢焉者也, 儒道大要, 擧不外此. 余之苦苦不堪忍, 亦莫甚於此, 强而行之, 必發狂疾, 姑舍是而治其餘云, 則若是而爲儒者之規模體面, 無有是處)."

「상조태위서」와 「답경명」을 논의하면서 서간체 자기서사에서 보이는 자아상, '나'의 성격, 그 변폭 등을 일부나마 확인할 수 있었다. 지금부터는 이 작품들보다 조금 더 대상으로서의 자기와 거리를 두고 응시하는, 그러면서도 다양한 사안을 통해 자신을 포괄적으로 드러내는 서간체 자기서사를 본격적으로 다루려고 한다. 그 대상은 천책(天頙, 1206경~1293경)[18]의 「답운대아감민호서(答芸臺亞監閔昊書)」, 김시습(金時習, 1435~1493)의 「상유양양진정서(上柳襄陽陳情書)」, 유몽인(柳夢寅, 1559~1623)의 「여유점사승영운서(與楡岾寺僧靈運書)」이다. 창작 시기로 볼 때 천책의 작품을 먼저 다루어야 하겠지만, 논지의 흐름상 서간체 자기서사의 전형에 가까운 김시습의 작품을 우선 다루고, 내적 갈등이 선명하게 부각되는 천책의 글을 마지막으로 살펴보는 것이 타당하다고 판단하여 순서를 바꾸어 고찰하고자 한다.

## 2. 전형 : 김시습의 「상유양양진정서」

김시습은 1485년부터 강원도 양양(襄陽)에 머물기 시작했다. 계유정난(癸酉靖難, 1453) 이후의 방랑, 금오산실(金鰲山室, 1465~1468)에서의 정착과 『금오신화(金鰲新話)』 저술, 환속(還俗)과 재혼(再婚, 1481) 그리고 사별(1483) 등의 우여곡절을 겪은 이후였다. 이때 양양부사(襄陽府使) 유자한(柳自漢)이 출사(出仕)를 권유하자 김시습이 그에게 보낸 편지가 「상유양양진정서」이다.[19] 유자한에게 보낸 「상유자한서(上柳自漢書)」의 첫 번째 편지에서 "내가 바닷가에서 한가하게 노닌 지 벌써 3년이다(僕遨遊海上已三年

---

**18** 천책(天頙)의 생몰년(生沒年)과 그 추정 과정은 許興植(1995), 3~39면을 참조하기 바란다.
**19** 심경호(2012), 21~539면 참조.

矣)."[20]라고 밝혔으므로, 「상유양양진정서」를 보낸 시기는 1487년이나 1488년 8월 26일로 보인다.[21]

앞서 이 글을 서간체 자기서사의 전형이라고 평가한 바 있다. 세계(世系)의 소개로 시작해서 시간의 흐름에 따라 지난 삶을 서술했기 때문이다.[22] 이렇게 보면 김시습의 「상유양양진정서」는 세계(世系)—이력(履歷)—총평(總評)으로 구성되는 자찬비지(自撰碑誌)와 성격 측면에서 유사한 점이 있다. 다만 비지(碑誌)와 편지라는 모 장르의 차이로 어조와 서술 태도는 확연히 다르다.

① 세종(世宗)께서 들으시고 승정원(承政院) 도승지(都承旨) 박이창(朴以昌)에게 진짜인지 가짜인지 여부를 알아보라 전교하셨습니다. 지신사는 무릎 위에 안고서 이름을 부르며 말하였습니다. "너는 (이름으로) 시구를 지을 수 있겠느냐?" 제가 곧 답하며 말했습니다. "올 때는 강보에 쌓인 김시습이요." 또 벽에 걸린 산수도(山水圖)를 가리키며 말하였습니다. "너는 또 (저 그림으로도 시를) 지을 수 있겠느냐?" 저는 곧 답하여 말했습니다. "소정(小亭)과 주택(舟宅)에 어떤 사람이 있는가." 이처럼 산문과 시를 지은 것이 적지 않았습니다.

---

20  金時習, 『梅月堂文集』 권21, 「上柳自漢書」, 410면.

21  유자한은 실록(實錄)의 성종 17년 병오(丙午, 1486) 12월 14일의 기사에 양양부사(襄陽府使), 성종 18년 정미(丁未, 1487) 9월 11일의 기사에 양양도호부사(襄陽都護府使), 성종 20년 기유(己酉, 1489) 2월 4일 기사에 양양부사(襄陽府使)로 각각 호명되고 있다. 아울러 南孝溫의 「遊金剛山記」(『續東文選』 권21, 219면) 중 을사년(乙巳年, 1485) 윤4월 3일의 여정에 "이때 마침 양양군수(襄陽郡守) 유자한이 먼저 와서 자리에 있었고, 반찬이 매우 잘 차려져 있었다(時適有讓陽守柳自漢先在坐, 盤饌甚備)."는 기록이 있다. 따라서 그는 적어도 1485년에서 1489년까지는 양양부사였던 것으로 보인다.

22  세계(世系)와 출생에 대한 서술은 다음과 같다. 金時習, 『梅月集』 권21, 「上柳襄陽陳情書【自漢】」, 403면, "僕姓貫江陵, 三韓時新羅王金閼智之裔, 元聖王弟周元之孫, 三國本史載之詳矣. 母貫蔚珍仙槎張氏, 相傳以爲漢博望侯張騫之裔, 未詳其實. 遠祖金淵·金台鉉, 代爲高麗侍中, 高麗本史詳載矣. 至吾曾祖而止奉翊, 父承其蔭, 纔占仕端, 以病故不克就仕. 僕乙卯年, 生京都泮宮之北."

그러다가 박이창이 곧 입계(入啓)하니 임금께서 다음처럼 전교하셨습니다. "친히 인견(引見)하고 싶지만 여러 사람들의 이목을 놀라게 할까 우려되니, 가친(家親)에게 돌려보내어 남몰래 부지런히 가르치게 하라. 나이 먹고 학업이 성취되면 크게 쓸 것이다." 그러고는 선물을 주어 집으로 돌려보내셨습니다. 나머지 잡스러운 「삼각산(三角山)」 시[23] 등의 여러 근거 없는 말들은 모두 무뢰배들이 전한 것으로서 잘못된 말들입니다.[24]

김시습이 유자한에게 편지를 쓴 직접적인 이유는 출사의 권유에 대한 거절이다. 거절을 위해서는 자신에게 따라붙는 비재(菲才)와 허명(虛名)의 실상을 낱낱이 밝혀야 했다.[25] 이미 '하찮은 재능[菲才]'과 '헛된 명성[虛名]'이라는 표현에서 자신에게 씐 거품을 걷어내겠다는 의도를 보인 것이지만, 그 과정에서 실재했던 영광스러웠던 지난날을 거론하는 일은 불가피했다. 즉 과장과 폄훼를 걷어내기 위해 사실을 제시하는 일, 이것이 위 일화를 편지에 서술한 이유이다. 예문 ①에 앞서 외조부에게 시를 배운 일화와 『정속편(正俗篇)』, 『유학(幼學)』, 『자설(字說)』, 『소학(小學)』, 『중용(中

---

23  세종이 낸 운에 맞추어 「三角山」 시를 지었던 일을 말한다. 그 시는 다음과 같다. "三角高峯貫大淸, 登臨可摘斗牛星. 非徒嶽岫興雲雨, 能使邦家萬歲寧." 세종은 이 시를 보고 기특하게 여기면서도 기뻐하지 않았다고 한다. 나라의 번영을 비는 뜻은 있지만, 스스로 조정의 신하가 되겠다는 뜻은 없고, 세상과 왕가를 내려다보는 오만함이 들어있다는 이유 때문이었다. 심경호(2012), 91~93면 참조.

24  金時習, 『梅月堂集』 권21, 「上柳襄陽陳情書【自漢】」, 404면, "英廟聞而召于代言司知申事朴以昌, 傳旨問虛實能否. 知申事抱于膝上呼名曰, '汝能作句乎?' 僕便應曰, '來時襁褓金時習.' 又指壁畫山水圖曰, '汝又可作?' 僕卽應曰, '小亭舟宅何人在.' 如此作文作詩不少. 卽入啓, 傳旨曰, '欲親引見, 恐駭人聽, 宜還授家親, 韜晦敎養至勤. 待年長學業成就, 將大用.' 賜物還家. 他雜三角山詩, 諸無根浪語, 皆無賴者所傳, 妄也."

25  金時習, 『梅月堂集』 권21, 「上柳襄陽陳情書【自漢】」, 403면, "屢蒙厚渥曲待, 至感至感. 相國之記僕垂恩顧接者, 蓋以菲才與虛名也. 僕之實狀, 敢陳無隱, 非以自矜自損, 欲要譽於人也. 僕雖不自矜, 擧國皆知其虛名, 僕雖不自損, 擧國皆知其癡拙, 又何今日矜自損於相國之前而後露也?"

庸)』,『대학(大學)』 등을 학습한 과정, 예문 ①에 이어 『논어(論語)』,『맹자(孟子)』,『시경(詩經)』,『서경(書經)』,『춘추(春秋)』,『주역(周易)』,『예기(禮記)』, 제사(諸史) 및 제자백가(諸子百家) 등을 탐구한 이력을 상세히 서술한 이유 역시 크게 다르지 않다.[26]

앞서 서간체 자기서사의 특징을 언급하며 상대적으로 서술이 자유롭고 변폭이 넓으며 구심점을 갖추었다고 평가했다. 이에 반해 '자찬비지'는 빗돌이나 자기(瓷器)에 수록되는 글인 만큼 공식적인 어조로 서술되고, 분량과 내용에 제한이 있다. 그래서 구성은 서간체 자기서사와 유사한 면모를 보이지만, 내용을 들여다보면 일정한 차이를 보인다. 김시습의 글보다 150년 뒤인 1637년 12월에 쓰인 자찬비지인 이식(李植, 1584~1647)의 「택구거사자서(澤癯居士自敍)」의 서술과 비교해보면 더욱 명확해진다.

이식의 글은 출생, 9세, 12세, 18세, 기유동(己酉冬), 경술동(庚戌冬), 월삼년계축(越三年癸丑), 명년병진하(明年丙辰夏), 정사(丁巳) 등으로 정확한 시기를 명기한 이후, 그때 겪은 일을 건조할 정도로 '간략하게' 소개하는 데 주력하기 때문이다.[27] 이것은 장르의 기본 문법이므로 19세기 초기의 자

---

26 그 일부만 예거하면 다음과 같다. 金時習,『梅月堂集』 권21,「上柳襄陽陳情書【自漢】」, 403~404면, "至丁巳春, 乃能言, 謂外祖曰, '何以作詩乎?' 祖曰, '聯七字, 平仄對耦押韻, 謂之詩.' 僕曰, '若如此, 可聯七字矣. 祖呼首字可也.' 祖呼春字, 卽應曰, '春雨新幕氣運開.' 蓋居舍是草廬, 望園中細雨, 杏花初拆也. 又曰, '桃紅柳綠三春暮.' 又曰, '珠貫青針松葉露.' 如此作句不少, 盡失其本, 故今忘矣. 從此讀正俗 · 幼學 · 字說等童稚之書畢. 至小學, 通其大意, 能綴文至數千餘言. 己未歲, 讀中庸 · 大學於隣修撰李季甸門下, 與坡封之兄塓同學. 年五歲也, 隣司藝趙須命字作說以授. 其始聞名于京師者, 此二三諸鉅公比隣, 而爲之首唱也. 虛名騰籍, 政丞許稠到廬而訪僕, 卽呼字曰, '余老矣, 老字作句.' 僕卽應曰, '老木開花心不老.' 許便擊節, 嘆詡咱咱曰, '此所謂神童也.' 始縉紳知名屢訪矣."

27 李植,『澤堂集』別集 권16,「澤癯居士自敍」, 544면, "以萬曆甲申十月癸丑, 生居士于漢京. 居士少弱疾. 九歲, 遭倭亂, 遷播南北. 十二, 始從村學, 學句語未成, 遘痁癲之疾, 危死者五六年. 十八, 始就監試不利, 又患癱羸躄痵之疾, 卽棄擧業, 投鄕僻者又五六年. 己酉冬, 復求擧陞上舍. 庚戌冬, 別試中第, 權知成均館學諭, 不就. 越三年癸丑, 以侍講院說書被召, 會逆獄大起, 不敢辭免, 因不赴都堂

찬비지에도 전해진다.[28] 따라서 특별한 계기로서 기능하지 않는 한, 자찬비지에 위와 같은 일화가 삽입될 여지가 많지 않을 뿐만 아니라, 김시습의 시기에 찬술된 자찬비지의 흔적이 아직 발견된 바 없으므로 확인할 수도 없다.

그리고 자찬비지를 비롯해서 '자찬행장', '자찬연보' 등은 연대기이므로 해당연도별로 서술이 고립되기 쉽다. 필기체 자기서사의 경우는 변폭과 편폭이라는 측면에서 서간체 자기서사보다 조금 더 자유롭지만, 앞서 말했듯이 구심점을 갖기 힘들다. 반면 김시습의 글에는 '실상을 해명함으로써 출사할 수 없는 이유를 설득'한다는, 글을 관통하는 벼리가 있다. 예문 ①의 말미와 다음의 예문에서 찾아볼 수 있다.

② 젊어서부터 영화로움을 좋아하지 않았고 또 친척과 이웃들이 지나치게 칭찬하는 것을 부끄러워하였습니다. 이윽고 제 마음과 세상의 일이 서로 어긋나 좌절하고 있을 때, 세종(世宗)과 문종(文宗)께서 연이어 승하하셨고, 세조(世祖) 초년에는 벗들과 세신(世臣)들이 모두 죽었습니다. 그리고 다시 이교(異教 : 佛教)가 크게 일어나 사문(斯文)이 쇠퇴하게 되었고 제 뜻도 이미 황량해졌습니다. 그래서 중들과 산수를 유람하자, 사람들은 제가 부처를 좋아한다고 여기게 되었습니다. 하지만 이교의 도(道)로 세상에 드러나고 싶지는 않아서, 세조께서 여러 차례 교

---

考, 被貶得遞. 秋先大夫卒于驪江寓居, 卜葬砥平東谷, 因廬居終制. 明年丙辰夏, 除北道評事, 冬末罷歸. 丁巳, 以兼宣傳官, 再受西班祿. 秋有點馬海西之行, 會廢妃大論起, 卽納祿歸東谷.

**28** 대표적인 한 가지 사례만 들어보면 다음과 같다. 丁若鏞, 『與猶堂全書』 권16, 「自撰墓誌銘【壙中本】」, 339면, "幼而穎悟, 長而好學. 二十二以經義爲進士, 專治儷文, 二十八中甲科第二人. 大臣選啓, 隷奎章閣月課文臣, 旋入翰林, 爲藝文館檢閱. 升爲司憲府持平·司諫院正言·弘文館修撰·校理·成均館直講·備邊司郎官. 出而爲京畿暗行御史. 乙卯春, 以景慕宮上號都監郎官, 由司諫擢拜通政大夫承政院同副承旨. 由右副至左副承旨, 爲兵曹參議. 嘉慶丁巳, 出爲谷山都護使, 多惠政. 己未復入爲承旨·刑曹參議, 理冤獄. 庚申六月, 蒙賜漢書選, 是月正宗大王薨, 於是乎禍作矣."

지를 내리셨으나 모두 나아가지 않았던 것입니다. 처신을 더욱 거칠게 해서 사람들과 동렬에 함께하지 못할 정도가 되었기 때문에, 혹자는 저를 어리석다 여기고 혹자는 저를 미쳤다고 여겼는데, 소라고 부르든 말이라고 부르든 개의치 않고 모두 대꾸하였습니다.

지금 성상(聖上 : 成宗)이 등극하셔서 현명한 인재를 등용하고 간언을 따르시기에 출사(出仕)를 점쳤습니다. 십여 년 전부터 다시 육적(六籍)을 익혀 다소 정밀해졌고, 우리 조상의 제사를 계승하는 일이 저에게는 정말 막중했습니다. 그래서 벼슬자리에 나가 조상의 제사를 지내고자 했지만, 마치 둥근 구멍에 모난 자루를 꽂는 것 같이 저와 세상은 여러 차례 서로 어긋났습니다. 하지만 옛 친구들은 이미 다 죽었고 새로운 친구들은 아직 익숙지 않으니, 누가 제 속마음을 알아주었겠습니까? 그리하여 다시 산수 간을 떠돌게 된 것입니다. 이것은 모두 사실이니 공께서만은 묵묵히 알아주실 것입니다. 나를 알지 못하는 자들은 집이 가난하고 낙척하여 스스로 뜻을 펼칠 수 없게 된 탓에 유리걸식하다 이곳에 이르렀다고 여기기도 하고, 심지어는 노비들도 싹 다 팔고 빈곤해져서 이곳으로 와 전전한다고 여기니, 가소롭습니다. 이것은 모두 「삼각산」 시나 염양(厭禳)·한필(漢筆)[29]과 같은 허무맹랑한 소리일 뿐입니다. 헛된 명성으로 조물자에게 미움을 받게 된 것이 어찌 하나같이 이처럼 심하다는 말입니까?[30]

---

29 염양(厭禳)은 주술로써 저주나 복을 내리게 하는 행위를 말하는데, 한필(漢筆)과 마찬가지로 구체적으로 어떤 일을 가리키는지 알 수 없다.

30 金時習, 『梅月堂集』 권21, 「上柳襄陽陳情書【自漢】, 404~405면, "自少不喜榮建, 而且以親戚隣里濫譽爲惡矣. 旣而心事相違, 顚沛之際, 英廟·顯廟, 相繼賓天, 光廟之初, 故舊喬木, 盡爲鬼簿. 而復異教大興, 斯文陵夷, 僕之志已荒涼矣. 遂伴髡者遊山水, 故人以我爲喜釋. 然不欲以異道顯世, 故光廟傳旨屢召, 而皆不就. 處身益以疏曠, 使人不齒, 故或以僕爲癡, 或以僕爲狂, 呼牛呼馬, 皆便應. 今聖上登極, 用賢從諫, 冀欲筮仕. 十餘年前, 復於六籍, 溫熟稍精, 而承我宗祀, 僕其重矣. 故將仕祭先, 屢見身世相違, 如圓鑿方枘. 舊知已盡, 新知未慣, 孰知余之素志? 故復放浪形骸於山水間矣. 是皆實事, 惟公默志. 不知我者, 以謂家貧落魄, 不能自伸, 故流離至此, 乃至以爲盡賣臧獲, 窮貧而來輾轉耳, 可爲長噱. 是皆如三角山詩及厭禳·漢筆等浮談也. 且虛名爲造物所忌, 一何至於此極也?"

김시습의 글 전체를 관통하는 벼리 중에서도 핵심은 '시대와의 불화'이다. 첫 단락의 "심사상위(心事相違)"와 둘째 단락의 "신세상위(身世相違)"가 단적으로 보여준다. 예문 ②의 첫 단락에 보이는 불화는 세종과 문종이 승하한 시기(1450~1452)와 맞물려 있으므로, 그 기간에 일어난 사건, 즉 15세에 맞은 어머니의 죽음(1449), 삼년상이 채 끝나기 전 맞은 외할머니의 죽음, 아버지의 병환으로 인한 집안의 쇠락과 아버지의 재혼 등으로 야기된 것이다.[31] 아울러 당대 정치적 상황 때문에 구체적으로 밝히지는 못했지만, 첫 단락의 "세조(世祖) 초년에는 벗들과 세신(世臣)들이 모두 죽었습니다."라는 서술로써 볼 때, 불화의 또 다른 원인은 계유정난(癸酉靖難, 1453) – 단종(端宗)의 폐위(1455) – 병자화(丙子禍 : 死六臣 사건, 1456)로 이어지는 찬탈과 희생으로 짐작된다.[32]

두 번째 단락에 보이는 불화는 성종(成宗, 재위 : 1469~1494) 초기인 1470년 전후의 일이고, "장사제선(將仕祭先)" 하려던 시도가 좌절된 데서 "신세상위"의 원인을 찾을 수 있다. 이렇게 보자면 두 번째의 불화는 앞서 살펴본 이규보의 그것과도 성격이 유사하다. 그리고 「상조태위서」의 둘째 단락 서두에도 "아아, 뜻은 크나 재주는 성글고 타고난 운명은 궁박해서 서른이 되도록 여전히 일개 군현(郡縣)의 직임조차 맡지 못하여 말하지 못할 외롭고 괴로운 온갖 사정이 있으니, 마흔에 어떻게 될지는 벌써 알 만합니다."라고 말하고 있으므로, 불우한 심정의 토로도 두 글 모두에서 보인다. 하지만 두 편지 전체를 두고 보면, 김시습의 글은 출사의 거절이, 그리고 이규보의 글은 자천(自薦)이 각각 그 목적이고, 편지의 어조

---

31 金時習, 『梅月堂集』 권21, 「上柳襄陽陳情書【自漢】」, 404면, "至十五歲, 慈母見背, 鞠於外公婆. 公婆以獨外甥, 愛而育猶子焉. 及丁母憂, 率于農莊, 不遣京都. 守墳三年, 未及終制, 而公婆又繼捐世矣. 鰥爸抱病, 不能治家事, 又得繼母, 世事乖薄."
32 이 시기 김시습의 대응은 심경호, 앞의 책, 113~142면을 참조하기 바란다.

역시 각각 '체념'과 '희망'으로 나누어진다는 사실은 보이는 그대로이다.

그런데 시대와의 불화에서 오는 비감과 고립감을 토로했다는 점에서 김시습의 글은 김창흡의 「답경명」과도 통한다. 다만 앞서 말했듯이 「답경명」의 김창흡은 아직 완료되지 않은 사건과 감정 속에 빠져 있는 반면, 김시습은 삶을 되돌아보며 앞으로의 방향을 제시하고 있다.

③ 처한 상황에 따라 행동하고 분수에 맞게 처리하며, 꾹 참고서 마음을 쓰고 애써 노력하여 처신하는 것, 여기에 옛 도리(道理)가 있다. 경명(敬明) 너처럼 곧고 정성스러운 사람은 여기에 함께 할 수 있다. 나는 비록 그렇게 하지 못하지만, 나는 여전히 경명 네가 그렇게 되기를 바란다. 괴롭고 곤궁한 데 마음을 두고 허환(虛幻)에 자취를 깃들이며, 인간과 귀신 사이에서 주저하고 토목(土木)처럼 생각 없이 몽롱하고 멍하게 구차히 시일(時日)을 보내는 것이 내가 바라는 일이라고 한 말[33]을 경명 네가 용서해주기 바란다.[34]

④ 마침 농사를 망쳤기에 긴 보습을 만들어 그것으로 복령(茯苓)과 창출(蒼朮)이나 캐야겠습니다. 온 나무에 서리 맺혔을 때 중유(仲由)의 온포(縕袍)를 수선하고, 온 산에 눈이 쌓였을 때 왕공(王恭)의 학창의(鶴氅衣)를 정돈하려고 합니다. 궁곤하고 실의한 채로 이 세상에 사느니, 차라리 소요하며 삶을 살다가 천년 이후에 나의 본래 뜻을 알아주기나 바라는 게 나을 것입니다.[35]

---

33 그 구체적인 발언들은 다음과 같다. 金昌翕, 『三淵集』 권17, 「答敬明」, 353면, "어찌 내가 감히 실행하기를 꺼리겠느냐? 제대로 나가지 못하는 일을 두려워하는 것이다(蓋豈敢憚行? 畏不能趨).": "오로지 종적을 먼 곳에 감추고 성광(聲光)을 어두운 데 묻어두는 방법만이 좋은 계책일 것이다(惟屏遠蹤迹, 淪晦聲光, 爲得策耳)."

34 金昌翕, 『三淵集』 권17, 「答敬明」, 353면, "素位而行, 隨分而遣, 隱忍以處心, 堅苦以持身, 古之道理有在於是. 貞慤如敬明者, 可以與此, 吾雖不能, 而猶爲敬明願之. 棲心苦淡, 寄迹虛幻, 依違人鬼, 兀同土木, 悠悠忽忽, 苟度時日, 吾欲云云, 冀敬明之恕焉."

예문 ③은 「답경명」의 일부이다. 얼핏 보면 이 서술은 환란에 대처하는 옛사람의 도리를 아우가 따르게 되기를 바라는 마음이 담긴 기원으로 보인다. 뿐만 아니라 불교에 빠져 시간을 구차히 보내기를 원했던 일에 용서를 구하는 것처럼 보이기도 한다. 하지만 「답경명」 전체의 맥락 속에서 보면 위 예문은 김창흡의 자포자기가 뚜렷하게 부각되는 지점이라는 사실에 더욱 주목해야 한다. 위 예문의 "오수불능(吾雖不能)"에 분명히 밝혔을 뿐만 아니라, 앞서 살펴본 1절의 예문 ②에 보이는 체념의 말인 "지금 나는 끝났구나, 끝났구나, 운명이 다 되었구나. 참으로 요·순·주·공의 도와 슬프게도 작별해야 하는구나!"를 이미 보았기 때문이다. 이 때문에 「답경명」이 야기할 오해를 불식하고자 『삼연선생연보(三淵先生年譜)』의 편찬자는 이 글을 소개하고서 "얼마 후 다시 『중용』을 읽고 크게 깨우쳐서, 이때부터 마침내 유학(儒學)에 전념하셨다."[36]는 서술을 덧붙여야 했다.

예문 ④는 김시습 편지의 마지막 단락이다. 위 서술에 앞서 그는 '궁핍하다고 남에게 기식하고 "네네" 거리면서 어깨를 움츠리고 구걸하여 무례하게 주는 음식[嗟來之食]을 먹을 수 없다'는 점, '늙을수록 더욱 씩씩해지고 가난할수록 더욱 단단해져야 한다'는 사실을 밝혔다.[37] 이어서 그는 세속에서 살 수 없는 다섯 가지 이유를 말하는데, 그중 두 번째, 네 번째, 다섯 번째 이유가 핵심이다. 그 내용은 '생계를 꾸리면 빈부(貧富)에서

---

35 金時習, 『梅月堂集』 권21, 「上柳襄陽陳情書【自漢】」, 405면, "適爲稼穡之卒瘁, 將製長鑱, 用斲苓朮. 庶欲萬樹凝霜, 修仲由之縕袍, 千山積雪, 整王恭之鶴氅. 與其落魄而居世, 孰若逍遙而送生, 黃千載之下知余之素志."

36 金洙根 編, 『三淵先生年譜』 上, 16면, "已而復讀中庸, 大感悟, 自是, 遂專意儒學."

37 金時習, 『梅月堂集』 권21, 「上柳襄陽陳情書【自漢】」, 405면, "若匱乏而寄食於人, 糊口於官, 脅肩諾諾, 以求餔餟, 士之志願墜地矣. 傍人復以謂窮而受嗟來之食矣. 古人云, 老當益壯, 窮且益堅, 於僕當之矣."

자유로울 수 없다', '변변찮은 무리들에게 용납될 수 없어서 어차피 자신의 뜻을 펼칠 수 없다', '세상과 어긋나 남들의 비방을 받는 선비의 본분은 물러나서 스스로 즐기는 일뿐이다.'로 각각 요약할 수 있다.[38] 그러다 갑자기 "아, 인자(仁者 : 유자한)는 가엽게 여겨 지중하게 대우해주지만, 하늘은 어째서 돕지 않는단 말입니까(噫, 仁者垂憐, 賜以顧接之至重, 天何不佑)?"[39]라는 단말마를 내뱉고 난 뒤 예문 ④처럼 마무리 짓는다.

요컨대 김시습은 구차하게 살지 않겠다는 다짐을 밝히면서도 시대와의 불화로 인한 비감을 아직 완전히 억누르지는 못했다. 그것이 하늘에 대한 원망으로 드러난 것이며, 따라서 예문 ④에서 보이는 일상으로의 복귀와 그 안에서의 평정을 구하는 자세는 시대와의 불화를 극복한 자의 달관한 말이라기보다 체념에 가깝다. 하지만 그것은 김창흡의 사례에서 보이듯 아프고 괴로운 심정으로 인한 자포자기와 다르며, 그렇기 때문에 김시습은 자신의 지향을 일정하게 제시할 수 있었다.

지금까지의 논의를 종합하여 김시습의 「상유양양진정서」에서 성찰적인 태도와 내면이 부각된 이유를 다음처럼 밝힐 수 있다. 이이(李珥, 1536~1584)는 「김시습전(金時習傳)」에서 예문 ④를 출사에 대한 거절의 단적인 예로 제시한 바 있다.[40] 이이가 적절히 예거한 것처럼 거절의 말은 부드

---

38 金時習, 『梅月堂集』권21, 「上柳襄陽陳情書【自漢】」, 405면, "僕之處身, 極爲至難, 而不得居於人世者, 有五不可焉. 世人見人裝束, 不以心志也, 而無浣汚裁縫者, 一不可也. 得若妻若妾, 便作居計, 治生所絆, 不能於貧富自在, 二不可也. 又安得如陶之翟氏 · 梁之孟光乎? 三不可也. 雖故舊見憐, 薦以一宦, 秩微祿薄, 不能遽伸. 又僕性戇直, 不能容於碌碌之輩, 四不可也. 僕之居於深洞, 只愛山明水麗, 若耕耘之事, 非所个懷. 且今歲損稼, 而出洞求活, 人便謂如前窮迫, 故立身如此, 五不可也. 且士之身世矛盾, 退居自樂, 蓋其素分耳, 安得受人嗤謗而強留人世乎?'

39 金時習, 『梅月堂集』권21, 「上柳襄陽陳情書【自漢】」, 405면.

40 李珥, 『栗谷全書』권14, 「金時習傳」, 295~296면, "喜遊江陵 · 襄陽之境, 多住雪嶽 · 寒溪 · 淸平等山. 柳自漢宰襄陽待以禮, 勸復家業行于世, 時習以書謝之, 有曰, '將製長鑱, 用斲羊朮, 庶欲萬樹凝霜, 修仲由之縕袍, 千山積雪, 整王恭之鶴氅. 與其落魄而居世, 孰若逍遙而送生, 冀千載之下, 知余之素志.'"

럽지만 의지는 확고하다. 다만 김시습은 출사의 요청을 저처럼 거절하기 위해 일생의 주요한 지점을 밝힐 필요가 있었고, 그것이 삶을 되돌아보며 성찰하게 만든 계기가 되었다. 다음으로, 스스로를 높이거나[自稱] 스스로를 깎아내리는 일[自撝] 없이 자신의 실상을 보여주려 했기 때문에[41] 예문 ①과 같은 전성기의 서술도 필요했는데, 김시습의 일생은 그 이후 지속적으로 하강하는 궤적을 그리므로 비애와 비감의 노출은 어쩌면 당연한 결과인지도 모른다. 마지막으로, 그 이전의 자기서사와는 달리 개인의 내면이 비교적 분명하게 드러나는 또 다른 이유는 편지가 '나'를 보여주기에 적합하다는 장르적 특징에서도 찾을 수 있다.

## 3. 변명 : 유몽인의 「여유점사승영운서」

자신의 능력에 비해 대우가 턱없이 부족하다고 생각했던 유몽인은 현세(現世)에서 자신이 원하는 만큼의 인정을 받을 희망이 없다고 판단했다. 그 결과 만년(晩年)에 글로써 명성을 남기기 위해 고민했고, 『어우집(於于集)』과 『어우야담(於于野譚)』에 그 고민이 고스란히 담겨 있다. 그런데 그는 후세에 이름을 남기는 일에는 저술의 수준보다 천추만세(千秋萬歲)에 '부끄럽지 않은 윤리적인 삶'을 살았다고 평가되는 조건이 더욱 중요하다는 사실 역시 깨닫고 있었다.[42] 이 때문에 그가 만년에 쓴 글에는 자신의 삶이 부끄럽지 않았다는 점을 해명하려는 노력이 선명하게 드러난다. 지금부터 보게 될 「여유점사승영운서(與楡岾寺僧靈運書)」도 그 연장선에 있으며, 따라서 이 편지의 서사를 이끌어가는 구심점은 '변명'[43]이다.

---

**41** 주석 25를 참조하기 바란다.

**42** 유몽인이 만년(晩年)에 지녔던 글쓰기와 명성에 대한 고민은 안득용(2013b), 41~47면을 참조하기 바란다.

한편 「여유점사승영운서」에는 김시습의 「상유양양진정서」와 달리 유년기의 서술이 없다. 그 이유는 다음의 두 가지로 추정해볼 수 있다. 우선, 삶의 지향에 연관된 변명에 중점을 두다 보니 민감한 정치적 사안과 무관한 시기를 배제했으며, 다음으로, 다른 서간체 자기서사에 이미 그에 대해 서술해 두었기 때문에 반복할 필요가 없었다는 점을 들 수 있다. 그의 유년기를 확인할 수 있는 또 다른 서간체 자기서사는 「중답남도헌서(重答南都憲書)」인데 그 내용은 다음과 같다.

① 저는 9세에 아버지를 여의었으나 다행히 어머니의 엄정한 교육에 의지하고, 여러 형님들의 가르침을 받았습니다. 또한 제 누님은 경서(經書)와 사서(史書)에 널리 통했으니, 한 집안의 식견이 모두 세속의 사람들이 제대로 할 수 없는 바였습니다. 이 때문에 11세에 시(詩)·부(賦)·론(論)을 지어 어른들의 칭찬을 받을 수 있었는데, 간혹 선배 문사가 스스로를 낮추고서 묻는 경우도 있었습니다. 15세에 비로소 교리(校理) 신호(申濩) 선생을 만나 고문(古文)에 종사하였으니, 고문을 배움이 빠르지 않은 것은 아니었지만 짓다 말기를 반복하여 제대로 지은 것이 하나도 없게 되었습니다. 시는 17세부터 시작했지만 곧 내팽개쳐 버렸습니다. 30세가 넘어 과거에 급제하고서 다시 시 공부를 했지만 공무에 끙끙대느라 공부하다 막히는 때가 많았습니다. 다만 변변찮은 재주가 여기에 조금 장처(長處)가 있어 간간히 득의한 작품이 있었습니다. 이를테면 「곡차오산(哭車五山)」 200운의 배율(排律), 「유두류(遊頭流)」 100운의 배율, 기타 「유정(惟政)」과 「동악묘(東岳廟)」의 장단구(長短句), 「산목행(山木行)」 등과 같은 작품들은 스스로 생각하기에도 산문보다 조금 낫습니다. 설령 글쓰기에 일생의 공력을 다하더라도 사람들의

---

43 여기에서 사용하는 변명(辨明)이라는 말은 본서의 8장과 마찬가지로 '잘못이나 실수에 구실을 댄다'는 부정적 의미와 '옳고 그름을 가려 사리를 밝힌다'는 긍정적 의미를 모두 포함하고 있다.

이목을 놀라게 하기를 시처럼 할 수는 없을 것 같습니다.[44]

편지의 수신인은 당시 대사헌(大司憲)이었던 남근(南瑾, 1556~1635)이다. 김시습의 글처럼 세계(世系)를 상세히 서술하지는 않았지만, 이규보의 글에서 보이는 정도의 정보는 제공하고 있다. 예문 ①에서 확인할 수 있는 유년기의 학습 과정과 시문의 장단점을 평가한 내용 외에, 이하의 서술에서 초서(草書)를 비롯한 글씨의 수련, 고(古)에 대한 애호, 글쓰기의 고민 등도 서술해두었기 때문이다. 따라서 유점사(楡岾寺)의 승려 영운(靈運)에게 유사한 내용을 반복해서 말하기보다 당시 유몽인 자신이 더욱 절실하게 전하고 싶은 이야기를 중심으로 서술했던 것으로 보인다. 그가 간곡히 전하고 싶었던 이야기는 「여유점사승영운서」 서두의 "내 한 마디 해서 불평을 소리 내고자 했는데, 어찌 그대[영운]로 인해 붓을 떨쳐 글을 쓰지 않겠소?"[45]에서 보이듯 '불평'에 관한 내용이다. 그리고 그것은 당시에 야기된 비난으로 인해 자신의 삶이 제대로 전해지지 않을 수도 있겠다는 우려를 불식하기 위해 구실을 대거나 진실을 가려 사리를 밝히려는 태도, 즉 '변명'과 연관된다. 변명을 위해 유몽인은 편지의 서두에 삶의 지향을 다음처럼 제시한다.

44 柳夢寅, 『於于集』 권5, 「重答南都憲書」, 412면, "僕九歲失所怙, 幸賴慈氏嚴正, 飭諸兄訓誨. 僕大姊博通書史, 一家所聞見, 皆世人所未能者. 是以十一歲能作詩賦論, 爲長者稱譽, 或有先達之士, 屈高駕而問之. 十五歲, 始遇申校理濩, 從事于古文, 學古非不早也, 而作輒靡常, 不能一其做工. 詩自十七歲, 便束之高閣, 過三十登第, 復其業, 而揖揖於公家事, 沮厭功者多矣. 惟其薄才稍長於斯, 間有得意之作. 如哭車五山律二百韻, 遊頭流律一百韻, 其餘惟政及東岳廟長短句, 山木行等篇, 則自謂稍勝於文. 設令爲文盡一生力, 似不能駭人視聽, 依俙於詩."
45 柳夢寅, 『於于集』 권5, 「與楡岾寺僧靈運書」, 419면, "余有一言, 欲鳴不平, 盍因子奮筆乎?"

② 나는 성격이 굳세어서 내 견해[己見]를 스스로 고수하였지, 나를 굽히고 남을 좇아본 적이 없습니다. 다만 마음은 굳세게 먹었을지라도 말은 부드럽게 하여, 한편으로는 일을 공정하게 처리하면서도 다른 한편으로는 화를 스스로 면하게 되었습니다. 그렇기 때문에 평소 옛사람을 벗하였지, 평범한 사람과 벗하는 일을 부끄러워하여 동서남북 어디에도 사당(私黨)이 없었고, 영광스러운 벼슬자리가 내게 오더라도 아랑곳하지 않고 힘쓰지 않았으니, 행적이 외롭기로는 나만한 사람이 없습니다.[46]

유몽인은 이 편지를 금강산(金剛山)의 표훈사(表訓寺)에서 떠나던 1623년 4월 7일 직전에 썼다.[47] 그가 금강산에 도착한 시기는 1622년 9월인데, 이 6개월 중 석 달을 앓았고 나머지 기간 동안은 굶주렸다. 여러 작품에서 증명되듯이 자기서사는 생명이 위독한 시기, 혹은 그 직후에 쓰이는 경우가 많다. 갑자기 스러져서 이 세상에 살았다는 증거조차 남기지 못할 수도 있다는 우려가 그때 커지기 때문이다. 자리를 털고 일어나긴 했지만 유몽인 역시 이 시기에 인생의 정리가 절실하게 필요했던 것으로 보인다. 게다가 그는 1618년 관직에서 물러나 서호(西湖)에 머무를 때부터 자신의 삶과 그 삶의 다양한 계기를 증명할 문집을 정리해왔다. 자리를 털고 일어난 이후 그 작업을 일단락지었고, 마침 글씨에 재주가 있는

---

46 柳夢寅, 『於于集』 권5, 「與楡岾寺僧靈運書」, 419면, 余性剛自守己見, 不曾枉己而從人. 剛其心柔其言, 一以直其事, 一以自免於禍. 故平生尙友古人, 恥與恒人爲朋比, 東西南北, 無一私黨, 榮宦之來, 任彼不自力, 蹤跡之孤, 莫我若者也.

47 『於于先生年譜』에서 "癸亥仁祖憲文大王元年, 公六十五歲. 在金剛山表訓寺, 與悟僧爲伴, 托心物外, 猶恐入山之不深."이라고 서술한 내용으로 보아 이 시기 유몽인은 금강산의 표훈사(表訓寺)에 머물고 있었다. 그리고 「與楡岾寺僧靈運書」의 서두에 "時四月維夏, 涉屩門數丈雪來問曰"이라고 한 서술과 『어우연보』의 "遂以琴書衣帶, 付表勳僧, 作書與楡岾僧靈運, 畢陳平生行跡曰, '後日之來, 當卜地於外山, 日與師源源 四月七日, 離金剛, 西行轉入鐵原之寶蓋山."이라는 말로써 보아 이 편지는 1623년 4월 7일, 즉 그가 금강산을 떠나기 직전에 쓴 것으로 보인다.

승려 영운이 1623년 4월 초에 글을 청해온다. 이로써 보자면 1623년 4월 7일 직전은 그가 문집 간행을 시도하기에도 적기였다.

사마천(司馬遷)의 「태사공자서(太史公自序)」는 세계(世系)와 이력의 서술 및 『사기(史記)』 전편(全篇)의 해설을, 「보임소경서(報任少卿書)」는 이릉(李陵)의 사건과 궁형(宮刑)의 치욕을 당하고도 자결하지 않은 이유에 대한 변명을 각각 담고 있다. 유몽인의 「여유점사승영운서」도 삶의 변명 및 자신이 창작한 시와 산문의 속뜻을 수록하고 있으므로, 사마천에 비해 소략하지만 「태사공자서」와 「보임소경서」의 대체적 내용을 모두 지니고 있는 셈이다. 「여유점사승영운서」가 이처럼 자신의 삶을 증명하는 자기서사이면서 작품의 내용을 해설하는 서문의 성격을 동시에 띠게 된 이유는 위의 단락에서 살펴본 정황에서 찾을 수 있다. 다만 편지의 성격상 무한히 길게 쓸 수 없었기 때문에, 모든 사건과 작품에 변명과 해설을 곁들이지 못하고 특정한 지점에만 눈길을 주었다. 이번 절의 서두에서 고찰했듯이, 그 구심점은 '부끄럽지 않은 삶'이다. 이러한 이유로 인해 이 편지는 사건과 작품의 변명과 해설을 통해 부끄러운 삶을 살았다는 오해를 야기할 만한 소지를 제거하는 일에 집중하고 있는데, 그 대전제가 바로 예문 ②이다.

사실 「여유점사승영운서」는 유몽인 "자수기견(自守己見)"의 역정(歷程)을 보여준 편지라고 보아도 좋다. 부연하자면, 자신의 뜻을 굽혀 남을 따라본 적은 없지만 "강기심유기언(剛其心柔其言)" 했으므로 지금까지 살아남았고 앞으로도 그렇게 살겠다는 의지의 표현이기도 하다. 이처럼 '나 홀로 가는 길'을 선택한 결과, 어느 곳에도 얽매이지 않고 자유로울 수 있었지만 그만큼 외로웠고, 집단을 이룬 다른 사람들에게 근거 없는 비판을 받았으므로, 유몽인은 제기되는 비판 각각을 변명해야 했다. 뿐만 아니라 '굳센 속뜻은 감추고 부드럽게 들리도록 말을 했기 때문에'

자신이 한 말의 원래 의미를 설명할 필요도 있었다. 앞으로 보게 될 예문 ② 이하의 내용이 모두 "자수기견"과 "강기심유기언"에 관련된 지점에만 초점이 맞추어진 이유가 바로 여기에 있다. 특히 이 편지를 쓴 시기가 인조반정 직후이므로, 그 초점은 다음에서 보이듯 인목대비 폐위를 외친 무리들과의 거리두기에 있다.

③ 무신년(戊申年, 1608)에 새 왕[光海君]이 즉위하였고, 때마침 나는 외람되게 도승지(都承旨)가 되어 규(圭)를 올리게 되었는데, 조종조(朝宗朝)의 진규승지(進圭承旨) 승진의 예[陞階例]에 의한 것이었습니다. 나는 이때 인목대비(仁穆大妃)의 전교(傳敎)를 공손히 받았는데, 대체로 선왕(先王 : 宣祖)께서 칠대신(七大臣)에게 내린 유교(遺敎)와 선왕께서 임종하실 때 난필(亂筆)로 쓰신 영창대군(永昌大君)에 관한 일 및 인목대비께서 한글로 쓰신 선왕의 행장(行狀)에 관한 일과 산릉(山陵)에 대한 일 등으로서, 이것 때문에 간관(諫官)들에게 탄핵을 받았습니다. 그런데 국모(國母)의 전지(傳旨)와 선왕의 유교를 공손히 받은 것이 무슨 큰 죄가 되겠습니까? 그런데도 정지성(鄭之成)과 최지원(崔之源)의 무리가 이에 감히 격분하여 제멋대로 말하며 탄핵을 하였으니, 이것은 다름이 아니라 국모를 멸시한 것으로서 국모 폐출(廢黜)의 조짐은 이때부터 싹텄던 것입니다. 내가 이 일을 매우 애통해하는 것도 사사로운 이유 때문이 아닙니다.[48]

1608년은 유몽인이 세 번째로 관직에서 물러난 해이다. 1599년 사헌부 집의(司憲府執義)에 제수되었다가 모친상(母親喪) 때문에 조정을 비운 일이

---

48 柳夢寅, 『於于集』 권5, 「與楡岾寺僧靈運書」, 419면, "當戊申新王卽祚, 適余忝都承旨進圭, 自朝宗朝 進圭承旨陞階例也. 余於其時, 祗受大妃殿敎, 盖先王遺敎于七大臣, 及先王臨終亂筆大君事, 及大妃 諺書先王行狀事及山陵事也, 以此被劾於言官. 祗受國母之傳旨及先王之遺敎, 是何等大罪? 而鄭之 成·崔之源輩乃敢攘臂肆言而劾之, 是無他, 蔑視國母, 廢黜之兆自此萌也. 余甚痛之, 非爲私也."

첫 번째이고, 1602년 홍문관전한(弘文館典翰)으로 있으면서 올린 「옥당차자(玉堂箚子)」에서 용렬하고 탐욕스러우며 더러운 무리를 비판하고 책망한 일로 충청도(忠淸道) 연산(連山)으로 퇴거한 것이 두 번째이다. 모두 자신의 삶이 떳떳했다는 사실을 밝히기에 적당한 계기일 수 있지만, 「여유점사승영운서」에는 이 일들을 수록하지 않고 오로지 인목대비의 폐위에 반대했음을 밝히는 일에만 집중한다. 그 의도는 예문 ③에서 찾을 수 있다. 위 예문에서는 도승지로서 칠대신들에게 선조의 유교를 전한 일로 대신들과 함께 척출(斥黜)된 사건을 말하고 있다. 다만 여기에서 유몽인이 부각시키려고 한 지점은 폐모의 조짐을 미연에 막지 못하였기 때문에 애통하다고 말한 마지막 구절이다. 즉 그는 무엇보다 '역신(逆臣)들과 거리두기'를 유념하고 있는 것이다.

그의 이러한 심중은 조정에서 척출되어 남산에 기거하던 이 시기에 쓴 「차성칙행운(次成則行韻)」의 "황혼녘 미인이 온다는 괜한 소식, 소 덕석에 한기 들어 물 뿌린 듯 추운 때. 산 너머 흑풍에 눈 올 것 같은데, 저 새 편히 쉴 곳 그 어느 가지인지(黃昏虛報美人期, 寒入牛衣潑水時. 山外黑風供雪意, 棲禽何處可安枝)."에서도 드러난다.[49] 이 시를 두고 『어우연보』의 편찬자는 "아마도 이 시의 흑풍(黑風)은 북당(北黨)을 가리키는 듯하다(蓋黑風指北黨也)."[50]라고 말했는데, "흑풍"과 "서금(棲禽)"에서 그 대립이 확연히 드러난다.

이 외에도 유몽인은 시와 산문 곳곳에서 역신들과 거리를 두었다는 알리바이를 남겨두었고 그것이 종합된 결과가 「여유점사승영운서」이다. 실제로 예문 ③ 이하의 모든 서술, 예컨대 1618년 의금부(義禁府)의

---

49 柳夢寅, 『於于集』 권1, 「次成則行韻【南散閑錄○戊申】」, 316면.
50 『於于先生年譜』, 10면.

심문관(審問官)으로서 대비 폐위를 반대하는 상소를 올린 허국(許國)의 죄를 감해준 사건, 대비의 폐출(廢黜)을 수월하게 수행하기 위해 김개(金闓)를 대사헌으로 삼으려던 허균(許筠)의 시도를 이조참판(吏曹參判)으로서 막은 일 등을 소개한 데서 그 의도가 분명히 보인다. 뿐만 아니라 폐출의 논의가 있을 때 국론(國論)을 따르지 않았던 일도 이 편지에서 소개하고 있다.

그런데 이처럼 특정 사건에 대한 변명뿐만 아니라 「여유점사승영운서」에서 보이는 자신이 쓴 시와 산문의 해설 역시 거리두기와 밀접한 연관이 있다.

④ 안처인(安處仁)의 무고(誣告)로 인한 옥사가 일어났을 때, 한창 남산 기슭에서 봄놀이를 하며 「백주(栢舟)」와 「녹명(鹿鳴)」의 노랫소리를 듣고 있는데 추국청(推鞫廳)에서 나를 급하게 불렀습니다. 나는 도중에 취하여 절구(絶句) 한 편을 읊조리고 추국청에서 지필(紙筆)을 구하여 썼는데, 그 시는 다음과 같습니다. "온 성 가득한 꽃과 버들 두른 곳에서 봄놀이 하는데, 옥같이 아름다운 손 잔을 멈추고 「백주」를 노래하는구나. 장사가 홀연 긴 칼 잡고 일어나, 취하여 간사한 늙은 이의 머리를 박살내리라." 당시 당국자들은 이 시를 매우 싫어했습니다. 허균(許筠)은 "노간(老奸)"이 자신을 가리키는 줄 알았고, 이이첨(李爾瞻)은 박승종(朴承宗)에게 미루었으며, 박승종은 이이첨에게 떠넘겼습니다. 권간(權奸)들이 모두 화를 내어 악언(惡言)을 지어서 주상께 알렸습니다. 김개(金闓)가 종형(從兄) 이시량(李時亮)을 사주하여 틈을 봐서 상장(上章)하였기에 시안(詩案)으로 인한 옥사가 성립되려고 할 때, 마침 천신(天神)이 도우셔서 다행히 면하게 되었습니다. 지금까지 산해(山海)에서 낙척한 것도 달게 받아야 할 일이지 오히려 누구를 허물하겠습니까? 대체로 내가 폐척(廢斥)된 것은 자초한 것입니다. 하지만 세상 사람 누가 그것을 알겠습니까?[51]

예문 ④ 외에도 「여유점사승영운서」에는 자신이 쓴 시와 산문의 해설이 포함되어 있다. 산문으로는 이이첨의 아들 이대엽(李大燁)에게 써준 「수경당기(水鏡堂記)」, 유희발(柳希發)과 조국필(趙國弼)의 누정에 부친 「월파정기(月波亭記)」와 「은파정기(恩波亭記)」, 선시린(宣時麟)을 보내며 쓴 「송선생남귀서(送宣生南歸序)」의 해설이 있다. 시로는 이이첨이 중국 사신을 접대하러 갈 때 써서 보낸 「송관송이상국이첨부의주빈천사(送觀松李相國爾瞻赴義州儐天使)-고시오십운병서(古詩五十韻幷序)」, 삼창(三昌)을 비판한 「송천정사(松泉精舍)」, 이귀(李貴)의 우직함을 노래한 「고양도중우유시우이옥여(高陽途中遇幼時友李玉汝)」 외에 『어우집』에는 수록되어 있지 않은 몇 편의 시에 대한 해설도 함께 있다.[52] 유몽인은 이 작품들을 해설하며 왕을 비롯한 당대 권력층에 대한 우회적인 비판이라고 변명했는데,[53] 이로써 볼 때 작품 해설 역시 유몽인이 의도했던 거리두기와 관련을 갖는다고 평가할 수 있다.

앞서 유몽인은 자신이 조정에서 살아남은 이유를 "강기심유기언" 때문이라고 적시한 바 있다. 위의 정황으로 볼 때, 이 발언은 예리한 비판을 담더라도 말이나 글의 문면(文面)만 보면 그 비판을 쉽게 짐작할 수 없게 말하고 썼다는 의미로도 이해된다. 다만 글의 모호함은 해석의 여지를

---

51 柳夢寅, 『於于集』 권5, 「與楡岾寺僧靈運書」, 420면, 安處仁誣告之獄起, 余方春遊南麓, 聽栢舟·鹿鳴之唱, 而自公召之急. 余於途中醉占一絶, 於公廳上索紙筆書之, 其詩曰, "滿城花柳擁春遊, 玉手停盃詠栢舟. 壯士忽持長劍起, 醉中當斫老奸頭." 時當局者怨之. 筠自知指己以老奸, 爾瞻推之於承宗, 承宗讓之於爾瞻. 權奸皆怒, 爲惡言上聞. 闔喙從兄李時亮乘釁上章, 將成詩案之獄, 會蒙天神所扶護, 幸而免. 至今落拓山海, 甘心也, 尙誰咎哉? 大抵余之廢斥, 自取也. 世人孰知之?

52 이뿐만 아니라 자신의 미래를 예측한 「遊內院庵」과 유간(柳澗)의 죽음을 암시한 「送柳老泉【澗】朝天詩序」의 해설도 수록되어 있는데, 이것은 자신의 시와 산문이 성정(性情)에서 발현되어 참(讖)으로 기능한다는 사실을 징험하기 위해 들어 보인 사례이다.

53 작품의 함의와 해설에 대해서는 신익철(1998), 168~172면; 김영미(2006), 127~145면; 안세현(2009), 112~116면; 김홍백(2016), 159~169면 등을 참조하기 바란다.

남기기 때문에, 자신의 의도를 분명히 밝혀야 할 순간이 온다. 물론 저자가 자신의 의도를 밝혔더라도 우리가 그 해설을 그대로 받아들여야 하는지의 문제는 여전히 남는데, 이 문제를 해결하기 위해서는 글을 둘러싼 그의 여타 행적을 살펴보는 일이 도움이 된다.

예문 ④에서 중심이 된 시는 「남록청은개가사잉부추국청(南麓聽銀介歌辭仍赴推鞫廳)」이다. 이 시에서 문제가 되는 지점은 시어(詩語) "노간(老奸)"과 "「백주(栢舟)」"의 정체이다. 『광해군일기』 1618년 4월 8일 기사에서 유몽인이 증언한 바에 따르면, '노간'은 무고(誣告)를 한 안처인(安處仁)을 가리키고, 「백주」는 『시경(詩經)·용풍(鄘風)』에서 공강(共姜)이 수절(守節)하겠다는 의지를 밝힌 노래이다.[54] 하지만 「여유점사승영운서」에서 유몽인은 "'남산 기슭에서 「백주」 노래를 들었다', '장사가 장검으로 간사한 늙은이를 박살내리라' 등의 말은 당시에는 취해서 읊조린 것이었으니, 어찌 오늘날 이처럼 부합되어 징험될 줄 짐작이나 했겠습니까?"[55]라고 말하여 조금 다르게 이해될 꼬투리를 준다.

그의 발언처럼 추국청(推鞫廳)에서 읊은 시가 영운에게 편지를 쓰고 있는 '오늘날' 징험이 되었다고 말하려면, 역시 「백주」는 위경공(衛傾公) 때 인자(仁者)는 불우한데 소인(小人)들이 왕의 측근으로 있는 상황을 읊조린 『시경(詩經)·패풍(邶風)』의 「백주」라야 자연스럽다. 그리고 장사가 박살내려는 간신 역시 예문 ④의 내용으로 볼 때, 이 말이 자신을 가리킨다고 생각한 허균이나 이이첨과 박승종을 비롯한 간신들이어야 할 것으로 보

---

54 『光海君日記』 1618년 4월 8일 기사에서 유몽인은 『모시(毛詩)』 중에서 공강(共姜)의 「백주(栢舟)」를 부르고 또 「녹명(鹿鳴)」 등 여러 편을 불렀는데 (중략) '노간(老姦)'이라는 말은 본래 박치의(朴致毅)를 가탁하여 변을 일으킨 자를 가리키는데 바로 안처인(安處仁) 따위를 두고 한 말입니다."라고 밝혔다.

55 柳夢寅, 『於于集』 권5, 「與楡岾寺僧靈運書」, 421면, "南麓聽歌栢舟, 壯士長劍斫老奸等語, 當初醉吟, 豈料今日有此符驗哉?"

인다. 안처인은 이 편지를 쓰기 오래전에 이미 무고죄(誣告罪)로 처형된 상태였고, 1618년 당시 혹은 인조반정 이후의 형세 중에는 '공강의 수절'과 부합될 만한 징험이 거의 없기 때문이다.

이 외에도 그의 말과 행동이 배치되는 사례는 더 있다. '삼창'이나 그에 관련된 인물들에게 준 글들은 거리두기와 어긋난다는 혐의가 없지는 않지만, 풍자를 함축했다고 해설했으므로 궁여지책으로 볼 수 있다. 그러나 예문 ①의 수신자 남근은 대북(大北)의 전위에서 폐모살제(廢母殺弟)를 주도한 인물 중 한 명이고, 그와의 교제를 위해 편지를 보낸 시기는 '폐모' 논의가 한창이던 1617년 7월로 추정되기 때문에[56] 그와 교제하기 위해 이력을 서술한 행위는 거리두기와 배치된다.

물론 이처럼 의아한 지점이 있지만 무엇이 진실인지 다툼의 여지가 있고, 인간이기 때문에 엄혹한 정치적 상황 안에서 살아남기 위해 과장과 변명을 할 수도 있다. 그럼에도 불구하고 「여유점사승영운서」는 작품 해설 역시 변명의 성격을 띠고 있으므로 그 한계는 분명하다. 특히 2절에서 살펴본 김시습의 편지와 비교했을 때 더욱 그렇다. 김시습의 「상유양양진정서」는 변명만으로 전체를 구성하지는 않았기 때문에, 그가 살

---

56 남근에게 보내 첫 번째 답장인 「答南都憲季獻書」에서 보내는 날짜를 6월 16일이라고 정확히 기록해두었고(六月十六日, 某謹再拜復書大司憲閣下), 두 번째 답장인 「중답남도헌서」의 서두에 "열흘에서 한 달 사이에 도움을 기울이고 성과 맞바꿀 만한 보배를 두세 개나 얻었지만(旬月之間, 得傾都兼城之珍至再三)"이라고 썼으니, 「중답남도헌서」를 보낸 날짜는 7월 초로 추정할 수 있다. 그리고 『光海君日記』 1616년 11월 10의 기사에 '대사헌 남근'이라는 기록이 처음으로 등장하고, 『宣祖實錄』에는 인조반정(仁祖反正) 직후인 1623년 3월 15일에 그가 대사헌에서 체직(遞職)된 기록이 마지막으로 보인다. 따라서 적어도 위의 편지는 1617년 7월 초에서 1622년 7월 초 사이에 쓰인 것으로 추정할 수 있다. 여기에 「중답남도헌서」에서 유몽인이 "(저) 또한 바쁘게 공무를 수행해야하는 상황에 놓여 있으니 어찌 진전되는 바가 있겠습니까(又在倥偬簿領中, 若之何有所進哉)?"라고 한 발언을 덧붙여 보면, 「중답남도헌서」의 집필 시기는 1617년 7월 초나 1618년 7월 초로 좁혀지는데, 1617년일 가능성이 더욱 높다. 유몽인은 1618년 7월 8일 본직이 체차(遞差)된 이후 관계(官界)에 복귀하지 못했기 때문이다.

아온 삶의 우여곡절을 읽기에 어렵지 않았다. 체념의 결과로 보이므로 완전하지는 않지만 '자긍'도 '자손'도 하지 않고 자신의 지난 삶과 거리를 유지할 수 있었던 결과이다.

이로써 볼 때, 유몽인의 「여유점사승영운서」는 삶의 변명과 작품의 해설을 아우르며 자신의 일생을 돌아보고 있다는 점, 삶의 지향과 자세를 분명히 밝히고 있다는 사실로써 우리 자기서사의 흐름 속에서 고유한 위치를 갖는다. 더욱이 만년에 그가 썼던 산문에는 자부(自負)와 자조(自嘲), 그리고 그와 결부된 출처(出處) 사이의 고민과 같은 실존적 갈등이 역력히 드러나므로, 그 글들과 함께 읽으면 성찰적인 태도나 그를 고민하게 만든 삶의 다양한 계기 역시 살펴볼 수 있다. 하지만 「여유점사승영운서」만 두고 보면, 작품의 해설도 변명의 성격을 띠고 있고 거리두기와 관련된 사건과 작품을 주로 중심에 두고 있기 때문에, 그가 쓴 다른 글에 비해 이 편지는 평면적이라고 평가할 수 있을 것이다.

## 4. 독백 : 천책의 「답운대아감민호서」

진정국사(眞靜國師) 천책(天頙)은 만덕산(萬德山) 백련사(白蓮社)의 4대 주지였으며, 세계(世系)를 통해 볼 때 속성(俗姓)은 신씨(申氏)이다.[57] 그는 19세에 국자감시(國子監試)에 응시해 국자감에 들어갔고, 이 시기 함께 했던 동사생(同舍生)이 민호(閔昊)며 둘은 형제처럼 지냈다.[58] 예부시(禮部試)

---

57 『萬德寺志』의 천두(天頭)에서는 그의 속명(俗名)을 '신극정(申克貞)'이라 추정하고 있지만 확실하지는 않다. ○ 丁若鏞 編(1977), 35면; 허흥식, 앞의 책, 11면 참조.

58 天頙, 『萬德山白蓮社第四代眞靜國師湖山錄』, 「答芸臺亞監閔昊書」, 『韓國佛敎全書』 제12책, 東國大學校出版部, 2002, 40면, "來書云, '佳昔同舍而語之若同胎然.' 蓋實錄耳." ● 이하의 서술에서 책명은 『湖山錄』으로 줄여서 지칭하겠다.

에 합격한 지 3년만인 23세에 불교에 귀의하였는데,[59] 그로부터 14년이
지나 37세(혹은 36세)가 된 1242년(혹은 1241년)에 편지를 보내 온 민호에게
보낸 답장이 바로 「답운대아감민호서(答芸臺亞監閔昊書)」이다.

이 편지는 전체가 개심(改心)과 전도(傳道) 두 부분으로 구성되어있다.
답장의 서두에서 그는 "삼교(三敎)의 실마리를 대략 끌어와서 출가(出家)
의 이유를 자세히 말하고, 아울러 인간 세상은 허환(虛幻)하여 실제가 아
니라는 점과 불법(佛法)의 인과(因果)가 어둡지 않다는 사실을 서술하려고
합니다."[60]라고 말한다. 그리고 마무리 부분에서 "엎드려 바라건대 각하
께서는 '불법'에 대한 믿음을 갖는 데 뜻을 기울이소서."[61]라고 밝혔는데,
두 발언을 통해서도 '개심'과 '전도'가 중심이라는 사실을 알 수 있다.

이 중 '개심', 즉 '출가의 이유'를 서술한 부분이 서간체 자기서사이다.
이처럼 전체의 내용 중 일부만이 자기서사인 작품을 연구의 대상으로
선택한 이유는 다음과 같다. 첫째, '개심' 부분은 천책이 이 편지를 쓰던
당시인 37세까지의 일생을 서술한 완벽한 자기서사이다. 둘째, 그 어떤
자기서사보다 내면의 소리를 드러내는 데 적극적인 작품으로서, 주로
'독백'을 통해 고민과 갈등을 표현하고 있다. 특히 두 번째 이유가 논의의
대상으로 선정한 주요 원인인데, 조선시대까지의 자기서사를 통틀어 살
피더라도 「답운대아감민호서」만큼 자신의 내면과 갈등을 선명하게 부
각시킨 작품은 드물기 때문이다. 지금부터 그 양상을 살펴보겠다.

---

59 崔滋, 『東文選』 117권, 「萬德山白蓮社圓妙國師碑銘【幷序】」, "至戊子(1228)夏五月, 有業儒者數人,
　自京師來參, 師許以剃度, 授與蓮經, 勸令通利. 自是遠近嚮風, 有信行者, 源源而來, 寢爲盛集.
60 天頙, 『湖山錄』, 「答芸臺亞監閔昊書」, 40면, "今略引三敎之緒餘, 具陳所出家之往因, 并叙人世之虛
　幻不實, 佛法之因果不昧."
61 天頙, 『湖山錄』, 「答芸臺亞監閔昊書」, 45면, "伏惟閣下留神生信焉."

① 겨우 한 해가 지나 예부시(禮部試)에 급제하고 일삼던 바를 다시 억지로 하며 항상 시문(墨兵)을 짓고 책을 읽는 일[黃嫡]을 일과로 삼았습니다. 그러다 어느 날 갑자기 맹렬히 깨우쳐 유자(儒者)의 몸으로 불법(佛法)에 반대했던 지난 잘못을 알게 되어서 스스로 상탄(傷嘆)하며 말했습니다.

'예로부터 유학(儒學)을 업으로 삼은 선비들은 마음을 깊은 곳에서 꺼내어[心出月脇] 장구(章句)를 지었는데, 때때로 사륙변려(四六騈儷)나 지(之)·호(乎)·자(者)·야(也) 등의 글자를 써서 문집을 만들고 세상에 과시하였다. 이미 방탕한 마음으로 꾸며댄 글이어서 그 죄가 작지 않으니 무슨 이익이 있겠는가? 또 우리나라로 말하면 가집(家集)으로 저작되어 세상에 유행하는 것이 모두 수십 사람은 되는 듯하다. 그 시작은 문창후(文昌侯) 최치원(崔致遠)으로서 12세에 상국(上國)에 가서 18세에 갑과(甲科)에 합격하고 장두(狀頭) 오제(五第)가 되어, 문장으로 중화(中華)를 감동시켜 전후로 지어서 완성한 문집이 모두 57권이었다. 근래에 한림(翰林) 김극기(金克己)는 135권을 지었는데, 기사년(己巳年, 1209) 죽은 이후로 허명(虛名)이 사해(四海)에 홀로 유전되었지만 조금도 득 될 것이 없었다. 그러하니 이것들이 나와 무슨 상관이 있겠는가?[62]

예문 ①에는 천책의 각성과 첫 번째 독백이 담겨있다. 예문 ①의 첫 단락과 그보다 앞선 서술에서 그는 이제까지 보아왔던 서간체 자기서사처럼 자신의 학습 과정을 소개한다.[63] 다만 이규보, 김시습, 유몽인의 경

---

62 天頙, 『湖山錄』, 「答芸臺亞監閔昊書」, 41면, "才隔一年, 擢第春官, 更勒所業, 常以墨兵黃嫡爲日用. 忽一日猛省, 知非以儒雅之身, 於佛法反, 自傷嘆曰, '自古業儒之士之心出月脇, 作爲章句, 其或騈四儷六, 之乎者也, 著成文集, 誇耀於世. 旣是流蕩之心, 綺飾之辭, 厥罪不少, 何益之有? 且以三韓言之, 著成家集, 流行於世, 若凡數十家. 始則文昌崔致遠, 十二歸上國, 十八占甲科, 狀頭五第, 文章感動 於中華, 前後著成文集, 凡五十七卷. 近世金翰林克己著一百三十五卷, 自己已化於九泉, 虛名獨流於 四海, 片無一得. 何預於我哉?"

63 天頙, 『湖山錄』, 「答芸臺亞監閔昊書」, 40~41면, "予自七八時, 始事讀書. 及予十有五, 濫嘗虞夏商周

우와 달리 「답운대아감민호서」에서 학습의 과정을 소개한 서술은 불교에의 귀의라는 주(主)를 부각시키기 위한 객(客)으로서 기능한다. 즉 이 서술은 자신의 특장(特長)을 밝히기 위해 마련한 서술이 아니라, 세속적 명성의 헛됨을 깨우치게 되는 계기를 설명하는 부분으로서, 불교에의 귀의를 부각시키는 요소가 된다.

도연명(陶淵明)은 「오류선생전(五柳先生傳)」에서 "독서를 좋아했으나 깊은 이해를 구하지 않았다(好讀書, 不求甚解)."라고 말했다. 이 구절은 자신이 즐거우면 그것으로 충분하며, 이러한 자세는 명예나 이익을 구하는 마음이 없던 그의 태도와 이어진다고 이해할 수 있다.[64] 이에 반해 천책이 생각하는 세속의 학습과 습작(習作)은 명예와 이익이라는 목적을 전제한다. 이 때문에 그는 독백 부분에서 "이미 방탕한 마음으로 꾸며댄 글이어서 그 죄가 작지 않으니 무슨 이익이 있겠는가?"라고 그 태도를 비판한 것이다. 하지만 당시 그의 처지는 시작(詩作)과 독서를 통해 국자감시와 예부시에 합격한 유자였으므로, 그 역시 명예와 이익이라는 목적에서 자유롭지 못했다. 이 때문에 천책은 유자로서 유학에 종사하는 일을 회의했고 유자와 불자 사이에서 갈등했다. 성(聖)과 속(俗)의 기로에서 벗어나 궁극적 진리를 추구하는 길은 불교에 귀의하는 방법 외에는 없었지만, 왕자의 신분으로도 승려가 되던 고려시대라고 해도 집안의 기대를 받던 유자가 불가에 귀의하는 일은 쉽지 않았다. 이러한 정황 때문에 천책의 고민은 한층 깊어진다.

---

之書, 灑灑爾, 噩噩爾, 淖淖爾. 至於風騷之作, 屈宋班馬, 王揚盧駱, 甫白蘇黃, 凡曰文章之體, 切欲滑稽多識, 盖勞弊古人之胃中國子也. 忽當柏直口尚乳年, 始赴場屋, 卽春登士板, 秋入辟雍, 幸與閣下, 俱在東摩. 故出入不吾捨, 語默不吾背, 肩隨而接之. 來書云, '佳昔同舍而語之若同胎然.' 蓋實錄耳."
64 가와이 코오조오(2002), 97~99면.

② 나는 그 소리[백부의 부정적 충고]를 모두 듣고서 물러나와 마음속으로 말했습니다. '비록 친가와 외가가 귀관(貴官)의 모대(帽帶)를 띠고 갑과(甲科)와 을과(乙科)의 홍전지(紅牋紙)【선인(先人)과 외가의 갑과홍패(甲科紅牌)가 집안에 전하여서 내가 그것을 보았다】를 받았더라도, 이미 죽은 사람의 일이니 나와 무슨 상관이 있겠는가? 더욱이 속세는 허환하여 견고하게 오랫동안 믿을 만한 것이 없어서, 비록 신기루(蜃城)의 생성과 소멸, 와국(蝸國)의 전쟁, 전광석화(電光石火)와 물거품, 서리 맞은 파초(芭蕉)와 바람 맞는 무궁화 등으로도 비유하기 부족하다. 만약 내가 유한한 삶으로 세속을 출입하며 세상의 추이를 따른다면, 설혹 포의(布衣)로서 군왕과 같은 즐거움을 누릴 수 있다고 해도, 어찌 찰나의 외면적인 즐거움을 좇느라고 영원히 존속되는 내면의 즐거움을 망각하겠는가? 또 지금 흉노(凶奴 : 蒙古)가 약탈을 도모하여 연이어 변경에서 전란을 일으켜 나라의 운명은 흉악해지고 사람의 목숨은 하찮게 되었다. 그래서 공경대부(公卿大夫)라도 모두 몸을 온전히 하고 해를 멀리하려고 하는데, 더욱이 비천하고 의지할 데 없는 나 같은 사람이야 말해 무엇 하겠는가?

저 여러 부잣집의 자식들은 태어난 이래로 한 글자의 책도 읽지 않고, 오직 세상을 우습게 보는 자세로 무뢰한 짓을 일삼으며, 그저 월장(月杖)과 성구(星毬)[65]에 금과 옥으로 꾸민 말안장과 굴레를 하고 삼삼오오 모여 십자의 가두에서 제멋대로 돌아다니고, 아침저녁에 상관없이 고고하게 남북으로 오가면, 구경하는 사람들은 담처럼 그들을 빙 두른다. 애석하구나! 나와 저들은 모두 환세(幻世)에서 환생(幻生)을 산다. 하지만 환신(幻身)으로 환마(幻馬)를 타고 환로(幻路)를 달리며 환기(幻技)를 잘하여 환인(幻人)들이 환사(幻事)를 보니, 환(幻) 위의 환(幻)에 다시 환(幻)을 더한 격이라는 사실을 저들이 어찌 알겠는가? 저들과 저들은 그저 더욱

---

65 월장(月杖)은 격구(擊毬)할 때의 채를 말한다. 그 채의 두형(頭形)이 마치 초승달 같이 생겼으므로 이렇게 이름 붙인 것이다. 성구(星毬)는 정확한 의미를 모르겠으나 격구에서 쓰는 공으로 보인다.

서로 실(實)을 잡고 있다고 여기다가, 하루아침에 허망하게도 끝내 저 염라대왕(閻羅大王)에게 좌절을 맞게 될 것이다. 그렇게 되면 설령 천 가지의 계책이 있더라도 어찌 이처럼 갑자기 닥치는 일을 면할 수 있겠는가?

이로 말미암아 나아가 떠들썩하고 시끄러운 세상을 보니 근심과 슬픔만 늘어날 뿐이었습니다.[66]

출가(出家)를 생각하던 천책은 그의 고민을 백부(伯父)에게 알리고, 이야기를 들은 백부는 그의 결정을 만류한다. 좋은 일이기는 하지만 불법(佛法)을 마음에 두면 될 일이지 출가까지 할 필요는 없고, 친가와 외가 모두 명문거족인 집안에서 태어나 자식을 낳지 않는 일은 큰 불효라는 이유였다.[67] 이 과정에서 백부의 입을 통해 천책의 가계가 상세히 밝혀

---

66 天頙, 『湖山錄』, 「答芸臺亞監閔昊書」, 41면, "予具聞其說, 退而心言. 雖內外紫纓 · 甲乙紅牋【先人外出, 甲科紅牌, 家傳, 吾及見之】, 已是鬼錄, 於我何有乎? 況世間虛幻, 無堅牢久遠之足恃, 雖乾城之起滅, 蝸國之戰爭, 石火水泡, 霜蕉風槿, 不足爲喩. 若我以有限之生, 塵出埃入, 隨世推移, 則設使布衣享南面之樂, 安肯從刹那之外樂, 忘常住之內樂也哉? 又今凶奴圖寇, 連境擧兵, 鯨鯢天步, 螻蟻人命. 雖公卿朝士, 皆欲全身逃害, 況闒茸無賴之人乎? 若夫衆富之兒, 生年不讀一字書, 惟輕矯(驕)游俠是事, 徒以月杖星毬, 金鞍玉勒, 三三五五, 翺翔乎十字街頭, 岡朝昏額額南來北去, 觀者如堵. 惜也! 吾與彼俱幻生於幻世. 彼焉知將幻身, 乘幻馬, 馳幻路, 工幻技, 幻人觀幻事, 更於幻上幻復幻也? 彼與彼但更相執實, 一旦茫然, 終彼閻羅老子摧屈. 便縱有千種機籌, 怎免伊搪揆? 由是出見紛譁, 增切怛耳." ● 「答芸臺亞監閔昊書」는 오자(誤字)로 보이는 글자가 적지 않다. 기존의 논의와-『韓國佛教全書』와 허흥식, 앞의 책-를 참고하고, 문맥으로 파악해서 올바르다고 생각하는 글자를 괄호 안에 교감해서 넣었다.

67 天頙, 『湖山錄』, 「答芸臺亞監閔昊書」, 41면, "由是私心不弭, 密與伯父署以出家之事告之. 彼卽沮曰, '善則善矣, 然佛法在心, 何必出家? 爲不孝有三, 無後爲大, 汝其思之. 昔三邦鼎沸, 大祖籠(龍)興, 有臣曰申猷(猷)達者, 佐大祖定大亂立功, 圖畫於麒麟壁上. 自是子生孫, 孫又生子, 雲之仍之, 繼繼不絶. 遠則羅王之外孫, 近則惣聖之後裔, 皆起迹山東, 按虎朝端. 降及酒祖蓬山, 撰史栢署, 振綱其文章, 淸白忠孝之大綮, 又酒父挺挺有祖風【先祖察訪使奏襃一等, 先人亦居一等.】況子之外出, 亦雞林宗室, 至我大祖, 封西原京主. 自侍中能熙, 至汝外祖, 凡九代蟬聯主(主)朝, 世爲顯著. 又外祖之祖, 起居注冲若, 雖題名金牓, 迹入玉堂, 儒術之外, 尙熙乎玄風. 後航海入宋, 盡傳秘要, 逍遙乎崇府丹臺, 歆吸乎玄霜絳雪. 故令中國道家者流, 皆歎伏歆社. 及返國上疏, 置不死之福庭, 撞洪鍾, 啓玄鑰, 日鑒生靈之耳目. 故至今明天子, 登鳳樓頒鳳詔, 則必稱冲若之子孫, 欲世世不忘也. 幸汝承祖宗之烈,

진다. 그의 가계가 밝혀짐으로써 「답운대아감민호서」는 조금 더 완벽한 자기서사의 구성을 갖추게 되었는데, 이처럼 공들여 자신의 가계를 밝힌 태도에는 그 뿌리를 상세히 알리려던 의도도 내재해 있다. 다만 유자로서의 학습이나 시작(詩作)을 대하던 태도와 마찬가지로 천책에게는 거창한 가계 역시 세속적인 요소였으며, 이로써 볼 때 가계의 설명 또한 객(客)으로서 기능할 뿐이다. 예문 ②의 서두에 나타난 그의 태도를 통해 이 사실을 확인할 수 있다.

예문 ②는 두 번째 독백인데, 출가해야 할 이유와 세속을 바라보는 부정적 시각이 첫 번째 독백보다 한층 부각되어 있다. "환(幻)"이라는 술어에서 단적으로 드러난다. '환'은 범어(梵語) māyā를 번역한 술어이고 그 의미는 가상(假相), 즉 모든 사상(事象)은 실체성(實體性) 없는 환상(幻相)임을 가리킨다.[68] "인연(因緣)으로 이루어진 온갖 것은 다 무상(無常)하다."[69] 라는 말에서 보이듯 모든 것은 인연으로 이루어져 실체가 없으며, 실체가 없으므로 모든 것은 '환'이다. 따라서 예문 ②에서 천책이 말한 대로 만유는 신기루의 생성과 소멸, 와국의 전쟁, 전광석화와 물거품, 서리 맞은 파초와 바람 맞는 무궁화로도 비유할 수 없을 정도로 허무하다. 이 때문에 천책은 세속에 살면서 그 무상성을 깨우치지 못하고 영속할 것처럼 세상을 우습게 보는 자들을 가리켜 "환(幻) 위의 환(幻)에 다시 환(幻)을 더한 격"이라 말한 것이다.

이처럼 세속의 사람들은 자신이 '환'인지도 모르고 조그만 잇속이나 다투는 데 빠져서, 사람이 재물을 굴리지 못하고 재물이 사람을 부리는 상황에 처하게 된다. 그런데 삶을 탐하며 재화(財貨)를 좇다보면 어느 누

---

弱冠登第, 英聲籍籍, 盍專儒業而期仕窒乎?'
**68** 慈怡 主編(1988), 참조.
**69** 한용운 편찬(2016), 319면.

구도 탐애(貪愛)로부터 자유롭지 못하게 되어 견문이 장대(長大)해질 수
없으니, 세속에 발을 딛고 있는 한, 천책 역시 그 흐름에 휩쓸려 속화(俗
化)될 뿐이다. 이러한 생각 끝에 천책은 눈물을 흘리며 '참으로 명교(名敎)
의 장(場)에서 한 명의 죄인이 될 뿐이니, 어찌 울울하게 이곳에 오래
거처하겠는가?'라고 세 번째 독백을 한다.[70]

다만 아직 그는 '환'에서 벗어난 경계(境界)로 다가가는 길을 모르고,
그렇기 때문에 세속에서 오래 살 수 없다는 생각만 어렴풋이 할 뿐 확실
한 결단은 내리지 못한다. 이때 구원을 만나 네 번째 독백과 함께 개심을
결단한다.


③ 다행스럽게 단계주인(丹桂主人 : 座主) 청하상국(淸河相國)께서는 은혜가 안회
(顔回)를 양성한 것만큼 막중하고, 말씀은 증점(曾點)을 허여하신 것만큼 높은 분
이셨습니다. 그로 인해 저에게 『묘법연화경(妙法蓮華經)』을 금자(金字)로 쓰게 하
셔서, 그때서야 비로소 "제불세존(諸佛世尊)께서 오직 한 가지 가장 중요한 일의
큰 인연(一大事因緣)으로 인해 이 땅에 출현하셨다."는 말씀을 보게 되었습니다.
또 "곧바로 방편(方便)을 버리고 더할 수 없이 높은 도만 말하노라."라고 한 말씀도
보았습니다.

간절하고 심후함이 지극히 생겨서 스스로 흐뭇해하며 말했습니다. '예전 사위
국(舍衛國)의 3억이나 되는 집에서도 전혀 삼보(三寶 : 佛·法·僧)의 명자(名字)를 듣
지 못하였고, 영취산(靈鷲山)에 모인 3천 명의 대중도 오시(五時)의 마지막[71]을 듣

---

70 天頙, 『湖山錄』, 「答芸臺亞監閔昊書」, 42면, "噫! 人不能轉物, 物却能使人, 以物物之有無, 卜人之閑
忙. 其食生逐物, 奈萬古千今, 例皆一愛如是而都末中, 所聞所見可爲長大者? 若我突涕, 冒泣强作言
曰則, '眞名敎場一罪人耳, 安能欝欝久居此乎?'"
71 석가가 22년 동안 『般若經』을 강설한 그 다음의 시기로서, 8년에 걸쳐 『법화경』을 강설하고 최후
의 일주일 동안 『涅槃經』을 가르쳤던 기간을 말한다.

지 못했다. 지금 나는 어떤 사람(生植)이며 어떤 선근(善根)을 가졌기에 5백 세가
지난 이후에 이와 같은 진정대법(眞正大法)을 듣게 되었는지는 모르겠으나, 아마
도 지난 생의 인연이 온양(醞醸)되어 사라지지 않아서가 아니겠는가?

이로부터 세상을 다스리겠다는 경세(經世)와 세상을 벗어나려는 출세(出世) 사
이에서 우물쭈물하던 마음을 일도양단하고 부도씨(浮圖氏)를 간절히 따르고자 하
며 묘경(妙經)을 외고 묘행(妙行)을 닦느라 바빠서 행장(行裝)을 꾸릴[辦嚴] 겨를조
차 없었습니다.[72]

예문 ③에서 보이는 천책의 좌주(座主)는 최보순(崔甫淳)과 최종재(崔宗
梓), 혹은 최자(崔滋)로 추정된다.[73] 좌주가 천책에게 추천한 『법화경(法華
經)』에서 그에게 깨우침을 준 두 구절은 모두 「방편품(方便品)」에서 뽑은
경구이다. 이 중 첫 번째 구절의 핵심인 "일대사인연(一大事因緣)"은 인간
이 삶의 이유와 목적을 아는 일, 즉 인생의 진정한 의미를 깨우치는 일을
가리킨다. 따라서 제불세존(諸佛世尊)이 세상에 온 이유는 지위, 재산, 외
모 등에 힘을 기울이는 태도의 무의미함 및 삶의 이유와 목적을 알려주
기 위해서이다.[74] 그리고 두 번째 구절의 "무상도(無上道)"는 부처가 되는
도(道)이므로, 이 도를 따르면 누구나 성불(成佛)할 수 있다는 사실을 알리
려는 것이 경구 전체의 의미이다.[75]

---

72 天頙, 『湖山錄』, 「答芸臺亞監閔昊書」, 42면, "幸我丹桂主人淸河相國, 恩重鑄顏, 言高興(與)點. 仍使
予書金字蓮經, 始見'諸佛世尊, 唯以一大事因緣故, 出現於世.' 又云, '正直捨方便, 但說無上道.' 極生
慇重而自慶曰, '昔舍衛三億家, 全不聞三寶名字, 靈山三千衆, 亦不聞五時終卒. 今我未知何生植何善
根, 當此後五百歲, 獲聞如是眞正大法, 豈非宿緣醞醸不泯歟?' 自是世出世首鼠之心一刀兩段, 切欲從
浮圖氏, 誦妙經修妙行, 忩忩未暇辦嚴."
73 허흥식, 앞의 책, 15면 참조.
74 고바야시 이치로(1980), 122~125면.
75 위의 책, 340~342면.

천태종(天台宗)의 소의경전(所依經典)인 『법화경』은 일체 중생이 모두 성불할 수 있다는 이상을 전하기 위해 여래가 세상에 왔다고 말한다.[76] 즉 중생이 부처가 되는 방법은 붓다를 믿음으로써 성불할 수 있다는 궁극적 진리를 깨우치는 일이다.[77] 따라서 『법화경』의 「방편품」이 보여준 길은 세속적인 명리에서 벗어나 성(聖)의 세계로 나아가고자 한 천책에게 진정대법(眞正大法)이 되었고, 경세(經世)와 출가(出家) 사이에서 고민하던 그의 내적 갈등을 일도양단하여 출가의 길로 들어서게 할 수 있었다.

지금까지 본 것처럼 「답운대아감민호서」는 내면의 갈등을 중심으로 구성된 서간체 자기서사이다. 당대는 물론 그 이후의 자기서사에서도 이처럼 내면이 부각된 사례가 드물다는 점에서 볼 때, 내면의 유로(流露)는 이 편지를 대표하는 특징이면서 전근대 우리 자기서사의 흐름 속에서 유의미한 현상이다. 따라서 이러한 현상의 원인을 추론해보는 일 역시 가치가 있을 것이다. 지금부터 승려가 쓴 또 다른 서간체 자기서사와 비교하며 그 원인과 함께 「답운대아감민호서」의 주목할 만한 특징도 함께 찾아보겠다.

④ 이윽고 제가 세 살이 된 임오년(壬午年, 1522) 4월 초파일 낮에 아버지께서 취하여 누대에서 주무시는데 꿈속에 한 노옹(老翁)이 와서 아버지께 "제가 소사문(小沙門)을 방문하였습니다."라고 말하였습니다. 노옹은 마침내 두 손으로 저를 들고 주문을 외웠는데 소리가 범어(梵語)와 같아 이해하지 못하였습니다. 주문이 끝나자 내려놓고는 제 머리를 쓰다듬으며 "운학(雲鶴) 두 글자로 네 이름을 부여할 것이니, 진중하고 진중하라."라고 말하였습니다. 아버지께서 '운학'이라

---

**76** 마스타니 후미오(2018), 277면.
**77** 베르나르 포르(2014), 31면.

고 부른 의미가 무엇이냐고 묻자, 노옹이 "이 아이의 평생 행보가 바로 구름이나 학과 같을 것이기 때문입니다."라고 말하였습니다. 말을 마치고 마침내 문밖을 나가자 어디로 갔는지 알 수 없었습니다. 아버지 역시 꿈에서 깨어 어머니와 서로 꿈속의 일을 말씀하시고는 더욱 기이하게 여기셨습니다. 이 때문에 당시 때로는 저를 '소사문'이라고 부르기도 하고 '운학아(雲鶴兒)'라고 부르기도 하셨습니다. 저 역시 여러 아이들과 놀 때, 가끔은 모래를 쌓아 탑을 만들기도 하였고, 때로는 기와를 가져와 절을 세우기도 하였는데 항상 하는 일이 대체로 이와 같았습니다.[78]

예문 ④는 1부의 1장에서 살펴본 휴정(休靜, 1520~1604)의 「상완산노부윤서(上完山盧府尹書)」이다. 이 글이 천책의 그것과 가장 다른 점은 '태어날 때부터 이미 승려로서 운명이 결정되어 있다는 투의 서술'이 서사에 주요한 역할을 한다는 사실이다. 예문 ④에 앞서 서술된 수태고지와 같은 신이한 탄생의 설화나[79] 예문 ④에서 보이는 "소사문", "범어", "취사성탑(聚沙成塔)", "장와입사(將瓦立寺)" 등은 휴정의 운명이 이미 불교에 귀의하도록 결정되어 있었다는 사실을 암시한다. 이에 반해 천책의 「답운대아감민호서」에는 이처럼 신이한 장치가 보이지 않는다. 즉 출가를 전제하

**78** 休靜, 『淸虛集』, 「上完山盧府尹書」, 『韓國佛敎全書』 제7책, 2002, 720면, "俄及三歲, 壬午四月初八日之晝, 父醉臥于樓中, 夢有一老翁, 來謂父曰, '秀訪小沙門耳.' 翁遂以兩手, 擧小子而呪數聲, 聲若梵語, 不能通曉焉. 呪畢放下, 摩小子頂曰, '以雲鶴二字, 安汝名焉, 珍重珍重.' 父問雲鶴之意何謂也, 翁曰, '此兒一生行止, 定同雲鶴故也.' 言訖, 遂出門外莫知所之. 父亦夢覺, 與母相說夢事, 尤以奇之. 是故父母, 時向小子, 或喚曰小沙門, 或喚曰雲鶴兒. 小子亦與群童遊戱, 或聚沙成塔, 或將瓦立寺, 常作爲事, 凡類此也."

**79** 休靜, 『淸虛集』, 「上完山盧府尹書」, 720면, "正德己卯夏, 母也數月神氣不調. 一日小窓邊假寐, 有一老婆來禮曰, '勿憂勿慮. 胚胎一丈夫男子, 故爲嬰孁來賀之云.' 又設禮而去. 母忽驚寤曰, '異哉! 夫婦一甲, 年近五十, 豈有今日事乎?' 致疑悶懼, 明年三月果誕小子也. 小子初生, 以不煩保母, 母亦喜而奇之, 父母有時相戱曰, '老蚌晩出掌中之珠, 亦天也.'"

느냐의 여부가 두 작품 전체 서술의 분위기를 결정한 것이다. 이미 결정된 길을 가는 휴정의 글은 선택의 갈등보다 수련의 과정과 각성이 부각될 수밖에 없고, 아무것도 결정된 바 없다는 점을 전제로 서술한 천책의 편지는 선택의 기로에서 갈등하는 모습을 보여주기 쉽다.

이렇게 서술의 방향이 나뉜 또 다른 이유로 편지의 수신자와 발신자의 관계 및 서술의 동기가 다르다는 점 역시 지적할 수 있다. 천책은 친동기(親同氣)처럼 지냈던 민호에게 자신의 출가 과정을 상세히 밝히며 전도하기 위해, 그리고 휴정은 계급의 차이가 있는 노진에게 자신을 소개하려고 각각 편지를 썼다. 따라서 천책은 불교에 귀의를 결정하게 되는 과정과 그 사이에서의 내면적 갈등을 보여줌으로써 공감을 이끌 필요가 있었고, 휴정은 이 과정을 생략하고 곤지(困知)와 곤학(困學)의 구도(求道) 과정에 집중해서 자신이 지금의 모습으로 귀결된 이력을 보여주어야 했다. 물론 이처럼 성격은 다르지만 두 편지 모두에서 이전의 자신과 달라진 현재 자기의 모습을 그리고 있다는 점은 공통되며, 그 과정에서 자신의 지난날을 성찰하고 반성하는 모습을 보여준다는 점 역시 그렇다. 이러한 특징은 사유와 감정을 선명하게 표현할 수 있는 편지라는 장르가 지닌 내용과 형식상의 개방성에서 그 원인을 찾을 수 있다.

지금까지 보아온 대로 「답운대아감민호서」의 자기서사 부분은 천책이 개심하게 된 과정을 중심으로 구성되었다. 명문가 출신인 데다 조선시대 대과(大科)격인 예부시에 젊은 나이로 합격한 그가 출가를 결심하기는 쉽지 않았다. 이 때문에 개심을 결정하기까지의 갈등이 적지 않았고, 그 양상은 독백을 통해 살펴볼 수 있었다. 특히 첫 번째 독백에서 보이는 '유'와 '불' 사이에서의 갈등, 그리고 두 번째와 세 번째 독백에서 살펴본 속세에 대한 비판이 경세(經世)와 출가(出家) 중 후자를 과감하게 선택하는 네 번째 독백으로 수렴되는 전개 등에서 단적으로 보인다.

요컨대 「답운대아감민호서」는 독백을 통해 자신의 내면과 갈등을 선명하게 부각시킴으로써 변모하는 자아상을 보여준 작품이다. 전근대 자기서사의 흐름 속에서 살펴보아도 이처럼 내면과 변모의 과정이 선명하게 부각된 글은 찾기 힘들다. 따라서 기존의 논의에서 "자전(自傳)의 테두리를 넘어 현대적 의미의 자서전에 근접한 경우로 지목해도 무리가 없을 정도"[80]라고 한 평가에 값할 만큼, 시대를 넘어선 가치를 지닌 작품이라 보아도 무방할 것이다.

## 5. 서간체 자기서사의 문학사적 의의

김시습(金時習)의 「상유양양진정서(上柳襄陽陳情書)」는 시대와의 불화에서 오는 애환과 고독을 구심점으로 삼아 자신의 내면을 뚜렷하게 보여주는 서간체 자기서사의 전형이다. 그 구심점이 체념에서 완전히 벗어나지 못한 모습을 간혹 보이기는 해도 자포자기로 귀결되지 않고 자신이 지녔던 본래의 뜻을 전하며 삶의 비전을 제시했다는 점은 가치가 있다. 유몽인(柳夢寅)의 「여유점사승영운서(與楡岾寺僧靈運書)」는 변명을 통해 자신이 남들에게 기억되고 싶은 모습을 그렸다. 그것은 부끄럽지 않은 삶이며 그렇게 살기 위해 그는 홀로 가는 길을 택했다. 변명을 위주로 서술했다는 한계가 있지만, 삶의 지향을 분명히 제시했고 자기서사와 작품 해설이 결합된 새로운 형태의 자기서사를 제시했다는 의의가 있다. 천책(天頙)의 「답운대아감민호서(答芸臺亞監閔昊書)」는 전근대 한국의 자기서사 중 자신의 내면과 그 변모 양상을 가장 뚜렷하게 드러낸 작품이다. 특히 독백을 통해 실존적 선택에서 야기된 갈등을 표현했다는 의미가

---

80  김승호(2003), 135면.

있는데, 이 작품을 통해 우리는 전통적인 자전(自傳)의 수준을 넘어선 현대적 의미의 자서전(自敍傳)에 근접한 사례를 보게 되었다.

서간체 자기서사는 모(母) 장르인 편지의 성격과 마찬가지로 사적인 일상에서 공적인 사안까지의 내용을 서사, 의론, 서정으로 표현할 수 있고, 편폭 또한 다양하며, 자신의 주석이 될 수 있을 정도로 작가의 개성을 분명하게 보여준다. 이 때문에 우리는 서간체 자기서사에서 스스로의 정체성을 고민하고 자기의 삶을 돌보는 양상을 뚜렷하게 간취할 수 있다. 뿐만 아니라 서간체 자기서사의 작가는 서술의 과정에서 자신의 삶을 구성함으로써, 그리고 독자는 완료된 저자의 삶을 읽고 추론함으로써 각각 인생의 비전을 찾을 수 있다는 점 역시 가치 있다. 이것이 서간체 자기서사 그 자체가 지닌 의미이다.

그런데 서간체 자기서사 그 자체가 지닌 성찰과 반성의 태도는 문학사의 흐름 속에서도 작지 않은 의미를 갖는다. 자서, 자전, 자탁전, 자찬비지, 자찬행장, 자찬연보, 필기체 자기서사 등의 자기서사를 종합적으로 고찰해보면, 16세기 중반 이후부터 시대와 삶에 대한 성찰과 반성이 자기서사에서 점차 영역을 확장하고 있다는 점을 확인할 수 있다. 아울러 17세기 후반 이후의 자기서사에서는 개인의 취향과 개성이 부각되었고, 개인의 의미가 커짐에 따라 그와 연관된 일상과 정욕(情慾)까지도 진솔하게 그리려는 모습도 보인다.[81] 이러한 역사적 배경 속에 지금까지 고찰한 서간체 자기서사를 추가한다면, 우리 자기서사에 성찰과 반성의 태도를 지닌 일련의 작품군이 출현해서 안착한 시기를 앞당길 수 있다.

성찰과 반성, 내면의 고민과 갈등을 드러내 보이며 삶의 비전을 제시하는 자기서사의 출현뿐만 아니라 서간체 자기서사는 자신의 삶 전체를

---

81 안득용(2014b), 423~455면 참조.

구체적으로 구성한 온전한 자기서사 출현의 상한선도 높였다. 최치원(崔致遠, 857~?)의 「계원필경서(桂苑筆耕序)」는 현존 최고(最古)의 자기서사로서 소중한 작품이지만, 이를 통해 그의 삶 안팎을 제대로 살피기는 힘들다. 이규보(李奎報, 1168~1241)의 「백운거사전(白雲居士傳)」 역시 자탁전이라는 장르의 제약으로 인해 특정 이상(理想)과 기호(嗜好)를 정태진술로 표현하여서 소략하다는 한계가 있다. 자탁전이 구체적인 삶의 과정을 제대로 서술하기 시작한 시기는 최기남(崔奇男, 1586~?)의 「졸옹전(拙翁傳)」 무렵이며, 그 외의 장르로 서술된 자기서사가 온전한 삶을 구체적으로 담아내기 시작한 시기 역시 16세기 후반 이후이다. 반면 천책은 1242년(혹은 1241년)에, 김시습은 1487년(혹은 1488년)에, 유몽인은 1623년에, 「답운대아감민호서」, 「상유양양진정서」, 「여유접사승영운서」를 각각 썼다. 그리고 이제까지 보아온 대로 이 편지들을 통해 우리는 이들의 구체적인 삶을 재구(再構)할 수 있었다.

따라서 삶의 비전을 제시했다는 점, 실존적 갈등을 드러냄으로써 현대적 의미의 자서전에 준하는 자기서사를 서술했다는 사실, 자기서사와 작품 해설의 결합이라는 시도를 통해 우리 자기서사를 다양하게 만들었다는 것이 서간체 자기서사 그 자체가 지닌 의미이다. 아울러 문학사적 흐름 속에서 평가해본다면, 성찰과 반성의 태도를 지닌 작품군의 출현과 안착을 기존의 연구에서 상정한 것보다 이른 시기로 올려 잡을 수 있게 했고, 자기서사 작가의 삶을 온전히 재구할 수 있는 작품군의 출현 역시 앞당겨 주었다. 따라서 서간체 자기서사가 우리 문학사에서 차지하는 위치는 바로 이와 같은 사실로써 비정할 수 있을 것이다.

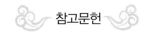

# 참고문헌

## 자료

郭登峯 編, 『歷代自敍傳文鈔』 上·下, 臺灣商務印書館, 1965.

金洙根 編, 『三淵先生年譜』 上, 버클리대학교 소장본.

金尙喆, 『議政公年譜』 1·2, 고려대학교 소장본.

金尙喆, 『忠翼公日記』 3·4·5, 고려대학교 소장본.

金時習, 『梅月堂文集』, 韓國文集叢刊 13, 民族文化推進會.

金昌翕, 『三淵集』, 韓國文集叢刊 165, 民族文化推進會.

金平黙, 『重菴集』, 韓國文集叢刊 319, 民族文化推進會.

南龍翼, 『壺谷漫筆』, 일본 동양문고 소장본.

南有容, 『雷淵集』, 韓國文集叢刊 217·218, 民族文化推進會.

杜聯喆 輯, 『明人自傳文鈔』, 藝文印書館, 1977.

馬聖麟, 『安和堂私集』, 국립중앙도서관 소장본.

朴世采, 『南溪集』, 韓國文集叢刊 140, 民族文化推進會.

朴齊家, 『貞蕤閣集』, 韓國文集叢刊 261, 民族文化推進會.

寶　鼎, 「曹溪高僧傳」, 韓國佛敎全書 제12책, 東國大學校 出版部, 2002.

富平李氏大宗會, 『富平李氏大同譜』.

徐師曾, 羅根澤 校點, 『文體明辯序說』, 北京: 人民文學出版社, 1998.

徐有榘, 『楓石集』, 韓國文集叢刊 288, 民族文化推進會.

成　俔, 『虛白堂集』, 韓國文集叢刊 14, 民族文化推進會.

宋楠壽, 『松潭集』, 韓國文集叢刊續 4, 民族文化推進會.

申　綽, 『石泉遺稿』, 韓國文集叢刊 279, 民族文化推進會.

申　欽, 『象村稿』, 韓國文集叢刊 71·72, 民族文化推進會.

申國賓, 『太乙菴文集』, 韓國文集叢刊續 88, 民族文化推進會.

沈魯崇, 『南遷日錄』 上·中·下, 國史編纂委員會, 2011.

沈魯崇,『孝田散稿』, 학자원, 2014.

安鼎福,『順菴集』, 韓國文集叢刊 230, 民族文化推進會.

梁居安,『六化集』, 韓國文集叢刊續 49, 民族文化推進會.

有 璣,『好隱集』, 韓國佛教全書 제9책, 東國大學校 出版部, 1997.

柳夢寅,『於于集』, 韓國文集叢刊 63, 民族文化推進會.

柳夢寅,『默好先生文集』, 韓國歷代文集叢書 2216, 韓國文集編纂委員會.

柳夢寅,『於于野譚』, 신익철 · 이형대 · 조융희 · 노영미 옮김, 돌베개, 2006.

俞彦鎬,『燕石』, 韓國文集叢刊 247, 民族文化推進會.

有 一,『蓮潭大師林下錄』, 韓國佛教全書 제10책, 東國大學校 出版部, 1989.

惟 正,『松雲大師奮忠紓難錄』, 韓國佛教全書 제8책, 東國大學校 出版部, 2002.

劉知幾, 姚松 · 朱恒夫 譯注,『史通全釋』, 貴州人民出版社, 1997.

俞漢雋,『自著』, 韓國文集叢刊 249, 民族文化推進會.

尹 愭,『無名子集』, 韓國文集叢刊 256, 民族文化推進會.

尹光紹,『素谷遺稿』, 韓國文集叢刊 223, 民族文化推進會.

李建昌,『明美堂集』, 韓國文集叢刊 349, 民族文化推進會.

李奎報,『東國李相國全集』, 韓國文集叢刊 1 · 2, 民族文化推進會.

李箕元,『洪厓文集』, 연세대학교 소장본.

李箕元,『洪厓詩集』, 연세대학교 소장본.

李箕元,『洪厓自編』, 연세대학교 소장본.

李南珪,『修堂遺集』, 韓國文集叢刊 349, 民族文化推進會.

李端夏,『畏齋集』, 韓國文集叢刊 125, 民族文化推進會.

李德懋,『靑莊館全書』, 韓國文集叢刊 257, 民族文化推進會.

李晩秀,『屐園遺稿』, 韓國文集叢刊 268, 民族文化推進會, 2001.

李書九,『薑山全書』, 성균관대학교 대동문화연구원 동아시아학술원, 2005.

李時善,『松月齋集』, 韓國文集叢刊續 37, 民族文化推進會.

李 植,『澤堂遺稿刊餘』, 서울대학교 규장각 한국한연구원, 2014.

李 植,『澤堂集』, 韓國文集叢刊 88, 民族文化推進會.

李元培, 『龜巖集』, 韓國文集叢刊續 101, 民族文化推進會, 2010.

李裕元, 『嘉梧藁略』, 韓國文集叢刊 316, 民族文化推進會, 2003.

李宜顯, 『陶谷集』, 韓國文集叢刊 181, 民族文化推進會.

李 珥, 『栗谷全書』, 韓國文集叢刊 44 · 45, 民族文化推進會.

李 耔, 『陰崖集』, 韓國文集叢刊 21, 民族文化推進會.

李 栽, 『密菴集』, 韓國文集叢刊 173, 民族文化推進會.

李種徽, 『修山集』, 韓國文集叢刊 247, 民族文化推進會.

李獻慶, 『艮翁集』, 韓國文集叢刊 234, 民族文化推進會.

李 滉, 『退溪集』, 韓國文集叢刊 29~31, 民族文化推進會.

李徽逸, 『敬堂集』, 韓國文集叢刊 69, 民族文化推進會.

任聖周, 『鹿門集』, 韓國文集叢刊 228, 民族文化推進會.

任希聖, 『在澗集』, 韓國文集叢刊 230, 民族文化推進會.

慈怡 主編, 『佛光大辭典』, 高雄(臺灣) : 佛光山宗務委員會, 1988.

張 岱, 『陶庵夢憶/西湖夢尋』, 北京 : 中華書局, 2007.

張 維, 『谿谷集』, 韓國文集叢刊 92, 民族文化推進會.

鄭 栻, 『明庵集』, 韓國文集叢刊續 65, 民族文化推進會.

丁若鏞, 『與猶堂全書』, 韓國文集叢刊 281, 民族文化推進會.

丁若鏞 編, 『萬德寺志』, 亞細亞文化社, 1977.

鄭宗魯, 『立齋集』, 韓國文集叢刊續 133, 民族文化推進會.

鄭太和, 『陽坡年記』, 서울대학교 규장각 소장본.

趙 璥, 『荷棲集』, 韓國文集叢刊 245, 民族文化推進會.

趙冕鎬, 『玉垂集』, 韓國文集叢刊續 126, 民族文化推進會.

趙秀三, 『秋齋集』, 韓國文集叢刊 271, 民族文化推進會.

趙任道, 『澗松集』, 韓國文集叢刊 89, 民族文化推進會.

趙顯命, 『歸鹿集』, 韓國文集叢刊 213, 民族文化推進會.

天 頙, 『萬德山白蓮社第四代眞靜國師湖山錄』, 韓國佛敎全書 제6책, 東國大學校 出版部, 2001.

草　广,『草广遺稿』, 韓國佛教全書 제12책, 東國大學校 出版部, 2002.

崔奇男,『龜谷詩稿』, 韓國文集叢刊續 22, 民族文化推進會.

崔忠成,『山堂集』, 韓國文集叢刊 16, 民族文化推進會.

崔　瀣,『拙藁千百』, 韓國文集叢刊 3, 民族文化推進會.

許　筠,『惺所覆瓿稿』, 韓國文集叢刊 74, 民族文化推進會.

許　穆,『記言』, 韓國文集叢刊 99, 民族文化推進會.

嵇　康, 戴明揚 校注,『嵇康集校注』, 中華書局, 2014.

洪奭周,『淵泉集』, 韓國文集叢刊 293, 民族文化推進會.

休　靜,『淸虛集』, 韓國佛教全書 제7책, 東國大學校 出版部, 2002.

『於于先生年譜』, 연세대학교 소장본.

## DB

고려대학교 해외한국학자료센터(http://kostma.korea.ac.kr/)

동국대학교 한국불교전서DB(http://ebtc.dongguk.ac.kr/)

부평이씨대종회 종회자료실(http://www.bplee.net)

한국고전종합DB(http://db.itkc.or.kr)

한국사데이터베이스(http://db.history.go.kr).

## 저서

가와이 코오조오, 심경호 옮김(2002),『중국의 자전문학』, 소명출판.

고바야시 이치로, 李法華 編譯(1980),『法華經講義』 제2권, 靈山法華寺出版社.

김성연 · 임유경 편(2018),『동아시아 역사와 자기 서사의 정치학』, 앨피.

김용태(2008),『19세기 조선 한시사의 탐색 : 옥수 조면호의 시 세계』, 돌베개.

김인환(1994),『비평의 원리』, 나남.

김정희(2009),『불화, 찬란한 불교 미술의 세계』, 돌베개.

김준오(1991), 『한국 현대장르비평론』, 문학과지성사.

김준오(2000), 『문학사와 장르』, 문학과지성사.

김창룡(2001), 『가전문학의 이론』, 박이정.

金呑虛 譯解(1976), 『(懸吐譯解)新華嚴經合論』, 華嚴學硏究所.

大谷森繁(1995), 『朝鮮後期 小說讀者 硏究』, 고려대학교 민족문화연구원.

劉偉林, 심규호 옮김(1999), 『중국문예심리학사』, 동문선.

르네 웰렉 · 오스틴 워렌, 李京洙 譯(1999), 『文學의 理論』, 문예출판사.

리하르트 반 뒬멘, 최윤영 옮김(2005), 『개인의 발견』, 현실문화연구.

마스타니 후미오, 이원섭 옮김(2018), 『불교개론』, 현암사.

미하일 바흐친, 전승희 · 서경희 · 박유미 옮김(2002), 『장편소설과 민중언어』, 창작
        과 비평사.

베르나르 포르, 김수정 옮김(2014), 『불교란 무엇이 아닌가』, 그린비.

사에키 쇼이치, 노영희 옮김(2015), 『일본인의 자서전』, 한울아카데미.

송호근(2011), 『인민의 탄생』, 민음사.

수잔 손택, 이재원 옮김(2010), 『은유로서의 질병』, 이후.

시마다 겐지, 김석근 · 이근우 옮김(2001), 『주자학과 양명학』, 예문서원.

신동원(2014), 『조선의약 생활사』, 들녘.

신익철(1998), 『柳夢寅 文學 硏究』, 보고사.

심경호(2009), 『내면기행』, 이가서.

심경호(2010), 『나는 어떤 사람인가』, 이가서.

심경호(2012), 『김시습 평전』, 돌베개.

심노숭, 안대회 · 김보성 외 옮김(2014), 『자저실기』, 휴머니스트.

안득용(2015), 『16세기 후반~17세기 전반 산문 연구 : 公에서 私로의 전환』, 고려대
        학교 민족문화연구원.

야코프 부르크하르트, 이기숙 옮김(2008), 『이탈리아 르네상스의 문화』, 한길사.

오탁번 · 이남호(2006), 『서사문학의 이해』, 고려대학교출판부.

유엽추, 김장환 옮김(2007), 『중국역대필기』, 신서원.

유호식(2015), 『자서전』, 민음사.

이태준, 임형택 해제(1997), 『문장강화』, 창작과비평사.

임준철(2013), 『전형과 변주』, 글항아리.

褚斌杰(1990), 『(增訂本)中國古代文體槪論』, 北京 : 北京大學出版社.

조너선 D. 스펜스, 이준갑 옮김(2010), 『룽산으로의 귀환―장다이가 들려주는 명말
　　　청초 이야기―』, 이산.

趙白生(2005), 『傳記文學理論』, 北京 : 北京大學出版社.

정우봉(2016), 『조선 후기의 일기문학』, 소명출판.

曹壽鶴(1987), 『韓國의 托傳과 假傳(附 資料)』, 영남대학교출판부.

陳蘭村 主編(1999), 『中國傳記文學發展史』, 北京 : 語文出版社.

陳蒲淸, 오수형 옮김(1994), 『중국우언문학사』, 소나무.

진필상, 심경호 옮김(2001), 『한문문체론』, 이회.

필립 르쥔, 윤진 옮김(1998), 『자서전의 규약』, 문학과 지성사.

한용운 편찬, 이원섭 역주(2016), 『불교대전』, 현암사.

韓兆琦 主編(1992), 『中國傳記文學史』, 河北 : 河北敎育出版社.

許興植(1995), 『眞靜國師와 湖山錄』, 民族社.

皇甫謐, 김장환 옮김(2000), 『高士傳』, 예문서원.

Abrams, M. H., 최상규 옮김(1997), 『문학용어사전』, 예림기획.

Misch, Georg, E. W. Dickes trans.(1998), A History of Autobiography in Antiquity―part
　　　one, London : Routledge.

Olney, James(1972), Metaphors of Self, New Jeresey : Princeton Univ. Press.

Spengemann, William C.(1980), The Forms of Autobiography, New Haven : Yale Univ.
　　　Press.

Wu, Pei―yi(1990), The Confucian's progress : autobiographical writings in traditional
　　　China, Princeton, New jersey : Princeton University Press.

# 논문

강명관(2007), 「조선후기 양명좌파의 수용」, 『오늘의 동양사상』 16, 예문 동양사상 연구원.

강수진(2015), 「東溪 趙龜命의 글쓰기 연구—병에 대한 인식과 극복을 중심으로—」, 『문학치료연구』 34, 한국문학치료학회.

권태을(1981), 「鄭維翰(1568~1640)의 家乘日記 「古今事蹟」 考」, 『김천과학대학 논문 집』, 김천과학대학.

김   경(2016), 「李箕元이 기억한 李德懋」, 『대동한문학』 49, 대동한문학회.

김경남(1992), 「자서전으로서의 한듕록 연구」, 동국대 석사학위논문.

김동준(2009), 「疾病 소재에 대처하는 韓國漢詩의 몇 국면」, 『고전과 해석』 6, 고전 문학한문학연구학회.

김동준(2013), 「王世貞 코드로 읽는 生誌銘과 意園—18세기 安山圈 文人들의 불우와 위안의 예술적 형상화—」, 『한국한문학연구』 52, 한국한문학회.

김승호(2003), 「고려 佛家의 自傳的 글쓰기와 그 양상—書信 및 碑銘을 중심으로—」, 『고전문학연구』 23, 한국고전문학회.

김승호(2008), 「佛家 自傳의 성격과 서술유형의 고찰—有一, 草厂, 梵海의 자전을 중 심으로—」, 『한국문학연구』 35, 동국대 문화학술원 한국문학연구소.

김영미(2006), 「어우 유몽인의 산문론과 산문의 서술방식 연구」, 전북대학교 박사 학위논문.

김영봉(2004), 「洪厓文集」·「洪厓詩集」·「洪厓自編」, 『고서해제』 2, 연세대 국학연구원.

김영봉(2009), 「역사 속에 묻힌 문인 이기원(李箕元)」, 『연보와 평전』 3, 부산대 점 필재연구소.

김영주(2007), 「朝鮮漢文學에 나타난 痘疫」, 『한문교육연구』 29, 한국한문교육학회.

김영진(2003), 「朝鮮後期의 明淸小品 수용과 小品文의 전개 양상」, 고려대학교 박사 학위논문.

김하라(2013), 「龍洲 趙絅 문학에 나타난 질병의 형상화」, 『한국한문학연구』 52, 한국한문학회.

김홍백(2016), 「유몽인 문학에서의 詩案과 詩讞」, 『한국한시연구』 24, 한국한시학회.

南哲鎭(2005), 「韓愈·柳宗元他传性托传体式研究」, 『古籍整理研究学刊』 2005年 第1期, 東北師范大學古籍整理研究所.

류은희(2002), 「자서전의 장르 규정과 그 문제」, 『독일문학』 제84집, 한국독어독문학회.

박동욱(2015), 「천연두, 그 아픔과 상실의 기억 : 장혼(張混)의 「기척(記慽)」을 중심으로」, 『우리어문연구』 52, 우리어문학회.

박진성(2010), 「조선 후기 自傳的 글쓰기 연구 : 17·18세기 산문을 중심으로」, 한국학중앙연구원 석사학위논문.

박진성(2018), 「조선후기 자전문학 연구」, 한국학중앙연구원 박사학위논문.

박혜숙·최경희·박희병(2002a), 「한국여성의 자기서사(1)」, 『여성문학연구』 7, 한국여성문학학회.

박혜숙·최경희·박희병(2002b), 「한국여성의 자기서사(2)」, 『여성문학연구』 8, 한국여성문학학회.

박혜숙·최경희·박희병(2003), 「한국여성의 자기서사(3)」, 『여성문학연구』 9, 한국여성문학학회.

박희병(1987), 「고려후기~선초의 인물전 연구」, 『동양한문학연구』 2, 동양한문학회.

박희병(1992), 「고려후기~선초 인물전의 정신사적 검토」, 『韓國古典人物傳研究』, 한길사.

송혁기(2009), 「16세기 말~17세기 전반기 한문학의 새 경향」, 『새 민족문학사 강좌 01』, 창비.

신연우(2003), 「이황 문학에서 '疾病'의 의미」, 『열상고전연구』 18, 열상고전연구회.

심경호(2017), 「일본의 자술문학 전통에 관하여」, 『민족문화연구』 76, 고려대학교 민족문화연구원.

안대회(2003), 「조선후기 自撰墓誌銘 연구」, 『한국한문학연구』 31, 한국한문학회.

안대회(2005), 「초정 박제가의 인간적 면모와 일상」, 『한국한문학연구』 36, 한국한문학회.

안득용(2010), 「16세기 후반~17세기 전반 散文의 構圖와 展開」, 고려대 박사학위논문.

안득용(2011), 「16세기 후반~17세기 전반 송서 연구—내면화·구체화·다양화 경향을 중심으로—」, 『동양한문학연구』 제33집, 동양한문학회.

안득용(2013a), 「16세기 후반~17세기 전반 自傳的 敍事의 창작 경향과 그 의미」, 『한국한문학연구』 51, 한국한문학회.

안득용(2013b), 「柳夢寅 散文에 나타난 孤獨의 양상과 그 의미」, 『어문논집』 68, 민족어문학회.

안득용(2014a), 「자아의 유형에 따른 전근대 자서전의 분류와 그 형성 배경」, 『고전과 해석』 17, 고전문학한문학연구학회.

안득용(2014b), 「조선후기 자서전의 특징적 局面과 그 의미」, 『한국한문학연구』 56, 한국한문학회.

안득용(2015), 「자서전 코드로 읽어 본 自撰 年譜—심노숭의 『自著紀年』을 중심으로—」, 『우리어문연구』 52, 우리어문학회.

안득용(2016), 「자기 자신을 돌보기, 돌아보기로서의 病의 기록—沈魯崇의 病에 관련된 敍事를 중심으로—」, 『한문학논집』 45, 근역한문학회.

안득용(2017a), 「洪㲄 李箕元의 自撰年譜『洪㲄自編』 연구」, 『민족문화연구』 74, 고려대 민족문화연구원.

안득용(2017b), 「필기체(筆記體) 자기서사(自己敍事)의 자기형상(自己形象)과 자기변명(自己辨明)—이식(李植)의 「서후잡록(敍後雜錄)」을 중심으로—」, 『민족문학사연구』 64, 민족문학사학회.

안득용(2018), 「自托傳의 각 계열에서 보이는 자기인식의 형상과 그 의미」, 『한국한문학연구』 71, 한국한문학회.

안세현(2009), 「조선중기 누정기 연구」, 고려대학교 박사학위논문.

안세현(2014), 「한문 산문을 활용한 글쓰기 교육—자천서(自薦書), 자전류(自傳類) 산문과 자기소개서를 중심으로—」, 『우리어문연구』 48, 우리어문학회.

윤재민(2004), 「18세기 廣州와 文學 : 순암 안정복의 「영장산객전」을 중심으로」, 『한국실학연구』 8, 한국실학학회.

이가야(2008), 「자서전 이론에 대한 몇 가지 고찰」, 『프랑스문화예술연구』 제23집, 프랑스예술문화학회.

이강옥(2017), 「지속과 반전, 사소함의 빛과 절망에 대한 연민」, 『고전과 해석』 22, 고전문학한문학연구학회.

이은식(1997), 「고려시대 자서전 연구」, 경상대 박사학위논문.

李鍾默(2001), 「韓國 文人 年譜 硏究」, 『장서각』 5, 한국학중앙연구원.

이종호(2001), 「허균 문예사상의 좌파양명학 성향 (Ⅰ)」, 『한국사상과 문화』 11, 한국사상문화학회.

이종호(2001), 「허균 문예사상의 좌파양명학 성향 (Ⅱ)」, 『한국사상과 문화』 12, 한국사상문화학회.

이 훈(2014), 「天機論의 史的變移와 農巖의 '天眞' 개념 再論」, 『漢文古典硏究』 28, 한국한문고전학회.

임준철(2007), 「自挽詩의 詩的 系譜와 조선전기의 자만시」, 『고전문학연구』 31, 한국고전문학회.

임준철(2009), 「畵像自贊類 문학의 존재양상과 자아형상화 방식의 특징」, 『고전문학연구』 36, 한국고전문학회.

임준철(2012), 「한국 화상자찬의 전형과 변주」, 『한문교육연구』 38, 한문교육연구.

임준철(2017), 「支流와 還流 : 自傳文學의 관점에서 본 조선시대 自挽詩」, 민족문화연구 76, 고려대학교 민족문화연구원.

장원철(1982), 「朝鮮後期 文學思想의 展開와 天機論」, 한국정신문화연구원 석사학위논문.

정길수(2006), 「天機論의 문제」, 『韓國文化』 37, 서울대학교 규장각한국학연구원.

정 민(2001), 「18세기 우정론의 맥락에서 본 이용휴의 生誌銘考」, 『한국학논집』 34, 한양대 한국학연구소.

정연봉(1989), 「張維 詩文學 硏究 : 莊子的 天機論을 中心으로」, 고려대학교 박사학위
　　논문.

정요일(2008), 「天機의 槪念과 天機論의 意義」, 『한문학보』 19, 우리한문학회.

정용건(2017), 「조선 후기 문집 자서(自序)의 창작과 그 특징 : 자기 서사로서의 면
　　모와 관련하여」, 『민족문학사연구』 64, 민족문학사학회.

정우봉(2014), 「沈魯崇의 自傳文學에 나타난 글쓰기 방식과 자아 형상」, 『민족문화
　　연구』 62, 고려대 민족문화연구원.

정우봉(2015), 「조선후기 自撰年譜 연구」, 『한국한문학연구』 59, 한국한문학회.

최경도(2008), 「자서전 연구의 성격과 전망」, 『영미문학교육』 제12집 1호, 한국영미
　　문학교육학회.

최두헌(2011), 「筆記의 관점에서 본 『耳目口心書』 硏究」, 고려대학교 석사학위논문.

최혜미(2015), 「『병후만록』에 나타난 기억 서술의 양상과 그 의미」, 『어문논집』 74,
　　민족어문학회.

하강진(2011), 「초엄선사 「三花傳」의 작중인물과 공간의 실체」, 『한국문학논총』 59,
　　한국문학회.

한민섭(2010), 「徐命膺 一家의 博學과 叢書·類書 編纂에 관한 硏究」, 고려대학교 박
　　사학위논문.

황정연(2012), 「朗善君 李俁(1637~1693)의 『百年錄』 硏究」, 『서지학연구』 52, 서지학회.

Benoît Melançon(2000), "Letters, diary, and autobiography in eighteenth-centry
　　France", Patrick Coleman, Jayne Lewis, Jill Kowalik eds., Representations of
　　the self from the Renaissance to Romanticism, Cambridge, U. K. : Cambridge
　　University press.

# 찾아보기